Greg Walters

Die Legenden der Âlaburg

Buch

Endlich! Die Geschichte um den Farbseher Leik und seine Freunde geht weiter. Ein neues Abenteuer wartet auf die jungen Studenten der Âlaburg.
Erneut bricht Krieg zwischen den Völkern aus. Der Friede Razuklans ist in ernster Gefahr und damit das Leben aller bedroht. Während sich der Blick der Verteidiger des Friedens sorgenvoll Richtung Norden wendet, wo kriegerische Orkrotten Zwergendörfer überfallen, wird die eigentliche Gefahr übersehen: Der unbekannte schwarze Magier, der Sefal – Leiks Heimatdorf – überfallen hatte und nur unter Zuhilfenahme aller Kräfte vertrieben werden konnte. Denn das Böse wartet nur auf seine Chance und Leik scheint für ihn noch immer von besonderem Interesse zu sein.
So geraten er und seine Freunde mitten hinein in den Kampf um Razuklan und werden dabei zu Legenden…

Autor

Greg Walters, geboren 1980, begann während seines Geschichts- und Politikstudiums mit dem Schreiben von Fantasygeschichten. Sein Debütroman „Die Geheimnisse der Âlaburg“ begeisterte zahlreiche Leser und eroberte die Amazon-Bestsellerlisten.
Gemeinsam mit seiner Frau und seiner rotblonden Labradorhündin Lenka lebt Greg Walters in Braunschweig, wo er derzeit am dritten Band der Farbseher Saga arbeitet. Weiteres zum Autor: www.gregwalters.de

Romane

Die Geheimnisse der Âlaburg (Farbseher Saga 1)
Die Legenden der Âlaburg (Farbseher Saga 2)
Die Chroniken der Âlaburg (Farbseher Saga 3 - 2017)
Die Sagen der Âlaburg (Farbseher Saga 4 - 2018)

Greg Walters

Die Legenden der Âlaburg

Roman

Autor: Greg Walters
Umschlaggestaltung, Illustration: Alerim

www.gregwalters.de
www.facebook.com/gregwaltersautor
www.instagram.com/gregwalters_autor/

Für meine Eltern

Auf der Suche

Leik hetzte durch den engen, dunklen Tunnel. Er war völlig durchgeschwitzt. Links und rechts neben sich spürte er an seinen ungeschützten Händen und Handgelenken die groben, scharfkantigen Felswände des schmalen Gangs. Leik zog schnell die Luft ein, als er sich zum wiederholten Male an der schroffen Wand den rechten Handrücken aufschürfte, diesmal würde es bluten, da war Leik sich sicher. Er rannte weiter. Er hatte keine Zeit und konnte in der Dunkelheit ohnehin nicht genug sehen, um seine zerschundenen Hände zu betrachten. Seine Verletzungen waren ihm auch vollkommen egal, ebenso seine Angst vor engen Räumen. Alles wurde von dem einen Gedanken verdrängt, den Leik im Kopf hatte und der ihn weitertrieb:

Ich muss sie finden! Er wiederholte es wie ein Mantra: *Ich muss sie finden! Ich muss sie finden! Ich muss sie finden! …*

Eine Wegkreuzung tat sich vor Leik auf. Schlitternd kam er auf dem losen Gestein des Tunnelgangs zum Stehen und verschnaufte einige Sekunden. *Welchen Weg muss ich nehmen*, überlegte er fieberhaft. Es ging um jede Sekunde.

Leik schloss die Augen. Atmete mehrmals tief ein und aus und versuchte sich etwas zu beruhigen. Dann trat er in die Sphäre ein. Sofort waren seine Sinne hundertfach geschärft. Der enge Gang um ihn herum zerfloss in den Farben des Regenbogens, und obwohl die Farbe Blau eindeutig überwog, schossen auch gelbe und rote Energiebänder um seinen Körper. Selbst die Dunkelheit wich ein wenig aus dem Tunnel, der durch das Glühen der Sphärenbänder beleuchtet wurde.

Er näherte sich mit magisch verstärkten Sinnen der rauen Felswand. Dann nahm Leik die Energie der Sphäre auf. Das rote Band glitt routiniert in seine Hände, doch auch gelb und blau mischten sich in den letzten Wochen immer selbstverständlicher darunter, wenn auch in geringerem Maß, und stärkten seine Kraft. Er legte die Handflächen auf den Fels, dessen feine marmorierte Struktur und unterschiedliche Farbnuancen Leik nun, trotz der Düsterkeit, problemlos wahrnehmen konnte. Doch für die Schönheit des unterirdischen Gesteins hatte er jetzt keinen Blick übrig.

Ich muss sie finden! Ich muss sie finden! ...

Kaum hatte Leik den Fels berührt, drang der von ihm gewobene dreifarbige Energiestrahl in das Gestein ein. Einen Augenblick später tat sich für Leik eine Art Ausschnittskarte des Tunnelgewirrs vor seinem inneren Auge auf. *Nach links!* Die Magie wies ihm den Weg. Leik ließ sich bereitwillig führen und bog in den linken Gang ein, der steil abwärts führte, und setzte seine fieberhafte Suche fort.

Nach wenigen Metern hatte Leik wieder seine ursprüngliche Geschwindigkeit erreicht und erneut begann der Schweiß zu fließen. Leik war angestrengt und tief unter der Erde herrschte eine schwüle Hitze. Auch die verbrauchte Luft sorgte dafür, dass Leiks Kräfte immer weiter schwanden. Ohne es zu merken, wurde er langsamer. Eine nächste Weggabelung tat sich auf. Diesmal waren fünf Gänge zur Auswahl. In dreien davon würde Leik auf allen Vieren kriechen müssen, um sie zu passieren. Doch das war ihm egal.

Ich muss sie finden! Ich muss sie finden! ...

Er wiederholte sein Ritual von der letzten Kreuzung, um sich für den richtigen Weg zu entscheiden. Doch gerade als er die Hände an die Felswand legen wollte, explodierte in der Sphäre ein greller Blitz, der Leik für einen kurzen Moment erblinden ließ. Vor Schreck zog er den Kopf nach hinten, um dem hellen

Licht auszuweichen, und rammte sich den Schädel an der scharfkantigen Gesteinswand.

Mit tränenden Augen und schmerzendem Kopf war Leik kurz davor aufzugeben und sich einfach hier an Ort und Stelle hinzusetzen. Doch wieder hallten die Worte durch seinen Kopf.

Ich muss sie finden! Ich muss sie finden! ...

Er sammelte seine letzten Kräfte und tastete erneut nach dem Fluss des Gesteins. Wieder tat sich vor seinem inneren Auge ein kurzer Kartenausschnitt des gigantischen Tunnellabyrinths auf. Leik holte tief Luft und ging taumelnd auf den Gang in der Mitte zu. *Ich werde kriechen müssen*, dachte er erschöpft. Ächzend ließ er sich auf Knie und Hände fallen und wollte gerade in den engen Gang eintauchen, als eine magisch verstärkte Stimme durch die Dunkelheit hallte.

„Die Zeit ist um, Leik! Dass du den Sphärenwecker aber auch immer ignorierst! Noch stärker kann ich leider nicht in die magische Schicht eingreifen, auch wenn ich hier auf dem Gebiet der Zwerge einen gewissen Standortvorteil habe. Aber diesmal bist du ein ganzes Stück weiter gekommen als beim letzten Mal. Allerdings sollte sich unbedingt jemand deinen Kopf ansehen, deine Stirn ist ganz blutig und deine Handflächen brauchen auch endlich mal eine Pause. Wir haben doch Ferien, vergiss das nicht“, hörte er Filixx sagen. „Bleib einfach, wo du bist! Morlâ ist gleich bei dir.“

Leik ließ sich nach diesen Worten auf die Seite fallen, zu kraftlos und enttäuscht, um zu antworten. *Ich muss besser werden, sonst werde ich Drena niemals finden*, ermahnte er sich, und das schöne Antlitz seiner Angebeteten erschien vor seinem inneren Auge. Drena, wie sie sich über eine Kerze beugt und kurz hochschaut, bevor sie das Licht löscht, um anschließend mit der Dunkelheit zu verschmelzen.

Unter dem Berg

Ein leichter, bläulicher Schimmer erfüllte plötzlich den dunklen Tunnel. Nach wenigen Minuten konnte Leik auch das kleine Wehrlicht erkennen, das das mystische Schimmern abgab und aufgeregt von einer Seite des Gangs zur anderen flog.

Kurz darauf konnte Leik eine kleine, kräftige Gestalt ausmachen, an deren Bewegungen sich die blaue magische Erscheinung eindeutig anpasste. *Morlâ ist mittlerweile wirklich gut im Ausüben von Magie*, fand Leik, als er die Szenerie beobachtete. Kraftlos und enttäuscht von sich selbst, saß er auf dem von feinen Bruchsteinen übersäten Tunnelweg und lehnte sich an die Felswand.

„Mensch Leik, warum hockst du denn hier so wortlos in der Dunkelheit? Ich hätte dich fast nicht gefunden. Filixx und du, ihr mögt zwar in der Lage sein, durch den Fluss des Gesteins Personen und magische Energiequellen ausfindig zu machen, aber ich armer, einfacher Zwerg muss mich immer noch nur auf meine Augen und Ohren verlassen“, sagte Morlâ und streckte Leik die Hand entgegen, um ihm wieder auf die Beine zu helfen.

Ächzend erhob sich Leik. „Naja, *so* ein einfacher Zwerg bist du nun auch nicht mehr.“ Er deutete mit dem linken Zeigefinger auf das bläulich schimmernde, runde Wehrlicht, das Morlâs linker Hand folgte.

„Ja, du hast recht“, antwortete Morlâ nachdenklich und ließ die Kugel direkt vor seinem Gesicht aufsteigen, das daraufhin in ein dunkles Blau getaucht wurde, wobei die Konturen des Zwergs dramatisch ausgeleuchtet wurden und seine Augen funkelten.

Nach einem kurzen Moment des Innehaltens, bei dem es so aussah, als sei der Zwerg ganz weit weg, fuhr er fort: „Und das habe ich alles dir zu verdanken!“

„Ach, Quatsch“, entgegnete Leik. „Ich habe nur die Talente geweckt, die du schon immer hattest“, umschrieb er ihr gemeinsames Abenteuer aus dem letzten Semester.

„Wir beide wissen, dass es schon ein bisschen mehr war, aber lassen wir das“, sagte Morlâ daraufhin. „Komm mit! Hier draußen außerhalb der Wohnhöhlen kriegt man ja kaum Luft, so stickig ist es. Lass uns zurück in den Wohntrakt gehen. Filixx wartet schon auf dich und deine Stirn braucht dringend seine heilerisch begabten Hände.“

Die beiden Studenten gingen gemeinsam durch die engen Tunnel in Richtung Norden. Jetzt war neben der blauen Wehrlichtkugel noch eine bunte aufgetaucht, die beide gemeinsam den Gang in faszinierende Farbmuster tauchten und den Handbewegungen der beiden Freunde folgten.

„Leik, du musst besser auf dich aufpassen!“

„Ja“, antwortete Leik leise nuschelnd. Es war ihm ein bisschen unangenehm von Filixx so bemuttert zu werden, der ihnen sein Zuhause für die Ferien zur Verfügung gestellt hatte.

Filixx betupfte Leiks wunde Hände und Stirn mit einer grässlich stinkenden, braunen Flüssigkeit, die im ersten Moment schrecklich brannte, aber nach wenigen Sekunden die Wunden betäubte und dazu führte, dass sie erstaunlich schnell heilten.

Sie waren ins Wañaglinĝ-Gebirge gekommen, der Heimat der Zwerge auf Razuklan, weil Filixx’ Mutter auf Reisen war. Auch Morlâs Eltern waren mit einem Großvogt der Zwerge als dessen persönlicher Schmied und Zimmerdame auf diplomatischer Mission in den immergrünen Wäldern der Elben unterwegs, daher hatte auch er seine Eltern nicht besuchen müssen. Und so hatten die Freunde beschlossen, die Ferien in Filixx' Elternhaus und weit weg von jedem Erwachsenen zu verbringen.

Leik hatte sich inzwischen schon an die neugierigen Blicke des kleinen Volks gewöhnt, wenn er mit Filixx und Morlâ über die unterirdischen Märkte des Zwergendorfs Faln schlenderte, das in einem riesigen Höhlengeflecht unterhalb des endlosen Wañaglinĝ-Gebirgszugs lag. Zunächst hatte sich Leik ein wenig beklemmt gefühlt, als ihn Morlâ und Filixx fröhlich durch die gigantischen steinernen Tore in das unterirdische Reich der Zwerge geführt hatten. Höhlen waren für ihn bisher immer nur enge, dreckige, feuchte Erdlöcher gewesen, die er mied, so gut es ging. Zumal er seit dem letzten Semester wusste, dass er ein wenig unter der Angst vor engen Räumen litt. Leik bekam heute noch einen knallroten Kopf, wenn er sich daran erinnerte, wie er sich beim Sternballturnier blamiert hatte. Da war er von seiner elbischen Gegnerin mit einem Hypnosefluch belegt worden, der ihn glauben ließ, dass er im Boden versank. Seit damals wusste er, dass ihn Enge sehr bedrückte.

Doch das Zwergenreich war vollkommen anders. Es bestand aus Hunderten großen, warmen und gut beleuchteten Höhlen, die alle durch Gänge oder Schienenbahnen miteinander verbunden waren. Faln selbst war ein kleineres Dorf, dennoch bestand es auch aus gut einem Dutzend steinerner Häuser, einem Marktplatz, dem obligatorischen Heiligtum der Mutter der Erde, die die oberste Gottheit der Zwerge war, Feldern voller Pilze und großen Yakherden, aus deren Milch das kleine Volk einen sehr harten, aber dafür umso kräftiger stinkenden Käse gewann. Beleuchtet wurde der Ort durch schimmerndes grünblaues Licht, das von der Decke der gewaltigen Kaverne und an zahlreichen Stellen an den Wänden strahlte.

Morlâ erklärte Leik, dass man diese Erscheinung Schimmermoos nannte. Die Pflanzen gediehen im ganzen

Zwergenreich prächtig und daher waren die Höhlen immer gut beleuchtet.

Täglich kamen Händler auf kleinen, massiven, hölzernen Wagen nach Faln, die auf einem komplizierten Geflecht von stählernen Schienen in wenigen Stunden durch das gesamte Reich der Zwerge reisen konnten, wie Morlâ Leik stolz erzählt hatte. Sie kauften den hiesigen Bauern Yakmilch oder Käse sowie die unterschiedlichsten Sorten von Pilzen ab. Meist bezahlten sie mit Silber, in seltenen Fällen auch mit Gold. Nur einmal hatte Leik gesehen, wie ein besonders fetter Händler seine Einkäufe mit einem funkelnden Edelstein bezahlte.

Diese Lebensweise entsprach überhaupt nicht dem, was sich Leik in seinen Vorurteilen Zwergen gegenüber immer vorgestellt hatte. Er hatte angenommen, sie würden ausschließlich wertvolle Rohstoffe aus dem Schoß der Erde bergen, bearbeiten und verkaufen. Doch in Faln waren ein Großteil der Bewohner einfache Bauern. Genauso wie die meisten Menschen auch. Filixx hatte ihm auf Nachfrage erläutert, dass nur ein kleiner Teil des zwergischen Volks mit dem Abbau von Gold, Silber und Edelsteinen beschäftigt war. Tief unter der Erde, an den entlegensten Ecken ihres Reichs, in die noch nie Angehörige eines anderen Volks gekommen waren. Dennoch waren es natürlich jene Waren, die – meisterlich von den Zwergenhandwerkern bearbeitet – die größten Begehrlichkeiten der anderen Bewohner von Razuklan weckten und oft einen Anlass für Neid und Kriege geboten hatten.

Leik war sich allerdings auch sehr sicher, dass niemand das Zwergenreich allein wegen seines Käses angreifen würde. Filixx gab selbst zu, dass der steinharte, bestialisch stinkende Yakkäse außerhalb des Wañaglinĝ-Gebirges ganz wenige Abnehmer fand, im Gegensatz zum Schmuck und den fein gearbeiteten Waffen und Rüstungen der Zwerge. Genau dieser Umstand hatte wohl bewirkt, dass die meisten Bewohner Razuklans genau wie Leik dachten, Zwerge würden sich nur mit Schätzen und Metall beschäftigen.

„So, bis Ende der Woche müssten deine Hände und deine Stirn wieder verheilt sein", sagte Filixx, als er mit der Versorgung von Leiks Wunden fertig war.

Morlâ hatte in der Zwischenzeit ein bisschen in den Schubladen der Familie Steinbeißer Renläer gestöbert und hielt nun einen Bilderrahmen in der Hand. Er pfiff langgezogen und zeigte dann das kleine Gemälde Filixx. „Was ist das denn für eine zwergische Schönheit? Hältst du etwa ein Mädchen vor uns geheim?"

„Das ist meine Mutter als junges Mädchen."

Morlâ errötete: „Ähm … ja. Mhh … sie war … äh … ist eine schöne Frau."

Filixx nickte bedrückt und wusch sich die Hände. „Ja, ja, das war sie. Aber vielleicht wäre es besser für sie gewesen, nicht so schön zu sein …"

Leik und Morlâ blickten sich an. Keiner von ihnen verstand, warum ihr Freund plötzlich so traurig geworden war.

Doch Filixx wechselte abrupt das Thema, sodass sie nicht weiter darüber nachdachten. „Hat euch in den Außentunneln auch niemand gesehen?"

„Nein, natürlich nicht. Wir wissen, was passiert, wenn rauskommt, was wir Leik hier beibringen."

Leik wusste, dass es nicht selbstverständlich war, dass Filixx einen zwergischen Zauber mit jemandem aus einem anderen Volk teilte. Obwohl Filixx selbst – mit einer Zwergen-Mutter und einem Elben-Vater – auch nur zu fünfzig Prozent zwergisch war. Vielleicht weihte er Leik deshalb in die geheime Magie des kleinen Volks ein. Außerdem tat er dies natürlich, weil Leik sein Freund war. Der Zwergelbe wusste genau, wie sehr seinen menschlichen Freund noch immer das mysteriöse Verschwinden seiner Freundin Drena beschäftigte. Sie vermuteten, dass sie von den Vonynen in einem großen Höhlensystem gefangen gehalten wurde. So wie die Freunde es in Sefal erlebt hatten. Daher war Filixx auf die Idee gekommen, Leik beizubringen, wie man den Fluss des Gesteins lesen konnte. So konnte er Drena in den unterirdischen Verstecken der Vonynen orten. Morlâ hatte dieser Idee begeistert zugestimmt, obwohl er selbst noch nicht in der Lage war, den Zauber auszuführen.

In den letzten Wochen hatten sie unzählige Male im Tunnelsystem der Zwerge geübt. Leik machte Fortschritte, aber sie kamen ihm quälend langsam vor und alle drei waren sich nicht sicher, ob er den komplizierten Zauber auch außerhalb der energetischen Sphäre der Zwerge ausführen konnte. Bisher hatte man immer angenommen, den Fluss des Gesteins lesen zu können, wäre nur Zwergen möglich. Dass Leik es trotzdem konnte, zeigte wieder einmal, welche besonderen Kräfte in ihm schlummerten.

„Das Versteckspiel hat ja bald ein Ende“, warf Leik ein.

„Ja, leider“, sagte Morlâ daraufhin. „In ein paar Tagen geht die Universität wieder los. Obwohl ich zugeben muss, dass ich mich auf dieses Semester fast ein bisschen freue.“ Er ließ sein blaues Wehrlicht aufsteigen und einmal um den Tisch kreisen.

Der Zwerg hatte sehr darunter gelitten, dass er an einer Universität für magische Begabte studierte, selbst aber nicht in der Lage gewesen war, Zauber zu wirken. Doch das hatte sich seit ihrem gemeinsamen Abenteuer in Sefal gewaltig geändert. Durch Leiks Initiierung war Morlâ nun in der Lage, die magische Sphäre zu betreten.

„Es sei denn, wir haben wieder den alten Jehal in Magie, der kann mich eh nicht leiden, ob ich zaubern kann oder nicht. Aber auf Heilung bei Herbstblüte freue ich mich schon.“ Morlâs Augen funkelten, als er den Namen der schönen, elbischen Magistra erwähnte, in die sich ein Großteil der männlichen Studenten verguckt hatte.

„Wir müssen es nehmen, wie es kommt“, sagte Leik. „Obwohl ich auch auf Jehal verzichten könnte. Wenn wir Glück haben, dann ist er endlich in Rente. Ich hoffe nur, dass Magister Tiefenschacht noch ein Semester dranhängt. Geschichte hat mir bei ihm immer sehr viel Spaß gemacht.“

Von Morlâ kamen daraufhin Schnarchgeräusche, was Leik mit dem gezielten Wurf eines hölzernen Salzstreuers beantwortete.

„Leute, passt mal ein bisschen auf, das gibt nur Ärger mit meiner Mutter, wenn sie wieder da ist“, warf Filixx ein und hetzte dem Salzstreuer hinterher, um ihn wieder an seinen Platz zu stellen.

„Außerdem glaube ich nicht, dass sich viel verändert hat in den paar Wochen Ferien“, sprach Morlâ ungerührt weiter. „Es sei denn, Untermberg ist von einer seiner Beschwörungen gefressen worden oder Mac Kamell ist mittlerweile zum Glauben der Mutter der Erde übergetreten. Das Erste ist wahrscheinlicher als das Zweite“, lachte Morlâ über seinen eigenen Scherz. „Aber ich freue mich auf Rechenkunde. Schneerose gibt diesen Kurs nicht mehr, daher wird uns wohl Reinherz übernehmen. Und seien wir ehrlich, Zwerge sind die besten Lehrer.“

Leik verdrehte die Augen, als er das hörte. Rechenkunde war sein schwächstes Fach.

„Genug von der Uni, Leute“, sagte Filixx plötzlich deutlich munterer. „Noch haben wir Ferien und außerdem bekomme ich Hunger. Lasst uns auf den Markt gehen, vielleicht finden wir ein paar Leckereien fürs Abendessen. Ich gebe einen aus.“

„Prima“, kam es daraufhin von Leik und Morlâ.

Gemeinsam verließen die drei Freunde das kleine Haus von Filixx’ Mutter und gingen hinaus in die bläulich beleuchtete, künstlich regulierte Abenddämmerung des Zwergenreichs.

Zurück zur Âlaburg

Die letzten Tage verflogen nur so unter dem Berg der Zwerge. Selbst Leik entspannte sich ein wenig und genoss das Leben bei dem kleinen Volk in vollen Zügen. Besonders nachdem ihm Filixx und Morlâ zum ersten Mal Mäern̈ eingeschenkt hatten. Das war vergorene Yakmilch, die einen leicht beschwipst machte. Allerdings konnte ein Mensch davon niemals richtig betrunken werden, da der menschliche Magen nur sehr geringe Mengen dieses äußerst fettreichen und eher für die zwergische Verdauung erdachten Getränks vertragen konnte. Trotzdem führte der Genuss dazu, dass sie am letzten Abend in Filixx' kleinem, steinernen Zimmer herumkicherten, das sie sich in den Ferien teilten.

Nach einer viel zu kurzen Nacht saßen die drei Studenten am nächsten Morgen unausgeschlafen und schlecht gelaunt auf ihren Reittieren. Leik nahm sich vor, nicht so schnell wieder Mäern̈ zu trinken. Morlâ hatte ewig gebraucht, bis er endlich aus dem Bett aufgestanden war. Dennoch passierten sie nun endlich die mächtigen Tore des Berges. Sie nickten dem grimmig dreinschauenden, wachhabenden Zwerg zu. Leik fragte sich flüchtig, wo sein Kamerad war, denn normalerweise waren die Wächter zu zweit. Kurz darauf kamen sie wieder zurück an die Oberfläche, und Leik dachte nicht mehr an den fehlenden Wachposten.

Auf Morlâs und Filixx' Rat hin verband sich Leik zunächst noch die Augen mit einem leichten schwarzen Stoff, um sie vor der Sonne zu schützen. Dass dies nach Wochen unter der Erde bei künstlichem Licht eine sehr gute Idee war, bemerkte Leik, als ihm die Augen zu brennen und zu tränen anfingen, sobald er sich wieder unter freiem Himmel befand. Seine zwergischen Freunde brauchten einen derartigen Schutz nicht. Zwergische Augen waren an diesen Wechsel seit Jahrtausenden gewöhnt.

Nach einigen Stunden des Reisens kamen sie an eine große Wegkreuzung. Morlâ wollte wie auf der Hinreise den linken Weg nehmen, doch Filixx rief kurz vorher: „Lasst uns über den Karantenwald zurückreiten. Das ist nur ein kleiner Umweg, aber übermorgen können wir dann im Gasthaus ‚Zum Krug' einkehren."

„Vorher werden wir aber eine Nacht im Wald bleiben müssen. Bis zum Krug brauchen wir locker eineinhalb Tage. Ich weiß, warum du da hin willst. Ich habe den Wildschweinbraten auch nicht vergessen." Unbewusst leckte sich Morlâ über die Lippen.

„Na, dann los. Eine sommerliche Nacht im Wald, was soll da schon passieren? Wir haben noch genug Zeit", erklärte Filixx.

Auch Leik gab sein Einverständnis. Er war froh wieder oberhalb der Erde zu sein und das sommerliche Wetter ließ eine Nacht im Wald mit seinen Freunden sogar verlockend erscheinen. Der Wald war schließlich mal sein Zuhause gewesen. Und Wildschweinbraten hatte er das letzte Mal in Sefal gegessen. Das war viel zu lange her für einen ehemaligen Jagdgesellen.

Sie wendeten ihre Reittiere nach rechts und ritten zügig den breiten, sandigen Weg entlang, an dessen Ende sie der Karantenwald erwarten würde.

„Mann, das war aber nötig", sagte die zwergische Wache und pustete geräuschvoll Luft aus.

Sein waffenstarrender Kollege nickte nur zurückhaltend in Richtung des Hosenstalls seines Kollegen.

„Oh, danke dir." Der gerüstete Zwerg im blauen Waffenrock nestelte an seiner Lederhose herum. „War was, als ich weg war?"

„Nein, nein. Filixx ist nur aufgebrochen. Zurück in seine Zauberschule. Mit seinem kleinen Freund und dem Menschen."

„Na, dann ist ja gut." Der Zwerg richtete seinen großen topfförmigen Stahlhelm so, dass der Nasenschutz auch wirklich sein Riechorgan schützte. „Hast du sie vor dem Karantenwald gewarnt? In den letzten Wochen gab es da einige Überfälle und mehrere Händler sind verschwunden."

„Nein, das wusste ich nicht!", antwortete sein Kollege und bewegte sich dabei vor Aufregung so schnell, dass sein knielanges Kettenhemd klirrte.

„Ach, mach dir keine Gedanken. Durch den Wald zu reiten, wäre für die Jungs eh ein Umweg. Warum sollten sie sich dafür entscheiden?"

„Jetzt können die kleinen Burschen mal zeigen, warum sie Wehrlichter heißen." Filixx schloss kurz die Augen, um sich auf seinen Zauber vorzubereiten. Seine Doppelkinne quollen hervor, weil er instinktiv den Kopf senkte. Eine Sekunde später schossen die magischen Lichter, scheinbar ziellos, in den Wald hinein.

„Komm, Leik, sie werden uns zu Morlâ führen."

Leik war heiß geworden, als die drei kleinen Erscheinungen endlich an einem Punkt verharrten. Jetzt empfand er die warme Nacht als drückend und beklemmend. Neben sich hörte er Filixx schwer schnaufen. Die Hatz durch den dichten, dunklen Wald hatte ihren Tribut bei dem übergewichtigen Zwergelben gefordert. Dazu hatte er eine blutige Schramme im Gesicht, von einem Ast, den Leik vor ihm zur Seite gedrückt hatte und in einem Moment der Unaufmerksamkeit zurückschnellen ließ. Ohne ein Wort des Zorns war der Zwergelbe aber weitergelaufen und hatte den ganzen Weg über nicht den Anschluss zu Leik verloren.

Er macht sich Sorgen um Morlâ. Wer kann uns hier nur aufgelauert haben? Dann nahm Leik einen Geruch wahr, von dem er gehofft hatte, dass er ihn nie wieder riechen würde. Den Geruch von verwesendem Fleisch. Den Geruch des Todes. Leik wurde übel und er taumelte kurz. Filixx stützte ihn mit einem beherzten Griff an seinem Ellbogen. All das, was Leik in den letzten Monaten an Schrecklichem erlebt hatte, kam wieder in ihm hoch. Der nächtliche Angriff auf der winterlichen Lichtung, das entvölkerte Sefal, das Grauen der Mine und dass er Drena verloren hatte, die Liebe seines Lebens.

„Nimm dich zusammen", herrschte ihn Filixx an. „Wir müssen an Morlâ denken. Wer auch immer ihn entführt hat, wir werden uns dem stellen. In Ordnung?"

Leik schluckte trocken. Sein Mund fühlte sich an, als wäre er mit Watte ausgekleidet. „Ja!"

„Dann komm, die Wehrlichter haben uns nicht verraten. Ich habe den Zauber so gesprochen, dass nur jemand unter dem Schutzmantel des Kriegers sie sehen kann. Lass uns hoffen, dass wir beide die Einzigen in diesem Wald sind, die so etwas bewerkstelligen können."

Nebeneinander, leicht gebückt und so leise wie möglich gingen sie auf die Stelle zu, an der die Wehrlichter Halt gemacht hatten. Als die beiden Studenten dort ankamen, wären sie fast gefallen. Eine riesige Senke tat sich vor ihnen auf. Am Grund der Vertiefung, aus der man wohl ursprünglich Kies abgebaut hatte, sahen sie ein kleines Feuer, um das etliche Gestalten mit dunklen Umhängen saßen. Und am Rand des Lichtscheins war noch etwas zu erkennen: Morlâ, der verschnürt wie ein Rollbraten da lag. Und neben ihm ihre Pferde.

Der Gestank von Verwesung wehte aus dem großen Erdloch nach oben.

Vonynen, dachte Leik. *Nicht schon wieder.*

Die Senke

Jetzt könnten wir unseren Ork gut gebrauchen“, jammerte Leik. „Das da unten sind mindestens sechs oder sieben Vonynen.“ Er nahm schnell den Kopf runter, damit sie nicht entdeckt wurden. Leik und Filixx hatten sich am Rand der Senke auf den Bauch gelegt, um weiter beobachten zu können.

„Ja, wir sind ihnen zahlenmäßig auf jeden Fall unterlegen. Außerdem müssen wir in die Senke runtersteigen. In dem Moment, wo wir über den losen Kies nach unten klettern, sind wir wie auf dem Präsentierteller. Ich gehe jede Wette ein, dass sie Bögen haben. Oder schlimmeres.“

„Wenn wir nur fliegen könnten“, sagte Leik im Scherz.

„Das ist es. Ich habe es zwar noch nie probiert, aber …“

„Filixx?“, fragte Leik skeptisch. „Was hast du noch nie ausprobiert?“

„Zu fliegen. Aber theoretisch dürfte das kein Problem sein. Ich habe davon gelesen. Tamir hat die letzten Jahre seines Lebens fast jede Strecke so hinter sich gebracht, weil seine Beine nicht mehr so konnten.“

„Ach so. Na, dann sollten wir das jetzt auch einfach mal probieren. Wenn das der beste Zauberer aller Zeiten hinbekommen hat, dürfte das für Studenten am Anfang ihrer Ausbildung ja kein Problem sein“, erwiderte Leik genervt.

„Ich glaube, ich könnte das“, sagte Filixx. „Aber ich brauche deine Hilfe.“

„Filixx“, begann Leik, „nur weil ich es jetzt bei jedem dritten Mal schaffe, in die Sphäre einzudringen, bedeutet das nicht, dass ich ein guter Zauberer bin. Trotz der Kräfte, die irgendwo in mir schlummern."

„Du brauchst nicht zu zaubern, das mache ich. Ich brauche nur Kraft von dir. Schaffst du es, in die magische Zwischenwelt einzudringen und deine Kraftströme auf mich umzulenken?"

Leik holte tief Luft und sammelte sich. Im gleichen Moment summte eine Mücke um sein Ohr. Sofort war seine Konzentration weg. Leik probierte es nochmal. Dann wurden seine Sinne schärfer. Sein rechter Handrücken kribbelte. Sein magisches Mal war erschienen: ein makelloser schwarzer Kreis. Leik war der einzige Begabte auf ganz Razuklan, der dieses Symbol trug, und dann noch auf der rechten Hand und nicht wie üblich auf der linken. Es war herrlich für Leik in der Sphäre. Hier spürte er keine Wärme oder Kälte, seine Schmerzen und Ängste verflogen. Die Farben begannen ihn sofort zu umspielen. Rote, blaue und gelbe Bänder umkreisten seine Unterarme und seinen Körper. Leik genoss das einzigartige Farbenspiel. Hier in der Zwischenwelt gab es keine Dunkelheit. Die magischen Energien glühten vor Kraft.

Sehr gut, hörte Leik plötzlich Filixx' Stimme in seinem Kopf. Im ersten Augenblick war er böse, weil ihn jemand beim Genießen der magischen Pracht und Kraft störte. Für einen kurzen Moment war Leik so berauscht von der Magie gewesen, dass er ihre Aufgabe fast vergessen hatte. Er wendete den Blick und sah den goldgelb glühenden Filixx in der Sphäre.

Du musst nichts machen, sondern mir nur Energie zuleiten, so wie du es mit Morlâ in der Mine gemacht hast. Ich werde mit dir über die Ungeheuer hinwegfliegen und weiter hinten in der Senke landen. Dort angekommen, müssen wir uns überlegen, wie wir mit den Vonynen klarkommen. Aber damit haben wir ja Erfahrung. Bist du bereit?

Da Leik nicht antworten konnte, griff er einfach nach einem roten Energieband, das er immer noch am einfachsten beherrschen konnte, und ließ es auf Filixx zufließen.

Filixx wob einen Zauber, der die beiden Freunde wie eine dicke, gelbglühende Fessel umschlang und aneinanderband. Dann begann er, die Arme so zu bewegen, als würde er mit Flügeln schlagen. Dadurch leitete er magische Energie von sich nach unten und das drückte ihn und den magisch an ihn gefesselten Leik in die Luft. Der Zwergelbe sah dabei aus wie eine dicke flügellahme Ente, die gelbe Energiestrahlen zu Boden schleuderte.

Doch es funktionierte. Einen Sekundenbruchteil später sah Leik eine Baumkrone unter sich. Sie flogen! Leik griff so schnell er konnte nach Energie, um sie Filixx zu geben. Sobald er damit nachließ, sackten sie ein ganzes Stück nach unten. Schnell bemerkte er, dass Filixx das gelbe Farbband mehr Kraft gab. Also versuchte Leik davon am meisten zu greifen und umzuleiten, was ihm nach einiger Zeit auch ganz gut gelang. Trotzdem war es ein mühseliges Unterfangen. Da Leik die Energie nicht zu seiner eigenen Stärkung nutzte, war das Greifen und Schleudern der Bänder sehr anstrengend und ging immer langsamer voran. Sie verloren an Höhe. Leik sah durch den Schleier der Zwischenwelt nach unten. Sie flogen gerade über das Feuer der Vonynen hinweg. Der Gestank war unbeschreiblich, da auch sein Geruchssinn magisch verstärkt war.

Wieder ging Filixx die Kraft aus und sie sanken nach unten. Wenn jetzt einer der Vonynen nach oben gesehen hätte, wären sie verloren gewesen. Sie flogen so tief, dass man sie hätte ergreifen können. Doch sie passierten das Feuer und hielten sich noch etliche Meter in der Luft, bevor Filixx endgültig die Kraft ausging und sie schmerzhaft auf den Boden krachten.

„Tut mir leid“, keuchte der Zwergelbe. „Mehr ging einfach nicht.“

„Das war mehr als ich jemals erwartet habe. Wir sind geflogen!“, sagte Leik mit aufgerissenen Augen. Anschließend befreite er sich von einem Dornenzweig. Natürlich waren sie in dem einzigen dornigen Busch weit und breit gelandet.

„Jetzt wird es kompliziert. Ich habe kaum noch Kraft für Angriffszauber. Vielleicht schaffen wir es, Morlâ ungesehen zu holen und dann zu verschwinden“, brachte Filixx schnaufend hervor.

Leik konnte im Moment auch keine Magie anwenden, auch für ihn war der Flug kräftezehrend gewesen. Waffen hatten sie keine, sie waren ja eigentlich auf einer Ferienreise. Leise schlichen sie sich an das Feuer heran. Der Gestank nahm zu. Keine der Gestalten in den schwarzen Kutten bewegte sich. Mit hochgezogenen Kapuzen saßen sie schweigsam um das Feuer herum. Morlâ lag etliche Meter von ihnen weg. Niemand beachtete ihn. Anscheinend nahmen seine Entführer an, dass er gut genug gefesselt war und nicht fliehen konnte.

Leik erreichte langsam kriechend den Zwerg. Morlâ war nicht bewusstlos, aber geknebelt, sodass er kein Wort sagen konnte. Ungläubig starrte er seinen Freund an. „Psst, warte. Ich nehme dir den Knebel raus“, begann Leik flüsternd.

Für das feine Gehör der nur wenige Meter entfernt sitzenden Vonynen war dieses Flüstern wohl etwas zu laut gewesen. Denn eine der Gestalten drehte sich sofort in Leiks Richtung. „Zu den Waffen. Es ist jemand bei dem Gefangenen.“

Filixx, noch immer in der Dunkelheit verborgen, ließ seine Wehrlichter auf die Angreifer los. Zu mehr hatte er keine Kraft übrig. Er hoffte, dass ihnen das etwas Zeit verschaffte.

Sofort stürzten sich die kleinen, gelben magischen Kugeln auf die ersten Vonynen, die sich Leik und dem inzwischen von seinem Knebel befreiten Morlâ näherten.

„Aua“, jammerte die eine schwarzbemantelte Gestalt, als sie von einem Wehrlicht attackiert wurde. Sein Nebenmann fing ebenfalls an zu jammern. Die kleinen Kugeln leisteten ganze

Arbeit. Unruhe machte sich unter den grässlich stinkenden, auffällig kleinen Gestalten breit.

Jetzt merkte Leik auch, dass niemand von ihnen mit stählernen Waffen ausgerüstet war, sondern dass sie nur dicke Holzknüppel und Keulen trugen.

Der dritte Angreifer, der jetzt von einem Wehrlicht attackiert wurde, riss sich den schwarzen Mantel vom Leib, weil sich die magische Kugel unter den Stoff geschoben hatte.

Leik konnte nicht glauben, was er vor sich sah. Einen ausgemergelten, sehr dreckigen Zwerg, der sich mehrere völlig verfaulte Fleischreste um den Hals gehängt hatte.

„Was …“, begann Leik.

Morlâ, der wieder sprechen konnte, unterbrach ihn. „Das sind keine Vonynen, sondern einfach nur räuberische Zwerge, die glauben, dass sie mehr Angst und Schrecken verbreiten, wenn sie sich als Vonynen verkleiden. Dabei sind es nur Ausgestoßene, die keinen Zwergenstollen mehr betreten dürfen.“

Filixx erfasste die Situation am schnellsten und schoss einige einfache magische Angriffszauber auf die Zwerge ab, die nicht viel Schaden anrichteten, aber wie ein großer, goldgelber Funkenschwarm aussahen.

Dieser Trick entfaltete augenblicklich seine Wirkung. „Begabte! Macht euch davon. Gegen die haben wir keine Chance.“ Hastig erklommen die sechs Zwerge den steilen Rand der Senke und waren Augenblicke später im Wald verschwunden. Zurück blieben nur einige schwarze Umhänge und verfaulte Fleischstücke.

Filixx kam zu seinen Freunden. „Morlâ, ist alles in Ordnung?“

Der Zwerg nickte, bevor er antwortete. „Ja, ich war pinkeln, dann habe ich etwas rascheln gehört und plötzlich wurde mir schwarz vor Augen. Ich bin erst hier wieder zu mir gekommen. Bei dem Gestank hier dachte ich schon das Schlimmste. Aber dann beugte sich einer von denen übers Feuer und seine Kapuze wurde vom Wind zurückgerissen. Da habe ich erkannt, dass es sich um normale Zwerge handelt, die sich als Vonynen verkleidet hatten.“

„Zwerge als Vonynen, wie konnten wir nur darauf reinfallen“, prustete Leik los und seine Freunde stimmten mit ein.

Als die Freunde mit den Pferden zurück zu ihrem Lager kamen, packten sie schnell zusammen. Morlâ war unverletzt und hatte nur leichte Kopfschmerzen. Und er war sich nicht mal sicher, ob diese nicht auch vom Mäerñ stammten. Die Räuber hatten ihn anständig behandelt. Anscheinend wollten sie nur die Pferde stehlen und ihr Zwergenbruder hatte sie dabei gestört.

Die Sonne war bereits im Begriff aufzugehen. Leik, Morlâ und Filixx wollten den Wald so schnell wie möglich hinter sich lassen. Nach kurzer Zeit saßen sie im Sattel und ritten zügig Richtung Südwesten. Der Krug würde ihnen in der nächsten Nacht Schutz und Geborgenheit geben.

Wenn sich die drei Freunde auf ihrem Weg aus dem Karantenwald umgedreht hätten, wären ihnen vielleicht die großen Gestalten in den schwarzen Mänteln aufgefallen, deren Blicke ihnen folgten. Ihre rotglühenden Augen waren auch im beginnenden Tageslicht gut zu erkennen, obwohl sich die Kreaturen im Unterholz verborgen hielten.

„Willssst du sssie wirklich zzziehen lassen? Die Meisssterin wird bössse sein. Du weißßßt wasss sssie macht, wenn sssie unzzzufrieden issst“, sagte der namenlose Vonyn zu seinem Begleiter. „Wir hätten diesssen dreckigen Zzzwergen nie vertrauen dürfen. Sssie sssind ssschwach.“

„Lasss sssie. Der Fette issst ein zzzu ssstarker Zzzauberer. Aber wir wisssen, wasss wir wisssen müsssen. Der Junge würde allesss für ssseine Freunde machen. Dasss issst ssseine Ssschwäche. Sssie wird sssich dasss zzzunutzzze machen. Er wird ihr nicht noch einmal entkommen", erwiderte der Vonyn, dessen Gesicht noch nicht so verrottet war, sodass seine menschlichen Gesichtszüge noch zu erkennen waren. Leik hätte in ihm Sefals ehemaligen Bäcker, Karl vanGendalen, erkannt, der nach den Ereignissen in der Mine nie wieder aufgetaucht war.

„Lasss unsss diessse nutzlosssen Zzzwerge bessseitigen. Niemand darf erfahren, dasss wir hier waren." Daraufhin rannten die Diener des Bösen übernatürlich schnell tiefer in den Wald hinein.

Endlich zurück

Die weitere Rückreise verlief genau wie geplant. Das Wildschwein im Krug war wirklich ausgezeichnet. Trotzdem konnten die Freunde dieses Mahl nicht wirklich genießen. So gut es auch schmeckte, auf das ungeplante Abenteuer im Wald hätten sie verzichten können, wenn sie gewusst hätten, dass dies der Preis für ein gutes Essen war. Nach einer kurzen Nacht verließen sie das Gasthaus wieder. Den Rest des Wegs ritten sie nur durch besiedeltes Gebiet. Jetzt konnten sie gefahrlos die großen Straßen benutzen und in gemütlichen Rasthäusern nächtigen, ohne sich wegen irgendwelcher Gefahren Sorgen zu machen. Für eine Weile reisten sie mit einer bunt zusammengewürfelten Gruppe von Gauklern weiter, die ihnen allerlei akrobatische Tricks und dreckige Lieder beibrachten. Vom Gebiet der Zwerge kommend, war das Gebirge um das Panratal nicht so steil und daher überwanden es ihre Reittiere problemlos. In der Mitte des Tals thronte die Universität Âlaburg auf ihrem Burgberg. Schneller als gedacht standen Leik, Morlâ und Filixx vor dem mächtigen Tor Lekan, der letzten Hürde auf ihrem Weg zurück zur Âlaburg.

„Tja, da wären wir wieder", sagte Morlâ. Majestätisch öffnete sich Lekan.

Willkommen zurück Leik, Morlâ und Filixx, dröhnte die Stimme des Tores in den Köpfen der drei Studenten. *Die Âlaburg freut sich über eure Rückkehr. Mögt ihr auch in diesem Jahr dem Frieden dienen und ihn bewahren. Noch ist eure Aufgabe nicht erfüllt*, teilte ihnen das magische Eingangsportal geheimnisvoll mit. Doch bevor sich die drei einen Reim darauf machen konnten, hatten sie Lekan schon passiert und den Campus betreten. Hinter ihnen schloss sich das Tor geräuschlos.

„Was sollte das denn?“, fragte Morlâ in die Runde, doch niemand antwortete ihm. Leik und Filixx waren über Lekans Ausführungen zu sehr in Gedanken versunken. Daher zogen sie nur wortlos die Schultern hoch. Gleichzeitig ritten die drei Freunde auf den großen Wehrturm zu, dessen Spitze wie so oft in den Wolken verschwunden war. Der Campus war leer, bis auf einige zwergische und elbische Studenten. Nur vor dem hellen Kubus, der das Direktorenbüro beherbergte, stand eine kurze Schlange ängstlich dreinblickender junger Menschen, kleiner Zwerge, arrogant wirkender Elben und muskulöser Orks.

„Schaut mal, die Neuen“, sagte Leik. „Ob einer von denen wohl das ehrenwerte Weiße Haus in diesem Semester verstärken wird?“

„Ich wünsche es ihnen nicht“, entgegnete Filixx und warf einen flüchtigen Blick auf das Grüppchen vor Tejals Bürogebäude.

„Wieso?“, fragte Morlâ. „Fühlst du dich etwa nicht wohl bei uns? Wir sind immerhin die amtierenden Sternballchampions und haben die Welt vor den Vonynen gerettet. Also …“

„Jetzt übertreib mal nicht“, sagte Leik mit einem strengeren Unterton in der Stimme, als er beabsichtigt hatte.

„Übertreiben?“, fragte Morlâ scheinheilig. „Wir sind doch Sternballmeister, oder?“

„Ja, aber …“, wollte Leik gerade entgegnen, als Filixx und Morlâ zu kichern begannen.

„Lass dich von dem Kleinen nicht aufziehen, Leik“, sagte Filixx. Dann fügte er ernst hinzu: „Das sind aber verdammt wenige Erstsemestler. Vielleicht ist unsere Aufgabe wirklich noch nicht erfüllt und wir …“

Doch bevor der Zwergelbe seine düsteren Gedanken zu Ende bringen konnte, fuhr Leik dazwischen: „Ich hoffe einfach nur, dass dieses Semester deutlich ruhiger wird als das letzte.“

„Von mir aus kann es ruhig so weitergehen. Frühlingsturnier gewonnen, zaubern gelernt und eine brillante Mission hingelegt“, sagte Morlâ.

Leik nickte traurig, als er an ihre Mission in seinem Heimatort Sefal dachte.

„Wir werden sie bestimmt finden!“, versicherte ihm sein zwergischer Mitbewohner und tätschelte Leik unbeholfen den Rücken.

„Er hat recht, Leik. Wir werden Drena finden. Der Orden unterstützt deine Suche und wir können ja vielleicht auch den einen oder anderen Teil dazu beitragen. Den Fluss des Gesteins beherrschst du doch schon ganz ordentlich.“ Nach diesen aufmunternden Worten klopfte auch der Zwergelbe Leik auf den Rücken.

„Mann, bin ich froh, dass wir endlich da sind. Ich bin total erledigt“, stöhnte Filixx, als sie den Wehrturm erreicht hatten.

„Frag mal dein Pferd. Das musste ja auch noch den ganzen Käse und die Würste mitschleppen. Warum nur?“, stichelte Morlâ, der aber auch reichlich Gepäck dabei hatte. „Ehrlich gesagt, bin ich aber auch froh, wenn wir das ganze Zeug abgeladen haben.“

Fast gleichzeitig sprangen sie aus den Sätteln und gingen auf den Eingang zum Weißen Haus zu. Sie hatten jetzt den alten Wasserspeier erreicht. Leik steckte ihm wortlos die rechte Hand ins Maul und kraulte ihn mit der anderen gedankenverloren zwischen den steinernen Ohren. Augenblicklich schwangen die Türen zum Keller des Wehrturms auf, in dem die ehrenwerte studentische Verbindung des Weißen Hauses untergebracht war.

„Trautes Heim, Glück allein“, mit diesen Worten ging Morlâ als Erster die Treppe hinunter. Im gemeinschaftlichen Aufenthaltsraum, dem ersten Ort, den man am Ende der Treppe betrat, erwartete die drei Studenten das übliche, unaufgeräumt-gemütliche Chaos und der altbekannte, leicht muffige Geruch nach verkochter Milch und Kohl. Auch war es hier unten deutlich kühler als oben, im spätsommerlich warmen Innenhof. Sie waren wieder zurück in ihrem eigenen Zuhause: dem Weißen Haus in der Âlaburg, der Universität für Frieden und Freundschaft.

Ein fast vergessener Freund

„Macht schnell, der Käse darf draußen nicht zu lange in der Sonne liegen. Nachher versucht Dieb ihn noch zu fressen, dieses Pony geht ja an alles Essbare ran."

Leik und Morlâ grinsten bei dieser Beschreibung und waren sich nicht sicher, wer hier der Alles- und vor allem Vielfresser war.

„Ich schließe schnell meine Zimmertür auf und verkeile die Tür des Gemeinschaftsraums, dann können wir die restlichen Sachen besser hereintragen", sagte Filixx. Anschließend öffnete er die ovale rote Tür, die den Gemeinschaftsraum und die Schlafräume der Studenten voneinander trennte. Im gleichen Moment kam eine massige und sehr große Gestalt aus den Waschräumen in den durch trübe Kugellampen beleuchteten Flur.

„Ûlyèr", sagte Morlâ, als er erkannt hatte, wer es war. Doch der Ork reagierte nicht, sondern schob sich wortlos an dem Zwerg, Leik und Filixx vorbei und ging in sein Zimmer. Hinter sich ließ er die grüne ramponierte Tür mit der Nummer vier gewaltig ins Schloss krachen. Die kleine goldene Zahl schwankte dabei bedenklich an ihrem verbliebenen Nagel, entschied sich aber dafür, heute noch nicht abzufallen.

Verdattert schauten sich seine Mitstudenten an. Ihr ursprünglicher Plan war vergessen.

„Ist er böse auf uns?", fragte Leik.

„Offensichtlich", sagte Morlâ.

„Aber warum?", entgegnete Leik.

„Mhh …", begann Filixx. „Hat sich irgendjemand von euch in den Ferien mal bei ihm gemeldet?"

„Nein, aber er wollte doch nicht mit zu dir. Irgendwas von zu kleinen Zwergenhöhlen und Sonderkampftraining in den Ferien hat er uns doch erzählt. Ich dachte, damit wäre die Sache klar gewesen: Wir sehen uns erst am Ende der Ferien. Er hätte doch einfach mitkommen können“, meinte Morlâ starrsinnig.

„Tja, vielleicht ist ein orkisches Nein nicht das Gleiche wie unser Nein.“

Filixx und Morlâ schauten ihren menschlichen Mitstudenten an und schienen kurz mit sich zu ringen.

„Meinst du?“, kam es nach wenigen Sekunden wie aus einem Mund von den beiden zurück.

„Finden wir es heraus.“ Und damit ging Leik auf Zimmer Nummer vier zu und klopfte zaghaft an die zerkratzte Tür.

Keine Reaktion.

„Glaubt Ûlyėr jetzt auch noch, sich unsichtbar machen zu können?“, murmelte Morlâ. „Wir haben eben doch alle ganz deutlich gesehen, dass er in sein Zimmer gegangen ist.“

Leik klopfte erneut. Doch nur Stille antwortete ihm aus dem Inneren des Schlafraums.

„Jetzt reicht es.“ Morlâ ergriff die Initiative und hämmerte mit beiden Fäusten kräftig gegen Ûlyėrs Tür. „Hallo Ûlyėr, wir sind es. Lass uns rein und spiel hier nicht die beleidigte Leberwurst.“

Immer noch schien der Ork vorzuhaben, seine Freunde zu ignorieren.

„Vielleicht gehen wir einfach rein“, schlug Filixx vor.

Darauf dröhnte es aus dem Inneren des Schlafgemachs bedrohlich: „Derjenige von euch, der als Erster seinen Kopf durch diese Tür steckt, wird es bereuen.“

„Ha“, rief Morlâ triumphierend aus. „Er hat uns also doch gehört.“ Dann drehte er sich der Tür zu und rief: „Das Risiko gehe ich ein. Ich habe schon fast vergessen, wie sich heiße Ohren anfühlen.“

In dem Moment, als der Zwerg seine kleine Hand auf die abgegriffene Klinke von Zimmer Nummer vier legen wollte, wurde die Tür aufgerissen und ein sehr großer und eindeutig *noch* muskulöser aussehender Ûlyèr stand in der Tür. „Ich warne dich, Zwerglein!", brüllte er.

Morlâ reagierte mit seiner typisch ironischen Art: „Hallo Ûlyèr, ich dachte, du wärst nicht zuhause. Da wollte ich die Gelegenheit nutzen und in deinen Sachen schnüffeln."

Der riesenhafte Ork – der in der Tür gebückt stehen musste – quittierte diesen auf ihn gemünzten Spott mit dem Anspannen seiner Muskeln und Lefzen, was seine bedrohlich wirkenden Hauer zum Vorschein brachte.

„Schluss jetzt", fuhr Leik dazwischen. „Ihr führt euch ja auf wie ein paar arkantanische Brüllaffen. Denkt doch mal daran, was wir gemeinsam vor ein paar Wochen erlebt haben."

Ûlyèr entspannte sich bei diesen Worten und wirkte augenblicklich weniger bedrohlich. Mehr noch, er schien sogar richtig bedrückt zu sein. „Ja, vor ein paar Wochen waren wir noch …" Der Ork beendete seinen Satz nicht.

„Wir sind heute noch immer Freunde, genauso wie damals", versicherte Filixx, der Ûlyèrs Reaktion genau registriert hatte.

„Das ist mir egal", giftete der Ork, seinen Moment der Schwäche überwindend, zurück.

„Was ist mit dir? Wir dachten, du wolltest nicht mit ins Zwergenreich reisen?", fragte Leik mit ehrlicher Verblüffung in der Stimme.

„Ja", griff Filixx den Faden auf. „Ich hätte mich über deinen Besuch gefreut", log er, denn tatsächlich hatte er nicht gewagt, die Dorfältesten zu fragen, ob er einen Ork mit unter den Berg nehmen dürfe.

„Du hättest uns helfen können beim Fangen eines Gnarfwurms. Frau Steinbeißer wartet immer noch auf ihr neues Haustier", warf Morlâ dazwischen.

Diese humoristische Einlage ignorierend, fuhr Leik fort: „Du wolltest doch nicht mitkommen. Warum bist du dann jetzt böse auf uns?“ Alle drei Studenten schauten ihren orkischen Freund fragend an.

Der wand sich. „Naja … Also ihr hättet einfach nicht … Äh, wir sind doch eine Rotte. Ich meine …“

„Ûlyėr“, sagte Leik sanft.

„Ach, na gut. Ich vertrage keinen zwergischen Käse. Wenn ich den esse, wird mir so schlecht, dass ich tagelang kaum bei Kräften bin. Und die verdammten Halblinge schummeln das Zeug ja überall hinein, weil er angeblich so würzig ist.“

Daraufhin fingen Leik, Morlâ und Filixx an schallend zu lachen.

„Das ist nicht witzig“, verteidigte Ûlyėr sich. „Einen Ork kann man normalerweise mit nichts angreifen oder verletzen, aber wenn ich diesen verdammten stinkigen Käse esse, dann habe ich kaum noch so viel Kraft wie Leik.“

Der Angesprochene sagte zwischen einigen Lachern: „Wir werden dein Geheimnis bewahren. Nicht, dass dir jemand vor dem nächsten Sternballturnier Zwergenkäse untermischt.“

„Wo wir gerade von dieser Köstlichkeit sprechen. Hat noch jemand Hunger?“, fragte Filixx in die Runde. Damit startete er eine erneute Lachsalve, selbst Ûlyėr zeigte etwas mehr von seinen Reißzähnen. Nur Filixx schaute verdattert. Er hatte die Frage ernst gemeint.

„Was hast du denn in den Ferien gemacht?“, fragte Morlâ, nachdem das Lachen verstummt war.

Der Ork schien kurz über seine Antwort nachzudenken, dann sagte er: „Ich habe Gerald in den Gärten geholfen und gelernt.“

„Was, die ganzen Wochen?“

„Ja“, war die schmallippige Antwort des Orks.

„Na gut.“ Morlâ bohrte nicht weiter nach, um die gerettete Freundschaft mit Ûlyėr nicht gleich wieder auf die Probe zu stellen.

„Gehen wir morgen früh gemeinsam zu Tejals Rede?“, fragte Filixx.

„Ja“, antwortete Ûlyėr knapp. Dann zog er Morlâ kräftig am linken Ohr und schloss seine Tür hinter sich.

„Aua, ich habe doch nicht vergessen, wie sich das anfühlt“, jammerte der Zwerg. Trotzdem stimmte er in das Gekicher der anderen mit ein.

Das Geheimnis von Zimmer Nummer drei

Schnell liefen die drei Studenten nochmal die Treppe rauf, zurück in den Hof und holten die Reste ihres umfangreichen Reisegepäcks. Filixx hatte so viel Essen aus seiner Heimat mitgenommen, dass Leik zwei riesige Käselaibe für ihn tragen musste.

Als sie vor der gelben Tür von Zimmer Nummer drei angekommen waren, versuchte Filixx sie umständlich mit einem kleinen, silbernen Schlüssel zu öffnen. Es gelang ihm aber nicht auf Anhieb das Schloss zu treffen, da er zu bepackt war, um seine Hände frei einzusetzen. „Hach, hätte ich das mal gleich gemacht, als wir angekommen sind. Wenn etwas von dem Essen auf den Boden fällt …"

„… dann isst du es trotzdem noch." Außer dieser bösen Bemerkung kam keine Hilfe von Morlâ. Leik konnte nicht zugreifen, da er unter jedem Arm einen riesigen zwergischen Käse balancierte. Endlich schaffte es Filixx, seinen kleinen silbernen Schlüssel ins Schloss zu befördern und diesen auch mehrmals zu drehen. Die Tür öffnete sich und ließ den Blick auf Filixx' Reich an der Universität zu.

„So …", begann Morlâ langgezogen, „sieht so aus, als hättest du immer noch ein Einzelzimmer." Mit diesen Worten drängelte er sich an Filixx vorbei in den Raum, um sich neugierig umzuschauen.

Der Zwergelbe folgte seinem ungeladenen Besucher auf dem Fuße. Schnaufend ließ er sein Gepäck und die zahlreichen zwergischen Köstlichkeiten auf das rechte, unbenutzte Bett fallen. „Ja, ja, sieht wohl so aus. Naja, man weiß ja nie, was sich

Tejal so denkt. Vielleicht bekommt das ehrenwerte Weiße Haus in diesem Jahr ja keine neuen Studenten und mein zweites Bett wird nicht gebraucht“, antwortete er Morlâ genervt.

„Mhh …“, sinnierte der und blätterte in einigen von Filixx’ Aufzeichnungen aus dem letzten Semester, die akkurat gestapelt auf dem Schreibtisch lagen. „Das kann schon sein, aber vielleicht gibt es ja doch Neue und man hat dich“, er machte eine theatralische Pause und grinste den Zwergelben verschlagen an, „*schon wieder* vergessen. Obwohl ich als stellvertretender Hausvorsteher ja eigentlich die Zimmerverteilung machen sollte …“

„Vielleicht, vielleicht auch nicht“, konterte Filixx nicht besonders schlagfertig. „Ich würde euch beide jetzt bitten zu gehen, ich will mich vor dem Begrüßungsabend noch ein bisschen ausruhen, die Reise war …“

„Schon gut“, unterbrach Morlâ seinen Mitbewohner. „Ich werde schon noch herausbekommen, wie du das seit drei Semestern machst. Komm, Leik“, sagte er und verließ das Zimmer, um über den Flur in Richtung Zimmer Nummer eins zu gehen.

Leik legte behutsam die beiden Käseräder auf dem leeren Bett ab und grinste Filixx an: „Nimm es ihm nicht krumm, du weißt doch, er hasst Geheimnisse.“

Der Zwergelbe erwiderte mit einem Zwinkern: „Und ob ich das weiß und das Geheimnis von Zimmer Nummer drei, das würde er schon eine ganze Weile zu gern lösen, doch dazu lasse ich es nicht kommen.“

„Na dann“, grinste Leik, „vielleicht verrätst du es uns ja eines Tages. Bis heute Abend im Gemeinschaftsraum“, verabschiedete er sich und begab sich auch zur blauen Tür von Zimmer Nummer eins.

Als Leik ihr gemeinsames Zimmer betrat, schaute Morlâ gerade in die Kiste von Rondo dem Gnarfwurm, der mit ihnen den

Raum teilte, seitdem ihn der Zwerg zu einer Stunde Beschwörung mitgenommen hatte.

„Na, Rondo“, sprach er mit dem gräulich-ledernen, blinden Zimmerbewohner, „wie ist es dir ergangen? Hat Gerald sich gut um dich gekümmert? Du siehst dünn aus“, stellte der Zwerg fest.

Leik fand, dass das Tier eher länger und dicker geworden war. Doch um Morlâs Laune nicht noch weiter zu senken, ersparte er sich jeden Kommentar, warf sich und seine Sachen einfach aufs Bett und beobachtete seinen Mitbewohner.

„Onkel Morlâ hat dir was Feines aus Faln mitgebracht.“ Daraufhin ließ er einen dicken Granitbrocken in die hölzerne Kiste plumpsen. Der träge, dicke Wurm zeigte jedoch keinerlei Interesse daran, sondern lag einfach weiter zusammengerollt in einer Ecke seiner Box. „Na, wenn er wach ist, dann wird er es schon fressen“, sagte Morlâ zu Leik.

Der nickte nur, schon zu träge, um noch eine Antwort zu geben. Das gemütliche Bett und die Strapazen der Reise gaben ihm den Rest. Einige Sekunden später war Leik ungewaschen und mit Stiefeln an den Füßen eingeschlafen.

Als Leik wieder erwachte, fühlte er sich kaputter als vor seinem Schläfchen. Mit einem Gähnen richtete er sich im Bett auf und kratzte sich am Kopf. Morlâ hatte das Zimmer verlassen. *Er hat sich bestimmt um die Pferde gekümmert oder er will herausfinden, warum Filixx wieder keinen Mitbewohner bekommen hat*, überlegte er und grinste. Leik sah sich in seinem Zuhause um. Seit den Ereignissen in Sefal vor ein paar Monaten war ihm klar, dass das Dorf nicht mehr seine Heimat war. Das war nun die Âlaburg. Auf seinem Schreibtisch lagen wieder ein großer Stapel Papyri und die dazugehörigen Schreibfedern sowie ein volles Fass schwarzer Tinte. Sein Lederranzen, der am Fuß des Tisches stand, sah fast unbenutzt aus, obwohl er mit ihm im letzten Semester einiges erlebt hatte. Einzig ein großes Loch, das Rondo ins dicke, braune Leder gefressen hatte, zeigte, dass das gute

Stück benutzt worden war. Neben dem Stapel Papier lag schneeweiß und frisch gebügelt die Schärpe des Weißen Hauses. Der kleine schwarze Wirbel darauf hob sich deutlich von dem hellen Stoff ab. Fasziniert nahm Leik das Erkennungszeichen seiner studentischen Verbindung – auch wenn das Weiße Haus dies offiziell nicht war – in die Hand und betrachtete die aufgestickte magische Erscheinung. In diesem Moment wurde ihm noch einmal bewusst, wie stark sich sein Leben verändert hatte. Vom einfachen Waisenjungen, der bei seinem Meister Gerald das Jagdgeschäft gelernt hatte, war er zu einem Studenten der Âlaburg geworden. Einer Einrichtung, in der die magisch Begabten der vier vernunftbegabten Völker von Razuklan die Anwendung der Zauberei lernten. Obwohl Leik nur zum Weißen Haus gehörte, da seine Herkunft und die Art seiner magischen Begabung unklar waren, hatte er hier Freunde gefunden und im letzten Semester sehr viel gelernt. Auch dass Gerald sein Hausvorsteher war und mit ihm in der Âlaburg lebte, machte Leik sehr froh. Sein ehemaliger Meister war ihm hier noch mehr zu einer Vaterfigur geworden. Einzig die Sorge um Drena, seine Angebetete, machte ihn melancholisch.

Doch bevor Leik wieder in eine trübselige Stimmung verfallen konnte, sah er den dicken cremefarbenen Brief mit dem roten Wachssiegel der Schule. Die Direktorin hatte ihm also wieder eine Nachricht zum Semesterbeginn hinterlassen. Nachdenklich nahm er den Umschlag und betrachtete das Siegel. *Eine Taube mit einer Schlange in ihren Krallen, wirklich passend für eine Schule des Friedens*, dachte Leik und brach den wächsernen Briefverschluss. Dabei zerstörte er den ins Wachs gedrückten Wahlspruch der Schule: *PAX & AMICITIA*. Im gleichen Moment stieg ein kleiner, silberner Wirbel auf und ein sehr leises Klingeln ertönte. Leik meinte die schwache magische Entladung förmlich zu spüren, obwohl er die Sphäre der Zauberei gar nicht betreten hatte.

Von:

Raisar Merhorna Elisa Tejal
Großmagisterin, Rektorin, Hüterin der Siegel, oberste Friedenswahrerin, Heilerin

An:

Leik McDermit
Weißes Haus
Zimmer Nr. 1

Lieber Leik,
herzlich willkommen zurück an der Âlaburg, der Universität für Freundschaft und Frieden. Ich weiß, dass Du Dich nur wenig in den Ferien erholt hast, obwohl gerade Du Erholung gebraucht hättest.

Woher weiß sie das schon wieder, grübelte Leik.

Doch gib die Hoffnung nicht auf. Der Orden sucht weiterhin auf dem ganzen Kontinent den Magier, der Euch in Sefal attackiert hat. Wenn sie ihn finden, finden sie auch Drena.
Dennoch sind Deine selbstgewählten Methoden gefährlich! Du weißt, welche Kräfte in Dir schlummern. Deshalb wirst Du weiter am Freitagnachmittag Sonderunterricht bei mir haben. Bitte finde Dich dazu in meinem Büro ein.
Dein Stundenplan beinhaltet in diesem Semester wieder alle sieben Weisheiten. Solltest Du auch in diesem Jahr eine Universitätsmission anstreben, musst Du in allen Fächern Bestleistungen erbringen, es gibt keine Sonderbehandlung für Dich. Morlâ wird in diesem Semester erneut den gleichen Jahrgang besuchen wie Du. Nur in Rechenkunde überspringt er ein Semester. Pass gut auf, dass Du in diesem wichtigen Fach nicht ein Studienhalbjahr wiederholen musst. Lerne von Morlâ!

Leik verdrehte bei diesen Worten die Augen. Er mochte Rechenkunde einfach nicht.

Sicher wird es Dich freuen zu hören, dass Gerald weiter Vorsteher des Weißen Hauses bleibt. Ich wünsche Dir einen guten Start in das neue Semester. Mögen Dich Friede und Freundschaft leiten und begleiten.
PS: Du bleibst bis auf Weiteres im Weißen Haus. Wir wissen nach wie vor einfach zu wenig über Deine Vergangenheit.
PPS: Noch musst Du zwar keine Strafarbeit in diesem Semester leisten, doch Magister Gerald wäre sicher dankbar für ein wenig Hilfe in den Gärten.
PPPS: Du brauchst diesen Brief nicht zu verstecken, niemand außer Dir kann ihn lesen.
PPPPS: Vergiss nicht, Deinen Stundenplan in der ersten Semesterwoche mitzunehmen, er wird am Morgen des ersten Tages im Gemeinschaftsraum aushängen.
PPPPS: Sag Morlâ, dass der Gnarfwurm namens Rondo jetzt als offizielles Haustier anerkannt ist, aber nicht mehr als beschwörenswerte Gestalt benutzt werden darf.

In Freundschaft und Friede!

Tejal (Großmagisterin, Direktorin usw.)

Leik las den Brief noch ein zweites Mal. *Tja*, dachte er sich und grinste, *dann auf ein Neues.*

Alte und neue Bekannte

Die nächsten Stunden des ersten Tages an der Universität vergingen wie im Flug. Zahlreiche Sachen waren noch zu organisieren, sodass der Abend schneller kam, als Leik erwartet hätte. Und am ersten Abend würde es ein Semesteranfangsfest des Weißen Hauses geben. Im letzten Studienhalbjahr war Leik hier noch ein Fremder gewesen, der keine Ahnung von der Magie des Kontinents Razuklan hatte. Jetzt gehörte er fest dazu und freute sich auf das Wiedersehen mit seinen Mitstudenten und auch auf die neuen Kommilitonen, die dem Weißen Haus zugeordnet werden würden. Obwohl die Neuankömmlinge sich vermutlich nicht freuen würden, wenn Direktorin Tejal sie ins Bastardhaus schickte, weil ihre Herkunft oder Begabung nicht genau einer der vier offiziellen Verbindungen Ølsgendur, Řischnärr, Elbendingen oder Glaubensfest zuzuordnen war.

„Freust du dich, die anderen wiederzusehen?", fragte Leik Morlâ kurz vor Beginn des Festes im Badezimmer und schaute noch ein letztes Mal in den Spiegel. Sein zwergischer Freund schmierte sich gerade irgendeine Art gelblich-talgige Pomade in die strubbeligen braunen Haare und kleisterte auch seinen Bart damit zu, so wie Leik es bei vielen Zwergen in Faln gesehen hatte.

„Mhh …", brummte der Zwerg, zu sehr vertieft in seine Haarpflege, um gleich antworten zu können. Erst nachdem er noch einige Haarspitzen an seinen Kopf geklatscht hatte, antwortete er Leik: „Naja …", er betrachtete sich ein letztes Mal im Spiegel. „Ich habe heute Nachmittag von Tejal erfahren, dass wir keine neuen Mitbewohner bekommen, dabei wollte ich, dass Filixx endlich mal …“, abrupt beendete er seine Ausführungen, als er Leiks hochgezogene Augenbrauen sah. „Wie auch immer. Die Magister der anderen Verbindungen sind ganz scharf auf Studenten in diesem Semester, da es wohl weniger Anmeldungen als sonst gegeben hat. Nur unsere orkischen Freunde von Řischnărr sind wie immer in voller Besetzung erschienen, deshalb entscheiden die anderen drei wohl ein bisschen großzügiger, welche Studenten ihre ach so hehren Aufnahmekriterien in diesem Semester erfüllen.“

„Das ist ja merkwürdig“, erwiderte Leik. „Woran kann das liegen?“

„Ich habe keine Ahnung. Tejal teilt ihre Informationen nicht so großzügig, selbst wenn man stellvertretender Hausvorsteher ist. Apropos Hausvorsteher, hast du es schon geschafft, Gerald zu treffen?“

„Nein“, sagte Leik. „Er hatte den ganzen Nachmittag keine Zeit, aber ich freue mich darauf, ihn gleich wiederzusehen.“

„Na, dann los!“

Dumpfes Gemurmel empfing die beiden Freunde, als sie auf den Flur traten. Die gemütlichen, runden Kugellampen taten ihren Dienst, kaum dass sie einen Fuß in den Gang gesetzt hatten, und spendeten ihnen gedämpftes gelbes Licht auf ihrem Weg zum Gemeinschaftsraum. Nachdem sie die ovale Tür dorthin geöffnet hatten, schwoll der Geräuschpegel deutlich an.

„Ah, da seid ihr ja endlich“, empfing Filixx seine Mitbewohner.

„Was hast du denn mit deinen Haaren gemacht?“, fragte er mit einem erstaunten Blick auf Morlâs fettigen Haarhelm.

„Was? Sieht das nicht …“, doch bevor der Zwerg seinen Satz zu Ende sprechen konnte, begann Gerald mit seiner Begrüßungsansprache.

„Ein herzliches ‚Willkommen zurück‘. Ich freue mich, euch wiederzusehen.“ Nur verhaltener Applaus ertönte. Doch das schien Gerald gar nicht weiter aufzufallen. Gewandet in seinen üblichen armlosen Lederharnisch, aber geschmückt mit einer leuchtend weißen Schärpe des Weißen Hauses, sprach er einfach weiter. „Wir haben in diesem Semester zwar keine neuen Studenten zugeteilt bekommen, aber ich bin mir sicher, dass wir in diesem Studienhalbjahr erneut so erfolgreich sein können wie im letzten." Bei diesen Worten schaute er auffällig lange in Leiks, Morlâs und Filixx' Richtung. Alle im Raum drehten sich daraufhin zu den dreien um, und als in diesem Moment auch noch der riesenhafte Ûlyėr durch die rote Tür in den Gemeinschaftsraum trat, brandete spontan Beifall für die erfolgreiche Sternballmannschaft des letzten Semesters auf.

Ûlyėr zeigte zunächst feindselig seine Hauer, als er aber bemerkte, dass der Applaus freundlich gemeint war, gesellte er sich zu seinen Mitspielern und ließ sich feiern.

Jetzt war die Stimmung wie verwandelt. Leik war sich sehr sicher, dass sein ehemaliger Jagdmeister dies auch bezweckt hatte, denn der fuhr wie selbstverständlich fort: „Das ist die richtige Einstellung! Macht das Weiße Haus stolz und nutzt eure Chancen in diesem Semester. Ihr seid genauso gut wie alle anderen Studenten dieser Universität." Wieder jubelten alle. „Ich will hier gar nicht länger reden. Genießt den Abend! Ich glaube, neben dem Kamin sind ein paar Kleinigkeiten zu essen, die wir Filixx zu verdanken haben." Jetzt wurde der Zwergelbe kurz bejohlt und damit endete der offizielle Teil des Abends.

Die vier Freunde schlugen sich zu dem improvisierten Büfett durch. Doch auf dem Weg dorthin wurden sie getrennt.

Filixx blieb bei den Fünf Weisen stehen – den ältesten Studenten der Âlaburg, Toulin, Houlin, Kaneg, Warn und Lebos – und besprach etwas bezüglich einer neuen Theorie über den fünfzehnten Algorithmus des Tamirs. Leik kam nicht an ihnen vorbei, bevor sie ihn eingeladen hatten, mit ihnen über Caoimhe zu sprechen. Das nahm er gerne an und machte eine Verabredung für den nächsten Tag aus.

Morlâ blieb bei einer kichernden Traube Mädchen stehen, die offensichtlich etwas über seine Haarpracht zu sagen hatten. Aus den Augenwinkeln sah Leik, dass es sich um Malin, Elina und Hela handelte. Er wusste zwar nicht, wo Karina steckte, aber ohne ihre divenhafte Anführerin schienen die drei durchaus Interesse am Kapitän der siegreichen Sternballmannschaft zu haben. Ihre bewundernden Bemerkungen über Morlâs neues Aussehen deuteten zumindest darauf hin.

Ûlyėr schließlich blieb bei den Zwillingen Rulu und Ulur stehen. Die beiden menschlichen Albinos hatten irgendeine Sternballtaktik ausgetüftelt, die auf ihren telepathischen Fähigkeiten basierte und für die sie unbedingt einen Ork brauchten. Ûlyėrs Desinteresse ignorierend, sprachen die beiden aufgeregt auf ihn ein.

Leik entzog sich dem Gespräch und ging einfach weiter zum Büfett. Dort endlich traf er auf Gerald, der sich gerade einen großen Schluck Hagebuttensaft einschenkte. Als Leiks ehemaliger Jagdmeister ihn sah, strahlte er über das ganze Gesicht. Wortlos stellte er den Becher ab und nahm seinen Schützling lange in die Arme. Jetzt erst hatte Leik das Gefühl, wirklich wieder zu Hause zu sein.

„Na, mein Junge“, begann Gerald, „wie waren deine Ferien unter Tage? Bist du jetzt etwa ein Liebhaber von zwergischem Käse und Mäerñ?“ Lachend drückte er seinen Ziehsohn erneut an sich, bevor Leik antworten konnte.

„Den Käse mag ich nicht besonders …“, erwiderte Leik.

„… aber Mäerñ ist nicht schlecht, was?“, beendete Gerald den Satz und zwinkerte Leik zu. Offensichtlich akzeptierte er, dass sein ehemaliges Mündel alt genug war, um ein wenig Alkohol zu trinken. „Komm, erzähl, was habt ihr getrieben?“

Daraufhin zogen die beiden sich zu den gemütlichen, durchgesessenen Sesseln vor dem Kamin zurück und Leik breitete seine Ferienerlebnisse aus. Angefangen von dem Training für den Fluss des Gesteins über das Abenteuer mit den Räubern in der Senke bis hin zum Rätsel um Filixx' Einzelzimmer. Nachdem er geendet hatte, herrschte kurz Stille zwischen den beiden Männern. Sie schauten gedankenverloren den anderen Gästen zu, die sich auf der kleinen Feier vergnügten.

Dann war es an Gerald zu reden: „Du suchst Drena also immer noch?", und beantwortete sich seine Frage gleich selbst. „Selbstverständlich suchst du sie. Ich hätte dasselbe gemacht. Der Fluss des Gesteins ist ein guter Anfang. Lass nur Magister Tiefenschacht nichts davon wissen. Zwerge können sehr aufbrausend sein, was ihre Geheimnisse angeht. Und dieser Zauber ist wirklich ein großer. Dir muss natürlich klar sein, dass das Mädchen überall sein kann. Nur weil das Böse sich beim letzten Mal unter die Erde verzogen hat, muss das nicht bedeuten, dass das immer noch so ist."

Leik nickte traurig.

„Trotzdem glaube ich auch, dass Drena noch lebt. Tejals Informationen und die des Ordens deuten darauf hin. Gib also die Hoffnung nicht auf. Ich werde dir helfen, so gut ich kann."

„Danke, Gerald", erwiderte Leik leise. Die Traurigkeit hatte ihn wieder übermannt. Wieder einmal wurde ihm bewusst, wie hoffnungslos seine Aufgabe, Drena zu finden, war. Trotzdem klammerte er sich an das, was Gerald gesagt hatte: *Drena lebt!*

„Es muss auf jeden Fall irgendeine Verbindung zu dir bestehen. Ich glaube nicht, dass Drena nur um ihrer selbst willen entführt wurde, sondern dass es etwas mit dir zu tun hat."

Leik hatte sich schon die gleichen Gedanken gemacht, doch er erkannte den Zusammenhang einfach nicht. „Was könnte der unbekannte Magier von mir wollen und wer ist er?"

Gerald pustete geräuschvoll Luft aus, stand auf und holte sich noch einen großen Schluck Saft, bevor er antwortete: „Wenn ich das wüsste, wäre ich da draußen und würde ihn jagen und zur Strecke bringen. Aber ich habe keine Ahnung. Mach dir keine Gedanken, hier in der Âlaburg kann dir niemand etwas tun. Wir müssen einfach abwarten und den Orden seine Arbeit machen lassen, sie werden etwas herausfinden. Die Driany sind über den gesamten Kontinent verteilt. Wenn sie diesen verderbten Begabten finden, dann finden wir auch deine Drena, davon bin ich überzeugt."

Außer er findet mich zuerst, dachte Leik, aber das behielt er für sich.

„So, genug der trüben Gedanken. Ich glaube, es ist Zeit fürs Bett. Ihr sollt doch morgen früh bei Tejals Rede alle hellwach sein." Damit stand Gerald auf und klatschte gebieterisch in die Hände. Kurze Zeit später war der Gemeinschaftsraum verwaist und nur noch der Kamin knisterte leise vor sich hin.

Morlâ kam nur mit einem um seine Hüften geschlungenen Handtuch in das gemeinsame Zimmer. Seine braunen Haare waren jetzt wieder von der zwergischen Haarpomade befreit und hingen ihm strubbelig vom Kopf.

Leik lag schon im Bett, war aber noch wach. Gleich würde das Licht verlöschen, so wie sie es von der Âlaburg gewohnt waren. Der Zwerg trocknete sich schnell noch die Haare, warf das benutzte Handtuch einfach in eine Ecke und rollte sich in seine Decke ein. Gerade rechtzeitig, denn in diesem Moment wurde es stockfinster in dem fensterlosen Kellerraum.

„Na, ich mache uns mal ein bisschen Licht." Im gleichen Moment wurde das Zimmer in flackerndes blaues Licht getaucht. Morlâ nutzte seine neugewonnenen Fähigkeiten und hatte ein Wehrlicht beschworen.

„Darauf hast du dich gefreut, oder?“, fragte Leik grinsend und drehte sich zu Morlâs Bett um.

„Darauf kannst du wetten. Als du im letzten Semester hier angekommen bist, mussten wir uns noch mit der alten Petroleumlampe begnügen. Ich freue mich wirklich das erste Mal auf die Uni, seitdem ich hier bin.“

„Das ist prima“, entgegnete Leik, „und bei den Mädchen scheinst du ja jetzt auch einen Schlag zu haben“, ergänzte er.

„Ja, verrückt was? Die drei sind richtig nett, seitdem Karina weg ist.“

Leik dachte, er hätte sich verhört: „Wie weg? Wo ist sie denn hin?“

„Hat dir keiner etwas gesagt? Karina durfte zu Glaubensfest wechseln. Der stellvertretende Hausvorsteher von denen behauptet zwar, dass sich herausgestellt hätte, dass irgendein weit entfernter Onkel schon Begabter war und sie deshalb aufgenommen wurde, aber ich glaube, es ist etwas anderes.“

„Was?“, platzte Leik dazwischen.

„Ich bin mir sicher, sie haben sie nur genommen, weil Glaubensfest in diesem Semester so wenige Studenten aufgenommen hat wie noch nie. Alle Verbindungen haben in diesem Jahr große Probleme, Begabte zu finden, und so reißen sie sich selbst um uns Weiße. Karina muss die Erste seit Jahrzehnten gewesen sein, die den Sprung vom Weißen in eine richtige Verbindung geschafft hat.“

„Naja, das stimmt ja nun so nicht“, warf Leik ein.

Morlâ lächelte wissend. „Ich bin ja *nicht* zu Ølsgendur gewechselt, also zählt das nicht.“

„Sie hätten dich aber genommen. Die Fähigkeiten dazu hast du“, sagte Leik und deutete mit dem Finger auf Morlâs blaues Wehrlicht, das das Zimmer aufgeregt durchflog.

„Ja, da hast du recht, aber ich kann euch doch hier nicht zurücklassen. Wer sollte dich und Filixx denn dann vor Ûlyėr beschützen?"

Leik musste lachen. „Aber es ist wirklich sehr merkwürdig, dass es so wenige Neuanmeldungen in diesem Semester gibt", sagte er.

„Ach, wer weiß", murmelte Morlâ, der sein Wehrlicht gerade verlöschen ließ. „Im nächsten Semester sind es bestimmt wieder mehr."

Leik war sich da nicht so sicher. Vor dem Einschlafen dachte er an die riesige Höhle mit der pulsierenden roten Energiequelle und daran, wozu der unbekannte dunkle Zauberer sie genutzt hatte. Dann fiel er in einen unruhigen Schlaf.

Eine bedrohliche Rede

Morlâ schien das mit der Vorfreude auf das neue Semester wirklich ernst zu nehmen. Als Leik am nächsten Morgen die Augen öffnete, war der Zwerg schon angezogen und legte gerade seine weiße Schärpe an.

„Aufstehen, Schlafmütze“, begrüßte Leiks Mitbewohner ihn.

„Heute geht das neue Semester los und ich als stellvertretender Hausvorsteher habe dafür zu sorgen, dass wir alle pünktlich zu Tejals Rede kommen. Also raus aus den Federn.“ Mit diesen Worten zog er Leiks Decke weg.

Der ergab sich in sein Schicksal, froh, dass sein Freund dank seiner neuen magischen Fähigkeiten den Spaß am Lernen gefunden hatte. Er selbst freute sich auch auf das neue Halbjahr. „Ja, ja… Gib mir einfach noch ein paar Minuten.“

„Na gut, aber beeile dich. Ich gehe schon mal in den Gemeinschaftraum, um zu sehen, wer bereits da ist. Eventuell muss ich noch den einen oder anderen aus den Federn werfen.“ Mit dieser Ankündigung verschwand Morlâ und ließ einen noch nicht richtig wachen Leik zurück.

„Da bist du ja endlich“, empfing Morlâ seinen Mitbewohner einige Zeit später im Gemeinschaftsraum. Neben ihm standen ein zerzauster Filixx mit glasigem Blick und ein noch mürrischer als sonst dreinblickender Ûlyèr.

„Habt ihr euch wirklich von ihm aus den Betten schmeißen lassen?“, fragte Leik ungläubig seine beiden Freunde, doch bevor diese antworten konnten, sagte Gerald laut an alle gewandt:

„Gut, dass ihr schon alle wach seid. Ich hätte das gar nicht erwartet. Aber dann können wir ja gleich losgehen. Auf geht's, Weißes Haus!"

Unmotiviert machte sich die kleine Truppe auf den Weg in den Innenhof der Universität. Beim Laufen wippten ihre weißen Schärpen, sodass es aussah, als ob der darauf gestickte kleine magische Wirbel sich bewegen würde. Draußen angekommen, passierten sie zuerst das Verbindungshaus von Elbendingen. Allerdings kamen nur relativ wenige gelb-blau gewandete Schönheiten aus dem Gebäude.

„Sogar die Spitzohren schlafen noch", war plötzlich von Ûlyėr zu vernehmen. Verdutzt schauten seine Freunde zu ihm hinauf.

Filixx fand als Erster seine Stimme wieder. „Du hast recht. Ich hoffe, da kommen noch mehr." In der Tat erschienen immer mehr elbische Studenten vor ihrem naturbelassenen, hölzernen Verbindungshaus, dessen Fenster fast ertranken vor Blumenschmuck, der in allen Farben leuchtete und süßlich duftete. Doch die Gruppe war etwas kleiner als im letzten Semester, wie Leik auffiel.

„Sind das alle?", fragte er daraufhin in die Runde.

„Ich habe euch doch erzählt, dass es in diesem Jahr weniger Neuankömmlinge bei den ehrenwerten Verbindungen gab", begann Morlâ zu erklären, „und durch die Abgänger, die im letzten Semester ihren Abschluss gemacht haben, sind die Elben einfach ein bisschen weniger geworden. Was soll's? Obwohl es immer eine Freude war, die elbischen Erstsemesterinnen auf dem Campus zu sehen, das muss ich schon zugeben."

Leik und Filixx schauten sich verstehend an, ohne jedoch ein Wort zu sagen. Ihnen erschien diese Entwicklung bedrohlich und durchaus als wichtig. Dazu kam noch, dass die sonst so ausgelassenen Studenten der Verbindung Elbendingen heute nicht besonders fröhlich wirkten. Zwar waren sie noch immer blendend schön für menschliche Augen und auch ihr glockenhelles,offe ansteckendes Lachen erklang hier und da, aber ihre Leichtigkeit und Unbefangenheit, die Leik immer so bewundert hatte, konnte er heute Morgen nicht entdecken.

Als die nun weiß, gelb und blau gemischte Truppe das Verbindungshaus der Menschen, Glaubensfest, erreicht hatte, bot sich ein ähnliches Bild. Obwohl sich ihnen deutlich mehr rot-gelb gewandete Menschen anschlossen. Offensichtlich schien es mehr menschliche Erstsemester zu geben als elbische. Trotzdem war auch diese Gruppe ein wenig kleiner geworden. Die Menschen störte dies offensichtlich nicht weiter. Laut, grob und selbstbezogen verließen sie ihre im Fachwerkstil errichtete Heimstatt auf der Âlaburg. Leik entging aber nicht, dass sie versuchten, sich nicht mit den Angehörigen des Weißen Hauses zu mischen, was ihnen jedoch nicht gelang.

Schließlich erreichten sie das kunstvoll mit Steinmetzarbeiten verzierte zwergische Verbindungshaus von Ølsgendur. Anders als im letzten Halbjahr stand niemand mit blau-roter Kleidung oder Schärpen vor dem Gebäude.

Jetzt war es an Morlâ, sich zu wundern. „Wollen die Zwerge etwa Tejals Rede boykottieren?", versuchte er sich mit einem Scherz, obwohl ihm anzumerken war, dass selbst er sich jetzt Sorgen machte.

„Das glaube ich eher nicht", antwortete Filixx. „Tiefenschacht ist eigentlich ein großer Bewunderer der Direktorin."

„Aber was ist es dann? Brauchen die etwa einen neuen stellvertretenden Hausvorsteher, der ihnen morgens Beine macht?"

„Nein, ich denke…", doch Filixx kam nicht weiter.

Plötzlich lief ein mittelgroßes Grüppchen von Zwergen mit blau-roten Schärpen aus dem Gebäude. Es schien fast, als wollten die Zwerge nicht weiter auffallen, sondern würden sich noch kleiner machen, als sie es ohnehin schon waren. Schnell schlossen sie sich der großen Gruppe an und sorgten dafür, dass dort nun alle Farben der Âlaburg vertreten waren.

„Da kommen doch sicher noch ein paar", beharrte Morlâ, aber als die muntere Studentenschar sich weiterschob, musste er einsehen, dass in diesem Semester auch weniger Zwerge die Âlaburg bevölkerten als üblich.

Doch bevor die Freunde besprechen konnten, was diese Entwicklung zu bedeuten hatte, öffneten sich die Tore des gefängnisartigen, schwarzen Gebäudes der Verbindung Řischnärr. Aus dem dunklen Kubus strömten in militärischer Aufstellung und im Marschtritt Massen von Orks. Ihr Auftritt war ohrenbetäubend und einschüchternd. Die schwarzgekleidete Gruppe der muskelbepackten Studenten marschierte im Gleichschritt die Treppen hinunter. Ihre kleinen weißen Totenkopfaufnäher fielen einem dabei nur auf, wenn man ganz genau hinsah.

„Anscheinend hat es bei Řischnärr keine Probleme gegeben, Studenten zu finden", sprach Ûlyėr aus, was sie alle dachten.

Wie Leik es auch schon aus dem letzten Studienhalbjahr kannte, gingen die Orks der bunt gemischten Studentengruppe voran direkt auf das Universitätsgebäude zu. Es war mehr als offensichtlich, dass weder die Orks noch die anderen Studenten etwas miteinander zu tun haben wollten. Denn die eine Gruppe ging schneller und die andere etwas langsamer. Und so marschierte ein rechteckiger schwarzer Block im Gleichschritt als Erstes durch die großen Flügeltüren der Universität, dann folgte der buntgemischte, fröhliche Rest.

Schnell durchquerten Leik und seine Freunde den Remter und gingen in den großen Speisesaal. Dieser roch nach altem Fett, verbrannter Milch und Kräutertee. Die Tische der Verbindungen waren aufgebaut wie immer. Ganz links stand die gelb-blau gestaltete Tafel der elbischen Studenten, an der einige Plätze leer blieben. Daneben standen die Tische der Verbindungen

Glaubensfest, die in rot-gelb dekoriert waren, doch anders als noch vor einem halben Jahr brauchten die Menschen eigentlich keine drei Tische mehr. An zwei langen Tafeln hätten sie auch Platz gehabt, wenn sie etwas zusammengerückt wären, aber so verteilten sie sich einfach auf alle drei und jeder von ihnen hatte jetzt ausreichend Platz zu seinem Nachbarn. Der blau-rote Tisch der Zwerge wirkte etwas verloren in dem großen Raum, vor allem im Vergleich zu den zahlreichen Tischreihen, die in Schwarz gehalten waren. An diesen hatten Dutzende Orks militärisch-zackig Platz genommen und sagten kein Wort zueinander oder irgendjemand anderem. Trotzdem verströmten sie eine bedrohliche Atmosphäre.

Gerald führte die Gruppe des Weißen Hauses zielsicher zu den ihnen zugedachten Tischen. Leik entdeckte zu seinem Erstaunen, dass die Tische des Weißen Hauses nicht mehr in der hinteren linken Ecke untergebracht waren und quer zu den anderen standen, sondern dass sie nun in gerader Linie, wie alle anderen, zum Direktorenpult hin ausgerichtet waren. Parallel mit den schwarzen Tischen der Orks bildeten die weißen des Weißen Hauses einen schönen Kontrast. Die schönen Farben machten den allgemein etwas baufälligen Charme der Mensa aber auch nicht viel angenehmer. Dieser Ort war eher praktisch als repräsentativ.

„Mann, wir haben ja neue Tischtücher“, fiel Morlâ die zweite Neuerung das Weiße Haus betreffend auf. „Seit Leik hier ist, sind wir wohl deutlich in der Gunst der Rektorin gestiegen, was?“, lachte er.

„Ich glaube nicht, dass es daran liegt. Die Universität hat im Moment einfach zu wenige Studenten, als dass man Begabte schlecht behandeln könnte oder …“

Ein deutliches, magisch verstärktes Räuspern, das den Raum durchflutete, beendete die Ausführungen des Zwergelben. Tejals Rede begann.

„Liebe Studentinnen und Studenten, ich begrüße euch alle zum neuen Semester an der Âlaburg. Eure Semesterferien waren sicher wie immer viel zu kurz …“

Leik konnte es nicht glauben, die Direktorin begann mit demselben schlechten Witz wie im letzten Semester. Und die Reaktion war auch dieselbe. Nur wenig gekünsteltes Lachen. Hauptsächlich von den Hausvorstehern, die erst mit bösen Blicken einige ihrer Schützlinge dazu brachten, ebenfalls zu lachen. Leik hätte Tejal eigentlich mehr Humor zugetraut, aber vielleicht war das ständige Wiederholen dieses Beginns ja eine verschrobene Art davon.

„… trotzdem habt ihr alle wieder den Weg hierher zurück gefunden, um eure Ausbildung zu beenden und fleißig zu lernen. Ganz besonders begrüßen möchte ich diejenigen unter euch, für die es das erste Semester an dieser Universität ist. Ihr werdet in den nächsten Jahren hier unglaubliche Dinge lernen und könnt Razuklan mithilfe von Magie verändern und verbessern, wenn ihr eure Ausbildung abgeschlossen habt.“

So weit, so bekannt, dachte Leik, bei dem sich langsam Langeweile ankündigte. Er merkte, wie sein Blick von Tejal abschweifte und langsam durch den Saal wanderte. Er beschaute sich jeden Tisch. Überlegte, was Glaubensfest wohl zum Frühstück vorbereitet hatte …

„Doch ich will es euch nicht verschweigen. Razuklan ist in Gefahr. Ihr seid in Gefahr. Wir alle, das gesamte Leben auf dem Kontinent könnte ausgelöscht werden.“

Schlagartig war Leik wieder hochkonzentriert und nicht nur er. Der gesamte Saal schien die Luft anzuhalten. Selbst Gerald verzog das Gesicht konzentriert, was sich an seiner kraus gezogenen Nase offenbarte und daran, dass er auf seinem Bart kaute. Offensichtlich hatte er nicht mit dieser Begrüßung durch die Direktorin gerechnet.

„Sicher ist euch nicht entgangen, dass in diesem Semester so wenige Begabte zu uns gestoßen sind wie noch nie zuvor in der Geschichte der Âlaburg. Diese Entwicklung ist nicht nur für diese Hochschule bedrohlich, sondern für alle Lebewesen Razuklans. Es scheint, als ob die Magie auf dem Kontinent immer weniger werden würde. Niemand weiß genau warum, nur dass sich diese Entwicklung schon seit etlichen Jahren zeigt und in jedem Jahr weniger Lebewesen mit der Begabung geboren werden."

Ein Raunen ging durch die Menge. Nur die Studenten der Verbindung Řischnărr ließen keinerlei Gefühlsregung erkennen. Stoisch starrten sie zum Pult der Direktorin. Entweder weil das ihrer Natur entsprach, oder weil sie glaubten, als nichtmagische Wesen von dieser Entwicklung nicht betroffen zu sein.

„Doch was es auch immer sei: Razuklan kann ohne Magie nicht bestehen. Sie ist Teil unserer Welt. Sie zu verlieren, wäre gleichbedeutend mit dem Verlust der Luft oder des Wassers auf dem Kontinent. Die Energieströme, die wir nutzen, um Zauberei auszuführen, sind ein wesentlicher Bestandteil dieser Welt und ohne dieses Element ist Leben kaum möglich. Es mögen einige unter uns sein, die glauben, dass sie von dieser Entwicklung nicht betroffen sind …"

Leik hatte das Gefühl, die Direktorin würde etwas zu lange zum schwarzen Tisch der Orks schauen.

„… doch ich kann euch versichern, dass dies nicht so ist. Wir sind alle Teil der gleichen Welt. Das eine kann es nicht ohne das andere geben."

Der orkische Hausvorsteher und Magister für Kampfkunst, Ňokelä, fletschte bei diesen Worten unmerklich seine Hauer. Leik war sich sicher, dass außer den anderen Orks niemand diese Geste bemerkt hatte, doch er hatte zufällig den riesigen Ork beobachtet und gleichzeitig im letzten Semester so viel Zeit mit

Ûlyèr verbracht, dass er langsam in der Lage war, Mimik und Gestik der animalischen Bewohner des Kontinents zu deuten.

„Daher geht an euch alle, ob Erstsemester oder ältere Studenten auf der Âlaburg, mein Appell: Schützt und schätzt eure Begabung. Ihr könntet mit zu den letzten gehören, denen sie gegeben wurde."

Danach schaute die Rektorin lange in den Saal und Leik hatte wieder das Gefühl, sie würde ihm direkt ins Herz blicken. Dann konnte er sehen, dass sich die fünf Hausvorsteher wie auf ein verabredetes Zeichen hin erhoben.

Es war Zeit für den Schwur der Verbindungen.

„Schwört das Weiße Haus, dem Frieden auf Razuklan zu dienen und alles in seiner Macht Stehende zu tun, die Begabung zu erhalten und zu beschützen?"

Leik war nach diesen Worten wie elektrisiert. Nicht nur, dass das Weiße Haus, im Unterschied zum letzten Semester, als Erstes schwören sollte, sondern auch weil Tejal den Schwur verändert hatte. Sie wurden jetzt nicht nur magisch gebunden, den Frieden zwischen den Völkern zu bewahren, sondern sollten auch noch die magische Begabung auf Razuklan sichern und beschützen. Leik war sich über die Tragweite dieser Worte im Klaren. Genau das hatte er im letzten Semester getan.

„Das schwören wir!", antwortete Gerald mit fester Stimme, als ob er Tejals Worte nochmals unterstreichen wollte.

Wenn Leik es nicht besser wüsste, hätte er geglaubt, dass die strenge Direktorin seinen ehemaligen Jagdmeister dabei anlächelte.

Daraufhin machte Tejal eine Handbewegung und Leik verspürte ein starkes Verlangen, seinen rechten Arm zu heben, gleichzeitig fing sein Handrücken an zu brennen. Das Mal war erschienen. Alle am Tisch des Weißen Hauses hoben gleichzeitig den linken Arm und präsentierten der Rektorin das magische Erkennungszeichen. Leik war der einzige, der die rechte Hand gehoben hatte. Sekunden später war es vorbei und der dunkle Kreis auf seinem Handrücken verblasste schon wieder. Er war an seinen Schwur gebunden.

Tiefenschacht wiederholte den Schwur für Ølsgendur, die Verbindung der Zwerge. Auch am blau-rot geschmückten Tisch hoben alle den linken Arm und präsentierten ihren zwergischen Hammer.

Herbstblüte schmetterte ein lautes: „Wir schwören", hervor und ihre gesamte Verbindung schien ihr zuzustimmen, denn nirgendwo schossen die Arme schneller nach oben und glühten die magischen Kennzeichnungen stärker als bei den Elben, deren Symbol die Blume war.

„Schwört die Verbindung Glaubensfest, dem Frieden auf Razuklan zu dienen und alles in ihrer Macht Stehende zu tun, die Begabung zu erhalten und zu beschützen?"

Der Bruderschaftsmagier der Menschen, Jehal, schien einen kurzen Moment mit sich zu ringen. Seine rot-gelbe Schärpe bewegte sich einige Male auf und ab, als er tiefe Atemzüge nahm. Doch schließlich murmelte er leise: „Wir schwören."

Nur langsam gingen Hände nach oben. Doch wehren konnte sich keiner der Menschen gegen den Zauber und so sah man gleich darauf zahlreiche Anchs auf den Handrücken aufleuchten.

Tejal quittierte diesen offenen Protest gegen ihren abgeänderten Schwur mit einem strahlenden Lächeln.

Dann wandte sie sich der schwarzen Horde des Corps Řischnărr zu. Es machte sich langsam schon etwas Unruhe breit im Saal. Offensichtlich betrachteten alle den letzten Schwur als reine Formalie und wollten nur noch schnell zum Frühstück und sich dabei über die von Tejal angesprochenen Entwicklungen unterhalten.

„Schwört die Bruderschaft Řischnărr, dem Frieden auf Razuklan zu dienen und alles in ihrer Macht Stehende zu tun, die Begabung zu erhalten und zu beschützen?"

Ñokelä reagierte im ersten Moment überhaupt nicht, sondern fixierte die Direktorin nur mit seinem kleinen, gelben Raubtierauge. Dann antwortete er mit dem rollenden und zischenden Dialekt, den die meisten Orks beim Gebrauch der Hochsprache hatten: „Nein, das lehnen wir ab!"

Augenblicklich herrschte Totenstille im Saal. So etwas hatte es noch nie gegeben: Ein Magister, der sich der Direktorin und damit auch dem eigentlichen Sinn der Universität verweigerte.

„Ich schwöre nur, dass sich die ehrenwerte Bruderschaft Řischnärr an den Vertrag von Âla halten wird. Das Schicksal der Begabten und aller magischen Erscheinungen ist nicht das der Orks."

Tejal klammerte sich an ihrem Pult fest und ihre Knöchel traten weiß hervor. Damit hatte sie offensichtlich nicht gerechnet. Sie öffnete kurz den Mund, um etwas zu sagen, doch dazu kam sie nicht.

Leik war klar, dass sie die Orks nicht mit einem Zauber zwingen konnte, da sie als einzige Lebewesen auf Razuklan unempfänglich gegen Magie waren.

Plötzlich schoss aus allen vier Wänden der Universität ein breiter, regenbogenfarbener Strahl, der kurz die schwarz dekorierten Tische der Orks umströmte und dann wieder verschwand, so schnell wie er gekommen war.

Ñokelä bedeutete danach den orkischen Studenten mit einem Kopfnicken, dass sie ihre Arme heben sollten, um den Schwur zu besiegeln.

Leik verstand, was dies bedeutete. Die Âlaburg selbst hatte den Schwur der Orks akzeptiert. Wenn es auch nicht derselbe war wie der aller anderen Studenten.

Sichtlich irritiert beendete die Direktorin daraufhin den offiziellen Teil der Veranstaltung und damit begann das Frühstück. Zahlreiche Studenten stürmten los zur Essensausgabe, um sich anzuschauen, was die Burschenschaft

Glaubensfest zum Beginn des neuen Semesters für Köstlichkeiten zubereitet hatte. Auch am Tisch des Weißen Hauses hielt es viele nicht mehr auf ihren Stühlen und sie schlossen sich dem allgemeinen Strom an. Gerald verließ ebenfalls den Tisch und vertiefte sich in eine ziemlich erregte Diskussion mit Magister Tiefenschacht und Magistra Herbstblüte. Die drei Hausvorsteher hatten nach diesem turbulenten Semesterbeginn offensichtlich eine Menge zu bereden.

Und so blieben Leik, Morlâ, Filixx und Ûlyėr fast allein am Tisch zurück.

„Was war das denn?“, fragte Morlâ.

„Ich habe keine Ahnung“, sprudelte es aus Filixx heraus, der mit seinem überragenden Intellekt und umfassenden Wissen sonst fast immer eine Antwort parat hatte.

„Wieso weigern sich die Orks, die Begabung und alle Begabten zu schützen?“, griff Leik den Gesprächsfaden auf. „Natürlich hat Tejal den Schwur aus dem Vertrag von Âla verändert, aber ihnen muss doch auch aufgefallen sein, dass irgendetwas auf Razuklan nicht stimmt und dass sie Teil davon sind. Oder …“ Leik ließ sich Zeit, bevor er seinen Verdacht aussprach. Seine Freunde schauten ihn neugierig an. „Oder sie sind schuld an dieser Entwicklung.“ Keiner traute sich, sofort auf diese Vermutung zu antworten.

„Leik, meinst du wirklich …?“, begann Morlâ mit gequälter Stimme.

„Wartet! Hört mir erst mal zu.“ Mit einem angedeuteten Kopfnicken signalisierten Leiks Freunde, dass sie dazu bereit waren. Auch wenn alle drei äußerst skeptisch dreinschauten und Ûlyėr sogar ein wenig bedrohlich. „Also, überlegt mal, wer am meisten davon profitieren würde, wenn es auf Razuklan keine Begabten mehr gäbe.“ Leik machte eine kurze dramatische Pause. „Richtig! Die Orks. Sie selbst können keine Magie ausüben, sie sind ihr gegenüber unempfindlich, also spielt sie in ihrem Leben eigentlich keine Rolle. Außer dass die anderen Völker sie nutzen können und damit ein Gegengewicht erschaffen zu den mächtigen Kriegsheeren der Orks. Klar können die drei anderen vernunftbegabten Völker Razuklans Orks mit Magie nicht direkt attackieren, aber wir alle wissen, was man auch indirekt durch Zauberei erreichen kann. Die unbezwingbare Âlaburg ist nur ein Beispiel dafür." Leik musste schlucken, so aufgeregt war er, dann führte er weiter aus: „Nehmen wir also mal an, niemand auf Razuklan kann mehr Magie anwenden. Alle magischen Erscheinungen werden verfallen, da die dazugehörigen Zauber nicht mehr regelmäßig gewebt werden. Wer wird dann wohl die Herrschaft auf Razuklan übernehmen? Wer kann dann die Orks noch aufhalten? Für sie bestände kein Grund mehr, sich an den Vertrag der vier Völker zu halten. Ûlyėr, das geht nicht gegen dich", wandte er sich nun an den Ork in ihrer kleinen Runde. „Aber du kennst dein Volk. Krieg, Macht, Herrschaft, das liegt euch im Blut, und selbst wenn die aktuellen Orkherrscher und Rottenführer sich an den Frieden halten, gibt es noch genug, die nach Rache gieren für das, was im zweiten Völkerkrieg passiert ist. Denkt nur an Ňokelä. Was ist, wenn sich diese Fraktion durchsetzt, weil sie die anderen überzeugen können, dass die anderen Völker schwach sind? Denkt mal ganz kurz darüber nach!" Erschöpft ließ sich Leik auf seinen Stuhl zurückfallen.

Den anderen schien es die Sprache zu verschlagen. Dann ergriff ausgerechnet Ûlyėr als Erster das Wort: „Leik könnte recht haben. Diese Vorgehensweise wäre typisch für mein Volk."

Bei den Fünf Weisen

Das Frühstück nahmen die vier Studenten schweigend ein. Leik hatten die bedrohlichen Nachrichten und seine dazugehörigen Gedanken den Appetit verdorben. In seinem empfindlichen Magen rumorte es hörbar. Die anderen langten jedoch ordentlich zu. Mit Appetit verputzten sie Pfannkuchen mit Pflaumenmus, frisches warmes Weißbrot, kleine Truthahnbratwürstchen, die gut mit Majoran abgeschmeckt waren, und geräucherten Aal. Filixx garnierte das Ganze immer noch mit einem ordentlichen Stück Butter und einer Scheibe geräuchertem Ziegenkäse, der Leik an Sefal erinnerte und von dem er auch ein kleines Stückchen mit Weißbrot herunterbrachte. Als alle anderen fertig mit dem Essen waren und Filixx nur noch die Reste von den anderen Tellern stibitzte, nutzte Leik die Gelegenheit, sich zu verabschieden, und verließ schlendernd den Speisesaal. Seine Freunde hielten ihn nicht auf. Sie wussten, dass Leik gleich die Fünf Weisen treffen sollte. Er würde seinen Freunden später alles berichten, was die Weisen ihm über seine Vergangenheit offenbaren wollten.

Im Remter traf Leik auf Gerald, der sich gerade von Magister Tiefenschacht verabschiedete. Der zwergische Magister für Geschichte war sichtbar erregt. Als Leik sich den beiden Dozenten näherte, konnte er aber nur noch hören, wie der kleine Gelehrte zu Gerald sagte: „So kann es nicht weitergehen, Gerald! Du weißt genau, wie das enden kann.“ Dann sah er Leik und änderte auffällig schnell seinen Gesichtsausdruck.

„Leik, mein Junge, schön dich zu sehen“, sprach er ihn mit einem aufgesetzten Lächeln an. „Wie waren die Ferien?“

Leik verbeugte sich rasch, um dem Magister die Ehre zu erweisen. „Gut, Filixx, Morlâ und ich waren …“

Doch weiter kam er nicht. „Toll, mein Junge, ganz toll. Dann sehen wir uns in Geschichte für die Mittelstufe am Dienstag.“ An Gerald gewandt sagte er leise: „Und wir treffen uns wie besprochen, Magister!“ Daraufhin nickte der kleine, alte Geschichtslehrer ihnen beiden zu und zockelte aus dem Remter heraus, ohne auf eine Reaktion zu warten.

Kaum war Tiefenschacht außer Sichtweite, begann Leik auch schon auf Gerald einzureden. „Wie meinte Tiefenschacht das mit: Du weißt schon, wie das enden kann? Sind die Orks jetzt wirklich gebunden? Warum lässt sich Tejal das gefallen? Weshalb …“

„Leik“, die befehlsgewohnte, laute Stimme seines Meisters ließ ihn abrupt verstummen. „Ich kann mir vorstellen, dass du viele Fragen hast, aber wie du dir sicher vorstellen kannst, habe ich, haben alle Magister, die auch. Nur weil wir Erwachsene sind, haben wir nicht immer auf alles eine Antwort. Viele Dinge müssen jetzt erst einmal durchdacht und besprochen werden. Und nicht alles davon ist für die Ohren der Studentenschaft bestimmt. Das wirst du sicher verstehen.“

In Leiks Gesicht war klar zu sehen, dass er das nicht tat, aber er fragte nicht weiter nach. Gerald würde schon irgendwann etwas erzählen.

„Ich wollte gerade in die Gärten. Möchtest du mich ein Stück begleiten?“

„Gern“, entgegnete Leik. „Ich will zurück in den Wehrturm, da liegt dein grünes Reich ja direkt auf dem Weg.“

Ein ganzes Stück liefen die beiden Männer nebeneinander her, ohne zu reden und genossen es einfach, zusammen zu sein. Die Kühle des Morgens verschwand langsam und es kündigte sich ein strahlender, milder Spätsommertag an. Die Sonne wärmte ihre Gesichter und zwang sie dazu, die Augen beim Laufen zuzukneifen.

Gerald durchbrach die Stille: „Um ehrlich zu sein, habe ich so etwas noch nie erlebt. Ein Verbindungsmagister, der den Schwur eines Rektors verweigert. Ñokelä hat damit deutlich gezeigt, dass er die Autorität der Direktorin nicht anerkennt. Ehrlicherweise hätte ich immer gedacht, dass Jehal der Erste sein würde, der gegen sie aufbegehrt, aber Ñokelä …“ Gerald kaute gedankenverloren auf seinem Bart herum. „Vielleicht war es eine spontane Entscheidung. Denn wenn das mit den Rottenhäuptlingen abgesprochen wäre, dann …“

Gerald sprach nicht weiter, doch Leik wusste, was er meinte. Dachte er doch dasselbe. „Bedeutet das, dass ihr von Tejals verändertem Schwur wusstet? War das Ganze vorher mit den Magistern abgesprochen?“

Leiks Hausvorsteher räusperte sich unnatürlich laut: „Ja. Ähm … das hast du aber nicht von mir. In Ordnung?!“

„Natürlich.“

„Naja, deinen drei Freunden kannst du es natürlich erzählen, aber bitte sie wirklich um Stillschweigen. Tejal und mein Verhältnis zu ihr sind schon schwierig genug. Sie muss nicht auch noch wissen, dass ich Universitätsinterna an Studenten weitergebe.“

Leik versprach es und hätte zu gern noch gefragt, warum die beiden kein gutes Verhältnis hatten, doch er wusste, dass er aus Gerald heute keine weiteren Geheimnisse mehr heraus bekommen würde.

Schließlich hatten sie die Gärten erreicht.

„Mann, hier hat sich aber einiges getan.“ Leik bewunderte den prächtig blühenden Schulgarten. Überall wuchsen Blumen in den unterschiedlichsten Farben, auf denen der morgendliche Tau glänzte und die begannen, sich der Sonne entgegenzustrecken. Sämtliche Büsche waren akkurat geschnitten und zum Teil in spielerische Formen gebracht. Leik glaubte sogar in einem Busch einen stilisierten Zwerg zu erkennen. Dazu gab es noch unzählige Neupflanzungen zu entdecken, die säuberlich etikettiert waren und deren kleine cremefarbene Typenbezeichnungen träge im Wind flatterten. Etliche der verdorrten alten Bäume hatte Gerald gefällt und ihre noch stehen gebliebenen Brüder beschnitten, sodass viele neue junge Triebe Platz zum Ausschlagen hatten. Dazu sah Leik noch zahlreiche Beete mit Radieschen, Kohl, Salat, Erdbeeren, Möhren, Zwiebeln und vielen anderen Kulturpflanzen, die alsbald auf den Tellern der Studentenschaft landen würden. Weiterhin gab es überall neue Schotterwege, sauber geharkte Rabatten und der lange Zaun war repariert und erstrahlte in frischem Weiß. Nur in der Mitte dieses kultivierten Stücks des großen Universitätsgartens gab es eine Fläche, die vernachlässigt aussah und auf der alles möglich wucherte. „Wie hast du das denn geschafft, in den paar Wochen Ferien?"

„Oh", antwortete Gerald grinsend. „Ich hatte tatkräftige Hilfe. Und kräftig beschreibt es wirklich sehr gut."

„Ûlyér", sagte Leik. „Wie hast du ihn dazu gebracht, dir zu helfen?"

„Das fragst du ihn besser selbst."

„Gut, aber da hinten sieht es noch ziemlich schlimm aus. Ich werde dir auch wieder helfen in diesem Semester, dann fangen wir am besten dort an."

Gerald lachte laut auf. „Das würde ihnen aber gar nicht gefallen. Sie mögen es chaotisch. Es war schwer genug, ihnen den Rest des Gartens abzuringen."

„Von wem sprichst du?" Doch Leik beantwortete sich seine Frage selbst, als er genau auf die verwilderte Fläche schaute. Denn für einen kleinen Moment glaubte er dort ein paar winzige Flügelchen entdeckt zu haben, die eine zierliche Person mit rotem Haar trugen. Sekunden später war diese Erscheinung verschwunden. Leik hätte aber schwören können, dass er auch ein ansteckendes, hohes Kichern gehört hatte. Samusen.

„So, Leik, ich muss mich an die Arbeit machen. Auch wenn es gerade nicht so aussieht, es stehen doch noch eine Menge Sachen an.“

Die beiden umarmten sich zum Abschied und Leik versprach, bald wieder in die Gärten zu kommen. Er ging zügig an den vier Verbindungshäusern entlang zum Wehrturm. Die Fünf Weisen warteten auf ihn.

Hastig sprang Leik die letzten Treppenstufen hinunter. Jetzt war er doch zu spät. Hoffentlich waren die Fünf Weisen nicht böse. Viele Studenten suchten ihren Rat und ihre Zeit war eigentlich immer knapp bemessen, gerade zu Semesteranfang. Dass sie Leik schon am ersten Tag empfingen, bedeutete, dass sie große Neuigkeiten haben mussten. Leik merkte, wie seine Aufregung wuchs. Aber der Gemeinschaftsraum war leer. Niemand befand sich hier, nur die kleinen zerschlissenen roten Sessel, kalte Asche im ungereinigten Kamin und eine zerknüllte weiße – oder mittlerweile eher graue – Schärpe auf dem großen zerkratzten Holztisch. Hektisch sah sich Leik um, doch der Raum war zu klein, um jemanden zu übersehen, selbst wenn es sich um fünf alte Zwerge handelte. Leik blieb nichts anderes übrig, als die Langzeitstudenten zu suchen. Zügig ging er auf die ovale Tür zu, drückte den abgegriffenen Löwenkopf herunter, der als Klinke diente, und trat in den stillen Flur. Die Kugellampen beleuchteten den langen Gang. *Welches Zimmer bewohnen die Weisen*, grübelte Leik. Morlâ würde es wissen, da war er sich sicher, doch sein Freund saß wahrscheinlich noch am Frühstückstisch, unterhielt sich mit den anderen und genoss diesen Sonntag, der der letzte Ferientag war. Langsam passierte Leik die schwarz gestrichene Tür mit der goldenen Achtzehn, dann die violette Nummer siebzehn und wartete auf irgendeine Eingebung. *Die Fünf Weisen sind die ältesten Studenten der Âlaburg.*

Niemand ist länger hier als sie, dachte er. *Ich bin der neueste Student im Weißen Haus und wohne in Zimmer Nummer eins*, grübelte er. *Filixx ist in der Drei und Ûlyèr in der Vier, beide sind im vierten Semester. Malin war im sechsten Semester und wohnte in Zimmer Nummer acht. Was ist, wenn es einen Zusammenhang gibt zwischen der Länge der Studienzeit und der Höhe der Zimmernummer?* Leik hatte nichts zu verlieren. Er klopfte einfach an der schwarzen Tür von Zimmer Nummer achtzehn und dann an der lilafarbenen Tür von Zimmer Nummer siebzehn.

Beide Türen wurden gleichzeitig einen Spalt breit geöffnet und zwei lange graue Bärte erschienen. „Ja?", fragten zwei raue Stimmen gleichzeitig.

Leik erkannte im Spalt von Nummer achtzehn Houlin und hinter der violetten siebzehn Lebos. „Ich bin es, Leik. Wir haben einen Termin."

„Nein, den hatten wir vor siebeneinhalb Minuten", schallte es Leik aus beiden Zimmern entgegen.

„Entschuldigung", versuchte Leik die Gemüter zu besänftigen, um wenigstens noch die restliche Zeit seines Termins zu nutzen. „Nach der ganzen Aufregung heute bei Tejals Rede, da habe ich die Zeit vergessen."

„Lasst ihn endlich rein", erklang es plötzlich aus dem Inneren von Zimmer Nummer achtzehn. „Für solche Spielchen haben wir keine Zeit, gerade nach dem, was heute Morgen passiert ist. Leik muss es jetzt endlich erfahren."

Als Leik dies hörte, begann sein Puls zu steigen. Was sollte er erfahren und wie hing diese Information mit den Ereignissen von heute Morgen zusammen?

Houlin öffnete missmutig die Tür und ließ Leik einen Blick ins Innere seines Zimmers erhaschen, das er sich mit Toulin teilte, der offensichtlich für die anderen vier Weisen eine Art Anführer war, denn niemand stellte seine Anweisung in Frage. Leik schlug abgestandene Luft entgegen. Auf den Tischen sah er Stapel von in Leder gebundenen Büchern und alten Schriftrollen liegen, die bis zur Decke reichten. An den Wänden hingen Landkarten und Zeichnungen in den unterschiedlichsten Sprachen. Dazu gab es noch zahlreiche Kisten, deren Deckel geöffnet waren und aus denen weitere Bücher herausragten. Leik fragte sich kurz, wo die beiden Zwerge eigentlich schliefen.

„Komm rein“, bat ihn Toulin nun und Leik betrat das Reich der Fünf Weisen. Kaneg, Warn und Lebos folgten ihm auf dem Fuße und so standen sie nun zu sechst in dem kleinen Zimmer. Toulin nahm seine verbeulte dicke, runde Nickelbrille ab, erhob sich von seinem kleinen Schreibtisch und gab Leik zur Begrüßung die Hand. „Ich glaube, hier in der Bibliothek ist es ein wenig zu eng für uns alle. Lasst uns nach hinten gehen.“

Leik dachte, er hätte sich verhört, doch im nächsten Moment öffnete Toulin eine verborgene sehr schmale Tür an der hinteren Wand des Raums und führte den verdutzten Studenten in einen nach Vanilletabak riechenden, gemütlich eingerichteten, aber auch etwas überheizten Raum. Darin befand sich ein runder Tisch mit acht Stühlen und die Wände waren mit grünem Samt bezogen. Hier hingen gewebte Wandteppiche mit Jagdszenen und einige winzige Ölgemälde, auf denen Zwerginnen verträumt in die Ferne schauten. Dazu gab es noch eine hölzerne Anrichte, auf deren schwarzem, glänzendem Holz eine Kristallkaraffe mit einer dunklen Flüssigkeit stand. Um sie herum waren acht bauchige, kleine Gläser platziert. Daneben lagen auf einer flachen Kommode auch noch Würfel und zwergische Spielkarten, wie sie Leik schon bei Morlâ gesehen hatte, und auf einem kleinen Ständer fünf Pfeifen mit langen, gebogenen Hälsen und Köpfen aus Porzellan, die mit unterschiedlichen, filigranen Mustern bemalt waren. Beleuchtet wurde der ganze Raum von kleinen Kugellampen, die an den Wänden angebracht waren und ihn in ein gemütliches Licht tauchten.

Toulin zeigte auf die freien Stühle und sagte. „Setz dich doch bitte, Leik. Können wir dir etwas zu trinken anbieten?“

Doch Leik war zu verblüfft über den zusätzlichen Raum und seine Annehmlichkeiten, als dass er antworten konnte. Wortlos ließ er sich einfach auf einen der leeren Stühle fallen. Die Zwerge setzten sich daraufhin am Tisch um ihn herum.

Toulin übernahm wieder das Wort, wohl einer unausgesprochenen Absprache zwischen den fünf alten Zwergen folgend. „Du bist wahrscheinlich schockiert darüber, was heute Morgen passiert ist, oder?“, begann der Zwerg mit dem lichten grauen Haar und dem dichten langen Bart das Gespräch. Er gab Leik keine Zeit zum Antworten, sondern führte weiter aus: „Natürlich warst du das. Wir waren es auch. Obwohl wir im Zuge deines Rechercheauftrags schon herausgefunden hatten, dass dies nicht der erste Zwischenfall dieser Art war.“

Leik richtete sich in seinem hölzernen Stuhl mit den gebogenen Armlehnen ein wenig weiter auf, so angespannt war er.

Toulin dozierte weiter: „Der Unterschied zu damals war aber, dass nicht ein Hausvorsteher den Eid verweigerte – oder wie in diesem Fall abänderte – sondern dass ein Student sich weigerte, den Schwur zu sprechen.“

Wer würde so etwas wagen, dachte Leik.

„Wir haben zwar noch nicht viel herausfinden können, da Teile des ersten Archivs der Âlaburg verbrannt sind, aber es scheint fast sicher zu sein, dass die Studentin, die den Eid verweigerte, Caoimhe war.“

Leik fühlt sich wie vom Schlag getroffen. Caoimhe, das Mädchen, das von Gerald gerettet worden war, das einen Studenten im Jähzorn getötet hatte und anschließend spurlos verschwunden war, um einer Bestrafung zu entgehen. „Was ist passiert?“, fragte Leik mit trockenem Mund. Jetzt wünschte er sich, er hätte die Getränkeeinladung angenommen.

„Das wissen wir noch nicht genau. Aber sicher scheint, dass sie der Meinung war, dass nicht alle Verbindungen die gleiche Eidesformel sprechen sollten, und da man ihr den Wunsch nach einer Änderung verwehrt hatte, verweigerte sie den Schwur komplett. Mehr können wir dazu wirklich noch nicht sagen. Aber deswegen hatten wir dich eigentlich auch nicht eingeladen, auch wenn jetzt vieles offensichtlich zusammenpasst …“ Toulin machte eine kurze Pause und schaute seine vier Mitstreiter kurz an.

Leik hatte das Gefühl, dass er seinem Blick auswich. Unsicher fragte er: „Was habt ihr herausgefunden?“

Toulin räusperte sich. „Bevor wir dir das sagen, möchte ich gern etwas überprüfen. Kaneg, wärst du bitte so nett.“

Der kleinste der Zwerge deutete eine Verbeugung an, verschwand aus dem Zimmer und kam kurze Zeit später mit einem Kästchen aus poliertem Olivenholz zurück, das er vor Toulin abstellte. Dieser öffnete die kleine, mit rotem Stoff ausgekleidete Kiste sachte und entnahm ihr eine faustgroße, silberne Kugel. „Das ist ein Begabungsdetektor. Ein Überbleibsel aus einer unsäglichen Zeit, als man auf dem Gebiet der Menschen Jagd auf Begabte machte. Doch darum soll es jetzt nicht gehen. Uns hilft dieser Gegenstand jetzt. Lege bitte einmal deine Hände auf die Kugel.“

Leik schaute den Zwerg skeptisch an.

„Vertrau uns bitte. Es kann dir nichts passieren, sondern es ist nur ein kleiner Test.“

„Na gut, dann vertraue ich euch Weisen mal.“ Leik nahm die überraschend schwere Metallkugel in seine Hände. Augenblicklich bemerkte er, wie ihn magische Energie durchfloss. Blitzschnell betrat er die Sphäre, seine Sinne waren tausendfach geschärft und sein rechter Handrücken fing an zu jucken. Sein Mal war erschienen: ein makelloser, schwarzer Kreis.

Toulin nahm ihm den Begabungsdetektor wieder aus den Händen und verstaute ihn sorgfältig.

„Und nun?“, fragte Leik und betrachtete seinen Handrücken, auf dem das Zeichen seiner magischen Begabung langsam verblasste. „War es das, was ihr herausfinden wolltet? Ob ich magisch begabt bin?“

„Nein“, antwortete Toulin und entrollte ein kleines vergilbtes und an den Rändern stark verbranntes Papyrusfragment, dann begann er vorzulesen.

Die Legenden der Âlaburg, Aufzeichnungen des Magisters Ëklin Citrin

… nachdem sich die neue Studentin der Verbindung Glaubensfest, Caoimhe Boyd, geweigert hatte, jenen Eid zu sprechen, griff die Âlaburg selbst ein und zwang sie, sich zu binden. Weder die Tatsache, dass die junge Frau den Eid nicht freiwillig schwören wollte, noch die, dass die Âlaburg selbst eingriff, sorgten für das größte Erstaunen, sondern dass sie ihren Schwur mit der rechten Hand sprach und dass das Mal auf ihrer Hand kein Anch war, sondern ein schwarzer Kreis. Niemand hatte solcherlei zuvor gesehen, doch war man sich sicher, dass …

„Hier enden die Aufzeichnungen.“ Toulin legte den zerstörten Textrest vorsichtig auf der Tischplatte ab. „Wir glauben nicht, dass wir auf die Schnelle mehr herausfinden werden. Aus jener Zeit der Universität scheint dies das einzige Dokument zu sein. Offensichtlich hat jemand gezielt alle Unterlagen zu diesem Thema zerstört. Dieses Stückchen haben wir nur gefunden, weil es benutzt wurde, um einen Merkant auszustopfen. Der Zerstörer hatte wohl nicht gedacht, dass man es jemals finden würde. Wir werden uns natürlich weitere Präparate anschauen, aber ich glaube, dass uns der Zufall nicht noch einmal so schnell helfen wird.“

Leik konnte nicht glauben, was er gehört hatte. Zwischen ihm und der Mörderin Caoimhe musste es eine Verbindung geben.

Auf in ein neues Semester

Am Abend erzählte Leik Morlâ und Filixx, was er von den Fünf Weisen erfahren hatte. Die beiden hörten ihm gebannt zu.

„Warum haben Gerald oder Tejal dir nie etwas davon erzählt?“, fragte Filixx.

„Das wollte ich auch von den Weisen wissen. Es ist eigentlich ganz simpel: Gerald und Tejal haben nicht schon immer an der Universität unterrichtet, sondern waren viele Jahre auf längeren Missionen des Ordens unterwegs und weit weg von der Âlaburg. Beide wurden erst Jahre nach dem Vorfall Magister der Âlaburg. Gerald sogar erst kurz bevor Caoimhe die Studenten angegriffen hat und einen von ihnen …“ Leik konnte nicht weitersprechen. Zu sehr lastete das Wissen auf ihm, dass es irgendeine Verbindung zwischen ihm und Caoimhe geben musste. Dann fiel ihm auch das gefährliche, berauschende Hochgefühl beim letzten Frühlingsturnier wieder ein, als er seine junge elbische Gegenspielerin ebenfalls fast getötet hatte, indem er ihr ihre magische Energie entzog. Genauso hatte es Caoimhe mit dem unglücklichen Zwerg Melkin Karneol getan. Wie oft würde er sich noch beherrschen können? War er womöglich genauso wie Caoimhe?

„Die viel spannendere Frage ist, wer dazu in der Lage war, das Wissen um diese Ereignisse zu vernichten und geheim zu halten. Und vor allem, warum?“, brachte Morlâ einen entscheidenden Punkt dieses unheimlichen Rätsels zur Sprache.

„Du hast recht“, sagte Filixx. „Caoimhe selbst kann es wohl kaum gewesen sein, oder? Sie war zwar nach dem verweigerten

Eid noch einige Jahre auf der Universität, aber der große Archivbrand war eine ganze Weile nach ihrem mysteriösen Verschwinden. Selbst damals war der Brand schon ungewöhnlich, da die Gewölbe unseres schriftlichen Gedächtnisses eigentlich mit mächtigen Brandschutzzaubern geschützt werden. Also muss irgendjemand anderes alle Spuren dieses Vorfalls getilgt haben." Filixx machte eine längere Pause, bevor er weitersprach: „Und dieser jemand könnte noch hier sein. Vielleicht sogar als Magister."

Leik ging an diesem Abend früh ins Bett. Selbst die Köstlichkeiten, die Filixx für seine Freunde zum Abendbrot organisiert hatte, schmeckten ihm heute nicht so recht. Die neuen Erkenntnisse lagen ihm schwer auf der Seele und er hatte überhaupt keinen Appetit. *Wenn noch mehr Hiobsbotschaften kommen, werde ich bald nur noch ein Strich in der Landschaft sein*, dachte er.

Der nächste Morgen hatte Leiks Sorgen zwar nicht vertrieben, doch seine Stimmung war deutlich besser. Er freute sich wieder aufs Lernen. Lange vor Morlâ verließ er das Bett und ging ins Badezimmer. Anschließend schlich er mit nassen Haaren in den Gemeinschaftsraum, wo er, wie verabredet, auf Filixx traf. Der Zwergelbe studierte schon die Stundenpläne, die über Nacht an den Wänden des großen Kellergewölbes erschienen waren. Überall hingen jetzt cremefarbene Bögen mit ausgefüllten Wochenplänen sowie einem kleinen, mit Kohle gezeichneten Porträt des jeweiligen Studenten in der rechten Ecke und zahlreichen farbigen Bemerkungen der Magister.

„Und, Filixx", fragte Leik, „hast du denn in diesem Semester eine Bemerkung?"

Der Student schüttelte traurig den Kopf, sodass sein bartloses Doppelkinn wackelte. „Leider nein, ich bin gerade am Schauen, wessen Bemerkung ich in diesem Jahr nehmen sollte, aber vielleicht ist das gar nicht nötig?"

Leik runzelte die Stirn. „Ich dachte, du wolltest nicht mehr der einzige Student des Weißen Hauses sein, der keine pädagogischen Hinweise hat. Hast du dich etwa mit der Rolle des Strebers arrangiert?", sagte er glucksend.

„Nein, natürlich nicht. Mir reicht es vollkommen, *der Dicke* zu sein, aber ich bin in diesem Semester nicht mehr der Einzige ohne Ermahnungen. Schau!" Er zeigte auf den Plan direkt vor sich.

Leik trat näher an die Wand heran, um den Stundenplan lesen zu können. Verblüfft betrachtete er erst den Namen und dann die detailgetreue, schraffierte Schwarz-Weiß-Zeichnung. *Morlâ Bergstein.* „Ich werde verrückt. Morlâs erstes Semester ohne Bemerkung. Tejal scheint von seinen Fähigkeiten ja sehr überzeugt zu sein. Das freut mich für ihn."

„Bedanken kann er sich dafür bei dir."

„Ach, Quatsch. Ich freue mich für ihn. Jetzt ist Morlâ der offizielle Streber des Weißen Hauses", sagte Leik breit grinsend.

„Ich werde zu ihm halten." Daraufhin steckte Filixx seine Schreibfeder und sein Tintenfass wieder ein. In diesem Semester würde er sich keine negative Bemerkung in seinen Stundenplan eintragen.

„Sehr nobel von dir", pflichtete Leik ihm bei. „Was hat sich die gute Rektorin denn für mich ausgedacht?" Gemeinsam suchten die beiden Studenten Leiks Plan und fanden ihn schließlich ganz rechts oben in der Ecke. Leik musste sich ein wenig strecken, um ihn lesen zu können.

„Und?", fragte Filixx.

„Mhh … ich glaube, jetzt macht sie mit mir das Gleiche wie mit Morlâ. Jedes Semester dieselbe Ermahnung. *Kontrolliere die Magie und lass dich nicht von ihr kontrollieren.*"

„Tja, Hochbegabung hat eben ihren Preis." Filixx stellte sich auf die Zehenspitzen, um Leiks Plan lesen zu können. Sein menschlicher Freund war in den Semesterferien erneut gewachsen und überragte den Zwergelben mittlerweile um eineinhalb Köpfe. „Hui, ihr fangt heute gleich mit Magie Mittelstufe an. Jehal freut sich sicher schon auf dich. Naja, wenigstens könnt ihr danach in Heilkunde Magistra Herbstblüte ein bisschen anhimmeln."

„Tolle Aufmunterung! Auf den alten Zausel hätte ich noch ein paar Tage verzichten können. Aber auf Heilkunde freue ich mich wirklich." Leik studierte seinen Plan nochmal. „Am Dienstag steht nur Geschichte auf dem Plan. Dir ist klar, dass Morlâ dann wieder auf das Sternballtraining bestehen wird?", fragte er rhetorisch.

Filixx lachte kurz auf: „Sicher, ein Sieg reicht ihm noch lange nicht. Vor allem, weil wir beim letzten Mal ja nicht gegen unsere Freunde aus Řischnärr antreten konnten. Vielleicht überlegen sie es sich in diesem Semester."

„Wer gibt eigentlich in diesem Studienhalbjahr Beschwörung? Ist Untermberg in den Semesterferien gefressen worden oder noch da?"

„Ich habe nichts Gegenteiliges gehört. Die Zwerginnen werden begeistert sein. Am Donnerstag habt ihr ja schon wieder Kampfkunst mit den Orks zusammen. Ob Ñokelä da was gedreht hat?"

„Ich glaube nicht", sagte Leik. „Einen Tag später will mich die Direktorin doch in einem Stück zum Sonderunterricht sehen. Da wird sie ihm wohl nicht extra erlaubt haben, dass seine Schützlinge mich und Morlâ verhauen dürfen. Obwohl ich vorher in Rechenkunde fast so was Ähnliches bekomme wie Prügel. Hoffentlich gibt mir Morlâ wieder Nachhilfe."

„Ach klar", lachte Filixx, „der hat ja eine Menge gutzumachen bei dir. Immerhin hat er wegen dir keine Bemerkungen mehr."

„Wer?“, kam die vertraute Stimme des Zwergs aus dem Türrahmen. Seine Haare waren heute Morgen wieder wie ein fettiger Helm an seinen Kopf geklebt. Nur mit seinem blonden Spitzbärtchen war etwas schiefgelaufen. Offensichtlich hatte er es aus Versehen halbiert, aber sich nicht getraut, auch den Rest zu entfernen.

„Du!“, sagten Leik und Filixx gleichzeitig.

Morlâ betrachtete ungläubig seinen Plan. „Mann, ich bin jetzt wohl offiziell ein Streber.“

Magie für Mittelstufe

Zügig gingen Leik, Morlâ, Filixx und Ûlyėr über den vollen Campus. Alle Studenten strömten um diese Zeit in Richtung Universität, bereit, in ein neues Semester zu starten und hungrig auf das Frühstück.

„So, Ûlyėr", begann Filixx, als sie gerade das Burschenschaftshaus von Glaubensfest passierten, „heute ist es endlich so weit!"

Der hünenhafte Ork sagte nichts zu dieser euphorischen Ankündigung des Zwergelben. Doch Filixx ließ sich davon nicht irritieren und fuhr mit seiner kleinen Ansprache fort: „Heute wirst du in eines der großen Geheimnisse der Âlaburg eingeweiht. Nur wenige vor dir hatte diese Ehre. Doch du musst es bewahren, denn es verleiht dir große Macht."

Jetzt schien Ûlyėr tatsächlich interessiert. Seine gelben Raubtieraugen verengten sich ein wenig, doch er blieb stumm. Nun war Filixx doch irritiert. Offensichtlich hatte er deutlich mehr Begeisterung von Ûlyėr erwartet. Der Zwergelbe räusperte sich: „Ähh … nun, also …"

Leik und Morlâ begannen zu kichern. Die Situation war einfach zu komisch. Der übergewichtige Zwergelbe, der verzweifelt versuchte, den drei Köpfe größeren und nur aus Muskeln bestehenden Ork für etwas zu begeistern, das diesen einfach nicht interessierte oder der zumindest so tat, als ob er kein Interesse daran hätte.

Doch Filixx hatte offensichtlich noch ein letztes Ass im Ärmel.

„Ûlyėr, wann hast du das letzte Mal Ħịchƙül gegessen?"

Ûlyėr blieb abrupt stehen. „Dickerchen, darüber macht man keine Scherze. Meinen letzten Ħįchƙül habe ich gegessen, als meine Mutter noch lebte. Du weißt ganz genau, dass man ihn außerhalb des Orkterritoriums nicht bekommt. Ich glaube sogar, dass seine Zubereitung im Rest von Razuklan illegal ist.“

Filixx kicherte in sich hinein. „Aha, jetzt bist du also doch interessiert. Na, dann komm mit.“ Damit flitzte der übergewichtige Student los.

Seine drei Freunde schauten sich verdutzt an. „Wisst ihr, was er von mir will?“, fragte Ûlyėr. „Warum fragt er mich nach Ħįchƙül?“

„Das kann ich dir beim besten Willen nicht beantworten. Aber ich weiß, was er dir zeigen will. Komm mit!“, antwortete Leik und sie rannten Filixx hinterher.

Kurze Zeit später kamen sie an der kleinen Nebeneingangstür der Universität an, die Morlâ Leik gleich an seinem ersten Tag an der Âlaburg gezeigt hatte.

Filixx hob gerade den natürlichen Vorhang aus Efeu hoch, der die geheime Eingangspforte verbarg. Dann holte er seinen großen Schlüsselbund heraus, mit dem er offenbar jede verschlossene Tür der Âlaburg öffnen konnte.

„Ich dachte mir, dass ihr an eurem ersten Tag in diesem Semester gern euer Lieblingsfrühstück essen wollt und nicht das langweilige Zeug, das Glaubensfest zusammenrührt.“ Sekunden später war er auch schon durch die kleine Tür geschlüpft. Seine Freunde taten es ihm nach, wobei Ûlyer sich wirklich sehr klein machen und die Luft anhalten musste, um durch den Nebeneingang zu passen.

Im Inneren erwartete sie alle eine Überraschung. Nachdem sie die Küche hinter sich gelassen hatten, in der die Studentinnen und Studenten der menschlichen Verbindung damit beschäftigt waren, für Dutzende ihrer Kommilitonen Essen zu kochen und herauszugeben, führte sie Filixx in einen ruhigen Hinterraum. Dort stand ein Tisch, der sich schier zu biegen schien, so viele Leckereien waren auf ihm ausgebreitet. Leik sah Waffeln mit Schokoladensoße und frischen Heidelbeeren, so wie Gerald sie ihm früher immer gemacht hatte, wenn er traurig oder besonders fleißig gewesen war. Außerdem gab es zwergische Köstlichkeiten aus Yakmilch, inklusive des stinkigen Bergkäses und gebackenes Höhlenmoos, das durch seine besondere Zubereitungsart blau geworden war. Viele weitere Spezialitäten aus den Küchen der Zwerge, Elben und Menschen verbreiteten ihren köstlichen Duft. Und dann stand noch eine Sache auf dem Frühstückstisch, die Leik nicht auf den ersten Blick erkennen konnte, denn sie war unter einem weißen Tuch versteckt.

Schnell setzten sich alle. Nur Ûlyėr blieb stehen und fixierte mit starrem Blick die Sache unter dem weißen Tuch: „Ist es das?", fragte er Filixx, ohne aufzusehen. „Ich meine, ist unter dem Tuch Hịchk̇ül?"

Filixx, der gerade eine dicke Scheibe Weißbrot mit Butter bestrich, kicherte: „Ja, setz dich zu uns und dann darfst du gerne zugreifen. Aber sei vorsichtig, wenn du das Tuch anhebst. Du weißt warum", sagte der Zwergelbe geheimnisvoll.

Das muntere Frühstücken konnte beginnen und da alle einen Riesenhunger hatten, langten sie herzhaft zu. Ûlyėr hingegen saß regungslos mit angespannten Muskeln auf seinem Stuhl und starrte auf das weiße Tuch, ohne es anzuheben.

Nach einer Weile lehnten sich Leik, Morlâ und Filixx satt in ihre Stühle zurück und rieben sich die Bäuche. Nur Ûlyėr hatte keinen einzigen der Leckerbissen angerührt, sondern starrte weiter auf das weiße Tuch, unter dem der geheimnisvolle orkische Gaumenschmaus versteckt war. Auch als Filixx und Leik begannen das Geschirr abzuräumen, zeigte er keine Reaktion, außer dass er sein Lieblingsessen weiter fixierte.

„Na, was ist nun?“, fragte Filixx den Ork, als der Tisch abgeräumt war und nur noch das unter dem Tuch versteckte Ħi̯chƙül darauf stand. „Traust du dich nicht?“

Ûlyėr erwachte wie aus einer Trance. Er brauchte eine kleine Weile, bis er schließlich antworten konnte: „Doch, aber ich würde es mir gern noch ein bisschen aufheben. Es erinnert mich so sehr an meine Mutter und es gleich heute zu essen, kommt mir irgendwie falsch vor.“

„Nun gut, mein Großer“, Filixx klopft dem Ork freundlich auf dessen muskelbepackten dunklen Oberarm, „du weißt ja, dass es sich hält.“ Dann nahm er schwungvoll die mysteriöse orkische Spezialität vom Tisch und stellte sie in einen abschließbaren Schrank. „Hier kommt keiner ran, versprochen. Du musst mir nur Bescheid sagen, wenn du deinen Appetit nicht mehr zügeln kannst, ich kenne das“, sagte er kichernd.

Anschließend brachen alle vier sehr schnell auf. Die erste Vorlesung würde gleich beginnen und der alte Jehal war – wie Leik nur zu gut wusste – nicht gut auf Zuspätkommer zu sprechen.

Filixx und Ûlyėr gingen nach draußen zu den Ställen, während Leik und Morlâ in der Universität ehrfürchtig die linke Holztreppe nach oben stiegen. Sie glänzte dunkel vom Bohnerwachs und kam Leik nicht ganz so ausgetreten vor wie die rechte Treppe, die den Erstsemestern vorbehalten war. Es war das erste Mal, dass die beiden die linke Treppe benutzen konnten. Jetzt, im zweiten Semester, waren sie in der Lage, sich mit dem höheren Studium der sieben Weisheiten zu beschäftigen. Leik konnte beobachten, wie sich sein zwergischer Freund beim Gehen streckte und verträumt das gedrechselte Geländer streichelte. Für ihn war dies ein ganz besonderer Moment, denn schließlich wäre er im letzten Semester fast von der Universität geflogen.

Vor ihrem Kursraum stand eine große Menschentraube, teilweise mit rot-gelben Schärpen oder auch in Kleidungsstücken in ihren Verbindungsfarben. „Oh …“, flüsterte Morlâ Leik zu, „der Stundenplaner hat sich in diesem Semester ja wirklich wieder selbst übertroffen. Im letzten Jahr durften wir mit den Elben zusammen Magie haben. Die – ich will nicht übertreiben – aber, nun ja … die besten Zauberer Razuklans sind. Doch wie sagt man so schön: schlimmer geht immer“, fuhr er mit beißendem Spott fort. „In diesem Semester haben wir Unterricht mit den Lieblingen des Magisters, der uns hasst.“

Leik gab ein kurzes Grunzen von sich, das wohl Zustimmung bedeuten sollte, dann hatten sie auch schon die hölzerne Tür erreicht. Diese war mit einem außergewöhnlich starken, glänzend polierten, silbernen Schloss versehen, das aber kein Schlüsselloch hatte.

Die Studenten der Verbindung Glaubensfest begrüßten sie mit offensichtlichem Desinteresse. Als ob Leik und Morlâ gar nicht da wären, schwatzten sie weiter miteinander und drehten den beiden Neuankömmlingen demonstrativ den Rücken zu. Obwohl Leik hätte schwören können, dass einige der Mädchen ihm zuzwinkerten und ihn anlächelten. Doch der Zwang der Gruppe führte schließlich dazu, dass sie sich ebenso umdrehten. Oder Leik hatte sich einfach geirrt. Noch immer war er so unerfahren im Umgang mit Mädchen, dass er ihre Gesten und Verhaltensweisen nur sehr schlecht deuten konnte.

Gerade als ein militärisch marschierender Orkkurs mit wehenden schwarzen Umhängen an ihnen vorbeigekommen war, konnte Leik das charakteristische Klacken von Jehals Krückstock vernehmen. Unendlich langsam kam er auf den Kursraum zugeschlichen. Doch Leik wusste nur zu gut, dass man sich von diesem Eindruck nicht täuschen lassen durfte. In dem Hochschullehrer steckte deutlich mehr Kraft, als man ihm zutraute. Und leider auch Zorn, wie Leik mehrmals am eigenen Leib erfahren hatte.

Endlich hatte der Magielehrer den Unterrichtsraum erreicht. Auf dem Flur der höheren Semester war es inzwischen still geworden. Alle anderen Kurse hatten bereits begonnen. *Typisch*, dachte Leik, *er kann immer zu spät kommen. Aber wenn das einem von uns jemals passieren sollte …*

Jehal öffnete den Kursraum mit einer unwirschen Handbewegung, bei der das große Schloss kurz aufglühte und dann ein leichtes Klicken von sich gab. Dabei wurde so viel magische Energie frei, dass Leik unwillkürlich für einige Sekunden in die Sphäre eindrang. *Soviel zum gebrechlichen Magister Jehal*, ging es ihm durch den Kopf, als er wieder in der Realität war.

Sofort drängelten sich die menschlichen Verbindungsbrüder und -schwestern von Glaubensfest in den Raum. Leik und Morlâ hatten dabei das Nachsehen. Sie mussten mit der ersten Reihe vorlieb nehmen.

„Da waren die Elben wenigstens netter", flüsterte Leik Morlâ zu, als sie sich einrichteten und ihre Sachen auf der hölzernen, leicht angeschrägten Tischreihe auspackten.

Leik war froh, dass er genügend Papyri und Tinte dabei hatte und dass dieser Vorrat dank der magischen Kräfte der Âlaburg am nächsten Morgen wieder komplett aufgefüllt sein würde. Heute würde es sicher viel zu schreiben geben. Der alte Magister bestand darauf, dass man so gut wie jedes seiner Worte notierte. Von den immer sehr umfangreichen Hausaufgaben ganz zu schweigen.

Jehal war inzwischen hinter sein Pult geschlichen. Kaum hatte er sich auf seinen grünledernen, drehbaren Stuhl fallen gelassen, schaute er auch schon giftig in den Kursraum.

Alle Studenten wussten, was er erwartete und verbeugten sich. Auch Leik und Morlâ erwiesen dem Magister so die Ehre, wenn auch mit grimmigem Gesichtsausdruck.

„So, so …“, begann der Hochschullehrer und wühlte dabei in einem Haufen Papyri, ohne aufzusehen. Sein langer Bart wackelte hin und her, wobei einige Stückchen Eierschale herausfielen. Sein Gesicht war von einem fettigen Vorhang aus grauen, wirren und viel zu langen Haaren verdeckt. „Ihr seid also die große Hoffnung der Zauberei. Naja, eigentlich seid ihr ja nur Mittelstufe, aber immerhin. Von einigen hatte ich gedacht, dass sie nie so weit kommen werden.“ Jehal wischte eine Haarsträhne zur Seite und sein Blick ging so auffällig zur ersten Reihe, dass es der gesamte Kurs mitbekam. Von hinten ertönten jetzt die ersten leisen Kicherer. Sichtlich zufrieden mit der Reaktion sprach Jehal weiter: „Nur zur Information, auch in der Mittelstufe könnt ihr immer noch durchfallen. Sollte jemand von euch etwa keine oder nur kaum magische Neigungen zeigen …“, Jehal schob erneut mit der linken Hand eine graue Haarpartie zur Seite und starrte zu Leik und Morlâ, „… oder seine Begabung nicht kontrollieren können, dann könnt ihr immer noch durchfallen und müsst die Âlaburg verlassen. Jedem von euch sollte klar sein, dass Magie das wichtigste aller Fächer ist und der Rest eher …“, Jehal machte eine kurze Pause, richtete sich auf und drückte sich mit zittrigen Armen an seinem Schreibtisch in eine stehende Position auf, „… nicht so wichtig, wie man ja an der Wahl der Magister sieht.“ Jetzt gab es lauteres Lachen und sogar vereinzelten Applaus. Der Hausvorsteher von Glaubensfest genoss die Anerkennung seiner Schützlinge.

Alle waren sich einig, nur Leik und Morlâ waren ausgeschlossen. Schlimmer noch, Jehal machte sich auch noch lustig über sie.

Anschließend bat der Magister jeden Studenten einzeln nach vorne und unterschrieb den Anwesenheitszettel. Leik und Morlâ fertigte er schnell und wortlos ab, wahrscheinlich fand er in diesem Moment einfach keinen Anlass, sie zu piesacken, denn ihre Zettel waren glatt und sauber. Dies war eine der ersten Lektionen, die Leik im letzten Semester von dem gehässigen Magielehrer gelernt hatte.

„Das geht ja prima los", flüsterte Leik Morlâ zu, als Jehal sich kurz umdrehte, um die kleine grüne Drehtafel hinter dem Lehrerpult hervorzuziehen. Doch da der Magister sofort mit dem Kopf zuckte, um seine Ohren mehr zum Kurs hinzudrehen, konnte der Zwerg seinem Freund keine Antwort geben.

Jehal humpelte wieder zurück hinter sein Pult, nachdem er die auf Rädern stehende Tafel links daneben platziert hatte. Ächzend setzte er sich. „Magie für Mittelstufe", sagte er und zeitgleich erschienen diese Worte auf der Tafel.

Leik musste zugeben, dass ihn dieser Zauber beeindruckte. Ohne eine erkennbare Bewegung oder sichtbare Sphärenfarben hatte der alte Hochschullehrer einen Zauber gewirkt. Wie alle anderen begann Leik sofort mitzuschreiben, um nicht den Zorn des Magisters auf sich zu ziehen.

„In diesem Semester werdet ihr tiefgreifende Erkenntnisse des wahren Wesens der Begabung erfahren. Ihr werdet die magische Sphäre ganz neu und intensiver kennenlernen. Der Lernstoff aus dem letzten Halbjahr wird euch im Vergleich dazu banal erscheinen. Doch fangen wir von vorn an." Jetzt hatte Jehal seine Stimme wieder magisch verändert und sie triefte nicht mehr vor Zynismus und unterdrücktem Zorn, sondern wirkte motivierend und aufmunternd. „Konzentriert euch!" Ein tiefes Atmen, als ob alle Kehlen gleichzeitig Luft einsaugen würden, ging durch die Klasse. „Tretet in die Sphäre ein!"

Leik sah noch, wie Morlâ bei dieser Ankündigung ein Schweißtropfen von der Stirn lief, doch einen Augenblick später war er schon in die magische Zwischenwelt eingetaucht, in der solche Dinge nicht mehr von Belang waren. Sein rechter

Handrücken kribbelte angenehm vertraut. Seine Sinne waren augenblicklich geschärft. Leik genoss dieses Gefühl.

„Gut! Alle haben es geschafft. Auch wenn es bei dem einen oder anderen noch etwas länger dauert. Campell, in der nächsten Stunde geht das aber flotter!"

Der Student antwortete nicht. Auch Leik wäre dazu nicht in der Lage gewesen. Er fragte sich, ob ihnen Jehal beibringen wollte, in der Sphäre miteinander zu kommunizieren.

„Bisher waren eure Zauber plump und daher wenig effektiv. Jeder, ob magisch begabt oder nicht, konnte eure Zauber sehen. Ihr habt die Farben der Zauberei in die reale Welt geschleudert, um die Sphäre dort zu nutzen. Doch dies hat zwei Nachteile. Erstens könnt ihr eure Zauber nicht unbemerkt einsetzen, was aber in eurer späteren Tätigkeit notwendig sein wird. Zweitens, und das ist noch viel bedeutsamer, eure Zauber sind schwach. Nie werdet ihr große magische Taten vollbringen, geschweige denn anderen Begabten überlegen sein. Aber von vorn. Nehmt einen magischen Strang auf. Aber nicht mit den Händen, wie in der realen Welt, sondern versucht es nur mit dem Geist. Die Magie muss euch komplett durchströmen und sie soll eurem Kopf und nicht eurem Körper gehorchen. Nur wenn ihr dies schafft, werdet ihr die nächste Stufe der Begabung erreichen. Ich habe eine einfache Übung für euch."

In der Sphäre erschien eine große, rot glühende Kugel, die etwa zwei Meter über dem Boden schwebte. Sie bestand aus reiner Energie.

„Eure Aufgabe ist es, den Kometen zu bewegen. Wer das heute schon schafft, muss den Rest des Semesters keine Hausaufgaben mehr erledigen."

Eifrig begannen alle in die Sphäre einzugreifen und schleuderten Energie auf die von Jehal erschaffene Erscheinung. Leik kam es merkwürdig vor, mit so vielen Leuten gleichzeitig in der magischen Zwischenwelt zu sein. Um ihn herum schossen rote Bänder auf den magischen Kometen zu, doch keines konnte das vom Magister erschaffene Übungsobjekt bewegen, da alle Studenten immer noch instinktiv ihre Hände benutzten, um die magische Energie zu lenken. Neben sich sah Leik sogar zweimal blaue Energieblitze vorbeifliegen, die von Morlâ stammten. Doch sein Freund benutzte offensichtlich ebenfalls die Hände zu sehr, als dass er die Magie mit seinem Geist hätte kontrollieren können. Wirkungslos verpufften seine Interventionen auf dem feuerroten Kometen.

Leik konzentrierte sich und versuchte, nur mit Gedanken Zauberei zu wirken. Es gelang ihm nicht. Keinerlei Reaktion. Die sonst so vertrauten Energieströme umspielten ihn wie immer, doch sie ließen sich überhaupt nicht von ihm lenken. Erst als er wieder seine Hände bewegte, strömten die regenbogenfarbigen Bänder sofort auf Leik zu.

Plötzlich sagte Jehal: „Also gut, niemand von euch scheint es heute zu schaffen. Ich bin ehrlich etwas enttäuscht. Wahrscheinlich ist Elbendingen doch die bessere magische Bruderschaft. Vielleicht schafft es nächste Woche eine der Elben, sie haben eben doch deutlich mehr Talent."

Augenblicklich prasselten Dutzende rote Energieladungen auf den Kometen ein. Jehal hatte seine menschliche Studentenverbindung bei der Ehre gepackt, doch nichts geschah. Regungslos verharrte der rote Ball in der Luft.

„Naja, wenigstens haltet ihr zusammen. Das ist doch schon mal was", munterte er sein Corps auf. „Ihr wisst eben, wo ihr hingehört und wo ihr herkommt."

Leik wurde wütend, als er das hörte. Das war eindeutig auf ihn gemünzt. Dass ein Magister sich über sein Leben und darüber, dass er seine Eltern nicht kannte, lustig machte, war gemein. Leik schleuderte mit der Hilfe der Arme eine große Menge an Energie auf Jehals magische Erscheinung, doch nichts geschah.

„Abnormität und Gewalt helfen hier nicht, McDermit", stichelte der Magister. „Wie du siehst, bist du hier am Ende deiner Möglichkeiten. So ist das mit Launen der Natur, sie sind meistens nicht sehr überlebensfähig. Überlege dir das mit der Zauberei lieber nochmal. Vielleicht kannst du auf billigen Jahrmärkten ein paar Bauern erschrecken. Aber zu mehr wird es bei dir nie reichen."

Leiks Wut auf Jehal steigerte sich. Er zog alle Energie an sich, die er greifen konnte. Die eigentliche Aufgabe hatte für ihn schon längst an Bedeutung verloren. Er wollte nur noch Jehal schlagen und den rot glühenden Kometen bewegen. Überall aus dem Raum strömte Energie auf Leik zu. Die Farben verschwammen in der Sphäre zu einem spektakulären Gemisch, das einem in der realen Welt Kopfschmerzen bereitet hätte. Das Gefühl großer Macht durchströmte Leik. Er schleuderte unglaubliche Mengen an Energie auf den Kometen. Da nichts geschah, probierte es Leik immer wieder und wieder.

„Es reicht", herrschte ihn der Magister an. „Verlasst alle die Sphäre. McDermit, es ist gut. So schaffst du es auch nicht."

Doch Leik hörte seine Worte nur wie durch Watte. Der Rausch der Magie hatte ihn gepackt. Immer und immer wieder setzte er pure magische Energie ein, um den Feuerball zu vernichten – ihn zu bewegen, erschien ihm jetzt als unbedeutend. Doch seine mächtigen Zauber bewirkten nichts. Offensichtlich schlug magische Erfahrung hier Begabung. Leik startete einen letzten Versuch, diesmal war es seine stärkste magische Intervention. Mit den Händen holte er mehrmals rote, blaue und gelbe Energielinien ein, bündelte sie und schleuderte einen riesigen bunten Energieball auf Jehals Kometen. Leik schaute fasziniert dabei zu, wie ein Zauber auf einen anderen traf. Beim Aufprall entstand ein extrem grelles Licht, das Leik Schmerzen bereitete und ihn die Augen schließen ließ. Als er sie wieder öffnete, war der Komet verschwunden. Wo er sich befunden hatte, klaffte nun eine Lücke zwischen magischer Sphäre und realer Welt. Die Sphärenfarben sickerten wie aus einer blutenden Wunde heraus und lösten sich in der echten Welt einfach auf. Jehals Schreibtisch war zertrümmert, die kleine Tafel daneben war verkohlt und schwelte mit unangenehmem Gestank vor sich hin. Von der Überschrift war nur noch *M ie ür M e uf* zu lesen. Leik verließ augenblicklich die Sphäre.

Er schaute sich im Kursraum um. Seine Kommilitonen lagen mit dem Kopf auf ihren Pulten und regten sich nicht. Auch Morlâ lag mit geschlossenen Augen neben ihm auf dem Tisch und schien nicht mehr zu atmen. Leik konnte sehen, dass sein Freund aus den Augen blutete. Von den menschlichen Studenten waren einige aus ihrer Bankreihe gekippt. Viele hatten blutende Wunden am Kopf und im Gesicht. Jehal war verschwunden. Hinter den Trümmern seines Schreibtischs war er nicht zu entdecken und dahinter an der Wand prangte ein riesiger schwarzer Rußfleck.

Was habe ich getan?

Die Sieben irren

Kommt schon, Tejal, Ihr wisst genau, dass ich nicht mehr unterrichten darf und will. Die Gärten reichen mir vollkommen. Obwohl ich auch auf die nervigen kleinen Samusen verzichten könnte", sagte Gerald und nahm vorsichtig eine kleine rothaarige Fee von seinem Hinterkopf, die gerade versucht hatte, sich ein Nest in seinen Haaren zu bauen. Schimpfend flog das kleine magische Wesen davon, aber nicht ohne den ehemaligen Jagdmeister nochmal in die Nase zu kneifen. Der quittierte diese freche Tat mit einem schiefen Lächeln.

„Ihr wisst, wie es um die Universität steht. Gut ausgebildete Magister sind das Fundament dieser Institution. Und selbst wenn Ihr nicht mehr für den Orden aktiv sein könnt, braucht Ihr Eure Kräfte nicht mit Heckenschneiden zu verschwenden. Obwohl ich schon sagen muss, dass Ihr hier ganze Arbeit geleistet habt in der kurzen Zeit. Überlegt es Euch. Mit Euren Fähigkeiten könnt Ihr – auch ohne direkt Magie anzuwenden – immer noch Großes vollbringen und die Jugend viel lehren. Damals, als wir beide beim Orden waren …"

„Das war eine andere Zeit", unterbrach Gerald die Direktorin barsch. „Und das weißt du … äh, wisst Ihr auch."

„Ja." Tejal sah den Gärtner der Âlaburg traurig an. Dann trat sie näher an ihn heran, legte ihre zarte, blasse und mit etlichen Ringen geschmückte Hand liebevoll auf seine Wange und schaute ihm tief in die Augen. „*Wir* waren anders, Gerald. Ich wünschte, wir könnten nochmal von vorn anfangen, so wie damals an den Lakÿ-Wasserfällen."

Gerald wurde rot bei diesen Worten, doch er erwiderte den verträumten Blick der Rektorin mit großer Sehnsucht und trat einen Schritt näher an sie heran. „Du weißt doch, dass dein Vater nie … AHHH“, plötzlich griff sich Gerald an die linke Schläfe.

Tejal löste sich von ihm und fragte ängstlich: „Was hast du?“ Doch dann spürte sie es auch. Irgendetwas hatte die Sphäre verletzt. Und diese Verletzung bereitete allen Begabten Schmerzen. Die magische Welt war tief erschüttert worden. Durch die Bäume des Gartens fegte plötzlich eine starke Böe und die Samusen begannen aufgeregt aus ihrem verkrauteten Unterholz aufzusteigen. Einem roten Schwarm gleichend, flogen sie auf die beiden Magister zu.

„Er ist unschuldig“, sprachen sie alle gleichzeitig mit ihren hohen Stimmchen los, dass es klang wie ein feiner, aufgeregter Singsang. „Aber sie sind schon hier, um ihn zu bestrafen. Eilt euch, oder er kann nie wieder an die Âlaburg zurückkehren. Das wäre das Ende von Razuklan. Die Sieben irren. So wurde es prophezeit. Nur er kann den Kontinent noch retten. Geht und beschützt Leik!“

Augenblicklich rannten Tejal und Gerald auf das Universitätsgebäude zu.

„Morlâ.“ Leik rüttelte seinen Freund sanft, dessen Augen immer noch fest verschlossen waren. Er tupfte ihm mit seinem Ärmel vorsichtig das Blut vom Gesicht. „Morlâ, bitte sag etwas!“ Doch der Zwerg zeigte keine Reaktion. Nur sein Kopf kippte zur Seite weg. Leik bekam Schweißausbrüche. *Ist es jetzt passiert? Bin ich jetzt wie Caoimhe?*

Ein leichtes Stöhnen kam aus Morlâs Kehle.

Kajal sei Dank! Leik schaute sich um, auch andere Studenten kamen wieder zu sich und bewegten sich, stöhnten aber vor Schmerzen. Nur von Jehal war nach wie vor nichts zu sehen.

Leik hoffte inständig, dass er den Magiemeister nicht ernsthaft verletzt hatte.

„Was ist passiert?“, kam es nuschelnd aus der letzten Reihe.

„Ich weiß es nicht … ich weiß nur noch, dass ich die Sphäre nicht mehr verlassen konnte“, antwortete eine andere.

„Das ging mir auch so“, stimmte ein Mädchen zu.

„Mir ebenso. Aber warum?“, brachte es eine tiefe Jungenstimme auf den Punkt.

Leik fragte sich das auch, aber auf Grübeleien konnte er jetzt keine Zeit verschwenden. Wieder wandte er sich Morlâ zu: „Wie geht’s dir?“

Der Zwerg wischte sich gerade etwas Blut aus dem Augenwinkel. „Ganz gut eigentlich. Du weißt doch, wir Zwerge können eine Menge aushalten“, sagte er in Anspielung auf seinen plötzlichen Zwergentod bei ihrem gemeinsamen Abenteuer im letzten Semester. „Was ist passiert?“

Diese Frage konnte Leik auch nicht so richtig beantworten. Hatte er das Ganze ausgelöst? War er schuld daran gewesen, dass die anderen die Sphäre nicht verlassen konnten?

Plötzlich ertönte ein merkwürdiges Zischen und es roch medizinisch, als ob Kräuter verbrennen würden. Leik drehte sich in die Richtung, aus der er das Geräusch gehört hatte. Dort erschienen zwei große Gestalten in schwarzen Rüstungen, die mit gezogenen bläulich glühenden Schwertern auf ihn zukamen. Die Visiere ihrer Helme waren geschlossen, sodass ihre Gesichter nicht zu erkennen waren. Bei jedem Schritt ihrer schweren eisenbewehrten Stiefel erklang ein metallisches Scheppern.

Hilfe ist da, dachte Leik erleichtert. Dann hatten die martialischen Gestalten ihn erreicht und bauten sich bedrohlich vor ihm auf.

„Leik McDermit?“

„Ja", antwortete Leik sehr leise und eingeschüchtert. „Mein Freund ist verletzt, können Sie ihm helfen?"

„Im Namen des Drianyordens und der Sieben verhafte ich Euch wegen Verstoßes gegen den magischen Kodex. Eure Interventionen haben schweren Schaden an der Sphäre und der echten Welt angerichtet."

Im nächsten Moment packte eine von einem Eisenhandschuh ummantelte Hand schmerzhaft Leiks Oberarm.

„Folgt uns, McDermit! Die Sieben werden über Euch richten."

„Lass den Jungen los, Brandal. Er geht nirgendwo hin!", erklang zu Leiks Überraschung auf einmal Geralds tiefe Stimme von der Tür.

Als ob sie ein einziges Lebewesen wären, drehten sich die beiden Krieger gleichzeitig zur Tür des Kursraums. Noch immer hatten sie ihre Schwerter gezogen. Gerald hingegen war unbewaffnet, sah aber sehr entschlossen aus, was ihn wiederum auch gefährlich wirken ließ. Nur sehr selten hatte Leik bei seinem Ziehvater einen solchen Gesichtsausdruck gesehen. „Du hast uns gar nichts mehr zu befehlen, McDermit, deine Zeit als Grandcommander ist lange vorbei. Wir kommen in direktem Auftrag der Sieben. Du wirst uns nicht aufhalten!"

Dann drehten sie sich wieder zu Leik um. Derselbe Ritter packte ihn wieder am Oberarm und im gleichen Moment hörte Leik das Zischen und nahm den merkwürdigen chemischen Geruch wahr.

„Aber ich", hörte Leik Tejals gestrenge Stimme. „Unterbrecht sofort den Teleportationszauber!"

Sekundenbruchteile später nahm Leik die Welt nur noch durch eine transparente, gelblich-flüssig aussehende Schicht wahr. Tejal hatte ihn in einen Schutzkokon eingewoben. Der schien zu verhindern, dass die Krieger ihren Teleportationszauber einfach anwenden konnten, um ihn von der Âlaburg wegzubringen.

„Was soll das?“, sagte der bis dahin stumme zweite Ritter nun überrascht und verbeugte sich zu Leiks Verblüffung kurz vor der Direktorin. „Großmagistra, wir kommen im Namen der Sieben. Der Orden hat eine massive Verletzung des Kodex an diesem Ort festgestellt. Der Junge steht im Verdacht, daran beteiligt zu sein. Wir müssen ihn mitnehmen. Das Gesetz verlangt eine Untersuchung. Das wisst Ihr besser als ich. Eure Schwester hat es schließlich mitgeschrieben, als der Friede von Âla besiegelt wurde.“

„Ihr habt recht, Williams, doch ich sage Euch, der Junge ist unschuldig.“

Die beiden Ritter schauten sich kurz an.

„Es steht nicht in unserer Macht, Euer Wort anzuzweifeln, noch das der Sieben“, sprach der Ordensritter Williams weiter, „doch bitten wir Euch inständig, uns unsere Aufgabe erfüllen zu lassen. Die Inquisition wird …“

„Wann hat die Inquisition je Gerechtigkeit gebracht?“, kam es nun von Gerald, der sich inzwischen schützend vor Leik gestellt hatte.

Der konnte den Streit kaum nachvollziehen, da Tejals Schutzzauber die Geräusche um ihn dämmte und er auch fast nichts sah. Außerdem verhinderte der Zauber, dass seine Worte nach außen dringen konnten. Ob Tejal dies mit Absicht getan hatte oder das ein zufälliger Nebeneffekt der magischen Intervention war, vermochte Leik nicht zu sagen.

„Mit Eurem Fall hat das Ganze nichts zu tun, McDermit“, kam es nun von Brandal. „Die Sieben haben Euch längst vergessen“, fügte er gehässig hinzu, woraufhin ihm sein Begleiter beschwichtigend die Hand auf die Schulter legte.

„Nehmt ihn mit“, erklang es plötzlich kreischend aus dem Flur. Sekunden später erschien Jehal wieder im Kursraum. Merkwürdigerweise wies seine Kleidung keine Spur der Zerstörung auf. Nur die Haare standen dem Magister wild vom

Kopf ab. „Tejal, ich habe es Euch schon im letzten Semester gesagt, dieser Junge ist eine Gefahr für die Universität und die gesamte Zauberergemeinschaft. Er ist nicht normal. Er gefährdet die anderen. Wir müssen sie vor ihm schützen!“

„Genug“, herrschte die Direktorin den Magielehrer an. „Ihr braucht mir nichts vom Schutz der Studenten zu erzählen. Wo wart Ihr, als sie diesen brauchten? Warum wart Ihr nicht hier bei ihnen im Kursraum?

„Ich … äh, ich wollte …“, begann Jehal zögerlich und wurde rot.

„Ihr braucht mir nichts zu erzählen, Euer Intransparenzzauber war so stark, dass ihn jeder halbwegs Begabte spüren konnte. Ihr habt diejenigen, die auf Euren Schutz und Eure Fürsorge angewiesen sind, im Stich gelassen, als sie Euch am dringendsten brauchten und habt Euch weggestohlen. Nur Euer eigenes Wohl war Euch wichtig. Geht mir aus den Augen!“

Noch nie hatte Leik die Rektorin so zornig gesehen. Jetzt wirkte die Elbin sehr bedrohlich. Das sah er selbst durch seinen Schutzschleier.

„Jeder in meiner Situation hätte das Gleiche getan. Diese Art von Magie ist unberechenbar und …“

Tejal sagte nichts, sondern schaute den Magister nur an. Jehal schlich daraufhin noch immer leise vor sich hinfluchend aus dem Raum.

Einer der beiden Ritter räusperte sich anschließend auffällig. Sofort hatte er Tejals Aufmerksamkeit: „Es tut uns leid, Großmagistra. Wir nehmen den Jungen jetzt mit. Solltet Ihr keine Beweise haben, gelten für uns unsere Befehle.“

„Ich kann es jetzt nicht beweisen. Ihr müsst auf mein Wort vertrauen. Der Junge ist unschuldig.“

Der Ritter mit Namen Williams nahm seinen Helm ab. Ein kantiges, vom Wetter gegerbtes Gesicht kam zum Vorschein, das von einem blonden Vollbart eingerahmt wurde. Der Bart bildete einen merkwürdigen Kontrast zum haarlosen, kahlrasierten Schädel des Ritters. Die stechend blauen Augen des Kriegers wurden traurig nach den Worten der Großmagistra. „Wenn Ihr es nicht beweisen könnt, haben wir keine Wahl. Bitte lasst den Zauber fallen. Ich will Euch nicht dazu zwingen müssen."

Ein mädchenhaft hohes: „Ha", entwich der Direktorin. „Ihr wollt mich zwingen?"

Brandals Schwert begann nach diesen Worten stärker blau zu glühen, doch Williams schlug es ihm barsch nach unten: „Beherrsche dich gefälligst, vergiss nicht, wo du bist!"

„Das konnte er noch nie", kam es von Gerald. „Leik wurde vor vielen Jahren in meine Obhut gegeben und dort bleibt er auch." Daraufhin ballte Leiks ehemaliger Ausbilder die Fäuste.

Williams schüttelte traurig den Kopf. „Gerald, ich bin es! Du weißt, dass wir an den Befehl der Sieben gebunden sind. Wir können nicht dagegen verstoßen, ohne selbst mit den schlimmsten Strafen überzogen zu werden. Das Ganze kann nur gütlich nach unseren Regeln oder mit der klaren Niederlage einer der beiden Parteien gelöst werden. Wir haben keine andere Wahl. Bitte …", der Ritter schaute Tejal und Gerald mit seinen blauen Augen lange flehend an. Doch als diese keine Reaktion zeigten, setzte er den Helm wieder auf und erhob das Schwert. Sein Kompagnon tat es ihm gleich. Dann rückten sie auf den im magischen Schutzmantel steckenden Leik zu.

Der schrie aus Leibeskräften, dass die Kontrahenten aufhören sollten und er sich stellen wollte, doch niemand konnte oder wollte auf ihn hören. Gerald spannte die Muskeln an, offensichtlich bereit, sich seinen beiden ehemaligen Ordensbrüdern auch ohne Waffen zu stellen. Tejal wob eine weitere Schutzschicht um Leik, sodass der nun vollkommen vom Geschehen ausgeschlossen war. Dann umzüngelten gelbgrüne Flammen ihre Hände und Oberarme. Ein Kampf des Guten gegen das Gute schien unausweichlich und das nur wegen Leik.

Von einer Sekunde auf die andere konnte Leik wieder sehen. Sein Stimme war vom Brüllen heiser: „Hört auf. Nehmt mich mit. Hört auf. Nehmt mich mit. Hört …“ Schlagartig wurde Leik klar, dass er frei war und ihn nun jeder hören konnte. Im ersten Moment schaute er zu Gerald, der ihn ungläubig anstarrte, dann zu Tejal, deren grüner Flammenzauber verschwunden war und zuletzt auf die beiden Ritter, deren Schwerter nicht mehr blau glühten.

Tejal war die Erste, die sich von dem abrupten Wechsel der Situation erholt hatte. „Ihr wollt einen Beweis, Williams? Hier habt Ihr ihn. Es sieht so aus, als ob die Âlaburg jetzt in diesem Raum jede Art von Magie behindert, um Leik zu beschützen. Auch die Feste scheint an die Unschuld des Jungen zu glauben. Versucht Euren Teleportationszauber. Sollte er fehlschlagen, habt Ihr Euren Beweis und der Junge bleibt hier. Dem Urteil der Âlaburg werdet Ihr wohl doch vertrauen? Einverstanden?“

Die beiden Ritter schauten sich kurz an. Dann nickte Williams. Langsam kam er auf Leik zu. „Es ehrt dich, mein Junge, dass du diesen dem Frieden und der Freundschaft zuwiderlaufenden Kampf verhindern wolltest. Doch ich habe eine Mission. Vor der Inquisition kannst du beweisen, dass du unschuldig bist.“

Leik wurde blass beim Wort Inquisition. Doch er ergab sich in sein Schicksal und nickte pflichtschuldig. Der Ritter ergriff seinen Oberarm, wenn auch deutlich behutsamer als Brandal zuvor. Wahrscheinlich würde er durch diesen Körperkontakt seinen Teleportationszauber auf Leik ausdehnen können, um ihn mitzunehmen.

Aber nichts geschah.

„Wir und die Sieben beugen uns dem Urteil der Âlaburg. Trotzdem steht der Junge ab jetzt unter Beobachtung. Ihr und Gerald seid für ihn verantwortlich. Außerdem obliegt es Euch, den wahren Täter zu finden und zu benennen. Vergesst das nicht!“ In der nächsten Sekunde waren die beiden Ordensbrüder verschwunden und hinterließen nur einen leicht chemischen Geruch und einen schockierten Magiekurs.

Unter Beobachtung

„Was ist passiert?“ Filixx konnte es nicht glauben. Seine Stimme überschlug sich bei dieser Frage und wurde ein bisschen piepsig. „Ordensritter wollten dich verhaften, weil du gegen den Kodex verstoßen hast?“

„Hat er doch schon alles erzählt“, beschwichtigte Morlâ ihn. „Lass Leik doch erst mal wieder zur Ruhe kommen. In ein paar Minuten muss er in Tejals Büro antanzen. Wer weiß, was Jehal ihr bis dahin schon alles erzählt hat und was die sich gerade für Strafen ausdenken.“

„Was auch kommen mag, wir stehen zu dir“, sagte Ûlyėr daraufhin beruhigend.

Leik, der immer noch ganz blass und zittrig war, lächelte den Ork daraufhin dankbar an.

„Ist euch denn klar, was ein Verstoß gegen den magischen Kodex bedeutet?“, zog Filixx das Gespräch wieder an sich. „Das ist der schwerste Vorwurf, den man einem Begabten machen kann. Das heißt, dass er oder sie direkt die Sphäre geschädigt oder missbraucht hat. Caoimhe wurde deshalb auch von der Inquisition, dem Gericht, das alle magischen Verfehlungen untersucht und bestraft, angeklagt, als sie den Studenten ermordet hatte. Ein Sphärenbruch aber ...“, Filixx schaute allen in die Augen, bevor er weitersprach, „ist fast so, als würde man versuchen, die Magie selbst zu töten. Bei einem sehr großen Bruch besteht die Gefahr, dass die Magie die Sphäre komplett verlässt und sich in der realen Welt auflöst. Ähnlich einem Lebewesen, das durch Verbluten stirbt. Gewisse Dosen regeneriert die Zwischenwelt einfach wieder, zum Beispiel, wenn ein Begabter zaubert und ihr Magie entzieht. Aber zu viel kann das Ende bedeuten.“

Leik wurde ganz flau im Magen, als er das hörte. Nun gab es eine weitere Verbindung zwischen ihm und der verurteilten Mörderin Caoimhe. Und noch schlimmer, eventuell hatte er der magischen Welt einen schweren Schaden zugefügt. *Wenn ich nur wüsste, was passiert ist.*

„Leik McDermit, bitte unverzüglich ins Direktorat kommen“, erklang plötzlich magisch verstärkt Gwendolins Stimme im Raum.

Eine abgekämpfte Tejal empfing Leik in ihrem geräumigen Büro. Die Ruhe und Erhabenheit, die der repräsentative Raum mit seinen Ölgemälden, den tiefgrünen Wänden und den schweren, dunklen Möbeln ausstrahlte, kam Leik in diesem Moment unwirklich vor. Auch die Direktorin selbst schien hier gerade nicht her zu passen. Zum ersten Mal wirkte sie auf ihn klein und hilflos. Das erschreckte Leik mehr als er je gedacht hätte. Tejal würde ihn nicht immer retten und beschützen können.

Müde und mit trübem Blick schaute die Rektorin ihrem Studenten in die Augen, bevor sie mit leiser Stimme zu reden begann: „Ich habe den Eindruck, dass die Âlaburg gleich zu Beginn dieses Semesters in die reale Welt eingegriffen hat, obwohl es im Laufe ihrer langen Geschichte kaum belegte Interventionen gibt. Nur im äußersten Notfall bündelt die Feste ihre Kräfte, um das magische Gleichgewicht zu beschützen. Es steht nicht gut um Razuklan und diese Universität. Schwere Zeiten kommen auf uns zu. Und du scheinst leider irgendwie im Mittelpunkt all dieser Ereignisse zu stehen.“

Diese Worte sorgten bei Leik für Gänsehaut am ganzen Körper. Die Großmagistra sprach aus, was er tief in seinem Inneren schon befürchtet hatte. Im Grunde genommen hatte es in dem Moment begonnen, als er das erste Mal in dieses Büro gekommen war. *Vielleicht hatte Gerald recht, dass er diese Welt vor mir verbergen wollte, um mich und alle anderen zu beschützen.*

„Ich versuche dir zu verdeutlichen, was die Âlaburg eigentlich ist. In der realen Welt erscheint sie als große, unbezwingbare Festung, wie es ihrer viele gibt. Doch natürlich ist sie viel mehr als das. Ich …“, Tejal stockte kurz, „ich weiß nicht, wie ich es anders erklären soll, aber die Âlaburg ist eine Art magisches Lebewesen, das zum Teil über einen eigenen Willen verfügt. Doch dieser ist nicht frei, sondern folgt immer nur einem Ziel: dem Erhalt des Gleichgewichts. Die Burg oder besser gesagt die in ihren Mauern manifestierten Kräfte versuchen mit aller Macht, das Gleichgewicht der Magie zu wahren. Denn nur so ist Friede auf Razuklan möglich. Nur wenn alle Völker gleich stark sind, kommt es nicht zu neuen Kämpfen und den daraus resultierenden Folgen für den Kontinent. So wurde es beschlossen, als die Universität gegründet wurde und die größten Magier ihrer Zeit ihr ihre Kräfte verliehen.“ Tejal atmete geräuschvoll durch die Nase aus. „Das bedeutet, die Âlaburg beschützt diejenigen, die wichtig für das Gleichgewicht der Magie sind.“

„Das bedeutet aber auch, dass die Âlaburg jemanden bestrafen würde, der eine Gefahr für das magische Gleichgewicht ist?“, schlussfolgerte Leik blitzschnell.

Tejal nickte traurig. „Nur sehr, sehr selten sind Individuen so begabt, dass die Feste überhaupt auf sie reagiert. Meist geschieht dies eher bei größeren Gruppen, wie du ja selbst miterlebt hast. Erzähl mir, was passiert ist. Aus deiner Sicht.“

Leik schilderte die aus dem Ruder gelaufene Magiestunde.

Tejal hörte ihm schweigend zu.

„Ich bin mir nicht sicher, was sich da genau ereignet hat. Deine Kräfte sind besonders, in der Tat, aber was heute geschehen ist, ist niemandem möglich, ohne es bewusst zu wollen. Es gibt dunkle Zauber, die die Sphäre brechen können. Einen von ihnen und seine katastrophalen Auswirkungen hast du in der Mine von Sefal gesehen. Doch es ist sehr viel Bösartigkeit und Erfahrung bei dieser Art dunkler Magie vonnöten, die ich dir nicht zutraue." Sie schaute Leik bei diesen Worten tief in die Augen.

Leik sah seine Rektorin dankbar an, doch er selbst war sich nicht so sicher. Aber das Vertrauen der Großmagistra in ihn gab ihm Vertrauen in sich selbst. „Wer kann es dann getan haben?" *Jehal*, dachte er.

Tejal lehnte sich in ihren Sessel zurück: „Ich weiß es nicht. Vieles ist möglich. Es muss nicht unbedingt jemand gewesen sein, der direkt im Raum war. Doch kann es auch niemand gewesen sein, der sich außerhalb der Âlaburg befunden hat. Die magischen Mauern der Festung können nicht überwunden werden, ohne dass der Rat der Sieben oder ich dem zustimmt. Beides ist nicht geschehen. Es bleibt also vorerst ein Rätsel. Doch es befindet sich jemand unter uns, der den Frieden auf Razuklan sabotieren möchte. Warum und wer, gilt es nun herauszubekommen. Ich möchte dich inständig bitten, dieses Rätsel nicht auf eigene Faust zu lösen. Dazu ist unser Gegner zu mächtig und auch zu gefährlich. Für die Studentenschaft werden wir das Ganze als Unfall darstellen. Es wird heißen, es waren einfach viele unerfahrene Studenten, die zu viel Kraft in ihrer ersten Stunde Magie für Mittelstufe eingesetzt haben und sich nicht beherrschen konnten."

Leik war das nur recht. Damit war er erstmal aus der Schusslinie. Noch einen Universitätsskandal, der mit seinem Namen verbunden war, brauchte er wirklich nicht.

„Dennoch stehst du unter Beobachtung, auch wenn ich an deine Unschuld glaube. Daher werde ich dich ab heute und bis auf Weiteres vom Magieunterricht ausschließen."

Leik fühlte sich, als hätte ihm gerade jemand die Faust in den Magen gerammt. Magie war das entscheidende Unterrichtsfach.

Rechenkunde, Religion, Geschichte, Kampfkunst – all das konnte man an jeder gewöhnlichen Universität studieren. Magie allerdings wurde ausschließlich an der Âlaburg gelehrt. Ohne dieses Fach wäre sein Aufenthalt hier sinnlos.

„Wir verdoppeln dafür deine Stunden bei mir. Während deiner regulären Magiestunden kommst du in mein Büro. Und glaub mir, meinen magischen Kometen wirst du niemals bewegen können“, endete die Rektorin versöhnlich und zwinkerte ihm aufmunternd zu.

Nachts in den Gärten

Als Leik das Rektorat verlassen hatte, saugte er begierig die frische, spätsommerliche Luft ein. Langsam wurde es kälter, doch noch konnte man den Sommer spüren. Zielstrebig ging er zum Wehrturm hinüber, froh über einen Moment der Ruhe. Nach so viel Aufregung, neuen verwirrenden Eindrücken und Entwicklungen summte Leiks Schädel. Hinter seinen Schläfen kündigten sich Kopfschmerzen an. Müde rieb er sich die Augen und gähnte herzhaft. Langsam fiel die Anspannung von ihm ab. Er rollte die Schultern, um den Kopf freizubekommen. *Man könnte sich fast das letzte Semester herbeiwünschen, so verrückt wie dieses begonnen hat*, dachte er. Dieser Gedanke ließ ihn schmunzeln. *Das hätte auch von Morlâ kommen können.* Der Gedanke an seine Freunde gab Leik Kraft, mit ihrer Hilfe würde er auch diese Situation bestehen können.

„Also, ab jetzt muss ich allein zu Magie?“, fragte Morlâ unglücklich, als Leik ihm, Ûlyèr und Filixx die Ereignisse dieses Tages zu schildern versuchte. „Das kann ich nicht. Du warst bis jetzt mein Schutzschild. Dich hasst Jehal eindeutig noch mehr als mich.“

Gegen seinen Willen musste Leik lachen, und auch Filixx und Ûlyèr konnten sich nicht mehr zurückhalten. Damit war der Knoten geplatzt. Morlâ lief kurz rot an, als er versuchte, sein eigenes Lachen zu unterdrücken, dann platzte es auch aus ihm heraus.

„Und was machen wir *hicks* nun?", brachte Morlâ schließlich heraus. Jetzt hatte er einen Schluckauf. „Irgendjemand *hicks* versucht Leik *hicks* etwas anzuhängen."

Filixx griff ein. Er hatte sich besser unter Kontrolle. „Und diesen Jemand müssen wir finden! Tejal hat es doch gesagt, es muss eine Person innerhalb der Âlaburg sein."

„Vielleicht bin ich das und ich habe es getan, ohne mich daran zu erinnern", flüsterte Leik. Abrupt herrschte Stille und die gute Stimmung war verflogen. Seine drei Freunde schauten ihn entgeistert an.

„Nein", erwiderte Morlâ, „du bist ein viel zu guter Mensch, als dass du so viel Bösartigkeit für einen derartigen Frevel aufbringen könntest. Das steckt einfach nicht in dir."

Filixx und Ûlyėr legten Leik ihre Hände auf die Schulter: „Wir würden dir unser Leben anvertrauen. Deine Seele ist rein!"

Leik schossen die Tränen in die Augen.

„Hab ein bisschen mehr Vertrauen zu dir selbst, Leik", sagte Filixx. „Das hat jemand anderes getan und nicht du!"

Leik nickte, immer noch nicht ganz überzeugt.

„Also, weiter im Text. Wir suchen jemanden innerhalb der Burg – aber nicht Leik." Filixx zeigte auf ihn und alle lächelten. „Doch das ist nicht unsere einzige Information." Filixx stand auf und begann durch den Raum zu tigern. „Erstens: Der Täter", der Zwergelbe macht eine kurze Pause, bevor seine Gedanken weiter ausführte, „oder die Täterin muss über ein außergewöhnlich hohes Maß an Begabung verfügen, um einen solchen Zauber ausführen zu können. Zweitens: Er oder sie muss Erfahrung mit dunkler Magie haben. Drittens: Die Person muss Leik entweder schaden wollen oder über seine außergewöhnlichen Fähigkeiten Bescheid wissen."

„Aber was genau wollte der Täter?", brachte es Ûlyėr auf den Punkt.

Filixx hob die Achseln.

„Er wollte mich beseitigen!“, antwortete Leik stattdessen.

Niemand widersprach. Zu sehr deuteten alle Indizien darauf hin. Die Ereignisse im letzten Semester, die ausgerechnet in Leiks alter Heimat geschehen waren. Der Überfall auf ihn. Die Mine. Und jetzt das. Wieder stand Leik im Mittelpunkt. Das Böse verfolgte ihn. Doch warum?

Morlâ räusperte sich: „Ähm … gut oder nicht gut. Lassen wir das mal so stehen. Das können wir jetzt sowieso nicht klären. Aber überlegen wir mal weiter: Wer ist extrem begabt, hasst Leik und würde ihn am liebsten loswerden? Wer könnte Erfahrung mit dunkler Magie haben? Wer weiß um Leiks besondere Fähigkeiten und kommt trotz all seiner Begabung nicht mit ihnen zurecht?“

„Jehal!“, kam es aus vier Mündern gleichzeitig. Im selben Moment erlosch das Licht im Gemeinschaftsraum. Nachtruhe. Einige Sekunden war es stockdunkel. Bei diesem warmen Wetter hatte noch niemand den Kamin angemacht. Wenige Augenblicke später stieg ein gelbes Wehrlicht auf, gefolgt von einem regenbogenfarbenen und zu diesen gesellte sich noch ein blaues. Das Farbenspiel beleuchtete den Gemeinschaftsraum und die vier Studenten nur leicht, gab ihnen aber genug Licht, um sich weiter unterhalten zu können.

„Wie wollen wir ihm seine Tat beweisen?“, fragte Leik, der fest davon überzeugt war, dass sein Magielehrer mit der Sache zu tun hatte.

„Fragen können wir ihn schlecht“, warf Morlâ dazwischen, „obwohl, wenn Ûlyèr ihm nachts auflauert …“, mit diesen Worten ließ er sein blaues Wehrlicht vor dem Gesicht des Orks hin und her fliegen. Der riesenhafte Student sah jetzt wirklich furchteinflößend aus, da die Schatten sein Antlitz düster und bedrohlich wirken ließen. Außerdem funkelten seine gelbschwarzen Augen raubtierhaft.

„Lass diese Scherze, Kleiner“, entgegnete Ûlyèr und griff nach Morlâs Wehrlicht, das sich daraufhin blitzschnell nach oben erhob. Der Ork fuhr seine langen Arme aus, um es dennoch zu fangen, erneut entwischte es ihm. „Seht ihr. Wenn Magie im Spiel ist, bin ich nicht zu gebrauchen. Und wenn es um den aktuellen Magiemagister geht, ist davon wohl eine Menge im Spiel.“

„Er würde nie mit uns reden. Geschweige denn zugeben, dass er es getan hat, damit Leik von der Universität fliegt. Wir brauchen einen richtigen Beweis. Irgendetwas, was ihn mit der Tat oder Leik in Verbindung bringt“, sagte Filixx.

„Wo könnten wir so etwas finden?“, fragte Morlâ.

„In dem zerstörten Kursraum“, schlussfolgerte Leik. „Den wird er heute nicht mehr betreten haben, da Tejal ihn vorhin rausgeschmissen hat. Der ganze Mittelstufentrakt ist bis auf Weiteres gesperrt. Niemand kommt da rein oder raus ohne Tejals Erlaubnis. Ich glaube nicht, dass er sich darüber hinwegsetzt. Er wird sie nicht noch mehr verärgern wollen. Aber wenn wir Beweise haben wollen, dann müssen wir schnell sein.“

„Du willst in einen magisch gesicherten Kursraum einbrechen?“, fragte Morlâ ungläubig. „Da kommen wir nie rein. Selbst ich habe die magische Entladung gespürt, als Jehal das Schloss geöffnet hat. Wir kommen ja nicht mal ungesehen in die Universität, geschweige denn in einen von der Rektorin verbotenen Trakt.“

„Außer man geht nachts und hat die richtigen Schlüssel.“ Mit diesen Worten warf Filixx seinen riesigen Schlüsselbund auf den kleinen Tisch des Gemeinschaftsraums.

Morlâ pfiff anerkennend. „Ach, den hätte ich ja fast vergessen. Was wären wir nur ohne dich und dein Organisationstalent ... Trotzdem brauchen wir einen guten Plan. Einfach nachts hier rausspazieren und über den Campus laufen, um dann …“

Schwere Schritte kamen die Treppe herunter: „Was sitzt ihr denn hier im Dunkeln?“, fragte Gerald kurz darauf sichtlich überrascht und schwenkte seine kleine Öllampe. „Ab ins Bett mit euch. Ihr habt doch wohl bemerkt, dass Nachtruhe ist. Außerdem haben wir Ausgangssperre.“ Daraufhin richtete sich Leiks Ziehvater in einem der Sessel für die Nacht ein. Er würde heute hier Wache halten. Das Pläneschmieden und -ausführen musste auf den nächsten Tag verschoben werden.

Am Dienstagmorgen frühstückte Leik gemeinsam mit seinen drei Freunden in der Mensa, dann begab er sich mit Morlâ in den Remter, verabschiedete sich von Filixx und Ûlyėr und freute sich auf eine spannende Stunde Geschichte bei Magister Tiefenschacht. Doch als die beiden die Treppe hinaufgehen wollten, um in den Trakt der Zweitsemester zu gelangen, kam der kleine zwergische Magister für Geschichte auf sie zugehumpelt.

„Halt“, rief er mit einer erstaunlich festen Stimme, die gar nicht zu seinem gebrechlichen Äußeren passen wollte. „Die Räume oben sind immer noch durch einen Schutzzauber von der Direktorin gesperrt. Wir haben heute Unterricht in den Kellerräumen.“ Daraufhin hinkte er weiter zur Wendeltreppe und die beiden Studenten folgten ihm in die riesigen Katakomben der Âlaburg.

„Also nochmal, wir machen es folgendermaßen“, begann Filixx, der ein merkwürdiges weißes Nachtgewand trug, das wie ein riesiges Kleid aussah und ihm bis zu den Knöcheln reichte. Seine Freunde waren kurz zuvor einer nach dem anderen in sein Zimmer geschlichen. Den Studenten war es verboten, sich nach Beginn der Nachtruhe in einem fremden Zimmer aufzuhalten und würde man sie erwischen, gäbe das einen riesigen Ärger für alle. Doch zu ihrem Glück verzichtete Gerald heute darauf, das

Weiße Haus persönlich zu überwachen. Aber auch den meisten ihrer Mitstudenten trauten sie nicht über den Weg. Dem einen oder anderen hätte es sicher nur zu gut gefallen, Leik oder einen seiner Freunde beim Hausvorsteher anzuschwärzen.

Leik war es schwer gefallen, so lange wach zu bleiben. Doch Filixx hatte darauf bestanden, dass sie sich erst spät in der Nacht treffen sollten. Der Zwergelbe hatte dazu sein Wehrlicht in Leiks und Morlâs Zimmer geschickt, damit sie wussten, dass sie zu ihm herüberkommen sollten. Nun galt es, ihren am Nachmittag geschmiedeten Plan in die Tat umzusetzen. Morlâ hatte dafür sogar das erste Sternballtraining um eine Woche verschoben.

„Wir laufen nicht quer über den Campus, sondern umrunden den Wehrturm von der Westseite und gehen dann durch die Gärten. Deren weiteste Ausläufer reichen bis fast an das Universitätsgebäude. Verstanden soweit?“

Leik und Morlâ flüsterten ein sehr leises: „Ja“, wobei Leik dabei ein Gähnen unterdrücken musste. Ûlyèr hatte sich auf ein einfaches Nicken beschränkt, da sich seine geflüsterten Antworten anhörten, als würde man mit einem Fingernagel über eine Tafel kratzen. Orkstimmen waren eindeutig nicht zum Flüstern gemacht.

„Gut, trotzdem müssen wir auch auf dieser Route extrem vorsichtig sein. Nachts patrouillieren immer mal wieder einzelne Magister über den Campus, außerdem gibt es bestimmte Wesenheiten, die das Gelände nach Einbruch der Nachtruhe beschützen, aber sollten wir auf diese treffen, ist verlängerter Küchendienst oder Laubkehren in den Gärten unser kleinstes Problem“, führte Filixx weiter aus.

Leik wollte jetzt endlich los. Es musste einfach herausfinden, wer hinter den Ereignissen in der Magiestunde stand.

„In die Universität kommen wir über die kleine Nebeneingangstür“, dabei spielte der Zwergelbe verträumt mit seinem großen Schlüsselbund, der im Schein der verschiedenen Wehrlichter dramatisch funkelte.

„Und dann?“, unterbrach Morlâ den Organisator ihres Einbruchs. „Wie kommen wir in den Trakt der Zweitsemester? Tejal hat ihn gesperrt und bestimmt nicht nur mit lieben Worten.“

Filixx atmete spürbar aus. „Das müssen wir dann sehen. Wenn wir erstmal im Gebäude sind, finden wir schon einen Weg. Nur dort können wir herausfinden, wie das Stockwerk gesichert ist. Wir improvisieren, das hat doch in Sefal auch ganz gut geklappt“, endete der Zwergelbe zwinkernd und zog sich einen riesigen, dunkelblauen Umhang über sein Nachthemd. „Auf geht’s!“

Kühle, frische Luft empfing die vier Studenten, als sie den Wehrturm verließen. Unverzüglich legte sich ein unangenehmer feuchter Film auf ihre Haut. Vereinzelt stieg Nebel auf. Der Campus lag vollkommen dunkel und still vor ihnen. Nur das weiße, kubusartige Büro der Direktorin verströmte ein merkwürdig gedämpftes Licht.

„Glotzt nicht in der Gegend rum, wir müssen hier vom Eingang weg. Tejal ist ja offensichtlich noch in ihrem Büro“, herrschte Filixx sie an und begann, den Wehrturm in leichtem Trab zu umrunden. Sein überdimensionierter Umhang flatterte dabei theatralisch, was bei Leik und Morlâ ein Grinsen auslöste.

Leik kam es beim schnellen Gehen vor, als wäre die kleine Truppe unnatürlich laut, da es auf dem Burginnenhof kaum Geräusche gab. Doch nach einiger Zeit hatten sie die Gärten erreicht, ohne dass sie jemand bemerkt hatte.

„Na, das läuft doch prima“, sagte Morlâ mit fast normaler Lautstärke, als er sich unter dem neuen Gartenzaun hindurchquetschte, über den Leik, Ûlyèr und Filixx hinwegstiegen. Wobei Filixx sichtlich Probleme hatte und dieses Hindernis erst überwand, nachdem ihm Ûlyèr einen kräftigen Schubs gegeben hatte.

„Aua“, jammerte der Zwergelbe leise, als er unsanft in die Brombeerbüsche geplumpst war. Er rieb sich den Hintern und sagte zu Morlâ: „Sei leiser! Auf dem Campus hätte uns nur ein Magister erwischen können, der uns als Strafe vielleicht Küchendienst aufgebrummt hätte … aber hier in den Gärten …“, Filixx schaute sich nach rechts und links um, „kreucht und fleucht so einiges, das erst mitten in der Nacht aktiv wird. Also jetzt. Und diese Kreaturen halten sich nicht an die Hausordnung, wenn wir zur Jagdzeit ungebeten in ihr Territorium eindringen.“

„Kommt jetzt weiter!“, grollte Ûlyėr, der wohl vergessen hatte, dass Flüstern nicht zu seinen Stärken gehörte.

Schnell bewegte sich die kleine Truppe tiefer in die Gärten hinein, damit sie vom Campus aus nicht mehr entdeckt werden konnte. Leik musste auf ihrem Weg seine Annahme revidieren, dass Geralds Arbeit hier fast beendet war. Schon nach wenigen Metern endete der fein gepflegte und hübsch angelegte Teil des Gartens und sie begaben sich in einen Bereich der weitläufigen Anlage, der eher an einen tiefen Wald erinnerte. Wortlos hatte Ûlyėr jetzt die Führung übernommen. Er kannte das Gelände am besten, da er den ganzen Sommer mit Gartenarbeit bei Gerald verbracht hatte.

„Von wegen unheimliche Kreaturen“, plapperte Morlâ nun laut drauf los. Er fühlte sich sicher, denn hier, im Dickicht des verwilderten Gartens, war das Universitätsgelände nicht zu sehen. „Ich glaube, das erzählen sie uns nur, damit wir nachts auch ja in unseren Bettchen bleiben.“

„Hat doch gut geklappt bisher“, stimmte Leik seinem Mitbewohner grinsend zu.

„Scht, seid leise!“, raunte Filixx. „Ich glaube, ich habe etwas gehört.“

Wie auf Kommando blieben die Studenten stehen und lauschten in die Nacht.

„Ach, da ist nichts. Wahrscheinlich knurrt nur dein Magen“, alberte Morlâ. Doch dann hörte er es auch. Es war eine Art Quaken, doch sehr viel tiefer als bei Fröschen und immer gefolgt von einem merkwürdigen Zischen.

„Da!“, wisperte Filixx. „Habe ich euch doch gesagt. Wenn du nicht so laut gewesen wärst …“ Erneutes Quaken unterbrach den Zwergelben, aber diesmal war es lauter und kam scheinbar aus unterschiedlichen Richtungen.

„Kommt weiter!“, drängelte Ûlyėr. „Wir müssen den Weiher schnell passieren.“

„Den Weiher?“, fragte Leik. „Wie riesig ist dieser Garten denn?“

Tatsächlich tauchte nach kurzer Zeit eine schwarz schimmernde, leicht gekräuselte Oberfläche auf, die vom abnehmenden Mond ein wenig beleuchtet wurde.

„Geht nicht zu nah ran, der Rand ist morastig und an manchen Stellen kann man sogar versinken“, warnte Ûlyėr sie.

Erneut erklang das zischende Quaken. Nur dass es diesmal noch vielstimmiger klang und deutlich näher.

„Oh, das wäre bei deiner Größe wirklich gefährlich, Morlâ“, neckte Filixx seinen Freund.

„Ja, ja, der Zwerg wieder, aber passt bloß auf, dass … AUA!“, schrie Morlâ plötzlich und fasste sich an die Schulter. Dann besah er sich die Hand. Sie war feurig rot und hatte dicke Pusteln bekommen. Von seiner linken Schulter stieg Rauch auf. Außerdem war sie mit einem grünlichen Sekret überzogen.

„Was ist passiert?“, fragte Leik, dann vernahm er ein schmatzendes Geräusch und im gleichen Moment brannte seine Wange wie Feuer.

Sekundenbruchteile später qualmte es auch auf Filixx’ riesenhaftem blauen Umhang.

Ûlyėr griff sich im gleichen Moment an sein rechtes Horn und an die Brust, an denen nun ebenfalls der grüne Schleim hing. Auch seine dicke Orkhaut schlug Blasen.

Plötzlich schrie Morlâ aus Leibeskräften: „Meine Augen, meine Augen. Ich kann nichts mehr sehen." Dann rannte er in seiner Panik auf den Tümpel zu.

Nun wurden die Studenten geradezu bombardiert mit dem brennenden Schleim. Er traf sie überall und die Kleidung schützte sie nur wenig davor. Einzig Filixx' dicker Umhang schien einen gewissen Schutz zu bieten, außerdem hatte er die Kapuze aufgesetzt. Daher war er noch am ehesten in der Lage, eine Entscheidung zu treffen: „Das sind Feuerkröten. Lauft von dem Tümpel weg, sonst sind wir bald von oben bis unten voll mit dem Zeug, das sie verschießen!"

Doch Morlâ konnte ihn schon nicht mehr hören. In seiner Panik rannte er genau in die falsche Richtung und war nur noch wenige Meter von dem Teich entfernt, in dem Hunderte dieser Kreaturen lebten. Wieder und wieder wurde der Zwerg von ihren giftigen Aussonderungen getroffen.

„Morlâ", schrie Leik und im gleichen Moment bekam er wieder eine schmerzhafte Ladung Schleim an die rechte Schläfe. „Filixx, wir müssen etwas tun. Wenn er am Ufer einsinkt, ist er diesen Viechern hilflos ausgesetzt. Sie werden ihn bei lebendigem Leib verbrennen."

Der sonst so eloquente und tatkräftige Filixx schaute Leik nur verdattert und panisch an. Es war Ûlyėr, der plötzlich zum Weiher rannte. Er wurde zwar auch vom Krötenschleim getroffen, doch er ignorierte die zahlreichen schmerzhaften Einschläge. Mit wenigen Schritten hatte er Morlâ erreicht, der bereits bis zur Hüfte im Morast des Ufers versunken war. Als ob er eine Puppe wäre, hob der Ork Morlâ hoch, wuchtete ihn über seine Schulter und rannte vom Ufer weg.

„Oh Mann, warum dürfen diese Monster denn hier auf dem Campus leben“, jammerte Morlâ und wälzte sich im Gras, um den brennenden Schleim von seiner Haut und Kleidung zu bekommen.

Leik hatte sein Hemd ausgezogen und so einen Großteil der schmerzhaften Flüssigkeit von seinem Körper entfernen können. „Die Wirkung lässt gleich nach. Kannst du schon wieder sehen?“

„Ja, aber es tut trotzdem noch weh. Gut, dass wir Zwerge so zäh sind.“

Leik gab seinem Freund eine freundschaftliche Kopfnuss. „Besonders hier.“

„Die Verbrennungen sind eigentlich nicht dauerhaft. Die Dosis der Feuerkröte ist eher für Mäuse und Frösche ausgelegt“, sagte Filixx und zog sich seinen vollkommen ramponierten blauen Umhang aus, der sich mit der ätzenden Flüssigkeit regelrecht vollgesogen hatte. Nun trug er nur noch sein Bettgewand und sah aus wie ein dickes, weißes Gespenst.

„*Eigentlich*, aber hat jemand sich schon mal mehrere Liter davon übergekippt? Gut, dass ich meine Ledersachen anhatte. Ohne die wäre es noch schlimmer gekommen. Aber seht euch meinen Harnisch an. Meine Mutter wird mich umbringen, wenn sie den in den Ferien sieht.“

„Wenn wir noch vor Sonnenaufgang in die Universität wollen, müssen wir jetzt weiter“, beschwor Ûlyèr seine Begleiter. Der Ork hatte sich den Schleim einfach mit ein paar Blättern abgewischt. Der Schmerz und die Brandblasen machten ihm scheinbar nicht viel aus.

„Ûlyèr hat recht. Morlâ, schaffst du das? Wir könnten es auch morgen versuchen, aber vielleicht ist der Kursraum dann schon geräumt und …“ Doch Leik konnte seinen Satz nicht zu Ende bringen.

„Los!“ Morlâ war in einem Schwung auf die Beine gekommen. „Machen wir, dass wir weiterkommen, noch einmal gehe ich hier bestimmt nicht durch.“

Nach einiger Zeit wurde der Garten wieder etwas lichter und durch die Bäume und Büsche konnte man das imposante Universitätsgebäude sehen. Zügig überquerten die vier Freunde den Gartenzaun und rannten die letzten Meter auf ihr Ziel zu. Jetzt erst begann ihre eigentliche Mission. Ab jetzt ging es um einen Einbruch in die Universität, das Brechen eines Schutzzaubers der Direktorin und die illegale Durchsuchung eines für Studenten verbotenen Kursraums. Doch Leik brauchte Beweise, die belegten, dass Jehal an den Vorkommnissen im Magieunterricht schuld war und nicht er.

Als sie den Efeu des Nebeneingangs zur Seite schoben und Filixx die kleine Tür öffnete, erklang das Zwitschern eines Vogels.

„Eine Nachtigall“, sagte Ûlyėr. „Wenn sie verstummt, dann geht die Sonne auf. Wir müssen uns beeilen.“

Nachts in der Universität

„Macht schneller“, drängte Filixx. Als alle die schmale Pforte passiert hatten, schloss sie der Zwergelbe und verriegelte sie von innen. „Man weiß ja nie“, nuschelte er dabei in sich hinein.

Leik ließ ein Wehrlicht aufsteigen und schaute sich in der riesigen Küche um. Sie kam ihm ohne das geschäftige Chaos, das bei seinen letzten Besuchen hier geherrscht hatte, noch größer vor. Außerdem warfen die weißgrau gefliesten Wände und der mit Marmorplatten ausgelegte Fußboden den Schall zurück, sodass jedes Geräusch deutlich verstärkt wurde. Auf einem langen Metalltisch entdeckte Leik einige Körbe voller Äpfel, etliche Brotlaibe und zahlreiche volle Milchkannen. Bald würden die ersten Studenten der Burschenschaft Glaubensfest hier auftauchen und daraus ein Frühstück bereiten. Sie mussten sich wirklich beeilen.

„Jetzt klettern wir durch die Essensausgabe in die Mensa und von dort gehen wir dann in den Remter. Danach müssen wir improvisieren“, spornte Filixx sie an.

Leik, Morlâ und Filixx begannen augenblicklich den großen Raum zu durchqueren. Ihre Schuhe klackten auf dem Fliesenboden. Nur Ûlyėr blieb wie angewurzelt stehen und starrte auf die Tür, die zu ihrem kleinen Essensraum führte.

„Ist es noch da?“, fragte er und musste dabei hörbar schlucken. „Das Ħı̧chƙül meine ich. Du hast es doch nicht weggeräumt, oder …“, er machte eine kurze Pause und seine gelben Raubtieraugen schauten einen kurzen Moment sehr bedrohlich zu Filixx, „gegessen?“

„Nein“, beruhigte der Zwergelbe seinen orkischen Freund. „Natürlich nicht! Das würde ich nicht mal essen, wenn ich verhungern würde. Ich weiß gar nicht, ob das überhaupt ein anderes Lebewesen außer Orks essen kann. Aber du kannst es jetzt auch nicht haben. Du weißt, welchen Krach das beim Essen macht! Komm jetzt! Wir müssen uns beeilen.“

Ûlyėr schien kurz mit sich zu ringen, dann schloss er mit wenigen Schritten zu seinen Freunden auf und war dann schließlich auch der Erste, der durch die Essensklappe in die Mensa sprang. Schnell durchschritten sie die Mensa. Leik fragte sich, warum es hier stärker nach Essen roch als in der Küche. Die Tür von der Mensa in den Remter war nicht verschlossen. Leise schlüpften sie in die geräumige, mit Säulen geschmückte Vorhalle.

„So, jetzt schauen wir mal, was sich Tejal ausgedacht hat“, sagte Morlâ, als sie am Fuß der linken Treppe standen, die zu den Kursräumen der Zweitsemester führte. „Dicker, ich glaube, jetzt bist du gefragt.“

Filixx nickte nur und schloss die Augen. Sekunden später stiegen von sämtlichen Treppenstufen Hunderte klitzekleine Sterne auf. Sie sahen aus wie Funken, die das hölzerne Gebilde jederzeit in Flammen setzen konnten, waren aber auch auf eine merkwürdige Art sehr schön. Ein bisschen wie Feuerwerk. Doch so schnell die magischen Erscheinungen gekommen waren, so schnell waren sie auch wieder verschwunden. „Komisch“, murmelte Filixx und ging näher an die Treppe heran. Dennoch war es offensichtlich, dass er es vermied, die blank gebohnerten Stufen oder das Geländer zu berühren. „Ich probiere mal etwas anderes, das hier hat schließlich Tejal gemacht. So leicht kommt man unserer Rektorin eben nicht auf die Schliche.“ Jetzt riss er beide Arme hoch.

Leik spürte einen heftigen Windstoß, der ihn kurz umtoste und dann die Treppe nach oben zog. Wieder passierte nichts.

„Das kann doch gar nicht sein“, grummelte Filixx leise vor sich hin. „Wie kann sie ihren Zauber nur versteckt haben?“

„Na, kommt unser Nachtgespenst nicht weiter?“, stichelte Morlâ. „Vielleicht solltest du freiwillig zurückgehen und nochmal mit in Leiks und meine Kurse kommen. Ach nein, das geht ja nicht. Du kommst ja nicht mal in unseren Studententrakt.“

Leik und Ûlyér lächelten. Ûlyérs Grinsen sah im Dunklen ein bisschen gruselig aus.

„Filixx, ich möchte ja nicht drängeln …“, begann Leik.

„Ja, ja. Natürlich willst du drängeln. Aber ich begreife nicht, was sie gemacht hat. Wenn ich nicht herausfinde, mit welchen Zaubern Tejal die Treppe gesichert hat, kann ich ihren Spruch auch nicht brechen. Das wisst ihr ganz genau. Ah … Moment, so könnte es gehen.“ Wieder schloss der Zwergelbe die Augen. Sekundenbruchteile später trippelten drei kleine, graue Spitzmäuse mit ihren kleinen Näschen schnüffelnd über die erste Treppenstufe. Doch erneut gab es keinerlei Reaktion. Auch die beschworenen Tierchen hatten Tejals Zauberspruch nicht aktiviert. Filixx entließ sie aus seiner Beschwörung und sie lösten sich wieder auf. „Was kann das nur sein? Lasst mich überlegen!“ Filixx ging grübelnd so schnell auf und ab, dass sich sein Schlafgewand aufbauschte und er im Schein der Wehrlichter wirklich wie ein dickes Gespenst aussah.

„Dafür haben wir keine Zeit mehr“, sagte Morlâ. „Wenn wir jetzt nicht gehen, dann werden wir bald entdeckt und bestraft. Wenn wir den Zauber auslösen, dann passiert das gleiche. Also …“, der Zwerg hob den Fuß, um ihn auf die erste Treppenstufe zu setzen.

„Nein“, zischte Filixx.

KLONK, machte es, als Morlâs Stiefel die erste Stufe berührte. Nichts geschah. „Ha, wusste ich es. Unsere liebe Direktorin denkt wohl, dass alle so viel Angst vor ihr haben, dass ein einfaches Verbot reicht und sie sich nicht die Mühe machen muss, einen Schutzzauber zu weben. Los!“ Ohne auf seine Freunde zu warten, hatte der Zwerg in Sekundenschnelle die Treppe überwunden und war im Trakt der Zweitsemester verschwunden.

Leik, Filixx und Ûlyėr rannten ihm nach. Trotzdem murmelte der Zwergelbe auf seinem Weg nach oben: „Merkwürdig, ich hätte wetten können, dass ich die Reste eines Zaubers gespürt habe.“

Schnell hatten sie den langen Flur der Zweitsemester erreicht. Leik betrat ihn direkt nach Morlâ und wunderte sich, dass er so finster war. Nur dünne Streifen von Mondlicht brachen sich ihren Weg durch die großen Sprossenfenster des Gangs. Wo war Morlâs Wehrlicht?

„Seid leise und macht die Lichter aus. Es ist jemand im Kursraum für Magie“, flüsterte der Zwerg ihnen zu.

„Wer kann das sein?“, wisperte Leik.

Ûlyėr antwortete mit einer Geste anstatt mit Worten, aber seine Botschaft war klar: *Finden wir es heraus!* Jetzt übernahm der hünenhafte Ork die Führung, da er im Dunkeln am besten sehen konnte.

Leik war froh, dass Ûlyėr voranging. Der riesige Ork gab ihm ein sicheres Gefühl und außerdem lotste er sie sicher um sämtliche Schaukästen und studentischen Kunstwerke herum, die auf dem langen Gang standen. Wenn sie nur eines davon umstießen, würden sie nie herausfinden, wer genauso wie sie nachts illegal den Kursraum für Magie aufsuchte. Jetzt sah Leik einen gedämpften Lichtschein aus der offenen Tür fallen. Es waren eindeutig Personen im Raum. Lange Schatten huschten aufgeregt hin und her.

Ûlyėr hob die rechte Hand ruckartig und signalisierte Leik, Morlâ und Filixx, dass sie stehen bleiben sollten. Bis zur Tür des Kursraums für Magie waren es nur noch wenige Meter. Wären sie weitergegangen, hätten sie im Licht der geheimnisvollen Einbrecher gestanden.

Sie waren so nah, dass sie nun Stimmen hören konnten. Leik dachte zuerst, Ûlyėr hätte wieder versucht zu flüstern, aber dann wurde ihm klar, wer in dem Raum war: Orks – Studenten der Bruderschaft Řischnărr. Ûlyėr legte augenblicklich einen seiner langen, krallenbewehrten Finger auf die Lippen und zeigte mit der anderen Hand auf die Ohren. *Sprecht nicht! Die Orks können auch euer Flüstern hören.*

Dann wurden die Stimmen etwas lauter. Offensichtlich dachten die unbekannten Řischnărrstudenten nicht, dass jemand sie belauschen würde. „Es muss hier sein!“, hörte Leik den typischen zischend-grollenden Klang von Orks, die sich in der Hochsprache unterhielten. „Such weiter, er hat gesagt, es muss noch hier sein.“

Leik kam die Stimme bekannt vor. Er musste noch einen Moment grübeln, bis er sie zuordnen konnte: Ꝁuelnk. Jener Ork, der ihn in seiner ersten Stunde Kampfkunst verprügeln wollte und den Leik dann durch seine besondere Begabung schwer verletzt hatte. Der Ork hasste ihn seitdem. *Warum untersuchen Orks aus der Bruderschaft Řischnărr den Kursraum für Magie?* Leik schaute mit hochgezogenen Augenbrauen zu Filixx. Der Zwergelbe nickte nur. Auch er hatte die Stimme erkannt. Und stellte sich wahrscheinlich die gleiche Frage.

Sie hörten ein lautes Klappern aus dem Raum. Irgendetwas war heruntergefallen. „Bist du wohl leise. Es war schwer genug, hier hereinzukommen. Wenn wir erwischt werden, fliegen wir aus der Bruderschaft. Das weißt du ganz genau. Da war er ganz deutlich.“

„Es wird nicht wieder vorkommen“, zischelte eine Stimme, die Leik sofort Ᵽyzu zuordnen konnte.

„Wir haben nicht mehr viel Zeit. Die Sonne geht bald auf. Such, wir müssen es finden. Es muss hier irgendwo sein. Die Elbenhexe wird es nicht gefunden haben, sonst hätte es schon einen Riesenaufstand gegeben, hat er gesagt. Außerdem wäre sie auch nie auf die Idee gekommen, es zu suchen.“ Erneut rumpelte es. Ᵽyzu war offensichtlich nicht der geschickteste Einbrecher.

Die vier Studenten draußen auf dem Gang schauten sich an. Wenn sie sich jetzt zu erkennen gaben, würden Ꝁuelnk und Ᵽyzu sie unverzüglich angreifen. Sollten sie sich aber jetzt zurückziehen, würden sie keine zweite Chance bekommen, etwas über die Ereignisse in der Magiestunde herauszubekommen. Außerdem waren die beiden Orks ihre beste Informationsquelle. Offensichtlich wussten sie etwas und versuchten jetzt Spuren zu beseitigen.

Leik schaute jeden seiner Freunde nacheinander an. Daraufhin ließ Morlâ ein blaues Wehrlicht aufsteigen. Filixx’ Unterarme umspielte auf einmal ein giftig aussehendes gelbes Band, das augenscheinlich versuchte, alles außerhalb seines Meisters zu fesseln. Und Ûlyèrs ohnehin beeindruckende Oberarmmuskeln waren plötzlich noch mehr angeschwollen und er ging leicht in die Knie.

Leiks Freunde waren bereit. Mit ruhigen Schritten betrat er den Kursraum für Magie.

„Hier besteht alles nur noch aus Asche. Der Zauber muss wirklich stark gewesen sein. Vielleicht ist es gar nicht mehr da. Wir können ihm sagen, dass …“, Ᵽyzu stoppte abrupt, als er Leik im Türrahmen stehen sah. Fast zu schnell für das menschliche Auge hechtete Ꝁuelnk neben seinen Verbindungsbruder. Die beiden brachten sich in Angriffsposition. So wic es Leik schon oft in Kampfkunst von ihnen gesehen hatte.

Fragen und Bestrafungen

Oh, der Täter kehrt an den Ort des Verbrechens zurück", sagte Ꝁuelnk, der sich in einer sicheren Position seinem Gegner gegenüber glaubte.

„Deine Vertuschungsversuche werden dir nichts nützen", giftete Ᵽyzu hinterher.

„Sei still", herrschte ihn sein orkischer Verbindungsbruder sofort an.

Sie glauben, dass ich die Zerstörungen und den Angriff zu verantworten habe, wurde Leik klar.

Nun trat Ûlyėr vor und stellte sich schützend vor Leik. Filixx und Morlâ blieben auf dem Gang stehen, da der Ork und Leik den Durchgang blockierten.

„Schau mal, Ᵽyzu", begann Ꝁuelnk daraufhin, „McDermit kann auch Geister beschwören. Anders kann ich mir diese traurige Erscheinung nicht erklären, denn ein Lebender kann es ja nicht sein." Ᵽyzu lachte daraufhin gehässig.

Leik musste an Ûlyėrs tragische Lebensgeschichte denken, die er ihnen im letzten Semester offenbart hatte. Für seinesgleichen war er zeitlebens ein Ausgestoßener, weil er als Neugeborenes aufgrund seines verkrüppelten Beins hätte sterben sollen und deshalb keine eigene Rotte hatte.

Ûlyėr reagierte nach außen vollkommen gelassen auf diese Sticheleien. „Was habt ihr beiden Schwachköpfe hier zu suchen?", fragte er die beiden Řischnărrstudenten. „Wer hat euch geschickt? Streitet es nicht ab", fiel der Ork seinen Artgenossen ins Wort, bevor sie die Frage beantworten konnten. „Ihr beiden seid nicht aus eigenem Antrieb hier. Was sollen Orks mit Magie zu schaffen haben? Sprecht, oder …“

Jetzt fanden die beiden kampferprobten orkischen Studenten ihre Stimme und mit ihr ihre Aggressivität wieder. „… oder was? Willst du uns drohen, Geist?“

Ûlyėr richtete sich zu seiner vollen Größe auf. Leik stellte fest, dass er beide Orks um fast zwei Köpfe überragte und auch seine Schultern deutlich breiter waren.

„Ha …“, spottete Ꝁuelnk daraufhin. „Du magst groß aussehen. Doch du bist nur eine leere Hülle, Geist. Komm und stell dich lebenden Orks und du wirst erfahren, dass du ein Niemand bist und bleibst.“

„Lasst mich durch, ich zeige es den Großmäulern!“, kam es hinter Leik plötzlich von Morlâ und sein Wehrlicht sauste dabei aufgeregt den Flur hoch und runter.

„Oh ja, Zwerglein. Komm nur rein und bring dein magisches Spielzeug mit, der Kursraum wird es dir danken.“

„Bist du wohl endlich still, du Dummkopf“, fuhr Ꝁuelnk Ᵽyzu daraufhin an.

„Mist, er hat recht“, kam es von Filixx aus dem Flur. „Der Kursraum ist gegen unerlaubte Zauber geschützt. Könnt ihr euch an das riesige Schloss erinnern? Wenn es geöffnet wird, kann man in diesem Raum nur Zauber ausführen, die der Magister, der die Tür geöffnet hat, vorgibt. Damit soll verhindert werden, dass sich die Studenten gegenseitig verletzen.“ Der Zwergelbe ließ seine Zauber fallen, trat aber mutig in den Kursraum hinein, um seinen Freunden beizustehen.

„Was passiert, wenn man es trotzdem tut?“, fragte Morlâ.

Bei diesen Worten brach Ᵽyzu urplötzlich aus dem kleinen orkischen Kampfverbund aus. Er rannte auf Ûlyėr zu und schlug ihm in einer Sprungbewegung mit ausgestreckten Armen und ineinander verschränkten Händen auf den Hinterkopf. Damit hatte er die Sekunde der Ablenkung perfekt ausgenutzt. Leik hörte im gleichen Moment ein scheußliches Knacken, das ihm Gänsehaut bereitete. Aber es war ₱yzu, der nach diesem Geräusch anfing zu schreien. Offensichtlich hatte er sich seinen linken Unterarm an Ûlyėrs gewaltigem, dickem Schädel gebrochen.

Leiks orkischer Freund schien die Attacke unbeschadet überstanden zu haben und ging augenblicklich zum Gegenangriff über. Er packte den verdutzten ₱yzu an seinem Umhang und hob ihn hoch, bevor er ihn durch den halben Raum schleuderte. Dann setzte er ihm nach.

Bei der Beobachtung dieses faszinierenden Kampfs hatten sie alle Ꝁuelnk aus den Augen verloren. Deshalb gelang es ihm, sich an Leik vorbei in den Flur zu drängen. Er bewegte sich dabei mit solcher Kraft und Schnelligkeit, dass weder Leik noch Filixx verhindern konnten, was er als Nächstes tat. Er griff sich den vollkommen überrumpelten Morlâ und warf ihn Ûlyėr zwischen die Beine. Das blaue Wehrlicht des Zwergs flog dabei seinem Besitzer hinterher in den Raum. Ûlyėr knickte um und schlug lang zu Boden, da Morlâ genau gegen sein versehrtes Bein geschleudert worden war.

Ꝁuelnk lachte: „Das passiert, wenn man unerlaubt Magie in dem Raum anwendet.“

Im gleichen Moment konnte sich Leik nicht mehr bewegen. Morlâ und Filixx schien es genauso zu gehen, wenn er Filixx’ eingefrorenen, erschrockenen Gesichtsausdruck und Morlâs unbequeme Liegeposition auf Ûlyėr richtig deutete.

„Ach ja“, kam es daraufhin von ₱yzu, dessen linker Arm an ihm herunterhing, als würde er nicht zu dem Ork gehören, „falls ihr es vergessen habt. Orks sind Magie gegenüber unempfindlich.“ Dann stand er auch schon neben seinem Verbindungsbruder im Flur und warf mit ihm einige Vitrinen um, um möglichst viel Krach zu machen. Sekunden später waren die beiden Orks in der Dunkelheit verschwunden.

Leik, der sich nicht bewegen und auch nicht sprechen konnte, verdrehte seine Augen so sehr, dass es wehtat, um einen Blick auf seine Freunde zu werfen. Doch nur Filixx war in seinem Sichtfeld. Er war in einem Augenblick erstarrt, indem er die Augen vor Schreck weit aufgerissen hatte. Plötzlich stand Ûlyėr vor Leik. Leik machte das Einzige, was er in dieser Situation noch tun konnte. Er rollte seine Augen Richtung Treppe. *Lauf, gleich kommen die ersten Magister, um uns zu bestrafen.*

„Ich werde nicht weglaufen!“, entgegnete der Ork daraufhin ruhig.

„Illegales Verlassen des Verbindungshauses, Einbruch, Zerstörung von Schuleigentum, Verletzung wertvoller magischer Kreaturen …“, begann Tejal, als die vier Studenten mit hängenden Köpfen in ihrem Büro standen. Die Rektorin hatte noch vom Schlaf zerstrubbelte Haare und man sah, dass sie sich in aller Eile nur einen Umhang über ihre Nachtgarderobe geworfen hatte. Sie ging unablässig auf und ab, so aufgebracht war sie. „… und, was am allerschlimmsten ist …“, sie blieb stehen, was die vier Studenten dazu brachte, ihre Köpfe zu heben und den Blick der Direktorin zu suchen, „… Vertrauensbruch!“

Das Wort bereitete Leik ein Gefühl der Scham und Reue. Bis jetzt war Tejal immer auf seiner Seite gewesen. Sie hatte ihn vor den Drianyrittern beschützt und auch vor Jehal. Sie hatte ihn, trotz zahlreicher Bedenken, an der Universität aufgenommen. Sie bildete ihn persönlich aus. Sie war Leiks Mentorin. *Ich habe sie enttäuscht.*

„Wir waren nicht allein …“, begann Morlâ. Doch ein scharfer Blick der Universitätsleiterin brachte ihn zum Verstummen.

„Ihr habt euch vieler Straftaten schuldig gemacht. Und das zu einer Zeit, in der Leik unter besonderer Beobachtung steht." Wieder begann sie nervös im Raum herumzulaufen.

„Bestraft uns alle gleich", kam es plötzlich von Ûlyèr.

Tejal funkelte ihn daraufhin an. Doch Leik sah in ihrem Blick auch noch etwas anderes. Er hätte schwören können, dass es Stolz und Hoffnung waren.

„Also gut, wie ihr wollt." Die Direktorin grübelte kurz und drehte dabei gedankenverloren an ihrem Zeigefinger, wo sonst einer ihrer vielen Ringe saß.

„Ihr müsst doppelten Küchendienst leisten in diesem Semester."

Ein Grinsen breitete sich auf Morlâs Gesicht aus, das besagte: Wir sind nochmal davongekommen.

„Und ich verbiete jedem von euch, am Sternballturnier im Herbst teilzunehmen."

Schlagartig war Morlâs Grinsen verschwunden.

Beschwörung und ein alter Bekannter

Als Leik am nächsten Morgen erwachte, war Morlâ nicht mehr im Zimmer. Leik wunderte dies nicht. Das Verbot der Rektorin bedeutete, dass das Weiße Haus in diesem Semester gar nicht am Herbstturnier teilnehmen konnte. Das hatte den Zwerg schwer getroffen und er brauchte an diesem Morgen wohl etwas Zeit für sich allein. Leik selbst war auch enttäuscht. Im letzten Studienhalbjahr hatten sie nur mit Mühe eine Mannschaft zusammenbekommen. Wenn Leik, Morlâ, Filixx und Ûlyėr nicht spielen durften, würden in diesem Jahr nur vier Mannschaften antreten und keine fünf. Das Weiße Haus blieb wieder außen vor. Immerhin waren sie die amtierenden Sieger und hatten eigentlich vorgehabt, den Pokal zu verteidigen. Betrübt betrachtete er den Sternball, der an einer langen Stange direkt hinter Morlâs Bettende befestigt war. Leik wusste, dass sein Freund einen großen Teil seines Selbstbewusstseins aus seiner Position als Mannschaftskapitän und Sternballspieler zog. Das wurde ihm nun genommen. *Meinetwegen!* In der vorigen Nacht waren sie alle zu geschockt gewesen, um zu diskutieren, was dies bedeutete. Fakt war, dass sich außer Leik, Filixx und Ûlyėr niemand finden würde, den Morlâ trainieren konnte. Leik schüttelte traurig den Kopf, um seine trüben Gedanken zu vertreiben. Dann hetzte er ins Badezimmer. Er musste sich beeilen. Bis zu den Ställen, in denen Beschwörung stattfand, war es noch etwas weiter als zur Universität und er war jetzt schon spät dran.

Obwohl Leik das Frühstück ausfallen ließ, kam er doch ziemlich spät an den Stallungen an. Morlâ konnte er nicht sofort ausmachen, was daran lag, dass eine ganze Horde aufgeregt schwatzender Zwerge vor den halb geschlossenen großen Flügeltoren stand. Leik fiel auf, dass alle Jungen denselben fettigöligen Haarpanzer zur Schau trugen, den auch Morlâ momentan bevorzugte. Kaum war Leik bei der mittelgroßen Gruppe angekommen, sah er seinen Freund abseits an einem wackligen Holzzaun lehnen.

„Morgen, Leik", nuschelte Morlâ. „Tut mir leid, dass ich los bin, ohne dich zu wecken. Irgendwie … äh", der Zwerg rang sichtlich nach Worten, „nach gestern Abend und dem, was Tejal gesagt hat, war ich … naja, irgendwie …"

„Schon gut, mir geht es auch so. Es tut mir leid. Ich weiß, wie viel Sternball dir bedeutet", sagte Leik und umarmte seinen sichtlich überraschten Mitbewohner.

„Mann Leik, du machst mich ja bald zu einem Menschen. Immer diese Gefühlsduselei und das vor so vielen Zwergen", brachte Morlâ nach der Umarmung hervor. „Aber gut, dass du mir nicht böse bist."

„So, los geht's, Herrschaften. Ab in die Arena mit euch", ertönte plötzlich die überfröhliche Stimme des zwergischen Magisters Untermberg aus dem Dunkel des Stallinneren. Sofort gab es Gekicher unter den Mädchen der Verbindung Ølsgendur. Der junge, gutaussehende zwergische Magister wurde von einigen Zwergenmädchen wohl schon sehnsüchtig erwartet.

Leik und Morlâ trotteten als Letzte in den riesigen Stall mit seiner kuppelartigen Decke und der mit Stroh ausgestreuten Manege in der Mitte. Von Untermberg war noch nichts zu sehen, doch aus einem hinteren Teil der großen Anlage erklang seine Stimme.

„Findet euch bitte schon mal paarweise zusammen. Ich bin gleich bei euch." Dann hörte man ein metallisches Scheppern, als ob etwas zu Boden gefallen wäre.

Die Zwerge waren kaum zu halten und strömten unter dem Zaun hindurch, hinein in das strohbedeckte Innenrund, in dem der Unterricht stattfinden würde.

Leik und Morlâ taten es ihnen gemächlich nach. Wobei Leik den Zaun übersprang und nicht, wie sein deutlich kleinerer Freund, darunter hindurchging. Die beiden Studenten waren genervt von Untermbergs Freundlichkeit und hielten sie für aufgesetzt. Leik war sich außerdem sicher, dass Morlâ ein wenig eifersüchtig auf das gute Aussehen des jungen, muskulösen Magisters war. Trotzdem kamen sie natürlich seiner Aufforderung nach und stellten sich – weit weg von den Brüdern und Schwestern der Verbindung Ølsgendur – an den Rand des weiten Rondells und begannen, sich gegenseitig Stroh in die Kleidung zu stopfen, was schrecklich kratzte, aber auch herrlich albern war.

„Soooo", trällerte Untermberg, immer noch aus den Tiefen der gewaltigen Stallungen. „Los geht's! Ich bin gleich bei euch."

Gelangweilt drehten sich die beiden Freunde in die Richtung um, aus der die Stimme des Magisters kam. Nach kurzer Zeit schälte sich auch die muskulöse Silhouette des Hochschullehrers aus der Dunkelheit. Sein lässiger Schritt war unverkennbar. Morlâ äffte diese Bewegung kurz zu Leiks Amüsement nach und wollte sich gerade demonstrativ wegdrehen, als sie den erschrockenen Schrei eines zwergischen Mädchens hörten.

Der Magister ging ungerührt an den Zwerginnen vorbei und kam nun auch in Leiks und Morlâs Sichtweite. Und auch die beiden konnten ihren erschrockenen Blick nicht unterdrücken. Zu entstellt sah der junge Magister aus. Sein Gesicht war von drei großen Narben durchzogen, die offensichtlich durch scharfe Krallen verursacht worden waren. Sein rechtes Ohr war ebenfalls arg in Mitleidenschaft gezogen worden und kaum noch zu erkennen. Der Schädel des Magisters war teilweise stark vernarbt. Leik war sich ziemlich sicher, dass das Brandwunden waren.

Deshalb hatte sich der vormals so attraktive Gelehrte den Kopf kahlrasiert. Wieder hörte Leik das merkwürdige metallische Geräusch. Als er versuchte, es zuzuordnen, erkannte er, dass der Lehrer den linken Unterarm verloren und durch eine kupferfarbene Prothese ersetzt hatte.

„Wow“, entfuhr es Morlâ. „Ich hatte eigentlich gehört, er wäre *ganz* gefressen worden.“

Leik schaute seinen Freund scharf an.

„Ruhe bitte!“, versuchte Untermberg die aufgelösten Zwerginnen zu beruhigen. Es erklangen noch zwei, drei erstickte Schreie, dann hatte sich der Kurs wieder im Griff.

„Also, herzlich willkommen zurück, schön dass …“

Irritiert unterbrach der Ausbilder für magische Beschwörung seine Begrüßungsrede und schaute zu Morlâ. Leiks zwergischer Freund war der einzige, der sich verbeugte.

„Ähm … Morlâ, nicht wahr?“, sprach ihn Untermberg daraufhin sofort an. „Du wirst doch wohl nicht vergessen haben, dass so was bei mir nicht nötig ist. Ich bin ja keiner der alten Magister, die man kaum noch von den Möbelstücken der Âlaburg unterscheiden kann.“ Augenblicklich kicherten die Mädchen übertrieben los, offensichtlich erleichtert, dass ihr Dori immer noch der alte war.

„Hm … wo war ich stehengeblieben?“, grübelte der Magister.

„Das hast du doch mit Absicht gemacht“, nuschelte Leik aus einem Mundwinkel.

Morlâ grinste nur breit. „Also ihr Lieben“, begann Untermberg erneut mit einer etwas zu hohen Stimme. „Willkommen zurück und willkommen zu Beschwörung. In diesem Semester wollen wir die hohe Kunst der magischen Herbeirufung weiter vertiefen. Wenn auch etwas verschärfte Sicherheitsregeln gelten werden.“ Unbewusst rieb der Magister mit seiner gesunden Hand über seine Prothese. „Jeder eurer Lernpartner muss bereit sein zu intervenieren, wenn ihr eine Beschwörung ausführt. Dazu bekommt jeder von euch einen Sauspieß, mit dem ihr im Notfall die Beschwörung töten könnt."

Kurzzeitig wurde es unruhig und Protest brandete auf. Untermberg hob seine Prothese zu einer abwehrenden Haltung. Augenblicklich verstummte jeder Widerspruch und alle fügten sich den Anweisungen. Anschließend zeigte er dem Kurs, wo sie die schützenden Lanzen finden würden.

„Na, das ist ja wirklich ein massives Teil", sagte Leik zu Morlâ, als er sich eine der Waffen von dem Stapel holte. „Ich hoffe, ich kann Rondo damit auch wirklich besiegen."

„Haha, sehr witzig", antwortete Leiks zwergischer Freund. „Ob du es glaubst oder nicht, ich will in diesem Semester wirklich etwas beschwören. Ist mir egal, wenn es nur ein Gnarfwurm ist, aber das wäre zumindest besser, als wieder einen hereinschmuggeln zu müssen", meinte er augenzwinkernd. Als sie an ihrem angestammten Randplatz angekommen waren, begann Untermberg die Aufgabenstellung zu erläutern.

„Anders als im letzten Semester geht es in diesem Halbjahr darum, komplexere Wesen zu beschwören. Doch seid vorsichtig. Je größer und mächtiger die Kreatur ist, die ihr herbeiruft, desto schwieriger ist sie auch zu beherrschen." Wieder fuhr er über seine Unterarmprothese. „Also los. In Zweiergruppen aufteilen. Einer hält die Lanze fest in beiden Händen, bereit, jederzeit einzugreifen. Euer Partner beginnt mit seinen Beschwörungsversuchen. Ach ja." Nun kam zum ersten Mal ein richtig breites Lächeln von dem Magister, so wie sie es aus dem letzten Semester kannten. „Ihr dürft kein Lebewesen beschwören, das ihr schon im letzten Semester herbeigerufen habt. Das wäre ja viel zu einfach. Dann looooos!", rief er mit aufsteigender Stimme.

Morlâ hatte den Sauspieß gepackt und stach damit auf das wehrlose Stroh ein: „Ich denke, ich lasse dir den Vortritt. Das mit dem Gnarfwurm geht ja wohl nicht und während du irgendwelche Ungeheuer aus der Hölle beschwörst, kann ich noch darüber nachdenken, welches Insekt ich herbeirufe."

„Also …", begann Leik nachdenklich. „Ich weiß eigentlich auch nicht so richtig, was ich beschwören soll."

Gerade als er das ausgesprochen hatte, trat Magister Untermberg zu den beiden Freunden. „Na, meine Herren. Wie läuft es? Habt ihr euch schon die wildesten Kreaturen ausgedacht und überlegt, wie ihr sie besiegen könnt?" Er deutete mit einem Kopfnicken auf den Haufen Stroh, den Morlâ gerade mit dem Sauspieß erstochen hatte.

„Ähh …", begann Leik. „Naja, wir überlegen noch."

„Ach was, junger McDermit. Ich bin mir sicher, du bekommst das hin. Leg los!"

Leik grübelte und grübelte. Er wusste, dass man für eine erfolgreiche Beschwörung nicht nur sehr gut zaubern können musste, sondern dass man sich das Lebewesen auch in all seinen Facetten vorstellen musste. Es war notwendig, es vor sich zu sehen, zu fühlen und zu riechen. *Welches Tier kenne ich so gut, dass ich* … Leik brachte den Gedanken nicht zu Ende. Denn im gleichen Moment hatte er die Bilder einer eiskalten Nacht auf der Flucht vor den Augen. *Wieso bin ich nicht gleich darauf gekommen. Natürlich!*

„Wie wunderbar", jubilierte Untermberg. „Seht nur alle her." Der ganze Kurs folgte seinem ausgestreckten, gesunden Arm und erblickte einen grauweißen Schneefuchs, der aussah, als wäre er mit Asche bestäubt worden und der Leik gerade voller Hingabe die Hände abschleckte.

Fragen und unangenehme Antworten

„Wow, Leik, das war ja der absolute Wahnsinn. Ich vermute, so schnell hat noch nie ein Student im zweiten Semester ein so großes Tier beschworen. Untermberg hat sich ja gar nicht mehr eingekriegt. Ich glaube, dem hast du heute den Glauben an seinen Beruf wiedergegeben“, sprudelte es aus dem Zwerg heraus.

Leik grinste über beide Wangen und dachte an die raue Zunge seines tierischen Freundes.

„Aber es war richtig, die Beschwörung schnell wieder aufzulösen. So gern er dich hat, ein Schneefuchs gehört ins Gebirge und nicht in eine Universität.“

Leik pflichtete dem Zwerg mit einem Nicken bei. Obwohl er doch traurig war, dass er den Fuchs so schnell wieder gehen lassen musste.

„Ich finde übrigens, du kannst Filixx bald Konkurrenz machen. Klar, es war noch keine Farelechse, aber trotzdem. Apropos Filixx. Wir müssen uns beeilen. Er wartet mit dem Mittagessen auf uns und du weißt doch, was er von verspäteten Mahlzeiten hält.“ Lachend liefen sie an den Ställen entlang in Richtung Universität.

„Da seid ihr ja endlich. Mir wäre der Auflauf fast angebrannt“, meckerte Filixx, als er ihnen die kleine Eingangspforte geöffnet hatte.

Als die drei Freunde die riesige und zur Mittagszeit hektische Küche durchquerten, sagte Joklin Campell, den Leik schon aus dem Magiekurs kannte, zu ihnen: „Hey Jungs, ab nächster Woche wartet das hier auf euch“, und hob eine riesige, vor Fett triefende Pfanne aus dem braunen Abwaschwasser hoch. „Danke übrigens, dass ihr das ab dem Wochenende freiwillig übernehmt“, fuhr er fort. „Leute, hört mal her“, brüllte er über klappernde Teller, klirrende Töpfe und fauchende Kochfeuer hinweg. „Wie wäre es mit einem Applaus für unsere Helden aus dem Bastard-Haus, die sich nachts draußen erwischen lassen, um unseren Küchendienst zu machen?“ Augenblicklich begannen die anderen Studenten hämisch zu johlen und in die Hände zu klatschen.

„Kommt weg von den Idioten“, flüsterte Filixx und zog seine Freunde nach hinten, in ihren kleinen, privaten Raum.

Durch die offene Tür konnte man schon Ûlyėrs breites Kreuz sehen. Sein Kopf war geneigt und er starrte auf irgendetwas, das sich vor ihm auf dem Tisch befand.

„Ach, unsere Quasselstrippe ist also auch schon da“, begrüßte Morlâ ihn.

Was ihm früher ein heißes Ohr eingebracht hätte, entlockte dem Ork heute gar keine Reaktion. Er starrte weiterhin auf das unter einem weißen Tuch verborgene Ħįchƙül.

„Jetzt iss es doch einfach!“

„Lass ihn“, mischte sich Leik ein, der nur zu gut verstehen konnte, wie es war, wenn man sein Zuhause und seine Familie verloren hatte. Das Ħįchƙül war Ûlyėrs Verbindung mit seiner längst verschwundenen Vergangenheit. Sanft fasste er den riesenhaften Ork an der Schulter. „Ûlyėr, das hier bringt nichts zurück. Lass dich davon nicht so einnehmen.“

Langsam drehte sich Ûlyėr zu Leik. Das sonst leuchtende Gelb seiner Pupillen wirkte heute stumpf. Leik wusste zwar nicht, ob Orks weinen konnten, aber Ûlyėrs Augen sahen eindeutig traurig aus. „Du hast recht!“, pflichtete er seinem menschlichen Freund bei. „Das Ħįchƙül hier zu haben, ist ein bisschen so, als ob sie noch …“ Die orkische Spezialität erinnerte ihn an seine Mutter. Deshalb wollte er sie auch nicht essen.

Filixx versuchte die Situation etwas aufzulockern, hob mit einer geübten Handbewegung das Ħįchꝁül an und platzierte dafür seinen Auflauf auf dem Tisch. Sekunden später hatten sie alle Teller und Besteck. Begierig stürzten sie sich auf den Auflauf, den Filixx aus reichlich Sahne, Kartoffeln, grünen Bohnen und dicken Speckwürfeln gekocht hatte.

Nachdem sie Unmengen vertilgt hatten – Filixx hatte in weiser Voraussicht gleich zwei Aufläufe zubereitet – trat eine vertraute Stille zwischen den Freunden ein. Träge hingen alle ihren Gedanken nach. Nur Filixx aß noch und säuberte mit einem Stückchen Weißbrot die zweite Auflaufform.

„Tja, Männer“, begann Morlâ, „was sollen wir denn jetzt an den Dienstagen immer machen? Mit Sternball brauchen wir uns dann ja nicht mehr zu beschäftigen.“

Leik hörte die Traurigkeit in der Stimme seines zwergischen Freundes. „Darüber brauchen wir uns keine Gedanken zu machen“, versuchte er ihn abzulenken. „Ich denke, wir haben genug anderes zu tun. Wir müssen einiges besprechen und herausfinden.“

„Ja“, pflichtete Ûlyėr ihm bei. „Zum Beispiel, was Ꝁuelnk und Ᵽyzu im Magieraum der Zweitsemester gemacht haben. Wo doch kein Ork etwas mit Magie zu schaffen hat und normalerweise auch nicht haben will.“

„Richtig“, fiel ihm Morlâ ins Wort. „Aber noch wichtiger ist, herauszufinden, wer die beiden geschickt hat. Ich habe ganz deutlich gehört, wie sie gesagt haben, ’er hat gesagt, dass es hier ist’. Wer ist er und was haben sie gesucht?“

„Und warum gerade Orks?“, brachte sich Leik ein. „Die einzige Verbindung, die nicht zaubern kann. Und vergesst nicht, Řischnărr waren die einzigen, die bei der Eingangszeremonie den

Schwur, die Begabung auf Razuklan zu beschützen, verweigert haben."

„Dann stellt sich natürlich noch die Frage", antwortete Filixx, ganz in seinem Element, „was hat das Ganze mit dir, Leik, dem Farbseher und seinen besonderen Begabungen zu tun?"

„Und was ist eigentlich mit unserem Jehal? Ist der jetzt nicht mehr auf unserer Liste oder hat er sich mit Ňokelä und seinen Studenten verbündet, um Leik von der Universität werfen zu lassen? Könnte doch sein, dass er den Kampfmagister und seine tumben Studenten die Drecksarbeit erledigen lässt. Inklusive Spurenbeseitigung", stellte Morlâ die nächste Frage.

Leik brummte der Kopf.

Filixx räusperte sich. „Also, ich habe in der letzten Nacht schon einmal darüber nachgedacht und ...", er blickte traurig zu Leik, fuhr dann aber fort, „... es könnte wirklich sein, dass Jehal und Ňokelä sich zusammengetan haben, um Leik loszuwerden. Jehal, weil er in Leik eine Gefahr für die gesamte magische Welt sieht. Ňokelä, weil Leik das einzige Lebewesen in Razuklan ist, das Orks mit Magie angreifen kann. Du stellst für beide also eine elementare Bedrohung dar. Deshalb kann ich mir diese Allianz durchaus vorstellen. Aber ich glaube nicht, dass das Ziel der beiden einzig darin besteht, Leik von der Universität werfen zu lassen, sondern dass sie darauf aus sind, dass Leik vom Drianyorden verhaftet wird, damit der ihm für immer die Begabung entzieht." Er machte eine Pause, damit die anderen das Gehörte verarbeiten konnten. Langsam fuhr er fort: „Nur dann würde Leik in den Augen der beiden keine Gefahr mehr darstellen. Es könnte so abgelaufen sein: Jehal hat Leik bewusst in der ersten Magiestunde provoziert, die Ablenkung des Kurses genutzt und den Sphärenbruch irgendwie oder mit irgendetwas herbeigeführt. Und die Řischnärrs sollten anschließend in Ňokeläs Auftrag alle Spuren beseitigen."

Morlâ intervenierte sofort: „So ein Quatsch, Dicker. So gehässig sind die beiden nicht. Das sind immerhin Magister. Wir sollten …“

„Nein, Morlâ“, unterbrach Leik ihn. „Filixx könnte recht haben. So ähnliche Gedanken habe ich mir auch schon gemacht. Ich stelle in den Augen der beiden eine Gefahr dar, die nur ausgeschaltet werden kann, wenn ich nicht mehr über magische Kräfte verfüge. Aber es könnte auch noch eine andere Erklärung geben.“ Leik dachte an den Magieunterricht, den Hass, den er auf Jehal empfunden hatte, und den Rausch, den er in der Sphäre immer wieder empfand. Die Macht, die er dort hatte. Er hatte Jehal nur besiegen wollen. Nicht eine Sekunde lang hatte er über die möglichen Folgen nachgedacht. „Mag ja sein, dass ich den Sphärenbruch nicht herbeigeführt habe. Aber wenn ich es gekonnt hätte, dann hätte ich Jehal in dem Moment wirklich angegriffen. Unschuldig bin ich nicht.“

Feenschabernack

Der Rest der Woche verging für Leik ungewohnt schnell. In Religion am Donnerstagmorgen verbreitete der menschliche Magister Mac Kamell seinen üblichen Sermon aus Warnungen vor ewiger Verdammnis bei Nichtbeachtung der Regeln und aus Seelenheil, wenn alle brav machten, was er ihnen erzählte. Leik beschloss, seine Taktik aus dem letzten Semester beizubehalten und einfach alles genauso zu wiederholen, wie der Magister es vorgab und ansonsten ein interessiertes Gesicht aufzusetzen – was ihm aber selbst in der ersten Stunde nicht immer gelang.

Anschließend freute er sich fast schon ein bisschen auf Kampfkunst, weil er diesen Kurs wieder mit Morlâ zusammen hatte, der natürlich auch in diesem Semester den Religionsunterricht für Zwerge besuchte. Kaum hatten die beiden Freunde die Kampfarena betreten, begann Ñokeläs übliche Quälerei, die wohl auch in diesem Semester eine Mischung aus Ungerechtigkeit, Demütigung und körperlichen Qualen darstellen würde. Leik hatte mit nichts anderem gerechnet. Er versuchte es einfach sportlich zu nehmen. Tatsächlich verlief der Kurs ohne irgendwelche nennenswerten Zwischenfälle. *Auch mal gut*, dachte Leik.

Am Freitagvormittag hatte Leik ein Fach, das er fast noch mehr verabscheute als Kampfkunst: Rechenkunde. So oft er auch mit Morlâ übte, all die Zahlen wollten für ihn einfach keinen Sinn ergeben. Dazu musste er sich eingestehen, dass der Kurs noch schwieriger geworden war, seitdem er nicht mehr von der liebenswerten und verständnisvollen elbischen Magistra

Schneerose unterrichtet wurde, sondern vom strengen zwergischen Magister Reinherz. Der neue Magister ließ alle Rechenbeispiele anhand von echtem Geld und Edelmetallen durchführen. Dadurch fühlte sich Leik nach der Stunde, als würde er zu einem Vermögensverwalter ausgebildet, der schon an seinem ersten Tag das ganze Geld seiner Gesellschafter verloren hatte – so oft waren seine Ergebnisse fehlerhaft gewesen. Auch hier vermisste er wieder schmerzlich seinen Mitbewohner, der Rechenkunde mittlerweile als Viertsemester besuchen konnte, da dies mit Abstand sein bestes Fach war.

Am Freitagnachmittag stand Leik das gefürchtete Wiedersehen mit der Rektorin bevor. Er schämte sich noch immer, dass er Tejal so enttäuscht hatte. Bestimmt würde sie ihm in ihrem Büro eröffnen, dass sie wusste, dass er Jehal und sein magisch erschaffenes Objekt mit aller Kraft attackiert hatte und dass er einfach eine Gefahr für die Universität darstellte, wenn im Magierausch seine großen Kräfte unkontrolliert wüteten. Und dass es für alle besser sei, wenn er die Âlaburg verließe. *Vielleicht ist sie auch so böse auf mich, dass sie mich jetzt an den Orden ausliefert? Vergehen: Angriff auf einen Magister und wiederholt unkontrollierter Einsatz von Magie.* Mit klopfendem Herzen betrat er den strahlend weißen Kubus, der das Büro der Direktorin beherbergte. Zuerst erblickte er die Elbin Gwendolin, die hinter dem Empfangstresen des Sekretariats thronte, als wäre sie die Großmagistra und nicht Tejal. Natürlich beachtete die studentische Hilfskraft Leik erst einmal gar nicht, sondern blätterte sich wichtigtuerisch durch zahlreiche Papyri, die vor ihr lagen. Nach etlichen Minuten ließ sie sich dann endlich dazu herab, Leik zu bemerken.

„Ach Leik, hast du mich erschreckt. Ich habe gar nicht gemerkt, dass du reingekommen bist. Die viele Arbeit hier. Tejal überträgt mir immer mehr Aufgaben.“ Sie seufzte theatralisch und steckte ihr langes goldblondes Haar mit einem Bleistift zu einem Dutt zusammen.

Wenn sie nicht so einen schlechten Charakter hätte, wäre sie wirklich schön, musste Leik denken.

Die Elbin legte dann noch einiges an Papier von links nach rechts und wandte sich Leik anschließend mit einem aufgesetzten Lächeln zu: „Und, was kann ich denn für dich tun?"

Leik verdrehte die Augen. Gwendolin verwaltete die Termine der Direktorin. Sie wusste ganz genau, dass er wegen seines Sonderunterrichts hier war. „Ich habe Unterricht bei der Magistra. Jeden Freitagnachmittag. Genauso wie im letzten Semester", fügte er genervt hinzu.

Schlagartig war Gwendolins Maske der Höflichkeit verschwunden. „Leik, ich kann mir nicht jeden Termin aller x-beliebigen Studenten merken", fauchte sie ihn an. „Aber lass mich doch mal nachschauen ..." Sie murmelte etwas Unverständliches beim Suchen.

Nun mach schon. Ich will nicht auch noch zu spät kommen, dachte Leik. Doch er hütete sich, das laut auszusprechen, dann würde die Elbin nur noch langsamer machen. Hier saß sie am längeren Hebel.

Gwendolin blätterte in einem dicken Buch mit schwarzem Ledereinband herum, auf dessen Seiten mehrere Spalten eingezeichnet waren, in die zahlreiche Namen und Zahlen eingetragen waren. Viele Namen waren durchgestrichen, aber seinen eigenen konnte Leik nicht entdecken. Als Gwendolin bemerkte, dass Leik den Hals reckte, um in den Terminkalender zu schauen, drehte sie sich so zur Seite, dass er nichts mehr sehen konnte. „Merkwürdig, ich kann dich gar nicht finden."

Leik war kurz davor, seinen Unmut laut kund zu tun. Doch noch hielt er sich zurück. Dieses Missverständnis musste ja schnell aufzuklären sein. Notfalls würde er einfach ohne

Gwendolins Erlaubnis in Tejals Büro gehen. *Soll sie ihr Spielchen machen. Tejal wird längst bemerkt haben, dass ich hier bin.*

„Ach …“, übertrieben und schlecht geschauspielert, schlug sich die Elbin an die Stirn. „Es kann sein, dass der Termin hier drin steht.“ Dann nahm sie ein deutlich kleineres, in grünes Leder gebundenes Buch hervor und blätterte ganz langsam darin herum, um dann zu sagen: „Jaja, habe ich es mir doch gedacht. Hier steht es.“ Sie fuhr mit dem Finger über den Termin und las ihn dann laut vor. „McDermit, Freitag, Sonderunterricht in den Gärten.“

Leik lief knallrot an. Von hier bis zu den Gärten würde er zwanzig Minuten brauchen und er war jetzt schon zu spät.

Gwendolin sog nach dieser Nachricht laut die Luft ein, was ein zischendes Geräusch erzeugte: „Oh weia, da wirst du aber zu spät kommen. Das mag unsere Direktorin gar nicht. Hat dir denn niemand Bescheid gesagt? Naja, du siehst ja, was hier los ist. Da kann so was schon mal durchrutschen.“ Sie grinste Leik frech ins Gesicht. Dieses Semester würde sie offenbar kein bisschen netter zu ihm sein als im letzten.

Wortlos drehte sich Leik um und hetzte aus dem Büro auf den Campus, der voller Studenten war, die den Start ins Wochenende genossen. Viele schauten ihm hinterher, als er wie angestochen über den Burginnenhof sprintete. Außer Atem, mit rotem Kopf und klatschnass geschwitztem Rücken kam Leik an den Gärten an. Tejal war nirgendwo zu sehen. Leik holte nochmal tief Luft. Am liebsten hätte er einmal kräftig ausgespuckt, so eklig war der Geschmack in seinem Mund nach dieser Anstrengung. Doch er hatte Angst, dass Tejal ihn genau in diesem Moment entdeckte. Bedächtig ging er daher einfach durch das niedrige, strahlend weiß geschwungene Doppelflügeltor, das Gerald und Ûlyèr in den Ferien repariert hatten. Kein Quietschen war zu vernehmen. Die Türangeln waren frisch geölt. *Wo kann sie nur sein*, grübelte Leik. *Oh nein, vielleicht hat Gwendolin sich das nur ausgedacht und Tejal sitzt in ihrem Büro und wartet auf mich?* Da hörte er ein glockenhelles Kichern, das ihn all seine Sorgen vergessen ließ und ihm ein Lächeln auf die Lippen zauberte.

„Leik, Leik, Leikilein, wer wird denn da zu spät dran sein?", dichteten die Samusen für ihn und Sekunden später umflatterten ihn die rothaarigen Feenwesen.

Leik deutete eine kleine Verbeugung an, als sie ihn umspielten. Er machte dies zum ersten Mal und konnte gar nicht so richtig sagen warum, aber er merkte, dass die winzigen Feen Lebewesen voller Weisheit und Güte waren, denen man höflich begegnen sollte. Dabei fiel ihm ein, dass auch Gerald immer diese Ehrbezeugung für die magischen Feenwesen wählte.

„Oh ...", kam es daraufhin vielstimmig aus allen kleinen Mündern gleichzeitig, „er hat ja jetzt richtig gute Manieren. Das hat er vom brummigen Gerald gelernt", rief eine besonders vorlaute Fee dazwischen, die gerade versuchte, in Leiks Ohr zu krabbeln. „Aber das muss aus einer Zeit stammen, als der nicht nur Augen für seine Beete hatte." Der ganze Feenschwarm lachte. Im selben Moment wandten sich alle von Leik ab und flogen so schnell zu einem frisch geharkten Beet mit Rosenkohl, dass es so aussah, als ob die Luft zerlaufen würde. Dann wirbelten sie durch die akkurat angelegte Pflanzung und einige Augenblicke später war das kleine Feld vollkommen zerstört. Der Rosenkohl war abgebrochen, die daran befindlichen Bällchen waren überall verteilt. Die Erde war aufgebrochen. Einige aufgeschreckte Regenwürmer wanden sich in den frisch aufgehäuften Erdhügeln.

Das hätte ich den kleinen Damen gar nicht zugetraut, dachte Leik.

Wie an einer Schnur befestigt, flogen die Samusen plötzlich gleichzeitig etwa eineinhalb Meter über dem Beet. Dann begannen sie, es in einem elliptischen Kreis zu umfliegen. Das taten sie so schnell, dass Leik vom Hinsehen schlecht wurde. Deshalb blickte er nach unten auf das bis eben noch gepflegte

Beet und was Leik dort erblickte, war wirklich erstaunlich. Aus dem umgepflügten Boden schossen neue Pflanzen. Im Zeitraffer wuchsen sie zu voller Größe heran. Leik konnte es nicht glauben, er sah Disteln, Brennnesseln, Sauerampfer, Hundspetersilie, Vogelmiere und viele andere Pflanzenarten, die Gerald wohl als Unkraut bezeichnet hätte. Ein lautes befreites Lachen beendete das Werk der winzigen Feen und sie kehrten zu Leik zurück.

„Na, kleiner Leik", neckten sie ihn. „Was hältst du von unserer Gartenpflege?" Wieder lachten sie so hoch und schön, dass Leik unwillkürlich strahlen musste. „Gerald wird wieder böööössse sein", tröteten sie mit ihren hohen Stimmchen und kicherten so ansteckend, dass auch Leik mit einstimmte. Er konnte sich nur zu gut das Gesicht seines Ziehvaters vorstellen, wenn er dieses Chaos sah.

„Da kann Geralds neuer, starker Gehilfe auch nichts machen!", wieder sprudelte das Lachen aus den Samusen heraus.

Sie mussten Leiks Mitstudent aus dem Weißen Haus meinen.

„Ûlyér!", kreischten sie alle. „Ist er dein Freund, Leik?", fragten die Feen ihn.

„Ich denke schon. Ja!"

„Oh, das ist gut, kleiner Leik. Du musst auch sein Freund sein!" Das übertriebene Kichern und Albern war verschwunden, als die Samusen dies wie immer alle gleichzeitig sagten.

„Natürlich bin ich das. Warum sagt ihr so etwas? Hat er euch etwas erzählt, als er hier mit Gerald geschuftet hat in den Ferien? Er wollte nicht mit zu Filixx kommen. Zwergenhöhlen sind ihm zu eng, hat er gesagt. Wir hätten ihn mitgenommen", erklärte Leik.

„Nein, nein. Er hat nichts gesagt. Er sagt ja nie sehr viel." Wieder kicherten die Feen, aber nur kurz. „Versprich uns: Sei dem Ork ein guter Freund. Das wird er brauchen. Schon bald!"

Leik nickte unsicher. Er wusste wieder mal nicht, wovon die Samusen sprachen.

Dann flatterten sie einfach weg. Zwei zogen ihn noch an den Ohren und eine boxte ihn mit ihrer kleinen Faust neckisch auf die linke Nasenseite, dann waren sie im dunklen Grün der gewaltigen Gartenanlage verschwunden. Nur eine Fee blieb zurück. Sie flog jetzt direkt vor Leiks Augen und er konnte erkennen, dass ihr schönes Gesicht mit den roten Haaren ernst dreinschaute. Selbst ihre mandelförmigen, dunkelgrünen Augen blickten besorgt. „Du musst an deine Freunde denken und dir vertrauen. Das ist deine Bestimmung. Du wirst es können, wenn es so weit ist. Vergiss das nicht."

Leik hatte keine Ahnung, wovon die Samuse sprach, doch er nickte. Da streckte sie ihm die Zunge heraus und flatterte davon.

Sonderbarer Sonderunterricht

„Wie sieht es denn hier schon wieder aus?"
Geralds tiefe Stimme schreckte Leik aus seinen verworrenen Gedanken auf.

„Diese kleinen Unholde. Gebt doch zu, Tejal, dass das Eure Strafe für mich ist."

Die Direktorin, die in einem engen, lindgrün glänzenden Kleid mit goldgestickten Blumenmustern neben dem Meister der Gärten stand, lächelte bei diesen Worten nur. „Das wäre dann alles, Magister. Ich habe ihn gefunden."

Gerald schaute noch einige Sekunden ratlos auf seine zerstörte Arbeit. Dann blickte er Leik streng an und kratzte sich gedankenverloren den Vollbart. Einen Augenblick später drehte er sich wortlos um und verschwand kopfschüttelnd in den Tiefen der Anlage.

„So, Leik, haben wir uns endlich gefunden", begann Tejal.

Leik verbeugte sich.

Auch diese Geste quittierte die elbische Großmagistra mit einem erhabenen Lächeln. Doch konnte Leik aus ihrem schönen, ebenmäßigen Gesicht keine Emotion ablesen. Ihm war nicht klar, ob es nun ein Donnerwetter gab oder die Verspätung ignoriert wurde. Deshalb richtete sich der Student einfach wieder auf und ergab sich ruhig in sein Schicksal. Für Aufregungen hatte er heute keine Energie mehr übrig.

„Was? Diesmal keine Ausreden oder Ausflüchte, warum du zu spät bist und wer daran eigentlich schuld ist?"

Leik schaute betreten zu Boden. Allerdings bemerkte er, dass ihm der Kopf heiß wurde. Es waren wohl doch noch ein paar

Gemütsbewegungen in ihm enthalten. Und vermutlich hatte er ihren Spott verdient.

„So schweigsam. Jetzt hast du dich also im Griff. Gut, das ist der erste Schritt. Erinnerst du dich nicht mehr an unsere Stunden im letzten Semester? Kontrolle, das ist das, was du erlernen musst. Dann kannst du deine mächtige Gabe auch beherrschen. Und diese Kontrolle bezieht sich natürlich – oder vielleicht sogar besonders – auf die richtige Welt. Du bist in der magischen Sphäre noch genau derselbe Mensch wie in der richtigen. Verinnerliche dies. Lass dich nicht von impulsiven Emotionen und Entscheidungen steuern, sondern benutze deinen Kopf. Und lass dich nicht von anderen provozieren. Aber ich sehe, du kommst damit langsam besser zurecht. Der heutige Nachmittag war ein guter Anfang."

Oh nein, Gwendolin war eingeweiht. Tejal wollte mich testen, wurde Leik klar.

„Ja", deutete die Direktorin Leiks verstehenden Gesichtsausdruck richtig, „Gwendolin hat nur das getan, was ich ihr aufgetragen habe. Ich finde, sie gibt eine ganz passable Schauspielerin ab. Lass endlich deine Vorbehalte gegen bestimmte Personen und Gruppen fallen. Denk lieber daran, wie du selber behandelt werden möchtest."

Leik wollte einwerfen, dass ihn große Teile der Studentenschaft schnitten und auch Magister daran beteiligt waren, doch die Großmagistra unterbrach ihn, bevor er anfangen konnte.

„Ich weiß, dass es schwer ist, als ‚Heiliger' durchs Leben zu gehen. Aber sieh das als eine Art Ausgleich für die gewaltigen Kräfte, die dir gegeben sind. Außerdem weißt du, was deine Begabung vermag. Sie kann Segen oder Fluch für Razuklan sein. Vergiss das nie. Die Sieben und der Orden beobachten dich. Für einige unter ihnen wäre es einfacher, wenn Leik McDermit nicht mehr zaubern könnte, dann würde keine Gefahr mehr bestehen, aber …", Tejal schirmte ihre Augen mit der Hand gegen die untergehende Sonne ab, bevor sie fortfuhr, „… auch keine Hoffnung."

Leik wusste, worauf sie anspielte. Seitdem er im letzten Semester Morlâs Begabung geweckt hatte, glaubten die Direktorin und auch viele andere, dass Leik die Lösung für das unerklärliche Aussterben der Gabe auf Razuklan wäre.

„Die Sonne ist gleich weg und du weißt ja, was nachts in den Gärten lauert. Das war deine erste Stunde Sonderunterricht. Ich hoffe, du hast etwas dazugelernt." Wieder lächelte die Direktorin der Âlaburg.

„Ähh … ja, danke", brachte Leik verdutzt vor. Er scharrte verlegen mit den Füßen im frisch geharkten Boden. Die Samusen hätten ihre Freude an ihm.

„Frag, was immer du fragen möchtest. Vertrau mir." Das sorgte bei Leik wieder für einen leicht roten Kopf.

Er holte tief Luft und sprach dann endlich aus, was ihm die ganze Zeit auf der Seele lastete: „Bin ich eine Gefahr für die Universität und vielleicht sogar für ganz Razuklan, weil ich meine Kräfte nicht kontrollieren kann? Wäre es besser, wenn ich die Âlaburg verließe?"

Tejal wirkte kurz überrascht, aber sie hatte sich schnell wieder im Griff. „Also …", die Großmagistra ließ sich Zeit mit ihrer Antwort. „Ich kann dir diese Frage nicht so eindeutig beantworten, wie du dir das vielleicht erhoffst."

Leik ließ enttäuscht die Schultern hängen.

„Sieh mich nicht so traurig an. Und komm mit, es ist mir hier zu kalt." Sie hielt sich mit der rechten Hand den Kragen ihres Kleides zu, damit ihr Hals ein bisschen gegen die Kälte geschützt war.

Leik und Tejal gingen gemeinsam durch das weiße Doppelflügeltor und spazierten weiter über den Campus. Leik war nur zu bewusst, welches Bild dies für die anderen Studenten abgab. Tejals Liebling. Doch er versuchte, seinen aufkommenden Unmut zu unterdrücken. So wie es ihm die Rektorin gesagt hatte.

„Also …“, Tejal schaute Leik beim Reden nicht an, sondern geradeaus und grüßte die Studenten, die sich vor ihr verbeugten, mit einem erhabenen Nicken. „Eine Sache kann ich dir versprechen. Ich werde nicht zulassen, dass du aus dieser Universität und ihren schützenden Mauern herausgeworfen wirst. Ich bin mir auch sicher, dass du niemals bewusst ein Lebewesen verletzen oder angreifen würdest. Daher war mir gleich klar, dass du den Sphärenbruch nicht herbeigeführt hast.“

Sie blieb stehen und schaute Leik direkt in die Augen. Dieser Blick erinnerte ihn an seine erste Begegnung mit ihr. Und obwohl Leik Tejal jetzt schon eine Weile kannte, schüchterte ihn dieser Blick immer noch ein. Er machte deutlich, wie mächtig und stark die Großmagistra war. „Ich habe den Sphärenbruch nicht herbeigerufen. Ich wusste gar nicht, dass so etwas möglich ist. Aber ich war so wütend auf Jehal …“

Tejal zog die linke Augenbraue streng nach oben.

„Äh … auf Magister Jehal, dass ich so viel Energie, wie ich nur aufbringen konnte, eingesetzt habe, um ihn zu besiegen und es war mir egal, ob und wen ich damit in Gefahr bringe.“ Leik pustete geräuschvoll aus, nachdem er sich der Direktorin offenbart hatte.

Sie gingen weiter über den leerer werdenden Campus. Die Sonne war inzwischen verschwunden und hatte nur eine orange-lilafarbene Kulisse am Himmel hinterlassen, die von langen Schleierwolken durchzogen war. Doch auch dieses Schauspiel würde bald verschwinden. Die Tage wurden kürzer und die Nächte länger. Der Winter kam.

Tejal ließ sich Zeit mit ihrer Antwort. „Du bist ein guter Mensch, Leik. Aber du musst an dir arbeiten. Zwei Seiten stecken in dir. Und nur du entscheidest, welche zu deinem wahren Wesen wird. Aber dass du Schuld empfindest und auch in der Lage bist, sie einzugestehen, zeigt, dass du auf dem Pfad des Lichts wandelst.“

Sie hatten den Wasserspeier erreicht.

„Doch noch können beide Seiten die Oberhand gewinnen. Mit unübersehbaren Folgen für die ganze Welt.“ Mit diesen Worten verließ die Großmagistra Leik ohne einen Abschiedsgruß und verschmolz mit der schummerigen Dämmerung.

Küchendienst

Gibt es nicht irgendein Gesetz, das es verbietet, dass Studenten am Samstag so früh aufstehen müssen?“, schimpfte Morlâ und drehte sich nochmal in seine schmuddelige Decke ein.

Leik lächelte, er war schon im Badezimmer gewesen und fertig angezogen. Im Moment trocknete er seine Haare ab. *Als ich im letzten Semester Gerald samstags immer in den Gärten helfen musste, hat ihn das ja nicht gestört.* „Jetzt mach schon, das haben wir uns selber eingebrockt. Willst du denn nicht deine Haare machen? Wenn du am Tresen das Essen ausgibst, werden dich sehr viele Mädchen sehen“, sagte Leik grinsend.

Unter Morlâs Decke kam ein schwer zu deutendes Brummen hervor. Gefolgt von dem hastigen Zurückschlagen der Decke und einem Sprung aus dem Bett. Wortlos ging Morlâ an Leik vorbei ins Badezimmer.

„Nimm heute etwas weniger von deinem Haarfett, wir müssen los“, rief ihm Leik lachend nach.

Der Weg zur Universität war unangenehm, denn natürlich beschwerten sich die anderen Mitglieder des Weißen Hauses darüber, dass sie den vier Freunden den zusätzlichen Küchendienst zu verdanken hatten. Vor allem Malin, Elina und Hela schimpften den ganzen Weg. Der Protest der Fünf Weisen bestand darin, dass sie mit niemandem sprachen und so langsam gingen, dass sie erst lange nach den anderen Studenten in der Küche ankamen. Rulu und Ulur überbrachten ihren Zorn telepathisch, was den Vorteil hatte, dass sie sich nur gegenseitig hören konnten.

Einzig Filixx war in seinem Element. Er wartete bereits in der riesigen Küche, gewandet in eine große blaue Schürze und eine runde weiße Kochmütze, auf seine Mitstudenten. Er hatte bereits sämtliche Feuer geschürt, Wasser aufgesetzt und sogar einen Arbeitsplan aufgestellt, den er ihnen mit einem strahlenden Gesicht vorlas. Erstaunlich gelassen akzeptierten alle sofort die ihnen zugeteilten Aufgaben und machten sich ans Werk, sie kannten ja ihre Aufgaben aus den Küchendiensten in den vorherigen Semestern. Außerdem war allen klar, dass die Mensa schon bald rappelvoll sein würde und niemand legte Wert auf Diskussionen mit hungrigen Orks am Samstagmorgen.

Die Türen der Mensa öffneten sich und die ersten hungrigen Studenten strömten an den Ausgabetresen. Morlâ war an dieser Position in seinem Element. Immer einen netten Spruch auf den Lippen, gab er große Portionen Bratkartoffeln mit Speck und Spiegelei, Brötchen, belegt mit harter luftgetrockneter Salami oder stinkendem zwergischen Bergkäse, Eierkuchen mit Apfelmus, Unmengen kalter und warmer Milch sowie zahlreiche andere frühstückstaugliche Leckereien aus. Selbst Obst und Gemüsegerichte verteilte er mit einem Lächeln an die Elben. Anders als in den anderen Wochen gab es kaum Beschwerden über das Essen. Wie immer wenn sie zum Küchendienst eingeteilt waren, konnte es das Weiße Haus fast allen recht machen. Sogar ein von Ûlyër bereiteter, grau-rötlicher Brei aus Schweineinnereien, Blut und Semmelbröseln kam hervorragend bei den Studenten von Řischnärr an. Leik schwor sich selbst, dieses Gericht nie im Leben zu probieren.

Wenn wir kochen, dann mögen alle Studenten das Weiße Haus, dachte Leik lächelnd.

Die Mensa wurde immer voller. Jetzt herrschte Hochbetrieb. Leik half Morlâ nun bei der Essensausgabe. Plötzlich entstand ein Aufruhr in der Schlange der Wartenden. Ein paar Menschen aus höheren Semestern drängelten sich lauthals vor und schubsten dabei jüngere Studenten einfach zur Seite. Leik konnte unter ihnen Joklin Campell aus dem Magiekurs entdecken. Die fünf großgewachsenen Jungen schüchterten die meisten Studenten ein, für andere war die etwas längere Warterei kein Grund, Streit zu suchen. Und so waren die testosterongesteuerten Verbindungsbrüder schnurstracks die ersten in der Reihe.

„Einmal Bratkartoffeln mit viel Speck und reichlich Spiegeleiern, Zwerg", bestellte Joklin bei Morlâ.

„Stellt euch hinten an, ihr bekommt sonst gar nichts", gab Morlâ bestimmt zurück.

Sofort traten alle menschlichen Studenten in bedrohlicher Haltung an den Ausgabetresen. Joklin wurde noch lauter: „Hör mal, du Winzling, du hast zwei Möglichkeiten. Entweder gibst du mir und meinen Jungs das, was wir haben wollen, und kommst dann in einer Viertelstunde an unseren Tisch und fragst höflich, ob wir noch Nachschlag möchten, oder wir kommen gemeinsam in die Küche und nehmen uns, was wir wollen. Kann aber sein, dass dabei etwas zu Bruch geht, oder jemand." Gehässiges Gelächter klang nach diesen Worten auf.

Morlâs Blick verfinsterte sich. Leik sah, wie er den großen, hölzernen Schöpflöffel fest umgriff und nun eher wie einen Axtstiel hielt.

„Morlâ, lass die doch", mischte sich Leik ein. Ganz in seiner neuen Rolle, nicht die Kontrolle zu verlieren.

„Ja, Zwerg, höre auf deinen Bastardfreund. Ich finde es gut, dass das Weiße Haus endlich wieder dort ist, wo es hingehört. Ihr solltet immer die echten Studenten bedienen. Zu mehr seid ihr doch eh nicht zu gebrauchen." Wieder kam ein allgemeines Lachen auf. Zu Leiks Bestürzung diesmal von deutlich mehr Studenten.

Plötzlich sauste an Leiks rechtem Sichtfeld ein dunkelhäutiger Arm entlang. Einen Lidschlag später hatte die dazugehörige Klaue Joklin am Hals gepackt und zog seinen Kopf und Oberkörper mit einer beeindruckenden Leichtigkeit über den Tresen in den Innenraum der Küche, bis er direkt über der heißen Pfanne mit Bratkartoffeln hing. Nur wenige Zentimeter über dem riesigen, brennend heißen Herd ließ Ûlyėr Joklins Kopf verharren.

Joklins Blick war unbeschreiblich, er hatte die Augen aufgerissen und das Gesicht zu einer Maske verzerrt. Er sah aus, als könne er gar nicht glauben, was ihm gerade passierte. Oder er hatte es noch nicht begriffen. Auch seine Kameraden waren augenblicklich still.

„Hast du nicht gehört, du *Zwerg*", sprach der Orkhüne den verängstigten Menschen an, „ihr sollt euch hinten anstellen." Um seine Worte zu unterstreichen, drückte er Joklins Kopf noch einen Zentimeter weiter auf den Herd zu. Leik konnte sehen, dass die Krallen des Orks sich fest um den Hals des Menschen legten.Joklin brachte kein Wort heraus. Sein Gesicht war auf der einen Seite schon ganz rot. Die Haare waren nass vor Angstschweiß. Gequält nickte er nur.

Mit einer Bewegung, als ob er einen Staubflusen von seiner Schulter schnippen würde, schleuderte Ûlyėr ihn über den Tresen einige Meter weit in die Mensa. Dort landete Joklin auf dem Hosenboden.

Spontaner Applaus brandete auf. Sowohl aus der Reihe der Wartenden, aber auch in der Küche. Filixx ließ sogar einen seiner berühmten Pfiffe ertönen.

Augenblick zogen die fünf Jungs ab. Sie verzichteten nach dieser Schmach wohl lieber auf ihr Frühstück.

Ûlyėr schaute sich um. Im ersten Moment sah es so aus, als ob er damit rechnen würde, angegriffen zu werden. Er brauchte einen Augenblick, bis er verstand, dass die Gunstbezeugungen ihm galten.

„Danke, mein Großer", sagte Morlâ und knuffte dem Ork gegen den Oberschenkel. „So, wer war denn jetzt der Nächste?" Ein kleines menschliches Erstsemestermädchen reichte ihm schüchtern ihren Teller. Der Rest der Schlange stand so exakt und gerade an, wie es Leik noch nie gesehen hatte.

Spiel nach eigenen Regeln

Warum sollten wir herkommen?", maulte Filixx. „Ich koche ja wirklich gern, aber drei Mahlzeiten zuzubereiten und dann noch die Küche sauber zu machen, das ist schon sehr anstrengend. Ich will ins Bett." Mit diesen Worten ließ er sich auf Leiks Bett plumpsen, sodass der ein kleines Stückchen in die Luft hüpfte.

Ûlyèr stand gebückt im Zimmer und betrachtete den Gnarfwurm Rondo. Leik hätte nicht sagen können, ob der Ork von dem grauen, schlangenartigen Wesen fasziniert oder angewidert war.

„Ja, ja. Du kannst gleich ins Bett, aber morgen Abend …", Morlâ schaute sich verschwörerisch in der kleinen Runde in seinem und Leiks Zimmer um, „… da machen wir Sternballtraining!"

„Was? Wie das denn? Warum?", entfuhr es Leik.

„Weshalb am Sonntagabend?", wollte Filixx mit ungläubiger Stimme wissen.

„Die Direktorin hat es verboten!", war Ûlyèrs kurzer, aber treffender Einwand.

„Wartet!" Morlâ hob die Arme, wie zur Abwehr der Vorwürfe. Dann stand er auf und marschierte in dem kleinen Zimmer auf und ab. „Also von vorn. Ich überlege natürlich schon die ganze Zeit, wie wir am Herbstturnier teilnehmen können. Wir sind ja schließlich die amtierenden Sieger und es wäre doch langweilig, wenn die beste Mannschaft nicht mitmachen könnte." Er grinste in die Runde. „Daher habe ich noch am Abend als Tejal ihre Strafe ausgesprochen hat mit den Fünf Weisen gesprochen, ob sie mir helfen können. Im ersten Moment waren sie nicht so begeistert wegen des offiziellen Verbots der Direktorin und weil sie keinen Ärger mit ihr haben wollen. Wie euch aufgefallen ist, genießen die fünf alten Herren hier erstaunliche Annehmlichkeiten und Sonderrechte, die wollen sie nicht riskieren."

Leik dachte an das riesige Zimmer, in dem er gewesen war, und auch an die Archive, zu denen die fünf zwergischen Langzeitstudenten wohl einen Dauerzugang hatten, obwohl andere Hochschüler immer ziemlich lange auf einen Termin warteten, wenn sie für eine Hausarbeit recherchieren wollten.

„Ich habe sie aber schließlich überreden können, etwas nachzuforschen." Jetzt war der Zwerg bei Rondo angekommen und kraulte ihm verträumt den grauen, schuppigen Rücken. Ob das dem Tier gefiel oder nicht, war allerdings nicht auszumachen. Es lag einfach wie immer zusammengerollt in seiner Kiste und schlief. „Na jedenfalls", holte sich Morlâ selbst zu seinen Gedanken zurück, „haben sie doch tatsächlich eine alte Sonderregel gefunden."

Ûlyèr zuckte unmerklich mit seinem Bizeps. Offensichtlich bedeutete ihm Sternball genauso viel wie ihrem Kapitän.

„Sie stammt wohl noch aus dem ersten Regelwerk, damals durfte man sogar noch tödliche Zauber anwenden. Egal, es ist so: Wenn ein Spieler beispielsweise am Tag eines Turniers erkrankt, hat er die Möglichkeit, einen anderen Spieler als seinen Ersatzmann zu bestimmen, damit dieser an seiner Stelle antritt."

Filixx schüttelte den Kopf.

„Dicker, lass mich zu Ende erzählen, bevor du meine Vorschläge madig machst. Toulin hat eine alte Abschrift gefunden, in der Sternball den Regeln nach eher eine Art Duell auf Leben und Tod war. Deshalb hat sich natürlich kaum jemand gefunden, der für einen anderen einspringen wollte. Aber die Ehrbewahrung verlangte dies, da derjenige, der vor dem

Wettkampf kneift, sonst dauerhaft in Schande leben muss. Auf unsere Situation übertragen heißt das, dass wir dann zwar den Vorteil der Spielerwahl verlieren, aber wir können teilnehmen."

Leik war nicht überzeugt. Eine Uralt-Regel? War die überhaupt noch gültig?

„Guck nicht so ungläubig, Leik", sagte Morlâ. „Du bist ja schon wie Filixx. Das waren damals einfach andere Zeiten. Ist doch auch egal. Toulin beharrt auf jeden Fall darauf, dass diese Regel immer noch Bestand hat."

„Und wer sollte so dumm sein, sich darauf zu verlassen und sich für uns beim Turnier anmelden, in der Hoffnung, dass wir für ihn kurz vor Beginn des jeweiligen Spiels einspringen?", fragte Filixx.

„Na, wer schon?" Morlâ grinste über das ganze Gesicht. „Die Fünf Weisen selbst natürlich!"

„Also gut, gehen wir mal davon aus, wir machen das so. Wo trainieren wir? Auf den offiziellen Wettkampfplatz können wir ja schlecht gehen. Es würde keine fünf Sekunden dauern, bis Tejal das spitzkriegt, und dann können die alten Mumien wirklich selbst zum Turnier antreten", spottete Leik.

Morlâs Augen funkelten, als er seinen Blick auf Leik richtete: „Da kommst du ins Spiel."

„Hört auf mich zu schubsen, ich gehe ja schon zu ihm. Morgens ist er manchmal ein bisschen brummig, da muss man den richtigen Moment abpassen." Leik wischte sich die Hände an der großen roten Schürze ab und verließ die Küche, um in die volle Mensa zu gehen. Kaum hatte er den Kochraum durch eine kleine Tür neben dem Ausgabetresen verlassen, schwoll der Geräuschpegel deutlich an, der durch das Klappern von Geschirr, lauten Gesprächen und Gelächter entstand. Gerald hatte es sich an diesem Sonntagmorgen an einem kleinen Zweiertisch, ganz hinten in der Ecke, gemütlich gemacht und genoss augenscheinlich sein Frühstück. Als Leik näher an ihn herantrat, konnte er sehen, dass seinem ehemaligen Meister rote Marmelade im Bart klebte.

„Leik, wie schön dich zu sehen“, begrüßte Gerald seinen Schützling. „Willst du dich zu mir setzen? Wir haben schon lange nicht mehr gemeinsam gefrühstückt.“

Leik sah, dass die Augen seines Ziehvaters bei diesen Worten einen traurigen Ausdruck annahmen, doch einen Augenblick später strahlte er wieder über das ganze Gesicht.

„Aber nein, ihr habt ja Strafdienst. Ich glaube, ich hatte Glück, dass mir Tejal als Hausvorsteher nicht auch welchen aufgebrummt hat“, sagte er augenzwinkernd.

Leik wurde rot bei diesen Worten. Es würde vielleicht doch nicht so einfach werden, seine Frage zu stellen, und noch weniger, eine positive Antwort zu bekommen.

„Junge, was ist los mit dir? Ich dachte, deine schüchterne Phase hätten wir endlich überwunden. Du bist doch jetzt schon fast ein gestandener Mann.“

Wieder war sich Leik sicher, dass sein ehemaliger Ausbilder traurig aussah. *Er vermisst mich.*

„Los, raus mit der Sprache. Wir haben uns doch immer alles gesagt.“

Leik zog sich einen Stuhl heran, drehte ihn mit der Lehne nach vorn und setzte sich dann so, dass er seine verschränkten Arme ablegen konnte. „Du darfst aber nicht böse werden oder es Tejal erzählen.“

Gerald funkelte ihn an. Leik fühlte sich jetzt wieder, als wäre er sieben Jahre alt. „Ich verspreche dir, dass ich es nicht Tejal erzähle!“

Leik betrachte seinen Ziehvater und bemerkte, dass sein struppiger Bart mittlerweile deutlich grauer geworden war. Plötzlich überkam ihn Wehmut. Erinnerungen an ein entbehrungsreiches, karges Leben mit Gerald zusammen in ihrer einsamen Hütte gingen ihm durch den Kopf. Dann fielen ihm die gemeinsamen Abende vor dem Kamin ein, an denen ihm der Wildhüter vorgelesen oder sie gemeinsam Karten gespielt hatten, der Tag, als er mit Geralds Hilfe sein erstes Wild erlegt hatte und das Funkeln in den Augen des Jägers, als er Leik für diesen Erfolg sein erstes Messer schenkte. Auf einmal war Leik bedrückt. Er war auf der Âlaburg sehr glücklich, doch das Gefühl, dass er unwiderruflich etwas Wertvolles verloren hatte, machte ihn traurig. Leik nahm Geralds große, schwielige Hand in seine und drückte sie fest. Sein Ziehvater lächelte ihn breit an.

„Also …“, Leik räusperte sich kurz, damit er seine Stimme wiederfand, „Morlâ hat eine Regel gefunden, nach der wir vielleicht am Herbstturnier teilnehmen könnten.“

Gerald schaute ihn verwundert an, nickte aber, damit Leik weitersprach.

„Allerdings dürfen wir vier natürlich nicht öffentlich trainieren, sonst merkt Tejal, was wir vorhaben und macht diese Regel ungültig. Deshalb wollte ich dich fragen, ob wir bei dir in den Gärten trainieren dürfen.“

Gerald fing schallend an zu lachen. So laut, dass einem kleinen zwergischen Erstsemestermädchen vor Schreck das volle Tablett zu Boden fiel. „Das ist alles? Pass auf. Ich will nichts über diese Regel wissen. Aber nur zu gerne bin ich dabei, wenn ihr Tejal ein Schnippchen schlagen wollt. Die Gärten stehen euch jederzeit offen. Ûlyèr wird sicher das eine oder andere gute Trainingsplätzchen kennen.“ Er klopfte Leik schmunzelnd auf die Schulter. „Wenn ihr möchtet, dann unterstütze ich euch auch weiter beim Trainieren. Einige gute Tricks kenne ich immer noch.“

Leik grinste über das ganze Gesicht.

„Und jetzt sag den anderen endlich Bescheid, sonst wird die Schlange ja noch länger.“ Gerald nickte mit dem Kopf Richtung Essensausgabe, durch die Morlâ, Filixx und Ûlyèr neugierig ihre

Köpfe steckten und versuchten, möglichst viel von Leiks und Geralds Gespräch mitzubekommen. Leider hatten sie sie darüber vergessen, weiter das Frühstück auszugeben. Leik drehte sich in ihre Richtung und hob die Daumen. Die drei Freunde jubelten.

Geheimtraining

Wie viele Schichten willst du denn noch anziehen?", fragte Leik Filixx, der zahlreiche Kleidungsstücke übereinandergezogen hatte und sich als Krönung des Ganzen noch in einen räudigen, grau-braunen Mantel hüllte. Dieser war an mehreren Stellen schon ganz durchgescheuert und roch muffig nach altem Bock.

„Nach meinem letzten Ausflug im Nachthemd in den Gärten will ich dieses Mal auf Nummer sicher gehen. Wenn ich etwas von dem alten Zeug verliere, wäre das kein Problem. Wenn meine Mutter aber erfährt, dass ich den sternenblauen Mantel ruiniert habe, kriege ich gewaltigen Ärger."

„Ich glaube, wir müssen langsam los", sagte Leik. „Gerald hat uns nur für einige Stunden nach Sonnenuntergang eine Sonderausgangserlaubnis besorgt. Wo bleibt Ûlyèr?" Mit diesen Worten ging er den Wohnflur ein Stückchen entlang und klopfte an der dunkelgrünen Tür von Zimmer Nummer vier. Erstaunlicherweise war sie gar nicht mehr so ramponiert und auch die Raumnummer hing wieder gerade. *Ûlyèr hat sich ganz schön verändert, seitdem er Freunde hat.* Leik musste bei diesem Gedanken lächeln.

„Moment", kam die knappe Antwort aus dem Inneren von Ûlyèrs Reich. Einige Augenblicke später stand der Ork gebückt im Rahmen seiner Tür. Seine beiden Hörner waren blutrot bemalt und auch im Gesicht hatte er mehrere farbige Streifen.

Leik musste sich eingestehen, dass der Ork ihm in dieser Montur wieder einmal echte Angst einflößte.

„Ohh, sehr schön", begrüßte Morlâ ihn. „Das nenn ich Einsatz. Da nimmt jemand das Training endlich mal ernst. Also los, ich kann es kaum erwarten." Dann stapfte er, den Harelstern über der rechten Schulter, den Flur entlang, in Richtung Gemeinschaftsraum.

„Wie tief willst du uns denn noch in diesen verdammten Urwald von Garten führen", schimpfte Morlâ mit Ûlyėr. Der kannte sich nach seinem Sommer in den Gärten am besten in der weitläufigen Anlage aus und hatte ein Trainingsgelände für sie gefunden. „Ich will doch nicht hoffen, dass du uns wieder zu diesem verdammten Tümpel mit den scheußlichen Kröten führst." Unbewusst rieb sich der Zwerg dabei die Augen. Die Erinnerung an seine Begegnung mit den Feuerkröten schmerzte ihn immer noch.

„Nur die Ruhe, Kleiner, wir sind gleich da", gab der Ork ihm zur Antwort, ohne stehen zu bleiben.

Tatsächlich erreichten sie nach wenigen Minuten eine überraschend gepflegte Lichtung, die von kurzem, grünem Rasen bedeckt war, der für diese Jahreszeit erstaunlich frisch aussah. Nur einige braune Blätter durchbrachen sein kräftiges Farbenspiel.

Morlâ pfiff anerkennend, als er den Platz sah: „Langer, da kann man nichts sagen, das ist besser als das offizielle Gelände. Das besteht ja zu dieser Jahreszeit eigentlich nur aus Schlamm."

„Tja, aber ein kleines Problem haben wir trotzdem", bremste Leik ihn unsanft aus. „Ich kann kaum noch etwas sehen. Gleich wird das letzte Licht verschwunden sein. Und in den nächsten Wochen werden die Tage noch kürzer und wenn Tejal nichts von unserer Aktion hier mitbekommen soll, dann müssen wir weiter abends trainieren."

Ûlyėr gab ein Geräusch von sich, das wie ein Lachen klang. Leik war sich da aber wie immer nicht ganz sicher.

„Ûlyèr, dein Gebrumme ist zwar seelisch erhellend, aber leider nicht hilfreich“, stänkerte Morlâ daraufhin, offensichtlich verärgert, dass er diesen entscheidenden Punkt seines Plans nicht bedacht hatte.

Doch dann vernahm Leik ein wirkliches Lachen, das ihn selbst sofort über das ganze Gesicht strahlen ließ. Die Samusen kamen zu ihnen. Hunderte der schönen Feenwesen begannen die vier Freunde zu umkreisen und kicherten dabei so ansteckend, dass alle anfingen zu grinsen.

„Oh, wer besucht uns denn da mal wieder nach Einbruch der Dunkelheit. Beim letzten Mal war es so lustig, euch am Weiher zuzusehen, wie ihr mit den Kröten gespielt habt.“ Die Samusen prusteten alle gleichzeitig los vor Lachen.

„So lustig war das gar nicht“, murmelte Morlâ.

Daraufhin flatterten zahlreiche der Feenwesen zu ihm und zogen ihn an seinem Spitzbart und wirbelten seine akribisch eingefetteten Haare durcheinander. „Nicht schimpfen, kleiner Zwerg. Wir haben schon auf euch aufgepasst, doch wer heimlich nachts in die Gärten geht, der muss auch ein bisschen bestraft werden.“

Aus dem Augenwinkel sah Leik, dass sich Filixx vor den kleinen magischen Wesenheiten verbeugte und Ûlyèr erstaunlicherweise das Gleiche tat. Leik machte es ihnen schnell nach.

„Ja, seht mal, drei von vieren haben gute Manieren.“ Schnell waren sie alle wieder umflattert und die Samusen machten es sich auf den Studenten bequem und begannen, sie auf ihre Art zu piesacken. „Ûlyèr, schön, dass du uns mal wieder besuchen kommst. Wir dachten schon, dass du es leid bist von Meister Gerald verhauen zu werden und deshalb nicht mehr so oft hier her kommst.“

Leik hatte keine Ahnung, was sie meinten, ihm fiel aber auf, dass der Ork seinen Kopf leicht schräg legte und sein linkes

Horn kratzte. *Ist das etwa die orkische Art von Verlegenheit? Einen roten Kopf kann er ja wirklich schlecht kriegen.*

Es war merkwürdig anzusehen, wie behutsam der martialisch bemalte Ork mit den winzigen Samusen umging. Unzählige hatten sich jetzt auf seinen breiten Schultern, seinem Kopf und den Muskelbergen seiner Oberarme niedergelassen. Unaufhörlich krabbelten und flatterten sie auf und um ihn herum. Eine besonders freche Fee hing sogar an einem seiner Hauer und zwei andere hatten es sich auf den Spitzen seiner Hörner bequem gemacht und versuchten gerade, die rote Farbe abzukratzen.

„Nein, nein, liebe Samusen …"

Liebe Samusen – habe ich mich gerade verhört, dachte Leik.

„… aber ich brauche heute wieder eure Hilfe."

Sofort stiegen viele der kleinen Feen auf und umkreisten Ûlyèrs linkes Bein. Es war das, auf dem er hinkte.

„Wir haben dir schon mal gesagt, dass wir dir vielleicht helfen könnten, wenn du uns nur lässt."

„Diese Art von Hilfe möchte ich nicht!", sagte der Ork sehr bestimmt. „Aber meine Freunde und ich wollen trainieren. Das können wir aber nicht im Dunklen. Wärt ihr so nett und macht uns Licht, verehrte Samusen?"

Wer hätte das gedacht. Unser großer Freund kann doch besser mit Worten umgehen, als es immer den Anschein hat und die Samusen hat er nicht erst heute Abend um den kleinen Finger – Kralle – gewickelt.

„Sind wir so nett zu dem Ork?", wieder lachten alle gemeinsam, was Leiks Herz aufgehen ließ. Anscheinend war eine der Aufgaben der Samusen, andere Wesen glücklich zu machen. Auch Filixx und Morlâ grinsten und schauten ganz beseelt auf die kleinen, rothaarigen Feen. Die stiegen langsam auf und setzten sich um das improvisierte Spielgelände in die Bäume und Büsche. Sekunden später begann jede Fee von innen heraus zu leuchten, was das Feld in ein rotgelbes Licht tauchte, sodass es plötzlich sehr gemütlich und heimelig wirkte.

„Bei dem Gefunzel schläft man ja ein“, sagte Morlâ leise zu sich selbst, doch dann flog ihm aus einem der Bäume eine Kastanie an den Kopf und er beendete sein Gemecker augenblicklich.

„Ich denke, hier ist er gut befestigt.“ Sicherheitshalber wackelte der Zwerg nochmal an der langen Stange des Harelsterns. „Also los, vielleicht kriege ich den Zauber in diesem Semester ja auch mal ohne deine Hilfe hin, Dicker.“

Filixx nickte ihm aufmunternd zu. Morlâ legte die Hände um den Stern und schloss die Augen. Eine ganze Weile geschah nichts. Leik bemerkte, dass ihm vom Stehen im nassen Gras und bei den eher winterlichen Temperaturen kalt wurde.

„Soll ich …“, begann Filixx, wobei ihm kleine Atemwölkchen aus dem Mund entwichen.

Im gleichen Moment begann das Spielgerät hell zu strahlen.

„Ja“, brüllte Leik und klatschte. „Du hast es geschafft!“

„Na, dann kann es ja endlich losgehen.“ Morlâ wischte sich den Schweiß von der Stirn und kam mit einem glücklichen Gesichtsausdruck auf sie zu. „Also, wir variieren das Training in diesem Semester etwas. Leik und Filixx sind die besten Zauberer, deshalb werdet ihr heute gegeneinander antreten. Ûlyėr und ich sind die besseren Kämpfer, daher proben wir beide einige Runden gegeneinander. Ich denke, für heute reicht es, wenn wir je einmal Angriff und einmal Verteidigung trainieren. Also los, ihr zauberhaften Zauberkünstler. Auf eure Plätze. Leik verteidigt, Filixx greift an. Drei Minuten jeweils. Daran hat sich auch in diesem Halbjahr nichts geändert.“ Grinsend holte er eine kleine Sanduhr unter seinem Umhang hervor. „Ach, und Jungs, schont euch nicht, nur weil ihr Freunde seid. Das hier muss so echt wie möglich sein. Die anderen Verbindungen werden auch keine Gnade walten lassen. Setzt alles ein, was ihr habt.“ Bei diesen Worten schaute der Zwerg Leik in die Augen.

Er will wirklich, dass ich meine besonderen Kräfte gegen Filixx einsetze. Das kann doch nicht sein Ernst sein. Es ist nur Sternball. Trotz seiner Bedenken baute sich Leik vor dem hell leuchtenden Stern auf, den er nun drei Minuten lang zu verteidigen hatte. Egal wie. Er musste nur verhindern, dass Filixx ihn berührte.

„Seid ihr so weit?“, brüllte Morlâ ihnen zu.

Filixx streckte einen Daumen nach oben. Leik tat es ihm nach.

„Also gut … die Zeit läuft … jetzt!“ Damit drehte Morlâ die Uhr um und der feine Sand begann vom oberen Glaskelch in den unteren zu rieseln.

Leiks Herzschlag beschleunigte sich abrupt. *Was mache ich nur? Auf keinen Fall werde ich Filixx Energie entziehen. Das werde ich nie wieder einem Lebewesen antun. Ich werde erstmal einen Schutzzauber um mich und den Stern legen.* Leik wagte noch einen Blick auf Filixx, der sich – wie schon im letzten Semester – einfach auf sein Hinterteil hatte plumpsen lassen und aussah, als schliefe er im Sitzen. Leik wusste es aber besser. Das war die typische Haltung seines Freundes, wenn er sich besonders konzentrierte, um gewaltige Zauber oder Wesen zu beschwören. Diese Erkenntnis versetzte Leik nur noch mehr in Panik. Er versuchte in die Sphäre einzudringen. Nichts geschah. Seine Sinne schärften sich nicht und die magische Zwischenwelt blieb ihm verschlossen. Leik probierte es noch zwei weitere Male. *Ich muss die Angst ablegen.* Doch das war nicht so einfach. Anders als im letzten Semester, hatte er diesmal sogar mit zwei Ängsten zu kämpfen. Zum einen sorgte er sich, nicht rechtzeitig in die Sphäre einzutauchen, um Magie zu wirken, und zum anderen wollte er auf keinen Fall die Kontrolle verlieren und im Magierausch jemanden verletzen.

Seine Bemühungen erübrigten sich. Plötzlich verlängerten sich die Äste der Bäume am Rand der Lichtung und schossen auf Leik zu. Im Bruchteil einer Sekunde hatten ihn zahlreiche feste, hölzerne Ranken umschlungen und eingeschnürt wie einen Braten. Augenblicke später lag er auf dem Boden. Aus diesem

Geflecht hätte er sich nur mit einem starken Gegenzauber befreien können, was Leik aber unmöglich blieb. Daher konnte er nur zusehen, wie sich Filixx erhob, gemächlich auf den Harelstern zuging und ihn berührte. Sofort war er erloschen.

„1:0 für Filixx. Gut gemacht. Auch wenn wir in den Arenen keine Bäume zur Verfügung haben werden. Leik, da muss in der zweiten Runde aber mehr von dir kommen."

Filixx reichte seinem am Boden liegenden Freund die Hand, um ihm aufzuhelfen. Die Ranken waren verschwunden.

„Gut gezaubert", nuschelte Leik ein wenig peinlich berührt, weil er so gar keine Gegenwehr geleistet hatte.

„Alles in Ordnung?", fragte Filixx verständnisvoll und legte ihm freundschaftlich die Hand auf die Schulter.

„Hey, macht ihr da ein Kaffeekränzchen? Los, weiter. Unsere Zeit ist begrenzt. Filixx bleibt am Stern. Leik auf die andere Seite. Du bist jetzt mit Angreifen dran", kommandierte Morlâ.

Mutlos und mit gesenkten Schultern trottete Leik auf die andere Seite der Lichtung. Ihm war kalt.

Der Stern begann wieder zu leuchten. Morlâ drehte das Stundenglas und erneut starteten die drei Minuten Spielzeit. Filixx wählte die gleiche Taktik. Er ließ sich schwer auf den Boden fallen, schloss die Augen und wob einen Schutzzauber um sich und den Harelstern. Das konnte man an der flimmernden Luft erkennen, die ihn sofort nach Beginn der Spielzeit umgab.

Komm schon, Leik, redete der auf sich selbst ein. *Diesen Punkt hattest du doch schon überwunden. Nicht in die Sphäre zu kommen, ist doch wirklich nur etwas für Erstsemester. In den letzten Wochen war das doch kein Problem mehr. Wie oft habe ich allein Wehrlichter beschworen,* erinnerte sich Leik und plötzlich kam ihm die ganze Sache ganz natürlich und selbstverständlich vor. Ein ganz normaler Vorgang, der nur ein bisschen Konzentration erforderte. Sein rechter Handrücken kribbelte wohlig und seine Sinne waren geschärft. Jetzt konnte Leik jede einzelne Samuse zwischen den Ästen der

Bäume ausmachen und ihr Grinsen sehen. Einige streckten ihm sogar die Zunge heraus, als ob sie merken konnten, dass er nun endlich in die magische Sphäre eingedrungen war. Bunte Farben umspielten die Feenwesen und zeigten ihre magische Natur. Aber darauf konnte er sich nicht konzentrieren. Eine Minute war mindestens schon vorbei. Die Farben der Magie kamen auf Leik zu und umspielten seinen Körper. Leik fühlte sich fantastisch und erst jetzt richtig lebendig. In der Sphäre schien ihm alles möglich. Sämtliche magischen Energiequellen – rot, gelb und blau – standen ihm zur Verfügung. *Das muss mir doch etwas gegen den Dicken nützen.* Doch ein Blick auf Filixx ließ Leiks Euphorie augenblicklich verschwinden. Sein übergewichtiger Freund war deutlich in der Sphäre auszumachen. Mehr noch, man hätte blind sein müssen, um ihn zu übersehen. Filixx sah in der Zwischenwelt aus wie eine riesige, dicke, gelbe Fackel. Massen an Farbbändern umkreisten seinen gewaltigen Körper. Auch seine magische Schutzbarriere war hier deutlicher erkennbar als in der realen Welt. Sie sah aus wie eine goldgelbe Feuerwand, die ihn und den Harelstern vollkommen umschloss. *Filixx ist wirklich ein mächtiger Begabter. Wie soll ich gegen so viel Kraft, Erfahrung und Selbstbeherrschung nur ankommen?*

Filixx selbst unternahm nichts weiter. Er schien sich vollkommen auf seinen Verteidigungszauber zu verlassen und wartete einfach auf das Ende der Spielzeit.

Leik probierte eine einfache Intervention. Er nahm ein Bündel Energielinien auf, wirbelte sie zwischen seinen Händen, sodass ein kleiner, kunterbunter Energieball mit rötlichem Grundton entstand und schleuderte ihn einfach in Filixx' Richtung. Mit dem Blick folgte er dem Flug seines magischen Angriffsgeschosses. Jetzt prallte es auf Filixx' Schutzmauer und war verschwunden. *Mist, das reicht wohl nicht.* Doch plötzlich nahm sein verstärktes Gehör ein überraschtes „Aua“ wahr.

Filixx' Schutzmauer war zusammengebrochen.

Oh nein. Was habe ich getan! Panik durchflutete Leik und er verließ sofort die Sphäre, um nach seinem Freund zu sehen. „Filixx, Filixx geht es dir gut?“ Er rannte, so schnell er konnte, auf seinen Kommilitonen zu, der jetzt auf der Seite neben dem leuchtenden Harelstern lag. Kurz bevor Leik ihn erreicht hatte, rutschte er auf dem nassen Rasen aus und fiel direkt auf Filixx. Instinktiv streckte Leik die Arme aus, um den Aufprall abzufedern. Dennoch schlug er schmerzhaft auf. Leiks Gesicht und Hände waren plötzlich feucht. *Was …?* Doch er konnte den Gedanken nicht zu Ende bringen, Morlâs Ansage kam dazwischen.

„2:0 für Filixx. Netter Trick, mein Lieber. Damit werden wir wirklich rechnen müssen.“

Erst jetzt begriff Leik, dass er gar nicht auf Filixx drauf gefallen war, sondern direkt auf den Rasen. Sein Freund befand sich überhaupt nicht in seiner Nähe, sondern genau auf der anderen Seite des Spielfelds. Ebenso der erloschene Harelstern.

„Steh auf, Leik“, rief ihm Morlâ zu.

Mit gesenktem Kopf und äußerst unzufrieden mit sich selbst, schlich Leik zu seinen Freunden zurück.

„Kopf hoch“, versuchte Morlâ ihn aufzumuntern. „Das war ein geschickter Schachzug von Filixx. Alle Kapitäne beobachten ihre Gegner ganz genau und jeder von ihnen weiß um unsere Stärken und Schwächen. Deine Stärke ist gleichzeitig deine Schwäche. Indem Filixx dir vorgespielt hat, dass du ihn verletzt hättest, hat er dich dazu gebracht, einfach aufzuhören mit deinem Angriff und das hat so lange gedauert, bis er gewonnen hat. Wirklich eine raffinierte Idee.“

Filixx nickte nur. Er verkniff sich jedes Triumphgefühl.

Leik meinte trotzdem auf Filixx muffigem, altem, zerschlissenem Mantel einen großen Brandfleck zu sehen, der vor dem Training noch nicht da gewesen war. Doch ganz sicher war er sich nicht. Vielleicht war das alte Kleidungsstück dort schon immer angekohlt gewesen.

„Gut, dann ich gegen Ûlyėr. Sei dir sicher, Großer, ich werde dich nicht schonen!“, freundschaftlich knuffte der Zwerg den Ork.

„Also, Ûlyėr, du machst den ersten Angriff.“ Mit diesen Worten steckte Morlâ den Stern in den Boden und das Spielgerät begann zu strahlen.

„Bereit?“, fragte Filixx die beiden Kontrahenten. Beide nickten. Daraufhin drehte der Zwergelbe die Sanduhr um.

„Also los, du muskelbepacktes Ungeheuer, lass dir mal was einfallen“, stichelte Morlâ daraufhin und drehte sich im gleichen Moment zu Leik und Filixx, um sich von ihnen ein Grinsen abzuholen.

Sein orkischer Gegner nutzte diesen Moment sofort. Er ging kurz in die Hocke, stieß sich in die Luft und landete direkt vor dem offensichtlich nicht vorbereiteten Morlâ. Dann hob er ihn wie ein Baby hoch, schleuderte ihn etliche Meter weit ins Unterholz und berührte den Stern.

„Ähm, ja. 1:0 für Ûlyėr. Ich glaube, das waren fünfzehn Sekunden. Wenn du das in der Arena schaffst, wird das ein Rekord für die Ewigkeit“, beendete Filixx die erste Runde.

In der Zwischenzeit kam Morlâ aus einem Busch gekrochen und zog sich auf dem Weg zurück zur Lichtung einige Zweige aus den Haaren. Sein Gesichtsausdruck war schwer zu deuten, spiegelte aber eine Mischung aus Verärgerung, Verwunderung und Ungläubigkeit wider. Als er wieder in Hörweite war, sagte er gezwungen fröhlich: „Gute Idee, mein Großer. In der Arena wird das natürlich nicht funktionieren, da jeder dort selbstverständlich konzentrierter sein wird. Außerdem war dein Angriff für mich voraussehbar. Aber ich dachte, er wäre eine gute Anschauung für die anderen. Na, dann. Jetzt bin ich dran. Mach dich bereit, du orkisches Riesenbaby, nun erlebst du gleich ein paar zwergische Angriffstricks, die ich bis jetzt vor euch geheim gehalten habe. Filixx?"

Der Zwergelbe vergewisserte sich mit einem kurzen Seitenblick, ob auch sein orkischer Mitstudent so weit war und drehte dann die Uhr um.

Morlâ wühlte unter seinem Mantel. Nach kurzer Suche beförderte er eine Schleuder zutage. Blitzschnell legte er silberne Metallkugeln hinein und schoss sie auf den Ork ab. Innerhalb kürzester Zeit zischten vier der gefährlichen Geschosse auf Ûlyėr zu, der immer noch unbeweglich dastand. Sie würden jeden Moment auf ihn einschlagen und sogar seinen Orkschädel verletzen.

Doch es geschah etwas vollkommen anderes. Mit einer schnellen Bewegung seiner beiden muskulösen Arme und riesigen Pranken fischte der Ork Morlâs Angriffskugeln aus der Luft und warf sie in einer fließenden Bewegung sofort auf den Zwerg zurück. Alle vier Geschosse trafen ihr Ziel: Eins traf Morlâ an der Schläfe, ein anderes an der Schulter und zwei prallten direkt gegen seinen Bauch. Der Zwerg klappte zusammen wie ein Taschenmesser.

Der Sand rann unaufhaltsam durch die Uhr. Morlâs drei Minuten vergingen, ohne dass der Zwerg wieder aufstand. Er hatte das Spiel verloren.

„Morlâ, geht's dir gut?", fragte Filixx besorgt.

Der Zwerg konnte nicht antworten, hob aber seinen Arm kurz. Das sollte wohl „Ja" heißen. Ûlyėr half ihm wieder auf die Beine.

Morlâ wischte sich etwas Blut von der Stirn, als die vier Freunde wieder alle zusammenstanden, den Harelstern in ihrer Mitte. Das Training hatte seine Spuren hinterlassen. „Ähm, tja … nun ja", rang der Zwerg nach diesem Auftakt, der offensichtlich nicht nach seinen Vorstellungen verlaufen war, um Worte: „Halten wir fest: Zwei von vier Spielern sind in einer prima Form. Die anderen beiden hingegen müssen sich noch kräftig steigern, wenn wir dieses Semester irgendeine Chance auf die Titelverteidigung haben wollen."

Der Gärtner, der Besen und der Ork

Die nächsten Wochen vergingen für Leik in einer angenehmen Routine aus Unterricht, Sonderstunden bei der Direktorin und dem nächtlichen Geheimtraining in den Gärten. Der Einzelunterricht bei Tejal verbesserte seine magischen Fähigkeiten zwar, doch seine Angst, sich nicht unter Kontrolle zu haben, lähmte ihn weiterhin und somit blieben die ganz großen Fortschritte in Magie aus. In den anderen sechs Weisheiten lief es auch nur mittelprächtig. In Rechenkunde war sein Lernfortschritt so gering, dass jeder, den er in Finanzdingen beraten hätte, schon längst in Konkurs gegangen wäre. In Religion hatte der menschliche Lehrer Mac Kamell, so glaubte es Leik zumindest, ihn durchschaut und bemerkt, dass Leik ihm einfach nur alles nachplapperte. Also war auch in diesem Fach nicht mit Bestleistungen zu rechnen. In Heilkunde verzauberte ihn zwar immer noch die schöne elbische Magistra Herbstblüte, da er aber auch in diesem Fach sein magisches Potenzial nicht abrufen konnte, gelangen ihm selbst einfachste Heilzauber kaum. Geschichte gehörte nach wie vor zu Leiks liebsten Fächern. Ständig löcherte er Tiefenschacht mit Fragen, die dieser geduldig beantwortete. Er brachte Leik auch regelmäßig uralte Pergamentrollen mit, damit er sein Wissen über die Vergangenheit des Kontinents erweitern konnte. Leik war sich sicher, dass er dafür am Ende des Semesters auch entsprechend belohnt werden würde. Genauso verhielt es sich mit Beschwörung. Zwar war es ihm nur noch einmal gelungen, den kleinen aschgrauen Schneefuchs herbeizurufen, aber Untermberg war immer noch so begeistert von seiner Leistung aus der ersten Stunde, dass er ihm auf jeden Fall in diesem Halbjahr eine gute Note geben würde.

Im Sternball hatte er im Training gegen jeden seiner drei Freunde verloren. Entweder kam er nicht in die Sphäre oder wenn doch, wandte er nur sehr einfache Zauber an, aus Angst, jemanden ernsthaft zu verletzen.

Nach wie vor hatte er an Kampfkunst am wenigsten Spaß. Der orkische Magister Ñokelä quälte ihn und Morlâ in jeder Stunde, sodass Leik langsam immer sicherer wurde, dass der Kampfmeister ihn wirklich von der Uni fliegen lassen wollte und auch in die Ereignisse im Magieunterricht am ersten Tag des Semesters verwickelt gewesen war.

Der Lösung dieses Problems waren Leik und seine Freunde keinen Schritt näher gekommen. Deshalb schwankte Leik immer noch zwischen der Erklärung, dass ihm Jehal und Ñokelä eine Falle gestellt hatten, um ihn loszuwerden, oder dass er im Zorn wirklich die Sphäre gebrochen hatte. Diese Ungewissheit lag Leik schwer auf der Seele.

„McDermit, hör auf zu trödeln oder ich mach dir Beine", brüllte der entstellte einäugige orkische Magister Ñokelä ihn an, während er den gesamten Kurs über den Campus rennen ließ. Natürlich waren die Orks, mit denen sie gemeinsam Unterricht hatten, schneller als Leik und Morlâ. Leik wäre sogar etwas flinker gewesen als sein kleiner Freund, doch aus Solidarität passte er sich an dessen Tempo an. Das führte dazu, dass sie etliche Meter hinter den Orks zurückhingen, die selbst beim Rennen noch im Gleichschritt unterwegs waren. Ihre schweren Schritte hallten von den Verbindungshäusern zurück, als sie diese passierten.

„Schneller geht es nicht", keuchte Morlâ zwischen zwei Atemzügen hervor.

Leik nickte nur, um Luft zu sparen.

Ihre orkischen Mitstudenten machten vor dem Bürogebäude der Direktorin eine exakte Wende und begaben sich auf den Rückweg, während Leik und Morlâ den Wehrturm zu ihrer Rechten passierten. Als die beiden ungleichen Gruppen sich auf einer Höhe begegneten, brüllte Ñokelä: „Wer zuletzt an den Gärten ist, macht die nächste Übungseinheit gegen mich und poliert alle Kampfstäbe bis zum Ende des Semesters." Alle Orks grunzten bei diesen Worten – Leik wusste immer noch nicht genau, wie sich ein orkisches Lachen anhörte – und liefen noch ein bisschen schneller.

Zerschlagen kamen Leik und Morlâ an dem niedrigen weißen Tor an, das in die Gärten führte. Ihre Köpfe waren rot und bei dem Zwerg floss der Schweiß in Strömen. Morlâ machte ein pfeifendes Geräusch beim Ein- und Ausatmen, außerdem hatte er so starkes Seitenstechen, dass er sich am Ziel sofort auf den Rücken legte. Sein menschlicher Mitbewohner war noch etwas fitter, da er seine Geschwindigkeit ja zwergischen Beinlängen angepasst hatte.

„Oh, McDermit", begann Ñokelä nach ihrer Ankunft verächtlich. „Ich glaube leider, dass du Letzter geworden bist."

„Ich … war … genauso …langsam", brachte Morlâ heraus.

„Gut, gut", gab Ñokelä zurück. „Dann kannst du ihm ja bei der Reinigung der Kampfstäbe helfen. Ich will mich in ihnen spiegeln können. Aber die spezielle Übungseinheit gegen mich wird Leik absolvieren dürfen. Er legt doch sonst auch so großen Wert darauf, Einzelunterricht zu bekommen. Da dachte ich, wir fangen damit auch mal in Kampfkunst an. Also los. Bildet einen Kampfkreis."

Innerhalb weniger Augenblicke sah sich Leik von einem Rund aus hassverzerrten Orkgesichtern umringt, die ihn von oben anstarrten. Mühselig hob er sich wieder auf die Beine. Ñokelä hatte sich schon in der Mitte des Kreises aufgebaut.

„So, in den letzten Stunden habe ich euch beigebracht, wie ihr euch gegen einen größeren und stärkeren Gegner wehren könnt, wenn ihr nur euren Körper richtig einsetzt und den Schwerpunkt ausnutzt. Der junge McDermit wird euch jetzt gleich zeigen, was er gelernt hat. Also los. Bist du bereit?"

Bevor Leik antworten konnte, war der entstellte Magister schon bei ihm und schlug ihn so fest in den Bauch, dass Leik einfach umfiel und nicht mehr atmen konnte. Im nächsten Augenblick erbrach er sein Mittagessen.

„McDermit! Du solltest auf den Schwerpunkt achten, das habe ich euch doch erklärt. Darüber darfst du aber natürlich nicht die Deckung vergessen." Alle Orks brachten ein Geräusch heraus, das definitiv als höhnisches Gelächter durchgehen konnte.

„Also, probieren wir es nochmal." Der Magister ging zu Leik und hielt ihm seine riesige, krallenbewehrte Pranke hin, um ihm wieder auf die Beine zu helfen. Vollkommen überrumpelt von dieser Geste ergriff Leik die ihm dargebotene Hilfe. Ñokelä beugte sich nah an ihn heran, als er Leik hoch half und flüsterte: „Komm schon, greif mich mit Magie an, *Sphärenschatten.* Dann haben wir es endlich hinter uns und der Orden beendet deinen Auftritt hier, du magische Missgeburt."

Also doch. Er will mich loswerden. Und jetzt macht er wieder die Drecksarbeit für Jehal. Leik kam wackelig wieder auf die Füße und erbrach sich erneut, obwohl diesmal nicht mehr viel aus ihm herauskam. Er wischte sich den Mund mit dem Handrücken ab. Mit Erbrochenem auf seinem Hemd und leicht schwankend stand er nun wieder seinem Kampfausbilder gegenüber.

Ñokelä ging einige Schritte zurück und begab sich wieder in Angriffsstellung. „Also, nicht vergessen", begann der Kampfmeister mit sarkastischem Unterton. „Immer auf den Schwerpunkt deines Gegners achten, dann kann man sich gegen jeden zur Wehr setzen. Egal, wie übermächtig er auch erscheinen mag."

Leik rollte gequält die Augen. Ihm war immer noch schlecht, sein Kopf brummte und ihm taten sämtliche Knochen im Körper weh. Von dem ekligen Geschmack in seinem Mund und dem Geruch, den seine Kleidung ausstrahlte, gar nicht zu reden. *Noch so ein Schlag und ich stehe nicht wieder auf*, wurde ihm plötzlich bewusst. Die geifernde Orkmeute, die ihren Meister brüllend anfeuerte, nahm er nur noch undeutlich und verschwommen wahr. Morlâ erkannte er nur schemenhaft im Schwitzkasten des feixenden ₱yzu. Zorn kam in Leik auf. Zorn darüber, dass ein Lehrer ihn erneut nicht beschützte, sondern genau das Gegenteil tat. Zorn darüber, dass sein Freund ebenfalls darunter leiden musste. Leik wusste, wie er diese Gefühle verarbeiten konnte, um sich besser zu fühlen. Magie anwenden. Doch das war genau das, was Ňokelä bezweckte. Würde Leik jetzt seinen Hochschullehrer mit Zauberei attackieren, dann konnte ihn selbst Tejal nicht mehr beschützen. Er stand unter Beobachtung, das hatten die beiden Ordensritter ganz deutlich gemacht. Leik beherrschte sich. Obwohl er sich ganz sicher war, dass er jetzt ohne Probleme in die magische Zwischenwelt hätte eintauchen können.

„Bereit, McDermit?" Der Kurs kommentierte diese rhetorische Frage mit einem gehässigen Grunzen und rhythmischen Aufstampfen. Leik schloss die Augen, als er sah, dass der Magister auf ihn loszulaufen begann, die rechte Krallenhand zur Faust geschlossen und auf seinen Kopf zielend. Gleich würde er wieder sehr starke Schmerzen empfinden. *Kontrolle* war das Letzte, woran er dachte.

Das Nächste, was Leik wahrnahm, war ein überraschter, orkischer Schrei, gefolgt von einem dumpfen Aufschlag. Er blinzelte vorsichtig und sah zu seiner Verwirrung Ňokelä mit dem Gesicht nach unten im Dreck liegen. Dann hörte er eine wohlvertraute Stimme sagen:

„Also ihr seht, liebe Studenten, immer auf den Schwerpunkt achten. Dann könnt ihr jeden noch so übermächtig erscheinenden Gegner besiegen. Und jetzt weg hier, ich muss Laub fegen“, beendete Gerald seine Ausführungen seelenruhig, obwohl er von einem ganzen Kurs zorniger Orks umringt war. Tatsächlich begann er sogar zu fegen.

Gerald? Leik verstand gar nichts mehr.

Ñokelä hatte sich wieder erhoben. Sein linkes Auge funkelte vor Zorn und er ließ die Muskeln zucken, als er auf Gerald zumarschierte. Der Gärtner der Âlaburg drehte dem Kampfmeister bewusst den Rücken zu und begann eine beschwingte Melodie zu pfeifen, als er den Besen flink von links nach rechts schwang, um das Herbstlaub zusammenzukehren.

Leik wollte seinen Ziehvater warnen, als er sah, dass Ñokelä auf ihn zulief und dabei aus seinem schwarzen Umhang einen metallenen Übungskampfstab zutage förderte. Doch er brachte vor Aufregung keinen Ton heraus, sondern beobachtete die überraschende Szenerie einfach.

Jetzt attackierte der Magister Gerald feige von hinten. Als ob er am Hinterkopf Augen hätte, duckte sich Gerald weg. Er drehte sich blitzschnell um und warf dem Ork den Besenstiel zwischen die Beine, sodass der stolperte, ein wenig abhob und erneut mit dem Gesicht im Dreck landete.

„Also, ich denke, ihr habt es jetzt verstanden, was euch euer Magister zeigen wollte. Immer auf den Schwerpunkt achten und besser niemandem den Rücken zuwenden.“ Er hob den Besen auf und wollte Ñokelä auf die Beine helfen.

Doch der Magister nutzte diese versöhnliche Geste und trat nach Geralds Beinen. Der hatte offensichtlich damit gerechnet. Er stützte sich auf dem Besen ab und sprang über den großen Ork. Dann wirbelte er den Besen herum und setzte ihm den Stiel an den ungeschützten Nacken. „Ich glaube wirklich, es haben alle verstanden, was Ihr ihnen beibringen wolltet, Magister. Lasst es gut sein.“

Dazu war der Kampfmeister nicht bereit. Er stützte sich mit den Armen vom Boden ab und kam mit einer kraftvollen Bewegung wieder in den Stand. „Was mischt Ihr Euch ein?“, brüllte er Gerald nun an. Jetzt kamen auch die anderen Orks mit geballten Fäusten auf den Gärtner zu.

„Oho, ist es das, was Eure Verbindung bei Euch lernt? Unterlegene Mitstudenten und Magister anzugreifen?“

„Ihr seid schon lange kein Magister mehr“, rief Ñokelä voller Hass. Trotzdem hielt er die Řischnärrstudenten mit einer Handbewegung zurück.

„Nein, da habt Ihr recht. Ich bin nur ein einfacher Gärtner.“ Mit diesen Worten fegte Gerald weiter.

„Ich weiß, was Ihr seid. Jeder an dieser Hochschule weiß dies. Der Orden hat euch …“

„Und ich weiß, wer Ihr seid und woher Ihr dies habt“, unterbrach Gerald den Magister und zeichnete auf seinem eigenen Gesicht die entstellende Narbe des Orks nach. Dann sagte er etwas, was Leik nicht verstand. *Gerald spricht orkisch*, dachte er verwundert. *Offensichtlich dürfen Magister, selbst solche, die es nicht mehr sind, auch die anderen Sprachen benutzen, ohne von der Âlaburg bestraft zu werden.* Noch erstaunter war er über die Reaktion der sonst so aggressiven Verbindungsbrüder von Řischnärr und auch ihres Hausvorstehers. Sie legten allesamt ihr Kinn auf die Brust, als würden sie sich verbeugen.

Ñokelä gab einen undefinierbaren Laut von sich, dann gab er den Orks ein Zeichen und sie trabten in exakten Viererreihen zu den Kampfarenen.

Für Leik und Morlâ galt diese Aufforderung offenbar nicht. Sie blieben verdattert bei Gerald zurück, der nun wieder Laub fegte.

„Gerald“, sprudelte es aus Leik heraus, als die Orks außer Hörweite waren. „Was hast du zu Ñokelä gesagt?“

„Ach, ich habe ihn nur an etwas erinnert, mein Junge.“ Dann fegte er weiter und pfiff fröhlich dazu.

Razuklans Hoffnung

Der Winter hatte sich entschieden, den Herbst zu überholen und es war ungewöhnlich kalt, als Leik, Morlâ, Filixx und Ûlyèr von ihrem abendlichen Geheimtraining zurück über den Campus liefen. Leik war, wie so oft in den letzten Wochen, deprimiert nach ihren Probespielen. Noch immer hatte er keinen seiner Freunde besiegen können, obwohl ihm der Sphäreneintritt wieder leichter fiel. Doch er bekam einfach keinen Kompromiss zwischen einfachen und ungefährlichen oder alles zerstörenden Zaubern hin. Und da er seine Freunde keinesfalls verletzen oder ihnen schlimmeres antun wollte, verlegte er sich immer noch auf Erstere. Selbst Morlâ, der mittlerweile ein recht begabter Zauberer war, hatte Leik magisch besiegt.

„Ist das eine Kälte“, schimpfte Filixx, der wie immer, wenn es in die Gärten ging, seinen räudigen alten Mantel trug und dem feine, weiße Atemwölkchen aus dem Mund stoben. „Ich glaube, wir könnten noch vor dem Herbstturnier Schnee bekommen.“

Morlâ nickte und rief sein kobaltblaues Wehrlicht zurück, mit dem er Ûlyèr gerade geärgert hatte. „Noch eine Woche. Das Gute ist: Niemand weiß, dass wir teilnehmen. So können uns die anderen Hausvorsteher wenigstens nicht im Unterricht piesacken. Leik, kannst du dich noch an das fiese Trollohr erinnern, das wir dank Jehal im letzten Semester untersuchen sollten? Ich glaube heute noch, dass seine Wirkung darin bestand, uns zu versteinern, und ich würde nicht allzu viel darauf verwetten, dass dieser Effekt nur zeitweilig bestanden hätte.“

Leik lächelte pflichtschuldig zurück. Selbst sein bester Freund konnte seine Laune heute nicht verbessern.

„Dafür haben wir aber auch keinen freien Tag vor dem Turnier. Den nehmen sich die Fünf Weisen und die ärgert bestimmt kein Magister, dazu sind sie einfach zu lange hier. Ich bin immer noch erstaunt, dass Tejal ihre Anmeldung ohne Rückfragen angenommen hat. Die alten Zwerge haben doch in den letzten hundert Jahren, die sie gefühlt hier sind, an keiner sportlichen Aktivität teilgenommen", sagte Filixx.

„Ihr blieb einfach keine Wahl, schätze ich", sagte Morlâ. „Versuch du mal mit Toulin zu diskutieren. Da zieht selbst unsere Rektorin den Kürzeren. Außerdem ist sie doch so erpicht auf die Gemeinschaft der Studenten, da kann sie einfach keine Verbindung ausschließen. Nicht mal das Bastardhaus. Durch den veränderten Schwur der Orks ist das hier doch alles eh ein sehr zerbrechliches Gebilde. Ihr bekommt doch auch jeden Tag die Prügeleien und anderen Anfeindungen der Verbindungen untereinander mit. Es hat sich etwas verändert, im letzten Semester herrschte eine andere Stimmung, irgendwie nicht so …", der Zwerg suchte nach Worten.

Ausgerechnet Ûlyèr beendete seinen Satz: „… feindselig."

Dem war nichts mehr hinzuzufügen und so gingen sie die letzten Meter zum Wehrturm schweigend durch die dunkle, kalte Nacht. Umspielt von drei Wehrlichtern, die den Bewegungen ihrer Herren folgten. Kurz bevor sie den Wasserspeier erreicht hatten, der ihr Zuhause auf der Âlaburg bewachte, hörten sie Hufgetrappel. Die Köpfe der vier Freunde drehten sich gleichzeitig zur Geräuschquelle. Das Tor Lekan öffnete sich und ließ ein Pferd passieren.

„Wer kann das sein, um diese Zeit?", fragte Filixx.

Leik musste zweimal hinsehen, ehe er erkannte, dass eine zusammengesunkene Gestalt auf dem Rücken des Tieres saß. Im nächsten Moment rutschte die unbekannte Person aus dem Sattel und fiel zu Boden. „Los, kommt. Wir müssen helfen."

Sie rannten auf das Pferd und den offensichtlich verletzten Reiter zu. Im ersten Moment war nicht zu erkennen, um wen es sich handelte, da der Besucher mit dem Gesicht nach unten auf dem Boden lag. Doch dann erkannte Leik den auffälligen, ausladenden schwarzen Hut wieder, von dessen roter Feder nur noch ein Stummel übrig geblieben war.

Er gehörte Tal Mac Rallen, dem menschlichen Großmagister, den Leik im letzten Semester vor dem Tod in der Sphäre bewahrt hatte. Er und seine Begleiter, die schöne Elbin Isilmar Morgenröte, der riesenhafte Ork Or und der weise Zwerg Elmar Felsengrad, hatten wiederum Leik und seine Freunde aus der Mine und vor dem geheimnisvollen dunklen Magier gerettet.

Vorsichtig drehten sie ihn auf den Rücken. Seine Kleidung war verdreckt und zerfetzt, sein Gesicht war von einer Schicht getrocknetem Blut und Schmutz bedeckt und auch am Bein hatte er eine große, schartige Wunde. Seine Augen waren geschlossen.

Filixx übernahm nun das Kommando, als er erkannte, dass es sich um einen echten Notfall handelte. Er legte sein spitzes Ohr auf Mac Rallens Brust. „Er lebt. Ich kann das Herz schlagen hören, aber nur sehr schwach. Ûlyėr, lauf ins Rektorat und hole Hilfe."

Wortlos kam der Ork dieser Bitte nach und war Sekunden später in der Dunkelheit verschwunden.

„Leik, kümmere dich um das Pferd."

Auch er machte sofort, was ihm Filixx auftrug. In der Tat sah das Tier schlimm aus. Es hatte Schaum vor dem Mund, war nassgeschwitzt, hatte blutige Fesseln und zitterte am ganzen Leib. Beruhigend redete Leik auf das Tier ein, zog seinen Umhang aus und begann es abzureiben.

„Morlâ, halte ihn fest. Ich muss sofort einen Zauber ausführen, um sein Bein zu retten. Das wird schmerzhaft und wenn ihn das aus seiner Ohnmacht holt, darf er sein Bein nicht bewegen, während ich es behandle, das könnte die Verletzung noch schlimmer machen." Filixx setzte sich neben den schwer verletzten Menschen und schloss die Augen, um sich auf seinen Zauber zu konzentrieren.

Leik schaute seinem Freund fasziniert beim Ausführen seines Heilzaubers zu, während er sich um das Pferd kümmerte. In der Tat schien der Zauber zu helfen, denn das schlimm zugerichtete Bein hörte auf zu bluten. Plötzlich stöhnte Mac Rallen und versuchte sich aufzurichten. Morlâ hatte damit gerechnet und hinderte den Großmagister daran, so wie es ihm Filixx aufgetragen hatte.

„Beruhigt Euch, Großmagister", redete der Zwerg auf den verwirrten Neuankömmling ein, „Ihr seid in Sicherheit."

Aber die Worte drangen nicht zu dem Menschen durch. Er versuchte weiter, sich aus Morlâs Griff zu befreien. Leik eilte seinem Mitbewohner zu Hilfe. Als er sich herunterbeugte, sah er, dass Mac Rallen ihn erkannte.

„Leik, bist du es?", hauchte er kraftlos.

Leik nickte: „Ja, Großmagister. Ihr seid in Sicherheit. Bitte bleibt ruhig liegen. Filixx versucht gerade, Euer Bein zu heilen."

Mühselig hob Mac Rallen den Kopf und betrachtete den Zwerg, der seinen Oberkörper nach unten drückte, und den übergewichtigen Zwergelben, der mit geschlossenen Augen neben ihm saß. „Morlâ, Filixx, Leik – ihr seid es. Wo ist Ûlyèr?" Er drehte den Kopf hin und her.

Leik drückte den Menschen sanft zu Boden. „Er holt Hilfe."

„Gut, gut!" Mac Rallens Stimme klang jetzt beruhigt. „Seid ihr vier noch Freunde? Mensch, Zwerg, Elbe und Ork?"

Leik und Morlâ schauten sich kurz verdattert an, dann antwortete Leik: „Natürlich, Großmagister. Noch bessere als im Sommer, würde ich sagen."

„Sehr gut. Bleibt Freunde, ihr vier. Begabte wie ihr sind die letzte Hoffnung Razuklans. Auch wenn es momentan keine wirkliche Hoffnung zu geben scheint."

„Was ist passiert?", fragte Leik.

„Es herrscht wieder Krieg. Orks haben ein Dorf der Zwerge überfallen."

Das Herbstturnier

Tejal hatte den vier Freunden aufgetragen, über diese Neuigkeiten zu schweigen. Niemand sollte erfahren, dass auf dem Kontinent wieder Krieg herrschte. Die Situation in der Universität war sowieso schon angespannt genug. Über Mac Rallen schwieg sich die Direktorin aus. Leik und seine Freunde wussten nur, dass es ihm besser ging.

Um den Anschein der Normalität zu wahren, hatte Tejal beschlossen, das Herbstturnier nicht abzusagen. Und so bereiteten sich alle Verbindungen auf den großen Tag vor. Anders als Leik, Morlâ, Filixx und Ûlyèr hatten alle offiziellen Spieler am heutigen Freitag frei, damit sie sich auf das am Wochenende stattfindende Turnier konzentrieren konnten.

Und so musste Leik am Vormittag zur ungeliebten Rechenkunde und hatte am Nachmittag auch noch Sonderunterricht bei Tejal. Seine drei Freunde hatten zumindest den Freitagnachmittag frei. Als sie dann spät nachts allein im Gemeinschaftsraum zusammensaßen, um noch letzte Details für den kommenden Tag zu besprechen, fielen ihm deshalb fast die Augen zu. Doch seine Müdigkeit hatte auch einen Vorteil: Leik war fast gar nicht aufgeregt vor dem anstehenden Sternballturnier. Sein Körper hatte dazu einfach keine Reserven mehr.

Morlâ legte Holz im Kamin nach. Draußen herrschte Nachtfrost und die Kälte kroch durch den Boden in den Keller des Wehrturms. Seine Mitspieler waren in die kleinen roten Sessel versunken und lauschten mehr oder weniger konzentriert den Ausführungen ihres Kapitäns. „Also, auf die Fünf Weisen können wir uns verlassen. Sie werden vor jedem Spiel sagen, dass sie nicht antreten können, aber verlangen, dass jemand ihre Ehre verteidigt und dann benennen sie einen von uns. Ich werde natürlich wieder entscheiden, wer gegen wen in welchem Spiel antritt. Gerald hat mir auch versprochen, dass er die Spielansetzung rechtzeitig für uns rausbekommt. Dann kann ich besser planen."

„Sehr gut, dann können wir ja jetzt ins Bett. Dass wir morgen ausgeschlafen sind, ist sicher das Wichtigste", wollte sich Filixx anschließend zur Nachtruhe verabschieden.

Morlâ beendete dieses Ansinnen aber sofort. „Lasst uns nur noch einmal die Regeln durchgehen. In Ordnung? Es ist morgen doch ein bisschen komplizierter als im letzten Semester."

Filixx verzog das Gesicht, ließ sich aber wieder zurück in seinen Sessel rutschen. Er wusste, dass Morlâ die Regeln einfach auch zu seiner eigenen Beruhigung wiederholte.

„Also, morgen absolvieren wir vier Spiele, die wir möglichst gewinnen sollten, damit wir nicht wieder rechnen oder auf Ausrutscher der anderen Burschenschaften hoffen müssen. Jeder von uns wird spielen, da wir keinen fünften Mann haben. Die Weisen waren da sehr deutlich, sie werden auf keinen Fall spielen." Bei diesen Worten verweilte Morlâs Blick kurz auf Leik, dessen Herz nun doch einige Takte schneller schlug. „Wie immer darf jeder von uns am ersten Tag nur einmal eingesetzt werden. Für jeden Sieg gibt es zwei Punkte. Die beiden Tabellenersten spielen im Finale am Sonntag gegeneinander um den Universitätspokal. Denkt immer daran, es geht einfach nur darum, unseren Stern zu verteidigen oder den gegnerischen Stern zu berühren. Insgesamt muss man den Harelstern mindestens zweimal in maximal drei Runden verteidigen oder erobern. Angriff und Verteidigung wechseln in jeder Runde. Die dritte Runde ist offen und wird nur gespielt, wenn es nach den ersten beiden Runden unentschieden steht. Das war es. Ihr kennt es, ich kenne es. Jetzt müssen wir es morgen nur umsetzen."

Nach diesen Worten waren Leik, Filixx und Ûlyėr entlassen. Nur ihr Kapitän blieb allein im Gemeinschaftsraum zurück und arbeitete sich weiter durch seine Berge von Papyri, auf denen er jede erdenkliche Spielmöglichkeit aufgeschrieben und eingezeichnet hatte, um am Turniertag die richtigen Entscheidungen zu treffen.

„Ihr habt ja sogar weiße Umhänge. Die perfekte Tarnung, oder wollt ihr doch spielen?", fragte Morlâ die Fünf Weisen, wobei ihm anzumerken war, dass die Frage kein echter Scherz war und er sich wirklich Sorgen machte, ob die zwergischen Langzeitstudenten seinen Plan zunichtemachen würden.

„Nein, nein. Dazu sind wir nun wirklich zu alt", beruhigte Houlin ihn. „Wir wollen einfach Respekt und Form wahren."

Morlâ schnaufte laut und beruhigt aus.

Leik und Filixx grinsten sich an. Leik sah an diesem Tag aus, als hätte er einige Kilo an Gewicht zugenommen, da er unter seiner normalen Kleidung den schneeweißen Spielumhang mit dem kleinen schwarzen Wirbel – dem Symbol des Weißen Hauses – trug. Die anderen drei hatten es ihm gleichgetan. Genau wie sie es besprochen hatten.

Rulu kam in den Gemeinschaftsraum.

„Und?", bedrängte ihn Morlâ sofort. „Hat dein Bruder den Spielplan von Gerald bekommen?"

„Ja", antwortete der telepathisch begabte, menschliche Albino mit schleppender Stimme, als ob er gleich einschlafen würde. Der geistige Kontakt mit seinem Zwillingsbruder über eine größere Entfernung kostete ihn viel Kraft.

„Wir spielen in der ersten Runde gegen Ølsgendur."

Morlâ begann sofort, sich Notizen zu machen und seine Unterlagen zu sichten. Ohne aufzublicken, fragte er konzentriert: „Die andere Ansetzung?“

„Glaubensfest gegen Elbendingen. Unsere Orkfreunde setzen im ersten Spieldurchgang aus.“

„Welche Arenen?“

„Ihr spielt in eins, die Menschen und Elben in drei.“

„Gut, gut“, murmelte Morlâ beim Schreiben in sich hinein.

„Ich glaube, ihr müsst los“, sagte Filixx mit Blick auf die Fünf Weisen. „Wir werden uns unter die Zuschauer mischen und in ein paar Minuten nachkommen. Wir wollen doch Respekt und Form wahren“, endete er mit einem Augenzwinkern.

Die Altvorderen unter den Studenten der Âlaburg verließen daraufhin den Gemeinschaftsraum und fast alle anderen Angehörigen des Weißen Hauses folgten ihnen. Sie trugen ihre weißen Schärpen und hatten allerlei andere Fan-Utensilien dabei, um ihre Spieler zu unterstützen. Von Morlâs Plan wussten sie nichts. Bisher funktionierte also alles so, wie es sich ihr Kapitän ausgedacht hatte.

„Ûlyèr, du übernimmst das erste Spiel“, legte Morlâ fest, als sie kurz darauf über den mittlerweile verwaisten Campus rannten. „Ich denke mir, dass Diorit selbst antritt. Er wird seinem Team mit gutem Beispiel vorangehen wollen. Schaffst du den?“

Der riesige Ork gab nur ein zustimmendes Brummen von sich.

Als sie in Arena Nummer eins ankamen, beendete Tejal gerade ihre übliche Ansprache mit den Worten: „ Bedenkt bitte, das Sternballturnier dient dazu, dass die Völker sich in einem friedlichen Wettkampf messen und nicht in gegenseitigen Kriegen abschlachten. Achtet diesen Grundgedanken. Er ist heute wichtiger denn je.“ Für einen kurzen Moment schien sie sehr weit weg mit den Gedanken zu sein, doch dann fing sie sich wieder. „Jeder, der einen anderen Studenten absichtlich verletzt, muss mit den schärfsten Konsequenzen rechnen, bis hin zur Exmatrikulation."

„Jaja", murmelte Morlâ in sich hinein, als er sich den Weg durch die Horden von farbig gekleideten, fröhlichen und laut plappernden Studenten bahnte, um zu den Fünf Weisen zu gelangen. „Wer's glaubt, wird selig."

„Dann wünsche ich uns allen ein aufregendes Herbstturnier. Möge die begabteste und friedliebendste Mannschaft gewinnen", beendete Tejal ihre kurze Ansprache und verließ das Podium.

Sofort drängten die Studenten zu den riesigen Aushängen an den Eingängen der Arena, wo die Spielansetzungen angeschlagen waren. Leik hatte Angst vor seinem Einsatz und hätte am liebsten gar nicht gespielt. Doch er wusste, dass er das seinen Freunden nicht antun konnte. Er fühlte sich in diesem Semester viel schlechter trainiert als im letzten. Obwohl er nicht gedacht hätte, dass dies überhaupt möglich wäre.

Jehal war als Schiedsrichter für die Partie Ølsgendur gegen das Weiße Haus eingeteilt. Das Stadion war nicht mal halb voll. Zwar waren sämtliche Zwerge in ihrer blau-roten Montur erschienen und feuerten bereits ihre Mannschaft an, indem sie ziemlich penetrant mit langen, ausgehöhlten Geißbockhörnern tröteten und lederbespannte, große Trommeln schlugen, aber da Ølsgendur nur wenige Neuzugänge gehabt hatte, war die Gruppe der Fans doch überschaubar. Die wenigen weißen Flecken, die sich im Stadion verloren, konnten die restlichen Sitze nicht mal ansatzweise füllen. Anders als im letzten Semester, gab es von den Angehörigen des Weißen Hauses keine Anfeuerungsrufe, sondern eher skeptische Blicke. Sie wussten wohl einfach nicht, was sie davon halten sollten, dass das Gewinnterteam gesperrt war und das neue aus uralten Studenten bestand, die noch nie Sternball gespielt hatten.

Leik fiel auf, dass nur ein einziger schwarzer Umhang in der Menge zu sehen war. Alle anderen Orks waren entweder bei der Partie Glaubensfest gegen Elbendingen oder sie boykottierten vielleicht die Spiele, an denen sie nicht teilnahmen. Der einzelne Ork beobachtete für seine Mannschaft das Spiel, um dem Kapitän von Řischnärr einen Bericht darüber geben zu können. So wie es Ulur für das Weiße Haus bei der Partie Menschen gegen Elben tat.

Jehal ignorierte die schlechte Stimmung und das leere Stadion und wendete sich an Toulin, der sich als Kapitän angemeldet hatte: „Ich freue mich, dass du und deine guten alten Kameraden den Weg bis in die Arena geschafft haben. Wer von euch möchte sich denn zuerst verprügeln lassen?"

Den fiesen Unterton des Magisters für Zauberei ignorierend, antwortete Toulin nach einer kurzen Verbeugung: „Houlin."

„Jaja, sehr gut. Dann soll er bitte in das Spielrund kommen." Der Magister wedelte gelangweilt mit der rechten Hand.

Houlin verbeugte sich vor dem Hochschullehrer, bewegte sich aber keinen Millimeter vorwärts, sondern sagte monoton und ohne die Miene zu verziehen: „Laut dem Paragrafen neunzehn des Sternballregelwerks, der offiziellen Vereinigung der Kaminelen, unter Beeidigung der Sieben und des Großkaisers der siebenundsechzigsten Epoche, verweigere ich die Teilnahme an dem stattfindenden Duell. Um meine Ehre zu wahren, nutze ich mein eben belegtes Recht und benenne einen Vertreter, der an meiner statt antritt. Ich bestimme meinen Verbindungsbruder Ûlyėr." Unnötigerweise zeigte er auf den direkt neben ihm stehenden Ork, der ihn um ein Vielfaches überragte und der jetzt schon in seiner weißen Spielermontur bereitstand.

„Was ist das denn das jetzt schon wieder für ein Blödsinn? Ihr wisst, dass er von unserer hochverehrten Rektorin gesperrt wurde", fuhr Jehal Toulin und Houlin an.

Toulin verbeugte sich erneut vor dem Magister und überreichte diesem dann ein sehr altes Schriftstück. Jehal überflog es und keifte: „Ihr Weißen, könnt ihr nicht einmal einfach nach den Regeln spielen?" Und ganz aus Versehen hatte der Magister bei diesen Worten seine Stimme magisch verstärkt, sodass alle Zuschauer in der Arena hören konnten, was er gesagt hatte. Sofort kamen Pfiffe aus dem Publikum und das Wort *Betrüger* schallte durch das Stadion.

Toulin ließ sich davon nicht aus der Ruhe bringen. „Magister, würdet ihr die Regelauslegung von Houlin bitte mit der Spielleiterin, der Direktorin der Âlaburg, besprechen? Sie wird entscheiden, ob sie korrekt ist. Ihr seid dazu leider nicht berechtigt."

Genervt fasste sich Jehal an den Kehlkopf und sprach flüsternd mit der Schulleiterin, die, wie üblich, nicht als Zuschauerin an den Spielen teilnahm. Das einzige, was man hören konnte, war ein „Aber …" von Jehal, kurz vor Ende der magischen Konversation. Dann unterbrach ihn die Schulleiterin wohl und er schwieg. Das Ergebnis der kurzen Besprechung war, dass Tejal die Rechtsauslegung der fünf Weisen genehmigte, und Jehal schickte Ûlyėr mit einem barschen Kopfnicken aufs Spielfeld. „Den Firlefanz mit der Münze kann ich mir dann wohl sparen. Aber das ist doch gut für euch, Diorit. Ich hoffe, du hast die Zeit genutzt und einen vernünftig begabten Gegner ausgesucht", knurrte der Magister und machte keinen Hehl aus seinem Groll und seiner Parteilichkeit.

Wir werden uns nicht nur auf ein Publikum einstellen müssen, das uns Betrug vorwirft, und Kapitäne, die in jedem Spiel den Vorteil der zweiten Spielerwahl haben, sondern auch auf Schiedsrichter, die sich von uns düpiert fühlen, und daher alle Regeln im Zweifel immer für unsere Gegner auslegen, ging es Leik dabei durch den Kopf.

„Ich werde selbst antreten, hochverehrter Magister", sagte der Kapitän von Ølsgendur.

„Eine gute Wahl, ich hoffe, du hast nicht vergessen, was ich dir beigebracht habe. Auch ohne auf einen Ork direkt Magie zu wirken, gibt es viele Wege, ihn zu besiegen. Vergiss das nicht", gab Jehal ihm mit auf den Weg. Das Stadion grölte bei diesen Worten. Die vereinzelten Pfiffe von Angehörigen des Weißen Hauses waren kaum zu vernehmen.

Ûlyèr ließ all dies stoisch und ohne äußere Reaktion über sich ergehen. Es reichte ihm wohl, dass er fast dreimal so groß und mindestens viermal so schwer war wie der Zwerg aus dem sechsten Semester.

„Bringen wir dieses Theater schnell hinter uns. Ølsgendur hat den ersten Angriff."

Gelassen befestigte Ûlyèr den glühenden Stern des Weißen Hauses, dessen metallene Stange in der riesigen Pranke des Orks wie Reisig aussah.

„Bereit?"

Beide Spieler nickten.

„Und … los!" Der Magister drehte die Sanduhr um. Die ersten drei Minuten des Herbstturniers begannen für die Mannschaft des Weißen Hauses.

„So, mein Großer, jetzt zeig denen, was du kannst", murmelte Morlâ mehr zu sich selbst als zu Ûlyèr, der ihn bei der aufgepeitschten Stimmung und der Lautstärke im Stadion sowieso nicht hören konnte.

Diorit beschwor sofort ein Ungetüm, das einem gigantischen Tausendfüßler ähnelte. An seinen zahlreichen Beinen hatte es lange, bläuliche Krallen und im Gesicht ein riesiges, mit spitzen Zähnen bewehrtes Maul. Seine großen Augen, die links und rechts am Körper saßen, waren lidlos und glänzten schwarz. Aufgeregt bewegte das Tier den Schädel hin und her, nachdem es sich vollständig materialisiert hatte.

„Clever, Diorit, ein Höhlenbohrer. Aufgrund seines Chitinpanzers praktisch unverwundbar und das Gift dürfte selbst dem größten Ork den Garaus machen. Aber nichts, mit dem wir nicht gerechnet hätten“, murmelte Morlâ, rieb sich gespannt die Hände und starrte auf das Spielfeld.

Ohne jede Vorwarnung ging das Wesen nun zum Angriff über. Seine kurzen, zahlreichen, dünnen Beine trugen ihn rasend schnell über den hölzernen Boden der Arena, was ein klackendes Geräusch erzeugte, als ob man Kieselsteine über ein Holzbrett rollen ließ. Der schwarz glänzende Körper des Tieres bewegte sich dabei wie eine Ziehharmonika.

Ûlyėr sah sich das alles äußerlich vollkommen ruhig an. Er stand vor dem glühenden Stern seiner Verbindung und hatte die Arme vor seiner muskulösen Brust verschränkt.

„Was tut er denn, will er nicht den Stern nehmen und sich verdünnisieren?“, fragte Filixx aufgeregt.

„Ruhig, Spitzohr, der weiß, was er macht“, beruhigte Morlâ seinen Mitspieler.

Womit er recht hatte, denn sie beobachteten jetzt, wie der scheußliche, schwarzglänzende Tausendfüßler nach Ûlyėr schnappte. Die langen, gelbbraunen, giftigen Fangzähne waren bei dieser Bewegung klar zu erkennen. Würde der Ork jetzt davon verletzt werden, wäre das gesamte Spiel gegen Ølsgendur verloren. Aber dazu kam es nicht. Im gleichen Moment stieß sich Ûlyėr aus dem Stand in die Luft, flog einige Meter weit mit dramatisch geblähtem Spielumhang und landete am hinteren Ende des gewaltigen, hässlichen Insekts. Er packte es an seinem Schwanz und schleuderte es in einem ungewöhnlichen Kraftakt auf Diorit. Das führte zu den zwei Phänomenen, die wohl auch dem Magister Untermberg zum Verhängnis geworden waren. Erstens verlor Diorit die Kontrolle über sein selbst beschworenes Ungetüm, woraufhin dieses ihn, als am nächsten stehenden Gegner, sofort attackierte. Und zweitens bemerkte das Tier, das bis eben unter dem Einfluss der Magie gestanden hatte, dass es nicht mehr in seiner gewohnten Umgebung war. Panisch biss es nach allem, was ihm vor die mörderischen Fangzähne kam. Und das war in diesem Fall der Kapitän von Ølsgendur.

Ûlyėr nutzte die Situation, sprang zurück vor den Harelstern des Weißen Hauses und nahm stoisch wieder seine Verteidigungsposition ein, als wäre nichts gewesen. Diorit war zu beschäftigt mit seinem Monster, als dass er überhaupt darüber nachgedacht hätte, das Spielgerät seines Gegners zu erreichen. Kurze Zeit später war der letzte Sand durch die Uhr gelaufen. Der Stern erlosch. Das Weiße Haus hatte die erste Runde gewonnen.

Nur vereinzelter Applaus erklang, zu schockiert waren die Zuschauer über das, was das überdimensionierte Insekt gerade mit Diorit anrichtete. Der Zwerg schrie aus Leibeskräften und war über und über mit Blut beschmiert.

„Jehal, tut etwas", schrie Leik den verantwortlichen Lehrer an.

Seine Worte schienen den Magister tatsächlich aus seiner Apathie zu holen. Mit mehreren sehr beeindruckenden Zaubern schickte er zuerst den riesigen Tausendfüßler dorthin, woher er gekommen war, dann hob er Diorit an, behandelte dabei seine Wunden und sprach gleichzeitig mit der Heilerin der Âlaburg, Herbstblüte, die Sekunden später auf dem Spielfeld auftauchte und den Zwerg weiter versorgte.

Jehal ist ein starker Gegner. Ich muss mich vorsehen, stellte Leik beeindruckt, aber auch beängstigt fest, als er sah, über welche Kräfte der Magister verfügte. *Vielleicht hat er wirklich den Sphärenbruch herbeigeführt. Ich denke, die Kraft dazu hätte er.*

„Er kann auf keinen Fall weiterspielen. Ich nehme ihn sofort mit in den Krankentrakt. Ohne Euer Eingreifen, Jehal, wäre er wahrscheinlich nicht mehr am Leben. Aber warum habt Ihr überhaupt zugelassen, dass ein Zwerg ein solches Ungetüm herbeiruft? Ihr wisst doch am besten um ihre begrenzten magischen Fähigkeiten." Nach diesem scharfen Vorwurf war

Magistra Herbstblüte mitsamt dem Schwerverletzten verschwunden.

„Ähm …“, stammelte Jehal. „Dieses Duell geht an das Weiße Haus.“ Das Stadion hallte wider von Buhrufen und auch einige der Hörner flogen auf die Spieler des Weißen Hauses zu, die sich daraufhin schnellstens aus dem Staub machten.

Für Friede und Freundschaft haben wir bisher nichts getan, fand Leik.

„Er hätte abbrechen müssen, als Diorit den Höhlenbohrer beschworen hat“, sagte Filixx, als sie die Arena wechselten. „Ein Zwerg ist magisch einfach nicht in der Lage, eine solche Kreatur zu beherrschen. Nichts für ungut, mein Kleiner.“

„Ja, ja“, wiegelte Morlâ ab. „Wir haben gewonnen, der Rest ist doch egal.“

„Aber Sympathien haben wir nicht gerade gesammelt“, warf Leik ein.

Der Zwerg hörte gar nicht mehr zu. „Hey Rulu, wie ging Glaubensfest gegen Elbendingen aus? Was sagt dein Bruder?“

Der blasse Telepath antwortete knapp: „1:2 für Elbendingen.“

Morlâ kritzelte im Laufen die Ergebnisse auf einen Papyrus: „Wer hat gespielt?“

Rulu schwitzte vor Anstrengung, obwohl es ziemlich kalt war. Die Temperaturen lagen nur knapp über dem Gefrierpunkt und die Sonne war schon den ganzen Vormittag durch eine hässliche, schmutziggraue Wolkenwand verdeckt. „MacEntalen gegen Gwendolin.“

„Oh, ein Duell der Kapitäne. Ungewöhnlich, aber das zeigt wohl, dass sich unsere aktive Teilnahme herumgesprochen hat. Jeder will seine Schäfchen ins Trockene bringen. Dann bleibt uns Gweny in diesem Semester erspart. Die Spitzohren sind unser nächster Gegner. Ich werde spielen.“

Einige Minuten später hatten sie die zweite Spielarena erreicht. Unterwegs zischten ihnen zahlreiche Zwerge Verwünschungen und Beleidigungen zu. Außerdem bevölkerten sie das Stadion, da ihr Team in dieser Runde spielfrei hatte.

Zwerge und Elben gemeinsam gegen das Weiße Haus. Leik war erstaunt, welche merkwürdigen Allianzen heute entstanden. *Im letzten Semester waren noch viele Studenten auf unserer Seite, weil wir die Außenseiter waren. Jetzt merken sie, dass sie mit uns rechnen müssen.* Leik musste bei diesem Gedanken lächeln.

„Schaut mal, Leute“, begrüßte Gwendolin, die elbische Sternballkapitänin, die Mannschaft des Weißen Hauses, „die Betrüger kommen. Na, wollt ihr euch wieder zum Titel schummeln? An uns kommt ihr nicht vorbei.“ Bei diesen Worten hob sie die Arme, um das Publikum anzuheizen. Das Stadion platzte aus allen Nähten vor Zuschauern. Außerdem waren unzählige Blumen, das Symbol der elbischen Verbindung, zu sehen und vereinzelt auch Plakate mit zwergischen Hämmern. All diese farbenfroh gekleideten Studenten ließen ihrem Zorn und Unmut gegenüber dem Weißen Haus freien Lauf und buhten und brüllten in einer Lautstärke, dass es wehtat. Die Elben ließen aus Protest magisch beschworene Disteln und Brennnesseln auf das Weiße Team niederregnen. „Na, na, Mädchen. Wir wollen doch wohl nicht unfair werden“, tadelte der zwergische Magister Untermberg, der die Partie leiten würde, die Elbin.

Die Angesprochene verbeugte sich brav, doch Leik sah dabei ihr gehässiges Grinsen.

Als Untermberg die Spielerwahl einleiten wollte, spulte Kaneg den gleichen Monolog ab wie Houlin beim letzten Spiel. Nur Tejals Antwort musste diesmal nicht mehr eingeholt werden. Untermberg und alle anderen Schiedsrichter waren von der Sonderregel unterrichtet worden. Der greise Zwerg bestimmte Morlâ zu seinem Vertreter. Woraufhin Gwendolin Oldo Ginsterbusch bestimmte. Leik kannte den Zweitsemester noch aus seinem Magiekurs im letzten Halbjahr.

„Also gut, ihr beiden. Ich möchte, dass ihr fair und freundschaftlich spielt.“ Der Zwerg und der große, schlanke Elbe mit den langen weißblonden Haaren und dem herrischen Gesicht nickten. „Gut. Elbendingen hat den ersten Angriff.“

Morlâ befestigte den Stern des Weißen Hauses im Holz der Arena. Augenblicklich begann er, durch den ihm innewohnenden Zauber zu leuchten. Der Kapitän des Weißen Hauses positionierte sich davor und zupfte aufgeregt an seinem Umhang.

Untermberg drehte die Uhr. Das Spiel begann.

Oldo ließ sich Zeit mit seinem Angriff. Leik sah, wie sich seine Lippen bewegten, doch ob er einen Zauber rezitierte oder sich selbst Mut zusprach, konnte er auf diese Entfernung nicht erkennen.

Morlâ beschloss, dies auszunutzen, warf zwei hölzerne Wurfscheiben nach dem Elben und hechtete mit dem Sternball in eine andere Ecke des Stadions.

Oldo machte einige lässige Ausfallschritte und der Angriff verpuffte nutzlos. Das Stadion tobte. Magisch beschworene Blumen regneten auf das Spielfeld.

„Schon wieder die blöden Wurfscheiben“, flüsterte Filixx Leik zu. „Warum hat er mich nicht gegen die Elben spielen lassen?“

Der Einwurf des Zwergelben schien nur zu berechtigt, wie sich Augenblicke später zeigen sollte. Oldo war aus seiner Starre erwacht. Er ging mit ausgestreckten Armen, wie ein Schlafwandler, auf Morlâ zu. Der Zwerg hatte seinen Kampfstab gezogen und wartete auf den Angriff. Doch sein elbischer Gegner hatte gar nicht vor, ihn physisch zu attackieren. Er zauberte. Plötzlich schossen gelbe, klebrige Strahlen aus seinen Händen, die sich wie Harz auf Morlâ ergossen und ihn einfach am Stadionboden festklebten. Morlâ versuchte noch einmal auszuweichen, doch sein linker Schuh blieb in der leuchtend gelben Pampe hängen und kurz darauf der Rest seines Körpers. Immer mehr von dem Klebstoff prasselte auf den Zwerg ein, sodass er sich nicht mehr bewegen konnte. Oldo sprang lässig über seinen am Boden festgeklebten Gegner hinweg und berührte den Stern.

„1:0 für Elbendingen. Gut gespielt, Ginsterbusch. Das Weiße Haus hat nun den Angriff."

„Lass dich nicht unterkriegen. Jetzt bist du dran", riefen Morlâs Mannschaftskameraden vom Spielfeldrand. Obwohl in ihren Mienen wenig Hoffnung zu lesen war.

„Also, los ... geht's!" Erneut liefen die drei Minuten. Morlâ musste jetzt den Stern von Elbendingen berühren. Und Oldo tat alles, um das zu verhindern. Sollte Morlâ es dennoch schaffen, den Harelstern von Elbendingen zu erreichen, stände es unentschieden und es würde zur offenen Runde kommen, in der es keine Zeitbegrenzung mehr gab und in der es nur darum ging, wer zuerst den gegnerischen Stern berührte.

Wieder wühlte Morlâ unter seinem weißen Umhang herum.

Oldo schien das nicht zu stören. Er hatte die Augen geschlossen, offensichtlich wollte er einen starken Zauber hervorrufen, um sein Spielgerät zu verteidigen, bis die Zeit abgelaufen war.

Morlâ holte etwas kleines Silbernes raus und stach sich damit in den Finger. Dann rieb er einen winzigen, runden Gegenstand mit seinem Blut ein, drehte seinen Arm mehrmals im Kreis und warf. Als sein kleines Wurfgeschoss seinen Weg Richtung gegnerischen Stern aufgenommen hatte, begann Oldos Schutzzauber vom Boden aufzusteigen. Es war nicht klar, was zuerst das gewünschte Ziel erreichen würde. Sicher war nur: Wenn der Schutzzauber wirken würde, konnte Morlâs merkwürdiges Fluggerät keinesfalls sein Ziel erreichen.

Das gesamte Stadion hielt die Luft an und verfolgte den Flugweg der blutigen kleinen Kugel.

Es erklang ein leises, deutliches KLONG. Dann war der Stern von Elbendingen in einem gelben Schutzkokon verschwunden.

Doch selbst darunter war deutlich zu sehen, dass er verloschen war.

„Ein McDermit, ich glaube es nicht. Dieser Teufelskerl", jubelte Filixx laut durch das Stadionrund.

„1:1", sagte Untermberg kurz darauf.

„McDermit?", fragte Leik verdattert seinen Freund.

„Ja, alle Mannschaften haben in diesem Semester deinen Trick aus dem Finale des letzten Semesters trainiert. Da, schau", er zeigte auf die Spielerbank von Elbendingen, auf der ein kleines Papiertütchen mit Haselnüssen stand. „Du bist berühmt, Leik. Man hat eine Sternballstrategie nach dir benannt. Das Werfen einer blutigen Nuss, um den gegnerischen Sternball zum Verlöschen zu bringen, das ist der McDermit."

„Jungs, ihr wisst ja, wie es läuft. Jetzt wird offen gespielt. Möge der Bessere gewinnen", leitete Untermberg die letzte Runde ein.

Oldo zögerte diesmal nicht. Er legte sofort einen magischen Schutzmantel um sich und den Stern seiner Verbindung. Augenscheinlich rechnete er erneut mit einem nichtmagischen Angriff seines Gegners. Denn danach ließ er sich Zeit und bereitete in seiner Schutzhülle in Ruhe seinen Angriff vor.

Doch Morlâ überraschte alle. Er ließ eine kobaltblaue Kugel aufsteigen und steuerte diese mit den Armen zu Oldo. Ohne Probleme konnte die magische Beschwörung seine Schutzhülle durchdringen und eine Sekunde später hob sie den Harelstern von Elbendingen in die Luft. Morlâ lenkte den Flug des großen Spielgeräts wie ein Dirigent mit Armen und Händen und versuchte, es durch das Stadion zu sich zu holen. Es kostete ihn offensichtlich viel Mühe, den Zauber auf ein so großes Objekt zu übertragen. Aber obwohl er immer weiter absackte, kam der Stern langsam auf ihn zu.

Oldo brauchte einen Moment, bis er bemerkte, was passiert war. Die Warnrufe der Elben und Zwerge auf den Zuschauerrängen brachten ihn aber schlussendlich dazu, zu reagieren. Er ließ seine Schutzhülle fallen und rannte seinem Stern hinterher. Noch hatte ihn sein Gegner nicht berührt. Er schoss einen gelben Strahl auf den Zwerg ab. Morlâ wurde schmerzhaft in die Brust getroffen und ging in die Knie. Sein Zauber war augenblicklich erloschen und der Harelstern an seiner langen, gebogenen Stange krachte laut scheppernd auf den Boden. Der Großteil des Stadions bejubelte diese kleine Niederlage. Jetzt besann sich der Zwerg wieder auf seine physischen Kräfte. Der Stern hatte etwas mehr als die Hälfte des Wegs durch das Stadion zu ihm durchquert. Wenn er schnell war, war er vor Oldo an dem leuchtenden Spielgerät. Nur musste er dafür seinen Harelstern vollkommen ungeschützt lassen. Morlâ entschied sich für das Risiko.

Jetzt rannten beide Spieler mit wehenden Umhängen auf die Mitte des Stadions zu. Leik sah beunruhigt, wie lang die Beine des Elben waren. Er würde auf jeden Fall schneller sein als Morlâ. Doch dann machte der Elbe einen entscheidenden Fehler. Er entschied sich dafür, den Sieg sofort einzufahren. Er beschwor einen Zauber und zog den Stern des Weißen Hauses magisch zu sich, anstatt seine eigene Verbindungstrophäe zu verteidigen. Eine Sekunde, bevor er den Harelstern der Weißen in der Hand hielt, hatte Morlâ mit einem Hechtsprung den Stern von Elbendingen berührt. Dieser erlosch und Oldo stand bedröppelt in der Mitte des Stadions, den glühenden Stern von Leiks Verbindung in der Hand.

„2:1. Das Weiße Haus gewinnt."

Morlâ ließ die Glückwünsche seiner Mitspieler schnell über sich ergehen. Wichtiger als das waren ihm die Ergebnisse der anderen Partien, die ihm Rulu gerade mitteilte.

„Řischnărr hat 2:0 gegen Glaubensfest gewonnen. Zsac hat gegen McFlaherty gespielt und ihm keine Chance gelassen."

„Gut, gut Männer, dann habt ihr jetzt Zeit, euch auszuruhen. Wir haben in der kommenden Runde spielfrei. Filixx, du kannst dich schon mal auf tumbe, unbegabte Menschen vorbereiten. Du spielst in der nächsten Runde gegen Glaubensfest. Also los, trinkt und esst was! Wir sollten die kurze Pause nutzen, um unsere Kräfte wiederzuerlangen."

„2:1 für Řischnărr gegen Elbendingen. Kuelnk tat sich schwer gegen die Elbin Löwenkresse, hat sie aber doch besiegen können."

„Sehr gut, sehr gut", konzentriert notierte Morlâ alle ihm mitgeteilten Informationen. „Die andere Partie?"

„Glaubensfest gegen Ølsgendur. 2:0 für die Menschen. Das Duell der Sternballneulinge. Joklin Campell hat Jar Hambergit alt aussehen lassen. Der Mensch kann wohl beeindruckend zaubern."

„Netter macht ihn das aber nicht", sagte Leik in Erinnerung an das großspurige Auftreten des Studenten in der Mensa.

„Oh, warum hast du mich nicht gegen ihn spielen lassen, Kapitän", beschwerte sich Ûlyèr mit scherzhaftem Unterton.

„Jetzt ist erstmal wichtig, dass Filixx gegen die Menschen zeigt, was er kann. Jeder hat seine Aufgabe. Jetzt aber auf zur Arena drei. Wir wollen doch nicht zu spät kommen", sagte Morlâ mit einem Zwinkern in Leiks Richtung. Der konnte sich nur zu gut daran erinnern, warum sie im letzten Semester fast zu spät zum Finale gekommen waren: Orks hatten sie auf dem Weg zum Stadion bedroht.

Die elbische Magistra Herbstblüte fungierte als Schiedsrichterin. Sie unterbrach Warn genervt, als der alte Zwerg wieder den einstudierten Satz aufsagen wollte. „Ja, ja. Morlâ, wer soll spielen?"

Der Zwerg verneigte sich und grinste die schöne, groß gewachsene Elbin mit einem dümmlichen Ausdruck an. Wie viele andere Studenten war er der attraktiven Lehrerin ein bisschen verfallen. „Ähm, äh … danke." Er verneigte sich nochmal, was im Stadion ein Kichern auslöste. Morlâ zupfte verlegen an seinem Spitzbart.

„Nun?", fragte Herbstblüte ungeduldig.

„F…f…filixx", stammelte Morlâ.

Leik beobachtete das Schauspiel amüsiert. Trotzdem konnte er den Eisklotz in seinem Magen nicht ignorieren. *In der nächsten Runde bin ich dran. Gegen die Orks.*

Filixx ließ dem jungen Menschenmädchen, Fran Kelly, keine Möglichkeit zu gewinnen. Mit einer Reihe beeindruckender magischer Anwendungen, die sogar die Magistra lobte, besiegte er Fran mühelos. Den Höhepunkt bildete der Zauber, der das gesamte Stadion – inklusive Zuschauern und Spielern – anhob und nur Filixx sowie den ungeschützten Harelstern von Glaubensfest am Boden zurückließ. Am Ende gab der Zwergelbe dem sichtlich schockierten Mädchen aber fair die Hand und lächelte ihr zu.

„Řischnărr hat wieder gewonnen. Ølsgendur hat verloren, damit haben wir und die Orks sechs Punkte. Da die anderen Mannschaften nur zwei oder weniger Punkte haben, können sie uns im letzten Spiel nicht mehr überholen. Männer, wir sind im Finale", stellte Morlâ strahlend fest, nachdem er das andere Spielergebnis erfahren hatte. „Also, Kopf hoch, Leik. Selbst wenn du das nächste Spiel verlierst, haben wir es trotzdem geschafft. Und du bekommst höchstens ein paar blaue Flecken oder gebrochene Knochen", endete der Zwerg fröhlich.

Leik wurde blass.

In der Arena erwartete die Abordnung des Weißen Hauses eine Überraschung. Tejal.

„Wird sie das Spiel leiten?“, fragte Leik flüsternd Filixx.

„Ich glaube schon“, gab dieser leise zurück.

Als sie vor der Direktorin standen, verbeugten sich alle. Die neben ihnen stehenden Orks taten es ihnen nach.

Leik sah, dass sich auch ihr Hausvorsteher bei ihnen befand. Der Magister für Kampfkunst, Ňokelä. *Die führen irgendwas im Schilde*, dachte er.

„Also, Morlâ“, sprach die Direktorin den inoffiziellen Kapitän des Weißen Hauses direkt an, „wer soll es denn sein? Anders als im letzten Semester wären ja noch mehrere zur Auswahl, oder nicht?“, fragte sie mit einer Anspielung darauf, dass theoretisch auch noch Toulin oder Lebos spielen konnten. „Und Toulin, ich bin beeindruckt von eurer Recherche und dem Geschick im Regelauslegen. Leider muss ich dir und deinen vier Kameraden mitteilen, dass das Archiv derzeit überlastet ist und ihr es deutlich weniger nutzen könnt in nächster Zeit. Dringende Angelegenheiten des Ordens gehen leider vor“, teilte ihm die gestrenge Elbin mit einem kalten Lächeln mit.

„Leik spielt“, sagte Morlâ einfach, ohne darauf zu warten, ob die Rektorin fertig war.

„Gut. Řälärm, wen nominiert Ihr?“

Der Ork verbeugte sich tief, bevor er antwortete. Sein Hausvorsteher hatte ihn dabei kritisch im Blick. „Wir werden nicht gegen das Weiße Haus antreten, da wir schon für das Finale qualifiziert sind.“

Tejal lächelte gerissen, als hätte sie damit gerechnet.

Leik hatte das Gefühl, ihm hätte jemand ins Gesicht geschlagen, als er das hörte. Er wusste, was das bedeutete.

„Gut, dann gewinnt das Weiße Haus diese Partie mit 2:0. Das Finale wird morgen Vormittag ausgetragen. Das Weiße Haus gegen die Bruderschaft Řischnärr. Den Sonderregeln für diese Situation folgend, die ihr ja noch aus dem letzten Semester kennt, werden zwei Spieler antreten müssen, die im Verlauf des

Turniers noch nicht gespielt haben, aber bereits als offizielle Teilnehmer gemeldet sind. Daher wird Leik McDermit für das Weiße Haus antreten. Řälärm, wen nominiert Ihr? Eure Bruderschaft hat ja noch zwei Spieler zur Auswahl."

„Mich selbst, hochverehrte Großmagistra", sagte der Kapitän der Orks mit einer Verbeugung.

„Gut, dann haben wir ja unsere Spieleransetzung. Ach ja, bevor ich es vergesse. Leik, du stehst auf Anweisung des Ordens unter Beobachtung. Das bedeutet natürlich, dass du auf dem Campus nicht unkontrolliert Magie anwenden kannst. Es ist dir verboten, morgen im Finale Angriffszauber zu benutzen, insbesondere deshalb, weil du das einzige Lebewesen auf dem Kontinent bist, das Orks damit attackieren kann. Du darfst dich durch Magie nur selbst beschützen, aber keinesfalls auf deinen Gegner einwirken."

Das Finale

Rälärm wird Hackfleisch aus ihm machen. Wenn er Glück hat, wird er nur ein paar Wochen auf der Krankenstation verbringen wie Diorit, aber eine Chance hat er auf keinen Fall. Ohne Angriffsmagie gegen den stellvertretenden Hausvorsteher von Řischnărr! Er ist fast so groß wie Ûlyėr, aber er wurde jahrelang als Kriegsmaschine ausgebildet und Leiks Verteidigungszauber attackiert er einfach so lange, bis sie zusammenbrechen oder die Zeit abgelaufen ist. Alleiniger Vorteil wäre ein Angriffszauber gewesen, da Leik ja als einziges Lebewesen auf Razuklan auf Orks Magie wirken kann. Wenn er es denn schafft, rechtzeitig in die Sphäre einzutreten und sich dort auch wirklich unter Kontrolle hat. Ich wette mit euch, sollte er dem Ork nur ein Fitzelchen Energie entziehen, beendet Tejal sofort das Finale und wir haben verloren."

Filixx redete so laut auf Morlâ und Ûlyėr ein, dass Leik ihn durch die geschlossene Tür hören konnte. Nach der Entscheidung der Direktorin hatte er sich in sein Zimmer zurückgezogen und aufs Bett geworfen. Er starrte auf die kleine, rotkarierte Haselnusstüte, die er einst von Drena gekauft hatte. An dem Tag hatte er sich unsterblich in das dunkelhaarige Mädchen verliebt. Das bunte Stückchen Papier war das einzige Erinnerungsstück, das ihm von seiner großen Liebe geblieben war. Zum wiederholten Mal roch Leik an der Papiertüte und genoss den schwachen Geruch nach kandierten, gebrannten Haselnüssen, der ihn an die schöne Händlerin erinnerte. *Ich hätte sie retten müssen. Ich habe sie und ganz Sefal im Stich gelassen. Das wird mir nicht noch einmal passieren.* Voller Elan erhob er sich, sprang aus seinem Bett und öffnete die Tür zum Flur.

„Lass es ihn doch selbst entscheiden und hör auf, diese ekligen getrockneten Fische zu kauen. Von dem Geruch wird einem ja übel", führte Morlâ gerade den Disput mit Filixx fort, als Leik den gemütlich beleuchteten Flur betrat. Die Kugellampen tauchten seine Freunde in mildes, gelbliches Licht.

Es ist nur ein Spiel, aber ohne dieses Spiel gäbe es diese Gruppe gar nicht, fiel Leik bei dem Anblick ein. Der Streit zwischen dem Zwerg und Filixx war augenblicklich verstummt, als Leik dazukam.

„Oh, nein", begann Morlâ. „Ich hoffe, wir haben dich nicht geweckt? Filixx und ich haben gerade besprochen, was er uns aus der Küche holen soll, zum Abendbrot. Hast du besondere Wünsche?"

„Spar dir das. Ihr wisst selbst, wie hellhörig hier alles ist. Ich konnte sogar hören, dass Filixx schon wieder die stinkigen getrockneten Sardellen gegessen hat", zog Leik seine Freunde mit ernster Miene auf. „Der einzige, den man überhören und übersehen könnte, ist Ûlyėr. Sag mir, mein starker Freund, wie kann ich Řälärm morgen besiegen?"

Morlâ fielen fast die Augen aus dem Kopf. Filixx kicherte, wischte sich seine salzig-fettigen Finger an der Hose ab und klopfte Leik auf die Schulter. Und Ûlyėr stand so plötzlich neben Leik, dass der seine Bewegung gar nicht bemerkte, und sagte: „Also los, fangen wir an. Die Nacht ist kurz!"

„Vergiss nicht, was wir letzte Nacht besprochen haben", gab Morlâ Leik nochmal mit auf den Weg, als sie in das bis auf den letzten Platz gefüllte Stadion kamen.

„Ja, ja", wiegelte Leik ab. Die Hinweise hatten hauptsächlich darin bestanden, was Orks alles konnten und was nicht und weniger wie man sie besiegte. Leik war auch schon vorher klar gewesen, dass er keine Chance haben würde. Dennoch hatte er sich vorgenommen, so gut wie möglich – ohne Magie – zu kämpfen. Er wollte respektvoll in die Niederlage gehen und seine Freunde und Kommilitonen stolz machen. Erstaunlicherweise führte diese Einstellung dazu, dass er vollkommen ruhig war. *Kontrolle*, dachte Leik. Tejal wäre stolz auf ihn gewesen.

Die Mannschaft des Weißen Hauses betrat die Arena. Ohrenbetäubender Lärm erschallte. Die Studenten der Bruderschaft Řischnärr vollführten auf den Rängen gerade eine beeindruckende Choreografie. Erst sah es so aus, als ob sie sich merkwürdigerweise alle in Weiß gekleidet hätten. Doch dann gab einer ihrer Trommler ein Zeichen und ein Teil der Orks zog sich gleichzeitig wieder schwarze Umhänge über und so entstand ein riesiger weißer Totenschädel. Das Zeichen der orkischen Verbindung. Die Studenten waren begeistert. Dem hatten die wenigen Anhänger des Weißen Hauses kaum etwas entgegenzusetzen. Die Fünf Weisen – die sich jetzt auch wieder offiziell als Zuschauer zeigen durften – versuchten es mit Hüten in Form des Sternballs ihrer Verbindung. Durch einen Zauber leuchteten sie erstaunlich hell und waren dadurch von Weitem zu sehen, doch ihre Sympathiebekundungen gingen unter im Aufruhr ihrer Gegner.

Morlâ beobachtete die greisen Zwerge und grinste erleichtert. Er hatte wohl wieder damit gerechnet, dass sie ihr altes Plakat aus dem letzten Semester hervorholten, auf dem er aussah wie ein antiker Held. Was über Wochen zu großer Erheiterung, Spötteleien und Scherzen unter der Studentenschaft geführt hatte. Sämtliche Magister waren anwesend. Sie saßen auf einer Ehrenloge und unterhielten sich freudig erregt miteinander, die empfindlich kühlen Temperaturen ignorierend. Offensichtlich waren alle schon froh, dass sich der Nebel des Morgens verzogen und nun einer trüben Sonne Platz gemacht hatte, die tief über dem Stadion stand und sich ihren Weg durch schmutziggraue Wolken bahnte.

Die Mannschaft der Orks war schon vor der des Weißen Hauses angekommen. Ihr Hausvorsteher unterhielt sich gezwungen mit Tejal, die ihm dieses Gespräch offensichtlich aufdrängte und deren aufgesetzte Freundlichkeit selbst Leik erkannte, obwohl er wirklich andere Sorgen hatte.

Auch Gerald wartete schon im Stadion auf seine Mannschaft. Er hatte ihnen gesagt, dass er versuchen würde, bei Tejal für gute Stimmung zu sorgen, damit sie dem Weißen Team gegenüber nicht zu verärgert war. Seinem Gesichtsausdruck konnte man entnehmen, dass dieses Ansinnen gescheitert war. Als er seine Spieler sah, kam er zügig auf die kleine Gruppe zu.

„Da seid ihr ja endlich."

Morlâ gab nur ein Grunzen von sich.

Gerald blickte daraufhin mitleidig zu Leik. „Ich verstehe schon", begann er. „Junge, du musst das nicht machen. Niemand verurteilt dich, wenn du nicht antrittst. Die Voraussetzungen sind ja so, dass …"

„Schon gut, Gerald ...", Leik nahm wie ein Kind die große, raue Hand seines Ziehvaters und drückte sie kurz, „... ich muss das tun. Das weißt du."

Gerald nickte. Dann umarmte er Leik lang und fest.

„So, meine Herren, dann können wir wohl anfangen?", unterbrach Tejal. „Řälärm, wen bestimmst du für eure Mannschaft?"

Der gigantische Ork verbeugte sich tief, bevor er mit schnarrender Stimme antwortete: „Mich selbst, Großmagistra."

Die Direktorin nahm die Ehrbezeugung mit einem wohlwollenden Lächeln hin. „Gut, dann haben wir ja unsere Finalisten. Ach, und Leik, vergiss nicht", jetzt drehte sich die Rektorin zu ihm und sah ihm streng in die Augen, „Angriffszauber sind verboten. Magister Jehal wird die Sphäre überwachen. Solltest du gegen diese Regel verstoßen, breche ich das Spiel ab und Řischnärr gewinnt das Herbstturnier. Hast du das verstanden?"

Leik brauchte einen Moment, ehe er nickte.

„Auch keiner deiner besonderen Zauber, Leik!" Bei diesen Worten schaute die Rektorin ihm tief in die Augen.

Sie hat Angst, dass ich wieder jemandem die Energie entziehe und ihn diesmal ernsthaft verletze. Leik erinnerte sich an das Finale des letzten Semesters und daran, wie gut er sich gefühlt hatte. Der Rausch der Magie war wie eine Sucht. *Heute nicht*, schwor sich Leik.

„Sehr gut, dann fangen wir an. Möge der Sieger des Finales dem Frieden dienlich sein", eröffnete Tejal mit magisch verstärkter Stimme das Endspiel. „Řischnärr hat den ersten Angriff."

Leik stellte den Harelstern hinter sich auf. Noch immer empfand er diese merkwürdige Ruhe. Selbst der Blick auf den riesigen und offenbar zu allem bereiten Řälärm konnte dieses Gefühl nicht ändern. Leik schaute sich in dem brodelnden Stadion um und sah viele vertraute Gesichter, die ihn hoffnungsvoll anlächelten oder anfeuerten. Die zahlreichen Anfeindungen der Orks und von vielen Zwergen und Elben konnte er in diesem Moment erstaunlicherweise ausblenden. Ebenso die Angst, was Řälärm gleich mit ihm anstellen würde. Leik wollte nur eins, für seine Freunde da sein.

„Seid ihr so weit?"

Leik nickte. Der riesige, schwarzgrüne Ork fletschte lediglich seine Hauer.

Tejal wertete dies als ein Ja. „Möge das Finale beginnen und der Begabtere von euch beiden gewinnen." Anschließend drehte sie die Sanduhr um.

Jetzt war es an Leik, seinen Stern drei Minuten gegen den Anführer der Orkstudenten auf der Ålaburg zu verteidigen. Den besten, mutigsten und stärksten Kämpfer von ihnen, denn genau das machte ihn zu ihrem Team-Kapitän. Nur diese Dinge akzeptierten die Orks und mit diesen Attributen hatte die Verbindung unzählige Turniere hier an der Âlaburg gewonnen. Selbst die Elben hatten nicht so viele Titel.

Řälärm schien wenig Zeit verschwenden zu wollen. Er stürmte direkt auf Leik zu. Der wusste sich nicht anders zu helfen, als einfach wegzulaufen. Das Publikum verhöhnte ihn dafür als Feigling. Doch der orkische Krieger hatte dies schon vorausgesehen und kreuzte Leiks Lauf so geschickt, dass er ihn nach wenigen Versuchen erreicht hatte. Im Laufen trat er Leik von hinten in die Beine.

Leik konnte sich nicht halten und hob vom Boden ab, die Stange des Harelsterns flog ihm aus der Hand und das Spielgerät schlitterte über den Holzboden der Arena. Doch Řälärm sprang nicht einfach über den am Boden liegenden Leik, um den glühenden Stern zu erreichen, sondern ging zu ihm und trat ihm so kräftig in die Seite, dass Leik erst hörte, wie ihm eine Rippe brach und dann keine Luft mehr bekam. Anschließend beugte sich der Teamkapitän der Orks runter, als ob er den Harelstern berühren wollte, doch er kam dabei so nah an Leiks Gesicht, dass er ihm etwas in seinem grollenden Akzent zuflüstern konnte: „Ich mache dich fertig. Du gefährdest den Frieden."

Was? Leik verstand kein Wort. *Ich gefährde den Frieden, während Orks Zwergendörfer niederbrennen?*

Der Stern erlosch, als Řälärm eine seiner Krallen an ihn legte.

„1:0 für Řischnărr. Noch so eine Unsportlichkeit, Řälärm, und ich gebe den nächsten Punkt ans Weiße Haus. Leik, bleib noch kurz liegen, bitte." Tejals magisches Mal – die Blume Elbendingens – erschien kurz auf ihrer linken Hand. Im nächsten Moment hörte man ein grausiges Knirschen. Leiks Rippe war wieder zusammengewachsen.

Der Ork verbeugte sich, doch das Stadion tobte und feuerte ihn an, in der nächsten Runde noch schlimmere Dinge mit Leik zu veranstalten.

Morlâ holte den Harelstern des Weißen Hauses vom Spielfeld und half Leik beim Aufstehen. „Willst du weitermachen? Keiner ist dir böse, wenn nicht. Man kann nicht immer gewinnen."

„Ach, so schlimm ist es gar nicht", begann Leik, doch dann musste er aufhören zu sprechen, weil ihm schwarz vor Augen wurde. Auf seiner linken Seite würde man morgen früh einen Ork-Fußabdruck sehen können.

Morlâ schaute ihn mitfühlend an.

„Runter mit dir vom Feld, Morlâ, du hattest dein Spiel gestern", scheuchte Tejal den Kapitän des Weißen Hauses vom Platz.

„Bereit?" Wieder wurde die Uhr gedreht.

Jetzt musste Leik irgendwie einen Weg finden, den mächtigen orkischen Kämpfer zu besiegen. Dem war offensichtlich klar, dass der junge Mensch keine Gefahr für ihn darstellen würde. Anstatt sich in Verteidigungsstellung zu begeben, hatte er die Stange des Sterns in beiden Krallenhänden, hob ihn über seinen Kopf und ließ sich von den Zuschauern im Stadion bejubeln. Er ging wohl davon aus, dass Leik sich einfach nicht bewegte, um die folgenden drei Minuten ohne weitere Verletzungen zu überstehen.

Das Verhalten des Orks und mehr noch das des Publikums ließ Zorn in Leik aufbrodeln. *Ich gefährde den Frieden und was macht er?* Leik war versucht, sich in seiner Wut in die Sphäre zu begeben und dem Kriegersohn eine magische Lektion zu erteilen. Doch dann fiel ihm Tejals Ermahnung und auch die der Samusen wieder ein: *Kontrolle*. Leik beruhigte sich und blendete alles andere aus.

„Komm, McDermit", brüllte Řälärm über das Spielfeld. „Komm her, du Friedensbrecher."

Leik atmete dreimal ein und aus. Dann hatte er sich so weit beruhigt, dass er bereit war, in die Sphäre einzutreten. Ein kurzes Blinzeln und es war ihm gelungen. Sein rechter Handrücken kribbelte vertraut und die bunten Energieströme empfingen ihn freudig, so kam es Leik zumindest vor. Alle Farben des Regenbogens schossen auf ihn zu und umspielten seinen Körper, als begrüßten sie einen alten Freund. Leik spürte die Kraft, über die er in der Sphäre verfügte. Hier konnte er alles. Hier war er nicht mehr Leik McDermit, der Bastard. Hier war er Leik, der Farbseher. *Kontrolle.* Mühevoll widerstand er den Verlockungen der Magie. Als Erstes zog Leik einen Schutzzauber um sich, so wie er es im letzten Semester bei Großmagister Tal Mac Rallen gelernt hatte. Selbst hier in der Sphäre vernahm er das erstaunte Raunen des Publikums, als sein kunterbunt schillernder Kokon gebildet war. So etwas hatte noch nie jemand von ihnen gesehen. In Ermangelung anderer Möglichkeiten ging Leik dann einfach auf Řälärm zu, der direkt vor seinem Stern stand und ihn bewachte.

„Haha“, lachte der los und Hunderte Kehlen stimmten mit ein. „Schaut euch dieses bunte Spielzeug an. Und was willst du jetzt machen? Mich umkippen und dann den Stern berühren?“ Das Stadion tobte.

Leik, der bis dahin keine Idee gehabt hatte, was er nun machen sollte, griff diesen Vorschlag dankbar auf. Er beschleunigte seine Schritte und rannte, eingemantelt in seinen Zauber, auf den muskelbepackten Ork zu. Řälärm ging leicht in die Hocke und hielt seine dicken Arme und Krallenhände angewinkelt vor den Körper, als würde er gleich einen großen Gegenstand fangen wollen.

Dieser Gegenstand war der rennende Leik. Nur noch wenige Meter, dann würden sie aufeinanderprallen. *Finden wir mal heraus, ob meine Zauber Orks nur angreifen können oder auch abwehren*, dachte Leik als Letztes vor dem Zusammenstoß, dann schloss er die

Augen und rannte in den Orkhünen hinein. Als Leik die Augen wieder öffnete, war Řälärm tatsächlich umgefallen. Sein Schutzzauber hatte gehalten und war so kraftvoll gewesen, dass er den Ork umwerfen konnte.

Der Harelstern war ungeschützt.

Řälärm drückte sich vom Boden hoch und war schon wieder auf den Beinen. Höchstens zwei orkische Armlängen von dem Stern entfernt.

Leik musste mindestens zwei lange Schritte machen, um den Harelstern zu berühren, er war im Eifer etwas zu weit gelaufen. Außerdem war er durch den Zusammenprall aus der Sphäre geschleudert worden und stand nun praktisch schutzlos dem wohl stärksten Ork der Âlaburg gegenüber.

Leik entschied sich, auf den Stern zuzuspringen, drückte sich vom Boden ab und streckte seine Arme lang aus.

Řälärm versuchte den Stern zu greifen und hochzuheben, um ihn so vor Leiks Berührung in Sicherheit zu bringen. Würde ihm das gelingen, hätte Řischnărr das Turnier gewonnen, denn es waren nur noch wenige Sandkörner in der Uhr.

Leik hatte die Augen geschlossen, als er sprang. Als Nächstes bemerkte er seine starken Kopfschmerzen und Blut, das ihm in die Augen lief. Der Harelstern der Orks war erloschen. Dafür hatte sein schmerzender Kopf gesorgt, als er mit dem Spielgerät kollidiert war.

„1:1. Fair gespielt, Leik."

Buhrufe waberten daraufhin durch das Stadion. Doch nun hörte Leik auch Applaus, der seiner Leistung galt. Offensichtlich hatten sein regenbogenfarbener Schutzzauber und die Art, wie er gewonnen hatte, dem Weißen Haus einige Sympathien eingebracht. Selbst Gwendolin klatschte, was Leik zuerst auf seinen lädierten Kopf zurückführte, doch die Elbin freute sich eindeutig darüber, dass Leik diese Spielrunde gewonnen hatte.

Doch noch war nichts entschieden. Nun folgte die offene Runde. Keine Zeitbegrenzung und zwei Sterne auf dem Feld. Nun musste man verteidigen und angreifen gleichzeitig.

„Seid ihr so weit? Dann los." Tejal ließ das letzte Spiel dieses Herbstturniers beginnen.

Leik ging sofort in die Sphäre und wob seinen bekannten Schutzkokon um sich und den Stern. Keine Sekunde zu früh, denn Řälärm war mit wenigen großen Sprüngen bei ihm und trommelte wütend auf Leiks magischen Schutz ein. Die gewaltigen Hiebe waren in der Sphäre deutlich zu sehen und zu spüren. Es sah so aus, als ob man durch klares Wasser tauchen würde und von unten sah, wie jemand auf die Wasseroberfläche einschlug. *Lange kann ich diesen Zauber bei einer solchen Belastung nicht aufrecht erhalten*, wurde Leik klar. Er begann zu schwitzen und seine Kopfschmerzen wurden schlimmer. *Was mache ich nur. Hier einfach warten, bis Řälärm die Lust ausgeht, wird nicht funktionieren.* Im selben Moment sah Leik, dass eine Krallenfaust fast zu ihm durchgedrungen war. Er hatte einfach nicht mehr die Konzentration und Stärke, seinen Schutz gegen diese Dauerattacken aufrechtzuhalten. *Ich muss etwas machen, was er nicht erwartet.* Leik ließ blitzartig seinen Zauber fallen.

Řälärm, der damit nicht gerechnet hatte und dem nun der Widerstand des Kokons fehlte, schlug auf den Holzboden der Arena auf und verlor das Gleichgewicht.

Leik schnappte sich seinen Harelstern, schleuderte die Stange über seine rechte Schulter und rannte los. Hinter sich hörte er einen vor Wut brüllenden Řälärm und wenige Augenblicke später nahm er bereits seine schweren Schritte wahr, die den Boden der Arena zum Beben brachten. Der Ork war hinter ihm her. *So habe ich keine Chance.* Plötzlich war Leik in der Sphäre, obwohl er dies gar nicht versucht hatte. Die Pracht eines riesigen Regenbogens von Sphärenenergie umgab ihn. Ohne dass er selbst eingriff, wickelte sich um seine Füße und Beine ein dickes, buntes

Farbband. Dann merkte Leik, wie er schneller wurde. Viel schneller. Die Magie vervielfältigte seine natürlichen Fähigkeiten. Řischnărrs Harelstern kam immer näher und Řälärms Schritte wurden leiser. Das also hatte Jehal gemeint, als er sagte: „Die Magie muss euch komplett durchströmen und sie soll eurem Kopf und nicht eurem Körper gehorchen.“ Ohne die Sphäre zu verlassen, berührte Leik den Harelstern der Orks. Augenblicklich war er erloschen und Leik rannte schmerzhaft in die Umzäunung der Arena, da er seine Geschwindigkeit nicht einschätzen und rechtzeitig abbremsen konnte.

„2:1. Das Weiße Haus hat das Herbstturnier gewonnen“, rief Tejal daraufhin laut. Das Stadion wurde zu einem Tollhaus.

Ein Fest voller Abschiede

Die Stimmung im Keller des Wehrturms war auf ihrem Höhepunkt angekommen. Zum wiederholten Male brüllten alle Leiks Namen und ließen ihn hochleben. Das improvisierte Büfett, das Filixx irgendwoher geholt hatte, war gänzlich geplündert und auch die Getränke waren fast leer. Doch es war ein herrlicher Abend für Leik. Anders als im letzten Semester, war auch er unheimlich glücklich. Leik genoss die Anerkennung und die euphorische Stimmung. Diesmal brauchte er sich keine Vorwürfe darüber zu machen, auf welche Art er gewonnen hatte.

Filixx und Morlâ hatten Ûlyèr dazu gebracht, dass sie ihn mit seiner roten Kriegsfarbe bemalen durften und er anschließend auf dem Campus einige der Erstsemester erschreckte. Brüllend sprang er hinter dem Wasserspeier des Weißen Hauses hervor, wenn jemand vorbeikam. Morlâ ließ dabei sein blaues Wehrlicht um das Gesicht des Orks fliegen, sodass er noch furchteinflößender aussah. Das gesamte Weiße Haus versteckte sich hinter dem Wehrturm und brach jedes Mal in schallendes Gelächter aus, wenn wieder ein junger Zwerg oder Mensch kreischend vor dem riesenhaften Ork flüchtete. Dazu riefen sie jedes Mal einen holprigen Reim: *Keine Angst vor dem Weißen. Wir wollten nur nach dem Titel greifen. Unser Stern leuchtete dauerhaft, das hat noch keiner geschafft. Nur wir sind die Nummer eins, du warst nicht gemeint.*

Langsam leerte sich der Gemeinschaftsraum. Das Feuer war fast aus und es wurde kühl. Trotzdem hatten Leik, Filixx und Morlâ rote, verschwitzte, glückliche Gesichter. Ûlyėr war sicher auch beglückt, nur sah man ihm dies nicht an. Seinem rot bemalten Antlitz war kaum eine Emotion zu entnehmen.

„Tja, Männer, was für ein Tag", sagte Morlâ und legte die Füße auf den Tisch der Gemeinschaftsunterkunft. „Gebt es ruhig zu. Damit hat keiner von uns gerechnet. Der Titel im letzten Jahr hätte noch als Zusammenspiel vieler glücklicher Zufälle durchgehen können. Aber dieses Mal ... Mann, Leik hat einen Ork ohne direkten magischen Angriff besiegt."

„Sei nicht so bescheiden", entgegnete Leik. „Du hast dafür in diesem Halbjahr ein Spiel durch Zauberei gewonnen. Damit hat auch keiner gerechnet."

Alle brachen in schallendes Gelächter aus. Selbst Ûlyėr gab ein merkwürdiges Brummen von sich, das Leik an das Schnurren eines Kätzchens erinnerte.

„Ich finde es ein bisschen unfair, dass Ûlyėr und ich gar nicht erwähnt werden. Unsere Siege waren wohl nicht spektakulär genug", sagte Filixx, nachdem sich wieder alle einigermaßen beruhigt hatten.

Wieder gab es großes Gelächter. Der Stress der letzten Wochen fiel langsam von den Freunden ab.

„Ach, dass ihr die Besten seid, brauche ich doch wohl nicht zu erwähnen. Wer sollte schon den begabtesten Zauberer der Universität und den stärksten Krieger besiegen?"

Filixx lief rot an und Ûlyėr kratzte sein linkes Horn. Offensichtlich waren beide peinlich berührt von Morlâs Lob.

„Im nächsten Semester wird keiner mehr gegen uns antreten wollen", stichelte Leik.

„Hoffentlich treten wir dann wieder als offizielle Mannschaft an. Ohne die Fünf Weisen würde heute wahrscheinlich im Gefängnis von Řischnărr mit reichlich Blutsuppe und verfaultem Fleisch gefeiert werden. Nichts für ungut, was den Geschmack deiner Brüder angeht, Ûlyėr", griff Morlâ Leiks Anspielung auf.

„Egal, wir haben gewonnen. Das zählt“, kam es schnarrend von Ûlyėr, der kaum in den kleinen roten Sessel passte, in denen sie alle vor dem Kamin saßen.

Plötzlich erklangen schwere Stiefel auf der Treppe, die in den Keller hinunterführte. Auch das metallische Klappern eines Kettenhemdes und von Waffen war zu vernehmen.

Jetzt holt mich der Orden doch noch, dachte Leik panisch. Und als er die schwer gerüstete Gestalt erblickte, schien sich sein Verdacht zu bestätigen. Erst beim zweiten Hinsehen erkannte Leik unter dem schweren, stählernen Helm seinen Ziehvater Gerald. Obwohl das Visier offen stand. Zu ungewöhnlich war der Aufzug für den ehemaligen Jäger.

„Gerald“, entfuhr es Morlâ. Er verbesserte sich augenblicklich, als diese Anrede von dem vormaligen Jagdmeister mit einem strengen Blick bestraft wurde. „Äh … Magister.“

Alle waren überrascht, den Hüter der Gärten in voller Kampfmontur zu sehen. Neben dem schweren Helm trug er ein knielanges Kettenhemd, worüber er ein langes braunes, aus dicker Wolle gesponnenes Wams gezogen hatte, das ihn vor der Kälte beschützen sollte. Die Arme ließ Gerald trotzdem frei. Leik wusste, dass seinem ehemaligen Meister Kälte nicht so viel ausmachte wie anderen Menschen. An dem dicken Gürtel, den er locker um die Hüfte trug, hing links eine Kurzaxt und rechts ein langer Dolch. Seine breite, große Doppelaxt mit der Klinge aus dem mysteriösen blauen Stahl trug er in einer Schlaufe schräg über dem Rücken.

„Warum bist du so schwer bewaffnet?“, fragte Leik seinen Ziehvater ängstlich.

Gerald legte seinem Zögling die Hand auf die Schulter. „Ich werde Mac Rallen zurück in das Kriegsgebiet begleiten. Der Orden hat mir den Auftrag gegeben, ihn zu beschützen und herauszufinden, wer ihn angegriffen hat und wieso die Orks sich erhoben haben. Offenbar betrifft der Aufstand nicht das ganze

Orkterritorium, sondern nur einige Teile an der Grenze zu den Zwergen. Das Thing der Rotten hat den Aufstand verurteilt, aber sie lehnen es ab, einzugreifen. Orks respektieren nur das Recht des Stärkeren. Und da ein zwergisches Dorf nach dem anderen fällt, sind das in diesem Fall eben die Angehörigen ihres eigenen Volkes."

„Ist der Vertrag von Âla noch in Kraft?", fragte Filixx mit aufgerissenen Augen.

„Ja!", antwortete Gerald. „Offiziell zumindest. Niemand weiß genau, welches Spiel die Rottenhäuptlinge spielen. Das herauszufinden, ist meine Aufgabe. Ich muss dem Orden dankbar sein, dass er mir wieder einen Auftrag anvertraut, obwohl ich noch nicht wieder rehabilitiert bin."

„Du gehst allein?", fragte Leik ungläubig.

„Ach was, das schafft der alte Brummkopf doch gar nicht", kam es plötzlich vom Fuß der Treppe. Niemand hatte bemerkt, dass sich ein weiterer Gast Zutritt zum Weißen Haus verschafft hatte: Großmagister Mac Rallen. Ihn konnte die magische Sicherung der einzelnen Verbindungshäuser wohl nicht aufhalten. Der alte Hausgolem hatte ihn passieren lassen.

„Tal, ich hatte dich doch gebeten, bei den Pferden zu warten."

„Draußen ist es eiskalt und die Pferde waren nicht besonders gesprächig." Er grinste einnehmend. Hinkend kam der menschliche Großmagister auf die kleine Gruppe zu.

„Eigentlich ist es für dich viel zu früh zum Aufbrechen. Der Winter steht an, die Reise wird sehr lang und deine Wunden …"

„… haben Filixx, Tejal und Herbstblüte hervorragend versorgt", unterbrach ihn Mac Rallen. „Gerald, du weißt doch selbst am besten, was auf dem Spiel steht. Du erinnerst dich doch auch noch an die Zeiten, als die Völker sich bekriegt haben. Wir müssen diesen Konflikt schnellstmöglich beenden, sonst ist das alles hier …", er machte mit beiden Händen eine ausladende Geste, „… in Gefahr. Ihr vier seid das beste Beispiel, dass die vernunftbegabten Völker freundschaftlich zusammenleben können." Sein Blick lag lange auf Ûlyèr. „Komm jetzt, Gerald, je früher wir in den Norden reisen, desto eher können wir diesen Krieg beenden. Macht's gut, Jungs, und behaltet eure Freundschaft in allen Krisen bei. Das ist das einzige, was zählt." Dann lüftete der Großmagister seinen verwegenen Hut mit der roten Feder – irgendjemand hatte ihm wohl eine neue besorgt – und deutete eine leichte Verbeugung an. Anschließend humpelte er die Treppe hinauf.

„Wir müssen los. Versprecht mir, auf euch aufzupassen", verabschiedete sich Gerald nun auch. „Vertraut Tejal. Sie wird für euch da sein. Alle anderen Großmagister ziehen in den Norden. In den Krieg."

Morlâs Mission

Die nächsten Wochen waren schwer für Leik. Er machte sich große Sorgen um seinen Ziehvater, denn sein Aufenthalt in dem Kriegsgebiet und sein Versuch, die Auseinandersetzungen zu schlichten, waren riskant. Eine Möglichkeit, mit Gerald Kontakt aufzunehmen, gab es nicht. So musste Leik einfach hoffen, dass es seinem ehemaligen Meister gut ging. Leiks Freunde halfen ihm über seine Sorgen hinweg. So gut wie jeden Tag verbrachten Leik, Morlâ, Filixx und Ûlyėr miteinander. Das gemeinsame Essen war dabei ein festes Ritual geworden, bei dem sie sich über ihren Tag austauschten und einander halfen, den Alltag an der Universität zu überstehen. Leik hatte seine magischen Fähigkeiten seit dem Herbstturnier enorm verbessert. Zweimal in der Woche Sonderunterricht bei der Direktorin war sehr effektiv. Mittlerweile war der Sphäreneintritt für Leik eine Selbstverständlichkeit, so wie das Ein- und Ausatmen oder das Öffnen und Schließen der Augen. Auch das intuitive, gedankliche Zaubern, bei dem die Energieströme ohne Arme und Hände umgeleitet wurden, hatte er bereits gelernt.

Inzwischen war es tiefer Winter geworden. Wahre Massen von Schnee fielen auf die Âlaburg. Die Sonne war schon seit gefühlten Ewigkeiten nicht mehr durch die Wolkenwand gebrochen und die Tage waren so kurz, dass man das Gefühl haben konnte, sie wären gar nicht mehr vorhanden. Leik half Ûlyėr des Öfteren, den Innenhof von den Schneemassen zu befreien, damit die Studenten aus ihren Verbindungshäusern zur Universität kommen konnten. Der Ork hatte ungefragt etliche von Geralds Aufgaben übernommen. Wie ein grün-schwarzer Pflug schaufelte er den Schnee unermüdlich aus dem Weg und legte überall auf dem Campus mittelgroße Schneegebirge an. Auf die Gärten hatte der einzige Ork des Weißen Hauses ebenso ein Auge. Der Zaun musste regelmäßig ausgebessert, abgebrochene Äste, die der Schneelast nicht mehr trotzen konnten, beseitigt, der Tümpel vom Eis befreit werden, damit die Feuerkröten nicht einfroren, und natürlich wollten die Samusen unterhalten werden. Leik war erstaunt darüber, wie eng das Verhältnis zwischen Ûlyėr und Gerald war. Und er war stolz darauf, dass sich einer seiner besten Freunde so gut mit seinem Ziehvater verstand.

Filixx packte einen großen runden Laib braunes Brot aus und roch verträumt daran. Kaum war es dunkel, war für den dicken Zwergelben Essenszeit. Und es war oft dunkel in diesem Winter.

„Ich dachte, wir warten auf Morlâ und Ûlyėr mit dem Abendessen?“, fragte Leik von dem unbenutzten zweiten Bett in Filixx’ Zimmer aus, auf dem er es sich gemütlich gemacht hatte.

„Ja, ja“, antwortete der Zwergelbe mit einem genervten Unterton in der Stimme. „Wo bleiben die beiden nur?“

Leik schmunzelte: „Nur Geduld, sie sind sicher gleich da. Das ist aber auch wieder eine tolle Auswahl, die du da beschafft hast.“ Leik ließ seinen Blick über die Köstlichkeiten schweifen, die Filixx besorgt hatte und die nun ausgebreitet auf seinem Bett lagen. Geräucherte Forelle war darunter, aber auch ein Ring harter Wildschweinwurst, ein kleiner Laib Käse, der von einer feinen blauen Schicht Edelschimmel überzogen war, etliche hartgekochte Eier, ein kleines Fässchen verdünnter Rotwein, vier gut gelagerte Winteräpfel und viele weitere Köstlichkeiten, die ihm nach einem anstrengenden Tag das Wasser im Mund zusammenlaufen ließen. *Vielleicht sollten wir wirklich schon anfangen,* dachte er hungrig. Im gleichen Moment wurde die Tür aufgerissen.

Morlâ stand in voller Wintermontur im Türrahmen. Auf seiner Schulter waren zahlreiche Schneeflocken zu sehen, die in der Wärme zu schmelzen begannen und sich in kleine dunkle Flecken auf seinem dicken, braunen Wollumhang verwandelten. In der Hand hielt er einen versiegelten Umschlag, mit dem er aufgeregt hin und her wedelte. „Leute, ratet, wo ich gerade war?“ Bevor irgendwer antworten konnte, schrie er auch schon mit sich überschlagender Stimme: „Bei der Direktorin. Bei unserer lieben und genialen, grandiosen Rektorin. Und sie hat mir das hier gegeben.“ Er drehte den cremefarbenen Briefumschlag mit dem roten Universitätssiegel, indem er eine Ecke auf seine linke Handfläche stellte und ihn gekonnt kreisen ließ. „Meine erste Universitätsmission, aufgrund hervorragender Leistungen in allen Fächern.“

Bei diesen Worten lief der Zwerg ein wenig rot an, aber der Stolz war ihm anzusehen. Im letzten Semester wäre er fast von der Universität geflogen, weil er nicht in der Lage war zu zaubern. Seitdem Leik aber diese Fähigkeit in ihm geweckt hatte, war Morlâ zu einem der besten Studenten geworden. So gut, dass man ihm zutraute, seine Fähigkeiten im Namen des Ordens irgendwo auf dem Kontinent Razuklan unter Beweis zu stellen. Das war die höchste Ehre, die einem Studenten zuteil werden konnte.

Filixx und Leik sprangen auf, jubelten und nahmen ihren Freund in die Arme. Ûlyèr, der gerade vom Schneeschieben gekommen war, schloss sich dieser Umarmung wortlos an, obwohl er gar nicht wusste, worum es ging. Das führte dazu, dass sie die Freudenbekundung schnell abbrachen, denn der Druck des Orks war so stark, dass Leik und Morlâ keine Luft mehr bekamen. Filixx war zu ausladend, um ganz von den langen Orkarmen umgriffen zu werden.

„Warum freut ihr euch eigentlich so?“, fragte Ûlyėr.

„Unser Kleinster hat seine erste Universitätsmission bekommen“, antwortete Filixx grinsend.

„Gratuliere“, entgegnete Ûlyėr. „Wo geht es hin?“

Alle Augen waren auf Morlâ gerichtet. „Äh … Keine Ahnung. Ich habe mich so gefreut, dass ich ganz vergessen habe, den Brief aufzumachen.“

Leik musste lachen. „Na, dann los. Öffne ihn!“

Morlâ brach das rote Wachssiegel. Ein leichtes Klingeln ertönte, als der magische Schutz des Briefs durchbrochen wurde und ein kleiner silberner Wirbel aufstieg, der einen Sekundenbruchteil später wieder verschwunden war. Hastig faltete Morlâ das dicke, cremefarbene Papier auseinander und begann laut vorzulesen:

An:
Herrn Morlâ Bergstein
Âlaburg Universität des Friedens und der Freundschaft
Weißes Haus
Zimmer Nr. 1

Von:
Raisar Merhorna Elisa Tejal
Großmagisterin, Rektorin, Hüterin der Siegel, oberste Friedenswahrerin, Heilerin

Sehr geehrter Herr Bergstein,

wir freuen uns, Ihnen mitteilen zu dürfen, dass Sie aufgrund Ihrer hervorragenden Leistungen in diesem Semester ausgewählt wurden, den ehrenwerten Orden der Ritter des Driany bei einer friedenssichernden Mission zu unterstützen.

Damit Sie diese Berufung auch zu einem erfolgreichen Abschluss bringen, verpflichten wir Sie hiermit, sich drei Universitätsmitglieder Ihres Vertrauens auszuwählen, die Sie dabei unterstützen und begleiten. Die erkorenen Studenten werden für die Zeit der Friedensmission von der regulären universitären Unterrichtsverpflichtung freigestellt, aber genauso wie Sie selbst am Ende Ihres Auftrags benotet. Diese Benotungen gehen zu fünfzig Prozent in Ihre Abschlussnoten in allen Fächern für das aktuelle Semester ein. Wählen Sie also weise Ihre Reisegruppe aus. Ihre Begleiter sollten genauso wie Sie über hervorragende Fähigkeiten verfügen.

„Tja, wer diese Begleiter sein sollen, brauche ich ja wohl nicht zu fragen?“, unterbrach Morlâ das Vorlesen für einen kurzen Moment. Jubel brandete auf, der so laut war, dass selbst Rondo, Morlâs Gnarfwurm, einige Zimmer weiter aus seinem Dauerschlaf erwachte und kurz den grauen Kopf hob.

„Gut. Dann gehen wir vier also wieder auf ein Abenteuer.“ Der Zwerg fuhr fort:

Ziel:

Ihr Ziel liegt auf dem Gebiet der Elben im sogenannten Seenland.

Filixx entfuhr bei diesen Worten ein lautes Keuchen. Seine Freunde schauten ihn entgeistert an.

„Dicker, was ist los? Du hast doch eigentlich sonst nichts gegen Wasser. Ich sollte doch eher derjenige sein, der bei diesem Ziel stöhnt“, fragte Morlâ erstaunt und mit hochgezogenen Augenbrauen.

Filixx war kreidebleich geworden. Sein dickes Gesicht sah wächsern und unsicher aus. So hatte Leik ihn noch nie gesehen. Normalerweise war sein zwergelbischer Freund ein selbstbewusster Fels in der Brandung, den so schnell nichts umwarf – körperlich und seelisch.

Filixx biss zur Beruhigung erst einmal ein großes Stück von der geräucherten Wildschweinwurst ab, bevor er mit halb vollem Mund antwortete. „Wie ihr ja alle wisst, bin ich im Weißen Haus, weil ich halb Zwerg und halb Elbe bin. Aufgewachsen bin ich bei meiner Mutter unter Zwergen. Meinen Vater habe ich nie kennengelernt. Und ehrlich gesagt, lege ich auch keinen Wert auf ihn. Er hat meiner Mutter das Herz gebrochen und sie verlassen, als sie mit mir schwanger geworden ist. Meine Mutter redet nie über ihn und die Zeit, in der sie ein Paar waren. Ich weiß nur, dass sie nach meinem Vater nie wieder einen Partner hatte, obwohl sie als eine der schönsten Zwerginnen ihrer Zeit galt. Ihr habt ja ihr Bild gesehen.“ Morlâ wurde rot bei diesem Kommentar, doch Filixx sprach einfach weiter: „Immer, wenn elbische Händler nach Faln kamen, sah ich ihren traurigen, suchenden Blick. Doch mein Vater kam niemals wieder nach Faln. Seinen Namen hat sie mir nie verraten, aber ich habe sie einmal belauscht, als sie mit einem der elbischen Händler sprach. Ich konnte nicht alles verstehen, aber eine Sache hörte ich ganz genau: ‚Er ist zurückgekehrt ins Seenland.‘“

„Willst du lieber nicht mit auf diese Mission kommen?“, fragte Leik verständnisvoll.

Jetzt schaute ihn Filixx wirklich verwirrt an. „Was? Natürlich komme ich mit! Ich habe schon lange nicht mehr an meinen Vater gedacht. Eigentlich existiert er gar nicht für mich. Aber als ich eben das Ziel unserer Mission gehört habe, kam wieder einiges hoch. Wer weiß, ob er überhaupt noch im Seenland lebt. Selbst wenn, dort gibt es Tausende Inseln. Ihn zu treffen, ist einfach unwahrscheinlich. Tut mir leid. Morlâ, lies weiter.“

Der Zwerg räusperte sich und schaute Leik kurz verstehend in die Augen. „Also gut, wo war ich …“ Er murmelte in sich hinein, als er den Brief hastig überflog, um die richtige Stelle zu finden.

Begeben Sie sich in das Land der Elben. Finden Sie heraus, warum die Fischgründe des Seenlands fast versiegt sind und lösen Sie dieses Problem. Der Einsatz von Magie ist Ihnen bei dieser fortgeschrittenen Mission ausdrücklich gestattet. Hilfe durch den Orden wird bei dieser Mission nicht gestellt werden. Sollten Sie nicht in der Lage sein, die Angelegenheit ohne fremde Hilfe zu lösen, brechen Sie die Aufgabe ab und kehren zur Universität zurück.

PS:
Sämtliche Ausrüstung stellt Ihnen die Universität.

PPS:
Hilfe zur Mission dürfen Sie von keinem der Magister der Âlaburg annehmen, ansonsten wird Ihre Leistung als Betrug und als ungenügend gewertet, mit den entsprechenden Konsequenzen für Ihren Abschluss in diesem Semester. Ziel ist es, dass Sie sich in einer realen Situation bewähren und die Eignung für eine spätere Aktivität im Drianyorden unter Beweis stellen.

PPPS:
Es werden zwei studentische Gruppen auf diese Mission geschickt. Die Gruppe, die die Aufgabe zur vollen Zufriedenheit löst, hat bestanden.

Der Orden wünscht Ihnen viel Glück!
In Frieden und Freundschaft. Tejal (Großmagisterin, Direktorin usw.)

„Was soll das denn?“, beschwerte sich Leik. „Eine zweite Studentengruppe? Wer kann das denn sein?“

„Als ich aus Tejals Büro kam, hat sie einen zweiten Umschlag hervorgeholt und mich gebeten, Gwendolin zu ihr zu schicken.“

Ein überstürzter Aufbruch

Filixx beugte sich einige Tage später über die große Karte, die er auf dem kleinen Tisch im Gemeinschaftsraum ausgebreitet hatte. Die Fünf Weisen hatten sie ihm gegeben, damit er eine Route ausarbeiten konnte. Anders als bei ihrer Mission im letzten Semester kannte niemand von ihnen den Weg und so mussten sie sich selber überlegen, welche Strecke sie wählten, um möglichst vor der anderen Studentengruppe ins Land der Elben zu kommen. „Es gibt einfach keine andere Möglichkeit", murmelte der kräftige Zwergelbe zum wiederholten Mal in sich hinein und griff sich ein weiteres Stück getrockneten Speck, den er geräuschvoll kaute.

Leik saß nun schon den ganzen Abend neben ihm und beobachtete seinen Freund. Eigentlich wollten sie gemeinsam einen Weg finden, doch Leiks geografische Kenntnisse in Bezug auf den Kontinent Razuklan waren zu begrenzt, als dass er groß helfen konnte. Den Weg nach Norden, zum Territorium der Menschen, kannte er einigermaßen, aber diesmal würde es tief in den Süden gehen. Fast bis ans Meer, dessen erste Ausläufer die Seenlande waren. Daher beschränkte Leik sich darauf, eine moralische Stütze für seinen Freund zu sein.

„Wir müssen diese Strecke nehmen, anders ist es einfach unmöglich. Wenn ich nur wüsste, wer unsere Gegner sind", sagte Filixx gerade wieder zu sich selbst.

Schritte auf der Treppe ertönten und Morlâ und Ûlyér betraten den Raum.

Filixx fragte die beiden Neuankömmlinge sofort: „Was habt ihr herausgefunden? Ist es wirklich Gweny? Wenn ja, wen nimmt sie mit?"

„Hallo, Filixx, wir freuen uns auch, dich zu sehen. Und ja, es schneit draußen immer noch, deshalb waren wir so nett und haben für Magister Tiefenschacht einen Weg freigeschaufelt, damit er von der Universität auch sicher zurück zu seiner Unterkunft kommt. Der alte Herr ist ja nicht mehr so gut zu Fuß."

Leik musste bei dieser schlagfertigen Antwort lachen.

Filixx allerdings schaute so, als wäre er nicht sicher, ob er lachen oder schimpfen sollte.

Ûlyėr nahm ihm die Entscheidung ab, er zog kurz an Morlâs rotem, kaltem Ohr: „Los, sag es ihm schon. Er macht das ja alles für *deine* Mission."

„Aua. Mann, das tut bei der Kälte richtig weh. Also …", der Zwerg machte eine theatralische Pause, erst als Ûlyėr auf sein anderes Ohr zeigte, sprach er weiter. „Der gute, alte Tiefenschacht war so dankbar, dass er ein wenig ins Plaudern geriet. Hat ein bisschen seinem Unmut über die Entscheidungen unserer Direktorin Luft gemacht. Denn er konnte gar nicht verstehen, dass die aktuellen Missionsmitglieder nicht mehr nur aus einer Verbindung stammen dürfen, sondern dass Tejal beschlossen hat, bei jeder Aufgabe immer mindestens zwei verschiedene Burschenschaften teilnehmen zu lassen. Im Sinne des Friedens und der Zusammenarbeit der Völker und ähnlichem Blödsinn."

„Oh", sagte Filixx. „Bedeutet das, dass von vier Personen einer aus einer anderen Verbindung kommen muss?"

„Nein", antwortete Morlâ. „Die neue Regel besagt fünfzig-fünfzig. Also zwei aus jedem Corps."

„Und, ist es Gwendolin, die dieselbe Mission hat wie wir?"

„Ja", entgegnete Ûlyèr. Das war aber schon sein ganzer Beitrag. Morlâ erzählte weiter.

„Unsere liebenswürdige Gweny wird unser Gegner. Und nach allem, was ich an Gerüchten gehört habe, hat sie sich natürlich für Glaubensfest entschieden. Orks und Zwerge waren unter ihrer Würde. Das war mir aber gleich klar."

„Das macht unsere Mission nicht leichter. Gwendolin wird den Weg ins Seenland im Schlaf finden. Aber sie wird die sichere Route wählen. Wenn wir also gegen sie eine Chance haben wollen, müssen wir den Weg über Kummergold nehmen", sagte Filixx daraufhin.

„Kummergold?", fragte Leik und ärgerte sich, dass er immer noch so wenig über Razuklan wusste.

„Meinst du etwa die tödliche, verseuchte Wüste, die im zweiten Völkerkrieg durch fehlgeleitete Kampfzauber entstanden ist und die kein lebendes Wesen durchqueren kann?", warf Morlâ ungläubig ein.

„Ja, genau die meine ich. Aber man kann sie betreten und auch ihr Ende erreichen. Wenn man entsprechend ausgerüstet und vorbereitet ist. Wenn wir irgendeine Chance haben wollen, vor den Elben und Menschen im Seenland anzukommen, dann ist Kummergold unsere einzige Alternative. Wenn wir dort durchziehen, sparen wir mindestens drei bis vier Tage. Ohne diesen Vorsprung haben wir aus meiner Sicht keine Chance gegen die andere Gruppe."

Morlâ holte tief Luft, bevor er sagte: „Na, dann zeig uns mal, wie wir deiner Meinung nach reisen sollten."

Sie beugten sich alle über die Karte und Filixx erläuterte seinen Plan mit einer Öllampe in der Hand, damit die kleinen aufgezeichneten Landschaften auch erkennbar waren.

Die vier Freunde debattierten und diskutierten noch eine ganze Weile die Reiseroute, als sie hastige Schritte auf der Treppe hörten. Einen Augenblick später kam ein sichtlich aufgeregter Toulin in den Aufenthaltsraum des Weißen Hauses.

„Toulin, solltest du in deinem Alter nicht schon längst im Bett sein?“, alberte Morlâ herum.

„Sei froh, dass ich bis eben in den Archiven war, sonst hätte ich nicht gesehen, dass Gwendolin, Ram Rubinia, John McFlaherty und Joklin Campell gerade in vollem Galopp Lekan durchquert haben.“

„Ein halber Tag Vorsprung, das gibt es nicht. Wir werden die vier nie einholen. Die haben ja sogar alle noch längere Beine“, jammerte Morlâ, als sie am nächsten Morgen in aller Eile Leiks Pferd Rewen, Filixx’ dickes Brauereipferd und das Pony Dieb beluden.

„Jetzt mal nicht alles so schwarz, wir werden sie bestimmt noch erreichen oder sogar überholen. Unser Dicker lässt sich doch immer etwas einfallen und wenigstens schneit es nicht mehr“, versuchte Leik seinen Freund aufzumuntern, obwohl er ebenfalls wenig Hoffnung hatte, schneller als die Elben und Menschen zu sein, die den Weg kannten und so viele Stunden Vorsprung hatten. Aber versuchen mussten sie es.

„Meint ihr nicht, dass Tejal böse wird, wenn wir ohne ihre Verabschiedung verschwinden?“, fragte Ûlyèr, der wieder laufen würde, da er so schneller war als auf dem Rücken eines Pferdes – wenn es denn eines gegeben hätte, das den Ork hätte tragen können.

„Ich glaube, sie erwartet das sogar. Das hier lag heute Morgen vor meinem Zimmer.“ Morlâ holte unter seinem dicken Umhang eine mehrfach versiegelte Bulle hervor.

Leik wusste noch aus dem letzten Semester, dass ihnen diese Urkunde überall freie Kost und Logis garantierte. Jetzt galten sie, zumindest für die Dauer ihrer Mission, als Mitglieder des

Drianyordens. Er streichelte Rewen. „Na, mein alter Freund, ich bin froh, dass du mich diesmal begleiten kannst."

Filixx hatte ihnen gestern Nacht noch erläutert, dass man in Richtung Süden, in der das Land der Elben lag, das Panratal durch eine Felspforte namens Tamir verlassen konnte. Die Pferde waren problemlos in der Lage, sie zu durchqueren, weshalb sie bis zu dem Seenland reiten konnten.

„So, seid ihr so weit?", fragte Morlâ seine Freunde, jetzt wieder ganz der offizielle Missionsführer. Ohne eine Antwort abzuwarten, schnalzte er mit der Zunge und Dieb bewegte sich zügig und mit wackelndem Leib auf das Tor Lekan zu. Leik, Filixx und Ûlyèr folgten ihrem zwergischen Freund.

Gehabt euch wohl, meine lieben Studenten, und kehrt gesund zur Âlaburg zurück. Euer Weg wird schwer werden, doch ich sehe ein Ende eurer Reise. Verzagt nicht und vertraut eurer Freundschaft, dann werdet ihr allen Gefahren trotzen, verabschiedete sich das Tor Lekan in ihren Köpfen. Dann hatten sie die mächtige Pforte durchquert. Vor ihnen lag das tief verschneite Panratal.

In diesem Moment konnte sich Leik noch überhaupt nicht vorstellen, dass sie später noch eine tödlich heiße und magisch verseuchte Wüste durchqueren mussten, um an ihr Ziel zu kommen.

Spuren im Schnee

Es hatte die ganze Nacht durchgeschneit und das Panratal war unter einer Schicht aus weißen, dicken Flocken begraben. Sie kamen nur sehr mühsam voran. Morlâs Pony kam mit seinen kurzen Beinen kaum durch den Schnee, der ihm fast bis an den Bauch reichte. Als sein zwergischer Reiter absprang, um das Tier ein wenig zu entlasten, sank er selbst bis zur Nasenspitze ein, was für große Erheiterung sorgte. Schließlich bahnte ihnen Ûlyėr mit seinen riesigen Pranken und langen, starken Armen einen Weg. Wie ein lebendiger Schneepflug zog er eine Schneise, sodass sie auf ihrer Reise nicht schon zu Beginn zu viel Zeit verloren.

Als die trübe Sonne ihren Höchststand erreicht hatte, legten die Freunde eine Rast ein. Ûlyėr war über und über mit Schnee bedeckt. Einige Teile seines großen Körpers waren sogar leicht angefroren, was einen interessanten Kontrast von hell und dunkel schuf. Wenn er sich so zwischen die tief hängenden, verschneiten Äste der Tannen gestellt hätte, wäre er perfekt getarnt gewesen.

„Glaubst du, wir erreichen die Pforte noch vor Einbruch der Nacht?“, fragte Leik Filixx bei ihrem kargen Mahl im Stehen, das ihnen die Pause etwas versüßen und sie kräftigen sollte.

„Ich denke schon“, antwortete Filixx und biss geräuschvoll in seinen roten Apfel, der wegen der winterlichen Lagerung schon etwas schrumpelig war, dafür aber herrlich süß. „Wir sind zwar langsamer wegen des Schnees, aber wir sollten die Schlucht noch heute passieren. Wenn nichts dazwischenkommt.“ Er legte die

Hand zum Schutz gegen die vereinzelt durchbrechenden Sonnenstrahlen über die Augen und schaute sich um.

„Was meinst du damit?“, mischte sich Morlâ mit dampfendem Atem ein. „Hast du nicht immer erzählt, das Panratal steht unter den Schutzzaubern der Âlaburg, die alle Arten von Scheusalen an den Grenzen des Gebirges abwehren?“

Auch Ûlyèr, der bisher damit beschäftigt war, seine Hörner vom Eis freizukratzen, hob plötzlich aufmerksam den Kopf und fixierte Filixx mit gelben Raubtieraugen.

„Da hast du schon recht, niemand Fremdes kann dieses Tal betreten. Was ist aber mit Bewohnern der Âlaburg, die ein Interesse daran hätten, uns aufzuhalten, bevor wir überhaupt auf unsere Mission gehen?“

Leik wurde warm unter seinen vielen Kleiderschichten und dem dicken Hasenfellmantel. Gwendolin und ihre Begleiter könnten ihnen hier eine Falle stellen. Die Elbin und ihre Freunde mussten ihre Gegner einfach nur für einige Tage festhalten – was mit diversen Zaubern problemlos möglich wäre – und sie hätten den Sieg in der Tasche.

„Kommt weiter“, drängte Morlâ nun. Zügig ging er zu seinem Pony zurück und holte aus einer der Satteltaschen seinen Kampfstab, wenn er auch noch nicht den Axtkopf aufschraubte.

Die nächsten Stunden sondierten sie das sie umgebende Gelände sowohl mit Blicken als auch Zaubern. Doch nichts. Leik wusste aber, dass dies nichts zu sagen hatte. Die riesigen Wälder waren mit ihren einfachen Mitteln nicht leicht zu überwachen und die Stelle, an der man eine Falle am besten zuschnappen lassen konnte, kam erst noch. Die enge Pforte selbst.

Es war dämmerig geworden, als sie die tiefe Felsschlucht erblickten.

„Da ist sie. Ich bin dafür, dass wir sie noch heute durchreiten“, bestimmte Morlâ, worauf von den anderen kein Widerspruch kam.

Leik schaute zum wiederholten Mal auf den Boden, um nach Spuren zu suchen. Er war zwar nicht mehr so in Übung wie noch als Wildhütergeselle, doch so etwas verlernte man nicht gänzlich. Kurz dachte er, Abdrücke im Schnee gesehen zu haben, doch dann machte Rewen einen Satz, um einen Ast zu überqueren, und er hatte die Spur wieder verloren.

Obwohl der Schnee die Geräusche dämpfte, warfen die steilen Felswände das Klappern der Pferdehufe zurück. Jedes Geräusch wurde hier am Boden der Schlucht verstärkt.

„Beeilt euch. Die Schneedecke ist hier unten dünner, wir sollten versuchen, hintereinander im Galopp zu reiten, damit wir dieses Nadelöhr schnell hinter uns bringen“, sagte Morlâ und seine Worte wurden als Echo von den Wänden zurückgeworfen, als er selbst allen voran in die enge Schlucht hineinritt. Nach Ûlyèr und Morlâ war Leik der Letzte in der Gruppe, um den Weg nach hinten abzusichern. Als Leik Rewen die Füße in die Flanken drückte, rollten plötzlich neben ihm einige Steine den Abhang herunter. Er schaute hastig in Richtung seiner Freunde, um sie zu warnen. Im selben Moment kam noch mehr Geröll herunter. Rewen erschreckte sich und scheute. Leik war ebenfalls überrascht, vergaß seine Warnung auszusprechen und verlor den Halt. Einen Augenblick später landete er schmerzhaft auf seinem Rücken im Schnee. Rewen trabte einfach Leiks Begleitern hinterher, die sich in zügigem Galopp von ihm entfernten. Leik wollte sie rufen, um auf sich und die Gefahr aufmerksam zu machen. Sollten Gwendolin und ihre Begleiter sie hier aufhalten, wäre Morlâs Mission gescheitert, bevor sie richtig begonnen hatte. Doch schon rollten wieder Steine herunter und ein etwas größerer Brocken traf ihn an der Schläfe. Leik wurde schwarz vor Augen.

Als er wieder zu Bewusstsein kam, tat Leik der Kopf weh und mit den Fingerspitzen ertastete er frisches Blut, als er sich an die

Stirn fasste. *Noch nicht geronnen. Ich kann nicht lange bewusstlos gewesen sein.* Leik versuchte, sich zu orientieren. Inzwischen war es fast ganz dunkel. Er konnte nicht viel erkennen. Selbst die hohen Felswände neben sich erahnte er eher, als dass er sie wirklich sah. Seine Freunde waren nicht mehr zu sehen. *Sie werden glauben, dass ich hinter ihnen bin. Erst wenn sie die enge Schlucht durchritten haben, werden sie merken, dass sie nur noch zu dritt sind.* Gedankenverloren klopfte sich Leik den Schnee von der Kleidung. Er streckte sich kurz und begann, hinter den anderen herzulaufen. Plötzlich hörte Leik ein Schnüffeln, das ihm Gänsehaut bereitete. Es erinnerte ihn unweigerlich an seine erste Begegnung mit den Vonynen im letzten Winter. Auch da war er im Schnee allein und ohne Rewen zurückgeblieben. *Ich bin ein anderer als vor einem Jahr. Ich bin Leik McDermit, der Farbseher, und ich habe mehr als einen Vonyn besiegt*, machte Leik sich Mut. Er ließ ein Wehrlicht aufsteigen. Die vielen bunten Farben der magischen Kugel wurden von den Schneekristallen zurückgeworfen. In einer anderen Situation hätte Leik vielleicht einen Blick für diese Schönheit gehabt. „Beschütz mich, erfülle deine Aufgabe", befahl der Mensch und die kleine magische Erscheinung verschwand im Dunkel der Schlucht und flog Richtung Panratal zurück.

Kurze Zeit später war ein wütendes Knurren und dann ein Heulen zu vernehmen. Leik wünschte sich, er hätte seine Pfeile nicht in den Satteltaschen verstaut. Der über seine Schulter geschnürte Bogen konnte ihm jetzt nicht helfen. Dann kam das Wehrlicht mit hoher Geschwindigkeit zu seinem Herren zurück. Ihm folgte eine Gestalt, die in der Dunkelheit nicht auszumachen war. Nur ihre leuchtenden Augen spiegelten den Schein des Wehrlichts wider.

Leik ging in die Sphäre. Dort wollte er gerade eine Schutzhülle erschaffen, als sein Wehrlicht krachend in ihn einschlug, was zu einer leichten Entladung führte und die Luft mit einem Knistern erfüllte. Offensichtlich hatte er seine Aufregung auf die magische

Kugel übertragen und die Kontrolle über sie verloren. Dieser Moment der Unkonzentriertheit führte dazu, dass Leik es nicht schaffte, seinen Schutzkokon um sich zu weben und so krachte der unbekannte Verfolger einen Augenblick später in Leik hinein. Zum zweiten Mal fand sich Leik auf dem Boden wieder. In seiner Überraschung und Panik hatte Leik die magische Zwischensphäre unbewusst wieder verlassen. Er schrie, kniff die Augen zu und legte Hände und Arme schützend über das Gesicht.

Eine raue Zunge brachte Leik dazu, die Augen wieder zu öffnen. Dann griffen seine Hände in weiches, nasses Fell, das einen zitternden Körper wärmte. Das kleine Wesen versuchte, sich an Leik anzukuscheln. „Ja, ja. Ist ja gut. Ich freue mich auch sehr, dich zu sehen. Hast du mich etwa gesucht?“, begrüßte Leik den kleinen Schneefuchs.

Ein ungastliches Gasthaus

Und du hast ihn wirklich nicht beschworen, damit du in der Dunkelheit nicht allein sein musst?", fragte Morlâ stichelnd.

„Wenn ich es dir doch sage. Er ist einfach aufgetaucht. Ich glaube, er ist mir gefolgt."

„Woher wusste er, dass du die Âlaburg verlassen hast?", fragte Filixx und legte Holz nach, um ihren kalten Rastplatz am Ausgang der Schlucht etwas zu erwärmen. Der kleine Felsvorsprung würde sie hier zwar vor erneutem Schneefall schützen, doch die Kälte kroch ihnen trotzdem in die Glieder. Nur Ûlyèr sah nicht so aus, als ob er frieren würde.

Kurz nachdem Leik auf den Schneefuchs getroffen war, kehrten auch seine Freunde zu ihm zurück. Schneller als gedacht hatten sie sein Verschwinden bemerkt und nicht nur ihn, sondern auch den kleinen grauweißen Fuchs entdeckt.

„Ich habe keine Ahnung. Tiere haben doch Instinkte, die wir einfach nicht erklären können. Vielleicht war es auch nur Zufall", sagte Leik, obwohl er das selbst nicht glaubte.

„Was machen wir jetzt mit ihm?", knurrte Ûlyèr, was dazu führte, dass der Fuchs versuchte, in Leiks Jacke zu kriechen.

„Was sollen wir schon mit ihm machen?", entgegnete Leik. „Wir nehmen ihn einfach mit, so lange er uns begleiten will. Wahrscheinlich ist er morgen wieder verschwunden."

„Ûlyèr, stell besser deinen Rucksack heute Nacht auf einen Felsen, sonst pinkelt er wieder dagegen." Alle lachten in Erinnerung an den Besuch des Schneefuchses bei ihrer letzten

Mission und die Art, wie er sein Missfallen gegenüber dem großen Ork ausgedrückt hatte.

„Ich denke, wir sollten schlafen, morgen müssen wir eine lange Strecke schaffen. Wer übernimmt die erste Wache? Ich glaube zwar nicht, dass unsere spitzohrigen Freunde in der Nähe sind, aber wer weiß."

Ûlyėr richtete sich wie selbstverständlich auf. Er würde sie in dieser Nacht beschützen.

„Danke, aber bitte friss den Fuchs nicht. Leik wird sonst böse."

Am nächsten Morgen war der Schneefuchs immer noch da. Er hatte an Leik gekuschelt geschlafen. Als Leik die Augen aufschlug, gähnte das kleine Raubtier ihn herzhaft an. Anschließend streckte er sich, indem er die Vorderbeine einknickte und gleichzeitig sein Becken anhob. Aufgeregt und mit wedelndem Schwanz machte er sich anschließend daran, Morlâ und Filixx aufzuwecken. Um Ûlyėr, der bereits die Pferde sattelte, machte der Fuchs allerdings einen großen Bogen und verschwand anschließend im Unterholz.

Als die vier Freunde aufbrachen, tauchte der Schneefuchs wieder auf. Beim Reiten trabte er einfach neben Rewen mit.

„Ich glaube, er will dich wirklich begleiten", stellte Filixx grinsend fest. „Dann brauchen wir aber auch einen Namen für ihn."

Leik grübelte.

Doch es war Morlâ, der dem kleinen Tier seinen Namen gab: „Wie wäre es mit Aska?"

Leik zog fragend die Augenbrauen hoch.

„Das zwergische Wort für Asche. Bei seinem Fell passt das doch, oder?"

Leik lächelte. „Aska, was hältst du davon, mein Kleiner?"

Der Schneefuchs drehte sich einmal aufgeregt um die eigene Achse. Damit war die Entscheidung getroffen.

Sie ritten Stunde um Stunde. Morlâs Pony begann auf dem linken hinteren Bein bereits etwas zu lahmen.

„Wir sollten eine Pause machen, Pferde und Orks sind schon ziemlich ausgelaugt und können nicht mehr weiter“, sagte Morlâ als Anführer ihrer Mission. Was ihm einen Schneeball direkt ins Gesicht einbrachte, der sein Ziel gefunden hatte, obwohl Ûlyėr weder stehen geblieben war noch sich umgedreht hatte.

„Nur noch ein bisschen“, entgegnete Filixx, als er nach seinem Lachanfall wieder Luft bekam. Das schneebedeckte, überraschte Gesicht des Zwergs war einfach zu komisch gewesen. „In etwa einer halben Stunde sollten wir am Rauen Mann ankommen. Das Gasthaus ist, glaube ich, einen kleinen Umweg wert. Noch eine Nacht im Schnee und wir sind morgen alle erkältet.“

Leik stimmte ihm mit einem Nicken zu. Aska schaute ihm dabei mit seinen schlauen braunen Augen zu, als ob er jedes Wort verstehen würde.

„Dann weiter, das schaffen wir heute auch noch“, entschied Morlâ und rieb sich einen Schneerest aus dem linken Nasenloch.

Das Wirtshaus war in der Ebene schon von Weitem zu sehen. Unter dem Schnee lagen wahrscheinlich Felder. Eine kleine, hellgraue Rauchfahne kräuselte sich im Abendhimmel und die winzigen, halbrunden Fenster der Schänke glühten tapfer gegen die beginnende Dunkelheit an. Das Gebäude war zweistöckig, doch insgesamt nicht besonders beeindruckend oder so gestaltet, dass es in Erinnerung bleiben würde. Trotzdem sehnte sich Leik nach diesem Ort. Nach der Wärme, der Trockenheit, der Geborgenheit. Unbewusst steigerten sie alle nochmal das Tempo.

Neben der Schankstube war ein Stall, in dem schon einige Pferde standen. Leik und Ûlyėr übernahmen es, die Tiere abzureiben, zu füttern und zu tränken, während ihre Freunde mit dem Wirt die Einzelheiten für ihr Nachtlager und ein reichhaltiges Abendbrot besprechen wollten.

Wie ein altes Ehepaar kümmerten sich Leik und der Ork ruhig um die Tiere. Leik war überrascht, dass Ûlyèr ein Händchen für Pferde hatte. Sie vertrauten ihm und er behandelte sie mit einer überraschenden Sanftheit. Das war im letzten Semester noch anders gewesen. *Jetzt weiß ich, warum er sich gut mit Gerald versteht*, dachte Leik und rieb Rewen mit einer Handvoll Stroh trocken.

Plötzlich waren aus der Gaststube laute Stimmen zu vernehmen. Deutlich hörte man heraus, dass Morlâ an der Auseinandersetzung beteiligt war. Leik und Ûlyèr schauten sich kurz an und eilten zum Eingang der Wirtschaft.

Leik öffnete die schwere Holztür, die nur ein kleines Fenster auf Augenhöhe hatte, das mit dicken Gitterstäben gesichert war. Direkt hinter der Eingangspforte war der Tresen zu sehen. Dahinter stand ein dicker menschlicher Wirt, mit einer vom Trinken roten Nase und tiefen Augenringen. Er gestikulierte wild und redete auf den Zwerg und auf Filixx ein.

„Nein, nein. Solches Volk bringe ich nicht bei mir unter. Da könnt ihr tausend Mal vom Orden kommen. Wisst ihr denn nicht, was dieses Gesindel eurem Volk in diesem Moment antut? Man spricht von fünfzehn Dörfern, die wohl vollständig niedergebrannt sind. Keiner soll überlebt haben. Man kann Orks nicht vertrauen, das habe ich schon immer gewusst."

Dem Gastwirt entfuhr ein schrilles Quieken, als Leik und der riesenhafte Ûlyèr die Tür durchquerten und eintraten.

„Ihr braucht keine Angst zu haben", Morlâ wedelte mit der Urkunde der Rektorin herum, die sie als offizielle Mitglieder des Ordens auszeichnete.

„Ich habe aber Angst." Jetzt klang die Stimme des dicken Mannes weinerlich.

Er hätte Leik fast leidgetan, wenn er nicht so wütend auf ihn gewesen wäre. Zielstrebig trat er an den Tresen. Es fiel ihm schwer, seine Wut unter Kontrolle zu halten, doch die vielen Stunden bei Tejal hatten ihn Gelassenheit gelehrt.

Der Kneipier wurde blass, als Leik mit Ûlyèr im Schlepptau auf ihn zukam.

Leik begab sich in die Sphäre und begann wie selbstverständlich zu zaubern. Tejals Sonderstunden sei Dank. Er wirkte einen Schutzzauber um Ûlyèr und hüllte ihn in eine milchige Hülle, dann umwob er diese mit rötlich glühenden Feuerbändern, die die Temperatur in dem kleinen Schankraum augenblicklich um mehrere Grad erhöhten. Als Letztes ließ er sein Wehrlicht aufsteigen, das den Ork regelmäßig attackierte, wobei knisternde Funken entstanden. Anschließend wendete er sich direkt an den Wirt und sagte mit selbstbewusster Stimme: „Ich bin Leik McDermit, der letzte Farbseher Razuklans und das einzige Lebewesen, das in der Lage ist, Orks mit Magie zu beeinflussen. Ich versichere Euch, dieser Ork ist nicht Euer Feind, sondern ein ehrenwerter Student der Âlaburg ... und mein Freund“, setzte er hinterher. „Gebt uns ein Zimmer. Ihr und Euer gesamtes Haus steht heute Nacht unter meinem und dem Schutz des Ordens. Ich versichere Euch, dass dieses Gasthaus noch nie so sicher gewesen ist.“ Leik machte eine kurze Pause und holte Luft. „Wärt Ihr jetzt so gütig, uns unsere Räume zu zeigen?“

Der Wirt verneigte sich nach diesem Auftritt tief vor Leik. „Entschuldigt, Herr, dass ich an Euch gezweifelt habe. Es soll Euch an nichts fehlen. Ihr bekommt unsere besten Zimmer. Um Eure Pferde wird sich mein Junge kümmern. Bitte folgt mir“, er machte eine ausschweifende Geste und ging dann die schmale knarzende Treppe zu den Gästezimmern hinauf.

Nach alter Gewohnheit teilten sich Leik und Morlâ ein Zimmer. Filixx und Ûlyèr waren so ausladend, dass sie beide ein Einzelzimmer bekamen. Um seinen guten Willen zu zeigen, setzte der Wirt sogar warmes Wasser für ein Bad auf. Nacheinander waren Morlâ, Leik und Filixx in den Zuber aus Zinn gestiegen.

Leik fühlte sich wie neugeboren. Seine Haut war rot und brannte angenehm. Seine Finger waren vom Wasser aufgedunsen. Gerade hüpfte er auf einem Bein und legte den Kopf schräg, um die letzten Wasserreste aus dem Ohr zu bekommen. Aska beobachtete ihn dabei fasziniert von seinem Platz direkt vor dem knisternden Kamin aus und folgte jeder seiner Bewegungen mit dem Kopf.

„Das hast du vorhin gut gemacht“, begann Morlâ, als sie in den gegenüber stehenden Betten lagen. Die Bettwäsche roch herrlich frisch. Der Gastwirt hatte sich wirklich Mühe gegeben. „Hier kann man die Nachrichten von den Angriffen der Orks auf mein Volk wohl nicht so gut unter Kontrolle halten wie an der Universität. Das wird uns auf der Reise wohl noch einige Probleme bereiten.“

„Ach, nichts, was wir nicht schaffen werden“, sagte Leik, der schon fast eingeschlafen war. Er hatte seine Hand auf Askas Seite gelegt. Der Schneefuchs hatte alle viere von sich gestreckt und schlief auf dem Boden direkt vor Leiks Bett. Der Mensch konnte fühlen, wie sich der Brustkorb des Tiers hob und senkte und wie sein kleines Herz pochte.

„Ich hoffe, du hast recht“, murmelte Morlâ, bevor auch er einschlief.

Die Warnung

Zeitig verließen sie den Rauen Mann. Der Wirt entschuldigte sich noch viele Male und gab ihnen prall gefüllte Proviantpakete mit, die die vier gern annahmen. Doch mit Ûlyèr redete der Wirt nicht und traute sich auch nicht in seine Nähe.

Die nächsten Tage verliefen relativ ereignislos. Mehrmals nächtigten sie einfach auf freiem Feld oder im Wald. An anderen Tagen hatten sie das Glück, Schänken zu finden. Je weiter sie nach Süden kamen, desto mehr Elben begegneten ihnen. Misstrauen schlug Ûlyèr auch von diesen Bewohnern Razuklans entgegen. Sie mussten noch einige Male die gleiche Diskussion wie im Rauen Mann führen, wobei die Elben ihren Vorurteilen beständig lächelnd und in freundlicheren Worten Ausdruck verliehen.

Leik tat Ûlyèr leid. Er konnte nichts für die Verbrechen, die Angehörige seines Volks begingen, doch er wurde immer für sie in Mithaftung genommen. Leik fiel auch noch eine andere Besonderheit dieser Mission auf: Wann immer sie auf Elben trafen, nutzte Filixx irgendeinen Vorwand, um mit ihnen allein zu sprechen. *Er fragt nach seinem Vater*, wurde Leik klar. *Dass er keinen Kontakt zu ihm hat, macht Filixx doch mehr zu schaffen, als er zugibt.*

Schnee lag schon seit drei Tagen keiner mehr. Es wurde immer wärmer. Leik trug nur noch ein dünnes Wams aus Leinen und seine Lederhose. Ûlyèr lief die meiste Zeit mit freiem Oberkörper und auch Morlâ und Filixx hatten nur noch wenige

Kleidungsschichten an. Im Laufe dieses Tages wurde es richtig heiß.

„Diese Hitze ist nicht natürlich“, schnaufte Filixx und wischte sich zum wiederholten Male den Schweiß mit einem dreckigen Tuch von der Stirn. Der übergewichtige Zwergelbe litt am meisten unter der Wärme. „Diese Temperaturen sind erste Vorzeichen von Kummergold. Weiß Tamir, was sie damals für Zauber eingesetzt haben.“ Dann schaute er in die Karte. „Da vorn müssen wir uns links, Richtung Westen, halten. Es gibt in einigen Kilometern eine Quelle. Ihr Name ist …“, er hielt die Karte näher an die Augen „… Letzte Hoffnung.“

„Wie originell, das hätte ich den immer glücklichen Elben gar nicht zugetraut“, entgegnete Morlâ daraufhin. „Dann weiter! Gwendolin und Konsorten warten nicht.“

Die Flora um sie herum verkümmerte zusehends. Es gab kaum noch Bäume und wenn doch, waren sie oft verdorrt. Stattdessen bedeckte ein hartes Gestrüpp den kargen und steinigen Boden. Braun und Gelb waren die vorherrschenden Farben. Fast kein Grün war zu sehen. Nach einiger Zeit erreichten sie die Oase, von der Filixx gesprochen hatte. Sie bestand aus einer verfallenen Kate, von der nur noch drei Wände übrig geblieben waren, und einem verstaubten Brunnen aus geschichteten Steinblöcken. Direkt neben der Wasserquelle hielten sie ihre Pferde an. Aska verschwand gleich in der Ruine und schnüffelte nach Interessantem.

Ûlyèr schaute skeptisch in den tiefen Brunnen, aus dem kühle, abgestandene Luft kam. Seine Stimme hallte von den Wänden der Zisterne zurück. „Sehen kann ich das Wasser nicht, aber ich rieche es. Wir werden etliche Seile zusammenknoten müssen, um tief genug herunterzukommen.“ Dann machten er und Morlâ sich an die Arbeit. Sie holten die Taue und den faltbaren Ledereimer aus den Satteltaschen.

Filixx, der währenddessen seinen Käse ausgepackt hatte, schimpfte: „Die Hitze lässt ihn schmelzen. Ich glaube, diese Köstlichkeit aus Yakmilch wird Kummergold nicht überstehen.“ Dann machte er sich daran, den Käse aufzuessen. Der begann bereits zu schmelzen und rann Filixx über die Finger, doch das schien den Zwergelben nicht zu stören.

Leik begab sich auf die Suche nach Aska. Der Fuchs war zwar als freies Tier aufgewachsen, aber in einer gänzlich anderen Umgebung. An Hitze und Trockenheit war er nicht gewöhnt. „Aska, Aska, wo bist du?“, rief Leik und ging auf die Reste der Hütte zu. Nach einer Weile entdeckte er den kleinen, grauweißen Fuchs. Er kaute auf etwas herum. „Was hast du denn da, mein Kleiner?“, fragte Leik ihn, doch der Fuchs drehte sich weg, um seine Beute nicht teilen zu müssen. Dabei erkannte Leik, dass sein Freund einen langen Knochen gefunden hatte. Er sah aus wie der Oberschenkel eines Menschen oder Elben. Dann entdeckte Leik einen Schädel, der ihn mit leeren Augen anstarrte. Über den Resten des Gerippes hatte jemand etwas in die Wand der Kate geritzt. Da es in der Hochsprache geschrieben war, konnte Leik es lesen:

Kehre um, fremder Wanderer,
hinter diesem Haus beginnt Kummergold,
nicht die Natur herrscht dort,
sondern der Wahnsinn entfesselter, unkontrollierter Magie,
ihre Schöpfer haben diese Zauber längst verzehrt,
jetzt warten sie auf dich,
kehre um, so lange du kannst,
niemand kann Kummergold lebend durchqueren,
das kann nur der Tod.

„Ich hatte euch gewarnt“, sagte Filixx und kratzte sich gedankenverloren am Hintern, als sie alle vier vor der Warnung standen, die Leik entdeckt hatte. „Wir können umkehren und die Wüste umreiten, aber …“

„… dann können wir auch gleich zur Âlaburg zurückkehren und uns von Jehal erklären lassen, dass wir durchgefallen sind und alle das Semester wiederholen dürfen“, beendete Morlâ Filixx’ Satz. „Also, ich habe da keine Lust drauf. Noch weniger, mir von Gweny bis zum Ende ihrer Studienzeit anzuhören, dass sie gegen uns gewonnen hat.“

Für einen Moment schwiegen sie alle.

Ûlyėr unterbrach als Erster die Stille: „Ñokelä und Jehal könnten unser Scheitern auch gegen Leik nutzen, um ihn endgültig von der Universität werfen zu lassen. Du hast hier die Gelegenheit, dem Orden zu beweisen, dass du kein Friedensbrecher bist und zu Unrecht beschuldigt wurdest.“

Alle Augen richteten sich auf Leik, was ihm unangenehm war. Er stand einfach nicht gern im Mittelpunkt. *Sie erwarten, dass ich diese Entscheidung treffe*, wurde ihm dann bewusst. Leik schaute von einem zum anderen. „Dann los. Nicht für mich, sondern für Morlâ. Schlagen wir Gweny und ihre Begleiter.“

Kummergold

Die Hitze wurde unerträglich. Aska hing die rote Zunge weit aus dem Maul und er hechelte unaufhörlich. Doch er schien immer noch fest entschlossen, Leik weiter zu folgen. Sie gingen zu Fuß und führten die Pferde, um sie nicht zu sehr anzustrengen. Jetzt hielten die Tiere sie auf, doch alle wussten, dass sie sie brauchen würden, wenn die Wüste durchquert war, um rechtzeitig vor der anderen Studentengruppe im Seenland anzukommen. Das Gelände glich nun wirklich einer Wüste, so wie sie Leik aus Beschreibungen und Bildern in Büchern kannte. Hier gab es keine Flora und Fauna mehr, nur riesige, goldgelb flimmernde Sanddünnen, über die unablässig ein heißer Wind fegte. Mit jedem Schritt versank man bis zu den Knöcheln im heißen Sand. Doch der drang nicht nur ins Schuhwerk, sondern auch in jede andere Öffnung der Kleidung, da der Wind ihn ständig in kleinen Wirbeln aufsteigen ließ. Am schlimmsten quälte er die Freunde und ihre tierischen Begleiter aber in den Augen, die bald rot wurden und brannten.

Filixx hatte sie alle angewiesen, lange, weite Gewänder zu tragen und auch feine Handschuhe. Vor dem Gesicht trugen sie einen Mundschutz und auf dem Kopf Tücher, um sich vor der Sonne zu schützen. Selbst Ûlyèr unterwarf sich diesen Maßnahmen. Doch Leik war sich nicht sicher, ob er das wirklich brauchte oder Filixx einfach einen Gefallen tun wollte. Sie kamen nur langsam voran und ihr Wasservorrat ging erschreckend schnell zur Neige. Die Pferde brauchten große Mengen zum Saufen. Die Tiere trugen ihren Vorrat zwar selber, trotzdem mussten sie das lebenswichtige Nass einteilen, damit es ihnen nicht ausging.

Der Tag neigte sich dem Ende zu und Leik hatte das Gefühl, dass sie kaum vorangekommen waren. „Filixx“, fragte er mit belegter Stimme, „wie lange brauchen wir noch?“

Der dicke Zwergelbe war froh über die Unterbrechung und nutzte den Moment, um stehenzubleiben und sich auszuruhen. Umständlich beförderte er die Karte unter seiner Kleidung hervor und schaute darauf. Nach einer Weile antwortete er: „Ich habe keine Ahnung. Ohne Anhaltspunkt kann ich leider nicht sagen, wie weit wir gekommen sind. Wir laufen aber in die richtige Richtung. Ich habe gelesen, dass man Kummergold in einem bis eineinhalb Tagen durchqueren kann. Etwa auf der Hälfte der Strecke müssten wir die Ruinen der elbischen Stadt Grünquell passieren. Die ehemalige Siedlung soll so riesig sein, dass man sie nicht übersehen kann.“ Er streckte sich, um weiter sehen zu können. „Leider kann ich noch gar nichts davon sehen. Ûlyėr?“

Auch der Ork streckte sich noch etwas länger. „Nein. Nur Sand, Sand, Sand …“

„Dann müssen wir weiter. In den Ruinen von Grünquell können wir uns ein geschütztes Plätzchen zum Übernachten suchen. Hier draußen würde der Wind uns mit Sand verschütten.“

„Dann kommt weiter“, ordnete Morlâ an und der müde Trupp machte sich wieder auf den Weg, nachdem alle einen kleinen Schluck aus ihren Lederschläuchen getrunken hatten.

Leik lief jetzt neben Filixx. „Was ist hier passiert?“ Er machte mit den Armen eine ausladende Geste und zeigte unbestimmt auf die tote Landschaft, die sie umgab.

Filixx befeuchtete die Lippen mit einem winzigen Schluck aus seinem dünn gewordenen Trinkschlauch, bevor er antwortete: „Was du hier siehst, das waren die sogenannten Grünlanden der

Elben. Einst das Herz ihrer Herrschaft. Tiefgrüne, riesige Wälder. Sprudelnde kristallklare Bäche und Tiere und Vögel soweit das Auge reichte. Die Stadt Grünquell war der Herrschersitz der Elben. Ihr König und ihre Königin hielten dort Hof. Man sagt, die Stadt sei eine einzige riesige Pflanze gewesen, die die Elben zu Gebäuden formten. Sie war von unzähligen Kanälen durchzogen, deren Wasser so klar war, dass man die berühmten blauen Forellen an ihrem Grund sehen konnte. Das Leben dort schien perfekt gewesen zu sein. Doch dann brach der zweite große Völkerkrieg aus. Die Elben kämpften gegen Menschen, Zwerge und Orks. Zwar wechselten die Allianzen immer wieder, doch im Grunde genommen waren dies die Gegner. Anlass und Ursachen kann dir Tiefenschacht besser erklären als ich, aber die Elben erwiesen sich als sehr starke Gegner. Selbst mit vereinten Kräften taten sich die Heere der Menschen, Zwerge und Orks schwer, die Vorfahren meines Vaters zu besiegen.“ Filixx hörte kurz auf zu reden und schien für einen Moment ganz weit weg. Als er das bemerkte, räusperte er sich verlegen. „Äh … wo war ich? Ach ja, die Schlacht am Grünen Berg. Also, die verbündeten Truppen der Allianz, so nannte sich der Verbund der drei Völker damals, rückten auf die Herzlande der Elben vor. Doch schafften sie es einfach nicht, die Grenzen zu überwinden. Das Volk der Elben verteidigte seine immergrünen Wälder mit Zähnen und Klauen. Du kennst ja die Elben, sie sind fast so stark wie Orks, aber es gibt dazu noch unzählige Begabte in ihren Reihen. Zumindest war das damals noch der Fall. Daher ersannen die größten Magier der Menschen und Zwerge einen Angriffszauber, der die elbische Verteidigung durchbrechen sollte. Da ihre Herrscher aber des Kämpfens müde waren und unbedingt den Sieg wollten, sollte der Schlag so vernichtend sein, dass den Elben gar nichts anderes übrig blieb, als sich daraufhin zu ergeben. Tja …“ Filixx trank etwas. Leik tat es ihm nach. Die Hitze nahm ab, es war fast dunkel und nur ein heller Vollmond schien auf sie herab und erhellte ihren Weg. „… dann taten sie etwas, was gegen die Grundlagen der Zauberei verstieß. Menschen und Zwerge mischten bewusst in der Sphäre ihre magischen Energien. Das Ergebnis war ein unkontrollierbarer Zauber, der die Grünlande vollkommen zerstörte und dabei Zehntausende Elben dahinraffte. Aber auch unzählige Menschen, Zwerge und Orks starben, da die magischen Energien unkontrolliert wüteten. Und das schlimmste daran, dieser Zauber schuf das hier. Kummergold. Der goldene Sand, der aus dem Leid und Kummer von unzähligen Lebewesen geschaffen wurde. Das ist jetzt Ewigkeiten her, aber die Natur hat sich bis heute nicht erholt. Die Energien sind immer noch präsent. Manche Gelehrten behaupten sogar, dass man sich hier nicht zu lange aufhalten sollte, wenn man nicht selber von dem Zauber geschädigt werden möchte. Nach dieser Katastrophe kam es zum Vertrag von Âla, die Universität wurde begründet und der Drianyorden. Es sollte Friede herrschen. Für all diejenigen, deren Gebeine hier im Sand ruhen, kam diese Einsicht aber leider zu spät“, endete der Zwergelbe traurig.

„Aua“, kam es plötzlich von etwas weiter vorn. Morlâ war über einen Mauerrest gestolpert und hatte sich das Schienbein angeschlagen.

„Ah“, sagte Filixx daraufhin erleichtert. „Wir haben wohl die Ruinen von Grünquell erreicht. Lasst uns einen Unterschlupf für die Nacht suchen.“

In den Ruinen von Grünquell

„Ich denke, das hier ist ausreichend für unsere Zwecke. Vier Wände und sogar noch ein halbes Dach. Sieht aus wie ein ehemaliger Pferdestall“, sagte Morlâ und klopfte kräftig mit der flachen Hand gegen das Gerippe des Gebäudes.

Die vier Studenten waren etwas tiefer in die tote Stadt hineingelaufen, um einen einigermaßen geschützten Rastplatz für die Nacht zu finden. Merkwürdigerweise waren die breiten Straßen leer und vom Schutt der Zerstörung, die ringsherum herrschte, geräumt. Der Mond warf mysteriöse Schatten auf die breiten Promenaden, die aus Mauerresten der ehemaligen Gebäude bestanden, die die Wege rechts und links säumten. Grünquell musste einst eine prächtige Stadt gewesen sein. Hier ritten sie sogar ein Stück. Der ehemalige Stammsitz der elbischen Könige machte es ihnen einfach, tiefer in sein Inneres vorzudringen. Aska wich Leik hier nicht von der Seite und schaute sich ständig um oder suchte den Blickkontakt mit ihm.

„Ja, gute Entscheidung“, pflichtete ihm Filixx bei. „Lasst uns nicht noch weiter nach Grünquell hineingehen. Im Zentrum der Stadt, wo der Königspalast stand, sind die Zerstörungen am größten, da er eines der Hauptziele des Angriffs war. Außerdem hat man dort durch Zauberei veränderte Kreaturen eingesetzt und freigelassen. Manche behaupten, dass sie sich vermehrt und ausgebreitet hätten und hier immer noch leben würden.“

Alle drehten furchtsam die Köpfe. Nur Ûlyèr ließ die Muskeln spielen. Offenbar war er bereit, es mit jedem Wesen aufzunehmen, ob es durch Magie verändert war oder nicht.

Eine Art Heulen erklang. Askas Rückenhaare stellten sich auf. Auch Leik drehte sich angespannt in Richtung des Geräuschs um. Nach Filixx' Geschichte und angesichts dessen, dass sie sich in einer Stadt befanden, in der Tausende gestorben waren, war er ebenfalls nervös.

„Nur der verdammte Wind", knurrte Ûlyėr. „Sag das deinem unnützen Fellknäuel. In diesen Ruinen gibt es kein Leben. Ich kann nichts Lebendes sehen, hören oder riechen. Richten wir das Lager ein!"

Niemand widersprach dem Ork. Sie vertrauten einfach auf seine besonderen Sinne und Körperkräfte, die den ihren weit überlegen waren.

„Hast du gehört, Aska?", sprach Leik den kleinen Schneefuchs direkt an, der sich kurz über die Aufmerksamkeit seines Menschen freute, aber weiter die Ohren angelegt hatte und aufmerksam die Straße beobachtete.

Filixx kümmerte sich um das Abendessen und holte diverse Lebensmittel aus den Satteltaschen und zahlreiche Tondöschen, in denen getrocknete Kräuter waren. Morlâ sammelte Holz, während Ûlyėr und Leik die Pferde versorgten.

Krachend ließ Morlâ das gesammelte Holz auf den Boden fallen. Es bestand hauptsächlich aus Dachlatten und Resten von Möbeln. „So, Dicker, dann fang mal an mit Kochen. Ich habe einen Bärenhunger."

Filixx kramte aufgeregt in einer der Taschen. Dann ging er murmelnd zu einer weiteren. „Sie müssen hier irgendwo sein. Gestern waren sie noch da."

Morlâ schaute mit hochgezogenen Augenbrauen fragend zu Leik. Der zog nur ratlos die Schultern hoch. „Chefkoch, was suchst du denn? Hast du etwa nur vier Sorten Pfeffer dabei und kannst die fünfte nicht finden?", fragte Morlâ.

„Nein, und ich habe im Übrigen sieben Sorten Pfeffer mit. Weiß doch wohl jeder, dass man immer sieben Pfeffer mischen muss, um die richtige Würze hinzubekommen.“

„Was suchst du denn dann?“, versuchte jetzt Leik sein Glück.

„Die …“, Filixx klopfte jetzt die Taschen seiner Kleidung ab, „… diese verflixten … Ich bin mir sicher, dass ich sie hier hineingepackt …“, er zeigte auf seine lederne Satteltasche. „Sie lagen immer direkt neben dem Käse …“, der Zwergelbe unterbrach sich ständig selbst, weil er so auf das Suchen konzentriert war.

„Jaaaa?“, hakte Morlâ nach.

„Ähm …“, stammelte Filixx. „Naja, es kann sein, dass ich heute Mittag … Nun, ich habe …“, er beendete seine Sätze immer noch nicht, doch jetzt wohl eher aus Scham. „Da kann mir keiner einen Vorwurf … Er wäre sonst verdorben, bei dieser Hitze. Einen hab ich sogar noch aus Faln mitgebracht und …“

Jetzt wurde Leik langsam klar, was passiert sein musste. Als Filixx heute Mittag ihren Käsevorrat vertilgt hatte, um ihn vor der Wärme zu ‚beschützen', war irgendetwas verloren gegangen. Aber was?

„Die Feuersteine!“, hatte Morlâ einen Geistesblitz. „Du hast in deiner Gier die Feuersteine verloren, stimmt's?“

Filixx scharrte verlegen mit den Füßen über den Boden. „Ja“, antwortete er undeutlich und offensichtlich beschämt.

„Prima“, begann der Zwerg zu schimpfen. „Das wird ja eine tolle Reise ohne Feuer. Wir werden jede Nacht im Dunklen hocken und hoffen müssen, dass wir uns nicht auf die Füße pinkeln. Aber wichtig war ja wieder mal nur, dass du auch ausreichend futtern kannst. Typisch.“

Leik versuchte, die Situation zu entschärfen. „Ähm Jungs, nur zur Erinnerung. Wir sind Zauberer. Glaubt ihr wirklich, dass wir ohne Feuersteine kein Feuer hinbekommen?“ Leik warf die Arme in die Luft, um das Gesagte noch mehr zu unterstreichen.

Morlâs Gesichtsausdruck hellte sich auf und sein Zorn war verraucht. Aufgeregt ging er zu dem gesammelten Holz und legte die Hand auf ein trockenes Stück. Er schloss die Augen und konzentrierte sich. Nichts geschah.

„Lass mich mal“, sagte Filixx nach einer Weile unwirsch, den Streit mit dem Zwerg hatte er wohl noch nicht vergessen.

Morlâ erhob sich stirnrunzelnd. „Es war ganz merkwürdig. Ich konnte nicht in die Sphäre eintreten. Es kam mir fast vor, als ob etwas verhindern würde, dass ich hineinkomme.“

„So ein Quatsch“, fauchte ihn Filixx an, der sich immer noch über sich selbst und sicher auch über seinen zwergischen Freund ärgerte. Er schlenderte zur Feuerstelle und steckte wie beiläufig seine Hand in das Holz. Nichts geschah. Der übergewichtige Zwergelbe räusperte sich, zog die Augenbrauen kraus und machte einen konzentrierten Gesichtsausdruck.

„Na, Naschkatze“, stichelte Morlâ. „Scheint doch nicht an dem unbegabten Zwerg zu liegen, was?“

Filixx zog blitzartig die Hand vom Holz weg, als würde es schon brennen. „Oh nein“, flüsterte er mit angsterfüllter Miene. „Wir hätten hier nicht versuchen sollen, Magie einzusetzen.“

„Was hast du gesagt?“, fragte Leik verwirrt.

Urplötzlich verstummte der Wind, der den ganzen Tag geheult hatte, und es wurde spürbar kälter. So kalt, dass Leik seinen Atem sehen konnte. Aska drückte sich an seine Beine. Die Pferde wieherten unruhig. „Was …?“, begann Leik, doch dann hörte er etwas. Stimmen, die leise und laut zugleich waren und aus allen Gebäuden zu kommen schienen. Sie sprachen alle gleichzeitig und wiederholten sich wie ein Echo.

„Die Zauberer sind zurückgekehrt, zurückgekehrt, zurückgekehrt …! Menschen, Zwerge und Orks, Orks, Orks …“ Das letzte Wort wurde mit besonderem Hass ausgesprochen. „Sie wollen wieder Magie hierherbringen und damit wieder

Zerstörung und Leid, Leid, Leid …", wisperten Tausende Stimmen.

Leik bemerkte, dass es heller wurde. Das Licht schimmerte grünlich und kam aus dem Zentrum der Stadt, es schien immer näher zu kommen.

„Was wollen sie hier, hier, hier …?", echote es tausendfach. „Es sind keine Elben. Es sind Feinde. Menschen, Zwerge und Orks, Orks, Orks …"

„Filixx, was hat das zu bedeuten?", fragte Leik ängstlich seinen Freund und auch Morlâ und Ûlyèr drehten sich zu dem Zwergelben um.

„Das sind die ehemaligen Einwohner Grünquells. Die Geister der Toten."

Nach diesen Worten schoss die Lichtquelle, aus Richtung des ehemaligen Palasts kommend, auf die vier Freunde zu. Dabei entstand ein merkwürdiges Zischen, als ob man einen langen Stock schnell durch die Luft peitschen würde.

Jetzt konnte Leik grünlich glühende, durchscheinende Gestalten erkennen. Es waren allesamt Elben. Männer, Frauen und auch viele Kinder. Auf ihren Gesichtern lag Trauer, aber auch Zorn. Etliche von ihnen durchquerten einfach die Mauerreste der Häuser, ohne von ihnen aufgehalten zu werden. Die Pferde wieherten panisch. Aska winselte und versteckte sich hinter Leik. Jetzt blieben die verblichenen Gestalten stehen – wenn man das so nennen konnte, da sie eher zu schweben schienen.

Ohne die Münder zu bewegen, sprachen sie: „Der Feind ist zurückgekehrt. Zauberer. Menschen, Zwerge, Orks. Er will uns nicht mal die Ruhe des Todes gönnen. Der Feind ist zurückgekehrt." Immer näher kamen die elbischen Geister. Morlâs Pony Dieb zerriss das Seil, an dem es befestigt war, und rannte mit verdrehten Augen und Schaum vorm Mund in die Dunkelheit.

Leik hatte Angst. Diese Geisterwesen wirkten wirklich bedrohlich. Nun konnte er auch sehen, dass einige von ihnen bewaffnet waren. Sie sahen aus wie Soldaten, große, schlanke Elben mit langen weißen Haaren und stolzen Gesichtern, die Rüstungen und lange, spitze Helme trugen. Mit einem metallischen Geräusch zogen sie ihre Schwerter.

Unablässig sagte die wogende Masse: „Der Feind ist zurückgekehrt. Zauberer. Menschen, Zwerge, Orks. Der Feind ist zurückgekehrt. Zauberer. Menschen, Zwerge, Orks …“

Leik beobachtete, wie eine der elbischen Wachen traurig auf Rewen schaute. Scheinbar bewunderte er das lebende, stolze Tier. Die Trauer in seinen Augen war herzzerreißend. Plötzlich zog er sein Schwert und schlug Rewens Befestigungsleine durch. Der Wallach nutzte sofort die Möglichkeit zur Flucht.

Diese Schwerter funktionieren in der realen Welt, aber auf die Pferde haben die Elbengeister es nicht abgesehen, wurde Leik schlagartig klar. Diese Wesenheiten waren keine Schreckgespenster, sondern sie konnten töten. Leik wusste, dass er etwas unternehmen musste: „Wir sind nicht eure Feinde! Der Krieg ist viele Jahre her. Wir sind nur einfache Reisende, die Unterschlupf in euren Mauern gesucht haben. Bitte verzeiht, dass wir euch nicht um Erlaubnis gefragt haben, werte Elben.“

Alle Geisterköpfe drehten sich in Leiks Richtung. „Der Mensch“, echote es durch die inzwischen eiskalte Nacht. „Ihr seid keine Wanderer, wann hat man jemals davon gehört, dass Menschen, Zwerge und Orks gemeinsam wandern. Außer im Krieg. Ihr seid der Feind. Ihr seid der Tod. Ihr seid das Verderben.“ Noch mehr Schwerter wurden gezogen, Bögen gespannt und Dolche aus ihrer Gürtelhalterung befreit.

„Passt auf“, warnte Leik seine Freunde, „ihre Waffen können uns verletzen.“

Ûlyėr baute sich vor seinen Freunden auf und ließ einen markerschütternden Schrei in Richtung der Elben ertönen.

Kurz wich die Masse zurück. Leik hörte undeutlich etwas, was er aber nicht verstand: „Einer der ÇünĐa´kin. Die Söhne des Häuptlings sind zurückgekehrt.“ Er glaubte, in den geisterhaften Stimmen so etwas wie Angst und Respekt herausgehört zu haben.

Sekunden später hatten die Geister ihren Anflug von Ehrfurcht überwunden. Drei große Elben traten auf den muskulösen Ork zu. Einer hob blitzschnell sein Schwert und schlug den mit einem Edelstein verzierten Knauf in Ûlyėrs Gesicht. Der Schlag war mit einer solchen Kraft geführt, dass Ûlyėr augenblicklich zusammenbrach.

Nun passierte etwas, womit Leik nicht gerechnet hätte: Aska rannte auf den ohnmächtigen Ork zu, stellte sich auf seinen massigen Leib und knurrte die Geister an, die Ûlyėr das angetan hatten. Die Geistersoldaten rückten auf den kleinen Schneefuchs zu.

Leiks Beschützerinstinkt war geweckt, als er das kleine tapfere Tier sah. Instinktiv versuchte er in die Sphäre einzudringen. Doch es gelang ihm nicht. Das Gefühl war anders, als bei den anderen Versuchen, bei denen er gescheitert war. Irgendwie befand er sich nun in einem Zwischenraum. Er konnte die magische Sphäre mit den bunten Farbbändern wie durch eine schmutzige Glasscheibe zwar sehen, aber nicht betreten. Leik versuchte es erneut. Er streckte beide Arme aus. Jetzt spürte er ein leichtes Kribbeln auf dem rechten Handrücken. Die Magie wollte zu ihm. Leik probierte, als er dies bemerkte, aktiv zu ziehen, indem er die Hände und Arme vor und zurück bewegte. Die Farben folgten seinen Bewegungen. Doch immer kurz bevor sie ihn erreicht hatten, zerteilten sie sich an einem unsichtbaren Widerstand. Wie ein starker Wasserstrahl, der auf einer Wand zerfaserte. Leik probierte es immer wieder. Nach einigen Versuchen schaffte es ein kleines schmales rotes Band zu ihm.

Doch etwas, das in der realen Welt passierte, warf ihn aus der Konzentration und er verließ die Sphäre.

Der große Elb richtet sein Schwert auf den kleinen tapferen Aska, der knurrend und bellend versuchte, Ûlyėr vor den übermächtigen Geisterkriegern zu verteidigen. Dann erklang eine Stimme, die sich von den anderen unterschied, weil sie einzeln sprach und nicht im Kollektiv: „Lass das Tier, Kamdar. Wir sind immer noch Elben. Nie hat auch nur ein Tier unserem Volk Leid zugefügt und dieser mutige kleine Kerl versucht nur, seine Freunde zu beschützen."

„Ja, mein König", antwortete der Soldat sofort, ließ das Schwert sinken und ging auf die Knie. Sämtliche Geister taten es ihm nach und öffneten eine Gasse für einen prächtig gewandeten toten Elb, der ein feines Diadem auf dem Kopf trug und Gewänder, die hell strahlten.

Der König wandte sich nun Leik und seinen Freunden zu. „Was macht ihr hier? Menschen, Zwerge und Orks. Warum stört ihr unsere Ruhe mit Magie? Nie wieder darf hier in Grünquell Zauberei gewirkt werden, das habe ich verfügt. Wenn ich auch nicht mehr über meine frühere Macht verfüge, so kann ich doch wenigstens dies verhindern."

Filixx verbeugte sich und bedeutete seinen Freunden, es ihm nachzutun. „Verehrter König Razútlukan …"

Leik war beeindruckt vom umfangreichen Wissen seines Freundes. Vielleicht half es ihnen etwas.

„… der Krieg ist vorbei. Wir sind Studenten und verkörpern die neue Generation. Unsere Zusammenarbeit ist ein Zeichen des Friedens. Nur aus Unwissenheit haben wir versucht, Zauber zu wirken."

Der Geisterkönig schaute Filixx lange aus schwarzen, toten Augen an: „Ich höre, dass du die Wahrheit sprichst, Mischblut. Was ist euer Ziel? Warum stört ihr die Toten?"

Filixx berichtete dem König von ihrer Mission.

Jetzt nahm das Gesicht des Herrschers einen verträumten Ausdruck an: „Ins Seenland wollt ihr ziehen? Dorthin konnte sich meine geliebte Azalea retten. Ich wünschte …“

Einer seiner Begleiter unterbrach den König. „Der Dicke mag die Wahrheit sprechen, aber der Mensch ist nicht normal. Er vereint die Mächte der Waffe unserer Vernichtung in sich und noch mehr. Er ist so stark, dass er sogar die Sphärenbarriere fast durchbrochen hätte. Er ist alles, wovor wir uns fürchten und was wir geschworen haben, zu vernichten. Er allein könnte noch größeres Unheil anrichten, als das, was hier passiert ist. Der Junge darf nicht passieren. Er kann die Welt vernichten mit seinen Kräften.“

Wieder wurden Schwerter gezogen. Zwei der langen, spitzen Klingen zielten nun direkt auf Leiks Kehle.

„Ein Wort, König, und wir richten ihn und befreien die Welt von dem Übel der Mischung der magischen Energien.“

Überrascht schaute das Oberhaupt der Elben auf Leik. Offenbar unschlüssig, wie er sich entscheiden sollte.

„Bist du, was mein treuer Rosenherz behauptet?“, wandte sich der Elbenkönig nun direkt an Leik.

Leik, der die eiskalte Geisterklinge schon an seinem Hals spürte, schluckte. Die Bewegung seines Kehlkopfs führte dazu, dass er sich an dem Schwert schnitt und Blut seinen Hals herunterrann.

„Du brauchst nicht zu antworten, junger Mensch. Ich sehe dein wahres Wesen. Du bist, was Rosenherz behauptet. Deine Freunde kann ich ziehen lassen. Du aber wirst das Ende der Zeiten hier mit uns erleben.“ Unmerklich nickte er seinen Wachen zu.

„Halt!“, schrie Morlâ. „Wenn Ihr sagt, dass Ihr das wahre Wesen erkennen könnt, schaut mich an. Ohne Leik wäre ich nicht, was ich bin. Er ist nicht das Ende. Er ist der Anfang. Er ist alles Gute, was Magie mit sich bringen kann. Leik ist die letzte Hoffnung Razuklans“, brüllte der Zwerg.

Mit einer kaum sichtbaren Bewegung hielt der König die Geister zurück. „Tapfer, kleiner Zwerg. Aber ich sehe, was du sagst, ist wahr. Der Mensch ist ein Teil von dir. Auch das kann also eine Mischung der magischen Energie erreichen. Beeindruckend. Ein Mensch und ein Zwerg. Ein Ork und ein Mischblut mit elbischen Wurzeln, vielleicht hast du ja recht.“ Er wandte sich Leik zu: „Mensch, ist dir dein wahres Wesen klar?“, fragte er, ohne eine direkte Antwort zu erwarten. „Du bist entweder der endgültige Untergang Razuklans oder seine Rettung. Wenn ich dich jetzt töte, ist nicht klar, was ich damit beschleunige. Die Wege der Zukunft sind zu verworren. Daher lasse ich dich leben. Solltest du jemals kurz davor sein, an deiner Bürde zu zerbrechen, dann komm hierher zurück und sieh dir an, was falsch eingesetzte Magie bewirken kann.“ Einen Augenblick später waren er und alle anderen Geister verschwunden. Der Wind kehrte zurück und auch die milde Wärme der Nacht.

Der letzte Elb

Kaum graute der Morgen, brachen die vier Freunde auf. Die Pferde waren, nachdem die Geister verschwunden waren, einfach zurück ins Lager getrottet und so konnten sie vollzählig weiterreisen. Auch Ûlyèr hatte sich schnell wieder von dem heftigen Schlag des elbischen Geistersoldaten erholt. Sie waren sich aber alle darüber einig, die Ruinen von Grünquell schnellstmöglich hinter sich zu lassen.

Bei Leik hatte die vergangene Nacht noch mehr Unsicherheit in Bezug auf seine Fähigkeiten als Farbseher hervorgerufen. *Der Junge kann die Welt vernichten*, das konnte er nicht vergessen. Er blickte auf die Ödnis um ihn herum. *Könnte ich solche Dinge auch anrichten? Im Zorn? Wie würde ich reagieren, wenn man mir einen Freund nimmt?* Morlâ lief mittlerweile neben ihm und lächelte Leik an.

Der Zwerg erkannte wohl Leiks Stimmung, denn er begann ein Gespräch: „Weißt du, das gestern Nacht war gar nicht so schlimm. Ein paar alte elbische Gerippe. Willst du wissen, wovor ich wirklich Angst habe?“ Er ließ Leik keine Zeit zum Antworten, sondern sprach augenblicklich weiter. „Die Überfahrt ins Seenland. Filixx hat mir erklärt, dass das Gebiet aus unzähligen großen und kleinen Inseln besteht und wenn wir herausfinden wollen, warum die Fischgründe versiegt sind, werden wir wohl einige von ihnen bereisen müssen. Und das geht leider nur per Boot. Hatte ich schon mal erwähnt, dass ich Wasser hasse? Sicherlich! Aber dass Boote, die auf dem Wasser schwimmen, fast noch schlimmer für mich sind, habe ich wohl noch nicht erzählt.“ Dabei verdrehte er theatralisch die Augen.

Leik musste gegen seinen Willen grinsen und seine Laune besserte sich. Er dachte an das, was Morlâ in der Dunkelheit zu dem elbischen König gesagt hatte. *Er ist alles Gute, was Magie mit sich bringen kann.* Leik pustete hörbar die Luft aus. *Vielleicht hat Morlâ ja recht. Ich bestimme mein Schicksal selbst und ich werde nicht das Ende der Magie sein, sondern sie fördern, wo es nur geht*, beschloss Leik. „Danke", sagte er daraufhin kurz zu seinem besten Freund.

Filixx' geografische Kenntnisse erwiesen sich als zutreffend: Nach etwa einem halben Tag mischte sich in den unerträglich heißen Wind auch eine frische Brise Meeresduft. Am frühen Nachmittag sahen sie die ersten Spuren von Vegetation, die sich schnell und üppig vermehrte, je weiter sie sich von der Wüste entfernten. Die trockene Hitze wich einer drückenden, feuchten Wärme, die dafür sorgte, dass ihnen ihre weiten Gewänder am Körper klebten.

„Nicht mehr weit und wir kommen ans Wasser", sagte Filixx. „Es ist noch nicht das richtige Meer, das beginnt erst hinter den Seelanden. Das Gebiet hier ist eine Art Marschland und das Wasser ist nicht vollkommen salzig. Aber ihr dürft es die Pferde nicht trinken lassen und Aska sollte seine Schnauze auch dort heraushalten. Das Brackwasser ist ungenießbar. Süßwasser und Salzwasser sind schon zu stark vermischt."

Der kleine Schneefuchs hob kurz den Kopf, als er seinen Namen hörte.

„Danke für diese Informationen, aber das Wichtigste hast du vergessen. Wie kommen wir *durch* die Seenlande?"

„Und wo fangen wir an zu suchen?", ergänzte Leik.

„Und sind wir wirklich vor Gwendolin und ihren Schoßhunden hier?"

Alle lachten, als Ûlyèr das sagte.

Der riesenhafte Ork schaute verwirrt – wenn Orks so etwas konnten. Er verstand nicht, was Leik, Morlâ und Filixx so lustig fanden.

Schnell erzählte ihm Leik die Geschichte, wie Aska in der letzten Nacht versucht hatte, ihn zu beschützen. In der Aufregung hatten sie den einzigen positiven Aspekt der Begegnung mit den Geistern noch gar nicht erzählt. „… und deshalb ist es so witzig, wenn du von Schoßhündchen redest. Weil du ja scheinbar auch eins hast. Sogar eins, das dich beschützt."

Ûlyėr legte den Kopf schräg, so wie Leik es auch schon oft bei Aska beobachtet hatte, wenn der versuchte, etwas zu verstehen. Plötzlich drehte er sich um und ging auf den kleinen Schneefuchs zu.

Aska, dem die Zunge aus dem Maul hing, wusste nicht, wie ihm geschah und er reagierte überhaupt nicht in diesem Moment, sondern trottete einfach weiter neben Leik und Rewen her. Kurz bevor sie zusammenstießen, hielt der Ork an. Er rieb die rechte Klauenhand an seinem linken Horn und hielt sie dem kleinen Fuchs vor die Nase. Nach anfänglichem Zögern beschnupperte Aska die furchteinflößende Pranke des Orkhünen aufgeregt. Dabei wedelte er begeistert mit seinem weißen, buschigen Schwanz. Sekunden später warf der Fuchs sich auf den Rücken, streckte die vier Pfötchen von sich und zeigte seinen rosa Bauch. Ûlyėr beobachtete einen Moment diese Unterwerfungsgeste. Dann ging er mit seinem riesigen Schädel ganz nah an Aska heran. Leik hatte kurz Angst, der Ork könnte seinen neuen tierischen Freund beißen oder gar ganz fressen. Doch er schob seinen Kopf so weit über Askas zierlichen Körper, dass seine Kehle direkt über dem Maul des kleinen Raubtiers war. Aska quittierte diese Geste mit einem überschwänglichen Schwanzwedeln und schleckte Ûlyėrs Hals und Gesicht ab.

„Na, da haben sich wohl zwei neue Freunde gefunden", kommentierte Morlâ die Szenerie. „Nachdem dieses Problem aus der Welt ist, könnten wir uns vielleicht den etwas größeren zuwenden."

Ûlyėr richtete sich wieder auf. Aska sprang auf alle viere. Leik beobachtete, dass der Ork den Schneefuchs nicht streichelte oder ihn irgendwie anders liebkoste, wie er, Morlâ und Filixx es oft taten. Die beiden schienen diese Art der Verständigung nicht zu brauchen. Vielmehr sah es so aus, als ob sie auf eine Art und Weise miteinander kommunizierten, wie es Schneefüchse auch untereinander taten. Wieder einmal war Leik sehr beeindruckt von seinem orkischen Freund. Aber auch stolz auf den Mut, den Aska in der Nacht bewiesen hatte.

„Du hast recht, Morlâ", sagte Filixx. „Ich habe mir gedacht, dass wir uns als Erstes in die kleine Siedlung Mandelholz begeben. Dort werden wir von den ansässigen elbischen Fischern sicher mehr erfahren und bestimmt auch Boote leihen können." Damit zwinkerte er Morlâ zu.

Einige Zeit später sahen sie das Fischerdorf. Es bestand nur aus fünf einfachen Holzhäusern, die aber von oben bis unten mit prachtvollen Blumen bewachsen waren, von denen Leik viele noch nie gesehen hatte. Hier in diesem tropisch-feuchten Wetter gediehen einfach andere Pflanzen als im Wald von Sefal. Die Häuser waren im Halbrund um einen Brunnen angeordnet und mit Schilfrohr bedeckt. Der Ort lag direkt am Wasser, auf dem einige schlanke, weiß gestrichene Schiffchen auf den Wellen tanzten. Die Mehrzahl der Boote lag jedoch an Land und machte den Eindruck, als hätten sie schon bessere Tage gesehen. Auf etlichen Dächern saßen bunte Vögel mit erstaunlich großen Schnäbeln, die, als sie die vier Freunde entdeckt hatten, ein lautes Pfeifen und Gackern von sich gaben. Geräusche, die man im ersten Moment auch für Worte halten konnte. Was auch immer die roten, blauen und gelben Vögel von sich gaben, es führte dazu, dass ein alter, sehr schlanker Elb aus einer der Hütten trat. Das größte der gefiederten Tiere flog auf die Schulter des Mannes.

„Das Begrüßungskomitee erwartet uns schon", sagte Morlâ daraufhin. „Jungs, zeigt euch von eurer besten Seite, wir sind schließlich Repräsentanten des Ordens und der Âlaburg. Das bedeutet, Ûlyėr, versteck dich am besten hinter Filixx' dickem Gaul, bis wir in Mandelholz angekommen sind."

So schnell, dass Leik es kaum wahrnehmen konnte, war Ûlyėr, der ihren Trupp anführte, nach hinten zu Morlâ gesprungen, hob ihn aus dem Sattel und auf seine Schultern. Dann rannte er mit hoher Geschwindigkeit auf das Fischerdorf zu. Der Zwerg saß dabei auf seinem breiten Rücken, wie ein Kind auf den Schultern seines Vaters. Aska lief schwanzwedelnd hinterher.

Leik und Filixx grinsten sich an, dann ritten sie zügig hinterher, um notfalls einzugreifen, falls der Elb sich von dem merkwürdigen Auftritt bedroht fühlte.

„Jetzt lass mich schon runter, du Dickkopf. Man wird doch wohl noch einen kleinen Spaß machen dürfen."

Der alte Elb schaute sich die Diskussion zwischen dem Zwerg und dem Ork mit gleichzeitig belustigtem und erstauntem Gesichtsausdruck an. Sein Gesicht war scharf gezeichnet und mager. Zum ersten Mal sah Leik einen Elben mit grauen Haaren.

„Erst, wenn du ihm deine Urkunde gezeigt hast", beharrte Ûlyėr.

„Peinlicher geht es ja nicht." Morlâ versuchte mit seinen kurzen Beinen zu strampeln, um sich zu befreien, doch Ûlyėrs riesige Pranken hielten ihn fest und der Ork kam dabei nicht mal ins Wanken.

Leik, der gerade mit Filixx in den Ort hereingeritten war, fand das alles eigentlich sehr lustig, doch er hatte Angst, dass sie den grauhaarigen Elben irgendwie verschreckten oder gar beleidigten.

Schließlich holte Morlâ die gesiegelte Urkunde der Direktorin hervor und erklärte dem Alten, wer sie waren und was sie wissen wollten.

Der Elb studierte lange ihr Dokument, bevor er etwas sagte: „Willkommen in Mandelholz, dem Tor zu den Seenlanden. Eine Abordnung des Ordens ist mir immer willkommen. Auch wenn ihr seit vielen Jahrzehnten die Erste seid, die ich zu Gesicht bekomme. Und ehrlich gesagt auch die merkwürdigste." Er schaute von einem zum anderen. „Ein Ork, der einen Zwerg trägt. Ein Mensch. Ein Zwerg mit elbischen Wurzeln und …"

Aska versuchte in diesem Moment, einen der Vögel zu beschnuppern, die auf einem niedrigen Zaun saßen und ihnen zuhörten. Das Tier flog schimpfend auf das Dach der nächsten Fischerhütte.

Jetzt wurde der alte Elb auf Aska aufmerksam „… ein Schneefuchs, der die kalten Berge verlässt, um Kummergold zu durchwandern."

Der kleine Fuchs kam scheu auf den drahtigen Alten zu und schnupperte an seinem Bein und den nackten, großen Füßen.

Als der Elb aber einen kleinen getrockneten Fisch aus seiner Hosentasche zog, setzte er sich auf sein Hinterteil und wedelte mit dem Schwanz. Der Fischer warf das geschuppte Tier in die Luft und Aska fing es geschickt im Flug.

„Aber ich vergesse meine Manieren. Ich bin Bläuel. Legt ab und seid meine Gäste heute Nacht. Der Tag ist fast vergangen und ich sehe, dass ihr mal wieder ein festes Dach und eine gute Mahlzeit gebrauchen könnt. Ehrlicherweise wäre ein Bad in den Fluten des Seenlands sicher auch keine schlechte Idee."

Grinsend sprang Leik aus dem Sattel. Nacheinander stellten sie sich Bläuel vor, der sie noch einmal herzlich willkommen hieß.

Vom Hass der Elben gegen die Orks schien er verschont geblieben zu sein, obwohl er bei seinem Alter vermutlich beide Völkerkriege erlebt hatte.

Bläuel schürte ein großes Feuer, als Leik frisch gewaschen aus einer der Hütten kam, die ihnen der Elb für die Nacht zur Verfügung gestellt hatte.

„Setz dich, junger Mensch. Ich werde euch Fisch nach alter Art grillen. Leider kann ich euch nur gepökelten oder geräucherten anbieten. Nur noch kleine und auch davon wenige Fische gehen in meine Netze, aber die Vorratskammern sind noch voll. Allerdings werden meine Lagerbestände nicht ewig halten, wenn die Tiere nicht bald zurückkehren."

„Warum, glaubt Ihr, ist das so?", fragte Filixx, der jetzt ebenfalls an das Feuer getreten war.

Bläuel ließ sich Zeit, ehe er sprach. Vorher steckte er noch eine Reihe kleiner und mittlerer Fische auf lange Metallspieße. Dann drückte er ihnen allen einen davon in die Hand. „Haltet sie nicht direkt in die Flammen, sonst verbrennen die Kräuter, mit denen ich den Fisch eingerieben habe." Filixx' Frage ignorierte er einfach.

Gierig aßen sie den hervorragenden, knusprigen Fisch und genossen das brunnenkalte Wasser. Bläuel füllte den Krug dreimal, so viel tranken die Freunde nach den Tagen in der Wüste. Aska stürzte sich auf die Gräten und andere Reste. Heute hatte er wohl keine Lust, sich sein Abendessen selber zu jagen. Der Elb röstete sich einige rötliche Wurzeln. Auch für ihn galt wohl, wie für die meisten Angehörigen seines Volkes, dass er keine Tiere aß. Was die Elben aber wohl nicht davon abhielt, Fisch zu fangen und zu räuchern oder pökeln, um ihn dann als Delikatesse an die anderen Völker zu verkaufen.

Schweigen kehrte ein, als alle satt waren. Aska hatte sich wie eine Brezel zusammengerollt, seinen Kopf auf den Schwanz gelegt und schlief direkt neben Leik. Der kraulte ihn gedankenverloren im Nacken und starrte in die Flammen. Langsam wurde er müde.

„Erst gingen die Fische, dann die Elben“, begann Bläuel plötzlich, was alle die Köpfe heben ließ. „Ich bin der letzte Elb in Mandelholz. Wir sind hier so am Rande des Elbenreichs, dass der neue König nicht jedes kleine Problem sofort lösen kann.“

Der neue König, dachte Leik. *Der letzte Völkerkrieg, bei dem Razútlukan starb, ist über sechzig Jahre her. Elben haben anscheinend ein anderes Zeitgefühl als wir Menschen.*

„Wo sind die Fische hin, was glaubt Ihr?“, versuchte Filixx erneut sein Glück, um Informationen für ihre Mission zu bekommen.

„Ich glaube, sie sind einfach alle tot. Irgendetwas jagt sie in den Seenlanden. Etwas, das auch vor Elben nicht Halt macht.“

Morlâ fragte, was alle wissen wollten: „Wer kann das sein?“

Bläuel zog die Schultern zusammen, als ob er in der lauen Tropennacht frieren würde. „Die schwarzhaarige Elbin mit den roten Augen.“

Wackliger Boden unter den Füßen

Leik erwachte unausgeschlafen. Die Nacht in einer festen Behausung hatte nicht die erhoffte erholsame Wirkung gebracht. Ständig waren seine Gedanken vor dem Einschlafen zu dem zurückgekehrt, was Bläuel ihnen am Feuer erzählt hatte, und er fand nur schwer in einen unruhigen Schlaf. Leik wurde auch das Gefühl nicht los, dass ihm das Erzählte bekannt vorkam, ohne dass er aber einordnen konnte, woher. Darüber hatte er sich die halbe Nacht den Kopf zerbrochen, ohne eine befriedigende Lösung zu finden. *Wahrscheinlich bilde ich mir das Ganze nur ein. So wie man glaubt, ein Déjà-vu zu haben, aber eigentlich arbeitet die eine Gehirnhälfte nur etwas langsamer als die andere.* Leik streckte sich, dann verließ er die Hütte und ging zum schmalen, steinigen Strand, an dem seine Freunde schon mit Bläuel zusammen die Boote begutachteten.

„Boote habe ich genug, das könnt ihr sehen." Bläuel machte eine ausladende Geste mit dem rechten Arm und zeigte auf die an Land liegenden Schiffchen. „Sie sehen zwar im Moment nicht alle perfekt gepflegt aus – das schaffe ich allein einfach nicht – aber ich garantiere euch, dass sie seetüchtig sind. Ich würde euch zu den Kanus raten. Wenn ihr von Insel zu Insel wollt, um die Ursache für unsere Schwierigkeiten zu ergründen, werden sie euch gute Dienste leisten. Sie haben kaum Tiefgang und sie sind so leicht, dass ihr sie auch tragen könnt, wenn das Wasser zu seicht wird."

„Glaubt ihr, dass ein solch kleines Boot mich tragen kann?", fragte Ûlyèr mit einem zweifelnden Unterton.

Bläuel lachte kurz auf und zeigte dabei seine großen, geraden Zähne. Er wirkte deutlich jünger in diesem Moment. „Da bin ich mir ganz sicher, mein stolzer Krieger. Wir Elben sind geschickte Bootsbauer. Die Frage ist eher, ob du es auch beherrschen kannst."

Diese Herausforderung spornte Ûlyèr erst richtig an. Er ließ sich von Bläuel die Handhabung des Paddels erklären, dann hob er ein Kanu mit einem Arm hoch und setzte es vorsichtig ins Wasser, als hätte er Angst, es zu beschädigen. Anschließend ging er einige Schritte weit in den See, stellte ein Bein ins Boot, versuchte das andere nachzuholen und … fiel ins Wasser.

Leik, Morlâ und Filixx lachten am Ufer über das Missgeschick ihres Freundes.

Als der seinen riesigen Kopf wieder aus dem Wasser hob, hingen einige Algen an seinen Hörnern. Das führte zu einem weiteren Lachausbruch. „Pah", rief der Ork. „Versucht es doch selbst. Mal sehen, wie ihr das hinbekommt."

Das ließen sich Leik und Filixx nicht zweimal sagen. Nur Morlâ zögerte eine Weile, bevor er ins Wasser ging. Erst die scherzhaften Aufmunterungen und Frotzeleien seiner Freunde brachten den Zwerg dazu, seine Abscheu vor dem kühlen Nass zu überwinden. Minuten später trieben vier lachende Studenten in ihren Booten auf dem Wasser und waren bereits komplett nass. Glücklicherweise war es am frühen Morgen schon sehr mild und der See warm, wenn er auch leicht salzig schmeckte. Aska jaulte an Land, als Leik mal wieder ins Wasser fiel. Doch er traute sich nicht hinterher, sondern setzte sich nach einer Weile auf sein Hinterteil und beobachtete gemeinsam mit Bläuel die Fortschritte seines Herren und seiner Freunde.

„Ich denke, das ist die beste Alternative", sagte Bläuel, als sie gemeinsam frühstückten.

Der Elb hatte Pfannkuchen aus dunklem Getreide gemacht, die sehr nussig schmeckten und zu denen er ihnen einen braunen, dickflüssigen, süßen Sirup reichte. Alle langten herzhaft zu.

„Du gehst mit Leik in ein Kanu. Ich glaube, ihr habt es eilig und die Zeit reicht einfach nicht, einen Zwerg zum Bootsmann auszubilden“, endete er zwinkernd.

Morlâ verdrehte die Augen. Ihm war es als Einzigem nicht gelungen, ins Boot zu klettern und dieses dann auch zu steuern. Ständig kenterte er oder trieb unkoordiniert auf Grund oder in andere Hindernisse. Leik hatte dann den Vorschlag gemacht, dass Morlâ und er sich ein Boot teilen könnten. Sie waren am leichtesten. Das hatte auf Anhieb funktioniert, da Morlâs einzige Aufgabe darin bestand, sich möglichst wenig zu bewegen und nur dann zu paddeln, wenn Leik ihm Anweisung dazu gab. Es ärgerte den Zwerg, so abhängig zu sein, doch für ihre Mission nahm er diese Schmach hin.

„So, meine jungen Freunde, dann wünsche ich euch eine sichere Weiterreise. Seid wachsam. Was auch immer für Mächte hinter dem Sterben der Fische stecken, sie sind sicher auch euch nicht gut gesonnen. Beginnt eure Suche beim Wachturm der Reiher, die dort stationierten Wachen können euch sicher Auskunft geben. Er liegt tief im Inselreich der Seenlande und man kann dort vom Meer herannahende Feinde erkennen und bekämpfen. Filixx, du bist dir sicher, dass du die Karte lesen und eure Gruppe dorthin leiten kannst?“

Der Zwergelbe nickte nur und klopfte auf seine Brusttasche, wo er das Schriftstück verwahrte.

Bläuel sprach weiter: „Ich werde versuchen, Antworten auf deine Frage zu bekommen. Gib die Hoffnung nicht auf.“

Filixx errötete. Morlâ und Ûlyèr schauten fragend drein. Leik konnte sich denken, worum es ging. Offenbar hatte der alte Elb Filixx versprochen, nach seinem Vater zu forschen.

„Um eure Reittiere macht euch keine Sorgen. Sie sind bei mir gut aufgehoben und werden bei eurer Rückkehr hier auf euch warten.“ Dann schob Bläuel ihre Boote eines nach dem anderen ins Wasser.

„Danke für alles, Bläuel“, riefen sie und winkten ihrem freundlichen Gastgeber zu. Anschließend wendeten sie, mehr oder weniger geschickt, die schmalen weißen Kanus und steuerten auf das Innere des elbischen Inselreichs zu. Aska saß mit Leik und Morlâ in einem Boot und schaute skeptisch auf das Wasser. Aber er hatte akzeptiert, dass an einer Bootsfahrt kein Weg vorbeiführte, wenn er seinem Herren folgen wollte.

Bläuels großer bunter Vogel krähte plötzlich laut, doch sein Meister hatte in diesem Moment kein Ohr für ihn, da er seinen sympathischen Gästen zuwinkte, die in die mittlerweile lebensgefährlichen Gewässer seiner Heimat weiterfuhren. Doch der Vogel hatte nicht grundlos gekrächzt, sondern in der Nähe der Hütten etwas entdeckt, das allen anderen verborgen geblieben war.

„Sie haben Boote und wollen zu einem Wachturm namens Reiher“, flüsterte Joklin Campell leise.

Gwendolin nickte und sagte dann: „Wir finden andere und dann folgen wir ihnen einfach in ausreichendem Abstand. Und wenn sie das Rätsel für uns gelöst haben, stoppen wir sie und greifen selber zu. Kommt weiter! In der Nähe gibt es noch eine andere Siedlung. Dort holen wir uns unsere eigenen Kanus.“

Begegnung in den Seenlanden

Das ist nicht mehr lustig“, beschwerte sich Morlâ und übergab sich erneut über den Rand des kleinen, weißen Kanus. Sie waren jetzt seit etlichen Stunden unterwegs und eigentlich hatte der Zwerg, seitdem sie Bläuel nicht mehr am Ufer sehen konnten, ununterbrochen alles von sich gegeben, was sich in seinem Magen befand. „Ich kann mich bei dem meisten, was da rauskommt, gar nicht erinnern, es gegessen zu haben. Geschweige denn, dass ich jemals überhaupt so viel zu mir genommen habe.“ Abrupt hielt er sich die Hand vor den Mund und Sekunden später schoss ihm ein gelblich-milchiger Strahl aus dem Rachen und verteilte sich im Wasser.

„Es müsste in den nächsten Tagen aufhören“, versuchte Filixx seinen Freund zu trösten. Allen anderen ging es gut. Selbst Aska war von der Seekrankheit verschont geblieben. Der kleine Schneefuchs leckte gerade Morlâs Hand, um ihn zu trösten.

„Wir können auch einfach die nächstgelegene, größere Insel anlaufen. Also, ich meine nicht einen dieser algenbewachsenen Felshaufen hier, sondern eine, auf der es Bäume und solche Sachen gibt“, versuchte sich Leik an einer Lösung.

Morlâ winkte ab: „Nein, nein, das würde uns nur aufhalten. Wann sind wir am Wachturm Reiher?“

Das Wort Reiher im Zusammenhang mit Morlâs Zustand löste bei seinen Freunden Gekicher aus. Filixx, dem Bläuel die Reiseroute erklärt hatte, antwortete: „Ich schätze, wir müssten in zwei Tagen dort sein, wenn nichts dazwischenkommt.“ Er drehte sich um und sondierte die Wasserlandschaft, die sie umgab. Als er nichts Verdächtiges erkennen konnte, nahm er sein Paddel aus dem Wasser und steckte es auf der anderen Seite wieder hinein, um sein kleines Kanu anzutreiben. „Ûlyėr, mach nicht so schnell. Wir anderen haben keine Klauen, die größer sind als die Paddel."

Der Ork bildete die Spitze ihrer kleinen Armada. Er paddelte schon lange nicht mehr, sondern trieb sich mit seinen großen, schaufelähnlichen Pranken vorwärts. Was dazu führte, dass er erstaunlich schnell vorankam.

„Paddel einfach fester, mein kräftiger Freund", rief der Ork über die Schulter und wurde ein ganz kleines bisschen langsamer.

„Ja, ja, leichter gesagt als getan bei dieser Hitze", Filixx zupfte sein schweißnasses, weißes Hemd aus einer seiner zahlreichen Bauchfalten und erhöhte sein Tempo. Anders als seine Freunde hatte er sich trotz des Wetters nicht weiter ausgezogen. Sein dicker Bauch war ihm einfach peinlich.

„Mach du nur, wir kommen gleich nach", ermunterte Leik seinen Freund. „Ich gebe ihm noch ein paar Augenblicke", sagte er mit einem mitleidigen Blick auf den sich erneut erbrechenden Morlâ.

Filixx überlegte kurz etwas, das er nicht aussprach und starrte auf die vom Wind bewegte Wasseroberfläche und die schaumigen Wellenkronen. Dann schüttelte er sich, als ob er etwas loswerden wollte und paddelte kräftig los, um den mittlerweile ziemlich klein gewordenen Ûlyėr einzuholen.

Leik bewegte seine verhärteten Schultern. Es war wirklich ziemlich anstrengend, den ganzen Tag allein zu paddeln. Aber er wollte nicht jammern, da es Morlâ eindeutig schlechter ging als ihm selbst. Schließlich fragte Leik ihn: „Die anderen sind schon vorangefahren. Ûlyėr legt ein Tempo an den Tag, als hätte er ein Segel. Wir sollten …"

Morlâ versuchte zu antworten, dann beugte er sich wieder über den Rand ihres kleinen Boots.

Im gleichen Moment ging ein kräftiger Ruck durch das Boot. Leik verlor fast das Paddel. Aska winselte. „Was war das?“ Etwas wühlte die Wasseroberfläche noch zusätzlich auf. Leik versuchte zu erkennen, was es war, aber er konnte nichts entdecken. „Morlâ, kannst du sehen, was uns gerammt hat?“ Wieder drückte etwas kräftig von der Seite gegen das Kanu, das nun bedrohlich schwankte. Leik musste sich am Rand festhalten, um nicht über Bord zu gehen. Morlâ besaß diese Geistesgegenwart in seinem Zustand nicht. Mit überraschtem Gesichtsausdruck fiel er ins Wasser.

„Morlâ“, schrie Leik und suchte das Wasser nach seinem Freund ab. Er musste ja jeden Moment wieder auftauchen. Morlâ war zwar kein großer Schwimmer, aber er konnte sich über Wasser halten. Aska kauerte ängstlich in der Spitze des Boots und winselte. Sekunden verstrichen. Leik drehte sich von einer Seite zur anderen. Mit einem Rundumblick versuchte er, seinen Freund zu entdecken. Nichts. Nur kleine Wellen schaukelten sein Boot hin und her, genauso wie noch vor wenigen Augenblicken, bevor sie etwas gerammt hatte. Jetzt war Morlâ schon mindestens eine Minute unter Wasser. Panisch fragte Leik sich, was er tun sollte. *Wenn ich ins Wasser springe, treibt das Boot ab und wir sind den Fluten hilflos ausgeliefert.* Fieberhaft suchte er nach seinem Freund, doch der war nirgends zu entdecken. Nach Filixx und Ûlyèr zu rufen, war sinnlos. Sie waren inzwischen zu weit entfernt. *Ich bin ein Zauberer*, fiel es Leik ein und im nächsten Moment sauste ein regenbogenfarbenes Wehrlicht über die Wasseroberfläche auf Filixx’ weit entferntes Boot zu.

Plötzlich tauchte Morlâ japsend wieder auf. Er ruderte mit den Armen und holte panisch Luft. Als Leik das Boot wenden wollte, um seinen Freund zu holen, tauchte ein grauer Rücken aus dem Wasser auf und bewegte sich zügig auf Morlâ zu. Das Lebewesen war zu schnell, als dass Leik hätte reagieren können. Einen

Augenblick später hatte es Morlâ erneut unter Wasser gezogen. Leik sprang hinterher.

„Komm her, mein Kleiner“, versuchte Filixx Aska zu beruhigen, der herzerweichend auf dem verlassenen Boot jaulte und ins Wasser starrte. Aber der Fuchs wollte nicht in das Boot des Zwergelben springen. Erst als auch Ûlyėr beigedreht hatte, sprang Aska auf Ûlyėrs Schoß. „Na, Aska weiß, wer ihn beschützen kann“, kommentierte Filixx.

„Was ist passiert? Wo sind die beiden? Warum ist das Kanu leer?“, fragte Ûlyėr, worauf Filixx nicht antworten konnte.

„Es kann nichts Gutes sein, wenn man Askas Reaktion bedenkt. Und Leik sendet sein Wehrlicht nicht umsonst zu mir. Sie müssen irgendwo im Wasser sein, das ist klar, alle Inseln sind viel zu weit weg. Aber warum? Warte!“, rief der Zwergelbe, schloss die Augen, legte das Paddel über die Knie und murmelte etwas in sich hinein.

Ûlyėr konnte kaum etwas verstehen, aber eine Sache hörte er heraus und Aska ebenfalls, der, wenn das Wort fiel, jedes Mal seinen Kopf schräg legte.

„Leik, Leik …“, Filixx öffnete die Augen. „Schnell, sie sind unter Wasser. Irgendetwas hat Morlâ geholt und Leik ist hinterhergetaucht.“

„Woher weißt du …“

„Keine Zeit“, unterbrach Filixx seinen orkischen Freund. „Kannst du tauchen und die Luft anhalten?“

Als Antwort sprang Ûlyėr ins Wasser und verschwand in den Tiefen des Seenlands.

„Sehr gut. Aska …“, wandte sich Filixx hastig an den Schneefuchs, „… du bewachst die Boote. Ich werde sie mit einem Zauber hier verankern. Keine Angst. Wir versuchen, deinen Leik zurückzuholen.“ Einen Augenblick später war Filixx’ massiger Körper von einer gelblich schimmernden, ovalen Kugel umschlossen und er ließ sich ungelenk ins Wasser plumpsen.

Zurück blieben drei herrenlose, weiße Kanus, die auf den Wellen tanzten, und ein jammernder kleiner Schneefuchs, der ängstlich auf das Wasser blickte.

Verzweifelt schnappte Leik nach Luft. Viel länger hätte er es nicht mehr ausgehalten, ohne zu atmen. Er brauchte einige Sekunden, um zu begreifen, wo er war. Langsam zog er sich aus dem Wasser heraus, was bei den glitschigen Felsen gar nicht so einfach war, und betrat die große Höhle. Bis hierher war er dem großen, grauen Ungetüm gefolgt, das Morlâ am Kragen gepackt hatte, um ihn in sein Reich zu schleppen. Dann war Leik die Luft ausgegangen. Das Tier war in einem weiteren gefluteten Gang verschwunden. *Ich hoffe, dass Morlâ länger die Luft anhalten kann als ich.* Im gleichen Moment erreichte ihn Filixx' Gedankenruf. Ohne Worte sprechen zu müssen, sandte er seinem Freund Eindrucke und Emotionen. Der Zwergelbe würde wissen, was zu tun wäre. Warten konnte er auf seine beiden Begleiter aber nicht. Er musste Morlâ finden. Leik ließ drei Wehrlichter aufsteigen. Die farbenfrohen Kugeln beleuchteten die große Höhle, doch weiter als einige Meter konnte Leik nicht sehen. Trotzdem ging er tiefer in die Höhle hinein. Überall hörte er Wasser gluckern und platschen. Der Boden war glitschig und bedeckt mit grünen Algenteppichen. Ebenso die Wände. Im ersten Moment fand Leik keine Erklärung dafür, aber dann verstand er: *Es ist Ebbe. Nur dann kann man diese Höhle betreten, bei Flut steht hier alles unter Wasser. Ich muss schnellstens Morlâ finden.* Jetzt kam ihm seine Übung aus den Ferien zupass, auch wenn er nie gedacht hätte, dass er sie in einer Unterwasserhöhle einsetzen würde. Der Fluss des Gesteins. Leik legte die Hände auf die nasse, schmierige Felswand und konzentrierte sich. Ein Querschnitt der Höhle tat sich vor seinem inneren Auge auf. Sie war gar nicht so riesig, wie er befürchtet hatte. Neben der Kammer, in der er sich befand, gab es nur noch eine weitere. Dort mussten Morlâ und der Entführer sein. Leider musste Leik, um dorthin zu kommen, zurück ins Wasser steigen und durch den dunklen Tunnelgang tauchen, den das graue, dicke Lebewesen zuvor auch genommen hatte. Langsam bekam er Platzangst. Die Kombination von Enge, Dunkelheit und Luftmangel machten ihm zu schaffen. *Ich schaffe das. Für meinen besten Freund.* Hastig ging er zurück zu der Stelle, an der er aus dem Wasser gekrochen war.

„Wirklich beeindruckend, wie lange du die Luft anhalten kannst“, sagte Filixx zu Ûlyèr, als sie im Wasser vor der großen Höhle auftauchten. „Tut mir leid, dass wir uns ein-, zweimal verschwommen haben.“

Der Ork schnappte einige Male hastig nach Luft und schaute verächtlich auf Filixx in seiner magischen Kugel. Der Zwergelbe war nicht einmal nass geworden, geschweige denn, dass er auch nur einen Augenblick keine Luft gehabt hätte.

Filixx räusperte sich. „Naja, nichts für ungut. Also, ich denke, dass dies der Ort sein sollte, den ich bei Leik gespürt habe. Er wird sicher schon auf der Suche nach Morlâ sein. Komm, wir …“, der Zwergelbe brach ab und horchte.

Ûlyèr zog sich aus dem Wasser und ging hinter einem Felsen in Deckung. „Ich höre es auch“, flüsterte er. In der Tat war nun ein schmatzendes Geräusch und gelegentlich ein Platschen zu hören.

Filixx starrte angespannt in die Dunkelheit. Seine Unterarme umspielten gefährlich aussehende gelbe Flammen, die nur darauf zu warten schienen, von ihrem Meister entfesselt zu werden.

Eine Gestalt schälte sich aus der Dunkelheit und kam dem gelblich glühenden Filixx immer näher. „Lass mich“, sagte Ûlyèr und stürzte sich auf den Unbekannten.

Leik fluchte in sich hinein. Er hatte das Gefühl, sich verlaufen zu haben und stieß sich zum wiederholten Male den Fuß und Unterschenkel an einem Felsen. Er ließ seine Wehrlichter zurückkehren, aber ihr schummeriges Licht half ihm nicht. Er las erneut den Fluss des Gesteins, doch diesmal versuchte er, die Karte dauerhaft vor seinem inneren Auge aufrechtzuerhalten. Nun sah er nur noch Gesteinsformationen, Felsen und etliche Unebenheiten vor sich. *Diesmal werde ich schneller sein. Was ist denn das Gelbe da vorne?*, rätselte Leik. Im nächsten Moment stürzte sich ein riesenhaftes Ungeheuer auf ihn und riss ihn schmerzhaft zu Boden.

„Warte“, brüllte Filixx verzweifelt, doch Ûlyėr war in seinem einmal geweckten Jagdtrieb nicht aufzuhalten. Und so konnte der Zwergelbe nur mit ansehen, wie sich sein orkischer auf seinen menschlichen Freund stürzte. So schnell er konnte, hetzte er in die große Unterwasserhöhle hinein, um den unter dem riesigen Ûlyėr begrabenen Leik zu befreien und den Ork von Schlimmerem abzuhalten.

„Wie hätte ich denn ahnen sollen, dass Leik hier durch die Dunkelheit stapft“, verteidigte sich Ûlyėr, nachdem ihm klar geworden war, wen er angegriffen hatte.

Leik rieb sich den schmerzenden Hinterkopf, der unsanft auf dem Felsboden aufgekommen war, aber es blutete nicht und außer einigen anderen Prellungen ging es ihm gut. „Wir müssen Morlâ finden. Die Flut kommt“, sagte er, als eine kleine Welle an seinen Hosenboden schwappte. Das Wasser kam langsam, aber sicher zurück. Hastig erklärte er seinen Freunden, wie die Höhle aussah und wo Morlâ sein musste.

„Dann sollten wir schnell machen“, sagte Filixx. „Meine Sauerstoffglocke kostet mich so viel Kraft, dass ich sie unmöglich auf mehrere Personen verteilen kann. Und schon gar nicht auf vier.“

Leik bewunderte seinen Freund erneut für seine beeindruckenden magischen Fähigkeiten. Er selbst wäre niemals in der Lage gewesen, einen solchen Zauber zustande zu bringen. „Also los, wieder zurück ins Wasser." Sie sprangen einer nach dem anderen zurück in das kühle Nass und durchtauchten die geflutete Tunnelröhre.

Der Gang war nicht so lang, wie sie gedacht hatten, doch wenn Ûlyėr Leik nicht ein ganzes Stück mitgezogen hätte, hätte er es nicht geschafft. Der Ausstieg in diesen Teil der Kaverne war schwierig, da die Felsen sehr steil waren. Es waren Ûlyėrs gewaltige Kräfte, die sie schlussendlich aus dem Wasser beförderten. Er schlug seine Krallen in den Fels und hievte sich nach oben. Anschließend zog er seine beiden Freunde aus dem Wasser.

Leik und Filixx trauten sich nicht sofort, Wehrlichter aufsteigen zu lassen, da sie Angst hatten, entdeckt zu werden. Der Zwergelbe hatte, nachdem er festen Boden unter den Füßen spürte, auch sofort seinen glühenden Zauber fallen lassen. Daher tappten sie erst einmal relativ blind durch die erstaunlich trockene Höhle.

„Etwas lebt hier", bemerkte Ûlyėr und schnupperte hörbar. „Irgendein Tier."

„Damit sollten wir fertig werden. Oder was meinst du?", fragte Filixx Leik und ließ im gleichen Moment – nun weniger ängstlich – doch ein Wehrlicht aufgehen.

Leik tat es ihm nach. Im schummerigen Farbenspiel der magischen Erscheinungen entdeckten sie zahleiche Fischgräten, die den Boden bedeckten. „Unser Feind ist offensichtlich ein Fischfreund", bemerkte Leik dazu.

„Ruhe", zischte Ûlyėr.

Sie hörten ein Brummen, das mit einer Art Heulen vermischt war. Es kam aus dem vor ihnen liegenden, dunklen Teil der Höhle, aber ihr Gegner war nicht auszumachen.

„Was ist das?", fragte Leik Filixx leise.

„Ich habe keine Ahnung, aber etwas ist hier und es hat Morlâ geholt. Ergreifen wir entsprechende Maßnahmen." Sofort wob der Zwergelbe um sich einen Schutzkokon, durchsichtig und nur an einem leichten Flimmern zu erkennen. Leik tat es ihm nach.

Ûlyėr bedurfte keines magischen Schutzes, seine dicke schwarzgrüne Haut, die Krallen, Berge von Muskeln und seine Hörner waren für ihn mehr als ausreichend, um sich gegen jeden Gegner zu verteidigen.

Wieder erklang aus der Dunkelheit das brummige Heulen. Ûlyėr ging voran. Der animalische Instinkt seiner Persönlichkeit übernahm die Kontrolle. Leik war froh, dass der Ork auf ihrer Seite war. Trotz seiner Größe schlich er fast lautlos über den felsigen Höhlenboden. Er war kaum zu sehen, nur seine gelben Augen blitzten manchmal in der schummerigen Beleuchtung der Wehrlichter auf. Ûlyėrs Muskeln waren angespannt. Er lief geduckt, hatte seine Krallenhände breit aufgefächert und das Kinn angezogen, damit seine Hörner in Angriffsposition waren.

Erneut gab ihr Gegner ein Geräusch von sich. Jetzt schien Ûlyėr genau zu wissen, wohin sie mussten. Zielstrebig bewegte er sich in diese Richtung. Leik und Filixx folgten ihm. Nur das Klatschen und Gluckern der Wellen war zu vernehmen. Leik merkte, dass er schwitzte und angespannt war. Er beschwor einen einfachen Angriffszauber. Rote Funken umspielten seine Hände.

Plötzlich machte Ûlyėr einen Ausfallschritt und sprintete in die Dunkelheit.

Leik und Filixx kamen nicht hinterher. Sekunden später war erneut das brummige Heulen zu vernehmen. Diesmal klang es aber nicht angriffslustig, sondern eher panisch. Dann hörte Leik

Morlâs Stimme. Ein enormes Glücksgefühl durchflutete ihn. Doch er konnte nicht verstehen, was der Zwerg sagte.

Gleich darauf standen er und Filixx neben Ûlyėr vor einer Felsnische, in der ein dickes, graues Ungetüm lag. Nur wenn man genau hinsah und eines der Wehrlichter hell genug war, konnte man Morlâ hinter dem Monster sehen. Sein Entführer hatte einen langen, zigarrenförmigen Körper und zwei Flossen, ähnlich wie verkümmerte Arme, aber keine Beine, sondern eine Schwanzflosse. Die Schnauze war dick und quoll förmlich aus dem Kopf heraus und war übersät mit kleinen Schnurrhaaren. Die Zähne, die das Tier bei seiner Verteidigung entblößte, waren nicht sehr furchteinflößend. Leik brauchte einen Moment, bis er verstand, was vor sich ging. Er begann zu lachen, verließ die Sphäre und ließ sämtliche Zauber fallen.

Filixx und Ûlyėr schauten ihn ungläubig an.

„Ich glaube, wir haben unseren Entführer. Aber ich denke nicht, dass diese Seekuh unserem Zwerg etwas tut. Sie sieht eher aus, als würde sie ihn beschützen."

Jetzt schaute auch Filixx genauer hin. „Ich glaube es nicht, es ist ein Manati. Man nennt sie auch die sanften Riesen des Meers." Dann begann er ebenfalls schallend zu lachen.

Ûlyėr schien noch nicht überzeugt, erst als Morlâ sagte: „Lasst sie. Ich glaube, sie hat mich für ihr verlorenes Junges gehalten", konnte auch er das Lachen – oder was auch immer dieses schnurrende Geräusch war – nicht länger unterdrücken.

„Mach's gut, Gertrude", verabschiedete sich Morlâ von der großen Seekuh, als sie wieder in den Booten saßen. „Ja, hau nochmal richtig rein. Ich weiß, dass du die letzten Wochen nicht genug Fisch gefunden hast", mit diesen Worten warf er einen weiteren der geräucherten Fische, die ihnen Bläuel gegeben hatte, in das offene Maul der freundlichen Wasserbewohnerin mit den großen schwarzen Knopfaugen. „Ich verspreche dir, herauszufinden, was hier los ist, und dass wir die Fische zurückbringen."

Der Manati drehte sich auf den Rücken, schwamm direkt neben dem Kanu und ließ sich von Morlâ den Bauch kraulen. Aska schaute skeptisch über den Rand. An seiner Halsbeuge waren die Haare aufgestellt. Nach einer Weile schien die Seekuh genug von den Besuchern zu haben und verschwand in den Fluten.

Morlâ schaute ihr noch eine Weile nach.

„Also …", begann Leik langgezogen, als sie weiterpaddelten und sich in Richtung des Wachturms der Elben bewegten, „… Gertrude?"

„Warum denn nicht? Ich fand, der Name passt."

„Klar, ihr Junges muss es ja wissen", bemerkte Filixx dazu und alle lachten. Allerdings brachte ihm dies eine Breitseite Wasser ein, die Morlâ mit seinem Paddel zu dem Zwergelben schleuderte.

„Auf jeden Fall haben dich deine zwergischen Fähigkeiten mal wieder vor Schlimmerem bewahrt, oder?", fragte Ûlyèr, nachdem die kurze Wasserschlacht beendet war.

„Du hast recht", begann Morlâ. „Als mir die Luft ausging, ereilte mich der plötzliche Zwergentod. Ich verfiel in eine Art tiefe Ohnmacht. Aufgewacht bin ich erst in Gertrudes Höhle. Leider konnte ich ihr nicht verständlich machen, dass ich nicht ihr Junges bin. Außerdem wusste ich, dass ich ohne eure Hilfe nie heil an die Oberfläche zurückkomme."

„Da hast du einfach beschlossen, bei deiner kräftigen Ziehmutter auf uns zu warten", warf Leik ein, was zu erneuter Erheiterung führte.

„Aber wisst ihr, was das Gute daran war?", sagte Morlâ.

Alle schauten den Zwerg an.

„Ich glaube, ich bin nicht mehr seekrank."

Der Wachturm

Den Rest des Tages über paddelten sie ruhig weiter. Ihnen allen war aber klar, dass die Zeit gegen sie lief. Zwar hatten sie Gwendolin und ihre Begleiter noch nicht entdeckt, aber die vier Freunde wussten, dass sie ihnen auf den Fersen waren. Sie mussten schnellstmöglich zum Wachturm kommen, um eine Erklärung dafür zu finden, warum die Fische aus den Seenlanden verschwunden oder gestorben waren, wie Bläuel vermutete. Die Nacht verbrachten sie auf einer kleinen Insel. Es war merkwürdig ruhig. Kein Tier zeigte sich. Kein Vogel sang. Am nächsten Morgen paddelten sie weiter und gegen Mittag konnten die Studenten von Weitem schon den hohen, steinernen Wachturm sehen.

„Da, auf der großen Insel." Morlâ entdeckte ihn als Erster.

„Wirklich? Dann sind wir ja schneller, als ich erwartet hatte", erwiderte Filixx. „Tatsächlich. Ich sehe ihn auch. Eigentlich hatte ich gedacht, dass wir noch ein gutes Stückchen weiter müssen."

„Siehst du, du kannst dich eben auch mal irren", sagte Morlâ daraufhin mit einem Grinsen, das Leik ihm nachtat. „Ein Steinturm. Ich dachte, ihr Elben macht immer alles nur aus lebendem Material?", frotzelte Morlâ weiter in Filixx' Richtung.

Ohne auf Morlâs Neckerei zu reagieren, dozierte der Zwergelbe: „Das zeigt nur, dass die Elben den Schutz ihrer Grenzen ernst nehmen. Niemand weiß, was hinter dem Meer liegt, das den Kontinent beendet. Es gibt viele grausige Geschichten darüber, was mit denen passiert, die sich auf die weite, offene See hinausgewagt haben. Es gibt einen alten Kanal, der es Schiffen mit größerem Tiefgang erlaubt, weiter in die

Seenlande hinein- oder hinauszufahren. Was sich freilich nur wenige trauen. Oft sind es wagemutige Händler, die allerdings auch nur an der Küste entlangschippern. Einige Gelehrte behaupten, das Meer würde abrupt enden und dann fiele man einfach ins Nirgendwo hinab. Blödsinn, wenn ihr mich fragt. Ich glaube eher, dass wir Bewohner Razuklans nicht ohne die Energie der Magie leben können und diese kommt aus dem Boden. Verlassen wir das Festland dauerhaft oder entfernen wir uns zu lange von unserer Heimat, dann fehlt uns ein entscheidender Bestandteil zum Leben. Ähnlich wie Sauerstoff oder das Sonnenlicht."

Leik schaute auf den Reiher-Wachturm. Jetzt kam er ihm kalt und dunkel vor. Er bekam, trotz der Wärme, eine Gänsehaut und ein schlechtes Gefühl beschlich ihn. „Wir sollten vorsichtig sein!", fasste Leik seine plötzlichen Bedenken in Worte.

„Warum?", fragte Morlâ erstaunt. „Dies ist ein offizieller Außenposten der Elben. Sie werden eine Abordnung des Ordens wohlwollend empfangen."

„Der Farbseher hat recht. Wir sollten achtsam sein", kam es von Ûlyèr, der seit Stunden nichts gesagt hatte.

Sie hätten alle später nicht erklären können, warum sie die Warnung ernst nahmen. Vielleicht lag es daran, dass sich Ûlyèr überhaupt in das Gespräch eingeschaltet hatte, oder dass er Leik den Farbseher nannte. In jedem Fall entschieden sie sich, die Insel von der Rückseite anzulaufen. Die Wachen würden nach Süden, zum Meer hin Ausschau halten und nicht in Richtung des Elbenreichs. Das ermöglichte es ihnen, sich dem Turm ungesehen zu nähern.

Die Kiesel unter den Kanus knirschten, als sie die Boote auf den Strand der bewaldeten Insel zogen. Aska sprang freudig heraus und wedelte mit dem Schwanz, offensichtlich froh, wieder an Land zu sein.

„Wir nehmen nur das Nötigste mit“, beschloss Morlâ als ihr Missionsführer. „Wir holen die Boote ja später wieder ab. Da brauchen wir jetzt nicht den ganzen Kram mitzuschleppen.“

Alle suchten zusammen, was sie für wichtig erachteten. Leik nahm sicherheitshalber seinen Bogen und die Pfeile mit. Selbst wenn er sie nicht zum Schutz brauchte, konnte er vielleicht das eine oder andere Wild erlegen. So langsam hatte er genug von getrocknetem Fisch.

Sie begaben sich ins Unterholz des dichten Dschungels. Aska blieb nah bei Leik. Ûlyèr ging vor und schlug mit seinem breiten Schwert eine Schneise in den Urwald.

„Eigentlich gibt es einige angelegte Wege“, sagte Filixx schnaufend und wischte sich mit dem Handrücken den Schweiß von der Stirn. „Das weiß ich von Bläuel. Die hier stationierten Soldaten sorgen dafür, dass der Dschungel sie nicht überwuchert. Was wahrscheinlich eine ziemlich aufwendige Aufgabe ist, wenn ich mich hier so umschaue.“ Wie um seine Worte zu unterstreichen, schob er eine vor ihm hängende, fransig-grüne Liane zur Seite.

Sie waren etwa eine Stunde gelaufen und kein einziges Lebewesen war ihnen bisher begegnet. „Nicht mehr weit und wir sind am Turm“, sagte Filixx.

Leik war schleierhaft, wie der Zwergelbe das wissen konnte. Der tropische Wald war so dicht, dass man weder den Himmel noch Gebäude sehen konnte, die mehr als ein paar Meter entfernt waren. Dennoch hatte Filixx mal wieder recht. Nach kurzer Zeit lichtete sich der Dschungel und man sah den Turm, der aus grob beschlagenem Sandstein bestand. Zu dieser Seite hin hatte er weder Fenster noch eine Tür. Sie würden das hohe Gebäude einmal umrunden müssen.

„Na, seht ihr“, sagte Morlâ. „Gar kein Grund für eure Schwarzmalerei. Da wären wir und niemand hat uns aufgehalten oder angegriffen. Ich glaube, ihr habt noch Paranoia von der letzten Mission. Das hier ist nicht Sefal. Kommt, machen wir uns bemerkbar. Nicht, dass uns die Wachen für Angreifer halten und mit Pfeilsalven empfangen.“ Dann brüllt er: „HALLLOOOO. Ist da jemand? Wir sind Studenten der Âlaburg, die im Namen des Ordens auf Mission hierhergeschickt wurden. HALLLOOOO?“

Niemand antwortete.

„Das ist nicht normal“, beschied Filixx. „Bläuel hat mir erzählt, dass der Turm eine Besatzung von zwanzig Kriegern hat. Es ist nicht davon auszugehen, dass sie alle gleichzeitig eine Pause machen oder am helllichten Tag schlafen. Zumal ihre Aufgabe darin besteht, Wache zu halten.“

„Ach Quatsch, die haben mich nur nicht gehört da oben.“ Morlâ wollte gerade erneut losschreien, als Ûlyèr ihm eine Hand auf den Mund legte und auf Aska zeigte. Der Schneefuchs stand mit eingezogenem Schwanz am Waldrand, zitterte und weigerte sich, auch nur in die Nähe des Turms zu gehen.

„Wir haben schon einmal seine Warnung missachtet …“, sagte Ûlyèr und nahm seine Hand von Morlâs Mund, „… und das wäre fast unser Ende gewesen. Wir sollten vorsichtig sein und *leise.*“

Sie zogen sich in das Dickicht des Dschungels zurück und beratschlagten, wie sie vorgehen sollten. Das Ergebnis war, dass Filixx und Ûlyèr den Turm von der einen Seite umkreisen würden und Leik und Morlâ von der anderen. Sie wollten sich über Wehrlichter warnen, wenn Gefahr drohte. Im Schutz des Waldes konnten die vier Studenten nicht zum Eingang kommen, da das Gelände um den Turm gerodet war.

Filixx wob wieder seinen Schutzzauber. Ûlyèr nahm die Machete mit beiden Händen und hob sie zum Schlag, dann gingen sie auf die Lichtung, liefen schnell auf den Turm zu und drückten sich eng an die steinerne Wand, damit man sie von oben nicht entdecken konnte und sie zumindest von einer Seite gegen Angriffe geschützt waren. Dann rannten sie los.

Einige Augenblicke später taten es ihnen ihre beiden Freunde nach. Leik in einen regenbogenfarbenen Schutzmantel gehüllt und seinen Bogen im Anschlag. Morlâ mit gezogener Axt. Aska folgte seinem Herrn widerwillig und mit angelegten Ohren, aber irgendwie hatte der kleine Schneefuchs seinen Mut wiedergefunden. Leik war froh, das Tier an seiner Seite zu haben. Aska würde sie vor nahenden Gefahren warnen.

Es vergingen nur wenige Minuten, dann waren sie an der anderen Seite des Wachturms angekommen und sahen Filixx und Ûlyèr, die eng an die Mauer gepresst in die Knie gegangen waren und auf den Haupteingang starrten. Als sie ihre Begleiter entdeckten, gab Ûlyèr ein Zeichen, dass er als Erster ins Gebäude gehen würde. Ohne auf eine Antwort zu warten, setzte der Ork diesen Plan in die Tat um und war im Inneren des hohen Gebäudes verschwunden.

„Komm“, sagte Leik zu Filixx. „Wir gehen auch rein.“

Aska war nicht dazu zu bewegen, in das Gebäude zu gehen. Er setzte sich direkt vor den Eingang und starrte nach drinnen.

Leik und Morlâ ließen ihn gewähren. Im Inneren des Wachturms erwartete sie niemand, nur abgestandene Luft. Der Turm war sehr dunkel. Er bestand aus zwei Ebenen. Auf der unteren, die sie jetzt durchsuchten, befanden sich auf der einen Seite ein großer Esstisch und Regale voller Lebensmittel. Auf der anderen war ein Waffenständer zu sehen, der voll bestückt war mit zahlreichen Bögen, schmalen Schwertern und spitz zulaufenden, gelben Schilden. Daneben lagen einige fein gearbeitete Kettenhemden. Der Raum wirkte ungewöhnlich aufgeräumt und enthielt keine Spuren alltäglichen Lebens. Als hätte jemand ein riesiges Stillleben einer verlassenen Soldatenstube arrangiert.

Leik fuhr nachdenklich mit der Hand über einen der großen, runden Bögen und spürte das weiche, fein geschliffene Holz unter den Fingerkuppen. Die Sehne war ausgehängt, hing aber griffbereit daneben, genauso wie Dutzende Pfeile mit Schwanenfedern am Ende. Ein geübter Schütze würde in Sekunden daraus eine funktionsfähige tödliche Waffe herstellen können. „Kommt euch dieser Raum auch so künstlich vor?“, fragte Leik.

„Du hast recht“, antwortete ihm Morlâ. „Ich wusste die ganze Zeit nicht, wie ich es beschreiben soll. Ja …“, er machte eine Pause, um sich nochmals umzusehen, „… alles kommt einem gestellt vor. Wenn es hier Wachen gibt oder gegeben hat, dann waren sie wirklich sehr ordentlich. Alles liegt exakt an seinem Platz. Vielleicht haben elbische Soldaten sehr strenge Regeln.“

„Lasst uns nach oben gehen. Im zweiten Stock müssten ihre Schlafkojen sein. Dort würde auch der disziplinierteste Soldat etwas Persönliches hinterlassen“, schlug Ûlyèr vor. Zielstrebig ging der Ork auf die schmale Wendeltreppe zu, die ihn nach oben bringen würde.

Im gleichen Moment hatte Leik einen furchtbaren Geruch in der Nase: den Gestank nach Verwesung und Tod. Aska, den sie durch die offene Tür sehen konnten, begann herzzerreißend zu heulen.

Die Wände des Turms wurden durchsichtig und lösten sich Augenblicke später ganz auf.

„Ein Trugzauber, deshalb wirkte alles so unecht“, erkannte Filixx jetzt. „Das ist nicht der echte Turm der Reiher. Das ist …“

„… eine Falle“, beendete Morlâ den Gedanken seines Freundes.

Der Turm war jetzt völlig verschwunden. Sie standen unter freiem Himmel auf einer Lichtung, umringt von zwei Dutzend Vonynen, von denen einige deutlich elbische Züge trugen, weil ihr Gesicht noch nicht vollständig verfault war. Ihre Augen glühten rot und zornig. Alle waren in weite schwarze Mäntel gehüllt und mit riesigen, schartigen Schwertern oder Äxten bewaffnet. Militärisch koordiniert schlossen sie die Freunde ein.

Aska knurrte jetzt und begab sich neben seinen Herrn. Er war bereit, sich in den aussichtslosen Kampf zu stürzen. Leik legte einen Pfeil auf die Sehne. *Wir haben keine Chance. Es sind viel zu viele und sie haben uns überrumpelt.*

„Da sind ihre Boote!"

„Ich bin nicht blind, Campell", antwortete Gwendolin bissig.

„Wir sollten sie zerstören", schlug der menschliche Student vor, ohne auf den Unterton seiner Missionsführerin zu hören.

Gwendolin zog die linke, perfekt geschwungene Augenbraue skeptisch nach oben.

„Ohne ihre Kanus kommen sie hier nicht weg. Das garantiert uns den Sieg."

Wenige Axtschläge später waren die Boote, die Leik und seine Freunde hierhergebracht hatten, nicht mehr nutzbar. Und damit auch der einzige Fluchtweg von der Insel versperrt.

Die schwarzhaarige Elbin

Der Kreis der Untoten schloss sich langsam aber sicher um die vier Freunde, die jetzt Rücken an Rücken standen. Der Gestank war unbeschreiblich. Ûlyèr hielt seine Machete kampfbereit, Morlâ seine Axt, Filixx' Unterarme umspielten Flammen, Leik hatte den Bogen gespannt und Aska die Zähne gefletscht. Sie waren bereit, sich der Übermacht zu stellen.

„Wir müssen uns zu den Booten durchkämpfen", gab Ûlyèr, der die meiste Kampferfahrung von ihnen hatte, einen zumindest theoretischen Ausweg vor.

„Ûlyèr hat recht", sagte Filixx. „Ich glaube nicht, dass diese Bestien schwimmen können. Wenn wir zu den Kanus kommen, können wir fliehen und Hilfe holen. Allein werden wir das dieses Mal nicht hinbekommen."

„Achtet auf mein Zeichen", presste Ûlyèr hervor. Dann brüllte er ohrenbetäubend, sprang auf die Vonynen zu und schlug zweien gleichzeitig den Kopf ab. Die Torsi schlugen klatschend auf dem Boden auf und aus den aufgerissenen Hälsen schoss stinkendes Blut.

Dieser überraschende Angriff sorgte für so viel Verwirrung, dass die anderen in die kleine Lücke nachstoßen konnten. Filixx entfachte auf dem Weg dorthin links und rechts von sich eine Feuerwalze, die etliche der Vonynen in Flammen aufgehen ließ. Morlâ erwischte die Schwertspitze von einem Vonynen an der linken Schulter, sodass er zu bluten anfing. Trotzdem schafften sie es, sich in den nahen Wald durchzuschlagen. Ûlyèr führte sie zielstrebig auf den Weg, auf dem sie gekommen waren. In rasendem Tempo hetzten sie durch den Dschungel. Äste peitschten ihnen dabei in die Gesichter.

Die Vonynen hatten nicht vor, ihre Beute aufzugeben. Selbst diejenigen, die brannten, rannten ihnen hinterher. Für ihren körperlichen Zustand waren die Bestien erstaunlich schnell. Außerdem nahmen sie keinerlei Rücksicht auf ihre Kameraden oder andere Hindernisse. Stürzte einer von ihnen, wurde er von den anderen einfach überrannt. Pflanzen hackten sie einfach ab und Hindernisse übersprangen sie. Immer näher kamen die Verfolger den Fliehenden.

Morlâ rutschte auf einem schlammigen Stück ihres Weges aus und verfing sich auch noch in einer Liane. Leik und Aska blieben sofort neben ihm stehen. „Alles klar? Hast du dir wehgetan?“ Im Sprechen feuerte er einen Pfeil nach dem anderen auf die anrückenden Vonynen. Einige fielen auch, aber die meisten schienen sich gar nicht darum zu scheren, dass ihnen eines der Geschosse im Unterleib steckte.

Morlâ versuchte, wieder auf die Beine zu kommen, doch er rutschte erneut aus. Leik beschloss, Magie anzuwenden, auch wenn er sich kaum konzentrieren konnte. Doch er kam gar nicht dazu, einen Versuch zu wagen. Plötzlich hob eine dunkelgrüne Krallenhand den Zwerg hoch, anschließend umschlang ein starker dunkler Arm seinen Bauch.

„Keine Zeit zum Ausruhen und Schwatzen, meine Freunde“, sagte Ûlyèr. Er klemmte den Menschen und den Zwerg unter seine muskulösen Arme, als wären die beiden nur Brotlaibe. „Komm, Aska!“ Sekunden später hetzte er in Richtung des rettenden Ufers, wo ihre Kanus warteten.

„Warum sind die Boote nicht im Wasser?“, schrie Ûlyèr, als er Filixx und die immer noch am Strand liegenden, schmalen weißen Kanus sah. Es ging um jede Sekunde, die Vonynen würden sie in etwa einer Minute erreicht haben und es waren nun noch deutlich mehr geworden. Der Wald erzitterte unter ihren schweren Schritten. Die ganze Insel roch nach Fäulnis und Verderben. Der lebende Tod hatte die vier Freunde fast erreicht.

Filixx antwortete nicht, sondern saß mit geschlossenen Augen auf dem Boden.

Er zaubert, wurde Leik klar. *Warum hat er nicht einfach die Kajaks zu Wasser gelassen?*

Im nächsten Moment umschloss Feuer die kleine Landzunge, auf der die Boote lagen. Die Hitze war fast unerträglich. Filixx hatte eine regelrechte Feuerwand erschaffen, fast zwei Meter hoch. Kein lebendes Wesen würde dieses Hindernis unbeschadet überwinden können.

Ûlyėr ließ Leik und Morlâ unsanft auf den Boden plumpsen. Er rannte zu den Booten: „Sie haben sie zerstört. Wir kommen hier nicht weg!"

Leik bekam eine Gänsehaut. Jetzt hatte er wirklich Angst. Er wusste, dass ihnen niemand helfen konnte. Nicht nur, dass keine Hilfe in der Nähe war. Sie hatten auch niemanden informieren können, weil alles so schnell gegangen war.

„Warum haben sie uns nicht am Strand aufgelauert, wenn sie doch wussten, dass die Kanus hier lagen?", fragte Morlâ.

Er bekam keine Antwort auf die Frage, denn im nächsten Moment überschlugen sich die Ereignisse. Die folgenden Augenblicke würden ihr Leben für immer verändern.

Filixx fiel plötzlich zur Seite. Die Feuerwand war erloschen.

„Filixx", schrie Leik und lief zu seinem Freund. Der Zwergelbe lag verkrampft und mit geschlossenen Augen auf der Seite, hatte Schaum vor dem Mund und zeigte keine Regung.

Nun konnte nichts mehr die Vonynen aufhalten. Leik drehte sich in die Richtung, aus der ihre Feinde kamen. Morlâ kam an Leiks Seite. Ûlyėr und Aska waren wenige Sekunden später auch bei ihm.

„Na, kommt schon", brüllte Morlâ ihren Angreifern entgegen.

Doch merkwürdigerweise blieben die schwarz gekleideten Gestalten in einigen Metern Abstand einfach stehen und starrten die vier Studenten aus rotglühenden Augen an. Auf einmal teilte sich die Masse und ließ eine schmale, dunkelhaarige Gestalt auf einem großen pechschwarzen Pferd passieren.

„Die schwarzhaarige Elbin“, flüsterte Leik. „Bläuel hatte also doch recht.“

Die ganz in schwarzes, hautenges Leder gekleidete Frau war offensichtlich die Anführerin der Vonynen.

„Jetzt lernen wir also unsere mysteriöse Angreiferin aus dem letzten Semester endlich kennen“, begrüßte Leik die vermummte Gestalt laut und ohne Angst in der Stimme.

Als die Elbin an der Spitze ihres Heeres angekommen war, zügelte sie das Pferd und blieb stehen. Das prächtige Tier tänzelte vor Aufregung. Von dem Gesicht der Elbin konnte man nur ihre Augen sehen. Sie waren, genauso wie bei den Vonynen, blutrot. Doch sie war keine dieser Kreaturen. Ihr Körper war jung und unversehrt und das, was man von ihrem Gesicht sehen konnte, sah makellos aus. Bewaffnet war ihre Gegnerin nicht. „Lasst eure Waffen fallen und gebt uns den Menschen!“, befahl sie mit einer Stimme, die Leik bekannt vorkam, obwohl sie abgehackt klang.

Es geht also wieder um mich, dachte er resigniert. Dann überkam ihn bodenloser Zorn. Nie hatte er irgendjemandem in seinem Leben etwas angetan. Warum wollten alle immer nur ihm schaden? Er holte tief Luft, um in die Sphäre einzudringen.

„Versuch es gar nicht erst, Leik. Du endest doch nur wie Filixx“, sagte die Elbin, als ob sie wüsste, was er vorhatte.

„Woher kennst du meinen Namen?“

Die Frau, die alle bisher für eine Elbin gehalten hatten, beantwortete diese Frage einfach, indem sie ihre schwarze Maske herunterzog.

Leiks Beine gaben nach und er ging in die Knie. Er konnte nicht glauben, was er sah. Drena.

Von der Liebe verraten

Leiks Kopf war leer. Wieso war seine große Liebe hier? Warum ritt sie an der Spitze eines Vonynenheers – seinen Todfeinden? „Drena?“, hauchte er und blickte in das Gesicht der schönen Nusshändlerin, in die er sich auf dem Markt in Sefal verliebt hatte. Leik glaubte, ein kurzes Erkennen in Drenas schönen ebenmäßigen Gesichtszügen zu bemerken. Für einen Augenblick schien sie verwirrt, doch gleich darauf sah sie wieder so aus wie zuvor.

„Kommst du freiwillig mit?“, fragte Drena mit mechanischer Stimme.

Leik sah in ihre blutroten Vonynenaugen, die früher wunderschön braun gewesen waren.

„Ich weiß, was hier los ist“, brüllte Morlâ zornig. „Dein Liebchen ist an allem schuld. Sie hat uns schon im letzten Semester nach Sefal gelockt. Leik, wach auf! Drena ist der unbekannte Magier, der Razuklan die Magie entzieht und die Welt vernichten will. Weil du mit deinen Kräften das verhindern könntest, will sie dich vernichten.“

Aska knurrte tief, aber sein eingezogener Schwanz verriet seine Angst.

Drena drehte sich roboterhaft zu dem Zwerg hin. Ihre enge Lederkleidung knarzte. Als ob sie eine Fliege vertreiben würde, schoss sie mit den Händen zwei rote Blitze, die direkt in Morlâs Brustkorb einschlugen. Der Zwerg flog einige Meter durch die Luft und schlug mit einem furchteinflößenden Geräusch auf dem Boden auf. Er regte sich nicht mehr.

Augenblicklich stürzte sich Aska auf die dunkelhaarige Schönheit. Der kleine Schneefuchs kam nicht weit. Einer der Vonynen fing ihn ab. Der harte Tritt des stinkenden Ungeheuers ließ den Schneefuchs aufheulen. Doch das hielt das tapfere Tier nicht davon ab, seine Freunde weiter zu verteidigen. Humpelnd begab er sich erneut in Angriffsposition.

„Aska", rief Leik mit befehlender Stimme.

Der grauweiße Fuchs schaute seinen Herrn mit braunen, traurigen Augen an. Dann schüttelte er sich, schlug mehrere Haken und war im Wald verschwunden.

„Sollen wirklich noch mehr deiner Freunde deinetwegen zu Schaden kommen?", fragte Drena und blickte Leik wieder an.

„Nein, lass dich darauf nicht ein. Sie wird dich töten", grollte Ûlyèr und rannte mit gezogenem Schwert auf sie zu.

Blitzschnell sprangen fünf Vonynen vor, um ihre Anführerin zu beschützen. In einer einzigen Bewegung enthauptete Ûlyèr zwei von ihnen, einen anderen stieß er um und dem nächsten hackte er die Beine ab. Nun stand er vor der fürchterlich schönen Drena. „Du Monster. Du hast lange genug Leid über diesen Kontinent gebracht." Er hob sein Schwert.

„Nein!", schrie Leik.

Der Ork drehte sich verwirrt zu seinem Freund um. Drena nutzte diese Sekunde der Ablenkung sofort aus. Im gleichen Moment wurde Ûlyèr etliche Meter in die Luft gehoben. Dann ging ein Ruck durch den mächtigen Körper des Kriegers, der aussah, als ob ein Riese ihn in der Mitte zerbrechen wollte, und er krachte mit dem Gesicht nach unten auf den Strand, wo er regungslos liegen blieb. Um seinen Körper erschien eine große blaue Pfütze, die der Sand gierig aufsog.

„Kommst du jetzt mit mir?", fragte Drena Leik, als ob nichts passiert wäre. Ihr Gesicht war wieder eine Maske der Ausdruckslosigkeit.

Leik erhob sich schwerfällig und schaute nochmal auf seine Freunde, die schwerverletzt und regungslos am Strand lagen. Leik ergab sich in sein Schicksal und ging auf Drena zu.

„Machen wir, dass wir hier wegkommen. Den dreien ist eh nicht mehr zu helfen. Wer weiß, wann ihre Angreifer zurückkommen."

„Halte den Mund, Joklin", erwiderte Gwendolin streng. „Leik und seine Freunde mögen unsere Gegner sein, aber sie sind immer noch Studenten der Âlaburg. Und wir sind in offizieller Mission des Ordens hier. Wir helfen ihnen, zumal wir ja nicht ganz unschuldig sind an ihrer jetzigen Lage", sagte die blonde Elbin mit einem Blick auf die von Joklin Campell zerstörten Boote.

Morlâ schlug schwerfällig die Augen auf. Verschwommen sah er eine wunderschöne Gestalt mit wallenden blonden Haaren. „Bin ich bei Mutter Erde?", flüsterte er mit kraftloser Stimme dem schönen Mädchen zu. „Seid Ihr eine der Markanen, eine Tochter der Erde, die mich an den Tisch meiner Ahnen geleiten wird?"

„Also, dem Zwerg geht es bestens. Er redete schon wieder dummes Zeug. Obwohl, ich glaube, er hat mich für einen Engel gehalten", rief Gwendolin mit einem Lachen ihren Begleitern zu, die gerade Ûlyèr und Filixx zu helfen versuchten.

Blitzartig und mit rotem Kopf setzte Morlâ sich auf.

„Mach langsam", redete die Elbin jetzt mit überraschender Wärme auf ihn ein. „Warum haben euch diese Monster attackiert?"

Morlâ entschied, dass jetzt keine Zeit war, um zu eruieren, ob Gwendolin ihn nur veralberte oder nicht. Die zweite Gruppe der Âlaburg konnte ihre und Leiks Rettung sein. Hastig spulte er herunter, was geschehen war. Gwendolin hörte ihm gebannt zu und fixierte Morlâ mit ihren himmelblauen Augen. Er wusste nicht warum, aber irgendwie gefiel es ihm, wenn die Elbin ihn so ansah. Ein warmes Gefühl breitete sich in seinem Bauch aus.

Der Moment war zerstört, als Joklin dazu trat. „Der Ork ist unverwüstlich. Ram verbindet gerade seine Wunden. Er wird es schaffen, trotz des Blutverlusts. Aber der Fette“, der menschliche Student zeigte mit seinem Finger auf den auf der Seite liegenden Filixx, „da kommen wir nicht weiter. Er atmet und scheint keinerlei Verletzungen zu haben, aber wir bekommen ihn nicht wach.“

„Filixx“, rief Morlâ und hetzte zu seinem Freund. „Helft mir doch mal“, schrie er Joklin Campell und John McFlaherty zu. Die beiden Menschen halfen ihm, Filixx in eine halbwegs bequeme Position zu legen. „Filixx, Filixx, komm schon, mein Dickerchen, sag was“, redete Morlâ sanft auf den Zwergelben ein und tätschelte ihm die feisten Wangen.

Gwendolin trat hinzu und beobachtete die Szene kurz, bevor sie sagte: „Lass mich mal. Hier wird eine wirklich mächtige Begabte gebraucht.“

Morlâ war so dankbar für ihre Hilfe, dass er den Spott überhörte.

Gwendolin legte sanft die Hände auf Filixx’ Schläfen. Sie schloss die Augen. Einige Zeit passierte gar nichts. Dann konnte man sehen, dass Filixx’ Augäpfel sich hinter seinen geschlossenen Lidern aufgeregt hin und her bewegten. „Lass das, Filixx“, herrschte die Elbin plötzlich den ohnmächtigen Studenten des Weißen Hauses an, „ich will dir helfen.“

Morlâ schaute fragend zu Joklin und Ram. Doch der Mensch und der Elb zogen nur die Schultern hoch.

„Los, Filixx, mach schon. Wir haben es eilig“, fuhr Gwendolin den ohnmächtigen Studenten nun an.

Morlâ war kurz davor, einzugreifen. Aber irgendwie beruhigte ihn Gwendolins Tonfall auch. So redete man nicht mit jemandem, der im Sterben lag.

„Also gut. Ich war mit dir zusammen in Magie für Fortgeschrittene und Jehal hat uns allen deinen kleinen Trick verraten. Und natürlich auch, wie man den Zauberer aus seiner Geistesfestung wieder herausbekommt. Eure dunkelhaarige Angreiferin muss eine echte Anfängerin gewesen sein." Sie hielt Filixx die Nase zu.

„Was zum …", begann Morlâ, doch ein schimpfender Filixx unterbrach ihn.

„Mann, Gwendolin, du hättest mich auch küssen können. Jehal hat damals beide Varianten zum Beenden der Geistesfestung empfohlen."

Die schöne Elbin lachte keck auf und zwinkerte dem Zwergelben zu. „Und ich habe dir damals schon gesagt, dass das nicht infrage kommt."

Morlâ verspürte einen merkwürdigen Stich, als er die beiden so vertraut miteinander reden sah, doch das Gefühl wurde sofort von der Freude verdrängt, dass es Filixx wieder gut ging. „Du hast dich also selbst in diesen Zustand gebracht?", fragte Morlâ seinen Freund, nachdem er ihn einmal kräftig in den Arm genommen hatte.

„Ja, die Geistesfestung verhindert, dass ein anderer Zauberer Magie auf dich anwenden kann. Als ich in die Sphäre einzudringen versuchte, griff mich dort sofort unser geheimnisvoller Gegner an. Ich wusste mir nicht anders zu helfen. Ich hoffe, ich habe nichts Wichtiges verpasst?"

„Sicher, dass du schon wieder soweit bist?", fragte Filixx Ûlyėr mit skeptischem Gesichtsausdruck.

„Ja", beschied der Ork knapp. „Wir müssen Leik finden. Mir nach. Ihre Spuren sind nicht zu übersehen."

„Wartet, wollt ihr wirklich diesem Ungeheuer ins Verderben folgen? Wir sollten zurück und Hilfe holen", begann Joklin Campell.

Morlâ hatte den Mund schon auf, um zu antworten, doch überraschenderweise kam ihm Gwendolin zuvor: „Dafür ist keine Zeit. Wir müssen Leik befreien. Er ist einer von uns. Außerdem wird es sonst keine Hilfe geben. Fast der gesamte Orden ist im Kriegsgebiet der Orks und Zwerge. Wir müssen uns selbst helfen. Begabte für Begabte. Denk daran, wir sind nicht mehr viele."

Ram und John McFlaherty stimmten Morlâ, Filixx, Ûlyėr und Gwendolin zu. Bereit, ihr eigenes Schicksal mit dem Leiks zu verknüpfen. Dieser Übermacht hatte Joklin nichts mehr entgegenzusetzen. Mit grimmigem Gesichtsausdruck schloss er sich der Gruppe an.

„Na, dann können wir wohl los", bemerkte Morlâ mit einem Grinsen.

„Noch nicht", entgegnete Filixx. Dann ließ er einen seiner berühmten Pfiffe los.

Einige Momente passierte gar nichts. Plötzlich raschelte es im Dschungel. Angriffsbereit drehten sich alle in Richtung des Geräuschs. Aska kam aus dem Wald getrottet.

„Jetzt können wir los. Aska wird wissen, wo wir Leik finden."

Unter Feinden

Als Leik die Augenbinde endlich so weit verschoben hatte, dass er etwas sehen konnte, war es schon früher Abend geworden. Noch mit verbundenen Augen hatte er versucht, Magie zu wirken, um sich aus seiner Lage zu befreien. Doch jedes Mal, wenn er es auch nur probierte, bekam er so starke Kopfschmerzen, dass er wieder aufgab. Er war sogar einmal ohnmächtig geworden, so stark waren die Qualen gewesen. Magie würde ihm hier nicht helfen. Es herrschte nach wie vor eine schwüle Hitze. Er hörte Wellen gemächlich an etwas anlanden. Sie waren also noch im Seenland. Um ihn herum standen schiefe, graue Steine. Leik brauchte einen Moment, bis er begriffen hatte, wo er sich befand. *Ein Friedhof. Wo sonst sollte eine Horde verfaulender Vonynen ihr Lager aufschlagen?* Drena konnte er nirgends entdecken. Bisher hatte man ihn – in Anbetracht der Umstände – gut behandelt. Einer der Vonynen hatte ihn an Händen und Füßen gefesselt und dann hinten auf Drenas großes Pferd geworfen. Anschließend waren sie schnell durch den Dschungel geritten. Leik war dabei jedes Zeitgefühl verloren gegangen. Vielleicht hatte Drena aber auch einen Zauber gesprochen, damit er sich nicht wehrte. Schlussendlich hatten ihn glitschig-faulige Hände vom Pferd gehoben und hier auf der elbischen Ruhestätte abgelegt. Niemand bewachte ihn. Alle Vonynen waren emsig damit beschäftig, unterschiedlichste Dinge in große hölzerne Kisten zu verstauen, aus denen Büschel gelber Holzwolle hervorschauten. Außerdem schienen einige von ihnen Spuren zu verwischen. Leik konnte sogar sehen, dass zwei Vonynen Setzlinge ausbrachten, an Stellen, an denen ihre

Kameraden das Buschwerk beschädigt hatten. *Sie wollen hier weg,* wurde Leik klar. *Wo wollen sie hin?*

Die lispelnd-zischende Stimme eines Vonynen, der mit seinem Kameraden sprach, gab Leik eine Antwort: „Dasss Ssschiff kann erst gegen Mitternacht die Insssel anlaufen, wenn Fluthöchssstssstand issst. Bisss dahin müsssen wir hier allesss abgebaut haben."

„Der Menssch issst wach", bemerkte der zweite Vonyn, dessen Nase nur noch an einem fauligen Fetzen Fleisch baumelte.

„Dasss können wir ändern!"

Der Vonyn, der zuerst gesprochen hatte, trat Leik kräftig ins Gesicht und der Student sackte ohnmächtig zusammen.

Aska hechelte und die Zunge hing ihm schräg aus dem Mund. Den ganzen Tag war der kleine Schneefuchs gerannt und hatte sie auf nur für ihn sichtbaren Pfaden zum Lager der Vonynen geführt. Als ob er wüsste, dass es die richtige Entscheidung war, blieb er in sicherer Entfernung stehen. Nur ein leicht süßlicher Geruch nach Verwesung hing in der Luft und einige kleine gelbe Punkte leuchteten in der Dunkelheit. Die Feuer der stinkenden Untoten.

„Gut gemacht, mein Freund", lobte Ûlyėr Aska, nachdem sie alle in Deckung gegangen waren.

„Ich glaube nicht, dass sie Wachen aufgestellt haben. Sie werden davon ausgehen, dass wir unseren Verletzungen erlegen sind oder dass wir mit unseren Wunden schlicht zu langsam sind, sie einzuholen", flüsterte Filixx, als sie geduckt im Unterholz beratschlagten, wie sie vorgehen wollten. „Niemand konnte ja mit eurer Hilfe rechnen." Dankbar schaute er in die ernsten Gesichter von Gwendolin, Joklin, Ram und John.

„Was machen wir jetzt?", fragte Gwendolin. „Ich sage es nicht gern, aber mit Vonynen habt ihr mehr Erfahrungen als wir. Wir kennen sie nur aus Tiefenschachts langweiligem Geschichtsunterricht."

„Ich werde das Lager auskundschaften, dann sehen wir weiter."

„Ich glaube nicht, dass das eine gute …", begann Joklin, doch der Ork und Aska waren schon in der Dunkelheit verschwunden, bevor er seinen Satz zu Ende bringen konnte.

„Tja, so ist er, unser Muskelprotz. Aber macht euch keine Gedanken, niemand wird ihn und den Fuchs sehen. Wir sollten einfach abwarten, bis sie wieder hier sind. Das hat im letzten Sommer schon mal ganz gut funktioniert", erklärte Morlâ.

Leik erwachte mit dröhnenden Kopfschmerzen und trockenem Mund. Er musste die ganze Zeit durch den Mund geatmet haben, denn seine Nase war dazu nicht mehr zu gebrauchen. Sie fühlte sich an wie ein schmerzhafter Klumpen. Der Vorteil an dem überraschenden Schlag war, dass seine Augenbinde endgültig abgegangen war und er nun freie Sicht hatte. Er versuchte nochmal in die Sphäre einzudringen, doch statt erfrischender Magie erwarteten ihn wieder nur dröhnende Kopfschmerzen. Leik – immer noch fest verschnürt – robbte an einen Grabstein heran und unter Schmerzen schaffte er es, sich in eine halbwegs sitzende Position zu schieben. Jetzt war er wenigstens in der Lage, seine Umgebung zu beobachten. Mehr konnte er ohne Magie leider nicht tun. Nach wie vor herrschte im Lager geschäftige Stimmung. Die Vonynen packten zahlreiche unterschiedlich große Dinge in hölzerne Kisten. Leik konnte nur schemenhaft erkennen, um was es sich dabei handelte, aber einmal beobachtete er eine riesige grausam aussehende Holzmaske, dann wiederum funkelte ein kleinerer Gegenstand im Fackelschein so sehr, dass er dachte, es müsse sich um einen Edelstein handeln. *Ob sie ihre Beute in Sicherheit bringen wollen?* Anschließend trugen etliche Vonynen die Kisten zum Strand und vernagelten sie. *Niemand hält Wache*, wunderte sich Leik. *Sie fühlen sich sicher hier.* Leik war so verzweifelt wie noch nie in seinem Leben. Nicht nur, dass er von einer Übermacht mörderischer Monster gefangen worden war, er war auch vollkommen allein. Zusammen mit seinen Freunden fühlte er sich immer so, als ob sie gemeinsam alles schaffen konnten. Und als er jünger gewesen war, hatte Gerald ihn immer beschützt. Er wünschte sich in diesem Moment nichts sehnlicher, als das bärtige Gesicht seines ehemaligen Meisters zu sehen. Der Ruf eines Vonynen brachte ihn aus seinen trüben Gedanken.

„Esss issst da!", dabei zeigte er in Richtung Wasser.

„Gut", vernahm Leik nun Drenas emotionslose, stockende Stimme. „Verladet zuerst die Artefakte auf die Boote."

Leik kniff die Augen zusammen und schaute auf das dunkle Meer hinaus. Zuerst sah er in der Dunkelheit nichts, dann kamen zwei kleine gelbe Lichter aus der Nacht auf sie zu. Zwei kleine Ruderboote drehten bei. *Das Schiff, auf das sie gewartet haben, ist da. Wir sind wahrscheinlich in der Nähe des Kanals, der die Seenlande mit dem offenen Meer verbindet,* reimte sich Leik zusammen. *Wer ist auf diesem Schiff und wohin wird es fahren?*

„Bringt den Gefangenen zum Strand. Er wird mit mir zusammen übersetzen", befahl Drena nun. „Und beeilt euch, wir werden Razuklan noch heute Nacht verlassen."

„Sie scheinen auf irgendetwas zu warten. Ich konnte nicht herausfinden, was es ist. Dazu hätten Aska und ich zu nah heran gemusst. Mein Vorschlag ist, wir schleichen uns in drei getrennten Gruppen ins Lager. Leik konnte ich nicht sehen, aber es gibt einen kleinen, alten Friedhof, und dort liefen immer ein paar mehr Vonynen herum. Vermutlich ist er dort und sie bewachen ihn. Am besten wir gehen Mitternacht los, wenn es am dunkelsten ist. Morlâ, Filixx und ich, wir nähern uns von der linken Seite …"

Aska ließ ein spielerisches Knurren hören.

„… und Aska.“

„Gwendolin und Joklin, ihr nähert euch von der Mitte aus. Ram und John, ihr nehmt am besten die rechte Flanke, so …“

„Warum kann ich nicht mit John gehen?“, beschwerte sich Joklin sofort und unterbrach Ûlyėr.

Filixx antwortete an Stelle des Orks: „Weil es besser ist, wenn in jeder Gruppe unterschiedliche Stärken und Schwächen sind. Elben sind Menschen körperlich überlegen, dafür könnt ihr mächtigere Religionszauber ausführen, was den meisten Elben so nicht möglich ist.“

„Ûlyėr hat recht mit dieser Einteilung, so machen wir es!“, bestimmte Gwendolin energisch. „Für sinnlose Diskussionen fehlt uns hier die Zeit.“

„Gut“, Ûlyėr nickte der Elbin respektvoll zu. Er akzeptierte ihre Autorität und sie seine. „Gwendolin, Joklin, eure Aufgabe wird es sein, Leik zu finden und zu retten. Die beiden anderen Gruppen werden versuchen, so viel Verwirrung und Ablenkung zu stiften, dass ihr einige Momente im Lager auf so wenig Widerstand wie möglich stoßen werdet. Bekommt ihr das alle hin?“

„Komm Menssschlein“, eine stinkende Kreatur im schwarzen Umhang riss Leik grob auf die Füße.

Da seine Beine und Arme gefesselt waren, fiel Leik jedoch ungebremst zurück auf den Boden, nachdem ihn der Vonyn losgelassen hatte.

„Sssei vorsssichtig mit ihm. Er issst wichtig für die Meisssterin“, sagte daraufhin ein anderer Vonyn.

Leik stöhnte vor Schmerzen, als er nun wie ein Schwein am Spieß an Schultern und Beinen getragen wurde. Er versuchte, das Gefühl des verwesenden Fleischs auf seiner Kleidung und Haut zu ignorieren. Doch der Gestank der Vonynen machte das unmöglich. Einige Momente später warfen ihn seine Peiniger in ein leeres, schaukelndes Boot.

„Wir sssind ssso weit, Meisssterin. Ihr könnt übersssetzzzen."

Ein ohrenbetäubendes Donnern erschütterte das Lager. Darauf folgte eine Feuerwalze, die durch die Reihen der Vonynen wütete.

Leik hob seinen Oberkörper, um aus dem Boot sehen zu können. Ein Lächeln zog über sein blutiges Gesicht. Ein Paar riesige, bunte Farelechsen wüteten unter den Vonynen. *Wusste gar nicht, dass Filixx schon zwei gleichzeitig davon beschwören kann.* Seine Freunde waren gekommen.

„Du", befahl Drena dem am nächsten stehenden Vonyn, „rein in das Boot, du ruderst uns rüber. Der Rest verteidigt das Lager und die Artefakte!"

Mit bestialischem Geschrei und Gestöhne folgten die Vonynen dem Befehl ihrer Herrscherin und stürzten sich in den Kampf. Die schöne Menschenfrau sprang leichtfüßig in das Boot, in dem Leik lag. „Sie kommen zu spät, Leik. Selbst wenn die Vonynen sie nicht aufhalten können, wenn der Kampf vorbei ist, wirst du schon so weit weg von Razuklan sein, dass sie dich niemals finden." Daraufhin legte das Ruderboot ab und steuerte auf eine riesige, schwarze Kogge zu, die weiter draußen träge auf dem Wasser schaukelte.

Im letzten Moment

Zwei?“, fragte Morlâ erstaunt, als er sah, dass Filixx, der am Boden hockte, ein Paar Farelechsen beschwor, um die Vonynen damit anzugreifen.

„Komm“, rief Ûlyèr. „Filixx weiß, was er macht. Wir müssen Gwendolin und Joklin helfen.“

„Ja, obwohl Rams Feuerwalzenzauber auch echt beeindruckend ist. Wenn diese Dämonen nicht schon tot wären, dann hätten wir jetzt freie Bahn. Eine lebende Kreatur hätte diesen Feuersturm nicht überstanden. So werden wir ihnen wohl einzeln die Köpfe abschlagen müssen.“

„Hast du ein Problem damit?“, fragte Ûlyèr mit einem wölfischen Grinsen und zog sein Langschwert aus dem Gürtel.

„Gar nicht“, antwortete sein zwergischer Freund und befestigte den Axtkopf an seinem Kampfstab, dann beschwor er einen Schutzzauber um sich. „Damit sind wir wenigstens ein wenig ebenbürtig. Komm, wir wetten, wer von uns mehr verwesende Schädel abschlägt. Aska, bist du auch dabei?“

Der Fuchs jaulte angriffslustig.

Mit einem Kampfschrei begaben sie sich auf das chaotische Schlachtfeld und in Richtung Friedhof, wo sie ihren Freund vermuteten. Das Gefecht war kurz, aber heftig. Gwendolin und ihre Freunde waren mächtige Verbündete. Nicht nur ihre magischen Fähigkeiten waren außergewöhnlich, auch ihre körperlichen. Besonders die schlanke, blonde Elbin kämpfte und zauberte gleichzeitig. Gemeinsam würden sie gegen die Übermacht der Vonynen bestehen. Nur Drena und ihre magische Stärke waren die große Unbekannte in dieser

Rechnung. Noch hatte sich die junge Frau aber nicht in den Kampf eingeschaltet.

„Dort!“, schrie Gwendolin durch den Krach des Schlachtfeldes und zeigte auf etwas, das Morlâ nicht erkennen konnte.

Er und Ûlyèr kamen im Moment nicht näher an die Studentin heran, da ihnen ein gutes Dutzend Vonynen den Weg versperrte und mit schartigen Schwertern und Speeren auf sie einschlug. Morlâs Schutzschild glühte mehrmals blau auf, wenn er einen der heftig geführten Schläge damit abwehrte. Unermüdlich schwang er die Axt. Ihre beste Angriffstaktik war, dass er die Beine der Vonynen attackierte und wenn diese dann strauchelten, Ûlyèr den finalen Schlag übernahm. „Was?“, brüllte Morlâ zurück zu Gwendolin und schlug dabei nach dem verwesten Unterschenkel eines Vonynen. Er konnte die Elbin einfach nicht verstehen, das Schreien der Vonynen und das Fauchen des magisch entfachten Feuers fraßen einfach alle Geräusche. Ihm kam eine Idee: „Ûlyèr!“

Der Ork reagierte nicht. Der Kampfesrausch hatte ihn gepackt.

„Ûlyèr“, versuchte es der Zwerg erneut. Dann sah er den Schneefuchs. „Aska!“

Der grauweiße Fuchs, der sich gerade in dem Umhang eines Vonynen verbissen hatte, schaute mit seinen braunen Augen zu Morlâ.

„Hol Ûlyèr zu mir!“ Einen kurzen Moment dachte der Zwerg, dass er das Tier vielleicht überschätzt hätte, aber dann lief der Fuchs zielstrebig auf den kämpfenden Ork zu. Allen Gegnern wich er dabei geschickt aus.

„Was willst du?“, schrie der Ork seinen Kommilitonen an, als er von Aska zum Zwerg geführt worden war.

„Schau zu Gwendolin! Was will sie mir zeigen? Deine Augen sind besser.“

Ûlyèr streckte sich. Dann packte er Morlâ und riss ihn mit. „Aska, komm." Wie eine große Ramme rannte der Orkhüne einfach durch die Vonynen durch, die wohl von dieser plötzlichen Taktikänderung zu verdattert waren, um eine echte Gegenwehr zu zeigen.

Sie liefen schnell auf Gwendolin zu, die Seite an Seite mit Joklin gegen bestimmt zwanzig Vonynen kämpfte. Jetzt sah Morlâ auch, was sie ihm zeigen wollte. Leik lag in einem Boot und Drena stieg gerade zu ihm hinein. *Drena möchte Leik aufs offene Meer bringen. Wenn sie das schafft, finden wir ihn nie.* „Zum Strand, Ûlyèr! Dort sind Leik und Drena."

Doch der Weg dorthin war von unzähligen Vonynen versperrt, die sie mit Gebrüll attackierten. Nur mühsam konnten sich die beiden Freunde und Aska einen Weg bahnen.

Plötzlich tauchte Filixx neben ihnen auf. Seine Kleidung rauchte etwas und an seiner Schläfe klebte Blut. „Wo wollt ihr hin?", fragte er gehetzt und schoss gleichzeitig einen dicken zuckenden Blitz in die nächste Gruppe Vonynen. Alle, die davon getroffen wurden, brachen zusammen.

„Zu Leik", schrie Morlâ aufgeregt. „Drena hat ihn auf ein Boot gebracht und ein Vonyn rudert sie zu einem Schiff hinaus."

„Ach, deshalb hält sie sich wohl mit dem Zaubern zurück. Sie will ungesehen mit ihrem Opfer fliehen."

„Das da draußen ist ein großes Schiff", stellte Ûlyèr fest und schlug im gleichen Moment einem Vonyn den Kopf ab, dessen grünes Blut auf sie herniederregnete.

Morlâ bekam einen kräftigen Schwall davon ab. Anders als Filixx hatte er schon seit einer ganzen Weile keine Kraft mehr, seinen magischen Schutzkokon aufrechtzuerhalten.

„Schneller", trieb Filixx sie an. „Sie dürfen nicht auf das Schiff kommen. Wenn Drena mit Leik Razuklan verlässt, wird der Kontinent sterben und Leik auch. Ohne die Energie der Sphäre kann kein Bewohner Razuklans lange überleben."

Plötzlich war auch Joklin an ihrer Seite. „Gwendolin hat sich mit den anderen zusammengeschlossen und mich zu eurer Hilfe geschickt."

Aber sie waren zu langsam. Hilflos sahen sie mit an, wie das kleine, schwarze Boot mit Drena und Leik sich immer weiter vom Ufer weg bewegte.

„Wir kommen zu spät", jammerte Morlâ.

„Abwarten", sagte Filixx. „Noch ist nicht alles verloren. Tamir, hilf." Der dicke Zwergelbe schloss die Augen, dann erhob er sich in die Luft und hielt mit wedelnden Armen wackelig auf die Küste zu. Joklin blieb der Mund offen stehen.

„Wusstest du nicht, dass er fliegen kann? Wir wollten diesen Trick eigentlich erst im nächsten Jahr beim Sternball gegen euch zeigen, aber jetzt werden wir uns etwas anderes einfallen lassen", neckte Morlâ den Menschen.

Kämpfend sahen sie, wie Filixx unsanft am Strand aufkam.

„Ein zweites Boot", schrie Ûlyèr. „Das will er haben. Es ist voll mit Kisten und zwei Vonynen wollen gerade damit ablegen."

„Kommt, wir müssen dem Dicken helfen!"

Es stellte sich heraus, dass dies nicht nötig war. Der Zwergelbe hatte mit seinen überragenden magischen Fähigkeiten bereits fünf Vonynen ausgeschaltet.

„Schnell, die Kisten raus! Fasst mit an!", schrie Filixx. „Noch können wir die Kogge erreichen, bevor sie losfährt."

Ûlyèr warf die Kisten blitzschnell hinaus ins Wasser, wo sie träge herumdümpelten. Joklin half ihm und trug langsam eine Kiste zur Seite.

„Das Boot ist für uns alle zu klein", stellte Filixx an sich herunterblickend fest. „Ich bleibe hier und helfe den anderen." Er schaute auf das brennende Schlachtfeld. Die Hitze war inzwischen unerträglich. Nur noch wenige Vonynen waren am Leben. Gwendolin, John und Ram kämpften jetzt Seite an Seite.

Johns linker Arm blutete zwar stark und Rams Haare waren auf einer Seite verbrannt, doch gemeinsam würden sie diese letzten Feinde besiegen können.

„Steig ein, mein Freund.“ Ûlyèr legte seine große Pranke auf Filixx’ Schulter. Er hatte sich ein Seil quer über die Brust gespannt und das andere Ende an der Spitze des Bootes befestigt. Er drehte sich um und stapfte ins Wasser. Der Ork würde sie ziehen.

„Kommt“, trieb Morlâ sie an und Augenblicke später saßen der Zwerg, Filixx, Joklin und ein kleiner Schneefuchs in dem schwarzen Beiboot, das schnell von einem riesigen Ork durch die Nacht zum unbekannten Schiff ihrer Feinde gezogen wurde. Dorthin, wo Leik sein würde. Gefangen genommen von der Frau, die er liebte.

Die schwarze Kogge

Hilflos sah Leik aus dem Boot zurück auf das brennende Schlachtfeld. Vermutlich genoss Drena, wie er schreckensstarr auf seine kämpfenden Freunde schaute, denn sie hatte ihm die Augenbinde nicht wieder anlegen lassen. Seine Freunde waren zu spät gekommen. Leik konnte sich nicht mehr dagegen wehren, dass Drena ihn auf ihr schwarzes Schiff brachte. Es roch verbrannt. Der Rauch ließ Leiks Augen tränen. Das Feuer erzeugte eine furchtbare Hitze. Leiks Kleidung klebte ihm am Leib und er hatte schrecklichen Durst. Die Sorge um seine Freunde zerfraß ihn. Sie mussten die unbekannten Angreifer sein, denen sich die Vonynen entgegenstellten und vor denen Drena jetzt floh, dennoch konnte er keinen von ihnen sehen.

„Verabschiede dich von Razuklan, Leik. Du wirst es so schnell nicht wiedersehen, wenn überhaupt jemals", sprach ihn Drena plötzlich an. Wieder hörte sich ihre Sprechweise mechanisch und abgehackt an.

Leik hatte das schon einmal bei einem alten, herzkranken Mann gehört, der nach einem Anfall nur noch so sprechen konnte, aber bei einem jungen Menschen niemals. Er betrachtete Drenas Gesicht. Der Feuerschein spiegelte sich in ihren ebenmäßigen Gesichtszügen wider und der Wind blies ihr einige Strähnen ihres langen, dunklen Haars ins Gesicht. *Sie ist wunderschön*, dachte Leik.

Das Mädchen drehte sich jetzt direkt zu Leik um. Ihre Augen funkelten blutrot in der Dunkelheit. Leik konnte sich nicht helfen, er war ihr immer noch verfallen. Ihre roten Augen hatten für ihn längst ihren Schrecken verloren. Er war im Moment, so verrückt es auch war, einfach froh, in ihrer Nähe zu sein. *Vielleicht steckt in ihr ja noch ein bisschen von der alten Drena.* „Warum machst du das? Ich wäre dir auch freiwillig zu jedem Ort der Welt gefolgt“, sagte er zu ihr.

Drena gab nur ein Schnauben von sich und drehte sich weg.

Leik bohrte weiter. „Bist du nur meinetwegen nach Sefal gekommen?“

Keine Antwort.

„Warum hast du mich nicht schon damals mitgenommen?“

Stille, nur das Klatschen der Ruder im Wasser war zu hören.

Leik war verzweifelt. Er hatte sich so oft ausgemalt, was er zu Drena sagen würde, wenn sie sich endlich wiedersahen. Und jetzt das. Dennoch, er konnte nun endlich das Eine sagen: „Drena“, versuchte es Leik erneut, diesmal mit leiser, weicher Stimme.

Sie drehte sich wirklich zu ihm um und schaute ihn an. Leik redete sich sogar ein, dass ihre Augen in diesem Moment weniger rot waren, sondern eher wieder ihre alte braune Farbe hatten. „Drena, ich habe dich geliebt!“

Jetzt wurden ihre Augen wirklich etwas dunkler, sie schaute ihn mit einem erstaunten Lächeln an, als ob sie aus einem langen Schlaf erwacht wäre. Leik lächelte verliebt zurück. Ein Ruck ging durch Drenas schlanken Körper. Sie warf den Kopf zurück. Ihr Gesicht war für eine Sekunde schmerzverzerrt, aber sie gab keinen Ton von sich. Dann schaute sie ihn wieder mit glühenden, blutroten Augen an.

„Was ist mit dir. Kann ich …“ Er konnte den Satz nicht zu Ende sprechen, Drena schoss ihm einen roten Blitz direkt zwischen die Augen. Leik sackte ohnmächtig zusammen.

„Der Ork ist ja der absolute Wahnsinn“, staunte Joklin, dessen braune Haare im Wind flatterten, da Ûlyėr ein gutes Tempo an den Tag legte. „Ich weiß nicht, ob man magisch ein besseres Ergebnis erzielen könnte.“

„Ja, er ist schon ein Phänomen, unser Ûlyėr. Vor allem in der Küche …“, kommentierte Morlâ und wischte sich Gischt aus dem Gesicht. Das Wasser schmeckte eindeutig salziger, als noch bei ihrer Anfahrt zur Insel mit dem unechten Wachturm. Sie näherten sich dem offenen Meer.

„Ich kann das andere Boot sehen. Es hat die schwarze Kogge fast erreicht. Wir müssen uns beeilen“, sagte Filixx mit zusammengekniffenen Augen.

Ûlyėr schaffte es tatsächlich, noch einmal das Tempo zu steigern. Dennoch, als sie das riesige, hölzerne Schiff mit dem großen, schwarzen Segel und den kleinen Fenstern am Bug erreichten, trieb das Beiboot, in dem Leik hierher gebracht worden war, führerlos im Wasser. Ein Vonyn war gerade dabei, die schmale Strickleiter hochzuziehen, mit deren Hilfe Drena und ihr Gefangener offenbar an Bord gekommen waren.

„Morlâ“, rief Filixx mit flehendem Unterton. „Ich kann nicht zaubern.“

Der reagierte sofort und warf seine Axt zielgenau in den Kopf des untoten Ungeheuers. Im nächsten Moment klatschte die Kreatur neben ihnen ins Wasser und versank. Die Strickleiter fiel wieder am Schiff entlang herunter.

„Schnell jetzt“, zischte Ûlyėr, der sich an die glitschige Außenwand des Schiffs gekrallt hatte, damit ihr Boot nicht wieder abtrieb.

Einer nach dem anderen kletterten sie die wacklige Strickleiter herauf. Filixx brauchte etwas länger, doch als Ûlyėr von unten an der Leiter rüttelte, wurde auch der Zwergelbe etwas schneller. Schließlich stand auch der Ork auf dem Deck. Ihr Boot trieb ab. Zum Land würden sie zurückschwimmen müssen, falls sie dazu überhaupt eine Chance bekamen.

Ûlyėr zog sein großes Schwert und schaute sich um. „Wo sind sie? Wer führt dieses Schiff?“

Sie sahen sich in alle Richtungen um, doch auf dem schummerigen Deck war niemand zu entdecken.

„Sie müssen unter Deck sein", flüsterte Filixx. „Mein Wehrlicht wird jeden Angreifer ausfindig machen. Aua …", der Zwergelbe fasste sich an den Kopf.

„Was ist?", fragte Morlâ aufgeregt.

„Irgendetwas hindert mich immer noch daran, in die Sphäre zu treten. Der Versuch wird mit rasenden Schmerzen bestraft."

„Hält sich diese verlogene Schlange von Drena nun also nicht mehr mit ihren magischen Fähigkeiten zurück", entgegnete Morlâ.

„Sie muss über immense Kräfte verfügen, wenn sie es schafft, die Sphäre zu verschließen. Auf diese Art von Zauber stehen die schlimmsten Strafen des Ordens und sie werden seit dem Ende des zweiten Völkerkriegs nicht mehr gelehrt. Ich frage mich, wo ein so junges Mädchen diese dunklen Techniken gelernt hat", grübelte Filixx.

„Das ist jetzt vollkommen unwichtig", brachte sie Ûlyėr zurück zum Wesentlichen. „Lasst uns nach Leik suchen."

Im gleichen Moment ging ein Ruck durch das Schiff. Die großen, pechschwarzen Segel blähten sich und die Kogge nahm Fahrt auf.

„Wie ist das möglich?", fragte Joklin erstaunt. „Es ist fast windstill."

„Magie", war Filixx' knappe Antwort.

Aska machte sich bemerkbar. Er hatte den Eingang in das untere Deck gefunden. Seine Nase hatte ihm den Weg zu seinem Herrn gezeigt.

Leik erwachte in einer kleinen Kabine, in der nicht viel mehr als ein an der Wand befestigtes Bett war. Seine Fesseln hatte man ihm abgenommen. Doch das kleine Fenster, durch das er in die dunkle Nacht hinausschauen konnte, war vergittert. Unter

Schmerzen erhob er sich von der Schlafstatt. Durch das abrupte Anfahren des Schiffs wurde er wieder zurück auf das Bett geworfen. Geralds besorgtes Gesicht erschien vor Leiks innerem Auge. Er war in diesem Moment kurz davor, einfach aufzugeben, doch dann hörte er aus der Nachbarkabine eine Stimme. Mit einer Hand und dem Ohr an der hölzernen Wand versuchte er zu verstehen, was dort gesprochen wurde. Dumpf klangen die Worte durch das Holz.

„Ich habe den Jungen. Wir verlassen Razuklan und sind auf dem Weg zu Euch."

Ein Moment Ruhe, dann antwortete die Stimme.

„Ja, er ist sicher verwahrt. Es gab nur wenige Schwierigkeiten."

Wieder Stille.

Es scheint ein telepathisches Gespräch oder Ähnliches zu sein, dachte Leik.

„Ich habe keine Vonynen mehr", hörte Leik nun wieder die Stimme. „Nein, es wird kein Problem sein, weitere zu erschaffen. Ich werde einfach …"

Leik hörte ein Krachen, als ob eine Tür eingeschlagen wurde.

Jetzt sprach die Stimme lauter und er erkannte, dass es Drena war.

„Jemand ist an Bord. Wahrscheinlich die Freunde des Jungen. Sie werden ihm nicht helfen können. Niemand von ihnen kann in die Sphäre eindringen."

Stille.

„Ja, ich werde sie endgültig auslöschen".

Stille, gefolgt von Schritten vor Leiks verriegelter Tür.

„Nein, Drena, nein …!", schrie Leik und hämmerte gegen die Kabinentür. Doch das Mädchen, von dem er gedacht hatte, dass er sie lieben würde, reagierte nicht auf sein Flehen. Wut überkam ihn. Unmut darüber, der Spielball unbekannter Mächte zu sein. Mächte, die ihm immer wieder alles nehmen wollten und genommen hatten. Sein Zuhause, seine Liebe, seine Freunde und

Familie. Purer Zorn durchflutete Leik, und obwohl das Schiff unter einem Bann lag, trat er plötzlich in die Sphäre ein. Seine unbändige Wut ließ ihn Schranken überwinden, die er eigentlich nicht bezwingen konnte. Sofort empfingen ihn die Farben wie alte Freunde. Ohne sein Zutun verbanden sie sich und schufen die schillerndsten Muster und Energiestränge. Die Sphäre war hier auf dem Schiff merkwürdig dunkel. Ein Beweis für den Zauber, der auf dem Boot lag und es antrieb. Leik bemerkte, dass er diese dunkle Kraft abziehen konnte. Ließ er ein buntes Farbband in die Richtung der Schwärze gleiten, wurde dieser Bereich heller, irgendwie sauberer und die richtige Sphäre breitete sich aus. Dieser Vorgang kostete Leik allerdings Kraft und gab ihm keine zurück, doch das Schiff wurde langsamer, je mehr dunkle Energie er vernichtete. Sein Hass wurde dadurch aber nicht gebändigt. Im Gegenteil, je mehr Böses er beseitigte, desto mehr floss zu ihm zurück, in ihn hinein und steigerte seine Wut.

„Das hättest du aber auch ein wenig leiser machen können", schimpfte Morlâ mit Ûlyèr, der gerade die Luke zum Unterdeck mit bloßen Fäusten eingeschlagen hatte.

„Sie werden uns eh bemerkt haben", entgegnete der Ork, ohne Morlâ anzusehen. Dann stieg er in die Luke, um die Treppe nach unten zu nehmen. Bevor sein großer Krallenfuß die erste Stufe erreicht hatte, war ein Geräusch zu hören. Einen Bruchteil später schaute ein schwarzer Pfeil aus Ûlyèrs rechter Schulter heraus. Ein weiterer Pfeil durchbohrte seinen linken Oberschenkel. Der Dritte traf ihn direkt in die Brust. Der Ork brüllte vor Zorn und Schmerzen, dann brach er zusammen.

Filixx reagierte als Erster. Er lief einfach in seinen Freund hinein, sodass der zur Seite fiel. Das rettete Ûlyèr wahrscheinlich das Leben, denn es kamen noch zwei weitere Pfeile aus der

Dunkelheit des Unterdecks geflogen und schlugen zitternd in dem dicken Mast hinter ihnen ein.

Dann kroch Nebel aus dem Schiffsinnern. Rasend schnell breitete er sich auf dem Deck aus.

„Komm raus“, schrie Morlâ. „Deine Taschenspielertricks werden dir hier nicht helfen.“ Er trat auf die Luke zu und lief direkt in die Nebelwand hinein. „Der Nebel“, krächzte er. „Er brennt…“ Dann brach er mit tränenden Augen und Schaum vor dem Mund zusammen.

Sekunden später hatte das unnatürliche Phänomen auch Filixx, Ûlyèr und Joklin erreicht. Kurz darauf konnte selbst der Ork seine grausamen Schmerzensschreie nicht mehr zurückhalten. Es war, als ob man in einen Bottich mit kochender Säure gesteckt worden wäre.

Kontrolle

Leik hörte die Schmerzensschreie seiner Freunde, als würde er neben ihnen stehen. Seine Sinne waren durch die Macht der Sphäre geschärft und durch die magische Energie, die ihn durchflutete. Rasend vor Wut drehte er sich zur Tür, die er mit seinem Zauber einfach pulverisierte. Leiks Zauber waren so mächtig, dass sie keinerlei farbliche Spuren mehr in der realen Welt hinterließen. Er verließ sein Gefängnis und bewegte sich durch die Sphäre und das Schiff. Schnell war er an der Treppe angelangt, die zum Deck führte. Er hörte seine Freunde leiden. Oben angekommen, hüllte ihn sofort der Nebel ein, doch er reagierte intuitiv auf diesen bösen Zauber, als würde er sich vor Regen unterstellen oder seine Hand vor einer heißen Flamme zurückziehen. Sein Verstand war fremdgesteuert durch die unermessliche Macht der Sphäre und die Energie der Farben. Er löste den magischen Nebel auf, ohne zu wissen, was er tat. Für das Leiden seiner Freunde hatte er keinen Blick. Er wollte nur noch seinen Gegner ausschalten und sich rächen, alles andere kümmerte ihn nicht mehr.

„Wie kannst du Magie anwenden?“, kreischte Drena. Sofort schoss sie glühend rote Blitze auf Leik ab.

Der reagierte ganz automatisch. Er schickte die roten Zauber einfach in die Nacht hinaus und sie verpufften irgendwann wirkungslos über dem Wasser. Ohne auch nur eine Sekunde zu verlieren, beschwor Drena zwei riesige Fledermäuse, die Leik mit einer ätzenden, grünen Flüssigkeit besprühten und ihn gleichzeitig mit ihren Krallenfüßen aus der Luft attackierten.

Unbewusst zog Leik eine Schutzhülle um sich, an der die Säure und die Krallen abprallten. Mit einer Armbewegung löste er die beiden magisch herbeigerufenen Kreaturen in Luft auf. Drenas Körper wurde wieder von unkontrollierten Zuckungen durchzogen, wie Leik es schon auf dem kleinen Boot gesehen hatte. Sie schoss Pfeile auf ihn ab, die Leik alle im Flug verbrennen ließ. Nur ein feiner Aschefilm auf seinem bunt schimmernden Schutzkokon blieb davon zurück.

Jetzt verlegte sich Drena auf etwas, von dem Leik nie gedacht hätte, dass ein anderer Mensch dies tun konnte: Sie entzog ihm bewusst magische Energie.

Leik konnte das Mädchen in der Sphäre wie eine feuerrote, schlanke Flammensilhouette sehen. Sie zog rote Energiestreifen von ihm ab. Das bereitete Leik körperliche Schmerzen. Schlimmer war aber das Gefühl, dass sie ihm etwas wegnahm, das er für sich allein beanspruchte. Sein Lebenselixier. Seine Droge. Mit niemandem auf der Welt wollte er die Magie teilen. Jetzt würde er Drena vernichten. Er hob die rechte Hand. Drenas rote Energiestrahlen zerschellten daran und sie konnte ihm keine Kraft mehr abziehen. Sofort ging Leik zum Gegenangriff über. Als ob er ein riesiges Stück Stoff packen würde, zog er von Drena mit beiden Armen die Energie ab. Massen an roter Sphärenmagie flossen ihm zu. Leik fühlte sich unendlich mächtig. Begierig griff er weiter zu.

Drena brach zusammen. Doch Leik hörte nicht auf. Jetzt brauchte er die Arme nicht mehr. Nur sein starker Wunsch nach Energie führte dazu, dass sämtliche Farben, rot, blau und gelb, auf ihn zuflossen, wie Eisenspäne, die von einem Magneten angezogen werden. Leik war das Zentrum der Sphäre. Der magische Eingriff war so massiv, dass alle Begabten auf Razuklan ihn in diesem Moment spüren konnten. Auch Morlâ, Filixx, und Joklin krümmten sich vor Qualen, weil Leik auch ihnen magisch Energie entzog.

Leik war berauscht. Niemals hatte er sich so lebendig, so kraftvoll, so mächtig gefühlt. Die Welt drehte sich in diesem Moment nur um ihn. Razuklan war seinem Willen unterworfen. Dass er dabei diejenigen vernichtete, die ihm am meisten bedeuteten, bemerkte er nicht. Es wäre ihm in diesem Moment auch egal gewesen, wenn er es gewusst hätte.

Aska verstand einfach nicht, was mit seinen Begleitern passierte. Er war als nichtmagisches Wesen nicht von Leiks magischem Wutausbruch betroffen. Panisch wuselte er von einem zum anderen und stupste sie mit seiner schwarzen Nase an, um sie zu irgendeiner Reaktion zu bewegen. Morlâ hatte noch gestöhnt, als er das gemacht hatte. Doch auf sein Schwanzwedeln hatte der Zwerg, anders als sonst, nicht reagiert. Mittlerweile gaben seine Freunde keinen Laut mehr von sich. Aus ihren geschlossenen Augen und Mündern kam Flüssigkeit. Der Schneefuchs begriff instinktiv, dass dies etwas Schlechtes bedeutete. Er lief auf Leik zu und wunderte sich, warum sein Herrchen ihn gar nicht begrüßte, obwohl sie sich doch so lange nicht gesehen hatten. Er guckte Leik an und wedelte zum Zeichen der Freude mit seinem buschigen, weißen Schwanz. Keine Reaktion. Aska heulte vor Verzweiflung. Wie konnte er nur die Aufmerksamkeit seines Herrn erlangen?

Und dann tat Aska tat etwas, was er sonst nie mit seinem Herrn getan hätte: Er biss ihn kräftig ins Bein.

„Au“, brüllte Leik. Der Rausch der Magie fiel augenblicklich von ihm ab. Vor ihm lag ein schuldbewusst dreinschauender Aska, der zaghaft mit dem Schwanz wedelte und ihm seinen rosa Bauch zudrehte. „Aska, du hast mich gebissen!“, brüllte Leik den Schneefuchs an, wütend darüber, aus dem Rausch der Magie gerissen geworden zu sein. Dann entdeckte er seine Freunde. „Was ist hier los? War ich das? Was habe ich getan?“ Er lief zu Morlâ. Der Zwerg atmete nur noch ganz flach. „Morlâ“, schrie Leik verzweifelt und schüttelte seinen Freund. Doch diesmal würde ihn der plötzliche Zwergentod nicht retten. Gegen das Entziehen von magischer Energie schützte diese zwergische Eigenschaft nicht. Er hetzte zu Filixx und anschließend zu Ûlyėr und Joklin. Sie alle lagen im Sterben. Leiks Augen füllten sich mit Tränen. Etwas weiter weg lag Drena, auch sie atmete kaum. Leik beugte sich zu ihr herunter und strich ihr eine schwarze Haarsträhne aus ihrem schönen Gesicht. Jetzt sah sie wieder so aus, wie er sie in Erinnerung hatte. „Drena“, rief er mit tränenerstickter Stimme. „Drena, es tut mir so leid.“

Sie zeigte keine Reaktion. „Drena, bitte“, schrie Leik mit tränennassen Augen in die Nacht hinaus und schüttelte sie. Plötzlich seufzte die junge Frau. Leik hoffte, dass sie aufwachen würde. Aber dann entwich ihrem schönen Mund ein langer Atemzug. Ihr letzter. Drena war tot.

„Nein, nein. Bitte. Nein!“ Leik schrie vor Panik. Er beugte sich tief zu Drenas Gesicht herunter. „Bitte Drena, ich liebe dich. Es tut mir leid.“ Er küsste ihre vollen, geschwungenen Lippen.

In diesem Moment bemerkte er eine magische Entladung. Durch die Berührung ihrer Lippen übertrug sich ein Teil der Energie zurück, die Leik Drena vorher entzogen hatte. Sie atmete tief ein.

Leik begriff, trat zurück in die Sphäre, griff die magischen Farben und leitete die Energie in seine Freunde. Einer nach dem anderen wachte auf, wie aus einem quälenden Schlaf. Sie lebten!

Auch Drena öffnete die Augen. Sie waren braun. „Leik?“, fragte sie ungläubig.

Der verließ die Sphäre. Er hoffte, dass er den angerichteten Schaden einigermaßen wieder gut gemacht hatte. „Ja“, sagte er glücklich. „Ja, ich bin es.“

„Wo sind wir?“, fragte Drena.

„Das ist eine sehr lange Geschichte“, sagte Leik und griff ihre Hand. Mit einem verliebten Lächeln ließ sie ihn gewähren.

Verrat

Es wurde langsam hell und der schrecklichsten Nacht in Leiks Leben schien der schönste Morgen zu folgen. Drenas Hand in seiner fühlte sich unheimlich gut an. Warm und weich. Irgendwie richtig, als ob ihre Nähe Leik erst komplett machte. Den Kuss, den er ihr gestohlen hatte, schmeckte er immer noch auf den Lippen.

„Nehmt euch ein Zimmer", ätzte Morlâ, als Drena und Leik Hand in Hand auf ihn und die anderen zukamen und er sich schwerfällig wieder auf die Beine zog.

Filixx kümmerte sich um Ûlyèr, der Ork war am schwersten verletzt. Blaues Blut bedeckte seinen Körper. Fachmännisch versorgte und verband Filixx die Wunden seines Freundes mit abgerissenen Streifen seines Hemdes, um die Blutungen zu stillen. „Ich glaube, Leik, dein kräftiger Energieschub hat auch unseren Großen hier erreicht und ihn vor dem Ende bewahrt. Wenn mir das auch unerklärlich ist und allen Gesetzen der Magie widerspricht. Vielleicht ist er aber auch einfach nur unglaublich zäh." Filixx drehte sich in Drenas Richtung um und hielt ihr mit einem Grinsen seine Hand hin: „Hallo Drena, auch wenn du es nicht weißt, wir haben uns schon einmal gesehen. Ich bin Filixx und der große, dunkle Kerl hier unten ist Ûlyèr. Er sieht nur gefährlich aus, eigentlich ist er friedlich wie ein kleines Kätzchen."

Das Mädchen nahm zaghaft Filixx' dicke Hand.

„Ich werde dir gleich zeigen, wer hier das kleine Kätzchen ist", grollte Ûlyèr plötzlich mit seinem für menschliche Ohren gewöhnungsbedürftigen Akzent in der Hochsprache.

Blitzschnell zog Drena ihre Hand zurück und drückte sich an Leik.

„Kein Angst, das sind alles meine Freunde.“ Leik machte eine ausladende Geste.

Morlâ, Filixx und Ûlyėr schauten Drena lächelnd an. Obwohl das Gesicht des Orks auch jetzt noch bedrohlich wirkte. Er war eben ein Ork mit Hauern, Hörnern und Reißzähnen und die orkische Art zu lächeln ließ ihn eigentlich noch gefährlicher wirken. Aska wuselte um Drenas Beine herum, um ihr zu zeigen, dass er auch ein Freund war.

„Hallo“, hauchte Drena verschüchtert.

„Wo ist eigentlich Joklin?“, wollte Morlâ wissen.

„Keine Ahnung“, antworte Filixx. „Es geht ihm aber gut. Ich habe ihn vorhin unter Deck gehen sehen. Wer weiß, was er da sucht. Vielleicht ein nettes Picknick für uns alle?“

Das entlockte Drena ein zaghaftes Lächeln. Das Eis war gebrochen.

„Wichtiger ist, dass wir den Kahn hier anhalten und zurück an Land kommen“, gab Leik zu bedenken.

„Magisch fährt das Schiff nicht mehr …“

„Magisch?“, fragte Drena verblüfft.

„Erkläre ich dir an Land. Das ist ein bisschen kompliziert“, versuchte Leik Drena zu beruhigen.

„… nein“, sprach Filixx weiter. „Aber jetzt haben wir Wind. Und die Segel sind gesetzt. Da müsste jemand in die Takelage und sie reffen.“

„Vielleicht sollte der Kleinste von uns da hochklettern und sie abmachen“, kam es von Ûlyėr. Stöhnend setzte er sich auf und lehnte sich an die hölzerne Reling.

Gelächter ertönte.

„Auf jeden Fall sollten wir uns beeilen. Wir haben keine Chance, wenn wir zu weit vom Festland entfernt sind. Noch sind wir im Kanal, aber wenn wir nicht von Bord springen wollen, um an Land zu schwimmen, müssen wir das Boot wenden“, stellte Filixx fest.

„Daraus wird nichts“, kam es plötzlich von der Treppe. Dort stand Joklin, der einen seltsamen Gegenstand in der Hand hielt, der grell-silbern leuchtete.

„Was …“, begann Morlâ.

„Halt den Mund, du zwergischer Abschaum“, schrie ihn Joklin mit wutverzerrtem Gesicht an.

Morlâs Halsschlagader schwoll an. Er griff instinktiv nach seinem Beil, als ihm einfiel, dass es mit der Vonynenwache auf dem Meeresgrund lag.

„Denk nicht mal dran“, fauchte ihn Joklin an. „Weißt du nicht, was ich hier habe?“

Morlâ schaute verwirrt, aber sein Körper war zum Zerreißen gespannt.

„Morlâ“, zischte Filixx. „Das ist ein aktivierter Kamarkegel. Mit diesen Geschossen hat man Grünquell angegriffen und vollkommen vernichtet.“

„Richtig, du fetter Schlaumeier. Du warst ja so nett mich zu bitten, die Kisten aus dem Beiboot zu entsorgen und da habe ich dieses Schätzchen gefunden und schnell in die Hosentasche gesteckt. Schon komisch, dass so ein kleiner Gegenstand so viel Vernichtung bewirken kann. Super übrigens, dass eure ach so rührselige Vorstellungsrunde so lange gedauert hat, damit ich den Zauber sprechen konnte, um ihn zu aktivieren. Und jetzt alle bis auf Leik runter von dem Kahn, oder ich sprenge uns alle in die Luft! Denkt daran, nicht nur ihr, sondern auch große Teile des Seenlandes werden dann dauerhaft vernichtet und verseucht. Das würde doch eurem hehren Ziel der Freundschaft und des Friedens zuwiderlaufen“, die beiden Substantive spie der Mensch förmlich aus. „Wir sind noch im Kanal. Ihr werdet es an Land schaffen. Also los, das ist eure letzte Chance. Rettet euer unwichtiges Leben und genießt die Zeit, die euch noch bleibt.“

„Warum machst du das?", fragte Leik, um Zeit zu schinden. „Wir hatten in der Universität unsere Probleme, aber das hier …"

„Haha", Joklin brach in affektiertes Lachen aus. „Probleme, du hast ja keine Ahnung."

„Dann erkläre es mir", bat Leik mit unterwürfiger Stimme.

„Ich weiß, was du vorhast, du willst mich ablenken, um dir dann irgendetwas auszudenken, um mich zu attackieren. Aber lasst euch eins gesagt sein, der Kamarkegel detoniert sofort bei jeder Art von magischer Intervention und sollte ich ihn fallen lassen, passiert genau das Gleiche. Also solltet ihr mich besser auch nicht in der realen Welt angreifen." Wieder lachte er. Er klang wie ein Wahnsinniger.

„Aber mir soll es recht sein. Du wirst es eh erfahren. Kannst du dich an deine erste Stunde Magie in diesem Semester erinnern?"

Leik riss die Augen auf.

„Natürlich kannst du das. Sie war ja auch außergewöhnlich. Selbst für den fantastischen Farbseher", giftete Joklin weiter. „Nicht du hast den Sphärenbruch herbeigeführt, sondern ich. Ich habe zwar keinen Kamarkegel benutzt, aber das Artefakt, das ich dazu aus den Ferien mitgebracht habe, war ähnlich wirkungsvoll, nur dass es sich nach der Anwendung auflöste und keine Spuren hinterließ."

„Warum?" Mehr konnte Leik nicht sagen.

Joklin lachte wieder. „Damit sie dich von der Universität schmeißen. Ich war mir sicher, dass Jehal, dieser Trottel, dafür sorgen würde, wenn der Verdacht auf den Farbseher und seine unkontrollierbaren Fähigkeiten fiele. Und dafür habe ich gesorgt. Nur Ñokelä war misstrauisch geworden. Der alte Ork besitzt mehr Verstand, als ich ihm zugetraut hätte. Natürlich fanden seine idiotischen Řischnärrstudenten keine Spuren von meinem Attentat. Wie sollten sie auch."

„Und warum wolltest du, dass ich von der Universität fliege und dem Orden ausgeliefert werde?“

Joklin holte tief Luft. „Das mit dem Drianyorden war nicht beabsichtigt. Das muss *sie* auch akzeptieren. Das Artefakt war einfach zu mächtig“, murmelte er mehr zu sich als zu Leik. Gleich darauf fing er sich wieder. „Ich wollte die Sphäre ja gar nicht brechen. Es hätte mir gereicht, wenn durch die Explosion ein paar Studenten gestorben wären. *Sie* wurde deshalb auch von der Universität geworfen“, murmelte Joklin wieder in sich hinein. „Aber ich habe den Zauber irgendwie falsch gesprochen. Keine Ahnung, warum die Sphäre gebrochen ist, aber niemand tot war. Das ist jetzt auch egal. Das war's. Von Bord mit euch, oder unsere nette Reise endet hier für alle.“

„Wieso sollte ich von der Universität fliegen?“, fragte Leik ungerührt, als hätte Joklin seine letzten Worte nicht gesprochen.

Der bekam einen erneuten Lachanfall. Tränen liefen ihm über die Wangen. „Ganz einfach, damit dich die Âlaburg nicht mehr beschützen konnte. Und *sie* an dich herankommen konnte. Wer hätte gedacht, dass die Rektorin so dumm ist, dich nochmal auf eine Mission zu lassen. Wir hätten dich fast auf eurem Rückweg aus den Ferien erwischt, aber das ist nun egal. Ich werde dich jetzt zu *ihr* bringen.“

„Zu wem?“, fragte Leik.

„Schluss, Leik. Du hast genug erfahren. Rette das Leben deiner Freunde und das Mädchen, das du liebst. Sag ihnen, sie sollen springen. Ich meine es ernst. Du weißt, ich habe nichts mehr zu verlieren. Ich kann und will nie wieder zurück. Ich werde *ihr* immer dienen.“

Leik wusste, dass Joklin nicht bluffte. Er war offensichtlich nur halb bei Verstand und er hatte gewaltige Verbrechen begangen, die ihm eine Rückkehr zur Âlaburg verwehrten. Außerdem war er schon zu Beginn des Semesters bereit gewesen, zu töten.

Niemand wird wegen mir sterben. Niemand! „Bitte hör auf, Joklin. Und ihr: springt ins Wasser und schwimmt an Land!"

„Nein, das werden wir nicht!", entgegnete Morlâ.

„Bitte, Morlâ. Das Schicksal vieler ist wichtiger als das Schicksal eines Einzelnen. Euer Tod wäre sinnlos."

Morlâ, Filixx und Ûlyèr erhoben sich langsam.

Leik blickte Drena nochmal tief in die Augen. „Ich hätte gern mein Leben mit dir geteilt."

Das Mädchen wollte ihm gerade antworten, als Ûlyèr aus dem Stand einen gewaltigen Satz direkt auf Joklin zu machte. Seine Bewegung war so schnell wie die einer angreifenden Schlange. Und Joklin reagierte wie ein Schlangenopfer: nämlich gar nicht. Erstarrt blickte er auf den riesigen Ork, der auf ihn zu flog.

Leik konnte nicht glauben, was er sah. Wenn die beiden Kontrahenten zusammenstoßen würden, ließ Joklin mit Sicherheit den Kegel fallen und verursachte damit eine Katastrophe. Die Zeit schien stehen zu bleiben.

Das Schiff hob sich in einer Welle. Joklin geriet ins Straucheln. Er machte einen Schritt nach links. Ûlyèr verfehlte dadurch sein Ziel um Haaresbreite, doch noch im Flug griff er mit seiner starken Krallenhand nach Joklin und erwischte ihn an der Schulter.

Die Kraft des Orks war so gewaltig, dass er Joklin die Schulter ausrenkte. Sein Arm wurde augenblicklich taub. Er ließ den aktivierten Kamarkegel fallen.

Leik war entsetzt. Ihrer aller Leben war verwirkt. Und das verrückteste daran war, dass er auch in Joklins Gesicht Bestürzung lesen konnte. *Er hat nicht geblufft, aber sterben wollte er hier auch nicht*, wurde ihm klar.

Ûlyèr reagierte sofort. Im Aufkommen fing er die tödliche Waffe, kurz bevor sie den hölzernen Schiffsboden erreicht hatte, und warf sie in einer fließenden Bewegung über Bord.

Und dann geschah nichts. Leik glaubte schon, Joklin hätte den Zauber falsch gewirkt und der Kegel wäre gar nicht aktiviert gewesen, doch dann wurde es unter Wasser taghell. Eine gewaltige Fontäne schoss hoch und schleuderte das Schiff in die Luft, als ob ein Riese damit spielen würde.

Überlebende und Opfer

Leik erwachte wieder, als ihn eine dicke Hand aus dem Wasser zog und eine vertraute Stimme fragte: „Leik … Leik, wie geht es dir?"

Zögernd öffnete er die Augen und blickte in Filixx' weiches, rundes Gesicht.

„Filixx?", fragte er kraftlos. „Wie geht es den anderen?"

Der Zwergelbe zeigte einfach auf das nun wieder ruhige Wasser. Selbst ihm hatten die Ereignisse die Sprache verschlagen. Leik drehte sich langsam um und sah Morlâ mit einer blutigen Stirn und zerrissenen Hosen aus dem Wasser torkeln. Der Zwerg wirkte orientierungslos. Ûlyèr rannte zu seinem kleinen Freund, stützte ihn und führte ihn zurück an den Strand.

Aska kam auf Leik zugerannt und leckte ihm das Gesicht.

„Wo ist sie?", fragte er nun aufgeregt.

„Ich könnte mir denken …"

Doch Leik wartete das Ende von Filixx' Antwort nicht ab, sondern sprang auf. Er rannte ins Wasser zurück und rief verzweifelt: „Drena? Drena, wo bist du?"

Ûlyèr und Morlâ kamen auf sie zu. Der Zwerg hielt etwas in der Hand: einen schmalen schwarzen Lederharnisch, der völlig zerfetzt war. Genauso einen hatte Drena getragen.

„Es tut mir leid, Leik", sagte Morlâ zu ihm und reichte ihm den Harnisch.

Mit Tränen in den Augen hielt Leik ihn fest und schrie aus Leibeskräften: „DRENA, Drena wo bist du?"

„Ich suche sie, mein Freund", sagte Ûlyèr und stürzte sich zurück in das Meer.

„Ich auch. Aber vorher hole ich Hilfe“, sagte Filixx und ließ drei gelbe Wehrlichter aufsteigen, die sich sofort mit großer Geschwindigkeit von den drei Freunden entfernen. Dann ließ er sich auf den Boden fallen, wischte sich das nasse Haar aus dem Gesicht und schloss die Augen. Einige Sekunden später krochen mehrere gelbliche durchsichtige Energiestrahlen aus dem Boden und schlängelten sich ins Wasser. Der Zwergelbe setzte seine überragenden Kräfte ein, um Drena auf magischem Wege zu finden.

Morlâ und Leik suchten in unterschiedlichen Richtungen den Strand ab.

Es vergingen mehrere Stunden, ohne dass sie von Drena oder Joklin ein Lebenszeichen entdeckt hatten. Überall am Strand lagen Trümmerteile, aber das Meer war so ruhig, als hätte es die Explosion gar nicht gegeben. Langsam wurde es dämmerig. Filixx war der Erste, der Leik sanft erklärte: „Wenn Drena die Explosion überlebt hätte, hätten wir sie gefunden. Wir müssen hier weg. Die magische Strahlung, die der Kamarkegel abgegeben hat, ist zwar im Laufe der Jahre deutlich schwächer geworden, trotzdem sollten wir das Gebiet verlassen, wenn wir keine Schäden zurückbehalten wollen.“ Er tätschelte dem in der Brandung sitzenden Leik die Schulter.

Ich habe sie wieder verloren. Diesmal endgültig.

Der Prozess

Der große, schwarz gekleidete Vonyn verbeugte sich tief vor der viel kleineren Person, die ihm gegenüber auf dem Deck des riesigen Kriegsschiffs stand. Heute hätte Leik nicht mehr erkannt, dass es sich um Sefals ehemaligen Bäcker Karl vanGendalen handelte. Die Verwesung, die mit seiner Umwandlung in einen Vonyn einherging, war schon so weit fortgeschritten, dass sein Schädel nur noch von einigen fauligen Fetzen schwarz-brauner Haut bedeckt war. Eine Nase und Lippen hatte die Fratze des lebenden Todes schon lange nicht mehr. „Der Junge ist erneut entkommen. Joklin hat versagt."

Die schmale Frau mit dem scharf geschnittenen Gesicht und den braunen, glatten Haaren schaute den Vonyn hasserfüllt an: „Schieb die Schuld nicht auf denjenigen, der sich nicht mehr wehren kann. Joklin mag gescheitert sein, doch deine Männer ebenso. Wie konnte eine Armee von deinesgleichen nicht mit ein paar Studenten fertig werden?"

„Sie waren …"

„Schweig, du beschworener Abschaum", zischte die Frau ihren Untergebenen an, der jetzt vor ihr kniete. „Du weißt, dass ich kein Versagen dulde." Gefährlich aussehende, rote Flammen umspielten die rechte Hand der Zauberin.

„Herrin", ertönte plötzlich eine Stimme vom Meer.

Die schmale Frau beugte sich über die Reling. „Joklin? Tolle Idee mit dem elbischen Wachturm, aber deine Falle hat nicht funktioniert. Bist du gekommen, um dein Scheitern einzugestehen und deine Strafe zu empfangen?", fragte sie mit einer süßlichen Stimme, die gar nicht zu ihrer Botschaft passte.

Der Mensch warf sich auf den Boden seines kleinen Schiffs und redete zu seiner Herrin: „Ich bin nicht vollkommen gescheitert. Ich habe eins der Artefakte genommen und aktiviert. Dadurch habe ich die magische Energiequelle, die wir unter Wasser angezapft haben, um Vonynen zu erschaffen, weiter beschädigt und den Prozess beschleunigt. Wieder hat Razuklan unwiederbringlich magische Kraft verloren. Die neue Generation der Elben wird noch weniger Begabte hervorbringen, die die Elben in die Âlaburg entsenden können. Ihre Zauber werden schwächer und schwächer werden. Doch nicht nur bei den Elben, auch bei den Menschen und Zwergen gibt es immer weniger magisch Begabte. Wir waren unermüdlich. Euer Plan geht auf. Wir vernichten die Magie auf Razuklan. Das neue Zeitalter kann bald beginnen."

Die Frau lächelte, wenn sich dieser Gefühlszustand auch nicht auf ihre Augen übertrug: „Gut."

„Wir sind auch weiterhin stark an der Universität. Im Verborgenen arbeiten Eure Dienerinnen und Diener für Euch. Es sind kaum noch Spuren Eurer Anwesenheit zu finden. Die Archive sind praktisch bereinigt und auch alles andere in die Wege geleitet."

„Steh auf, mein treuer Diener. Du wirst ab jetzt an meiner Seite bleiben. Noch heute Nacht, wenn wir Razuklan so weit hinter uns gelassen haben, dass es keine magische Energie mehr gibt, wirst du zu einem von uns. Wir sind auf dem richtigen Weg. Trotzdem brauchen wir den Jungen."

„Er wird zu uns kommen", sagte Joklin. „Er wird das Mädchen suchen."

„Kann er sie denn jemals finden?"

„Ich bezweifle es, Herrin, die Explosion war sehr stark. Aber wir haben sie nicht vergebens geopfert. Sein Zorn wird sich dadurch ins Unermessliche steigern. Wir müssen den Jungen nur daran erinnern, wem er seinen schrecklichen Verlust zu verdanken hat. Dann wird er schon nach uns suchen. Rache ist eine starke Triebfeder und ihn lässt sie jede Kontrolle verlieren."

„Sehr gut, mein treuer Joklin. So sind wir dann doch nicht ganz gescheitert. Ich werde Leik erinnern. Nichts wird er vergessen. Ein Mensch vergisst niemals, wenn man ihm die Liebe genommen hat!" Mit traurigem Blick schaute die Frau aufs Meer hinaus. Sie schien in diesem Moment weit weg zu sein. Eine Wolke schob sich vor die Sonne, und das schien die dunkle Zauberin wieder in die Gegenwart zu holen. Mit befehlsgewohnter Stimmte sagte sie: „Beeil dich, an Bord zu kommen. Dein Zauber, der dich und dein Boot hierher gebracht hat, war sehr effektiv und schnell, aber er wird auch leicht zu orten sein. Noch können wir uns einer Auseinandersetzung mit dem Orden nicht stellen. Wir verlassen gleich diese Gewässer. Und nun zu dir …" Ein dicker, funkensprühender Strahl schoss aus der rechten Handfläche der Frau und ließ den Vonyn verdampfen. Zurück blieb nur ein dunkler Fleck auf den Holzdielen des Kriegsschiffs.

Die mächtige Frau schaute auf das Meer hinaus. *Ich muss den Jungen schnellstens in die Hände bekommen. Ohne ihn werde ich meine Zwillingsschwester niemals finden. Ich habe nicht vergessen, was sie mir angetan hat. Trotzdem, wir brauchen sie, um den Prozess zu beenden. Sie würde alles tun, um ihren Sohn zu beschützen.*

Neue Freunde und Familie

Leik ließ sich mehr von seinen Freunden mitziehen, als dass er gelaufen wäre. Das Leben erschien ihm plötzlich sinnlos. Dennoch drängte Filixx die kleine Gruppe zur Eile, um das gefährliche Gebiet schnellstmöglich zu verlassen.

Ein Rascheln und Knacken im Unterholz ließ die vier innehalten. „Joklin", flüsterte Morlâ.

„Ich glaube, ich habe sie gefunden, Gwendolin", rief eine wohlbekannte Stimme und der große Elb Ram Rubinia trat aus dem Wald heraus auf den Strand.

„Hallo, Jungs, schön, dass wir uns treffen. Und Filixx, danke für deine Nachricht, obwohl es gar nicht so einfach war, sie einzufangen. Deine Wehrlichter machen ihrem Namen wirklich alle Ehre." Gwendolin zeigte auf drei Brandlöcher, die ihren ledernen Harnisch zierten. „Ohne Johns Hilfe hätte ich sie wahrscheinlich niemals erwischt."

Die Studenten nahmen die Boote von Gwendolin und ihren Begleitern, um nach Mandelholz zurückzukehren. Ihre zahlreichen großen und kleinen Verletzungen ignorierend, paddelten sie langsam zurück in das Dorf des alten Elben Bläuel.

Da Leik, Filixx und Aska sich ein Boot teilten, fuhr Morlâ mit der Elbin in einem der übrigen Kanus. Zu Leiks Überraschung verstanden die beiden sich gut und in regelmäßigen Abständen wehte Gelächter von ihrem Kanu zu ihm herüber. Wenn Leik es nicht besser wüsste, hätte er geschworen, dass Morlâ mit

Gwendolin flirtete. Aber er war zu deprimiert über den Verlust seiner eigenen Liebe, als dass er darüber nachdenken wollte.

Endlich kam Mandelholz in Sicht. Drei Männer, deren Silhouetten Leik vage bekannt vorkamen, und eine gebeugte Frau mit dünnem, grauem Haar erwarteten sie am Strand des Dorfs. Als sie näher herankamen, erkannte Leik seinen Ziehvater Gerald, den Großmagister Tal Mac Rallen und Bläuel, der ihnen zuwinkte.

„Sind das Gerald und Mac Rallen?“, fragte Morlâ. „Was machen die denn hier und wer ist die alte Frau daneben?“

Knirschend rutschten die Kanus an den kieseligen Strand. Gerald half ihnen, die Boote an Land zu ziehen. Kaum hatte Leik festen Boden unter den Füßen, kam der ehemalige Jagdmeister zu ihm. „Junge, was ist passiert?“

„Gerald“, rief Leik schluchzend aus und fiel seinem Ziehvater in die Arme.

„Ruhig. Was ist denn los?“

Filixx und Morlâ erzählten den beiden Magistern, was passiert war. Mac Rallen informierte sofort auf magischem Weg den Orden.

Leik hatte sich wieder etwas beruhigt und begann sich nun doch zu wundern: „Wie seid ihr so schnell hier hergekommen?“

Gerald schaute seinen Zögling mit einem väterlichen Lächeln an, dann sagte er: „Naja, mir kam dieser Krieg da im Norden irgendwie wie ein Ablenkungsmanöver vor. Dieser sogenannte Aufstand stellte sich doch eher als ein Scharmützel heraus. Irgendjemand hatte einige Häuptlinge bezahlt und aufgestachelt, damit sie die Zwerge attackieren. Tal und ich konnten die Streitigkeiten schnell schlichten. Ohne das Gold hätten die abtrünnigen Orkhäuptlinge wahrscheinlich nie den Vertrag von Âla gebrochen und die Zwerge angegriffen. Und da wurde mir klar, dass man uns von etwas ablenken wollte. Irgendjemand hatte sich ja große Mühe gegeben, fast den gesamten

Drianyorden in den Norden zu locken. Und wenn ich ein Ablenkungsmanöver im Norden starten würde, wovon würde ich meine Gegner wohl ablenken wollen?“

Leik antwortete seinem Ziehvater: „Vom Süden.“

Gerald nickte: „Schlauer Junge. Woher du das wohl hast?“ Er zwinkerte Leik väterlich zu. „Als ich dann noch von Tejal erfahren habe, dass du und deine Freunde auf dem Weg in den Süden seid, um eine Mission hier bei den Elben zu absolvieren, habe ich Tal überredet, mit mir hierher zu reisen. War nicht ganz einfach, aber“, er tätschelte Leik väterlich den Rücken, „… wie es aussieht, hatte ich damit wohl recht. Ihr habt es mal wieder geschafft, euch in Schwierigkeiten zu bringen.“

Dann kam die alte Elbin, die sie am Strand gesehen hatten, auf sie zu. „Filixx“, ergriff Bläuel das Wort, „ich habe wie versprochen gesucht und jemanden gefunden für dich.“

„Du bist also Filixx, mein Enkel. Ich bin Minnow, deine Großmutter. Es freut mich, dich kennenzulernen.“ Die Elbin trat auf den perplexen Filixx zu und drückte ihn fest.

„Was hat sie dir erzählt?“, fragte Ûlyèr, als nachts nur noch die Studenten am Feuer zusammensaßen.

Filixx lag auf dem Rücken und schaute sich die Sterne an. „Dass mein Vater Brill hieß.“ Man konnte im Mondlicht seine weißen Zähne funkeln sehen. Filixx lächelte.

„Hieß?“, fragte Morlâ.

„Ja, er ist schon vor vielen Jahren gestorben. Wahrscheinlich sogar noch vor meiner Geburt. Meine Großmutter“, wieder lächelte er und betonte das Wort ganz besonders, „hat mir erzählt, dass seine Karawane auf dem Rückweg von den Bergen der Zwerge von Räubern überfallen wurde. Dabei ist er ums Leben gekommen. Er hat seiner Mutter aber aus dem Gebirge noch einen Brief geschrieben. Darin erzählte er ihr, dass er eine

Zwergin heiraten möchte, in die er sich verliebt hatte. Leider kam nur der Brief an. Mein Vater nie."

„Macht dich das nicht traurig?", fragte Gwendolin, die neben Morlâ saß.

„Ja und nein", antwortete Filixx. „Natürlich bin ich enttäuscht und traurig, dass mein Vater nicht mehr lebt. Aber ich bin froh, dass er meine Mutter geliebt hat und zu ihr gestanden hätte. Er hat sie nicht verlassen wollen, sondern er wollte sie heiraten. Nur die Umstände haben dies verhindert. Und ich habe jetzt eine zweite Großmutter. Eine Elbin." Wieder grinste der Zwergelbe in die Nacht hinaus.

„So viel Liebe", gähnte Gwendolin. „Ich gehe ins Bett. Es war ein langer Tag. Vonynen töten ist doch anstrengender als gedacht."

„Willst du wirklich schon schlafen?", fragte Morlâ enttäuscht.

„Ja, was dagegen?"

„Nein, nein …", stammelte der Zwerg. „Gute Nacht."

„Oh, mein kleiner Zwerg, pass nur auf. Elbinnen haben schon Größeren als dir den Kopf verdreht und unsere hübsche Gwendolin ist da ganz besonders versiert", stichelte Ram.

Alle kicherten.

Nur Leik nicht. Er hatte keinen Bissen angerührt. Den Gesprächen folgte er nur mit halber Aufmerksamkeit und kraulte gedankenverloren dem neben ihm schlafenden Aska Kopf und Ohren. Der ganze Tag erschien ihm irgendwie unecht. Sein Körper reagierte nur, wie es gewünscht war. Doch sein Geist war vollkommen leer. Tiefe Trauer durchflutete ihn. Er und Drena hatten sich endlich gefunden. Sie teilte seine Gefühle, und dann war sie ihm endgültig genommen worden. *Ich werde nie wieder im Leben glücklich sein.*

Sie blieben noch einige Tage in Mandelholz. Ihre großen und kleinen Verletzungen brauchten noch ein wenig Zeit, um so weit zu heilen, dass die Studenten die anstrengende Rückreise zur Âlaburg bewältigen konnten. Im Laufe dieser Zeit kamen zahlreiche Ordensritter und Großmagister in das verschlafene Fischerdorf, um die Ereignisse zu untersuchen und um die magischen Verseuchungen, die die Detonation des Kamarkegels beschworen hatte, zu beseitigen. Der weise Zwerg Elmar Felsengrad, die schöne Elbin Isilmar Morgenröte und der mächtige Orkkrieger Or, die sonst mit dem Großmagister Tal Mac Rallen eine Einheit bildeten, waren leider nicht unter den Neuankömmlingen. Ihre Erfahrungen und ihr diplomatisches Geschick wurden immer noch im Gebiet der Orks benötigt, um die letzten Kämpfe zu beenden.

Gerald erzählte Leik, dass die Ordensritter bei ihrer Arbeit gut vorankamen, da der Kegel bereits viele Jahrzehnte alt gewesen und die ihm innewohnende Magie zum Teil schon entschwunden war. Als vorteilhaft konnte wohl auch gelten, dass das magische Geschoss unter Wasser explodiert war, das hatte eine weitere Ausbreitung verhindert. So wurde Ûlyėr erneut nachträglich zum Helden.

Die Ordensritter sahen sehr unterschiedlich aus. Viele kamen schwer gerüstet und wirkten wie Soldaten, andere hatten lange, graue Bärte, wallende, kunterbunte Gewänder in den Farben der Sphäre, trugen spitze Hüte und wieder andere waren sehr schlicht und alltagstauglich gekleidet, sodass sie fast nicht auffielen. Leik und seinen Freunden wurden eine Menge Fragen gestellt, auf die sie in vielen Fällen jedoch keine Antworten hatten. Sie konnten nur wiedergeben, was Joklin ihnen offenbart hatte und was anschließend passiert war. Nur ein Detail konnten sie dem Puzzle hinzufügen. Ihr Gegner war offensichtlich eine Gegner*in*. Joklin hatte die ganze Zeit von „sie“ und „ihr“ gesprochen. Diese Information entlockte den Ordensrittern einen erstaunten Gesichtsausdruck.

Leik verteidigte dabei leidenschaftlich Drena. Es war ihm wichtig, dass sie ihnen nicht als eine Dienerin des Bösen in Erinnerung blieb. Die Liebe seines Lebens war schlicht ein Opfer gewesen. So wie sie alle. Wer dahinterstand und was sie wollte, das blieb für Leik und auch alle anderen weiter im Dunklen. Auch die Ordensritter schienen nur wenige Ideen zu haben, wer diese mächtige Magierin sein könnte. Sie bekamen nur heraus, dass das Fischsterben durch das Aufbrechen einer magischen Energiequelle unter Wasser ausgelöst worden war. Rohe Magie konnte tödlich sein. Diese Quelle war aber durch die Explosion wieder geschlossen worden. Daher würden die Fische wahrscheinlich sehr bald wieder zurückkehren.

Prüfungsergebnisse

Schließlich war der Tag ihrer Abreise gekommen. Filixx verabschiedete sich tränenreich von seiner elbischen Großmutter. Die beiden hatten in den letzten Tagen ein inniges und intensives Verhältnis aufgebaut. Filixx versprach ihr, sie in den nächsten Semesterferien zu besuchen.

Während der Rückreise ritt Leik meistens am Ende ihres kleinen Zugs von Studenten. Er brauchte Zeit und Ruhe, um seine Gefühle zu verarbeiten. Aska und Rewen reichten ihm als Begleiter.

Gerald begleitete sie zurück zur Âlaburg. Er hatte seine Aufträge für den Orden erfolgreich durchgeführt. Seine Strafe bestand zwar immer noch, doch so langsam schien man wieder Vertrauen in den ehemaligen Großmeister der Driany zu haben. Leik freute das, denn er wusste, wie sehr sein Ziehvater darunter litt, dass man ihn für Caoimhes Verbrechen an der Âlaburg verantwortlich machte.

Morlâ und Gwendolin verstanden sich bestens auf der Rückreise und ritten die meisten Tage albern kichernd nebeneinander her.

Auch der Elb Ram und der menschliche Student John brachten sich in ihre Gemeinschaft gut mit ein. Filixx freute sich offensichtlich über die neuen Zuhörer, denen er etwas vordozieren konnte. Besonders John schien sich tatsächlich für die langwierigen Ausführungen des Zwergelben zu interessieren und ergänzte sie sogar noch. An manchen Tagen disputierten die beiden stundenlang über magische Theorien oder die mystischen Zitate des Tamir.

Ram und Ûlyėr waren die Muskelpakete in der Gruppe. Sie maßen an jedem Abend, wenn alle anderen froh über eine Pause waren, ihre Kräfte im Wettlauf, Steinweitwurf, Armdrücken, Hochsprung, Baumstammwerfen, Schluchten überspringen, Berge erklettern und anderem. Erstaunlich oft waren sie sich dabei ebenbürtig.

Razuklan ist eine Welt. So unterschiedlich wir auch sein mögen, wir sind doch im Grunde genommen alle gleich, dachte Leik immer wieder, wenn er nur mit Aska an der Seite seine Freunde beobachtete.

„Morgen früh sind wir zurück auf der Âlaburg. Meinst du, du fängst dann wieder an, mit uns zu reden?“, fragte Morlâ Leik mit einem Grinsen und legte Holz in das knisternde Feuer. Der Winter hatte sie schon vor einigen Tagen wieder empfangen und der Weg, der sie morgen zur Pforte des Tamir führen würde, war über und über mit Schnee bedeckt.

„Ja“, antwortete Leik und lächelte das erste Mal seit Tagen.

„Das ist gut, mein Freund“, mischte sich Ûlyėr freundlich ein.

Filixx ergänzte: „Ich rede ja gern mit John, aber unsere Gespräche fehlen mir doch auch.“

„Schlaft endlich, ihr Laberköpfe. Wir wissen, dass ihr euch liebt“, rief Gwendolin von der anderen Seite des großen Feuers.

Damit hat sie wirklich recht, dachte Leik. *Ich liebe meine Freunde. Wir halten zusammen und werden uns immer helfen.* Dieser Gedanke tröstete ihn und er schlief das erste Mal seit Tagen durch.

Leik öffnete am nächsten Morgen langsam die Augen. Das Feuer war inzwischen heruntergebrannt. Leik fühlte sich etwas besser als in den letzten Tagen. Er bemerkte, dass ihm heute besonders kalt war und brauchte einen Moment, bis er begriff, woran das lag. Aska war nicht bei ihm und ihm fehlte seine Wärme. „Aska?", rief Leik.

„Er ist weg", beantwortete Ûlyėr Leiks Ruf.

„Was?"

„Der kleine Kerl hat sich in der Nacht auf den Weg zurück in sein Zuhause in den Bergen des Panragebirges gemacht. Mir hat er noch ein Geschenk dagelassen." Er zeigte auf seinen Rucksack, auf dem ein nasser, halb gefrorener Streifen zu sehen war.

Leik musste lachen. Ein gutes Gefühl. Befreiend. Er blickte hinüber zu der großen Schlucht, die sie heute noch passieren würden, und sah die kleinen Spuren, die Aska hinterlassen hatte. *Bis bald, mein guter Freund.*

„Ja, und er ist nicht der einzige, der hier eine nächtliche Biege gemacht hat", schimpfte Morlâ.

„Wie meinst du das?", fragte Filixx, der, noch unter seinen zahlreichen Felldecken begraben, bereits an einem Stück getrocknetem Fisch aus Mandelholz kaute, das ihm seine Großmutter mitgegeben hatte.

„Gwendolin, Ram und John", redete der Zwerg, als ob er es mit Personen zu tun hätte, die schwer von Begriff sind. „Sie sind weg. Schon zurück zur Âlaburg."

„Warum sollten sie?", fragte Leik, der in Gedanken immer noch bei Aska war.

„Weil sie, wenn sie als Erste zurückkommen, die Mission gewonnen haben", beantworte Filixx Leiks Frage. „Erinnert ihr euch noch an Tejals Brief?" Und dann zitierte er aus dem Gedächtnis. „PPPS: *Es werden zwei studentische Gruppen auf diese Mission geschickt. Die Gruppe, die die Aufgabe zur vollen Zufriedenheit löst, hat bestanden.* Tja, und ich denke, das wird wohl die Gruppe sein, die zuerst zurück zur Âlaburg kommt und der Direktorin von den Ergebnissen berichten kann."

Gerald trat aus einem Gebüsch. Offenbar hatte er sich gerade erleichtert.

„Habt Ihr davon gewusst?", herrschte ihn Morlâ sofort an.

„Ho, nur mit der Ruhe, mein Junge. Und vergiss nicht, dass ich dein Hausvorsteher bin!", sagte Gerald streng.

„Entschuldigung, Magister", stammelte Morlâ und deutete eine kurze Verbeugung an.

„Ich darf mich bei den Missionen nicht einmischen. Schon vergessen, was in deinem Brief stand?" Dann zitierte auch er aus dem Gedächtnis: „*Hilfe zur Mission dürfen Sie von keinem der Magister der Âlaburg annehmen, ansonsten wird Ihre Leistung als Betrug und als ungenügend gewertet, mit den entsprechenden Konsequenzen für Ihren Abschluss in diesem Semester.*" Der Meister der Gärten hob die Schultern unschuldig nach oben. „Was kann ich dafür, dass ihr euch dafür entschieden habt, keine Wache mehr aufzustellen?" Dann schlenderte er pfeifend zu Olander und begann in aller Ruhe, das Tier zu satteln.

Da seid ihr ja, meine guten Studenten, begrüßte sie das Tor Lekan in ihren Köpfen. *Willkommen zurück auf der Âlaburg. Wieder hat sich erwiesen, dass ihr dieser Universität Ehre machen konntet.* Geräuschlos schwangen die riesigen Torflügel vor den vier Freunden und Gerald auf und ließen sie zurückkehren an die Universität.

Der schneebedeckte Campus war leer. Es war die Zeit der Nachmittagsseminare und die Studenten waren alle in den Lehrgebäuden.

„Tja, diesmal holt uns Gwendolin wohl nicht ab", sagte Filixx, was ihm einen bösen Blick von Morlâ einbrachte.

„Ich würde sagen", mischte sich Gerald ein, „ihr zieht euch erst mal um und geht dann in Tejals Büro. Was haltet ihr davon?"

Nachdem sie alle hastig ihre weißen Schärpen umgelegt hatten – nur Morlâ hatte sich noch etwas Zeit genommen, seine Haare endlich wieder in einen fettigen Helm zu verwandeln –begaben sie sich zu Tejals weißem Kubus. Im Vorzimmer saß, zu ihrer aller Überraschung, Gwendolin, als ob sie nie weg gewesen wäre.

„Oh, da seid ihr Langschläfer ja endlich. Die Direktorin erwartet euch schon. Ich war so frei ihr zu sagen, dass ihr wohl bald eintreffen werdet. Obwohl ich natürlich nicht in der Lage war, eine genaue Zeit vorauszusagen“, sagte sie mit einem Grinsen.

„Du …“, zischte Morlâ, doch im gleichen Moment ging die Tür zu Tejals Büro auf und der Zwerg schluckte herunter, was er sagen wollte.

„Hach, sie hat schon Zeit für euch“, trällerte Gwendolin affektiert. „Geht nur rein“, die schöne Elbin machte eine ausladende Geste in Richtung Direktorenbüro.

„Willkommen zurück“, begrüßte Tejal sie alle und kam hinter ihrem großen Schreibtisch hervor. „Ich freue mich, dass ihr alle wohlbehalten wieder hier seid.“

Die vier Studenten verbeugten sich tief.

„Wir …“, begann Morlâ anschließend ungefragt.

Doch Tejal hob die Hand. „Ich weiß, was du mir sagen möchtest, Morlâ, aber das ist nicht nötig. Gwendolin hat mir schon alles erzählt.“

Der Zwerg lief nach diesen Worten rot an, schaffte es aber, nichts zu sagen.

„Ihr habt euch alle wieder einmal als hervorragende Studenten der Âlaburg erwiesen. Ich bin stolz auf euch. Ûlyèr“, wandte sie sich jetzt direkt an den großen Ork, „du hast dich nicht nur erneut auf dem Schlachtfeld bewiesen, sondern dein mutiges und reaktionsschnelles Eingreifen hat vielen Tausenden Elben das Leben gerettet. Wäre der Kamarkegel nicht unter Wasser explodiert, wäre das Seenland für viele Jahre nicht mehr bewohnbar gewesen. Du hast dich um den Frieden und die

Freundschaft der Völker sehr verdient gemacht. Und die Gabe beschützt."

Der Ork ging in die Knie, legte seinen Kopf in den Nacken und entblößte seine Kehle. Tejal quittierte diese Geste mit einem erhabenen Lächeln.

„Filixx", wandte sie sich anschließend an den Zwergelben, „du hast wieder einmal magische Höchstleistungen vollbracht. Du hast Razuklan erneut bewiesen, dass Magie etwas Gutes ist und zum Wohle aller eingesetzt werden kann. Auch du hast dich mehr als verdient gemacht um den Frieden und die Freundschaft aller Völker."

Der Zwergelbe verbeugte sich tief.

„Morlâ", wandte sich die Großmagistra nun an den Zwerg. „Du hast diese Mission durch Höhen und Tiefen geführt, bis sie schlussendlich an ihr Ziel kam. Nur dir ist es zu verdanken, dass die Seenlande wieder reichliche Fischbestände haben. Der Dank eines ganzen Volkes wird dir gewiss sein. Mehr kann man nicht für die Aussöhnung und Bewahrung der Gabe auf Razuklan tun."

Morlâ wurde rot und ging auf die Knie, um der Direktorin seinen Respekt zu zeigen. Sie nahm es mit einem gütigen Kopfnicken zur Kenntnis.

„Leik", begann sie, „du hast lange an dir gezweifelt und doch deinen Weg gefunden. Du hast Kontrolle gelernt. Erfahren, was du bewirken kannst. Du entscheidest über die Zukunft Razuklans. Du *bist* die magische Gabe, mein junger Farbseher."

Einem Instinkt folgend nahm Leik die blasse, beringte Hand der Rektorin und küsste sie sanft.

„Ich danke dir für dein Vertrauen", sagte sie daraufhin zu ihm.

„Ähm …", begann Morlâ, der mal wieder kein Gespür für den Augenblick hatte, „… bedeutet das, dass wir die Mission gewonnen haben?"

Tejal lachte mädchenhaft. „Ihr habt sie mit Auszeichnung bestanden und werdet im nächsten Semester weiter an der Âlaburg ausgebildet. Von einem Wettkampf habe ich nie gesprochen. Das Problem sollte durch Studenten der Universität gelöst werden. Das habt ihr gemeinsam mit den anderen geschafft."

Die Audienz war beendet. Die vier Freunde hatten ihre Mission mit Bravour bestanden. Sie gingen zur Tür.

Kurz bevor Leik als Letzter hinausging, sprach ihn Tejal nochmal an.

„Leik, wärst du so nett, Gerald zu bestellen, dass ich mich heute Abend sehr über einen Besuch von ihm freuen würde." Die sonst so strenge Großmagistra strahlte über das ganze Gesicht.

„Natürlich", antwortete Leik und verließ das Büro der Direktorin.

Gwendolin erwartete sie grinsend im Vorzimmer. „Na, seid ihr von der Uni geflogen?"

„Nein", grummelte Morlâ. „Aber es war doof, dass ihr gestern Nacht einfach weggeritten seid."

„Ich dachte, euch wäre der Sieg hier nicht so wichtig, weil ihr ja schon im Sternball gewonnen habt. Naja, nichts für ungut. Die nette Rektorin hat euch sicher nicht allzu hart bestraft. Es kann halt immer nur einen Sieger geben. Gewöhnt euch schon mal daran, wenn wir im nächsten Semester wieder Sternball spielen." Gwendolin kam hinter ihrem Empfangstresen hervor, beugte sich zu dem grimmig schauenden Zwerg hinunter und gab ihm einen Kuss auf den Mund.

Morlâ machte große Augen, doch sagen konnte er nichts.

„Ich hoffe nur, dass im nächsten Semester die Haarmode wieder etwas besser wird." Gwendolin verließ mit wehenden blonden Haaren das Vorzimmer und lief auf den schneebedeckten Campus hinaus.

„Na, da kann man sich ja wohl richtig auf das nächste Semester freuen, was?“, sagte Leik und alle brachen in Gelächter aus.

„Ja“, sagte Ûlyėr, nachdem sie sich wieder beruhigt hatten. „Vielleicht esse ich dann auch endlich mal mein Ħįchƙül.“ Wieder mussten sie lachen.

Gemeinsam gingen die Freunde hinaus auf den schneebedeckten Campus und hinüber zum Wehrturm.

ENDE

Die Sprache Razuklans

Nur noch wenige Fragmente geben wieder, wie die alten Sprachen gesprochen wurden. Daher will ich an dieser Stelle alle in den Archiven vorhandenen Informationen zusammenfassen, die die Fünf Weisen mir bringen konnten.

Ich kann euch sagen, dass die Hochsprache, die an der Âlaburg gesprochen werden muss, unserer heutigen Sprache und Aussprache sehr ähnlich ist.

Um die Sprache der Orks zu imitieren, müsst ihr versuchen, ein rollendes „R“ zu sprechen - wie in Řischnărr (Rrrrischnärrrrr). Außerdem sind in den Worten häufig Umlaute vorhanden. Viele ihrer Schriftzeichen sind heute nur noch auf dem Papier existent. Daher sprechen sie die Gelehrten so, wie sie den heutigen Buchstaben entsprechen, z.B. Çawakï als Cawaki, oder Ꝁuelnk als Külnk und Ᵽyzu als Püzu.

Die Sprache der Zwerge enthält ebenfalls viele Umlaute, auch wenn sie natürlich in der alten Sprache anders geschrieben wurden, z.B. Ølsgendur (Ölsgendur). Andere Buchstaben können wir heute nicht mehr zuordnen, so schreiben wir zwar Morlâ, doch gesprochen wird der Name nur noch Morla.

Namen und Sprache der Elben basieren meist auf den Blumen und Pflanzen, die sie anbauen und verehren. Wundert euch nicht, viele ihrer floralen Meisterwerke sind leider schon ausgestorben und daher ihre Namen in Vergessenheit geraten. Doch solltet ihr manchmal eine tolle Blume auf einem Feld oder mitten im Wald entdecken, kann es sein, dass diese Pflanze elbischen Ursprungs ist.

Die Namen der Menschen finden wir heute noch oft in Schottland oder Irland. Sie haben die Zeiten am längsten überstanden.

Viele Worte aus Razuklan, die uns heute schwer über die Lippen kommen, muss man nur ein- oder zweimal laut aussprechen, damit sie einem in Fleisch und Blut übergehen, z.B. Vonynen als Wonünen.

Andere Begriffe müsst ihr euch selbst beibringen, denn die verkohlte Pergamentrolle, die die Fünf Weisen mir überlassen haben, war an vielen Stellen nicht mehr zu entziffern.

Greg Walters

Danksagung:

Das zweite Buch ist immer am schwersten, so sagt man. Ich kann das bestätigen, deshalb muss ich an dieser Stelle auch wieder etlichen Menschen danken, die es erst möglich gemacht haben, dass der zweite Band der Farbseher Saga erscheinen konnte.
Als Erstes möchte ich meiner Frau Kristin danken. Sie war wieder erste Testleserin, Korrekturleserin, Ratgeberin und Motivatorin. Ohne sie würde es die Farbseher Saga nicht geben. Danke, dass du so verständnisvoll bist, wenn ich mal wieder nach Razuklan verschwinde und dass du dir ständig all diese Geschichten darüber anhörst. „Du weißt schon … Unendlich x Unendlich."
Ein ganz besonders großer Dank geht an meine Lektorin Ursula Tanneberger. Ohne ihre Hinweise und Kritik wäre das Buch nicht dasselbe. Und Sie haben doch immer recht…
Einen riesen Dank auch wieder an die Königinnen der deutschen Sprache: Andrea und Martina von Ars Litura. Ich schätze euren Rat.
Großes Dankeschön auch an ALERIM für das tolle Cover. Ich hoffe, es macht wieder vielen Menschen Lust nach Razuklan zurückzukehren.
Danke auch an meine Testleserin Uli, deren Feedback wieder sehr hilfreich war. Ich hoffe es hat dir in der Küche der Âlaburg gefallen.

Greg Walters, Sommer 2016

Das Abenteuer geht weiter!

„Die Chroniken der Âlaburg"
(Farbseher Saga 3)

Sommer 2017

Alle Infos, Probekapitel und Gewinnspiele unter:

www.gregwalters.de
www.facebook.com/gregwaltersautor
www.instagram.com/gregwalters_autor/

Nehmen Sie Kontakt mit mir auf. Ich freue mich auf meine Leser. Unter dieser Adresse können Sie auch ihr persönlich signiertes Taschenbuch bestellen.
info@gregwalters.de

HERMANN PASCHA

UNVERHÜLLT

Hermann Pascha
Doris Kitzenegger

Hermann Pascha

UNVERHÜLLT

AniMazing

Der Reinerlös dieses Buches geht an den Verein
„Pascha für Menschen in Not e.V."

1. Auflage

Umschlaggestaltung & Titel: Stefan Rothe, Lobscheid Ltd., Köln
Satz und Layout: kitzenegger.comMunications, Inh. Doris Kitzenegger,
A-5562 Obertauern

Erschienen bei AniMazing GmbH
Grunewaldstraße 5, 93053 Regensburg
ISBN 978-3-940163-28-8

4 260031 781668

Über-Sicht des In-Halts!

Das Buch ist so aufgebaut, dass man bei jedem beliebigen Kapitel zu lesen beginnen kann.

Herzlich willkomm

»Der Reinerlös dieses Buches geht an den Verein „Pascha für Menschen in Not e. V."«
HERMANN PASCHA

n!

Ja, nun habe auch ich mich in die Reihe jener gesellt, die meinen, ihr Leben sei von derartigem Interesse, dass darüber ein Buch geschrieben werden soll. Die Entscheidung ist mir nicht leichtgefallen, aber nachdem meine Kolumnen alle gut angenommen wurden, habe ich meine anfänglichen Zweifel doch über Bord geworfen. Das Ergebnis ist ein Buch nach dem Motto „Sei alles, hauptsächlich aber anders als die anderen". „Unverhüllt" ist so konzipiert, dass man an jeder beliebigen Stelle mit dem Lesen beginnen kann, lediglich das Kapitel „Sternstunden und Schicksalsschläge" hat eine chronologische Abfolge. Nachdem ich mich selbst nicht zu den Leseratten zähle, sind zahlreiche Bilder als Auflockerung eingebaut. Jenen, denen das Buch doch nicht gefällt, bleibt ein kleiner Trost: Sie haben mit dem Kauf Menschen in Not unterstützt, denn der Reinerlös von „Unverhüllt" geht eins zu eins an „Pascha für Menschen in Not e. V.".

Herzlichst,

Ferien, Urlaub? Nein, ich bin eindeutig nicht der Typ, der Urlaub macht. Und das liegt nicht daran, dass ich nicht arbeite und deswegen keinen Urlaub brauche. Es liegt auch nicht daran, dass ich mir keine geblümten Bermudashorts leisten kann.
Kollektives Am-Strand-Liegen und Sich-das-Hirn-wegbraten-Lassen ist mir vielmehr einfach nur ein Gräuel. Ich bin mir sicher, dass ich spätestens nach ein, zwei Tagen vor Langeweile wahnsinnig würde. Aber die Geschmäcker sind halt verschieden. Ich für meinen Teil lebe lieber für die Arbeit und versuche die verschiedenen Lebensbereiche, die

Ich war schon imm

zu einem zufriedenstellenden Dasein gehören, in den Alltag zu integrieren und mich nicht um die angenehmen Dinge des Lebens bringen zu lassen. Deswegen brauche ich auch nicht aufzubrechen, um, zeitlich begrenzt und von langer Hand geplant, andernorts jene Vergnügungen und Erlebnisse zu suchen, die ich sonst nicht habe. Für ein solches – für viele letztendlich durch zu hohe Erwartungen programmiertes enttäuschendes Unterfangen – fehlen mir einfach Zeit und Lust. Wobei ich mir eventuell ja noch das Argument Urlaub als Erholung oder Entspannung einreden lasse. Aber wie sich die Leute einbilden können, woanders sei plötzlich alles und sogar sie selbst anders, ist mir ein Rätsel. Prinzipiell aber auch, wie sie zwei oder drei Wochen am Stück ihre Zeit unproduktiv konsumieren können. Mein Vater ging sogar so weit, „Fürs Übernachten Geld zahlen und zu Hause stehen die Betten leer?“ zu fragen, wenn das Thema Urlaub aufkam.

»Fürs Übernachten Geld zahlen und zu Hause stehen die Betten leer?«
O-TON MEINES VATERS

»Ich bin eindeutig nicht der Typ, der Urlaub macht.«

r ein Reisender …

Ich bin Reisender, kein Urlauber

Wenn überhaupt, dann bin ich Reisender, kein Tourist, kein Urlauber. Und selbst da muss ich das „bin“ mittlerweile durch ein „war“ ersetzen. Meine letzten großen Ausflüge liegen schon etwas zurück. Nämlich bis zu Beginn meiner Selbstständigkeit mit gastronomischen Betrieben und Diskotheken. Da etwa hatte Matthias Claudius’ viel bemühtes „Wenn einer eine Reise tut, dann kann er was erzählen ...“ auch für mich etwas Wahres. Nur dass ich bereits damals immer einen Schritt weiter gegangen bin. Denn ich hatte nach Reisen nicht nur viel zu erzählen, sondern auch immer etwas Neues in meinen Betrieben umzusetzen. Was aber primär daran lag, dass ich nicht wahllos irgendwohin gefahren bin, sondern mir gezielt gastronomische Hotspots ausgesucht und angesehen habe, um mir etwas abschauen zu können. Ich glaube, meine damaligen Mitarbeiter hatten jedes Mal Bammel vor meiner Rückkehr, so nach dem Motto „Jetzt kommt sicher wieder jede Menge Arbeit auf uns zu und alles wird neu“. Die unvermeidlich auf jede Reise folgenden Mitarbeiterbesprechungen waren sozusagen programmiert.

Natürlich habe ich das Sinnvolle auch mit dem Angenehmen verbunden. Wie etwa in Las Vegas, der einzigen Stadt, die ich nochmals besuchen möchte. Denn

OBERTAUERN, DEZEMBER 2011

diese Stadt ist nicht nur was das Zocken anbelangt, sondern auch gastronomisch nicht zu toppen: Sei es in Bezug auf das Entertainment, die Innovationen, die einmalige Atmosphäre oder, geschweige denn, mein Steckenpferd, das Thema Dienstleistung.
Ich war bestimmt 20 bis 30 Mal in Las Vegas, es gehörte für meine Freunde und mich einfach zum Leben. Wäre das Rauchverbot nicht gekommen, würde ich sogar heute noch öfters drüben sein. Ich gehörte zu den Highrollern in Las Vegas. Zwar nicht die Summen der einzelnen Spiele betreffend, aber meine Ausdauer hat sich auch diesbezüglich bezahlt gemacht. Nachdem ich damals noch nicht gegolft habe und mir schon so viele Leute von den sensationellen Plätzen in Vegas vorgeschwärmt haben, möchte ich mir diese gerne einmal ansehen. Mit einer geilen Golf-Zocker-Partie und Privatjet, in dem man rauchen kann. Zudem verbunden mit einem Besuch im Hotel Wynn, das ich noch nicht kenne.
In meiner aktiven Las-Vegas-Zeit hatten wir das Glück, persönlichen Kontakt zu einem Casino-Europamanager zu pflegen. Der ließ für uns sozusagen jedes Mal die Puppen tanzen. Egal, ob wir auf das Hotelkonto mal 50.000 oder 200.000 Dollar einbezahlt haben, wir hatten immer den gleichen Komfort. Wir flogen First Class, hatten jeder zuerst im MGM und dann, als das Bellagio gebaut worden war, ebendort eine tolle Suite, manchmal sogar mit eigenem Restaurant, Limousinenservice, Butler … Es war alles frei, egal ob wir Dom Pérignon tranken oder im Gourmetrestaurant speisten – und das alles unabhängig vom Ausgang unseres Spiels. Einmal bekam ich sogar bei meiner Abreise aufgrund meines Ratings wieder Bargeld retour, obwohl ich meine 50.000 eingezahlten Dollar verzockt hatte. Eine Serviceleistung, die beinahe zum Wiederkommen zwingt. Aber auch eine Dienstleistung, wie sie in Las Vegas gang und gäbe ist.

Vorbild Las Vegas

Von Las Vegas Topservice gewohnt, tue ich mich mit heimischen Casinos oft schwer. Vor allem mit jenen in Deutschland, denn die haben überhaupt keine Ahnung von Dienstleistung. Da sind lauter Blinde unterwegs. In Österreich geht es ja noch einigermaßen. Normalerweise müss-

»Keine Reise, sondern einen Kurzausflug nach Linz gab es im Frühjahr 2012 anlässlich einer Einladung zum Musikantenstadl.«

te es zur Croupier-Ausbildung gehören, einmal Las Vegas gesehen zu haben. Damit sie was lernen. Sehen, wie die das dort langweilt, wenn jemand 100.000 gewinnt, oder wie sie den Gast die Roulettekugel selbst schmeißen lassen. Nicht wie bei uns, wo sie dafür arbeiten, dass sie dich „stier" machen. Dabei wäre es so einfach. Denn die 100.000 Euro stellt der Gast doch ohnehin am nächsten Tag wieder drauf.

»Prinzipiell müsste jeder, der im Bereich Dienstleistung tätig ist, mindestens ein Mal in Las Vegas gewesen sein.«

Prinzipiell müsste jeder, der im Bereich Dienstleistung arbeitet, mindestens ein Mal in Las Vegas gewesen sein. Um zu sehen, dass es dort nur „Jawohl!" oder „Selbstverständlich!" gibt und Profis am Werk sind, die vor allem eines im Sinn haben: nämlich das Wohl des Gastes.

Aber zurück zu den Las-Vegas-Reisen. Ich habe damals zwar dort auch gepokert, vor allem aber Funspielen, allen voran Seven Eleven, gefrönt. Das Geld, mit dem wir weggefahren sind, war meistens fort. Wir waren ja keine Berufsspieler, die wegen des Gewinns hingefahren sind, und schrieben das einbezahlte Geld auch von vornherein ab. Wir wollten sieben Tage Gaudi, super Stimmung und Spaß, waren bereit, den mitgenommenen Betrag auf den Kopf zu hauen – was uns dann meistens gelang.

Wobei es einmal passiert ist, nachdem wir ein bisserl heißgelaufen waren, dass wir die 50.000, die wir dabeihatten, bereits in der ersten Nacht bis auf zwei-, dreitausend Dollar verspielt hatten. Mein Freund war betrunken und hatte es satt, wollte einfach ins Bett. Für mich ein Ding der Unmöglichkeit. „Wir haben 50.000 verzockt!", sagte ich. „Mit den restlichen paar Tausend mache ich jetzt auf ‚klein klein' beim Roulette mit System wieder Gewinn. Ich bleibe so lange sitzen, bis wir wieder aus dem Brand sind." Das hat er mir nicht abgenommen.

Ich war an den Quicktables über lange Zeit der einzige Spieler, sodass ich mit abwechselnd 50 Dollar und 100 Dollar auf einfache Chance binnen 14 Stunden um die 30.000 Dollar wieder „angeschafft" hatte, als mein Freund wieder zu mir stieß. Nach weiteren zehn Stunden war ich dann sogar aus dem Brand. Erst dann, nach insgesamt 60 oder 70 Stunden, bin ich auf mein Zimmer gegangen. Da ist es mir das einzige Mal im Leben passiert, dass ich mich vor Übermüdung erst mal nicht getraut habe, mich hinzulegen. Ich hatte regelrecht Herzflattern. So was von überzockt war ich weder jemals davor noch danach. Aber zwölf Stunden später war ich wieder am Tisch. Und genau das ist das Feine an Las Vegas. Egal, zu welcher Uhrzeit – du kannst dort immer alles machen. Das hat mich damals schon so fasziniert, dass ich es nun auch bei uns umsetze. Ich will dem Gast nicht vorschreiben, wann er Spaß haben kann. Egal, ob er morgens um zehn dazu aufgelegt ist oder abends um sieben – im Pascha hat er 24 Stunden die Gelegenheit dazu.

„Go, German boy, go!"

Auch mein allerschönstes Zockerlebnis fand in Las Vegas seinen Anfang. Wir waren lediglich zwei Tage in der Wüstenstadt und sind von dort weiter zu einer Luxuskreuzfahrt mit der „Royal Viking Star" aufgebrochen, die damals als das teuerste Schiff der Welt galt. Das werde ich nie vergessen. Wir hatten wieder mal alles verzockt – obwohl wir knapp 100.000 dabeihatten. Aber zuerst Las Vegas und dann das Casino an Bord ... Irgendwie hatten wir keinen guten Lauf und in Costa Rica am Ende der Reise nur mehr 1500 Dollar in der Tasche. „Was wollen wir mit den Dollar", haben wir uns gedacht, ging unser Flug zurück nach Frankfurt doch bereits am nächsten Tag in der Früh.

Mit dieser Einstellung sind wir kurz vor Sperrstunde noch ins Casino im Hilton, um Seven Eleven zu spielen. Ich habe geworfen, mein Freund, ein Profi, gesetzt. Und zwar hat er immer das volle Programm darauf gestellt – wir hatten ja nichts zu verlieren, diese 1500 Dollar hatten wir bereits abgeschrieben.

Da hat es richtig schön Geld gegeben. Es waren wohl die lukrativsten 30 Minuten meines Lebens: Mit den 1500 Dollar habe ich in dieser halben Stunde, die das Casino noch offen hatte, über 100.000 Dollar gewonnen. Der ganze Tisch hat auf mich gesetzt und 50 bis 60 Leute immer wieder „Go, German boy, go! Go, German boy!" geschrien. Das Casino hat das 2,5 bis drei Millionen Dollar gekostet – für mich war es eine der geilsten Stunden meines Lebens. Wir waren nicht nur aus dem Brand, sondern haben auch die ganze Reise – 18 Tage volles Programm mit Kreuzfahrt und Co. – finanziert und sind mit null heimgefahren. Das war eine Sensation!

50.000er-Jetons ganz normal

Ein andermal wiederum sitze ich im VIP-Bereich des Bellagio und spiele Baccara oder Black Jack – ich kann mich nicht genau erinnern. Auf alle Fälle sitze ich da allein am Tisch und spiele abwechselnd mit 50- und 100-Dollar-Jetons. Hinter mir an der Bar eine Frau und zwei Männer.
Nach einiger Zeit steht einer der beiden auf und setzt sich neben mich. Ein Schwarzafrikaner, leger gekleidet. Zuerst habe ich mir gar nichts dabei gedacht, als ich seinen Stapel gesehen habe. Er spielt ganz relaxed seinen Jeton, ich spiele einen Jeton … Bis ich dann bemerkt habe, dass er auch mit Fünfzigern spielt – allerdings Fünfzigtausender-Jetons. Ich dachte mir „Leck mich doch am A…“ und habe aufgehört, denn da hat es mir keinen Spaß mehr gemacht. Aber ich habe mich halt ein wenig hingehockt und ein bisserl zugeschaut. Erkannt habe ich ihn – als damals bekennender Nichtgolfer – trotzdem nicht. Erst der zuständige Manager hat mich aufgeklärt, dass ich mit Tiger Woods am Tisch gesessen habe. Auch das ist typisch Las Vegas. Da vermischt sich Arm und Reich, jeder wird top behandelt und man ist nicht davor gefeit, plötzlich mit dem einen oder anderen Star am Tisch zu sitzen. Und das macht nun mal Spaß.

»Das Leben ist schön, aber teuer. Man kann es auch billiger haben, nur ist es dann nicht mehr so schön.«

Abschließend kann ich nur sagen: Das Leben ist schön, aber teuer. Man kann es natürlich auch billiger haben, nur dann ist es halt auch nicht mehr so schön. Wenn man Spaß haben will und Geld keine Rolle spielt – dann gibt es zu Las Vegas keine Steigerung.
Oder, wie es Steve Wynn mal formulierte: „Las Vegas is sort of like how God would do it if he had money.“

Wissen die Leute von meinem Pascha-Hintergrund, dauert es meist nicht sonderlich lange und wir landen unwillkürlich beim Gespräch über die vermeintlich „wichtigste" Sache der Welt. Dem Thema Sex – denn, so die verbreitete Meinung, wer könnte da wohl mehr wissen als ich, der quasi regelrecht davon umgeben ist. Und, nebenbei bemerkt, täglich mindestens drei Frauen befriedigt. Dessen erster Blick, wenn er – natürlich nie vor Mittag – die Augen aufschlägt, immer auf die wohlgeformten Brüste des neben ihm liegenden, willigen Mädchens fällt. Riesige Wahnsinnsbrüste wohlgemerkt, nur halb verdeckt von einer schwarzen,

Poker oder Sex –

mit Spitzen versehenen Korsage, und langen, blonden Haaren, die sich wie ein Wasserfall über die schmalen Hüften bis zu den mit raffinierten Details verzierten Strapsen ergießen. Der, von schier nie enden wollend langen Beinen umschlungen, von leicht geöffneten, einladenden Lippen verführt wird. Volle Lippen, die ihm soeben noch ein „Guten Morgen, mein Gebieter, was darf ich heute für dich tun" ins Ohr gehaucht haben.

Klingt gut, oder? Wäre manchmal eventuell auch gut. Ist nur einfach nicht so. Trotzdem stellen sich die Leute das im Allgemeinen so vor, wenn sie erfahren, welchen Background ich habe. Oder ich ihnen erzähle, dass ich tatsächlich im Pascha Salzburg lebe. Ich müsste ja schon ein wahrer Sexgott oder zumindest ein wirklich wilder Hengst sein, um die Fantasien, die die meisten überkommen, wenn es um das Thema Sex in Zusammenhang mit einem Puffbesitzer geht, auch nur annähernd erfüllen zu können. Deswegen fühle ich mich beim Thema „Sex" in Wahrheit auch nicht wohl. Eher wie ein Fußballtrainer vor dem Heimspiel im ausverkauften Stadion, der weiß, dass die Fans auf einen Kantersieg hoffen – unabhängig davon, wie stark die gegnerische Mannschaft auch sein mag.

Hauptsache gute Hände

»Viel Spaß um kleines Geld: Lapdance im Pascha Nightclub in Köln.«

So viel Stress wegen dem bisschen Sex

Vor die Wahl gestellt, eingangs angeführtes Szenario zu erleben oder mit guten Kumpels eine lässige Runde Poker zu spielen, zögere ich keine Sekunde. Ich wähle natürlich das Spiel. Das Kartenspiel, wohlbemerkt! Denn Poker ist ohne Frage reizvoller. Aber eigentlich ist beinahe alles interessanter, als Sex zu haben. Und, sind wir mal ehrlich: Vor allem kann man alles andere länger.

Für mich ist es immer verwunderlich, wenn ich mir anhöre, wie viel Stress sich die Leute teilweise für das bisserl Sex antun. Das käme mir nie in den Sinn. Zumal wohl kein Sex so schön sein kann, wie man(n) sich ihn vorstellt, wenn man(n) allein ist.

Oder wenn ich mir den ganzen Irrsinn anschaue, den Männer aufführen, nur um eine Frau zu erobern. So peinlich, wie sich viele beim

An dieser Stelle also der gute Rat an alle, die sich hier die absoluten Sexenthüllungen oder Sexstorys erwarten: Blättert weiter, schaut euch einen einschlägigen Film im Internet an oder am allerbesten: Geht ins Pascha. Denn hier in diesem Kapitel wird nichts dergleichen zu lesen sein.

»Schon mein Großvater meinte: Wenn wir die Frauen nicht zum Arbeiten bräuchten, würde eine fürs ganze Dorf langen.«

»Pascha-Tänzerinnen vom Pascha Nightclub in Köln.«

Versuch, abseits des Puffs zu Sex zu kommen, aufführen, kann man sich am Pokertisch gar nicht anstellen. Da macht sich keiner so zum Affen. Man schmeißt vorher weg oder zeigt zumindest seine Karten nicht. Dieses ganze Geschmarre über Sex, Frauen und nochmals Frauen kann ich schon gar nicht mehr hören. Schon mein Großvater hat gesagt: „Wenn wir die Frauen nicht zum Arbeiten bräuchten, würde eine fürs ganze Dorf langen." Wobei das natürlich nicht falsch verstanden werden sollte. Ich mag Frauen. Aber deswegen muss ich meine Zeit nicht mehr als nötig mit ihnen vertun. Auch nicht bei uns in den Clubs. Dort habe ich nicht wirklich Kontakt zu den Damen. Sie sind für mich vielmehr Hotelgäste, und ihnen versuchen wir das Leben unter den gegebenen Umständen so angenehm wie möglich zu machen. Diese Frauen haben wirklich einen harten Job, und Prostitution ist nun mal ein Dienstleistungsgewerbe. Puffbesucher kom-

neben dem Tisch. Wenn es gut läuft, steh ich nicht auf, um mir ein Schäferstündchen zu gönnen, und wenn ich im Brand bin, bleibe ich erst recht hocken. Außerdem ist es auch zwischenmenschlich gesehen extrem dumm. Keine Ahnung, wie Männer, die eventuell gerade 30.000 in einer Stunde gewonnen oder verloren haben, ihren Mädels erklären, warum diese unter Umständen weiterhin für 1500 Euro einen ganzen Monat arbeiten gehen sollen oder noch immer keine Rolex ihr Handgelenk schmückt, wenn das Geld anscheinend eh so locker sitzt. Die meisten haben diesbezüglich ohnehin einen Igel in der Tasche. Das wäre mir zu peinlich. Wie heißt es so schön: Hast du Eier, kannst du zahlen. Und für manche Dinge brauchst du halt volle Eier – große allein nutzen da nichts.

Poker ist besser als Sex

Ich gehöre eindeutig zu den Leuten, die meinen, Poker sei besser als Sex. Aber Poker ist noch so viel mehr. Denn Poker ist facettenreich wie das Leben selbst. So reicht es nicht, mit den dir zugeteilten Karten brav am Tisch zu sitzen und nach den allgemeinen Regeln zu spielen. Das macht noch lang keinen Pokerspieler aus dir. Wie beim Unternehmertum. Da muss man auch bereit sein, mehr zu leisten als die anderen. Du musst dich in der Rolle des Machers wohlfühlen, dir bewusst sein, dass allein schon die Bezeichnung „Unternehmer" an sich ein „etwas unternehmen" in sich birgt. Die persönlichen Voraussetzungen müssen stimmen. Viele Unternehmer bleiben in ihrem Innersten immer Angestellte. Und das kann nichts werden. Genauso

wenig wie bei Spielern, denen Faktoren wie Leidenschaft, die nötige Bankroll oder die Risikobereitschaft fehlen. Diese Leute spielen dann halt seicht und mittelmäßig mit, während sie glauben, gut zu spielen. Allein aus dem Grund, weil sie brav eine Hand nach der anderen wegschmeißen und so nichts oder nur wenig verlieren. Aber dass sie à la longue auch nichts gewinnen, wird von ihnen geflissentlich übersehen. Auch dass sie dieses Auf und Ab, das Poker letztendlich erst spannend macht, nicht erleben und obendrein auch keinen richtigen Orgasmus haben. Wie so viele beim Sex. Bei beidem zählt im Prinzip immer der Moment, nicht die Ewigkeit. Die einzige Ewigkeit beim Sex ist bei mir die Zeit, die das Mädel braucht, um danach wieder bei der Tür draußen zu sein. Und das am besten, bevor bei mir der Rauch aufgegangen ist. Nämlich der, der dabei meinem Zigarettenspitz entwichen ist, als ich die Fernbedienung in die andere Hand genommen habe.

Ja, vielleicht bevorzuge ich auch deshalb so vieles dem Thema Sex. Denn im „normalen" Leben, also auch an den Tischen, fällt es mir viel leichter, kein Macho, sondern ein Pascha zu sein.

Teure Jagd nach

Beinahe einen so guten Riecher wie für Geschäfte hatte ich für „Geldvernichtungsmaschinen". Da haben sie mich wirklich ein paar Mal erwischt. Und zwar ordentlich.

Immer das große Geld vor Augen, war ich, und bin es ab und an auch heute noch, für viele visionär klingende Ideen überaus empfänglich. Eine gute Fantasie hatte ich halt schon immer, wobei auch das etwaige Negative perfekt ausgeblendet werden konnte. Und da ich immer „groß" denke, waren auch die Einsätze dementsprechend hoch. Denn wenn, dann ordentlich. Das waren dann natürlich auch die Verluste, wenn wieder mal etwas nicht so aufging. So viel, wie ich finanziell in den Sand gesetzt habe, haben manch andere ihr Leben lang nicht verdient.

dem großen Geld

»Sogar Falco war bei unserer Agentur ›Show aktuell‹ einmal unter Vertrag.«

Teures Gastspiel mit der Agentur „Show aktuell“

Zwar nicht visionär, aber teuer war etwa die „Gastspieldirektion“, die ich gemeinsam mit einem Zweiten in München betrieb. Mein Part war es, ungefähr alle sieben bis 14 Tage ins Büro zu kommen und einen mehr oder weniger dicken Scheck mitzubringen, damit weitergearbeitet werden konnte. Nicht dass mein „Mitstreiter“ faul gewesen wäre. Im Gegenteil: Michael war sogar außerordentlich fleißig. Aber es lief halt doch nicht so, wie wir uns das vorgestellt hatten.
Mehrere Künstler waren bei uns, der Agentur „Show aktuell“, wie wir uns nannten, unter Vertrag. Es waren vor allem Leute, die noch unbekannt waren, wir wollten zumindest mit einem oder zwei den Durchbruch schaffen. Wir hofften auf den großen Star oder einen Plattenvertrag. Veranstalter konnten über uns die Künstler buchen und hatten so die eine oder andere Attraktion zu bieten. Um bekannt zu werden, waren wir auch alljährlich auf der großen Diskothekenfachmesse in Münster vertreten, was natürlich auch ein Kostenfaktor für uns war. Aber wir hatten schon einiges zu bieten. So ohne war das nicht. Unter anderem hatten wir für Diskotheken den leider mittlerweile verstorbenen Rüdiger Cherdron, besser bekannt unter dem Namen „Madame Gigi“, exklusiv unter Vertrag. Rüdiger war einer der Ersten, die die Kunst „Travestie“ salonfähig machten und zum Erfolg gebracht haben. Zudem waren unter anderem eine Rock-’n’-Roll-Gruppe, eine Soulsängerin und ein Leadsänger bei uns unter Vertrag. Alle um relativ kleines Geld von Diskothekenbesitzern bei uns zu buchen. Und zwar ohne extra dafür Eintritt kassieren zu müssen.
Auch die richtigen Kontakte waren nicht das Problem. Unter anderem war der internationale Produktionschef der Teldec Schallplatten GmbH in Hamburg, Horst Borg, heute unter anderem Manager von Jahrhundertkoch Eckart Witzigmann (bei dem ich zu seiner Feier des 60. Geburtstags im Tantris in München eingeladen war) bereits damals ein guter Bekannter von mir. Er war es auch, durch den ich den zu dieser Zeit noch am Beginn seiner Karriere stehenden, aber im deutschsprachigen Raum bereits durch „Der Kommissar“ bekannten Österreicher und späteren in-

ternationalen Hitparadenstürmer Falco kennenlernte. Bei einem gemeinsamen Essen in München, als Falco gerade seine erste LP (für die jungen Leser, das war die gängige Abkürzung für Langspielplatte) „Einzelhaft“ bei Teldec aufnahm, und einer durchzechten Nacht mit Falco gelang es mir, Falco und Borg zu überzeugen, dass Falco bei mir Auftritte macht. Ich bekam den Exklusivvertrag für Auftritte von Falco in Diskotheken. Das war kurz bevor die ganze Werbemaschinerie mit Fernsehauftritten und dergleichen für Falco so richtig ins Laufen kam und er auf Tournee ging. Da waren wir natürlich am Feiern. So einen großen Fisch an Land zu ziehen gelingt einem ja nicht so leicht. Die verfügbare Zeit – es waren etwa zwei, drei Monate – für Falcos Auftritte in Diskotheken war rasch ausgebucht. Bereits am ersten Tag, nachdem publik wurde, dass wir Auftritte von Falco anbieten konnten, hatten wir 80 Anfragen. Alle wollten Falco. Da sind wir natürlich in die Vollen gegangen. Ton- und Lichtanlage, eigener Techniker, Shuttledienst für Falco sowie Hotels, das alles galt es zu organisieren. Bei so einem Erfolg wollten wir natürlich richtig mitnaschen. Also haben wir nicht wie bisher eine fixe Gage mit den Diskothekenbesitzern ausgehandelt, sondern beschlossen, anstatt dieses Fixums die Eintrittskarten für das Konzert selbst zu verkaufen. Der Diskothekenbesitzer hätte den vielfachen Getränkeumsatz, wir die volle Gage, und alle wären zufrieden.

> *»Mit Falco bin ich in München um die Häuser gezogen.«*

Dann war es endlich so weit. Der erste Auftritt von Falco fand an einem Freitagabend statt. Ein Tag, an dem ich von meinen Lokalen unmöglich wegkam, sodass Michael bei dem Gastauftritt allein vor Ort war. Als das Telefon bei mir läutete und Michael am Apparat war, wollte ich natürlich nichts anderes, als endlich vom großen Erfolg erzählt zu bekommen. In Gedanken sah ich mich bereits beim Geldzählen. Nur: So weit, dass er irgendetwas erzählte, kam es gar nicht. Michael meinte nur panisch: „Du musst rasch jemanden losschicken, der Geld bringt.“ Zuerst dachte ich, ich höre wohl nicht richtig, und meinte, er „flachse“ mich. Dann sagte ich locker: „Du hast wohl

ein bisserl einen Vogel." Dass dieser Vogel der richtige Pleitegeier sein sollte, konnte ich erst gar nicht glauben. In dieser Diskothek, in der 1200 Leute Platz hatten, und in der an einem normalen Freitag ein Minimum von 400 Gästen war, ließen sich an diesem Abend mit Falco lediglich 60 Leute blicken. Nicht nur dass alle sauer waren – der Diskothekenbesitzer, der weniger Umsatz als an einem normalen Freitag hatte, Falco, dass er vor so wenigen Leuten überhaupt einen Auftritt hatte –, konnte ich, anstatt Geld zu verdienen, nun Geld bezahlen. Denn Falcos Gage, die er sich übrigens wirklich verdient hatte, denn er zog sein Programm trotz der wenigen Fans professionell durch, musste natürlich genauso wie die anderen Aufwendungen bezahlt werden. Also schickte ich jemanden mit dem Geld los. Es war ein Albtraum. Noch dazu einer, der nicht enden wollte. Denn auch in den anderen Diskotheken spielten wir das gleiche Spiel. Es hat sich bald herausgestellt, dass Falco zu dieser Zeit ein Plattenkünstler war, aber live nicht ankam. Es wollte ihn einfach niemand sehen. Wahrscheinlich auch deswegen, weil er keine Show und damit auch keine gute Performance bot. Ich habe ihn dann natürlich trotzdem auch bei mir auftreten lassen. Im „Riverboat" in Ansbach. Wobei wir – nachdem das „Riverboat" ja keine Großraumdisco, sondern lediglich für 380 Personen konzipiert war – mit 500 Leuten sogar mehr als voll waren. Nur dass wir halt keinen Eintritt verlangt haben und dieser Erfolg nicht nur relativ, sondern obendrein der einzige während Falcos Tour war. „Vom Hocker gerissen" hat er übrigens auch meine Gäste nicht.
Also habe ich wieder „eine auf den Arsch" bekommen. Der Spaß hat mich sicher 200.000 DM gekostet.
Ein anderes Mal bin ich am großen Geld nur ganz knapp vorbeigelaufen, als mich ein Bekannter, der auch eine Diskothek hatte, anrief und meinte, ich solle doch bei ihm vorbeikommen, es spiele eine neue Band, die für uns interessant sein könnte. Aber nachdem ich gerade dabei war, eine Disco in Ellingen zu eröffnen, nahm ich mir die Zeit dann doch nicht. Denn meine Lokale hatten immer erste Priorität – nur wenn es meine Arbeit zuließ, erlaubte ich mir so Spielereien wie eben die Künstleragentur mit Michael. Ich wusste schon, dass ich mein Kernge-

schäft, mit dem ich ja meine Brötchen verdiente, nicht vernachlässigen durfte. So war ich an diesem Abend auch statt in der Disco meines Bekannten in Ingolstadt in meinem eigenen Lokal. Ein Fehler, wie sich im Nachhinein herausstellte. Denn so ging mir die „Spider Murphy Gang" durch die Lappen, die damals noch niemand unter Vertrag hatte. Dadurch hat der Hit „Skandal im Sperrbezirk" für mich bis heute eine ganz andere Bedeutung ...

Auch mit Thomas Gottschalk hatten wir zu tun. Dieser war damals noch bei Bayern3 Moderator und Discjockey, als wir ihn für die Eröffnung einer Großraumdiskothek in Mittelfranken engagierten. Das war eine tolle Nummer. Obwohl ich vorher selbst an dem Objekt interessiert war. Nur dass es bei mir nicht genehmigt wurde und erst ein reicher Jude aus Nürnberg kommen musste, der es realisieren durfte. Denn einem Juden kann man in Deutschland nach wie vor nichts abschlagen.

In den 70er-Jahren haben wir eine Wahlkampfperiode lang für die CSU sämtliche Wahlpartys in Bayern mit unseren Künstlern gestaltet. Das war natürlich ein Auftrag, der richtig Erfolg brachte. Waren es doch 80 verschiedene Festzelte, in denen diese veranstaltet wurden. Neben einer dunkelhäutigen Sängerin – passend zur schwarzen Partei – hatten wir auch eine Rockgruppe am Start. Unser Part war es nicht nur, die Künstler bereitzustellen, sondern auch deren Plakate drucken zu lassen. Da war natürlich wirklich Geld drin. Ja, und jetzt kommt natürlich wieder das große „Aber": Diesmal hatte uns die Rockgruppe geneppt und uns die Provision einfach nicht bezahlt. Dieser war der plötzliche Erfolg – die CSU hatte ja genügend Anhänger, sodass die Zelte dadurch immer voll waren –, immer vor großem Publikum zu spielen, schnell zu Kopf gestiegen. Und da sie mit der CSU direkt abrechneten, weil wir nur die Vermittler waren, hatten sie das Geld bereits in der Tasche. Und wir gingen leer aus. Das hat mich damals vor allem menschlich sehr getroffen. Denn zu Anfang waren sie über meine Hilfe nicht nur froh, sondern brauchten sie sogar, um überhaupt zu den verschiedenen Orten zu gelangen, weil sie nicht einmal dafür die Kohle hatten. Und ich war immer da.

Nach zirka sechs Jahren und um 400.000 bis 500.000 DM ärmer, hatte ich die Schnauze von „Show

aktuell“ endgültig voll und habe mein Geld zur Abwechslung kurz selbst verblödelt.
Vorher habe ich allerdings noch eine feine Extrazulage geleistet. Ich hatte nämlich „Fünf Jahre Arche Noah“ in Wilhelmsdorf zu feiern. Dafür bauten wir vor der Diskothek ein riesiges Zelt mit 3000 Leuten Fassungsvermögen auf und organisierten über „Show aktuell“ ein fünftägiges Showprogramm, das sich mehr als sehen lassen konnte. Mit tollen Künstlern, die wirklich einen Namen hatten. Ja, als es so weit war und der erste Abend der Feierlichkeiten anbrach, begann es zu regnen. Und dann hat es geregnet, geregnet und nochmals geregnet. So dass man denken konnte, die Welt ginge unter. Es war ein Wolkenbruch sondergleichen. Das ganze Zelt ist unter Wasser gestanden. Die Feuerwehr musste anrücken, um das Wasser abzupumpen. Was sie nicht ganz schaffte. In der Folge wurden Dielen gelegt, in der Hoffnung, dass die Leute so das Zelt wieder betreten konnten. Aber es half alles nichts. Denn die Gäste kamen ja nicht mal bis auf den Parkplatz, der stand ebenfalls unter Wasser. So galt es den Künstlern die halbe Gage für nichts zu bezahlen. Vom Zelt, dem Feuerwehreinsatz und dergleichen, was ebenfalls trotz allem zu berappen war, gar nicht zu reden.
Was blieb, war die Erkenntnis „außer Spesen nichts gewesen“. Aber immerhin hatte ich damit auch genug von der Agentur „Show aktuell“ – wodurch ich mir dann doch wieder jede Menge Geld gespart habe, um es mal positiv zu formulieren.

Steuerschonende Millioneninvestition

Reich wird ja bekanntlich nicht nur, der viel verdient, sondern auch, wer die richtigen Berater in finanztechnischen Dingen hat. So war ich auch mehr als stolz, als mich damals der angesehenste Steuerberater der Region als Klient nahm. Ja stolz und auch dankbar, denn damals war ich der kleine Diskothekenbesitzer, für den dies nicht selbstverständlich war. Es war in der Zeit, als ich das erste Mal gutes Geld mit meinen Betrieben gemacht hatte und eine dementsprechende Steuerlast, rund eine halbe Million DM, entstanden war. Gemeinsam mit dem Direktor der ortsansässigen Sparkasse kam nun genau dieser Mann auf mich zu und erklärte mir, sie hätten eine steuerschonende Möglichkeit gefunden, bei der ich diese halbe Million nicht an das Finanzamt abführen müsste. Da war ich freilich mehr als interessiert daran und konnte es so kaum bis zum vereinbarten Besprechungstermin erwarten. Es handelte sich um eine Abschreibungsgesellschaft, der ich beitreten sollte. Anstatt das Geld an das Finanzamt zu bezahlen, sollte ich

doch, gemeinsam mit einem erlauchten Kreis ansässiger Unternehmer, besser in eine Firma am Tegernsee investieren und so, anstatt das Geld dem Staat zu schenken, dieses auch noch vermehren. Klar, dass das wieder genau meine Nummer war. Ich sehe mich heute noch „stolz wie Nachbars Lumpi“ im Festsaal der Sparkasse am runden Tisch sitzen.
Umgeben von lauter namhaften Unternehmern der Region, mit dem Direktor und eben meinem Steuerberater. Noch dazu unter dem Umstand, dass ich, das kleinste Licht unter ihnen, mit meinen 500.000 DM den größten Investitionsanteil abdecken würde. Wir bekamen alle einen Darlehensvertrag über die jeweilige Summe vorgelegt, mussten also nicht einmal das für das Finanzamt fällige Geld in die Hand nehmen, sondern lediglich unterschreiben. Also ein Deal sondergleichen.
Ein Jahr später war erneut eine Gesellschafterversammlung anberaumt, und wir saßen wieder im beeindruckenden Festsaal zusammen. Allerdings nur kurz in bester Laune. Denn nach den Begrüßungsworten kam gleich die Hiobsbotschaft: Der Geschäftsführer der Tegernseer Firma eröffnete uns, dass er weitere zwei Millionen DM brauche, er ansonsten Konkurs anmelden müsse. Und damit wären nicht nur sofort die Finanzamtszahlungen fällig, weil in diesem Fall nicht als steuerlich absetzbar anerkannt, sondern zudem das investierte Geld weg. Steuerberater und Bankdirektor versicherten uns, es sei alles geprüft worden und die neuerliche Einlage gut angelegtes Geld.

»Ich war stolz wie Nachbars Lumpi, als kleiner Diskothekenbesitzer dabei zu sein.«

Na, was macht man in so einer Situation? Natürlich haben wir alle nachgelegt beziehungsweise ein weiteres Mal unterschrieben.
Ja, es wäre natürlich nicht meine Geschichte und stünde hier auch nicht nachzulesen, wäre die Firma im Jahr darauf nicht trotz aller finanzieller Zuwendungen pleitegegangen. Also hafteten wir nicht nur für die aufgenommenen Darlehen, sondern mussten auch mit den enormen Finanzamtszahlungen, die natürlich sofort fällig wurden, fertig werden.

Wir wollten sozusagen Stroh zu Gold spinnen

Die zweite große „Geldvernichtungsgeschichte“ passierte ebenfalls in den 70er-Jahren, beginnend so um das Jahr 1975. In dieser Zeit hatte ich bereits mehrere Diskotheken, für die ich natürlich immer wieder diverse Drucksorten benötigte. Diese ließ ich alle bei einem Grafiker, dem Uli, der damals auch eine kleine Druckerei besaß, produzieren. Uli war ein richtiger Künstler. Ein bescheidenes Genie, das auch bei einer weltweit tätigen Firma in Schwabach immer wieder als Ideenlieferant einsprang, wenn es um technische Spitzfindigkeiten ging. Das Tüfteln war seine Welt. Geld ein notwendiges Übel, um in Ruhe arbeiten zu können. So nahm er es auch nicht so genau, wer denn nun auf den diversen Patenten für seine zahlreichen Erfindungen stand. Der Inhaber dieser Firma und er hatten ein beinahe freundschaftliches Verhältnis und Uli trat immer nur bei Bedarf auf den Plan. Wurde projektbezogen für diverse Entwicklungen engagiert. Nachdem ich häufig Werbematerial brauchte und Uli in Roth, dem geografischen Mittelpunkt meiner Lokale, ansässig war, hatten wir häufig Kontakt, sodass ich nach ein paar Jahren auch ab und an einfach so auf Kaffee und Kuchen bei ihm vorbeischaute. Da bekam ich natürlich auch einiges von seinen Erfindungen mit und lernte ihn nicht nur als tollen, gebildeten Gesprächspartner, kreativen Grafiker und feinen Kumpel, sondern auch als einmaligen Erfinder kennen. Zudem aber auch sein chaotisches Gebaren, was kaufmännische Angelegenheiten, wie etwa die Tatsache, dass keine seiner Erfindungen auf seinen Namen patentiert war, anbelangte. Solche Dinge waren dem Uli egal. Mit dem Inhaber der Firma, für die er tätig war, befreundet und immer gut mit Aufträgen eingedeckt, sodass er ein gutes Auskommen hatte, machte er sich da gar keine Gedanken. Es wäre wahrscheinlich auch gutgegangen, wäre nicht, wie so oft eine Frau ins Spiel gekommen. Denn, wie sagt man so schön: „Füller und Frauen teilt man nicht.“ Und dass der Uli genau mit dem „Gspusi“, also dem Techtelmechtel des Firmenchefs ein Verhältnis anfing, führte natürlich unweigerlich zum Streit. Und in weiterer Folge auch zum Ende der jahrelangen Zusammenarbeit. Geraume Zeit später kam Uli auf mich zu, ob ich ihm nicht „aushelfen" könnte. Wenigstens für ein, zwei Monate, damit er zumindest die Miete für die alte Villa, in der er wohnte, und seine Angestellten bezahlen könnte. Klingt nicht viel, schlug sich aber auch jeweils mit zirka 20.000 DM zu Buche. Doch natürlich habe ich ihm geholfen. Nur: An der Lage änderte sich nichts. Uli bekam keine Aufträge rein. Und weil Uli halt Uli war, erzählte er mir auch von seinem laufenden Projekt, das er in Eigenregie verfolgte. Die Pläne schienen schon weit fortgeschritten, und nachdem ich ja jahrelang mitangesehen hatte, zu welch Wahnsinnsentwicklungen Uli imstande war, glaubte ich natürlich auch an die erfolgreiche Entwicklung einer völlig neuen Art der Energiegewinnung, an der er tüftelte. Das wäre es natürlich gewesen. Im Geiste habe ich schon überlegt, wie man es anstellen müsste, um diese Idee weltweit zu patentieren und zu verkaufen. So eine revolutionäre Entwicklung, und ich wäre maßgeblich daran beteiligt. Und so habe ich, die Unkenrufe meines Steuerberaters, meiner Freunde und meines Bruders ignorierend, dieses Projekt finanziert. Es ging ja schließlich nicht um Millionen, sondern um Milliarden! Da war natürlich der Punkt gekommen, an dem ich von meinem „kleinen Elend" mit diesen paar Diskotheken rauszukommen schien. „Endlich ans große Geld", dachte ich. Ich wäre imstande, meine Schulden zu bezahlen, die sich ja aus den diversen Miseren angehäuft hatten, und endlich meinen Jugendtraum zu leben. Nämlich „einmal um die ganze Welt, mit den Taschen voller Geld" zu reisen. Am Anfang war freilich nur von einer Zeitspanne von sechs Monaten die Rede. Dann sollte das Energiegewinnungsgerät so weit sein, dass der Prototyp fertig sein sollte. Ein überschaubarer Zeitraum und auch eine finanzierbare Investition. Und was sind schon 200.000 DM gegen ein paar zu erwartende Milliarden? „Von nichts kommt nichts", dachte ich mir und: „Wenn man das Risiko nicht eingeht, muss man ja ein Depp sein." Ja, und dann habe ich bezahlt – ohne Verträge, nach dem Motto „Ein Mann, ein Wort". Nur war es genau in jener Zeit, in der auch die Diskotheken anfingen, ein wenig nachzulassen, und ich mit der Finanzamtsmisere, die mir der vermeintlich geniale Einfall der Sparkasse zur Steuerersparnis eingebracht hatte, kämpfen musste. Ich hatte das Geld also selbst nicht so locker zur Verfügung. Und die ersten investierten 200.000 DM waren rasch fort. Mein Bruder meinte sogar: „Hast du einen an der Waffel? Wir überlegen am Ersten, wie wir die Löhne ausbezahlen können, und du schießt alle Monate da 20.000 DM hinein. Du bist ja wohl nicht mehr ganz frisch." Da habe ich dann begonnen, das Projekt ein bisserl differenzierter zu sehen. Als es wieder zum „Nachschießen" war, meinte ich: „Uli, ich kann dir das Geld nicht geben. Ich habe jetzt 200.000 DM aus den Lokalen rausgezogen, die fehlen mir ja!" Er beteuerte wieder, dass er kurz vorm Durchbruch stehe und es sich lediglich um weitere 100.000 bis 150.000 DM handeln würde. Zudem hatte ich ja schon sehr viel investiert. Nachdem ich aber wirklich kein Bargeld mehr aufbringen konnte, hatten wir die glorreiche Idee, das Geld bei der Bank aufzunehmen. Nur dass Uli und seine Familie nicht kreditwürdig waren. Also habe ich gebürgt. Für immerhin 100.000 DM, die sogleich behoben und verwendet wurden. Nach zwei, drei Monaten waren auch diese 100.000 wieder fort und wir standen vor dem gleichen Problem. Da war ich natürlich an dem Punkt, an dem ich aufgrund der hohen bereits getätigten Investitionen gar nicht mehr zurückkonnte. Also sind wir wieder zur Bank und ich habe für weitere 500.000 – dass wir mit 100.000 nicht weit kommen, hatten wir ja schon gemerkt – unterschrieben. „Nur" eine Unterschrift leisten zu müssen war natürlich auch nicht so schmerzhaft, wie das Bare auf den Tisch zu legen. Ob mit Leiden oder ohne – das Geld war weg. Alles. Zudem kam Uli mir, als ich nicht mehr so locker finanzieren konnte, menschlich ein wenig blöd. Das hat mich wahrscheinlich vor den nächsten 100.000 „Miesen" gerettet – denn da hatte ich die Nase wirklich voll und wir haben uns im Streit getrennt.

Geworden ist aus der tollen Idee – Gott sei Dank, denn sonst hätte ich mich erst recht in den Hintern gebissen – übrigens nichts. Uli hat die Energiegewinnung nicht revolutioniert. Und ich habe mich wieder – um eine Erfahrung reicher und ein paar 100.000 DM ärmer – meinem Kerngeschäft, den Diskotheken, gewidmet.

Rauchzeichen

Gleich vorweg: Wer hier nun ein Plädoyer für das Rauchen per se erwartet, sollte besser gleich auf eine Zigarette hinausgehen und sich hier nicht weiter quälen. Es wird nicht kommen – auch nicht gegen Ende des Kapitels…

Denn Faktum ist: Rauchen ist schädlich und sollte prinzipiell, aber eben nicht aus dem Prinzip Dritter, vermieden werden. Ich wäre ja total verblödelt, würde ich Gegenteiliges behaupten. Ich würde mit der heutigen Erkenntnis auch nicht nochmal mit dem Rauchen anfangen. Aber darum geht es hier gar nicht. Vielmehr geht es mir darum, diesem heute vorherrschenden Anti-Raucher-Terror entgegenzutreten und die

damit verbundenen Diffamierungskampagnen als das darzustellen, was sie meiner Meinung nach sind: nämlich das Ergebnis einer selbst inszenierten, breit angelegten und undemokratischen Gesundheitshysterie mit dem Ziel, über die vielen nachhaltigen und gesellschaftspolitischen Probleme, die man zurzeit nicht in den Griff zu bekommen scheint, hinwegzutäuschen.

Natürlich ist auch Passivrauchen schädlich. Darüber lässt sich nicht streiten. Allerdings mit der Einschränkung, dass auch hier, wie überall im Leben, gilt: Auf die Dosis kommt es an. Denn bei mäßigem Kontakt belastet es sicher nicht mehr als die in einer Großstadt täglich eingeatmeten Abgase, wenn man vor die Tür geht. Für das Argument, Zigarettenrauch stelle eine gewisse Belästigung dar, habe ich auch Verständnis. Wodurch ich auch das Rauchverbot in öffentlichen Gebäuden akzeptieren kann. Ich sehe es selbstverständlich auch ein, im Kindergarten oder von mir aus auch bei Sportveranstaltungen oder Kunstevents auf die Zigarette zu verzichten. Aber damit hat es sich dann auch schon wieder. Denn ich kann sicher nicht einsehen, wie sich der Gesetzgeber erdreistet, in das persönliche Leben von Privatpersonen oder in das individuelle Geschäftsleben einzugreifen, gar Unternehmern und deren Gästen das Rauchen in deren eigenen Räumen zu verbieten. Denn wer sagt bitte, dass ein Nichtraucher in ein Lokal gehen muss, in dem geraucht wird?

Kastration der Unternehmer

Ob ein Unternehmer so weit geht, Nichtrauchern entgegenzukommen und einen – meist in der Folge schlecht frequentierten – Nichtraucherbereich anbietet, muss, wie das unternehmerische Risiko, doch wirklich im Gutdünken des Besitzers liegen. Selbst in einer Welt, die mit dem Thema Gesundheit ihre Ersatzreligion gefunden zu haben scheint. Die Diskussion wäre ja auch okay, solange sich diese selbsternannten Asketen in ihrem missionarischen Übereifer nicht die Bekehrung und – leider oft damit einhergehend – sogar die Diskriminierung von uns Rauchern auf ihre Fahnen heften würden. Oder nicht die Gefahr bestehen würde, dass dies nur der Anfang von noch Schlimmerem ist. Was kommt als Nächstes? Wo

»Poker und Rauchen gehören zusammen.«
CASINO SALZBURG, 2012

bleibt der selbstbestimmte Bürger? Wo die persönliche Freiheit? Es kann ja nicht sein, dass in unserem Leben alles vom Gesetzgeber geregelt und dann zu allem Überdruss auch noch geahndet wird. Als Nächstes verbieten sie dann den Alkohol oder – was für uns ja wieder gut wäre – sie führen verpflichtend wöchentlichen Sex ein? Ich sehe das Szenario schon vor mir, wenn die in ihrem Gesundheitswahn zu Radfahrern mutierten Nichtraucher gegen Autofahrer wettern, während sie nichtrauchend, aber dafür Abgase

»Rauchpause bei der German High Roller-Aufzeichnung.«
HINTERGLEMM, 2011

einatmend in ihre Pedale treten. Eigentlich müssten uns die Nichtraucher sogar dankbar sein und unseren Zigarettenkonsum unterstützen, schaut man sich etwa die kopfstehende Alterspyramide an. Denn es gibt immer mehr ältere Leute. Das zu finanzieren wird sich bereits in ein paar Jahren nicht mehr ausgehen (da sieht man wieder mal, wie die Leute für blöd verkauft werden, denn das weiß die Regierung schon seit zig Jahren). Wir früher sterbenden Raucher wären dann sozusagen ein bereinigender Faktor in diesem Dilemma.

Poker um den blauen Dunst

Es ist mir unerklärlich, wie ausgerechnet Veranstalter von Pokerevents vor ein paar Jahren auf die Idee kommen konnten, das Rauchen zu verbieten. Rauchverbot beim Pokern, das im Wilden Westen erfunden wurde. Wo geraucht wurde, wo gesoffen wurde. Das ist, als ob ich die Geschichte des Pokerns neu schreiben möchte. Der blaue Dunst gehört nun mal zum Ambiente einer guten Pokerpartie, so wie der Geldeinsatz. Als ob man Jahre nach dem Verlassen der Hinterzimmer plötzlich entdeckt hätte, ach ja, den blauen, pokertypischen Dunst hätten wir doch dort lassen sollen.
Und das in einer Zeit, in der es sehr wohl Entlüftungsanlagen gibt, die den Rauch nicht nur in Grenzen halten, sondern so gut wie gar nicht spürbar machen. Da

kann es selbst ein Nichtraucher mal gut ein paar Stunden aushalten, ohne über die Rauchbelästigung zu lamentieren.
Aber man muss ja gar nicht so weit gehen und das Rauchen generell beim Pokern zulassen. Ich plädiere lediglich für die Option, mir als Raucher dieselben Möglichkeiten wie den Nichtrauchern zu bieten und eben auch einen Raum zur Verfügung zu stellen, in dem ich mit Gleichgesinnten meinem Laster ungestört frönen kann. Aber nein, die selbsternannten Gesundheitsapostel lassen nicht zu, dass wir uns allein in unserem Qualm amüsieren. Sie fordern schmollend, doch auch am Spaß teilhaben zu dürfen. Und dafür sollen wir gefälligst zu ihnen in die spaßfreie Zone wechseln und für Unterhaltung sorgen. Das sehe ich nicht ein. Es ist mir einfach ein Rätsel, warum sich die Leute das gefallen lassen.
Bei der EPT 2011 in Berlin hat mich das so angezupft, dass ich mich sogar zur Aussage „Ich spiele kein Turnier mehr" habe hinreißen lassen. Das habe ich dann natürlich bereut und in der Folge auf das „k" verzichtet. Mittlerweile spiele ich zumindest ein Turnier im Jahr. Weil ich dort einfach Pokerspieler treffe, die im Laufe der Zeit zu Pokerfreunden wurden und deren Kontakt ich nicht missen möchte. Denn gerade unter den Pokerleuten finden sich extrem viele unkomplizierte, nette und interessante Leute. Ich schätze die Pokerszene sehr, dort gibt es wie kaum woanders wenig bis gar kein Konkurrenzdenken, Neid, Missgunst, Stress oder Streit. Und das bei einer alle Altersgruppen umfassenden Gemeinschaft. Das ist wirklich selten. Ich kenne keine andere Sportart mit solch toller Atmosphäre.
Deswegen starte ich regelmäßig einen neuerlichen Selbstversuch in Sachen Nichtraucher-Pokerturnier und bin dann – wenigstens für kurze Zeit – bereit, am Tisch mal statt dem Fisch die geräucherte Forelle abzugeben.

Gedanken über Geld, das sich in Rauch auflöst …

Es scheint, als gäbe es ein Leben vor und nach dem zurzeit herrschenden Anti-Raucher-Wahn. Denn heute verkneife ich mir wegen des Rauchverbots mein früher beinahe zur zweiten Heimat gewordenes Las Vegas. Dafür habe ich mich entschlossen, den Kompromiss einzugehen und wenigs-

tens ein Mal im Jahr ein rauchfreies Turnier durchzuhalten.
Böse Zungen werden jetzt natürlich behaupten, so lange musste ich, bis auf einmal bei der EPT in Saalbach-Hinterglemm 2010, aufgrund mangelnder Erfolge ohnehin nie auf den blauen Dunst verzichten. Damals hatte ich am ersten Tag auf einmal den perfekten

Bei der EPT 2010 in Saabach-Hinterglemm

Lauf. Das war schon regelrecht witzig. „Pokerzeit.com“ schrieb damals: *„Der Mann des Tages. Er gestikulierte, erzählte anzügliche Witze, gab seine Lebensweisheiten zum Besten. Die Fotografen waren schnell alle an seinem Tisch. Und auch pokertechnisch setzte Hermann seinen Table in helle Aufregung. Wie spielt man einen Spieler, der sich wirklich an jeder Hand beteiligt, sich auch von saftigen Raises nicht vertreiben lässt, auf Pot Odds pfeift und dabei auch noch zuverlässig trifft? Englische Blogger nannten ihn zu diesem Zeitraum ‚the crazy man‘. Ob ‚Nutfläsch‘ oder ‚Striit‘, Pascha war an dem Tag der Champion. Seine Taktik war ‚mit Vollgas an den Final Table‘.“*

»Fotoshooting für Pokerfirma.«
WIEN, 2010

Was nicht so ganz klappte. Denn nach einem Tag und ein paar Stunden rauchfreien Pokerns war mein Lauf vorbei. Für mich trotz allem eine lange Zeit. Denn nicht nur Schönheit, sondern wohl auch (Nichtraucher-)Raum und Zeit liegen im Auge des Betrachters.

Ich gehe in keine Nichtraucherlokale

Wie auch immer. Ich bin fest gewillt, meinem Rauchbedürfnis für Poker ab und an ein Schnippchen zu schlagen. Anders beim Besuch von Lokalen. Ich geh prinzipiell nirgendwohin zum Essen, wo ich nicht rauchen kann. Ich lasse mich doch nicht wie einen Schulbuben, der was angestellt hat, nach draußen verbannen.
Seit dem Rauchverbot in Deutschland war ich nur mehr bei Ausnahmegastronomen, die das nicht so eng sehen. So namhaft kann kein Restaurant sein und so gut

kann keiner kochen, dass ich in ein Lokal gehe, das keinen Raucherbereich anbietet. Und sei es nur in einer Ecke an der Bar. Da habe ich dann kein Problem damit.

Ich finde diverse Gesellschaften, wie Geburtstagsfeiern, in Lokalen mittlerweile uninteressant.

Denn da brauche ich mich eh mit niemandem mehr zu treffen, wenn ein Tischgespräch eigentlich nicht mehr möglich ist, weil immer die Hälfte der Leute draußen beim Rauchen steht. Was zudem gerade für eine Frau, die etwas auf sich hält, eine Zumutung ist. Bis vor Kurzem war es noch regelrecht verpönt, wenn eine Frau auf der Straße geraucht hat. Da hat jeder wohlerzogene Mensch sofort Assoziationen mit dem Straßenstrich bekommen. Heute werden sie diskriminierenderweise vom Gesetz her auf die Straße geschickt.

»Warum sollen wir Raucher beim Pokern in die spaßfreie Zone der Nichtraucher?«

Apropos draußen rauchen: Da kommt mir sofort dieser Sitzgartenwitz in den Sinn, in dem Nichtraucher an einem sonnigen, warmen Sommertag gebeten werden sich doch ins Lokal zu begeben, denn dort werde ja nicht mehr geraucht, wofür sie schlussendlich gekämpft hätten und was sie jetzt auch genießen sollten, anstatt den Rauchern hier draußen den Platz wegzunehmen. Wobei ich in Deutschland sogar schon im Biergarten wegen des Rauchens belästigt wurde. Das fällt entschieden unter „Geht gar nicht“ und war dann auch für den Betreffenden nicht lustig.

Aber zurück zu rauchfreien Lokalen. Wo bleiben da der Genuss und – für Gastronomen noch wichtiger – der Umsatz? Das war in meiner Lehrzeit schon so: Mussten wir bei einer Gesellschaft oft die Aschenbecher wechseln, hatte diese auch eine gute Konsumation. Waren kaum Raucher am Tisch, gab es auch weniger Verzehr. Raucher sind sicher die besseren, gemütlicheren Gäste. Es sind Menschen, die sich dem „savoir vivre“ verschrieben haben, Genüssen prinzipiell nicht abgeneigt sind. Nicht dass ich generell was gegen Nichtraucher hätte, ich kenne natürlich auch angenehme Nichtraucher – aber mit dem Teil der „asketischen Priester“ kann ich überhaupt nicht.

Auch ich war einmal Nichtraucher

Eigentlich habe ich selbst einmal kurz zu den Nichtrauchern gehört. Mit 21, nach meinem Zwölffingerdarmgeschwürdurchbruch, habe ich drei Jahre lang nicht geraucht. Aber ich war eben nicht der militante Nichtraucher, sondern ein, wenn auch zugegebenermaßen frustrierter, toleranter. Eigentlich hatte ich sogar die ganzen drei Jahre lang Probleme, nicht wieder anzufangen. Letztendlich habe ich dann aufgegeben, und beginnend mit Pfeife, über Zigarillos – die klassische Tour halt, um von Zigaretten wegzubleiben – wieder angefangen.
Heute würde ich das Aufhören gleich gar nicht mehr versuchen. Weil ich mir diese Nervenbelastung nicht mehr antun möchte. Warum soll ich mich in meinem Alter noch quälen? Rauchen ist für mich ein Genuss – und zwar von der ersten bis zur letzten Zigarette am Tag.

Ich habe meiner Sucht viel zu verdanken

Eigentlich habe ich dem Rauchen sogar viel zu verdanken. Denn durch meinen frühen Start im Alter von neun Jahren musste ich mir schon früh überlegen, wie ich denn zu meinem Zigarettengeld komme.
So habe ich schon damals neben der Schule gearbeitet. Egal, ob ich im Freibad Flaschen sortiert oder für die Leute dort Besorgungen gemacht habe, mir war nichts zu

EPT BERLIN, 2011

blöd. Zudem musste ich mir das Zigarettengeld damals nicht nur verdienen, sondern auch so einteilen, dass ich über den – arbeitstechnisch gesehen – schwierigen Winter komme. Denn da war es nicht so leicht, Jobs zu bekommen, wie im Sommer im Freibad. So war ich natürlich von Kindesbeinen an findig und ans Arbeiten gewöhnt. Obwohl ich die Chance gehabt hätte, weiter auf das Gymnasium zu gehen, bin ich nicht zuletzt des Zigarettengeldes wegen – Taschengeld gab es damals bei uns zu Hause nicht – von der Schule ab- und in die Lehre gegangen. So kam eines zum anderen. Ich war dann in England und in der Schweiz und habe so eine ausgezeichnete Ausbildung erhalten. Was mir heute noch zugute kommt.

Fazit ist, es gibt nichts Schlechtes, was nicht auch etwas Gutes hat. So ist es auch beim Rauchen.

Zu einem fairen Miteinander gehören immer zwei kompromissbereite Seiten. Das Leben besteht nun mal zu einem großen Teil aus Zugeständnissen, die man machen muss. Obwohl ich manche Kompromisse zugegebenermaßen nur wegen meiner Bequemlichkeit eingehe – wie ich halt auch schnell in den Nichtraucherflieger steige, bevor ich mich für zig Stunden ins Auto setze, wo ich zwar rauchen kann, aber meine Zeit vertue.

So erwarte ich mir auch von den Nichtrauchern eine gewisse Konsenswilligkeit. Und sei es nur, dass sie uns Raucher halt gemütlich und in Ruhe eine rauchen lassen – wann und wo wir wollen.

Vom Wert wahrer Werte

Werte sind immens wichtig im Leben. Dabei steht nicht so sehr das Materielle im Vordergrund, sondern vielmehr die persönlichen Werte. Oscar Wilde hat es bereits vor mehr als hundert Jahren sehr treffend formuliert: „Heutzutage kennen die Leute von allem den Preis und von nichts den Wert."

»Bounty auf Hermann Pascha.«
MONTESINO WIEN, 2011

Oscar Wildes Aussage scheint auch in unserer Zeit, in der das „Wie bist du" wieder vermehrt durch das „Wer bist du und was hast du" ersetzt wird, gültig. Lernten in traditionellen Gesellschaften die Jungen von den Alten, ist es in unserer modernen Gesellschaft zu einer teilweisen Umkehrung dieses Prinzips gekommen. Ob das immer von Vorteil ist, wage ich zu bezweifeln. Denn schaue ich mir etwa die Auflagen von manchen jungen Pokerspielern an, muss ich mich eher wundern, als gewillt zu sein, von ihnen zu lernen. Wie etwa damals bei der CAPT in Velden 2012. Da wurde, ohne mit der Wimper zu zucken und mit einer Nonchalance, um Summen gezockt, die mich längst hätten nervös werden lassen. 100/200 wurde da bei einem Buy-in von 20.000 gespielt. Den Jungs, die bis zu 200.000 Euro vor sich liegen haben, fehlt anscheinend überhaupt das Verhältnis zum Geld. Durch das vermehrte Internet-Pokern scheinen sie auch live nach einem Punktesystem zu spielen, nach Wahrscheinlichkeit oder was weiß ich. Die Nummer ist mir zugegebenermaßen zu hoch. Klar, ich gehöre nicht zu den Armen in diesem Land und spiele teils auch mit ordentlicher Auflage. Aber mit 200.000 setze ich mich nicht hin und fange das Spielen an, das leiste ich mir nicht. Noch dazu im Omaha, wo es tausend Varianten gibt. Wenn es blöd hergeht, ist die Auflage, so wie die spielen, ja sogar in einem Spiel fort. Das ist es mir einfach nicht wert, denn dafür habe ich mein Geld zu hart verdient. Da scheint das Geld abgeschafft zu sein – eigentlich müsste jeder, für den Geld noch einen Wert hat, von vornherein passen. In diesen Größenordnungen stimmt einfach auch die Verhältnismäßigkeit nicht mehr. Es kann mir keiner erzählen, dass er die für solche Summen als Minimum nötige Million auf dem Konto hat. Selbst wenn ich „lediglich“ 500.000 auf dem Konto habe, kann ich nicht in einem Spiel 200.000 riskieren. Natürlich hat bei Poker der reelle Wert schon immer eine untergeordnete Rolle gespielt. Und es hat seit jeher überhöhte Einsätze gegeben – auch früher haben die Leute noch ihre letzte Kuh verzockt. Aber selten in einer solchen Häufigkeit, in diesem Alter und vor den Augen der Öffentlichkeit.

»Immer ein Vergnügen: Velden.«
CAPT VELDEN, 2011

Mit Nonchalance verlieren können

Die Jugend scheint beim Poker allgemein lockerer zu sein. Nicht nur bei der Höhe der Auflage im Cashgame. Auch bei Turnieren. Da haben die jungen Spieler wirklich Stil. So wird auch nicht etwa dem Dealer die Schuld gegeben, wenn aus einer guten Hand plötzlich eine schlechte wird. Die Jungs zeigen kaum eine Regung, sei es, wenn sie einen Pot verlieren oder groß gewinnen. Es scheint sie einfach nicht zu jucken. Da kommen wir Urgesteine des Pokers kaum mit. Aber für ein Cooler-Junge-Image am Pokertisch bin ich ohnehin zu alt. Mich ärgert es oft ordentlich, wenn ich verliere, das muss ich schon zugeben. Natürlich zeig ich es auch nicht so nach außen, aber innerlich könnte ich oft zerspringen. Wie etwa bei der EPT Berlin 2011. Da wäre ich schon gerne länger im Turnier geblieben. Dass ich zwei Mal mit der gleichen Hand, nämlich zwei Königen, hintereinander dem gleichen Mitspieler, der zwei Asse hat, hineinlaufe, macht mich heute noch sprachlos. So einen Zufall muss es erst einmal geben. Und da dann gute Miene zum bösen Spiel zu machen ist etwas, das eben gerade die Jungen super beherrschen und wo ich mir dann schon was abschauen kann.

Ich zähle nicht zu den Ewiggestrigen

Mir ist klar, dass ich für viele der alte Mann bin, der mit seinen Ansichten oft gegen den Mainstream schwimmt, und ich gerade in der Pokerszene eher durch meine Aussagen als durch mein Spiel bekannt geworden bin (natürlich zu Unrecht). Böse Zungen behaupten auch: „Der Pascha ist in der Vergangenheit hängen geblieben.“ Aber ich zähle mich durchaus nicht zu den Ewiggestrigen, die sich immer und aus Prinzip an die gute alte Zeit klammern. Sehr wohl aber zähle ich mich zu den Anhängern der traditionellen Werte. Werte, die von der heutigen Jugend nicht nur nicht mehr anerkannt werden, sondern die sie gar nicht mehr zu kennen scheint. Was man ihr nicht immer verübeln kann. Sehr wohl aber unserer Gesellschaft, die anscheinend keine materiellen und ideellen Werte mehr vermittelt. Denn gewisse Grundsätze nicht zu befolgen und diese erst gar nicht kennengelernt zu haben sind

zweierlei Paar Schuhe. So darf man sich dann auch nicht wundern, wenn die Jugend nur an Cholesterin denkt, wenn von Werten die Rede ist.
Die Aufgaben-Umverteilung von der Familie auf gesellschaftliche Institutionen – und damit in den öffentlichen Raum – hat einfach nicht funktioniert. Denn soziale Fähigkeiten – und dazu zähle ich auch das Leben von Werten – lernt man nun einmal zuerst in der Familie. Das fängt beim guten Benehmen an. Wo sollen die Kinder es herhaben, wenn die Eltern vermehrt durch die Anforderungen des Berufsalltags durch Abwesenheit glänzen und die Kleinen vorm Fernseher landen? Dort können sie dann Politiker beobachten, die bei einer Übertragung des Bundestags nicht einmal aufstehen, um die Bundeskanzlerin

EPT BERLIN, 2011

zu begrüßen, wenn diese auf dem Weg zu ihrem Platz verschiedene Abgeordnete per Handschlag begrüßt. Die Herren bleiben einfach sitzen, das ist der Hammer. Viele denken sich vielleicht, das Aufstehen bei einer Begrüßung sei nicht wichtig. Aber Benehmen an sich regelt nun einmal die Art und Weise unseres Miteinanders und ist Ausdruck von gegenseitigem Respekt. Das beginnt schon bei der Begrüßung beziehungsweise dem Grüßen. Ich werde mittlerweile komisch angesehen, wenn ich auch zu fremden Leuten „Grüß Gott“ sage. Dabei ist das für mich, etwa beim Betreten eines Lokals, völlig normal. Bereits mein Vater hat gepredigt: „Bua, grüß jeden Mann auf der Straße. Du weißt nie, wer von ihnen dein Vater ist.“

Jetzt werden natürlich viele wieder sagen, dass sich mit meinem beruflichen Hintergrund da gerade der Richtige zum Moralapostel ernennt. Aber so einfach kann man das nicht abtun. Denn für mich zählen Werte wie Familie, Freundschaft, Ehrlichkeit, Disziplin und Handschlagqualität. Sei es privat, im Business und natürlich auch beim Poker.

Wobei sich der Wertewandel beim Poker, zeitlich betrachtet, eigentlich gegenteilig vollzogen hat. Galt Pokern früher als Verbrecherspiel, das mit rauen Sitten verbotenerweise im Hinterzimmer gespielt wurde, ist es heute zum Gesellschaftsspiel avanciert, dessen Teilnehmer sich an Regeln sowie Fairness halten. Hier wird Geld noch auf gegebenes Wort verliehen und kommt auch wieder zurück. Im Gegensatz zum „normalen“ Leben, wo es regelrecht modern geworden ist, den anderen über den Tisch zu ziehen, mit oder ohne Vertrag. Wobei für mich nicht das vielgerühmte „Wer schreibt, der bleibt“ gilt, sondern ohnehin nur der Handschlag zählt. Ein schriftlicher Vertrag ist lediglich dazu da, Rechtsanwälte ihr Geld verdienen zu lassen.

Handschlagqualität gefragt

Bei grundlegenden Dingen gilt bei mir mein Wort. Und zu dem stehe ich, auch wenn es eigentlich nicht mehr so passt. Als Beispiel kann ich meinen sechzigsten Geburtstag nennen. In meiner Überschwänglichkeit zu meinem 50er habe ich dem Wirt damals versprochen, auch meinen nächsten Runden bei ihm zu feiern. Zehn Jahre später passte der Rahmen, den dieses Hotel bietet,

»Geburtstagsfeier mit Freunden und Familie zum 60er.« AUGUST 2012

eigentlich nicht mehr so ganz. Obwohl es ein nettes Lokal ist. Aber ich habe eben mein Wort gegeben, und deswegen feierte ich auch dieses Jubiläum dort.

Ich brauche keine Zeugnisse

Das Gleiche gilt für das Pascha. Da braucht mir keiner mit Verträgen zu kommen. Es wird was ausgemacht, und das zählt. Genauso wie ich mir noch nie Zeugnisse von Bewerbern habe zeigen lassen. Ich bin nun mal ein Bauchmensch. Da gibt es ein Gespräch, und wenn dieses passt, anschließende Probezeit. Mit diesem System bin ich fast immer richtig gelegen. Denn bereits bei diesem ersten Gespräch erfährt man eigentlich das meiste von dem Bewerber. Man sieht zum Beispiel, ob er verlässlich ist, indem er pünktlich erscheint, engagiert ist, indem er vorbereitet zu dem Gespräch kommt, ob er Selbstbewusstsein hat und einem beim Sprechen in die Augen sieht, Durchsetzungsvermögen besitzt

und die Begrüßung mit einem festen Händedruck vonstatten geht oder ob er Benehmen hat, indem er sich nicht ohne Aufforderung hinsetzt.
Das gilt nicht nur für Mitarbeiter, sondern auch für Vertragspartner und Lieferanten. Da zahle ich bei gleichwertigen Angeboten schon mal ein paar Tausender mehr, weil mir der eine Lieferant durch geführte Gespräche halt einfach sympathischer ist. Ich muss dann auch nicht bis zum letzten Euro handeln. Leben und leben lassen ist meine Devise. Aber das alles ergibt sich erst im Gespräch.

Geiz ist alles andere als geil

Wobei ich gestehen muss, dass ich ohnehin nichts mit der „Geiz ist geil"-Mentalität mancher Menschen anfangen kann. Was, bitte schön, ist an Geiz geil? Ich habe noch nie einen geizigen Menschen getroffen, der ein geiler Typ war. Geizige Menschen sind alles andere als beneidenswert.

Natürlich wird man auf die Probe gestellt

Aber zurück zum Thema. Handschlagqualität sollte eigentlich normal für einen Menschen sein, der sich in der Früh beim Rasieren in den Spiegel schauen will. Natürlich wurde auch ich schon einmal in Versuchung geführt und hart auf die Probe gestellt. Und zwar gleich zu Beginn meiner Berufslaufbahn. Da war ich Anfang zwanzig und hatte mehrere Diskotheken.
Ich habe damals mit jemandem per Handschlag die Ablöse für eine weitere Diskothek ausgemacht. Als wir zusammen den neuen Pachtvertrag mit der Brauerei unterzeichnet hatten, hätte ich mich eigentlich aus dem Staub machen können, weil der Vorbesitzer lediglich eine mündliche Zusage von mir hatte und ich den Vertrag mit der Brauerei bereits in der Tasche. Es ging um 150.000 DM – heutzutage keine große Summe, wenn es um die Ablöse eines Topstandorts geht, für mich war das damals aber extrem viel Geld. Und es gab keine Zeugen! Schließlich habe ich meinen Vater gefragt, was er, der als Viehhändler seine Geschäfte nur per Handschlag abwickelte, an meiner Stelle tun würde. „Bua", hat er gesagt, „entscheiden musst du, aber das ist ganz einfach: Man muss sich immer in den Spiegel schauen können.

Und wenn du dein Wort nicht hältst und dich da anschauen kannst, dann sparst dir die 150.000 DM. Wenn du das nicht kannst, dann zahlst." Also habe ich bezahlt. Auch wenn ich das damals schweren Herzens gemacht habe, heute bin ich stolz darauf und meinem Vater dafür dankbar.

In Erinnerung an meinen Vater habe ich die alten Werte immer hochgehalten und bin gut damit gefahren. Er war mir eben ein gutes Vorbild. Etwas, das viele Menschen heute leider nicht haben. Sei es im Privaten oder im Berufsleben. Denn es gibt kaum jemanden mehr, der noch das Interesse aufbringt, sich mit der Jugend rumzuärgern, um ihr grundlegende Dinge zu vermitteln. Statt vorgelebt und argumentiert wird vermehrt dargestellt und inszeniert, aus dem einstigen Erziehungs- wurde ein Beziehungsverhältnis.

»In Erinnerung an meinen Vater halte ich die alten Werte auch heute noch hoch.«

Das Resultat ist eine Jugend auf der Suche nach dem Sinn und nach Menschen, denen sie noch Respekt und Achtung entgegenbringen kann, die ihr (Erfahrungs-)Werte vermitteln, selbst etwas geleistet haben und die halt nicht Wasser predigen und Wein saufen. Menschen, die auch traditionelle Werte leben und im Leben mehr erreicht haben als jede Menge Genuss konsumiert zu haben und bei jedem Spaß dabei gewesen zu sein.

Denn Spaß allein macht, entgegen der zurzeit vorherrschenden Meinung, auf Dauer nun einmal nicht glücklich. Da gehört schon mehr dazu. Etwa auch nach seinen persönlich reflektierten und als richtig empfundenen Werten zu leben. Ich möchte hier sicher nicht die Welt in Gut und Böse aufteilen. Welche Werte richtig für einen sind, muss jeder selbst entscheiden. Ob die derzeitige Entwicklung, nämlich von den traditionellen Werten völlig Abstand zu nehmen, gut ist, wage ich allerdings zu bezweifeln.

Prinzipiell halte ich es mit Wilhelm Busch, der da meinte: „Das Gute – dieser Satz steht fest – ist stets das Böse, was man lässt."

»Auf die Runde kommt man immer. Mit dem Heli geht es schneller...«
GC KEMATEN, JULI 2011

Fore! Pascha au

Dass ich begeisterter Pokerspieler bin, ist gemeinhin bekannt. Was weniger Leute wissen ist, dass ich auch – meistens jedenfalls – leidenschaftlicher Golfer bin.

Golf ist ein Sport, den ich immer dann, wenn ich Zeit und Lust habe, ausüben kann. Allein oder mit Freunden, etwas, das bei anderen Sportarten nicht so leicht der Fall ist. Und: Ich habe mit Golf einen interessanten Bereich, in dem ich für das Pascha werben kann. Einen Platz, auf dem ich mich werblich nicht outen kann, spiele ich nicht. So wichtig ist mir Golf dann auch wieder nicht. Aber normalerweise funktioniert es perfekt. Sei dies mittels „Lochsponsoring“ durch Pascha-Vodka, der Bereitstellung von Pascha-Golfbällen als Startgeschenk oder der einfachen Präsenz des Pascha-Golfcarts. Ich muss dabei auch gestehen, dass, hätte ich diese Möglichkeiten nicht, ich mir einen anderen Bereich gesucht hätte.

Aber nicht nur diese Aspekte ließen mich zum begeisterten Golfer werden, auch die Parallelen zu Poker veranlassten mich, diesen Sport zu versuchen. Bei beiden gilt es, sich mindestens drei bis vier Stunden lang zu konzentrieren und mit dem Kopf bei der Sache zu bleiben. Eine weitere gemeinsame Herausforderung liegt natürlich vor allem darin, dass man bei beiden für seine Fehler selbst verantwortlich ist. Wenn man zu leichtsinnig ist, passieren dort und da Patzer. Beim Pokern kostet es Geld und beim Golf wird man sich im günstigsten Fall ärgern. Im günstigsten Fall deshalb, weil auch beim Golfen meistens gezockt wird. Dabei geht es manchmal nur um ein Getränk, ein andermal auch um mehr. Man kann bei beiden um kleines Geld spielen oder um großes, je nachdem, wie die Partie ist.

Außerdem geht es bei beiden auch um Können, nicht nur um Glück. Wenn ich beim Golf den Schlag richtig ausführe, den Wind

lem Golfplatz ...

richtig einschätze und die Distanz korrekt berechnet habe, kommt der Ball fast immer auch dort hin, wo er sein soll. Oder ich mache einen Fehler und er geht eben nicht in die gewünschte Richtung. Ebenso beim Pokern. Schätze ich den Mitspieler so ein, dass er die drei Asse in der Hand hat, und – wenn ich schon weiß, dass er die drei Asse in der Hand hat – noch immer nicht wegschmeiße, durchzahle bis zum Schluss, dann kostet es eben einen Haufen Geld. Wenn ich umgekehrt darauf richtig reagiere, dann hat das nicht nur mit Glück zu tun, sondern mit Intelligenz. Natürlich gehört auch Glück dazu – das ist im ganzen Leben so. Ob ich morgen in der Früh aufstehe und gesund bin, ist Glücksache. Eine sehr wesentliche. Wobei Gesundheit allein natürlich auch nicht reicht. Denn die auf der „Titanic" waren alle gesund, aber Glück haben sie eben keines gehabt. Glück braucht man einfach immer im Leben. Das brauche ich sowohl im Geschäfts- wie auch im Privatleben, beim Golfen und beim Pokern. Es gehört immer Glück

dazu. Daneben aber natürlich, wie gesagt, auch Können. Eine von Edward de Bono in einem seiner Bücher zitierte Episode macht das sehr anschaulich. De Bono erzählt dabei eine Geschichte über Golfprofessional Gary Player. Als dieser einmal einen schier unglaublichen Schlag führte, wobei er den Golfball aus seiner Lage unterhalb eines überhängenden Bunkers bis in eine Entfernung von drei bis vier Zentimetern vor das Loch trieb, sagte ein Zuschauer zu ihm: „Mein Gott, was für ein Glück. Player antwortete: „Stimmt, aber ich will Ihnen eins sagen: Je mehr ich übe, umso mehr Glück habe ich.“ So hängt also nicht nur alles am Glück, sondern es liegt schon an der eigenen Person, wie etwa deren Tüchtigkeit, Willen und Leistungsfähigkeit.

Golf zur „Pascha Poker Salzburg"-Zeit

Letzteres machte mir besonders in der Zeit, als wir täglich hohe PLO-Runden bei „Pascha Poker" im Pascha Salzburg anboten, besonders zu schaffen. Als ich die ganze Nacht Poker spielte und dann übermüdet auf den Golfplatz fuhr, von dort wieder müde ins Geschäft kam, machte sich das natürlich bemerkbar. Das heißt, ich pokerte schlecht und ich spielte schlecht Golf. Wenn ich ausgeschlafen war und abends relaxed zu uns an den Pokertisch ging, war ich natürlich anders drauf, als wenn ich bis fünf Uhr in der Früh gespielt habe, mich im Anschluss daran für manche, weiter weg veranstaltete Golfturniere mehrere Stunden ins Auto setzte, um dort, weil es ein Turnier war, ärgerlicherweise auch noch dementsprechend lange auf die Runde warten musste und so sechs statt der üblichen vier Stunden Golf spielte, und nachts zurückfuhr und wieder pokerte. Da brauchte ich mich nicht mal mehr zu wundern, dass ich verlor. Man kann halt nicht die Konzentration haben wie jemand, der ausgeschlafen am Tisch sitzt. So viel Glück, um wieder auf das Thema zu kommen, kann man

»Pascha Salzburg Golfturnier im GC Drachenwand.« AUGUST 2011

Pascha
KÖLN · MÜNCHEN · SALZBURG
LINZ ·

dann gar nicht haben. So viel Glück, dass man da noch gut golft und gut pokert, gibt es einfach nicht. Das kann dann schon teuer werden. Vor allem bei uns, wo doch eher hochkarätige Spieler am Tisch saßen. Wobei es immer eine nette Runde war. Denn Idioten sitzen bei mir nicht am Tisch. Die schicke ich nach spätestens einer Stunde wieder heim. Bei uns spielten Leute, die es nicht nur gewohnt waren zu gewinnen, sondern auch Verluste wegstecken konnten und eigentlich durch die Bank nette Personen waren. Das, und dass bei uns Spaß und Flachs war, hat sich schnell herumgesprochen. Die Spieler kamen sogar extra aus der Schweiz oder aus Deutschland nach Salzburg. Da nahmen einige wirklich lange Anfahrtswege in Kauf.

Pascha Poker goes Golf

Dass das mit der verminderten Leistungsfähigkeit und den damit einhergehenden Verlusten beim Pokern nicht ewig so weitergehen konnte, hatte natürlich auch ich verstanden. Ein Grund, warum ich im August 2011 die täglichen PLO-Runden im Pascha Salzburg einstellte und seitdem vermehrt Pascha Poker im Golfgepäck habe.

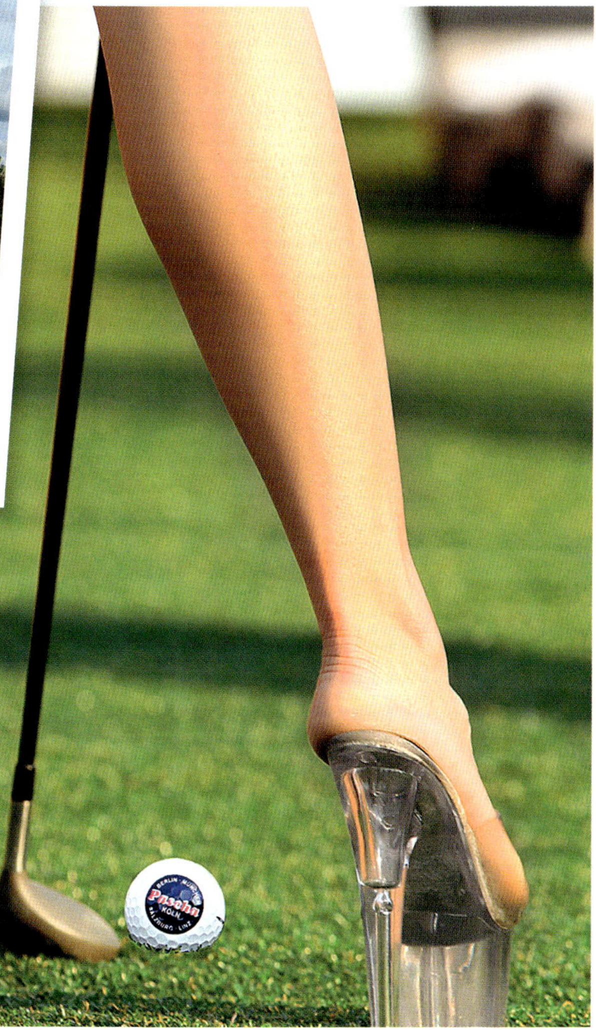
BERLIN · MÜNCHEN
Pascha
KÖLN
SALZBURG · LINZ

Denn unter dem Motto „Pascha Poker goes Golf“ boten wir seit 2011 bei vielen Turnieren, insbesondere bei den von mir bevorzugt gespielten Herrenturnieren, nun am Abend nach der Siegerehrung auch die Möglichkeit, vor Ort mit Dealer und richtigem Pokertisch zu pokern. Ein Angebot, das von den Golfern super angenommen wurde. Der Tisch war immer rasch voll. Es spielten sogar Leute mit, denen man das Spiel erst erklären musste. Gezockt wurde dabei nicht ums große Geld, dafür mit umso mehr Spaß. Deshalb spielten wir auch nicht – wie im Pascha – Omaha, sondern die einfache, ungefährliche Variante Texas Hold'em.

Möglich wurde dies natürlich vor allem deswegen, weil Poker mittlerweile salonfähig ist. Nicht wie früher. Wenn ich mich da erinnere, wie ich vor zwanzig, dreißig Jahren nach Las Vegas geflogen bin, wenn du da erzählt hast, dass du zum Pokern gehst, haben sie dich angesehen wie einen Außerirdischen. Da warst du ein Fremdkörper, ein Schatten-

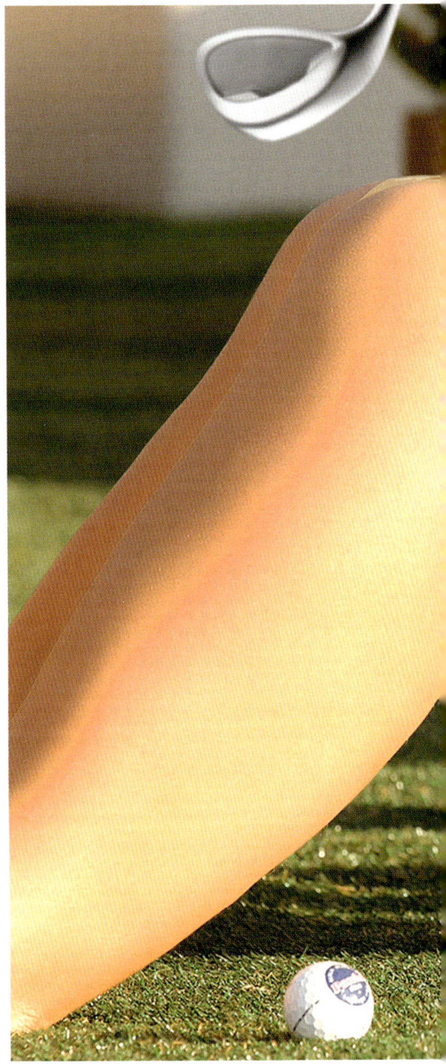

gewächs, das da illegales Glückspiel betreibt. Durch Internet und vermehrtes Pokern im Fernsehen ist das Pokern eine Freizeitbeschäftigung geworden, die heute, egal wo du hinkommst, sei es im Tennisclub, wo sie früher nur Schafskopf oder Backgammon gespielt haben, oder wo auch immer – ihre Anhänger hat. Poker ist „in" geworden und sogar auf dem Golfplatz eine tolle Abwechslung. Denn sich das fünfte Mal von einem Spieler anzuhören, wie er das 16. Loch genau gespielt hat, ist irgendwann langweilig. So wird eine nette Alternative angeboten.

Wie bei Herrenturnieren üblich, hieß es dann natürlich auch beim anschließenden Pokern „Gentlemen only". Das weibliche Geschlecht tritt auf dem Platz nur in Form von – hoffentlich von den Flightpartnern gespielten – Girlies (ein misslungener Abschlag im Golf, bei dem der Ball nicht über den Damenabschlag hinausgeht) und am Pokertisch nur verpackt in Pik, Herz, Karo und Kreuz in Erscheinung.

Golf als Pascha-Marketinginstr

»Sponsored by Pascha: Der österreichische Golfprofessional Wolfgang Rieder.« GC DRACHENWAND, 2012.

ment
[Fore! Pascha am Golfplatz]
KÖLN
MÜNCHEN
Pascha
SALZBURG
LINZ
rück-
atie
KOMPLEET
VODKA
for the
Pascha
THE VODKA
FOR THE
Pascha
KOMPLEET
VODKA
Pascha
DLG

»Dienstleister der alten Schule: Bobby, der bereits seit Jahren an meiner Seite arbeitet.«

Er ist nicht mehr da. Der Wille, in der Gesellschaft seinen Beitrag zu leisten. Heute sehen die Menschen alles als gegeben und als ihr gutes Recht an. Ohne dafür etwas tun zu müssen. Das verstehe ich nicht, dafür fehlt sogar mir, der normalerweise wirklich viel Fantasie hat, die Vorstellungskraft. Ich weiß gar nicht, wie heutzutage jemand, der nicht krank ist, in unserem Land arbeitslos sein kann. Dem gebe ich doch Arbeit. Und sei es, dass er die Möglichkeit bekommt, irgendwo einen öffentlichen Park zu pflegen. Oder im Altersheim den Boden zu fegen. Welche

Die goldenen Zeiten sind vorbei

Arbeit auch immer, aber wenn er was zu essen will, soll er auch etwas dafür tun. Mir ist es ein Rätsel, wie man arbeitsunwillige Menschen finanziell unterstützen kann. Noch dazu in einer Höhe, bei der sich andere blöd vorkommen, dass sie selbst um diesen Betrag einem Vollzeitjob nachgehen. Es kann doch keine Selbstverständlichkeit sein, dass jeder einfach so durchgefüttert wird. Und diese Leute dann auch noch Ansprüche stellen. Die leben nicht irgendwo, wo eventuell sogar ein Mangel an Arbeitskräften herrscht, nein, die müssen zum Beispiel in München in der Innenstadt leben. Und so etwas unterstützen wir auch noch, anstatt dass man diesen Menschen wenigstens Wohnungen gibt, die irgendwo leer stehen oder in der Nähe einer Arbeitsmöglichkeit sind.

Dasselbe mit der Jugend. Wenn einer nicht zur Schule gehen will, soll er zur Arbeit gehen und nicht jahrelang auf irgendwelchen staatlichen Schulen rumhängen. Diesbezüglich habe ich meinen Jungs gleich eine klare Ansage gemacht. Kommt mir gar nicht in den Sinn, sie durchzufüttern, bis sie 30 sind, und sie machen nichts anderes als Halligalli. Es muss nicht jeder Professor werden. Akademiker haben wir ohnehin genügend.

Arbeiter verdienen höhere Wertschätzung

Zum Teil ist die Gesellschaft dafür selbst verantwortlich. Denn es müsste den Arbeitern endlich wieder mehr Wertschätzung entgegengebracht werden. Dann würde die Jugend auch wieder lieber einen Beruf lernen, als jahrelang hoffnungslos herumzustudieren, um dann wieder keine Jobaussichten zu haben.

Genau so verhält es sich es mit der geringen Wertschätzung, die heute Frauen erfahren, die zu Hause bleiben, um ihre Kinder zu erzie-

hen. Ich weiß nicht, was daran verkehrt sein sollte. Im Gegenteil, dies sollte doch gefördert und auch belohnt werden. Zum Beispiel damit, dass ihnen für diese Jahre wenigstens der gleiche Rentenanspruch zusteht wie arbeitenden Frauen.
Mir ist klar, das sind Aussagen, die bei den Leuten nicht gut ankommen. Die sie weder hören noch lesen wollen. Aber das ist mir egal. So, wie ich dem, was andere von mir denken, gleichgültig gegenüberstehe. Ich muss zufrieden mit mir sein und in den Spiegel schauen können. Allein darum geht es. Ich stehe dazu, dass ich ein Egoist bin. Zuerst komme ich, dann meine Familie, mein näheres Umfeld. Für diese Leute bin ich auch bereit, etwas zu tun. Alles andere geht mir, solange man mich in Ruhe lässt, am Allerwertesten vorbei.

Bei mir heißt es ordentlich Gas zu geben

Zudem ist es meinem Umfeld bewusst, dass es Gas geben muss. Aber damit habe ich bei meinen langjährigen Wegbegleitern keine Schwierigkeiten. Wir arbeiten zusammen hart und dann feiern wir auch ordentlich gemeinsam.

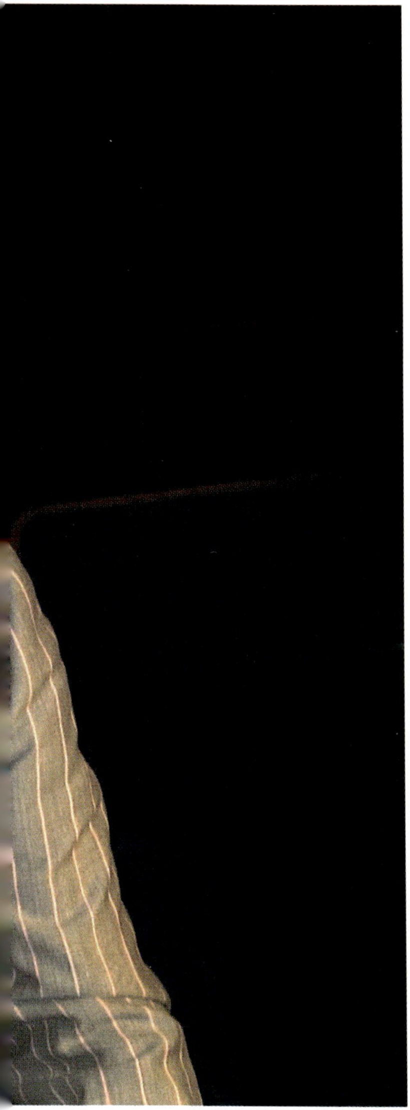

Stehen zu bleiben geht nun mal nicht. Aber das wird auch akzeptiert. Ebenfalls dass sie mir mit Ausreden nicht zu kommen brauchen. Erklärungen wie „wegen Weihnachten ist kein Geschäft, es ist zu heiß, zu kalt, vor dem Urlaub haben die Leute kein Geld, nach dem Urlaub sind alle pleite“ und was weiß ich noch alles interessieren mich nicht. Sagenhaft, welche Ausreden den Leuten, auch Unternehmern, einfallen, und die glauben sie auch noch selbst. Träfe dies alles wirklich zu, würde man ja das ganze Jahr über kein Geschäft machen. Dies alles sind lediglich Versuche, das eigene Mittelmaß zu kaschieren. Und Mittelmaß reicht nicht – in der heutigen Zeit schon gar nicht. Das akzeptiere ich einfach nicht. Da braucht mir auch niemand mit Arbeitsgericht, Gesetzen und was weiß ich was kommen. Wer nicht auf Spur ist, muss gehen. Und wem unsere Arbeitsregelungen nicht passen, ebenfalls. Ich handle so, wie ich es für richtig halte. Auch was den Verdienst betrifft. Damit bin ich immer gut gefahren und meine Mitarbeiter sind dabei noch nie zu kurz gekommen. Sonst wären manche von ihnen nicht bereits seit mehr

als 20, 30 Jahren an meiner Seite. Die permanenten Einmischungsversuche des Staates sind auch hier kontraproduktiv. Den meisten Politikern fehlt einfach das unternehmerische Denken und auch die Androhung unternehmerischer Konsequenzen. Denn wenn man sich ansieht, welche Pleiten die sich teilweise leisten können, bei denen jeder normale Selbstständige längst hinter Gittern wäre, fällt einem nichts mehr dazu ein. Die sind von der Basis so weit weg, dass es beinahe fahrlässig ist, dass wir ihnen die Entwicklung unseres Landes überlassen.

»Will eine sich nur ›irgendwie‹ einen Millionär angeln, ist sie bei uns falsch. Da muss sie nach Monte Carlo.«

Für Schönheit allein gibt es kein Geld

Was für unsere Mitarbeiter gilt, gilt auch für die Frauen, die bei uns im Haus arbeiten wollen. Sie müssen Dienstleistung erbringen. Ist eine Frau dazu nicht bereit und meint, schön zu sein reicht bereits, ist es besser, sie geht nach Hollywood und versucht sich als Schauspielerin. Ist sie nur auf der Suche nach Millionären, ist sie bei uns ebenfalls falsch. Da empfehle ich ihr einen Aufenthalt in Monte Carlo. Solange sie den Namen Pascha vertritt, hat sie sich wie jeder bei uns im Haus überdurchschnittlich zu verhalten. Das wird immer wieder vergessen. Sei es von den Mitarbeitern oder von den hier arbeitenden Prostituierten: Nicht wir zahlen ihnen ihr Geld. Der Gast tut dies. Und dementsprechend ist dieser zu behandeln und zu bedienen. Auch – oder erst recht – in einem Bordell. Dass perfekte Dienstleistung nicht von vornherein jeder beherrscht, ist klar. Aber dafür haben wir extra Hausdamen angestellt, die den Prostituierten nicht nur das Geschäft mit dem Sex, sondern auch das gewisse Drumherum näherbringen. Bei uns gibt es so Unsitten wie Kaugummikauen, Parfum tragen oder im Gehen rauchen nun mal nicht. Ein Freier, der ins Pascha kommt, hat eine gewisse Erwartungshaltung. Und diese gilt es nicht nur zu erfüllen, sondern zu übertreffen. Schafft das eine nicht, gibt es in Deutschland genügend andere Bordelle, in denen sie sich einmieten kann. Kein Mensch sagt, jemand muss ausgerechnet im Pascha arbeiten. Aber entschließt man sich dafür, muss auch klar sein, dass wir es mit der Geld-zurück-Garantie ernst meinen. Da sind auch unsere Mitarbeiter angehalten, immer wieder nachzufragen, ob für den Gast alles in Ordnung war. Denn jeder getraut sich nicht, sich zu beschweren. Verlässt ein Gast das Haus unzufrieden, ist er ein verlorener Kunde. Erfährt man aber vorher, dass es für ihn nicht gepasst hat, bekommt man wenigstens die Chance, etwas wiedergutzumachen, und er kommt wieder. Ich will, dass jeder Gast, der bei uns rausgeht und sein ja auch hart verdientes Geld hier gelassen hat, das Haus mit einem positiven Gefühl und zufrieden verlässt. Nur so bekommt man gute Mundpropaganda und in der Folge auch weitere Gäste. Auch wenn die alte Marketingaussage „Eine positive Erfahrung wird drei Mal erzählt, eine negative zehn Mal" mittlerweile kontrovers diskutiert wird. Ich glaube daran. Und negative Werbung brauchen wir prinzipiell nicht.

Ich alleine wähle meine Leute

Nicht nur wie, sondern auch wer bei mir arbeitet, bestimme einzig und allein ich. Was für den Normalbürger so klar klingt, ist im Milieu aber nicht selbstverständlich. Das musste ich in der Anfangszeit meiner „Bordellkarriere" erst mal klarstellen. Unter anderem einmal, nachdem sich in der Hornstraße 70 schwer bewaffnete Ausländer einer ebenfalls rund 50 bis 70 Mann starken und für einen Kampf gerüsteten Rockergruppe gegenüberstanden. Das war das Resultat eines ein paar Tage davor ausgetragenen Streits zwischen zwei Securityleuten, bei dem der bei uns für die Sicherheit verantwortliche Mann nicht gut ausgesehen haben soll. Ich war zu dieser Zeit in Hamburg, als mich der Anruf des Managers des Pascha Köln erreichte, ich müsse dringend kommen, weil hier die Situation außer Kontrolle geraten sei. Die 150 Mann sind zwar, ohne dass es zum offenen Kampf gekommen, war wieder von ihren Anführern abgezogen worden, aber man will die Sache auf oberer Ebene geklärt haben. Damals hatte ich eine externe Sicherheitsgruppe für das Pascha Köln engagiert. Ich reiste fuchsteufelswild hin. Nicht dass eine riesige Rockergruppe samt ihrer Kontrahenten in der Hornstraße aufgetaucht war, machte mich wütend, sondern dass ich erst im Nachhinein erfahren habe, was da geplant war, hat die Securities sofort die Stelle gekostet. Denn was im Pascha und in der Hornstraße passiert und was nicht, bestimme immer noch ich.

Den Security-Ersatzmann wollte man mir dann sozusagen aufs Auge drücken. Denn bei besagtem Gespräch auf oberster Ebene wurde auch gleich ein Mann mitgebracht, den ich als neuen Securitychef einsetzen sollte. Das ist natürlich nicht nur eine Vertrauensposition in jedem Unternehmen des Milieus, sondern vor allem auch eine begehrte Stelle. Denn als Boss der Security beeinflusst du maßgeblich, wer womit ins Haus hereinkommt. So kann man sich nebenher ein Vermögen verdienen. Da wir damals wie heute keine Drogen zulassen, gerade im Pascha eine „Schlüsselposition“. Wobei ich meinen damaligen Gesprächspartnern zugute halten muss: Da sie wussten, dass ich nur mit Inländern arbeite, haben sie auch wirklich einen Deutschen, der für sie mehrere Diskotheken und Lokale „betreut“ hat, und nicht einen ihrer Landmänner mitgebracht. Aber auch so ging das natürlich nicht. Was ich dann in einem langen, heiklen Gespräch klargemacht habe. Keine Selbstverständlichkeit, denn, wie gesagt, das Gespräch wurde auf oberster Ebene geführt, und auf dieser gilt es nicht als selbstverständlich, ein Nein zu akzeptieren. Dieses musst du erst einmal durchsetzen.

Das Puffgeschäft hat sich ebenfalls verändert

Auch im Bordellgeschäft sind die goldenen Zeiten vorbei. So viele Gäste, die mit Champagner rumspritzen und mit ein paar Mädels die ganze Nacht am Zimmer verbringen, gibt es nicht mehr. Zudem sind auch die Personalkosten, Preise für Wasser, Strom und dergleichen gestiegen. Und sexuelle Dienstleistungen sind mittlerweile auch schon um Spottpreise zu erhalten, die Konkurrenz ist größer geworden. Da heißt es für uns nun mal doppelt Gas zu geben.

Ich getraue mich zu behaupten, ein glücklicher Mensch zu sein. Wenn ich heute zurückblicke, freue ich mich, dass ich das Glück hatte, so ein Leben gelebt haben zu dürfen. Ich möchte nichts missen. Nicht einmal die Niederlagen, bei denen ich oft ordentlich eine auf den Deckel bekommen habe. Denn auch diese stellten sich im Nachhinein oft nicht nur als Fügung dar – sie gehören zu einem spannenden Leben dazu. Das hat nichts damit zu tun, sich Gegebenheiten schönzureden, die es in Wirklichkeit überhaupt nicht sind. Das wäre dann Selbstverarschung. Sehr wohl hat es aber damit zu tun, das Positive zu erkennen, zufrieden und dankbar zu sein, sich mit Gegebenheiten abzufinden, Widerlichkeiten abzuhaken und immer wieder weiterzumachen. Und auch damit, seine realistisch gesetzten Ziele konsequent und fleißig zu verfolgen und nach seinem eigenen, persönlichen Wertesystem sowie einer klaren, individuellen Prioritätenliste zu leben. Das mit dem Glück ist so eine Sache. Denn Glück zu haben bedeutet noch lange nicht, auch glücklich zu sein. Dazu gehört mehr: Glücklich zu sein ist primär eine Frage der persönlichen Lebenseinstellung.

Die Leute sehen etwas Misslungenes schnell als Pech an. Dabei muss man es so sehen, dass es ein Glück ist, dass es nicht schlimmer gekom-

Vom Glück, als glü
gelebt haben zu d

men ist. Wenn ich mich etwa daran erinnere, dass ich mit Anfang 20 schon einen Zwölffingerdarmdurchbruch hatte und mit 30 einen Herzinfarkt – da kann man ja nicht unbedingt sagen, das sei ein Glücksfall gewesen. Und doch: Es war Glück, es überlebt und die Konstitution zu haben, dies zu überstehen, weitermachen zu können, aber trotzdem dann im Kopf zu haben „Hoppla, da sind Grenzen gesetzt – das geht nicht alles“. Dieses Glück, sozusagen einen Schuss vor den Bug bekom-

licher *Mensch*
fen …

»Bei der German High Roller-Aufzeichnung mit Pius Heinz.«
HINTERGLEMM, 2011

men zu haben, um erkennen zu können, dass Schranken bestehen, das muss man sehen.

Hinzufallen ist keine Schande, liegen zu bleiben schon

Wie erwähnt, ich habe schon oft genug selbst „eine auf die Fresse" bekommen. Aber das war kein Grund, unglücklich zu sein oder zu jammern, mich ewig mit Schuldzuweisungen aufzuhalten. Denn irgendein, letztendlich dann entscheidender Fehler ist mir natürlich dabei auch selbst unterlaufen. Ich habe, egal wie groß die Probleme im Moment auch schienen, immer gewusst, ich schaffe es. Ich stehe wieder auf, renne weiter. Und das klüger, um eine Erfahrung reicher. Dadurch passieren mir gewisse Dinge heute nicht mehr. Ich gehöre eindeutig nicht zu den Leuten, denen die Dinge in den Schoß fallen. Vielmehr muss ich für jedes Geschäft hart arbeiten und darum kämpfen, dass es läuft. Aber deswegen würde ich nicht so weit gehen, zu sagen, ich hätte kein Glück. Im Gegenteil, es ist ein Glück, kämpfen zu können, diese Kraft zu haben und mit der Einstellung durchs Leben zu gehen, aus jeder Situation das Beste zu machen. Sich immer wieder zu sagen, jetzt habe ich A gesagt, jetzt muss ich auch B sagen. Freilich ist das nicht immer leicht. Aber das ist halt so. Es ist doch ein Glück, dass ich immer noch dabei bin, trotz der vielen Dinge, die schon schiefgelaufen sind. Wenn ich an all die Dinge denke, die passiert sind – ich könnte heute mehrfacher Millionär sein. Aber „wenn" gilt halt nicht.

»Ich stehe wieder auf, renne weiter. Und das klüger, um eine Erfahrung reicher.«

In unserer Kultur scheint es sozusagen zum guten Ton zu gehören, ständig über seine Lebensumstände zu klagen. Die Leute fragen sich nur, warum etwas nicht passiert, anstatt sich darüber zu freuen, dass etwas geschieht. Viele neigen zum „Dauerraunzen" und vergessen dabei allzu rasch, dass dies eigentlich Jammern auf hohem Niveau ist. Dass es, um glücklich sein zu können, oft gar nicht so viel braucht. Die Menschen haben verlernt, dankbar zu sein. Sie scheinen permanent auf „das große Feuerwerk" zu warten, um

»Auch ich hatte natürlich nicht immer leicht lachen.« Mit Friedl Koncilia im Dezember 2012

dann endlich glücklich sein zu können, und vergessen darüber, sich über Kleinigkeiten zu freuen. Vermeintliche Kleinigkeiten, wie etwa einen schönen Tag mit Sonnenschein, den man draußen genießen durfte. Oder auch Dinge zu honorieren, wie in einem intakten Elternhaus aufgewachsen zu sein und so schon mal sehr gute Voraussetzungen für das Leben an sich mitbekommen zu haben.

Das Glück, Werte vermittelt zu bekommen

Ich hatte dieses Glück. Dazu gehörte, dass meine Mutter für die Familie und Kinder da war und auch die Großeltern aktiv in den Familienverbund eingegliedert waren. Mein Vater hat natürlich viel gearbeitet, den haben wir selten gesehen. Wenn wir aufgestanden sind, war er bereits weg, wenn er heimgekommen ist, mussten wir schon ins Bett. Für gemeinsames Spielen war damals keine Zeit. Außer am Sonntag, da wurde zusammen etwas unternommen – vorwiegend Verwandtenbesuche. Aber wir wussten immer, dass der Vater für uns da ist. Es ist ein Riesenglück, eine Familie zu haben, die sowohl Halt gibt als auch das Gefühl vermittelt, hinter einem zu stehen – komme, was wolle. Und wenn dann noch hinzukommt, dass die Eltern einem Werte wie Achtung und Respekt vor Menschen, Fleiß und Bescheidenheit vermitteln, ist das eigentlich kaum zu überbieten.

Meine Eltern waren mir zudem ein Vorbild, indem sie nie über ihre Verhältnisse gelebt haben. Auch nicht beim Urlaub. Wir sind halt vier Wochen zu Verwandten gefahren, das war unser Urlaub. Jedes Kind war irgendwo anders untergebracht, aber es hat nichts gekostet. Denn Geld stand uns nicht zur Verfügung, dafür aber immer ausreichend zu essen und ein gemütliches Heim.

Auch mit meiner Lehrstelle hatte ich großes Glück. Ich durfte meine Lehre in einem guten Hotel absolvieren, in dem noch die hohe Schule der Dienstleistung gelehrt und gelebt wurde, man vermittelt bekam, dass man arbeitet, wenn Arbeit da ist und nicht nur, wenn gerade reguläre Dienstzeit ist. Die fehlende Freizeit wurde halt in betrieblich ruhigere Zeiten verlegt.

So aufzuwachsen hat mein Leben geprägt und natürlich auch mich. Ich habe diese Werte übernommen und lebe sie auch. Sicher ein wesentlicher Punkt, der dazu beitrug, dass ich in der Lage war und bin, ein glückliches Leben geführt zu haben und zu führen. Dazu kommt natürlich das Glück zu haben, gesund zu sein und in dieser Zeit des Friedens zu leben. Nicht wie mein Vater, der seine besten Lebensjahre zuerst im Krieg und dann in russischer Gefangenschaft verbringen musste. Ich bin dankbar dafür, in unserer Zeit leben zu dürfen und ich es nicht mitmachen musste, dass es nichts zu essen gibt und überall Not und Elend herrscht.

„Jeder ist seines Glückes Schmied“

Neben alldem kommt es natürlich auch darauf an, was man selbst aus sich macht. So wie der Volksmund schon sagt: „Jeder ist seines Glückes Schmied.“

Man darf halt nicht alles negativ sehen. Etwa wenn jemand arbeitslos ist. Natürlich ist das nicht fein. In einer Hartz-IV-Rolle wäre ich mit Sicherheit nicht glücklich. Aber ich würde auch aus dieser Situation was machen. Da bin ich mir sicher. Es gibt ja so viele Möglichkeiten bei uns. Man muss sich halt ein bisschen bemühen. Ich würde Kontakte suchen, mit Menschen reden, meine Arbeitskraft anbieten. Wie auch immer: Wie Arbeitslose heute bei uns von der Unterstützung des Staats leben können, das ist doch super. So einen Lebensstandard haben sich früher lediglich Millionäre leisten können. Und jetzt gilt sogar Urlaub beinahe schon als Grundrecht.

Heute ist es zudem jedem möglich, an gewissen Sportarten teilzunehmen. Wenn man sich dann noch in der Freiwilligenarbeit engagiert, sei es bei der Feuerwehr oder beim Roten Kreuz, hat man auch als Arbeitsloser die Chance, Selbstbestätigung zu bekommen, Erfolg zu haben und sich einen Freundeskreis aufzubauen, Teil eines sozialen Netzwerks zu sein. Man hat die Gewissheit, weder hungern noch frieren zu müssen, hat ein Dach über dem Kopf. Sogar das Rauchen können sich die Leute finanzieren. Und das, ohne etwas geleistet und gearbeitet zu haben. Wenn das bitte kein Glück ist?

Den meisten Menschen geht es bei uns ja wirklich gut. Und sie haben auch Arbeit. Mit tollen, vom Gesetzgeber für Unternehmer kaum mehr erfüllbaren, geregelten Arbeitsbedingungen. Entlohnung, die ihnen einen angenehmen Lebensstandard ermöglicht. Da brauche ich nicht mehr zu jammern. Denn dann fährt man halt keinen Ferrari. Es kann ja nicht jeder auf dieser Welt einen Ferrari fahren. Ich fahre auch keinen. Und es muss auch nicht jeder einen Hubschrauber fliegen. Aber deswegen braucht man es diesen Leuten nicht neidisch zu sein. Die sind halt anders geboren. Reich geboren. Vielleicht haben sie aber auch selbst etwas geleistet. So oder so: Es kann nicht jeder Millionär werden. Wobei ich nicht weiß, ob das wirklich Glück ist, wenn man Millionär oder Milliardär ist. Ich kenne genügend Leute aus diesen Kreisen – und viele sind genauso unglücklich und unzufrieden wie der kleine Arbeiter um die Ecke. Die wissen oft gar nichts mit ihrer Zeit anzufangen oder haben keinen richtigen Freundeskreis. Wenn du ein Arschloch bist, hilft dir das Geld auch nichts. Genauso wie man sich Niveau nicht kaufen kann.

Glück hat mit Geld einfach nichts zu tun. Sonst würden auch nicht

»Bingo! Skiurlaub in Obertauern.« DEZEMBER 2011

so viele von ihnen rumkoksen wie die Ochsen. Mir jeden Tag die Dröhnung zu geben, sei es mit Alkohol oder Drogen – das hat doch mit Glück nichts zu tun.

Ein Spatz, der sitzt, erwischt weniger Futter als ein Spatz, der fliegt

Ich selbst habe in meinem Leben noch nie auch nur eine Droge genommen. Nicht einmal probiert. Ich bin einfach so glücklich. Glücklich, jeden Tag gesund aufzustehen, zu wissen, dass ich von meinen Mitarbeitern geschätzt und geachtet werde, weil ich was leiste. Das genügt mir schon. Auch wenn es einmal nicht so gut läuft. Sei das ein betriebliches Problem oder was auch immer. Das sind Sachen, die erledigt werden müssen. Mein Vater hat immer einen Spruch gesagt: „Ein Spatz, der sitzt, erwischt weniger Futter als ein Spatz, der fliegt." Und so ist es überall im Leben. Das sind zwar alte Weisheiten oder Sprüche, aber diese enthalten für mich sehr viel Wahrheit. Und diese muss man für sich selbst erkennen und dementsprechend auch danach handeln. Wenn ich heute zum Beispiel Taxifahrer bin und mich in der betriebsamen Zeit wie an Wochenenden oder sogar Tagen wie Silvester nach Hause setze, verdiene ich halt weniger. Ich muss mit der richtigen Einstellung an die Dinge rangehen. Damit geht es ja schon los. Arbeiten, wenn Arbeit da ist. Mir zum Beispiel nicht zu denken: „Boah, jetzt kann ich mich wieder zwölf Stunden in das Taxi reinsetzen, um ein paar Euro zu verdienen." Man muss das anders sehen: „Ich setze mich zwölf Stunden in das Taxi und habe die Chance, interessante Menschen kennenzulernen." Eventuell sogar jemanden zu fahren, der mein zukünftiger Chef bei einer anderen Tätigkeit werden kann, der einen Privatchauffeur sucht oder dergleichen. Man muss prinzipiell überall die positive Seite sehen und dementsprechend an die Aufgaben herangehen. Mir hat es als Lehrling schon nichts ausgemacht, auch die sogenannten armen Leute zu bedienen, von denen man natürlich weniger Trinkgeld bekam. Aber über einen ausgesprochen netten Service haben diese Leute sich besonders gefreut, und mit vielen kleinen Trinkgeldern habe ich dann genauso mein Geld gemacht. Dass das mit viel Einsatz und Fleiß verbunden war, ist klar. Aber schlussendlich zählt das Ergebnis. Man muss tüchtig sein, dann kommt auch das Glück.

Die richtige Ehefrau ist keine Frage des Glücks, sondern der richtigen Wahl

Rätselhaft ist mir auch, wie sich manche Leute immer wieder wegen einer Frau einen Kopf machen. Das verstehe ich nicht. Ich suche mir ja schon die richtige Frau aus. Angenommen, ich investiere die Zeit, damit mich eine besser kennenlernt. Führe sie ein paar Mal zum Essen aus. Wenn sie da nicht schnallt, wie ich ticke, und es nicht passt, lasse ich das halt sofort wieder. Wenn die Frau ihr Glück nicht erkennt, hat sie Pech gehabt. Ich gebe, aber ich fordere auch. Eine Frau, die mich nicht genauso unterstützt wie ich sie, brauche ich nicht 30 Jahre mitzuschleppen. Mich vielleicht mit jemandem ärgern, bloß damit ich eine Frau daheim habe? Nein. Sie muss schon zuverlässig sein und in ihrem Bereich ihren Beitrag leisten. Ich gehöre nicht zu den Warmduschern, die heimkommen und dann eventuell bügeln. Selbstverständlich schaue ich, dass es meiner Frau gutgeht. Haushalt gehört aber si-

»Bei den ›German High Roller‹-Aufzeichnungen in Hinterglemm.«

cher nicht zu meinen Pflichten. Wenn eine Frau schon arbeiten geht, dann muss sie entweder den Haushalt nebenbei organisieren oder sie verdient so viel, dass eine Haushaltshilfe finanzierbar ist. Nur weil sie dabei sein will und ihren Hintern auf wichtig in der Stadt bewegen möchte, braucht sie nicht arbeiten zu gehen. Die meisten Frauen verdienen doch weniger, als sie einsparen könnten, wenn sie ihren Haushalt ordentlich führen. Das beginnt schon beim richtigen Einkaufen von Lebensmitteln. Die können mir nicht erzählen, dass da unterm Strich so viel mehr übrig bleibt. Denn wenn ich die Kinderbetreuung und eben den aus Zeitmangel überteuert getätigten Einkauf, Reinigung, Bügelhilfe und Co. aufrechne, zahlt sich das bei den wenigsten wirklich aus.

Glück im Spiel

Das mit dem Glück beim Pokern ist auch so eine Sache. Läuft etwas schief, neigt man ja – wie natürlich auch sonst im Leben – rasch dazu, von Pech zu sprechen. Das Gegenteil wird aber rasch zum Persönlich-Erfolg-Haben, also zum Gut-Spielen – nicht lediglich zum Glück. Nach manchen „German High Roller"-Staffeln würde ich beim Omaha freilich sagen: „Ich hatte kein Glück." Wobei Glück hier relativ ist, wenn man den Gedanken weiterspinnt. War „kein Glück" dann wirklich Pech? Richtiges Pech meine ich. Das hätte ich eigentlich erst, würde der Ausgang dieser Hand mein weiteres Leben beeinträchtigen. Aber nachdem ich nicht dazu neige, über meine Verhältnisse zu spielen, und ich diesen Verlust verwinden kann, ohne dass ich mir Gedanken machen muss, wie ich künftig meine Familie ernähre, scheinen sämtliche gegenteiligen Begriffe von Glück – sei dies Unglück oder auch Pech – doch nicht zuzutreffen. Natürlich hätte ich mich über manch anderen Ausgang – unter anderem diese viel diskutierte, damals letzte Staffel-Hand mit Ronny Kaiser – gefreut und den Superpot gerne mitgenommen. Oder gerne weniger verloren. Andererseits dieses Glück zu haben, etwa mit Pius Heinz nicht nur pokern zu können, sondern auch in eine Situation zu kommen, bei der mir im Nachhinein viel mehr bleibt als Geld. Mit 6 und 7 gegen zwei Asse zu gewinnen hat schon was Bleibendes. Wenn du dir nach 16 Stunden Pokern so ein Highlight mitnehmen kannst, dann ist das Glück. Aber selbst wenn dies nicht passiert wäre, wäre ich nicht unzufrieden gewesen. Ich habe halt 16 Stunden mit dem Weltmeister und anderen guten Spielern gepokert und eine schöne Zeit gehabt.

Zum Glück brüllt auch der Löwe

Natürlich gibt es auch bei mir den Moment, in dem ich dann nicht so positiv denke. Auch mir reißt ab und an die Schnur. Etwa wenn

»Pokern mit Larry Hagman.«
MONTESINO WIEN, OKTOBER 2010

mir vorkommt, die Pascha-Dienstleistungsphilosophie wird nicht so konsequent in unseren Betrieben umgesetzt wie vorgeschrieben. Aber eben wirklich nur ab und an. Da ist aber Schluss mit lustig und die Meldung „Achtung, der Löwe brüllt“ verbreitet sich wie ein Lauffeuer in allen Pascha-Betrieben. Dann kotze ich mich auch mal so richtig aus. Binnen kurzer Zeit hat es sich auch wieder damit und ich gestehe mir ein, dass die Pascha-Betriebe ja wirklich super laufen und ich praktisch „Jammern auf hohem Dienstleistungsniveau“ betreibe. Dass es normal ist, dass auch Mitarbeiter, die mich bereits seit Jahrzehnten verlässlich begleiten – ein Umstand, der nicht selbstverständlich ist und weswegen ich mich glücklich schätze –, mal auf das eine oder andere vergessen. Es ohne regelmäßige Mitarbeiterbesprechung halt nicht geht. Da sind dann wieder mein Fleiß und Einsatz gefragt.

Fazit ist, ich weiß nicht, ob ich im herkömmlichen Sinne Glück habe. Aber bei einem bin ich mir sicher: Ich bin ein glücklicher Mensch.

Sternstunden & Schicksalsschläge

Natürlich, wenn mich die Leute heute so sehen, glauben sie, ich war immer schon auf der Butterseite des Lebens. Heute geht es mir auch gut, keine Frage. Nur, das war auch bei mir nicht immer so. Im Gegenteil. Mein Leben war eigentlich geprägt von viel arbeiten – hinfallen – wieder aufstehen. Und von persönlichen Schicksalsschlägen blieb auch ich nicht verschont. Aber der Reihe nach einige Eckpunkte, die mein Leben geprägt haben…

1952

Ein neuer Löwe erblickt das Licht der Welt

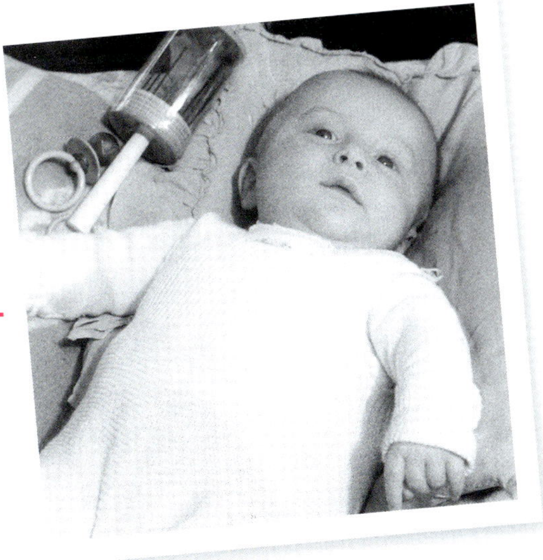

Ich wurde am 6. August 1952 in der Nähe des mittelfränkischen Nürnberg als Sohn eines Viehhändlers und einer Verkäuferin geboren und wuchs dort als ältestes von fünf Geschwistern auf.

1960

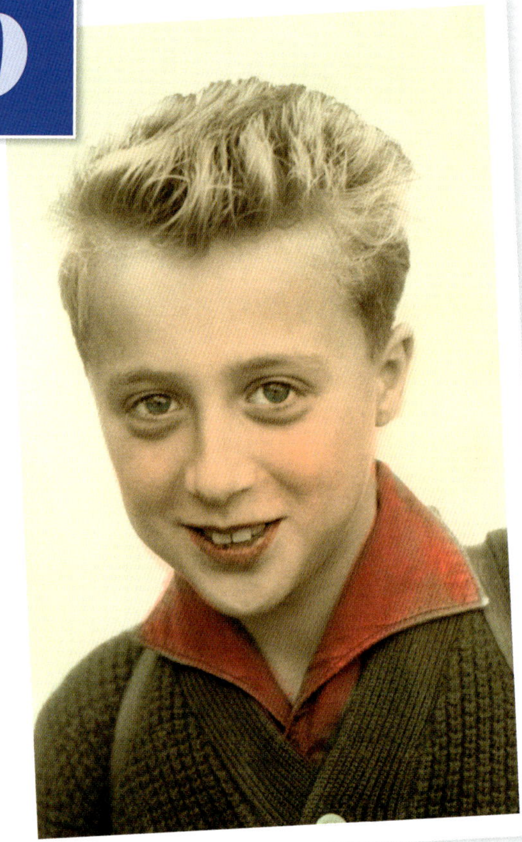

Bereits 1960 ging der Rauch auf

Im Alter von acht Jahren lernte ich die bei uns stationierten Amerikaner kennen. Und damit den Genuss des blauen Dunstes. Denn nicht nur Süßigkeiten wurden uns von den vorbeifahrenden Wägen zugeworfen, sondern auch die eine oder andere Kippe.
Die Amis fanden es damals lustig anzusehen, wie wir Knirpse bereits mit der Zigarette im Mund herumstolzierten.
Spätestens zu diesem Zeitpunkt wurden bei mir die Schienen zu einem arbeitssamen Leben gelegt. Denn Sucht – und zu dem wurde die „Raucherei" bei mir bald – will natürlich auch finanziert werden.

Dadurch wurde ich bald zum „findigen Bürschlein", das sich bereits im Volksschulalter im örtlichen Freibad immer ein paar Mark zu verdienen wusste, die dann in Zigaretten investiert wurden.

1966

Restaurantfachmann-lehre von 1966 bis 1969

»Ausflug mit der Berufsschule in den Bundestag.«

Am 1. August 1966 startete ich meine Restaurantfachmannlehre im Hotel Reichshof in Nürnberg. Eine Zeit, die sicher mein Leben geprägt hat. Denn ich hatte das Glück, dass mir noch die hohe Schule der Dienstleistung beigebracht wurde. Eine Arbeitsweise, an der ich mein ganzes Leben lang festhielt.

1970

Sommersaison, Geburt des ersten Sohnes und Heirat

Nach der erfolgreich abgeschlossenen Lehre kamen Saisonen als Chef de Range auf Jersey und in der Französischen Schweiz.

Davor sollte ich aber wieder etwas Entscheidendes tun, das mein Leben in eine neue Richtung lenkte: Denn die klassischen neun Monate danach, im März 1970, kam mein erster Sohn, Wolfgang, zur Welt, worauf im Oktober geheiratet wurde. Letzteres fiel mir gar nicht so leicht. Was weniger daran lag, dass ich nicht willens war zu heiraten, sondern vielmehr daran, dass ich für damalige Verhältnisse schlichtweg zu jung dafür war. So musste ich mich erst beim Amtsrichter für volljährig erklären lassen, denn dies war man damals erst ab dem Alter von 21.

Einen Monat nach der Geburt, also im April 1970, bin ich erst mal nach England. Für ganze sechs Monate Sommersaison auf die Insel Jersey. Natürlich ohne Frau und ohne Kind. Ich wollte entsprechende Zeugnisse bekommen und die Sprache perfekt er-

lernen. Dafür war ich damals nachts auch nur mit englischen Frauen unterwegs…

Auf Jersey konnte ich mich derart profilieren, dass die langjährige Hausdame des Hotels mich für die Wintersaison in ein Tophotel in der Schweiz empfahl.

So bin ich zwischen den Saisonen für nur vier Wochen rasch nach Hause. Unter anderem natürlich um „Ja, ich will" zu sagen.

„Glücklich (und) verheiratet" trat ich dann die Stelle in der Französischen Schweiz an. Als ich dort im Hotel de Champéry letztendlich als Oberkellner arbeitete und ein Angebot für die Stelle als Oberkellner im Waldorf Astoria in New York in der Tasche hatte, erreichte mich „der" Anruf meines Vaters. Ich solle doch heimkommen nach Heilsbronn. Dort wäre eine Brauereigaststätte mit Saal und Metzgerei neu renoviert worden und zu pachten. Seine Idee war, er und ich sollten den Viehhandel und die Schlachterei machen, unsere Frauen die Wirtschaft führen. Somit wären Viehhandel, Metzgerei und Gastwirtschaft in der Familie.

1971

Start der Selbstständigkeit mit einem Speiselokal

Nachdem ich ja gerade erst meine Familie gegründet hatte, entschloss ich mich also, Nägel mit Köpfen zu machen. So ging ich statt ins große New York ins kleine Heilsbronn, um mich dort selbstständig zu machen. Gasthaus zum Adler statt Waldorf Astoria.

Bereut habe ich es nicht. Denn dort begann dann eigentlich meine Diskothekenära, mit der ich über lange Jahre hinweg gutes Geld gemacht habe. Gestartet auf primitivste Weise, gipfelte dies in der Großraumdiskothek Park in Augsburg.

Der Anfang war, im Nachhinein gesehen, witzig. Es war nicht mehr als ein kleiner Saal unter der Gastwirtschaft, den ich nur Freitag und Samstag geöffnet hatte, mit billigen Bundeswehrtarnnetzen als Deko. Mehr ging nicht, weil die Brauerei kein Okay für einen Umbau gab. Trotzdem sprachen die Zahlen für sich. Da war ich natürlich am Rechnen. Habe die Öffnungszeit und die Personenzahl multipliziert. Ins Verhältnis zur Gastwirtschaft gesetzt und, und, und ... Denn eines war mir damals schon klar: Ich will ans große Geld. Dazu kam, dass die Zusammenarbeit mit meinem Vater auch nicht so lief wie geplant. Irgendwann habe ich mir dann das Herz genommen und ihm erklärt, dass ich mehr vom Leben will und meinen Beruf nicht erlernt habe, um jetzt hier in Heilsbronn ein paar Bauern zu bedienen. Das war das einzige Mal, dass ich wirklich Ärger mit meinem Vater hatte. Aber ich wollte halt selbstständig sein und nicht als Lohnempfänger – Viehhandel und Wirtschaft liefen auf den Vater – mein Leben fristen. Leicht gefallen ist mir das damals wirklich nicht. Denn bis auf das Politische – mein Vater hat sich im Gegensatz zu mir immer als Arbeitnehmer gesehen und infolgedessen Rot gewählt – waren wir uns bislang immer einig gewesen. Und selbst bei diesem politischen Thema ging es mehr darum, ihm klarzumachen, dass er kein „normaler" Arbeitnehmer war, sondern vielmehr die große Ausnahme, die mehr als der Chef tat. Aber zurück zum ursprünglichen Thema: Wir haben uns dann eigentlich darauf geeinigt, dass er den Viehhandel macht, ich das Lokal. „Eigentlich" deswegen, weil er natürlich sauer war und mir auch die Mutter nicht mehr in der Küche helfen durfte. Erst als er sah, dass ich keine Arbeit – und sei es das Schlachten von Tieren oder das Ausnehmen von Karpfen – scheute und der Betrieb lief, lenkte er nach drei Monaten ein und meine Mutter durfte mich wieder in der Küche unterstützen.

»Mir war immer schon klar: Ich will ans große Geld.«

Aber die Idee mit der eigenen Diskothek ließ mich trotzdem nicht los.

Ich wusste, das Kaufmännische im herkömmlichen Sinn ist nicht so das Meinige. Mit Buchführung, Einkauf und Co. habe ich mich noch nie gerne beschäftigt. Ich war schon immer der, der die Ideen hatte, an der Front war und den laufenden Betrieb gemanagt hat. Also brauchte ich jemanden, der den anderen Teil abdeckte. Da wir uns immer gut verstanden hatten und ich von seinem kaufmännischen Wissen überzeugt war, habe ich einen Freund, mit dem ich in Nürnberg die Lehrzeit absolviert hatte, zu mir in das kleine Lokal eingeladen und ihm meinen damaligen Umsatz vorgerechnet. Ihm erklärt, dass sich dieser, meiner Berechnung zufolge, natürlich mit einem größeren Lokal dementsprechend multiplizieren ließe. Diese Milchmädchenrechnung hat ihn überzeugt, nur stand ich, mittlerweile allerdings zu zweit, vor dem nächsten Problem: Wir hatten nicht das notwendige Geld. Also begann die Odyssee bei Verwandten und Bekannten, ob sich nicht jemand beteiligen wollte. Aber wir bekamen zuerst mal eine gründliche Abfuhr nach der anderen.

Trotzdem begann ich mich neben der Tätigkeit im Wirtshaus nach einem geeigneten Objekt für eine Disco umzusehen. Und ich wurde fündig! Die Begeisterung war damals groß. Zumindest bei mir. Ich kann mich heute noch an das Gespräch mit meiner Frau erinnern ...

Ich: „Schatz, wir machen eine Diskothek auf. Finanziert wird das mit einem 300.000-DM-Kredit.“

Sie: „Aber warum willst du dir das antun? Wir haben doch jetzt auch ein feines Leben mit gutem Einkommen zum Auskommen.“

Ich: „Schatz, ich hab dich nicht nach deiner Meinung gefragt. Ich habe dich lediglich informiert. Oben stehen deine Koffer, wenn es dir nicht passt.“

Womit dies geklärt war (sie ist übrigens geblieben ...). Nur: Die Bank wollte mir die benötigten 300.000 DM gar nicht geben. Und: „Ohne Geld koa Musi“, und erst recht keine Diskothek. Klein beigeben gab es aber auch hier nicht. So bin ich regelrecht hausieren gegangen. Mein Vater hat mir dann mit einer Bürgschaft bei der Sparkasse geholfen, die Brauerei mit einem Darlehen. Aber damit war noch nicht mal die Hälfte des benötigten Kapitals abgedeckt. Also habe ich als Nächstes unsere Stammgäste abgeklappert – vom Zigarettenautomatenaufsteller über den Schreiner, den Maler bis hin zum Elektriker – und habe mir überall 10.000 DM geliehen, für die ich Wechsel ausgestellt habe. So hatte ich das Geld dann tatsächlich zusammen.

»Schatz, ich habe dich nicht um deine Meinung gefragt, ich habe dich lediglich informiert.«

1973

Start Diskothekenzeit und Geburt des zweiten Sohnes

Am Freitag, dem 13. Juli 1973, war es so weit und ich habe mit ebendiesem Partner, mit dem ich zusammen die Lehre absolviert hatte, meine erste Diskothek, die Arche Noah in Wilhermsdorf im Landkreis Fürth, eröffnet. Der Laden hat vom ersten Tag an gebrummt: Sieben Tage die Woche, jeden Abend…

Im selben Jahr, am ersten Weihnachtsfeiertag, folgte dann gleich die nächste Eröffnung: die Disco Coupé in Ellingen bei Weißenburg. Zu der Zeit hatte ich eigentlich kaum Zeit zu schlafen – geschweige denn Zeit für etwas anderes… Trotzdem wurde 1974 mein zweiter Sohn, Hermann, geboren. Nach einem Jahr „Eröffnungspause“ ging es munter weiter. Am 13. Februar 1975 feierten wir den ersten Tag „Lord Nelson“ in Greding und wiederum am ersten Weihnachtsfeiertag den vom „Marco Polo“ in Dinkelsbühl. Es

lief wie geschmiert ... Man muss dazu sagen, dass die späten 70er-Jahre ja der Beginn der eigentlichen Diskothekenzeit waren. Und man muss bedenken, dass die Leute damals noch in sogenannte Tanzsäle gingen, eine Disco – noch dazu auf dem Land – eine wahre Sensation war.
Danach kamen „Anyway" in Katzwang bei Nürnberg (1977), „Der Clou" in Nürnberg (1978), das „Riverboat" in Ansbach, „Kleopatra" in Lauf und wie sie alle hießen ... Immer das gleiche Prinzip: Klein, aber fein. Maximal für 250 Gäste ausgerichtet, wobei bereits 70 Leute reichten, um eine angenehme Atmosphäre zu schaffen. Dazu top geschultes Personal (wir hatten damals bereits wöchentliche Personalbesprechungen), das perfekte Dienstleistung erbrachte. Die Locations meist in Kuhdörfern (dazu zählen in Deutschland auch 6000-Einwohner-Gemeinden wie Greding) und nicht in Großstädten. Ich immer vor Ort. Wir hatten sogar einen eigenen Disco-Bus, der die Leute von der einen zur nächsten Disco chauffierte. Stars wie Karel Gott, Heino oder Margot Werner traten bei uns auf. Chris Andrews sorgte für Aufsehen, als er mit dem

»Bei den Gästen damals beliebt: Das Glücksrad.«

»Chris Andrews bei mir im Lord Nelson in Greding.«

»Mit Schauspieler Klaus Wennemann.«

»Waren in meiner Diskothekenzeit der Hit: Soulsänger.«

»Volksfest Kinderzeche«
DINKELSBÜHEL, 1977

Rolls-Royce zu uns kam. Es war eine gute Zeit. Aber wir haben auch viel dafür getan. Ich versuchte mir immer wieder etwas Neues einfallen zu lassen. Unter anderem einmal „Theater in der Diskothek“. Mit einer eigens dafür engagierten Truppe und Stücken von Kafka und Co. brachte ich gemeinsam mit befreundeten Disko-

»Mit Paul Breitner vom FC Bayern München.«

thekenbesitzern im wahrsten Sinne des Wortes Kultur in die Discos. Eine Idee, die sich bei mir super umsetzen ließ, der Betrieb war jeden Montag – unter anderem mit der ganzen Prominenz von Dinkelsbühl – voll. Und: Wir hatten Presse, die Landeszeitungen berichteten über jede Premiere!

Aber es wäre nicht ich, hätte es nicht auch damals schon die Schattenseite gegeben. Als wir die vierte Diskothek hatten und es eigentlich prächtig lief, musste ich feststellen,

»Rosen für Marianne Rosenberg – sie gastierte vier Tage bei uns.«

dass ich mich in meinem Partner getäuscht hatte. Ihm stieg das viele Geld zu Kopf. Er konnte weder mit der finanziellen Unabhängigkeit umgehen noch mit der Tatsache, dass er sozusagen nur der „Mann im Hintergrund" war, ihn keiner kannte. Dabei wollte er das ja ursprünglich als erklärter Familienmensch mit Frau und Kindern. Er hat dann plötzlich mit 60.000 oder 70.000 DM am Schreibtisch gesessen und hat sich um nichts mehr gekümmert. Irgendwann hat er zwei, drei Wochen nicht mal mehr die Post geöffnet und wir bekamen zu allem Überfluss auch noch mit dem Finanzamt Probleme. Schlussendlich habe ich ihn dann ausbezahlt.

Später, als ich die Casinos hatte, hat er dann bei mir als Croupier gearbeitet. Bis er eines Tages am Tisch saß und falsche Zahlen ansagte. Damals habe ich ihn natürlich sofort rausgeholt und ihn gefragt: „Spinnst ein bisserl, oder?" Als er mir erklärte, „Hermann, ich

hab so Schädelweh, ich schau in den Tisch rein und sehe überhaupt nichts“, haben wir beschlossen, er soll heimfahren und zum Arzt gehen. Dieser hat ihn sofort ins Krankenhaus geschickt, wo er 14 Tage später, mit nicht einmal 40 Jahren, an einem Lungentumor verstarb. Die Metastasen hatten sich bereits bis in den Kopf ausgebreitet. Er war einer meiner ersten Bekannten, die verstorben sind.

1982

Bobby beginnt bei mir zu arbeiten

1983 hatte ich unter anderem die Diskothek „Der Clou" in Nürnberg. Anfangs super gelaufen, war sie seit geraumer Zeit einfach nicht mehr „in". Ich versuchte sie mit mehreren Umbauten und anschließenden Neueröffnungen wieder hochzubekommen, aber es war, wie man so schön sagt, einfach „der Wurm drinnen". Irgendwann hatte ich die Idee, sie nach dem Vorbild meiner damaligen Diskothek „Pascha" in Ellingen erneut umzubauen. Also alles im orientalischen Stil zu gestalten, und dann als „Pascha" wieder aufzusperren. Aber es half alles nichts. Orientalischer Stil hin oder her – wir waren out. Die Konkurrenz in Nürnberg boomte, nur bei mir war tote Hose. Ich hatte vielleicht die Schnauze voll!

In dieser Zeit bin ich auch des Öfteren zu meinem Bekannten Conny ins Lokal. Dort hat unter anderem auch Bobby gearbeitet, der mir schon lange aufgefallen war. Nicht nur hinter dem Tresen, sondern auch als Gast bei mir. Gab er doch immer super Trinkgeld, wusste sich zu benehmen und zu poussieren.

Als ich am Faschingsdienstag – voll angefressen, weil wieder nichts los war – noch um vier Uhr früh losging, um ein Paar Bratwürste zu essen, saß in diesem Lokal auch Bobby. Und wie ich ihn so sah, dachte ich mir: „Mensch, mit dem Bobby in meinem Lokal an der Bar, das wäre vielleicht eine Nummer. Ihn kennt jeder in Nürnberg und er ist überall beliebt. Wenn ich mit ihm gemeinsam nochmals Gas gebe,

»Feier zum 60. Geburtstag von Bobby im Pascha Nightclub.« KÖLN, am 26. Oktober 2011

könnte das funktionieren.“ Also bin ich zu ihm hin und habe ihn geradeheraus gefragt, ob er nicht bei mir arbeiten wolle. Ein paar Treffen mit ordentlichen Überzeugungsgesprächen später hatte ich ihn dann tatsächlich so weit und er sagte Ja.

Dass dieses Ja bis zum heutigen Tag an gültig sein würde, hätte sich freilich keiner von uns gedacht.
Unser Start war alles andere als leicht. Es kamen damals schon, wie gedacht, Leute extra wegen Bobby und mir ins Lokal, ja. Aber nie alle auf einmal, sodass die Bude nach wie vor leer erschien. Mit diesen 15, 20 Mann war es zwar nett, aber es galt zumindest das Doppelte an Publikum auf einmal reinzubringen, um wenigstens ein bisschen gute Atmosphäre zu vermitteln.
Es war mühsam, aber wir haben gekämpft! Und zwar April, Mai, Juni… Aber es ging noch immer nichts. Und das bei laufenden Kosten für Miete, Personal… Mir stand das Wasser bis zum Hals. So fing ich an, alle Register zu ziehen. Unter anderem auch die Presse zu belügen. Ich rief an und erzählte, wer nicht alles an Prominenz bei mir gewesen sei. Würfelte mit den Gästen bis in die Morgenstunden und, und, und…
Hätte ich zu dieser Zeit nicht meine anderen Betriebe gehabt, die gut liefen, wäre ich voll untergegangen. Aber das permanente Minusgeschäft zehrte an der Substanz. Da dachte ich mir: Alles oder nichts und ließ 100-Mark-Gutscheine drucken, die ich in der Stadt verteilte. Das schlug ein – aber nur, was den Umsatz betraf. Wir waren zwar jeden Tag voll, nur nahmen wir durch die Gutscheine lediglich ein Zehntel des Umsatzes real ein. Der Rest war gekünstelter Umsatz und somit der Wareneinsatz zig Mal höher als die Bareinnahmen.
Mein Bruder meinte: „Du hast wohl einen an der Waffel! So viele Gutscheine zu verschleudern. Du bist wirklich nicht mehr zu retten.“ Womit er ja nicht ganz Unrecht hatte. Aber es war wieder was los. Und so habe ich wieder Gutscheine nachgeschossen. Allerdings nicht mehr so viele. Und siehe da: Der Laden brummte und es gab so richtig Bares. Und dies die nächsten fünf Jahre lang!

Detail am Rande: Als es dann endlich lief wie geschmiert, habe ich nach zehn Jahren den Mietvertrag nicht mehr verlängert bekommen…

Was blieb, war Bobby. Seitdem sind wir ein Team und er gehört zur Familie. Er ging danach in meine Lokale in Roth, Ansbach… und begleitet mich bis zum heutigen Tag.

1986

Mitte der Achtzigerjahre: Zusätzlich Spielcasinos

Wie erwähnt, verdiente ich mein Geld nicht nur mit Diskotheken und diversen Lokalen. In den 80er-Jahren hatten wir – mal länger und mal kürzer – insgesamt drei Spielcasinos. In Bodenmais, im ehemaligen Steigenberger Hotel, in Neumarkt und in Greding. Letzteres war schon der absolute Hammer: Das Casino befand sich nämlich in einer Privatvilla mit Tennisplatz und Pool.

Nicht ohne war das mit dem Casino in Bodenmais. Als Partner holte ich mir eine lokale Größe ins Boot. Alles schien perfekt. Eine klassische Win-win-Situation. Wir würden ein lukratives Geschäft haben, die Gemeinde von den Steuerabgaben und dem Zusatzangebot für den Tourismus profitieren. Per Handschlag besiegelt, starteten wir gemeinsam durch.

Nur hatten wir die Rechnung zwar mit dem Wirt, aber ohne die

»Eröffnung Spielcasino Greding.« 5. Juni 1986

Frau meines Partners gemacht. Diese sah ihre „bessere Hälfte“ lieber zu Hause als im „Glücks(spiel)tempel“. Was uns eigentlich hätte egal sein können, wäre sie nicht die Nichte eines der Hauptentscheidungsträger der Region gewesen. Und so hat es in diesem Fall nicht der vielzitierte Papa, sondern der Onkel für sie gerichtet, sodass uns die Konzession wieder entzogen wurde.

»Neueröffnung
Spielcasino Hotel Berghof.«
DILLBERG, 10. Oktober 1986

88/89

Eröffnung „Der Park" und Tod meiner ersten Frau (1989)

Gegipfelt ist meine Diskothekenzeit in der Großraumdisco „Der Park" in Augsburg, die später aber auch meinen Ambitionen in München zum Opfer fiel.
Mit „Der Park" hatte ich endlich ein Objekt, das von der Größe her alle bisherigen schlug. Auf rund 800 Quadratmetern, in bester Innenstadtlage in einem Einkaufszentrum, konnten wir endlich das Konzept „Erlebnisgastronomie" groß umsetzen. Im Kleinen boten wir dies bereits im „En Vogue" in Roth erfolgreich an, nämlich eine Disco mit Bistro.

»Madame Gigi in der Disco ›Der Park‹.«

„Der Park" bestand aus einem abgeschlossenen Tanzlokal für zirka 80 bis 100 Personen, einem Billardraum, einem Bistro-Restaurant mit rund 90 Sitzplätzen, das über eine Treppe, die über einen Bach führte, erreichbar war, und einem Discobereich mit zwei großen Bars, neuester Licht- und Tonanlage und Topeinrichtung. An einer der Bars hat unter anderem auch Bobby gearbeitet. Ebenfalls bereits im „Park" bei mir: Leo, der mittlerweile das Pascha München führt.

»Mit Schauspieler Christian Kohlund in der Disco ›Der Park‹ in Augsburg.«

»Disco mit Bistro ›En Vogue‹ in Roth.«

Natürlich hatten wir es auch in Augsburg nicht leicht. So starteten wir bereits mit einem nicht zuletzt auf den erhöhten Werbebudgetbedarf zurückzuführenden kräftigen Minus.
Laufen sie dir normalerweise bei einer Neueröffnung die Tür ein, musste ich natürlich das erste Vierteljahr wieder kämpfen. Keine Ahnung, warum nicht auch ich mal einfach so auf die Butterseite des Lebens fallen konnte. Bei mir galt es immer zu arbeiten. Aber ich habe auch die-

»Während meiner ›Der Park‹-Zeit in Augsburg galt es natürlich kräftig Werbung zu machen. So gab es kaum einen Event, bei dem ich nicht dabei war.«

sen Kampf gewonnen, und nach den anfänglichen Schwierigkeiten lief „Der Park“ sensationell. Wir machten teils auch wirklich verrückte Sachen. So haben wir unter anderem auch die Saalwette der Sendung „Wetten, dass..?“ kopiert. Gemeinsam mit einem Radiosender ließen wir lustige Wetten laufen. Um 22 Uhr habe ich über Radio Wetten wie „Ich wette, dass es bis 23 Uhr keiner schafft, in Begleitung eines Pfarrers hier im ‚Park‘ zu erscheinen“ oder „Ich wette, dass es niemand schafft, mit einem Kuhkalb hier in der Disco aufzutauchen“ bekannt gegeben. So hatten wir einmal 18 Pfarrer und ein andermal eine Ansammlung von Viehanhängern vorm Haus. Die neun Kuhkälber, die uns die Tanzfläche vollgeschissen haben, haben dann natürlich für reichlich Gesprächsstoff gesorgt. Wettein-

»Auf einem Galaabend traf ich so auch den bekannten Fußball-Schiedsrichter Walter Eschweiler, Legende Franz Beckenbauer und Fußballspieler Uwe Seeler.«

satz waren Gutscheine im Wert von 100 Euro – einlösbar an den schwachen Wochentagen ...
Natürlich hatten wir auch viele Stargäste bei uns im „Park".
Mein persönliches Highlight dabei war Karel Gott. Nachdem wir mit ihm keine offizielle Zeitungswerbung machen durften, haben wir die Eintrittskarten über den ansässigen Handel verkauft. Unter anderem im Trachtenhaus Scherer, das am selben Abend eine Modeschau veranstaltete. Ein Auftritt der „Moldau-Mädel" mit böhmischer Musik als Vorgruppe rundete den Karel-Gott-Abend ab.

Es war ein voller Erfolg. Für mich wahrscheinlich auch deswegen so gut in Erinnerung, weil es einer der letzten großen Abende war, an dem meine beiden Elternteile noch lebten und gemeinsam teilgenommen haben.

Tragischer Unfallstod meiner ersten Frau

Im selben Jahr starb meine erste Frau – am Heiligen Abend 1989. Sie war mit unserem damals achtzehnjährigen Sohn Wolfgang auf dem Weg zu mir in die Diskothek nach Augsburg, um gemeinsam den Weihnachtsabend zu verbringen. Mein jüngerer Sohn hatte beschlossen, bei den Großeltern zu bleiben. An diesem Abend war irrsinnig viel zu tun. Das Lokal war brechend voll. Derartig im Arbeitsstress, fiel es mir erst gar nicht auf, dass die beiden noch nicht angekommen waren. Erst als mich ein Anruf der Polizei erreichte, wurde mir schlagartig bewusst, dass die beiden ja längst hätten hier sein sollten. Es war ein schwerer Verkehrsunfall: Eisregen auf der Autobahn, das Auto meiner Frau kam ins Schleudern, ein anderes Fahrzeug krachte in ihres. Meine Frau war sofort tot, der Sohn im Krankenhaus im Koma.

Komplett übermüdet, ich war ja bereits 24 Stunden auf den Beinen, machte ich mich sofort auf den Weg. In die Klinik zu meinem Kind, dann ins Leichenschauhaus, um meine Frau zu identifizieren, weiter zu den Schwiegereltern, um ihnen diese tragische Nachricht persönlich zu übermitteln, und zum jüngeren Sohn, um diesen irgendwie zu beruhigen.

Die kommenden Monate pendelte ich zwischen der Diskothek in Augsburg, dem Krankenhaus in Nürnberg, in dem mein Sohn lag, und dem Krankenhaus Ansbach, in dem mein Vater war. Wolfgang war ganze fünf Monate im Krankenhaus, davon zwei Wochen im Koma. Als er wieder bei Bewusstsein war, konnte er nicht sprechen – sein Kiefer war durch den Unfall total verformt, die Zähne weg. So habe ich es immer wieder hinauszögern können, ihm den Tod der Mutter beibringen zu müssen. Mit ausweichenden Antworten, Themenwechsel. Aber irgendwann kam die Frage natürlich doch konkret und ich musste ihm die Wahrheit sagen. Das war eine der härtesten Stunden meines Lebens.

Mein Vater hatte zum Zeitpunkt des Unfalls bereits Krebs. Die Tragödie, dass die Schwiegertochter gestorben war und der geliebte Enkel schwerstverletzt im Krankenhaus lag, konnte er nicht überwinden. Er erlag drei Monate nach dem Tod meiner Frau seinem Leiden. Es war eine schwere Zeit.

1990

Mit dem Großobjekt in München erfolgt das Aus

I990 ging es nach München. Dort hat es mich das erste Mal nicht nur ordentlich, sondern sogar so richtig auf die Schnauze gelegt…

»Modezar Rudolph Moshammer und seine Mutter waren Stammgäste bei mir im Restaurant in München.«

Aber der Reihe nach:
Mein Bruder Hansi hatte die vielversprechende Anzeige in der Zeitung gelesen. Ein Objekt mit vier Betrieben, direkt in der Münchner Innenstadt, gegenüber dem Hofbräuhaus wurde angeboten. So wirklich an einen Zuschlag geglaubt hatten weder er noch ich. Doch bereits nach einem Termin hatten wir den vermeintlichen Glücksgriff gemacht, vier gastronomische Lokale in einem Haus: eine brasilianische Churrascaria, ein Fischrestaurant mit Straßenverkauf, Eiscafé mit Straßenverkauf und im ersten Stock ein Gourmetrestaurant mit Pianobar. Ein Umbau nach meinen Vorstellungen, 60.000 DM Pacht im Monat. Am Anfang schien auch alles gut. Doch dann verhängte das Denkmalamt plötzlich einen Baustopp während der Umbauarbeiten. Bis dieser durchgefochten war, waren sowohl die Sommersaison als auch die damit einkalkulierten Einnahmen Geschichte. So musste ich damals anstatt zur Hauptsaisonzeit, in der die Touristen uns die Türe eingerannt hätten, plötzlich im Oktober eröffnen. Also ohne Touristen und dem für die Finanzierung notwendigen Straßenverkaufsumsatz, der unter anderem die Überbrückung für das Restaurant im ersten Stock gedacht war, bis dieses bekannt geworden wäre. Dafür aber mit 110 Festangestellten. Mit Bekanntwerden des Baustopps hatte auch die Brauerei ihre Zusage für den Kredit von damals rund einer Million DM zurückgezogen. Also habe ich als damaliger Nobody in München nicht nur ohne Einnahmen, sondern auch noch ohne Finanzierung dagestanden.
Bis Dezember hatte ich noch durchhalten können. Obwohl wir monatlich eine Umsatzsteigerung hatten und im Dezember bereits ein Bombengeschäft, zu dem auch die Münchner mittlerweile beitrugen, konnte ich es dann nicht mehr halten und musste Konkurs anmelden. Die Löhne habe ich noch ausbezahlt – aber dann war Schicht im Schacht. Und ich in U-Haft. Denn in Bayern war es damals so, dass es in Wirtschaftssachen mit negativem Ausgang immer eine Verurteilung gab. Mit dieser Einstellung gingen die Rechtsanwälte auch mit dir zu Gericht. Ja, zu, denn vor das Gericht kam es eigentlich gar nicht, weil durch die permanente Überlastung der Justiz eigentlich von vornherein geschaut wurde, dass

»1990 verging mir nach dem Konkurs in München das Lachen.«

ein Deal ausgehandelt wird. Und 48 Stunden in der U-Haft sind lange ... Wenn da dann dein Anwalt kommt und sagt, „Herr Müller, Sie haben keine Chance auf einen Freispruch. Sie haben verschleppt Konkurs angemeldet“, da denkst du dann zwar kurz über den Ausdruck „verschleppter Konkurs“ – der in der Realität ja nichts anderes ist als ein Versuch, diesen unbedingt abzuwenden und bei dem zwei Millionen Eigenkapital den Bach hinuntergegangen sind – nach, aber dann akzeptierst du die angebotene Strafe. Vor allem mit der Option, wieder aus dem Gefängnis zu kommen. Noch dazu zu einem Zeitpunkt, zu dem du die Nase von Geschäften voll hast und dir denkst, ich mach ohnehin nie mehr was auf. Es reicht.

Es war dann – ewig später, als die Sache endlich vor Gericht kam – ein verschleppter Konkurs. Und wie es gesetzlich in Deutschland üblich war, musste ich damals, obwohl ich mein Privatgeld verloren hatte, einen Offenbarungseid leisten und habe zusätzlich achtzehn Monate auf Bewährung bekommen. Ein „ganz normaler Vorgang“. Danach hatte ich die Auflage, mich zwei Mal wöchentlich bei der Polizei zu melden.

1991

Beteiligung Südseespezialitätenrestaurant „Kon Tiki"

Natürlich hat es mir auch nach der Pleite in München nicht gereicht. Ich konnte zwar nirgendwo mehr Betriebe in meinem Namen eröffnen. Aber stille Beteiligungen gingen…
So war ich 1991 Partner des Südseespezialitätenrestaurants „Kon Tiki" in Nürnberg.

1993

1993 sagte ich erneut „Ja, ich will"

Am 26. Jänner 1993 heiratete ich zum zweiten Mal. Diesmal im kleinsten Kreise der Familie und der engsten Freunde. Nicki und ich waren ja schon seit geraumer Zeit zusammen. Weder sie noch ich legten Wert auf eine pompöse Hochzeit. So haben wir uns an einem Dienstag standesamtlich das Jawort gegeben und sind am gleichen Tag zu einer kurzen, nämlich nur zwei Tage dauernden Hochzeitsreise aufgebrochen. Wir haben damals meinen jüngeren Sohn besucht, der zu dieser Zeit in Sonthofen im Allgäu seine Lehrzeit absolvierte. Donnerstagabend waren wir bereits wieder im Geschäft – an einem so starken Tag wollte auch Nicki den Betrieb nicht allein wissen…

»Am Tag der Übernahme vor dem heutigen Pascha Köln.«

1996

Die Anfänge in Köln – das Pascha

Bis 1996 führte ich in Nürnberg das „Kon Tiki“ als Partner. Ein langjähriger Bekannter von mir war zu dieser Zeit gerade im Bereich der Immobilienfinanzierung tätig. Unter anderem war er am damaligen Eros-Center, dem jetzigen Pascha Köln, dran. Er wusste, dass ich das Know-how hatte und bot mir an, es gemeinsam mit ihm zu machen. Nahm mich sozusagen mit ins Boot. Mich, der bis dato nichts mit dem Milieu zu tun hatte. Außer dass ich schon immer bekennender Freier war. Außerdem verkehrten Zuhälter und Prostituierte natürlich auch in meinen Diskotheken. Was mir dann schon von Nutzen war. Denn dadurch kannte ich ihre Sprache, ihre Sitten, ihren Ehrenkodex – den es früher im Milieu noch gab – und natürlich, was letztendlich ausschlaggebend war, die immensen Verdienstmöglichkeiten.

Da war das mit dem Pascha natürlich der Hammer. Und zwar in zweierlei Hinsicht. Ich, der früher am liebsten mit der High Society abgelichtet wurde, werde auf einmal Puffbesitzer. Und das als Vorbestrafter auf Bewährung in einem Gewerbe, das damals nicht legal war, sondern lediglich geduldet wurde. Mein jüngerer Sohn, der zu dieser Zeit gerade in New York lebte, meinte zuerst ohnehin, es sei ein Scherz, als ich ihm meine Entscheidung, ins Bordellgewerbe einzusteigen, am Telefon mitteilte. Wegen meines Konkurses – das Verfahren dauerte ja ewig und die letzte Gerichtsverhandlung fand erst in meiner „Kon Tiki“-Zeit statt – musste ich mich zudem zwei Mal die Woche bei der Polizei melden. Durch den Wohnungswechsel nach Köln, der durch das Pascha bedingt war, musste ich dies natürlich bei der dortigen Polizei tun – diesmal nicht nur als jemand auf Bewährung, sondern auch noch als Betreiber eines Bordells.

Das Eros-Center, wie das Pascha vor der Übernahme hieß, war ein dreckiger Laden, in dem die Freier nur abgezockt wurden. Da wurde betrogen und – wenn überhaupt – schlecht gearbeitet. „Falle stellen" – so nennt man es, wenn der Geschlechtsakt eigentlich gar nicht vollzogen wird, sondern die Männer lediglich Verkehr mit zwei zusammengedrückten Fingern der Prostituierten haben – war dort die gängige Praxis. Und da hatten die Männer schon Glück, denn viele kamen nicht einmal so weit und wurden nach ein Mal Lift hoch- und wieder hinunterfahren bereits abkassiert. Denn unten standen dann die Zuhälter und der Betrogene war froh, nicht mehr als sein Geld losgeworden zu sein. Wobei „gute" Prostituierte damals mit dieser Tour auf ihre 20.000 DM und mehr im Monat gekommen sind. Geblieben ist ihnen davon freilich kaum etwas. Das Geld wurde meist 1:1 an ihre Zuhälter abgeliefert.

Ja, und dann kamen wir. Mir war von Anfang an klar, dass, wenn ich es mache, die vorherrschende Praxis nicht mein Weg sein würde. Ich es mit einem neuen Konzept mache, kundenorientiert und mit ordentlichem Umgang mit den Frauen. Nämlich dem, dass wir die Frauen wie Hotelgäste behandeln.

Bis es jedoch so weit war, dauerte es... Erst nach zweijähriger Verhandlungszeit konnten wir im Dezember das Haus übernehmen. Wir, die Milieu-Quereinsteiger und nicht einmal aus Köln, erklärten Zuhältern und Prostituierten, dass mit der großen Abzocke der Freier jetzt Schluss sei. Die Frauen korrekt zu arbeiten hätten. Die Zuhälter wurden mitsamt ihren Nutten vor die Tür gesetzt. Viele Freunde hatte ich da nicht. Und Frauen schon gar nicht ...

Ich werde nie das erste Silvester im Pascha vergessen. Mein Geschäftspartner ist auch nach Köln gekommen, und da standen wir beide: auf der Dachterrasse des Pascha, das damals nach der Übernahme einer Ruine glich. Mehr als ein paar wenige Möbel auszutauschen und etwas Farbe an die Wände der neun Zimmer anzubringen war in der kurzen Zeit seit der Übergabe noch nicht möglich gewesen. Die Eröffnung war aber auf den 2. Januar datiert. Und als wir da so standen, fragte mein Partner: „Wie viele Frauen hast du jetzt zum Arbeiten?" Ich hatte ja im Vorfeld groß erklärt,

dass dies überhaupt kein Problem sei. Zudem habe ich über Zeitungsinserate jede Menge Personal gesucht. Da habe ich dann meine Ansprache vor 150 Leuten umsonst gehalten. Denn als ich unser Konzept mit der Geld-zurück-Garantie erläuterte und erklärte, die Leute hätten den Prostituierten zu dienen, damit sie diese harte Arbeit leichter machen könnten, hat uns keiner mehr für voll genommen. Und bei uns arbeiten wollte erst recht niemand. Das Milieu hat uns richtiggehend ausgelacht – ich hatte sogar ein Problem, überhaupt eine Security zu bekommen. Geschweige denn Frauen, die bereit gewesen wären, eben nicht auf Falle, sondern korrekt zu arbeiten und ihren Gast nicht wie bisher als Freier-Arschloch, sondern wie einen Pascha zu behandeln. Wobei man ihnen zugutehalten muss, dass sie die Bedingungen, unter denen sie im Pascha arbeiten konnten, am Anfang natürlich auch nicht glauben konnten. Denn zur damaligen Zeit war es weder erlaubt, den Frauen ein Telefon aufs Zimmer zu geben (ein wichtiger Sicherheitsfaktor), noch das Zimmer mit einem Teppichboden zu versehen oder gar die Frauen mit Essen und Trinken zu versorgen. Das fiel alles unter Förderung der Prostitution. Selbst die Zimmervermietung war lediglich geduldet. Der Gesetzestext war damals dahingehend formuliert, dass es eine als Prostituierte arbeitende Frau so unbequem wie möglich zu haben habe, um ihr auf diese Weise den Ausstieg aus dem Gewerbe zu erleichtern. Erst sieben Jahre später kam es zu einer Gesetzesänderung. Den Gesichtsausdruck meines Partners, als ich seine Frage, wie viele Frauen ich nun zum Arbeiten im Haus habe – wohlgemerkt, eineinhalb Tage vorm Aufsperren – mit „eine" beantwortete, werde ich nie vergessen. Und schon gar nicht jenen Blick, als wir am Eröffnungstag tatsächlich mit diesem riesigen Haus und – dank der einen Frau, die dann noch zwei Freundinnen mitbrachte – drei arbeitenden Frauen dastanden.
Erst in den folgenden Tagen und

»Niemand wollte anfangs bei uns im Pascha arbeiten – weder fanden wir Mitarbeiter noch Prostituierte.«

»So schaute der ›Empfang‹ nach der Übernahme des Eros-Centers aus.«

Wochen gelang es uns allmählich, wenigstens eine Handvoll Frauen im Haus zu haben. Erschwerend hinzu kam, dass es bei mir im Haus keine Drogen gibt. Natürlich, ganz unterbinden kann man das nie, aber zumindest wurde und wird es nicht geduldet. Wer dealt, fliegt raus. Das hat mich im Laufe der Jahre wohl zig Millionen gekostet. Und das nur, weil ich nicht weggeschaut habe. Mehr wollte man gar nicht von mir. Dazu kommt, dass die Koksnasen natürlich länger und ausgiebiger auf dem Zimmer bleiben als der geile, aber cleane Mann von nebenan. Mir ist schon klar, dass gewisse Bordelle damit heute noch die große Kohle machen. Aber so viel ist Geld nicht wert. Drogen waren noch nie mein Ding. Spätestens wenn du selbst Kinder hast, bist du doppelt froh, wenn ein Club nicht auf das Motto „Sex, Drugs and Rock 'n' Roll" setzt, sondern sich zumindest mit Sex und Rock 'n' Roll begnügt. Probleme mit diversen Drogengangs waren natürlich programmiert und traten im Laufe der Jahre immer wieder mehr oder weniger stark auf. Heute allerdings nicht mehr – mittlerweile wissen auch die härtesten Jungs, dass sie ihr Gift bei uns nicht ungestraft verteilen können.

Drei, vier Monate nach der Eröffnung lief das Pascha damals alles andere als so, wie wir uns das ausgemalt hatten. Es lief nämlich einfach schlecht, so wie das Eros-Center eben auch schlecht gelaufen war. Es kam kein zahlungskräftiges Publikum. Lediglich 40 Frauen konnten damals auch wirklich Geld bei uns verdienen und Miete bezahlen. Jede weitere Frau zog innerhalb kürzester Zeit wieder aus, weil sie einfach nichts verdiente. Und das in diesem riesigen Haus mit mehr als 9000 Quadratmetern. Für 40 Frauen brauchst du kein Haus dieser Größenordnung – da langt eine Villa. Da galt es natürlich wieder zu überlegen ...

So im März, April haben wir uns dann zusammengesetzt. Mein Partner, dessen Anwalt, mein mittlerweile verstorbener Bruder Hansi und ich. Was tun? Es wurde bereits kräftig investiert und eigentlich sollten wir schon in der nächsten Investitionsphase sein. Nur rechnete sich nicht einmal das bisherige Geschäft. Da standen wir nun und hatten alle gegen uns: Die Stadt war gegen ein Großbordell, die Polizei skeptisch mir gegenüber als Vorbestraften und die Luden – also das Milieu – sauer, weil sie ihre Weiber ja natürlich nicht „voll" arbeiten lassen wollten. Den Zuhältern hat es natürlich überhaupt nicht gepasst, dass es bei uns, die wir noch dazu Quereinsteiger im Milieu waren, plötzlich für die Frauen hieß: Korrekt arbeiten und Geld-zurück-Garantie. Noch dazu in einer Zeit, in der Frauen ihr Geld verdienen konnten, ohne dass jemals ein Freier mehr als ihre Brust zu Gesicht bekam. Es, wie gesagt, an der Tagesordnung war, „Fallen" zu stellen.

Zu diesem Zeitpunkt hat es so ausgesehen, als ob ich binnen kürzester Zeit wieder das Arschloch sein würde. Und zwar das richtige. Alle gegen mich – alle.

So mit dem Rücken zur Wand stehend kam mir dann die Idee, mit der Geld-zurück-Garantie an die Öffentlichkeit zu gehen. Also den totalen Wirbel wie in meiner Diskothekenzeit – als ich eine Disco namens Pascha hatte, habe ich einmal einen Zirkus gemietet und bin mit dem Zirkus und verkleidet als Pascha auf einem Kamel medienwirksamst durch die Stadt geritten – zu inszenieren. Denn eines war klar: Über normale Anzeigen war eine gute Werbung, mit der man sich von den vielen Inseraten diverser privat tätigen Prostituierten abhob, nicht zu bekommen.
Also schlug ich vor, so richtig in die Vollen zu gehen. Da haben sie mich angesehen. Der Anwalt meines Partners ging sogar so weit, zu fragen, ob ich sie denn noch alle hätte und mir nicht bewusst sei, dass ich auf Bewährung bin und es sich hier um Förderung der Prostitution handeln würde. Also ich genau einen Auftritt machen würde und sofort vom Staatsanwalt abgeführt werden würde. Denn meine Bewährung wäre dann widerrufen – und ich direkt im Gefängnis. Das wollten natürlich weder mein Bruder noch mein Partner. Aber mir war klar: Es gibt keinen anderen Weg,

»Auf Pascha-Promotiontour in Köln. Hier mit Ingo, unserem heutigen Manager und Securitychef.«

dieses Geschäft hochzubringen. Ich muss das riskieren. Also habe ich den immer wieder intervenierenden Anwalt mit der Order „Dich holen wir dann, wenn ich im Gefängnis bin, damit du mich wieder rausholst. Deine Meinung interessiert mich nicht“ nach Hause geschickt. Das hat dann auch meinen Bruder überzeugt, der zu meinem Partner meinte: „Wenn du so einen Deppen an deiner Seite hast, der das alles riskiert, sei einfach froh und lass ihn doch machen.“ Was dieser dann auch tat.

Also bin ich los, in dem Bewusstsein, dass mir eventuell – und das nur im besten Fall – 18 Monate Gefängnis drohen und die Presse mich, kassiert mich der Staatsanwalt ein, aufgrund meiner Vorstrafe in der Folge voll zerreißt. Erschwerend kam noch hinzu, dass ich „auf dem Papier“ ja gar nicht der Chef war. Konnte ich ja auch nicht sein wegen des Konkurses in München. Das war schon eine ganz heiße Nummer.

Zugegeben, ich habe auch damit spekuliert, dass die Staatsanwaltschaft nicht gleich nach einem ersten großen Auftritt tätig wird, sondern erst noch ermittelt und ich zumindest zwei bis drei Monate Zeit habe, um einen dementsprechend großen Wirbel zu veranstalten. Und dass, wenn das Pascha dann läuft, mein Bruder und mein Partner im schlimmsten

Fall halt alles managen und es sich finanziell so rentiert, dass ich zwei, drei Jahre ins Gefängnis gehe. Bei guter Führung bist du dann nach eineinhalb Jahren sogar wieder draußen. „Das mache ich auf einer Arschbacke", habe ich ihnen erklärt. „Mein Vater war fünf Jahre im Krieg und dann in russischer Gefangenschaft. Was scheißt ihr euch da an? Wenn ihr mir ein bisserl gutes Brot, Salami und Zigaretten bringt, ist die Zeit schnell rum."

Gesagt, getan ... Da bin ich los, mit Stretchlimousine, zwei Musikern und Bobby in Uniform, von einer Kneipe in Köln zur nächsten. So bin ich auch in die Insiderlokale rein, bei denen ich wusste, dass die Wirte mit der Presse in Kontakt sind, weil hier die Prominenz verkehrt. Natürlich in Begleitung einer „Bombe auf zwei Beinen", mit der ich, nicht zuletzt wegen der zusätzlichen Champagnerlokalrunden, die ich schmiss, eine ordentliche Zeche von 3000 DM am Abend gemacht habe. Die Rechnung ging natürlich auf. Der Lokalbesitzer hat dann klarerweise die Reporter angerufen. Die Schlagzeilen ließen nicht lange auf sich warten. Am nächsten Tag war ich schon mit einer halben Seite im „Express", der in etwa titelte: „Neuer Betreiber vom Pascha, Hermann Müller aus Franken, lässt die Puppen tanzen."

Von da ging es Schlag auf Schlag. Denn am selben Tag hatten auch gleich die ersten Fernsehsender Interesse bekundet, eine Geschichte über die Geld-zurück-Garantie und Aussagen wie „Frauen haben zu dienen und zu gehorchen" zu machen. Ich natürlich sofort Termine gemacht und in der nächsten Sendung war ich dann schon mit von der Partie.

So bin ich dann – wochenlang und ohne „einkassiert" zu werden – von einer Talkshow zur nächsten getingelt. Von Arabella zu Bärbl Schäfer, Lilo Wanders und was weiß ich, wie die alle hießen. Um die Story Geld-zurück-Garantie im Bordell, meinen frauenfeindlichen Sprüchen, dem Umstand, dass ich mich öffentlich als Freier bekannte und um die Tatsache, dass wir die Prostituierten wie Gäste behandeln, kam keiner rum. Binnen kürzester Zeit schaffte ich es locker auf zwölf bis 14 Stunden Fernsehzeit. Ein Quantum, um das mich so mancher Politiker beneidete. Aber die eigentliche Sensation war, dass innerhalb von vierzehn Tagen nach meinem ersten Fernsehauftritt das Pascha „plötzlich" boomte. Statt mageren

»Der Pascha Nightclub vor dem Umbau.«

200 Männern hatten wir dann an einem normalen Samstag 1500 Männer im Haus. Also genau das, was ich erreichen wollte. Und unser „Frauenproblem" waren wir natürlich auch los: Da standen am nächsten Tag zig Huren vor der Tür, die unbedingt bei uns arbeiten wollten. So konnten wir die nächsten zehn Zimmer vermieten und einen weiteren Flur ausbauen. Zuerst waren es immer nur die rechten, kleinen Flure, mit jeweils neun Zimmern. Da haben wir uns Etage für Etage bis zur neunten hochgearbeitet, bis wir dann mit dem ersten langen Flur wieder unten begannen. Plus einem Bistro – allerdings alles nicht genehmigt, lediglich geduldet. Dort gab es Bier und Champagner, die Leute hatten Spaß und das Pascha pulsierte. Die nächste Bar wurde in der neunten Etage aufgemacht – jetzt konnten die Leute von einem Stockwerk ins

nächste laufen, überall war was los. Und: Wir hatten mit der Zeit nur mehr Frauen, die korrekt arbeiteten. Denn es war allen klar, wer dies nicht macht, fliegt. Im Gegenzug wurden sie von uns als Gäste behandelt, sie fühlten sich wohl, verdienten gutes Geld und blieben natürlich gerne. Wer im Pascha zu arbeiten anfangen durfte, bestimmte einzig und allein ich. Es gab ein ordentliches Grundsatzgespräch und persönliche Einweisungen.

Das war die Zeit, in der ich beinahe schwul geworden wäre oder mir alles abgewöhnt hätte. Aber ein Mann muss halt auch seine Opfer bringen ... Nein, Spaß beiseite: Angenehm war das bei Weitem nicht mehr und mit Vergnügen hatte es auch nichts mehr zu tun. Aber schwul geworden bin ich trotzdem nicht. Zu dieser Zeit waren dann schon 80 Frauen im Haus. Und das ist natürlich ein Unterschied, ob du 40 Prostituierte beinahe lediglich beherbergst, weil Miete konnten sie bei dem flauen Geschäft kaum bezahlen, oder 80 voll zahlende Mieterinnen im Haus hast. Da fing das Ganze an, Spaß zu machen. Der wurde uns zwar durch die eine oder anderen Störaktion – sei es von der Polizei oder dem Milieu – ab und an versucht zu vermiesen, aber im Großen und Ganzen lief es damals schon gut. Ein Jahr nach der Eröffnung, im Februar, zu der Zeit, als genau gegenüber von uns ein weiteres Bordell gebaut wurde und wir bereits 138 (!!!) zahlende Frauen im

»Silvester auf der Baustelle des heutigen Pascha Nightclubs in Köln.«

Haus hatten, lief es anscheinend sogar so gut, dass die Polizei bei ihrer ersten Razzia mit stolzen 300 Mann und dem Polizeipräsidenten persönlich anrückte. Dieser hatte, nebenbei bemerkt, vor allem das Problem, dass im 11. Stock sein Freund bei uns zu Gast war und er nicht wusste, wie er diesen unbemerkt hinausbringen sollte, ohne dass dessen Name aufgenommen wird ...

Der Stadt Köln war ich zu diesem Zeitpunkt natürlich viel zu laut. Der Chef des Ordnungsamts meinte damals zu mir: „Sie machen mir aus der Hornstraße keine Reeperbahn.“ Was ich akzeptieren konnte.

Inakzeptabel war für mich hingegen, dass wir damals den neu gebauten Nightclub nicht eröffnen durften. Weder der Ausschank alkoholischer Getränke war erlaubt, noch gab es eine gastronomische Konzession. Aber nachdem wir unser Geld ja mit dem Laufhaus machten, ließ ich mich damals erpressen und hielt still. Die umsonst in den Nightclub investierte Million DM nagte aber trotzdem an mir. Die Situation ging mir tierisch auf den Sack. Ein halbes Jahr später hatte ich dann die vermeintlich geniale Idee: Ich eröffnete den Nightclub

als Milchbar. Ja, richtig: als Milchbar. Denn Milch gilt nach der Verordnung als Grundnahrungsmittel und nicht als Getränk. Und ich brauche, um Milch auszuschenken, keine Gaststättengenehmigung. Es darf allerdings nur Milch sein – kein Mineralwasser, kein Kaffee dazu. So gab es Varieté-Künstler wie Zauberer oder Artisten und natürlich Milkshakes im Nightclub. Am 1. August hatte ich eröffnet, am 6. August, meinem Geburtstag, war die Razzia bereits in vollem Gange. Sie haben nach Champagner und Co. gesucht, um den Nightclub wieder schließen zu können. Gefunden haben sie nichts, außer ein Kühlhaus voller Milch. Dann sagt der Verantwortliche doch glatt zu mir: „Ich habe nichts gefunden, um zu schließen, aber geben Sie mir zwei, drei Tage Zeit und mir fällt etwas ein, um den Laden dichtzumachen. Er wird auf alle Fälle geschlossen."
Sein „Einfall" war dann, dass er mich als faktischen Chef angegeben hat. Also die GmbH, und damit den Konzessionsträger, nicht akzeptierte und mich auf meinen Offenbarungseid und dem damit verbundenen Geschäftsverbot festnagelte. Aber damit nicht genug. Er legte mir auch nahe, Köln zu verlassen. Natürlich war ich nicht meines Geschäftes Feind und, nachdem ich schon wieder die nächste Idee hatte, kam ich diesem „Wunsch" auch nach. Im Nachhinein gesehen einer meiner größten Fehler. Ich hätte mich damals von diesem Chef des Ordnungsamts nicht erpressen lassen dürfen und diesem Wichser erklären sollen, dass er sich schleichen soll, wir nichts Verkehrtes machen. Aber damals habe ich das anders gesehen. Ich bin weder gegen das Ansinnen, dass ich mich aus Köln zurückziehen soll, noch gegen die neuerliche Schließung vorgegangen. Ich wollte ja nicht groß als Vorbestrafter in der Presse stehen, der hier offiziell nichts zu melden hat. So blieb der Nightclub auch bis zur Gesetzesänderung im Jahr 2003, mit der die Prostitution in Deutschland legal wurde, geschlossen. Das Haus lief auch ohne Nightclub super, mein Bruder Hansi führte den Laden nach meinen Vorgaben. Und ich ging nach Hamburg. Aber nicht, ohne vorher

»Mit Frédéric Prinz von Anhalt wurde kräftig die Werbetrommel für den Pascha Nightclub gerührt, der in Folge aber doch nicht eröffnet werden durfte.«

noch eine tolle Abschlussinszenierung hinzulegen. So gab es einen riesigen Fernsehbericht mit weinenden Huren, die ihren Pascha offiziell verabschiedeten, der zu neuen Ufern aufbrach. Was ja nicht schlecht gewesen wäre, wäre ich am Ufer geblieben und nicht ins Hafenbecken von Hamburg gesprungen.

1998

Teurer Ausflug in die Hansestadt Hamburg

Kurz zusammengefasst, wäre meine Hamburg-Zeit für mich nur die Eröffnung des Pascha Hamburg, das aber nach zwei Jahren wieder geschlossen wurde, und das große Projekt „Kleine Freiheit" gewesen. Nur dass sich meine Geschichten meist nicht kurzfassen lassen. Also gleich vorweg: Es gibt wahrscheinlich nur wenige, die so viel Geld für nichts auf der Reeperbahn gelassen haben wie ich ... Nicht nur mit einem Pascha Hamburg, sondern auch mit dem Großprojekt „Kleine Freiheit" habe ich in der Hansestadt ein teures Gastspiel gegeben. Mit keiner anderen Stadt der Welt kann ich dieses „außer Spesen nichts gewesen" so verbinden wie mit Hamburg.

Wie so oft im Leben, war eigentlich ein blöder Zufall für die ganze

Misere ausschlaggebend. Mein älterer Sohn lebte zu der Zeit, als mir das Ordnungsamt nahelegte, Köln den Rücken zu kehren, in Hamburg, wo er in einem Hotel als Restaurantfachmann gearbeitet hat.

Anlässlich seines Geburtstags wollte ich ihn besuchen. Dies wiederum wusste mein Partner, der nach wie vor in der Immobilienfinanzierungsbranche tätig war, und bat mich, wenn ich schon oben sei, doch gleich ein Objekt für ihn anzusehen, das ihm zum Kauf angeboten worden war. Ich fuhr also nach Hamburg, mein Sohn holte mich vom Bahnhof ab (ja, richtig gelesen, vom Bahnhof. Denn damals war ich zwar leidenschaftsloser, aber braver Zugfahrer, weil mein Hund, der natürlich Pascha hieß, es hasste, mit dem Auto zu fahren). Auf dem Weg zu seiner Wohnung sagte ich zu ihm: „Du gib Obacht, während du dich fürs Abendessen umziehst, schau ich mir noch rasch ein Objekt an." Es war mir ein wenig peinlich, dass ich eh nur an seinem Geburtstag auftauchte, und dann wieder mal nicht nur ihn besuchte, sondern wieder das Angenehme mit dem Nützlichen zu verbinden suchte. Trotzdem habe ich ihn nach der betreffenden Adresse gefragt. Und dann staunte ich nicht schlecht. Denn siehe da, wir standen bereits vor dem gesuchten Objekt, weil mein Sohn genau darin wohnte. Und wie wir da so vor besagtem Haus stehen und über diesen Zufall palavern, schaue ich auf das Haus gegenüber und sehe diese „Kleine Freiheit". Direkt das Eckhaus zur Reeperbahn mit ihren Tausenden Touristen. Da hat es bei mir natürlich wieder Klick gemacht und ich habe mich schon das Geld zählen sehen. Also rief ich meinen Partner an und meinte: „Mensch, das muss ein Wink des Schicksals sein. Du schickst mich, um ein Objekt anzusehen, der Wolfgang wohnt genau in diesem Haus und ich schau auf die Reeperbahn. Das schreit doch direkt nach einem Pascha Hamburg." Mein Partner, sofort die Chance witternd, mich für einige Zeit aus Köln wegzulotsen und so weiterem Ärger mit dem Ordnungsamt aus dem Weg zu gehen, machte sofort den Vorschlag, ich solle doch ein wenig in Hamburg bleiben und das genau-

»Mensch, du, das schreit doch direkt nach einem Pascha Hamburg.«

er checken. Und wie ich es gecheckt habe, nachdem ich mich mit meinem Hund als Langzeitgast im Hotel eingemietet habe! Nämlich, dass Hamburg mit der Reeperbahn als einzige Stadt in Europa die Möglichkeit hat, jeglichen Betrieb 24 Stunden offen zu halten. Das sollte doch genutzt werden, dachte ich und erklärte: „Diese Freiheit nehme ich mir ..."

Die „Kleine Freiheit"

Die „Kleine Freiheit" in Hamburg gehört mit meinem München-Ausflug wohl zu den teuersten meiner Projekte...
Natürlich klang auch hier alles mehr als nur vielversprechend. Gegenüber der „Großen Freiheit", der großen Vergnügungsstraße im Hamburger St. Pauli, befand sich dieses einmalige, über 20.000 Quadratmeter Nutzfläche verfügende Objekt, das mein Partner und ich an Land ziehen konnten. Vermeintlich an Land ziehen – wie sich aber erst später herausstellen sollte. Zunächst hatten wir eine Kaufoption für zwei Jahre. Das 280-Millionen-DM-Projekt war einmalig in Deutschland: Auf der Reeperbahn sollte ein Haus mit Geschäften, Gastronomie, Kino, Veranstaltungssälen, Casino und allem, was es sonst noch so gibt, entstehen, in dem alle Betriebe rund um die Uhr, 24 Stunden am Tag, ganzjährig geöffnet haben. Dies war nur durch das einmalige Gesetz von St. Pauli möglich. Zudem wussten wir schon, dass der Hafen für die großen Passagierschiffe ausgebaut wird – also allein zigtausend Passagiere vor Ort an Land gehen.
Wir hatten zwei namhafte Architekten aus Hamburg engagiert, die Genehmigungen der Stadt Hamburg, direkt neben dem Objekt eine Grünfläche mit einer Tiefgarage zu unterbauen und die größte Videowand der Welt auf dem Gebäude zu installieren. Diese wäre genau von den dort zusammenführenden Hauptstraßen sichtbar gewesen. In einem strukturschwachen Gebiet so viele Arbeitsplätze zu schaffen, wie wir es vorhatten, stieß natürlich auf jedermanns Interesse, sodass wir sowohl die Stadt als auch die Presse hinter uns hatten.
In einem 800 Quadratmeter großem Büro, das direkt im Haus war, haben wir mit Videos, Plänen, einem Show-Erlebnisgastronomieraum und allem Pipapo bereits mit den größten und nam-

haftesten Kunden Deutschlands verhandelt. Über zwei Jahre war ich mit einer sechsköpfigen Mannschaft am Tüfteln, Verhandeln und Arbeiten. Der Gast sollte zehn DM Eintritt bezahlen und dann in den Genuss günstiger Angebote kommen. Wir haben vorgehabt, Firmen wie Louis Vuitton oder Armani, die in der Stadt ihre großen Stores haben, auf kleinen Flächen mit Sonderangeboten oder als Outlet zu präsentieren. Es wäre sozusagen eine Werbefläche für das Haupthaus gewesen. Auch bei der Gastronomie. Die Spielbank Hamburg war ebenfalls fix eingeplant. Sie wollte 4000 Quadrat-

»In Hamburg galt es ebenfalls ordentlich unterwegs zu sein, um Werbung zu machen. So lernte ich unter anderem Heiner Lauterbach bei einem Boxkampf in Stade kennen.«

meter haben, konnte aber die schriftliche Zusage noch nicht geben, weil ihre Konzession gerade abgelaufen und die neue noch in Verhandlung war. Klar war nur, dass sie vom Hotel InterContinental rausgehen und dass sie gerne bei uns dabei wären.
Das hat uns damals letztendlich den Todesstoß versetzt. Denn ohne verbindliche Zusage des Casinos ist unsere Finanzierung gekippt. Die laufenden Kosten waren ja enorm – alte Verträge haben wir in Hinblick auf den Neubau nicht verlängern können, sodass wir für die entgangenen Pacht- und Mieteinnahmen des Hausbesitzers aufkommen mussten. Und ohne Bankfinanzierung wurde der Spaß dann nach zweieinhalb Jahren endgültig zu teuer und wir haben mit drei Millionen DM minus aufgegeben.

Das Pascha Hamburg

Nicht nur drei Millionen Mark, sondern gleich fünf hat uns das Pascha Hamburg gekostet. Eigentlich waren es nur ein paar Hundert Meter, die uns vom Erfolg trennten. Denn dass wir im Gegensatz zum Rest der Reeperbahn korrekt arbeiten wollten, hat uns in der Lage, nämlich direkt an der Reeperbahn, niemand abgenommen. Wäre das Haus nur drei Straßen weiter gestanden, hätten sie uns mit Geld überrannt.
Aber natürlich klang am Anfang wieder mal alles mehr als lukrativ. Und wir meinten, den großen Fisch an Land gezogen zu haben, als Willi Bartels, der König von St. Pauli, persönlich auf uns zukam und uns sein ehemaliges Eros-Center für ein Pascha anbot. Das Haus war damals total heruntergekommen und wurde als Asylantenheim genutzt. Dies war aber durch die Kürzungen der Stadt, die dies bis dahin kräftig gesponsert hatte, nicht mehr rentabel für ihn. Und Pascha Hamburg klang für uns mehr als gut, sahen wir doch tagtäglich Tausende Männer, wie sie sich am Kiez amüsierten. Ein Pascha Hamburg nach einem Pascha Köln schien ein Muss. Nur dass ich diesmal nach außen nicht in Erscheinung treten konnte, war ich doch für die Öffentlichkeit der seriöse Geschäftsmann, der die „Kleine Freiheit“ machte und auf sämtlichen Promiveranstaltungen erste Reihe fußfrei prominierte. So haben wir das Pascha Hamburg wieder über eigene Firmen machen müssen, für die der

Geschäftsführer nach außen hin auftrat. Über meine Tätigkeit im Pascha wussten lediglich das Milieu und die Kripo beziehungsweise die Polizei Bescheid. Bei Polizei- und Kripochef habe ich mich auch selbst vorgestellt, für die war klar, dass ich der Pascha bin. Aber Werbung für das Pascha Hamburg konnte ich unter diesen Umständen natürlich nicht machen. Und daran ist es letztendlich auch gescheitert. Denn nirgendwo mehr als auf der Reeperbahn braucht es eine Geld-zurück-Garantie und einen öffentlichen Hinweis, dass hier nicht gekobert wird. Wir hatten sozusagen statt einem Lauf- ein Durchhaus der besonderen Art: Denn täglich liefen bei uns rund 2500 Männer durchs Haus. Betonung auf durch. Die 80 Prostituierten im Pascha hatten so zwar viel zu schauen, aber Arbeit hatten sie keine. Die Reeperbahnbesucher wähnten sich in der gleichen Neppfalle wie in all den anderen Häusern in St. Pauli. Und diesen reichen nun mal zwei bis drei Mann, die bei ihnen reinfallen und via Kreditkartenbetrügereien und Co. ordentlich abkassiert werden. Die Chance, zu zeigen, dass bei uns ordentlich gearbeitet werden würde, haben uns die Freier erst gar nicht gegeben. So gab es natürlich auch keine Mieteinnahmen, mussten wir doch den Damen teilweise Garantiezahlungen geben, damit sie überhaupt im Haus blieben. Die wollten alle zurück ins Pascha Köln. Dazu kam, dass wir die doppelten Securitykosten hatten, da es laufend Probleme gab. Nach nur 18 Monaten haben wir das Pascha Hamburg wieder geschlossen. Zwar um etliche Millionen erleichtert, aber um eine Erfahrung reicher. Im Nachhinein ist man immer schlauer.

Nicht nur wir, sondern das ganze Milieu hat an unseren Erfolg geglaubt. Was dieses durch Morddrohungen und dergleichen untermauert hat. Allein mein persönlicher Sicherheitsdienst verschlang damals 60.000 DM im Monat. Wobei die Jungs übrigens jeden Pfenning wert waren. Es war auch die Zeit, in der ich Salzburg so schätzen lernte, wo ich mir ab und an zwei, drei Tage Auszeit gönnte. Dort kannte mich niemand, ich konnte in Ruhe zum Heurigen oder eine Runde mit dem Hund gehen. Ohne schwer bewaffnete Bodyguards. Derart für „normale“ Menschen banal erscheinende Dinge wie diese lernt man dann wieder richtig zu genießen.

2000

Via Internet von der Hornstraße in die ganze Welt

Tolle Idee, aber meiner Zeit voraus – so lässt sich die getätigte Rieseninvestition in unser Pascha-Internetprojekt zusammenfassen. Wir waren die Ersten, die es schafften, Live-Sex mit flüssigem Bild und Ton und lediglich einer Minute Verzögerung in die ganze Welt zu übertragen. Der Kunde hatte zudem die Möglichkeit, via Internet bestimmen zu können, was die Akteure genau machen sollen.

Aber der Reihe nach. Nach den beiden „Riesenschellen", die ich in Hamburg bekommen habe, bin ich zurück ins Pascha Köln. Dort, noch meine Wunden leckend, kam jemand auf mich zu, den ich bereits von Hamburg kannte, wo er bei der „Kleinen Freiheit" für uns tätig war. Er meinte, wenn wir schon so ein tolles Haus haben, das so viele zusätzliche Räumlichkeiten bietet, könnte man diese doch dazu nutzen, um von hier aus weltweit Live-Sex im Internet anzubieten. Heute klingt das natürlich nicht mehr spektakulär. Aber damals hat es so etwas noch nicht gegeben. Die Anbieter hatten lediglich Videos online. So klang die Idee für mich natürlich äußerst sensationell. Ich hatte zwar vom Internet keine Ahnung, dafür aber von der Praxis. Wusste, auf was die Leute abfahren. Dachte mir als kleiner, dummer Bauernbub, das kennst du ja von den Peepshows, die es früher überall gegeben hat. Die mit dem berühmten Guckloch, durch das du durch die im Kreis angeordneten Kabinen gegen Einwurf von Münzen einer Stripperin zusehen konntest. Diese Peepshows haben mit ihren neun bis zehn Kabinen die Wahnsinnskohle gemacht. Und diese Kabinenanzahl multipliziert mit tausend, denn via Internet können ja dementsprechend mehr Leute zusehen, muss die wahre Gelddruckmaschine sein. Zumal wir ja noch eine zusätzliche Variante anboten, nämlich nicht nur die, bei der die User passiv zusehen konnten, sondern zusätzlich eine, bei der via Internet Anweisungen an die Darsteller gegeben werden konnten. Die Räume im siebten Stock – die heutige Etage für Transsexuelle –

waren damals noch leerstehend. Und so beschlossen wir, die dortigen Zimmer für diese Livestreams umzubauen. Ein Anwalt flog extra nach Amerika, um dort die Verbreitung sicherzustellen. Es galt eine eigene Firma zu gründen, da es von Deutschland aus ja nicht gesendet werden durfte. Von Köln wurden die Bilder nach Amerika geleitet, von dort auf Server nach Gibraltar und Kanada – sodass wir die ganze Welt erreichten.

Zudem waren wir erst die dritte Firma in Köln, die mit so hohen Übertragungsraten arbeitete. Das bedeutete, wir mussten diese Kabel erst einmal in die Hornstraße verlegen lassen. Was gar nicht so leicht war. Denn wir mussten der Stadt Köln erklären, dass nicht nur die zwei Top-Weltunternehmen in Köln derlei Leitungen brauchen, sondern auch wir als Puff. Irgendwie ist uns das dann doch gelungen, aber das hat richtig Geld gekostet. Es musste ja unter anderem die ganze Straße aufgegraben werden – auf unsere Kosten.

Wir hatten zum Beispiel auch ein eigenes Fotostudio mit einem Spitzenfotografen im Pascha. Dieser hatte die Aufgabe, die Darsteller und Darstellerinnen in allen nur denkbaren Posen und Details zu fotografieren. Ziel war es neben der Videoproduktion auch die gängigen Zielgruppen zu erreichen. Also Fußfetischisten, Fingerliebhaber und dergleichen. Von jedem Akteur wurden 1000 Fotos gemacht. Dafür hatte der Fotograf ein Studio mit modernster Beleuchtung, drehbarer Bühne und was weiß ich noch was alles zur Verfügung. Eigene Friseure und Visagisten wurden engagiert. Die Darsteller mussten ja auch nach Stunden noch toll aussehen und so auch immer wieder nachgeschminkt werden. Unzählige Techniker waren beschäftigt. Fünf Zimmer wurden zu verschiedenen Themenzimmern umgebaut, in denen dann jeweils andere Frauen gearbeitet haben. Top-Webmaster wurden engagiert, die für den nötigen Traffic sorgen sollten. Einer davon aus Kanada. Den ließen wir, damit ich mir persönlich ein Bild von ihm machen konnte, extra einfliegen. Es war ein enormer Aufwand. Hinzu kam, dass wir ja für verschiedene Zeitzonen arbeiteten, also die Geschichte 24 Stunden am Tag laufen musste. Das heißt, alle Positionen doppelt und dreifach besetzt werden mussten. Die ganze Geschichte hat, bis sie zum Lau-

fen kam, schon zwei bis zweieinhalb Millionen DM verschlungen. Aber das war erst der Anfang. Denn wir mussten das Ganze ja auch publik machen. Also gingen wiederum Zigtausende DM für die Werbung drauf.
Ich werde das nie vergessen. Da sind wir dann vor unseren Bildschirmen im Büro gesessen und haben praktisch darauf gewartet, dass sich Leute einloggen. Denn die erste Minute konnte ja jeder kostenlos schauen. Ja, geschaut haben sie dann auch. Aber bezahlt hat niemand. Wir haben kein Publikum bekommen, das bereit war, in die Tasche zu greifen. Also wurden wieder Werbungen geschaltet und wir haben uns gegenseitig motiviert. So haben wir uns von einem Tag auf den nächsten vertröstet. Immer das große „Wenn – dann …“ im Kopf. Nur das „dann“ kam und kam nicht. Es war ein Loch ohne Boden. Der immense Kostenapparat lief und lief, aber es kam nichts rein. Nach 14 Monaten intensivster Arbeit und jeder Menge Kosten haben wir dann nach nur einem Monat online den Stecker gezogen.
Für die riesigen Computeranlagen haben wir natürlich auch nichts mehr bekommen. Es war der Anfang des Internetbooms, und die Geräte waren schneller veraltet, als du sie überhaupt geliefert bekommen hast. Da musstest du nach zwei Jahren ja froh sein, dass sie überhaupt jemand ohne weitere Kosten entsorgt. Damals hatte ich endgültig die Nase voll. Zuerst die Schlappe in Hamburg, dann dieses Fiasko mit dem Internet.
Voll desillusioniert bin ich dann erst mal nach Salzburg, um wieder Boden unter die Füße zu bekommen.

2003

Eröffnung Pascha Salzburg und Nightclub in Köln

Auch in Salzburg lief es nicht von Anfang an glatt. Aber das scheint zu meinem Leben halt einfach dazuzugehören.
Nachdem ich den Walter Friesacher bei meinen Salzburg-Besuchen während meiner Hamburg-Zeit besser kennengelernt hatte und sogar mit ihm gemeinsam erlebt hatte, wie sein eigenes Lokal abgebrannt war, beschlossen wir,

gemeinsam ein Pascha Salzburg zu machen. Wieder spielte der Zufall seine Rolle. Denn eines meiner bevorzugten Objekte für das Pascha sollte, wie sich später herausstellte, genau Walters Tante gehören. Sonst hätten wir wohl nie die Chance gehabt, dieses für ein Pascha Salzburg so perfekte Haus zu bekommen. Als wir mit dem Pascha starteten, war ich davon überzeugt: Da „scheppert" es vom ersten Tag an. Walter, bekannt in Salzburg durch seine langjährige Tätigkeit in der Gastronomie, und ich mit dem mittlerweile berühmt gewordenen Namen Pascha mussten doch die ideale Kombination sein. War es vielleicht auch – allerdings nicht für das Geschäft. Die Leute sind einfach nicht gekommen. Eventuell anfangs aus Angst, weil Walter die Leute eben gekannt hatte. Dazu kam der damals strenge Winter. Keiner wollte mehr das Haus verlassen, niemand wusste mehr, wohin mit dem Schnee. Und damit nicht genug. Beinahe mit nahtlosem Übergang ging es

»Der Restaurantbereich im Pascha Salzburg.«

in den Jahrhundertsommer. Das für sein schlechtes Wetter und seinen Schnürlregen bekannte Salzburg präsentierte sich plötzlich als Hotspot der anderen Art: Es hatte eine Affenhitze, wie kaum erlebt. Acht Wochen lang kein Tropfen Regen, nur Hitze. Für das Geschäft natürlich alles andere als gut. Da hieß es dann erneut Geld nachschießen.

Erst im zweiten Jahr kamen wir langsam aus den Miesen und das Geschäft in die Gänge.

Nightcluberöffnung in Köln

Mit dem neuen Prostitutionsgesetz konnte 2003 auch der Pascha Nightclub, der bis dahin ungenutzt leer stand, endlich eröffnet werden.

»Tabledance im
Pascha Nightclub Köln.«

24 Std.
täglich
geöffnet
Pascha
sein ist fein...
SALZBURG ★ MÜNCHEN
SALZBURG · MÜNCHEN
KÖLN
Pascha

2006

Eröffnung Pascha München

Vom Pascha Salzburg aus fuhr ich damals regelmäßig montags zum Schafkopfen nach München. Wir waren da eine super Runde, hauptsächlich Gastronomen, aber auch die eine oder andere Milieugröße am Tisch. Das hat sich in gewissen Kreisen natürlich herumgesprochen. So kam ich dann auch zum Pascha München. Denn im Rahmen dieser Runde kam jemand auf mich zu, der nicht vom Milieu war, dem aber das jetzige Pascha angeboten worden war, welches er mit Verlust betrieb. Ich solle es ihm doch für Kleingeld wieder abkaufen, erklärte er. Und nachdem München ja irgendwie fein am Weg von Salzburg nach Köln liegt, weder das Pascha Salzburg noch das Pascha Köln meine aktuelle Unterstützung brauchte, dachte ich mir: Für diese geringe Ablösesumme, warum eigentlich nicht? So eröffneten wir am 14. Februar 2006 das Pascha München. Anscheinend mit „Bomben und Raketen“, denn die Polizei München rückte mit gro-

ßem Kommando, inklusive Sturmhauben und Maschinenpistolen, an. Im Nachhinein gesehen war das richtig witzig. Wir saßen am Eröffnungsabend gerade beim fränkisch-bayerischen Buffet. Jede Menge Freunde und Bekannte – darunter auch der eine oder andere Prominente. Und wie wir da so an unseren Hühnerbeinen knabberten, stürmte uns plötzlich ein Einsatzkommando von 80 Mann. Schwer bewaffnet, mit Schutzhelmen und Sturmmasken, die Maschinenpistolen im Anschlag. Zuerst glaubten wir noch an einen Witz, als „Hände hoch, keiner rührt sich" geschrien wurde. Aber als wir dann so dasaßen, manche noch mit der vollen Gabel in der erhobenen Hand, ist uns das Lachen rasch vergangen. Es waren filmreife Szenen, die wohl keiner meiner Gäste je vergessen wird. Wir wurden dann einzeln rausgeholt – zur Leibesvisite und anschließenden Personenaufnahme. Gefunden haben sie nichts – aber die Party war drei Stunden unterbrochen und der Schock beim einen oder anderen groß.

Heute gehört das Pascha München zu den führenden Bordellen in München. Es gibt kaum Häuser, in denen permanent 25 bis 30 Frauen präsent sind, wie es im Pascha der Fall ist. Noch dazu Frauen, die auch Geld verdienen. Da wundern sich immer alle, wie so etwas denn möglich ist. Aber wir sind halt konsequent am Ball geblieben.

Pascha
Pascha

2007

Das Jahr, als mein Bruder starb

2007 war ich hauptsächlich in Salzburg. Es war die Zeit, als ich bereits in Sachen Golf mit meinem langjährigen Freund Horst Lackner unterwegs war. Das Pascha Köln führte der ältere meiner beiden Brüder, Hansi, gemeinsam mit unserem langjährigen Geschäftsführer Armin Lobscheid.

Hansi war vor allem für die Umbauarbeiten im Haus zuständig. Er hatte in Köln eine kleine schicke Wohnung und endlich seinen nagelneuen roten 911er Porsche, den er schon immer haben wollte, vor der Tür. Hansi war ein Grenzgänger. Angst gab es bei ihm nicht – da konnte drohen, wer wollte, das hat ihn alles nicht interessiert.

Vor allem war er aber eines: ein richtiger Workaholic. Mit 50 Espressi intus und 200 Zigaretten auch 48 Stunden durchzuarbeiten war bei ihm keine Seltenheit. Er war das Vorbild, was arbeiten angeht. Hansi konnte die Leute zu Höchstleistungen anspornen. Seine Mitarbeiter haben ihn respektiert, weil

»Anlässlich seines 18. Geburtstags besuchte ich meinen Bruder Hansi in St. Moritz, wo er als Restaurantfachmann arbeitete.«

er selbst immer mit angepackt hat. Bei ihm haben die Leute genauso wenig wie er selbst auf die Uhr geschaut oder auf Überstunden geachtet. Galt es etwas fertig zu machen, hörte niemand auf, bevor es geschafft war. Wie auch in jenem Juni 2007. Er hatte wieder einmal zwei Tage mit Kaffee und jeder Menge Zigaretten durchgemacht und hat sich danach – bei der größten Hitze in der Mittagszeit – für 60 Kilometer auf sein Rennrad geschwungen. (Hansi hatte zu dieser Zeit ein wenig am Bauch angesetzt. Und, eitel und sportlich wie er war, galt es dies natürlich zu bekämpfen. So aß er wenig und betrieb neben der anstrengenden Arbeit viel Sport.) Von dieser besagten Fahrradtour heimgekommen, muss er sich, fix und fertig, endlich hingelegt haben. Trotzdem war es bereits zu viel für ihn – er erlitt einen Herzinfarkt und verstarb am 13. Juni im Alter von nur 49 Jahren.

Es war ein großer Schock, von dem sich viele bis heute noch nicht erholt haben.

2009

Eröffnung Pascha Linz

Eigentlich wollte ich damals kein weiteres Pascha mehr aufmachen. Köln, München, Salzburg schien die perfekte Kombination zu sein. War sie auch, nur hatte ich in dieser Zeit einen höchst motivierten, um nicht zu sagen bereits übermotivierten Angestellten in Salzburg: Christian. Er arbeitete als Kellner bei mir und wollte unbedingt Manager werden. Was zu dieser Zeit aber nicht möglich war, weil kein Managerposten vakant war. Findiger Bursche wie er ist, gab er sich damit aber nicht zufrieden. Vielmehr begann er auf eigene Faust ein geeignetes Pascha-Objekt zu suchen.

Als er mit dem Pascha Linz-Haus ankam, hatte ich zunächst wirklich null Interesse. Aber der Junge ließ einfach nicht locker. Und irgendwann hat er mich schließlich doch im richtigen Moment erwischt und ich dachte mir: „Dieses kleine Puff ist auch schon gleich. Die Werbung läuft ohnehin, was soll es…"

Ja, und so hatten wir nach Köln, Salzburg und München plötzlich zusätzlich ein Pascha Linz.

Am Anfang lief es zwar noch nicht besonders, aber dank der bestens bewährten Konzeption und dem wirklich unermüdlichen Einsatz unserer Pascha Linz-Mitarbeiter steht es mittlerweile unseren anderen Betrieben auch in nichts nach.

»Bobby im Pascha Linz.«

2009

Teilnahmestart bei German High Roller

Auch wenn ich durch German High Roller als Pokerspieler bekannt wurde: Meine wahre Leidenschaft gilt eigentlich dem Backgammon. Dieses Spiel war es auch, das ich damals öfters mit dem in Salzburg lebenden Markus Golser gespielt habe. Da haben wir schon die 24- bis 26-Stunden-Sitzungen geschafft. Es war immer total lustig und im Laufe der Zeit wurden wir eigentlich gute Bekannte. Als dann die German High Roller-Geschichte begann, war er es, der mich gefragt hat, ob ich nicht Interesse hätte, hier mitzumachen. Natürlich hat mich das interessiert und so hat Markus es organisiert, dass ich mitmachen konnte. Das Team dort war am Anfang meiner Person gegenüber mehr als skeptisch und auch mir hatte das dann bei der Aufzeichnung nicht so gepasst.

Zum Beispiel war damals nur ein Croupier vor Ort. Und da es dort ja doch nicht nur um Kleingeld ging, war ich dementsprechend sauer. Es war eigentlich so, dass wir uns damals fast ein wenig in die Haare geraten wären. Man muss bedenken, es war ja auch für das Team das erste Mal. Dazu kam dann noch das Rauchverbot, für mich zur damaligen Zeit natürlich etwas ganz Neues. Dies nicht gewohnt, hat es mich doppelt angekotzt, nicht rauchen zu können. Fakt war, ich dachte mir, das brauchst du dir nicht nochmals anzutun. So war ich in der zweiten Staffel auch tatsächlich nicht mit von der Partie. Doch dann passierte genau das, womit du mich natürlich sofort haben kannst. Auf einmal haben mich alle darauf angesprochen, dass sie mich im Fernsehen als Hermann Pascha – der Name ist eigentlich eine Erfindung des Teams gewesen, auf die Idee, mich selbst so zu nennen, war ich bis dato zu meiner Schande noch gar nicht gekommen – gesehen hätten. Sogar meine damals 86-jährige Tante hatte mich gesehen. Und dann hat es bei mir klarerweise Klick gemacht. Das war dann eine – gelinde ausgedrückt – bisserl blöde Situation.

»Mit Boris Becker bei der German High Roller-Aufzeichnung in Hinterglemm.«

»German High Roller im September 2011.«

»Mit Michael Keiner im September 2012.«

Also habe ich dem Golser gesteckt, dass er schauen soll, dass er mich da wieder reinbringt. Ich hatte das Glück, dass ich beim Publikum gut angekommen war und von den Zusehern in der zweiten Staffel, die ich ja nicht gespielt hatte, sogar vermisst wurde. Ja, auf alle Fälle haben wir dann sozusagen einen Neustart gemacht. Ich selbstverständlich dementsprechend anders drauf, weil ich diesmal ja wirklich teilnehmen wollte, das Fernsehteam zugänglich, weil es bemerkt hatte, dass ich gut ankam.

Seitdem gab es dann nie wieder ein Problem und ich bin immer wirklich gerne hingefahren. Mit der Crew ist es fein und die Spieler dort sind auch, bis auf ganz, ganz wenige Ausnahmen, tolle Leute, mit denen auch abseits des Tisches ein gutes Einvernehmen herrscht. So jung die Burschen sind, haben sie auch mit mir ein nettes, freundliches Umgehen. Wirklich locker, die Jungs.

»Mit Leon Tsoukernik im September 2012.«

»Bei der Aufzeichnung im November 2012.«

Erwähnen muss man auch die Entwicklung, die das Format German High Roller von der ersten bis zur zehnten Staffel durchgemacht hat.
Eigentlich habe ich dort nichts mehr verloren. Die Einsätze, die Geschwindigkeit des Spiels und die Qualität der Spieler sind einfach extrem gestiegen. Die Leute, die seit den letzten Staffeln vor der Jubiläumssendung gespielt haben, sind nicht mehr kalkulierbar. Das ist Zocken auf hohem Niveau.

»Velden im September 2013.«

CA
KARTENVERKAUF
1/2 STUNDE VOR
DER VORSTELLUNG
CASINO

»Fotoshooting mit Götz Schrage für das Magazin ›Pokerfirma‹.«
WIEN, 2010

2012

Kurzer Ausflug nach Berlin und Eröffnung „die Bar"

Nun, das mit Berlin war auch so eine Sache. Als Franke sollst du anscheinend nicht weiter nördlich gehen als bis nach Köln. Da findest du irgendwie nicht dein Glück … Aber Berlin hat mich – in der Relation zu anderen Standorten – letztendlich nur Kleingeld gekostet. Es war ein mehr als kurzer Ausflug in die Hauptstadt und soll hier nur der Vollständigkeit wegen erwähnt werden. Fakt ist: Wir hatten den Standort des vormaligen Bel Ami in Berlin übernommen und als Pascha aufgesperrt.

Was zig Jahre möglich war, ging durch den hohen Bekanntheitsgrad des Namens Pascha plötzlich nicht mehr: Das Bauamt hatte beschlossen, die Flatowallee sei eine Wohngegend, in der kein Bordell geduldet werde. Nach rund 50 Tagen habe ich dann den „Koffer in Berlin" abgeholt und wir haben zugesperrt. Richtiggehend ein Quickie …

»Kein Faschingsscherz, sondern bittere Wahrheit war unsere kurze Präsenz in Berlin. Hätten wir dies gewusst, wäre der ›Pascha Faschingsorden‹ wohl anders designt worden.«

Eröffnung „die Bar" Salzburg

Wie das bei mir eigentlich alle Jahre so ist, spürte ich nach einem recht stressigen Sommer, dem ein ruhiger Herbst folgte, wieder das typische Kribbeln, das sich sofort einstellt, wenn es mal ruhiger ist. Es muss sich einfach immer etwas tun … Ich wollte wieder ein gastronomisches Objekt, das nichts mit dem Bordell-

»Abend mit Livemusik in ›die Bar‹ in Salzburg.«

gewerbe zu tun hat. Und als sich die Gelegenheit bot, packte ich sie beim Schopf und übernahm in Salzburg ein Lokal. Nachdem es in Salzburg nicht gerade an Abendlokalen mangelt, wollte ich dies – gemäß meinem Leitsatz „sei alles, aber sei anders als die anderen" – mit einem All-inclusive-Konzept betreiben. Meinem Sturschädel sei Dank, habe ich dies dann auch so umgesetzt und alle Einwände wie „das geht in Salzburg nicht, da haben wir nicht das Publikum" ignorierend, im Dezember eröffnet. Und siehe da, das „einmal Eintritt bezahlen und trinken, so viel man will" funktionierte – auch in Salzburg.

60 Jahre und kei

Rund 250 Gäste fanden vom 5. bis 7. August 2012 den für manche teils weiten Weg ins österreichische Schwarzach bei St. Johann im Pongau, um mit mir meinen 60. Geburtstag zu feiern.

Es freute und ehrte mich sehr, dass so viele Leute der Einladung gefolgt waren. Bereits zu meinem 50er hatte ich mit Post-Wirt Hansi Mayer vereinbart, dass ich meinen nächsten „Runden" erneut in der kleinen Salzburger Gemeinde feiern werde. Im Alltag fehlt doch immer die Zeit, sich mit all jenen zu treffen, die man eigentlich gerne mal wieder sehen möchte.

Umso wichtiger war es für mich, dieses Jubiläum zum Anlass zu nehmen, um wirklich die Menschen um mich zu versammeln, die auf die eine oder andere Art mein Leben geprägt haben, um mit ihnen nochmals gemeinsam zu feiern. Für beste Unterhaltung sorgten an diesen Tagen unter anderem „Überraschungsgast" Karel Gott, die Original Oberkrainer, DJ Simon aus Obertauern, die Salzlecker Trachtenkapelle Schwarzach, der Pascha Nightclub und die Tanzmusikgruppe Bergweltschwung. Aber nachdem ein Bild ja mehr als 1000 Worte sagt, hier einfach eine bunte Fotocollage.

bisschen leise ...

2013

Mein Bruder als Prinz und Eröffnung von „die Bar“ in Köln

Das Jahr 2013 begann „königlich“, denn mein jüngerer Bruder Harald war amtierender Prinz Harald I. von Pulheim. Harald ist im Pascha Köln für die gesamte Technik, sämtliche Umbauarbeiten, den Einkauf, unsere Mitarbeiter und den ganzen Golfbereich verantwortlich. Ein großer Aufgabenbereich. Dennoch wird er in den Medien immer gern als „Puff-Hausmeister“ betitelt. Das verkauft sich halt besser als technischer Direktor – zwar in einem Bordell, aber immerhin einem, das elf Stockwerke umfasst und rund um die Uhr geöffnet hat. Da ist schon viel Organisationstalent und Arbeitseinsatz nötig, um mit sechs Mitarbeitern das Haus sauber zu halten und die anfallenden Renovierungsarbeiten so durchzuführen, dass der laufende Betrieb nicht gestört wird. Zudem ist es eine nie enden wollende Aufgabe, denn bei einem Haus wie dem unseren, das ja auch schon in die Jahre gekommen ist, heißt es im Erdgeschoß wieder zu begin-

nen, wenn man sich gerade bis in die elfte Etage hochgekämpft hat. Harald gilt als offener, lustiger und umgänglicher Zeitgenosse, dem es neben der Arbeit auch wichtig ist, in dem Ort, in dem er lebt, Kontakt zu haben, etwas zu bewegen. So ist er nicht nur Mitglied beim Kölner „Club 99“, sondern unter anderem auch Men’s Captain im Golfclub und

»Eimol Prinz zo sin … Eimol Prinz zo sin, en Kölle am Rhing, in nem Dreijestirn voll Sunnesching! Davon hann ich schon als kleene Fetz gedräump. Einmol Prinz ze sinn, sonst häste jet versäump!«, sang bereits Wicky Junggeburth, Kölner Dreigestirn 1993.

im Senat der Pulheimer Karnevalsgesellschaft (KG) „Ahl Häre“ (Alte Herren).

Prinz Harald I. vulgo Prinz Pascha

Der Präsident der Pulheimer Karnevalsgesellschaft kam 2012 auf Harald zu und fragte ihn, ob er, obwohl Franke, nicht beim Dreigestirn der kommenden Session sein wolle. „Wenn schon, denn schon“, meinte Harald und erklärte, dass er, wenn, gern das Amt des Prinzen übernehmen wolle. Da dieses zeitintensive Amt – es handelt sich immerhin um rund 190 Auftritte in einer Session – nicht ohne Einvernehmen des Arbeitgebers ausgeübt werden kann und wir auch sonst derlei Dinge immer absprechen, kam Harald auf mich zu und fragte, was ich denn davon halte. Natürlich war ich begeistert und stolz, dass diese im Rheinland so hoch geachtete Position an meinen Bruder gehen sollte, wies ihn aber darauf hin, dass er sich nochmals mit den Verantwortlichen in Verbindung setzen und ihnen erklären sollte, dass dies mit dem Pascha im Hintergrund sicher nicht ohne Schwierigkeiten, sprich mediale Berichterstattung, abgehen wird. Nachdem diese meinten, darüber seien sie sich im Klaren, war es dann beschlossene Sache und wir hatten einen Prinzen in der Familie.

Ein Prinz, ein Puff und Alice Schwarzer

Dass die Geschichte jedoch für einen derartigen Medienrummel sorgen sollte, hat sich zu diesem Zeitpunkt natürlich niemand gedacht. Denn damit, dass die gute Alice Schwarzer ausgerechnet uns auserkiesen würde, um wieder mal kurz aus der Versenkung aufzutauchen und sich wichtig zu machen, konnte wirklich niemand rechnen. Genauso wenig wie Schwarzer, dass sie schlussendlich zu unserem Werbeerfolg beitrug. „Ein Prinz, ein Puff und Proteste“ titelte etwa der „Kölner Stadt Anzeiger“ im Dezember 2012 und „Alice Schwarzer geißelt Prinz Pascha“ lautete die Headline der „Frankfurter Rundschau“ im Februar 2013. Schwarzers Aufhänger war, dass die Geschäftsstrategie des Paschas darauf abziele, die gesellschaftliche Akzeptanz der Prostitution zu erreichen. Ihr hehres Ideal, dass Prostitution Elend für Frauen bedeute, die immer aus den ärmsten Ländern kämen, fiel da meist den Schlagzeilen des „Puff-Prinzen“ zum Opfer und wurde, wenn überhaupt, nur am Rande diskutiert. War ja auch einfacher für sie, als sich einer gesellschaftspolitischen Problematik zu widmen, die nicht mit einem bordellfeindlichen Statement, in dem die ganze Prostitution in all ihren Facetten einfach über einen Kamm geschert wird, abgehandelt werden kann.

Sogar sie selbst dürfte mit ihrer Pascha-Geschichte (die den etwas unlogischen Übertitel „140 Zimmer und ein Karnevalsprinz" für „Eine EMMA-Reporterin im Pascha" trug – wobei es die Redakteurin nach eigenen Angaben bereits „eine gewisse Überwindung" gekostet hatte und sie ein „ruhiges Wochenende" gebraucht hatte, um „beherzt" zu Hause lediglich die Internetseite des Pascha anzuklicken ...) mal wieder ein paar Exemplare ihres mittlerweile am Puls der Zeit vorbeigehenden Magazins verkauft haben.

Ausgangspunkt des ganzen Medienrummels war ein Auftritt von Schwarzer bei Günther Jauch, bei dem sie ihren Unmut über den Zustand, dass ein Bordellmitarbeiter in einer bürgerlichen Kleinstadt wie Pulheim, in der auch der ehemalige Ministerpräsident wohnt, zum Karnevalsprinzen proklamiert wurde. Da-

»Besonders der im Pascha Nightclub geplante Auftritt des Dreigestirns ›mit großem Geschirr‹ sorgte für Aufregung. Unsere Tänzerinnen und unsere Gäste hätten sich sehr über den Einzug des Prinzen samt Garde gefreut.«

raufhin stand Harald im Zentrum des medialen Interesses – und die Karnevalisten aus Pulheim hinter ihm. Denn sie schätzten Harald als den Menschen, der er ist, und urteilten nicht über ihn als Bruder des Bordellinhabers.

Der Umstand, dass von sämtlichen regionalen Medien über die bundesweite Ausgabe der „Bild"-Zeitung bis hin zu diversen Fernsehsendern plötzlich alle über den im Vergleich zu der Kölner Karnevalsgesellschaft doch klein anmutenden und im Hintergrund stehenden Verein berichteten, brachte die Karnevalsgesellschaft nur ein Mal kurz ins Schwanken. Stein des Anstoßes war, dass Harald, wie jeder andere Prinz, die Tradition wahren wollte, indem er auch einen Auftritt bei seinem Arbeitgeber absolviert. Das ging im Zentrum des öffentlichen Interesses natürlich nicht mehr so einfach.

Dabei hatte Harald nicht vor, im Laufhaus mit „großem Geschirr", wie man das Karnevalsregiment nennt, aufzumarschieren, sondern lediglich einen Auftritt im Pascha Nightclub zu machen. Dort, wo nicht nur Tabledance stattfindet, sondern wo auch bekannte Jazzgrößen wie Grammy-Preisträger Randy Brecker im Rahmen eines Jazzabends bereits auftraten oder Sendungen wie „Broken Comedy" aufgezeichnet wurden und Boxveranstaltungen inszeniert werden. Nach eingehender Beratung kam man dahingehend überein, dass Harald als Kompromiss nur mit dem Dreigestirn bestehend aus ihm, Bauer Rainer und Jungfrau Winfrieda eine dreißigminütige Stippvisite absolviert. Dem Dreigestirn blieben noch ausreichend Gelegenheiten, Sprüche wie „mach hier nicht einen auf Pascha" oder dem Klassiker „Alice, Alice, who the fuck is Alice?" mit „großem Geschirr" zum Besten zu geben.

»Alice Schwarzer hat halt eine neue Sau durchs Dorf getrieben, und die war ich!« Mein Bruder Harald.

Für mich persönlich war es eine ganz besondere Zeit. Denn von der Proklamation an, bei der ich natürlich dabei war, bis zum Ende der Session habe ich mich mit ihm darüber gefreut, dass ihm so eine Ehre zuteil wird, und war natürlich besonders stolz, dass der „kleine Bruder" einen so tollen Prinzen abgibt. Noch dazu einen, der allen Angriffen auf seine Person zum Trotz nicht nur nicht aufgab, sondern allen zeigte, dass man auch mit einem Pascha als Arbeitgeber prinzentauglich ist und seine Auftritte in der Öffentlichkeit formvollendet absolvieren kann. Der seine Prinzenzeit genoss und, auf die ganze Schwarzer-Geschichte angesprochen, immer nur meinte: „Mir tut es leid für die anderen im Verein, die ja auch so viel Engagement zeigen und obendrein jede Menge Zeit opfern. Und dass die Presse die Schwarzer-Geschichte so aufgriffen hat, anstatt ihr einmal ordentlich Paroli zu bieten."

Der Verein hat Schwarzer übrigens mehrmalig eingeladen, doch auch einmal persönlich mit ihm das Gespräch zu suchen, was diese aber nicht interessierte. Ihre Schlagzeile unter dem scheinheiligen Deckmäntelchen „Ich, die Gute, gegen die böse Prostitution" hatte sie ja bereits. Die nötigen weiteren Schritte hat sie geflissentlich ignoriert.

Prostitution i… sollte nich…

Es ärgert mich immer wieder, wie die Leute von den Medien für dumm verkauft werden, wenn es ums Thema Prostitution geht. Und noch mehr, dass sich die Leute das so leicht andrehen lassen. Zum Beispiel die immer wiederkehrende Aussage, das Bordellgeschäft könne nach wie vor nicht kontrolliert werden. Welch ein Schwachsinn. Alle konzessionierten Betriebe werden regelmäßigen Kontrollen unterzogen. Das ist ja auch in Ordnung. So kann in Wirklichkeit auch keines dieser Bordelle mit

»Prostitution ja, aber freiwillig und in konzessionierten Betrieben und nicht in illegalen Wohnungen, wo Menschenhandel und Zwangsprostitution an der Tagesordnung steht.«

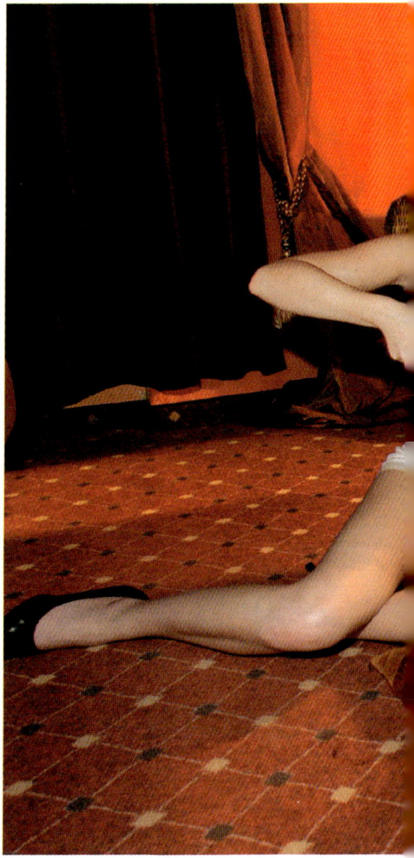

Wohnungen geduldet werden

illegalen Frauen arbeiten. Ordnungsamt, Staatsanwaltschaft, Gesundheitsamt und was weiß der Teufel wer noch alles an staatlichen Institutionen sind da permanent präsent.

Was hingegen nicht kontrolliert wird, sind die zahlreichen illegalen Anlaufstellen, wie viele nicht genehmigte FKK-Clubs oder, was ganz schlimm ist, die zahlreichen Wohnungen, in denen illegal angeschafft wird.

Vor allem bei der Wohnungsprostitution, die es sehr wohl in jeder Stadt gibt, greift das Ordnungsamt nicht durch. Dabei gäbe es gerade hier erhöhten Handlungsbedarf. Nicht nur dass das ein Dorado für Menschenhandel ist, hier wird auch Wohnraum zweckentfremdet, während gleichzeitig gejammert wird, dass es in den Ballungszentren wie in den Innenstädten von Hamburg, Frankfurt oder München keine freien Wohnungen gibt. Da würden etliche Unterkünfte frei, griffen die Behörden hier durch. Hochgerechnet auf ganz Deutschland sicher um die 5000. Wenn das überhaupt ausreicht. Und die Damen würden nicht im gleichen Haus arbeiten, in dem im Eingangsbereich Kinderwägen stehen und Pensionisten oder Familien wohnen, deren Kinder im Hausflur spielen. Aber dann kommen alle immer mit dem lächerlichen Argument, man wüsste dies ja nicht.

»Die Exekutive bräuchte lediglich die Zeitungen aufschlagen und hätte den Großteil der zu kontrollierenden Adressen.«

Die bräuchten doch nur die Zeitungen aufzuschlagen – da wird ja kräftig mit Angaben von Telefonnummern und meist auch mit Adressen geworben. Im Übrigen auch in jenen Zeitungen, in denen das Milieu im vorderen, redaktionellen Teil nur für Negativschlagzeilen Platz bekommt. Alles andere habe in einer anständigen Zeitung ja nichts zu suchen. Aber dafür, dass sie sich die Inserate bezahlen lassen, sind sie sich dann nicht zu schade. Und wir reden hier nicht von vereinzelten Werbeeinschaltungen. Das ist in machen Zeitungen schon seitenfüllend ...

Aber zurück zum Thema. Wohnungsprostitution wäre ja wirklich einfach zu verhindern. Zum einen durch die erwähnten Zeitungsinserate. Da wüsste auch die Exekutive mit einem Anruf, in welcher Wohnung die Damen jetzt genau sitzen. Diese Frauen zahlen weder, wie es den Prostituieren bei uns im Haus vorgeschrieben ist, Vergnügungs- noch Einkommenssteuer und werden auch nicht ärztlich untersucht. Natürlich weiß auch der Wohnungseigentümer oder Hausbesitzer Bescheid. Er kassiert ja unter anderem eine dementsprechende Miete. Macht er es offiziell, ist es sofort ersichtlich – vermietet er schwarz, ist es noch ein Grund mehr, diese Wohnungen kontrollieren zu lassen. Das Argument, der Vermieter wisse nichts davon, zählt einfach nicht, weil mir keiner erzählen kann, dass sich die anderen Mieter im Haus nicht beschweren.

Aber dies zu exekutieren bedeutet natürlich nicht nur zusätzlich Arbeit, sondern es braucht auch Mumm. Da kommen die Herren schon lieber zu uns kontrollieren, wo sie sicher sein können, dass erstens nicht viel Arbeit auf sie zukommt und sie zweitens wieder heil nach Hause kommen. In diverse Wohnungen hingegen, die von einer ausländischen Gruppe angemietet wurden und in denen um die acht Huren gezwungen werden anzuschaffen, muss man sich erst mal hineingetrauen. Die wissen ihre monatlichen Einkünfte von rund 100.000 Euro pro Wohnung schon zu verteidigen. Und ein Menschenleben ist in diesen Gruppen nichts wert. Da geht natürlich keiner vom Ordnungsamt freiwillig rein.

Das Milieu sieht zurzeit ebenfalls zu

Das Milieu selbst ist sich natürlich dieser billigen „Konkurrenz“ bewusst. Duldet es zurzeit aber noch, da die vorherrschende Meinung ist, dass man, wenn man im Glashaus sitzt, nicht mit Steinen werfen soll und es den Aufwand nicht wert ist. Angedacht habe ich es selbst auch schon. Zumindest in Köln, München, Salzburg und Linz – an unseren Standorten halt. Aber solange es bei uns gut läuft, ist natürlich die Überlegung, warum ausgerechnet wieder ich mir den Stress antun soll. Das muss ich zugeben. Wobei es mir gegen den Strich geht, dass einerseits bei uns kontrolliert wird, ob eh keiner raucht, und dort Dinge wie Zwangsprostitution nicht geahndet werden.

Vorsicht, Angst!

Ähnlich wie mit dem Glück verhält es sich mit dem Thema Angst, über das ich mir anlässlich einer Kolumne mit vorgegebenem Themenschwerpunkt – nämlich Angst – für „Pokerfirma“ Gedanken machte.

Was ist Angst? Habe ich überhaupt Angst? Ad hoc neigt man – vor allem Mann natürlich – dazu, dies beinahe schon klischeehaft zu verneinen. Nach dem Motto: Echte Männer haben keine Angst – sie sind bestenfalls vorsichtig.

Aber natürlich hat Mann auch mal Angst. Sie ist sogar eines der bedrohlichsten Gefühle, die es gibt. Oder ist dieses ungute Gefühl vielleicht doch eher Respekt, Furcht oder Sorge? Was genau ist denn nun der Unterschied?

Hat man eventuell Furcht und nicht Angst? Klingt auf alle Fälle besser. Aber gehe ich wirklich furchtlos an jeden Pokertisch? Was für ein Schmarren! Wäre ich beim Pokern furchtlos, hätte ich Angst. Nämlich Angst vor mir selbst. Denn wenn ich an einem Pokertisch sitzen muss und da sind sechs, sieben Leute, von denen ich weiß, dass sie zum Geld überhaupt keinen Bezug haben, die damit umgehen, als sei es abgeschafft, bekomme sogar ich es mit der Angst zu tun.

Scared money can't win

Die Jungen sagen „scared money can't win“. Ich hingegen würde noch einen Schritt weiter gehen und sagen: „Schuster bleib bei deinen Leisten.“ Denn man muss seine Grenzen kennen. Mit Leuten, die ohne mit der Wimper zu zucken und mit einer Nonchalance um Summen zocken, die mich nervös werden lassen, 200k (für Nicht-Pokerspieler: k ist in der Pokersprache der Begriff für tausend) locker vor sich liegen haben und dann vielleicht noch Omaha spielen, setze ich mich gar

nicht an den Tisch. Das passt weder zu meinem Wertesystem noch ist es meine Bankroll.
So wie ich auch nicht in Monte Carlo Urlaub mache. Was will ich in Monte Carlo im Urlaub, wo sich nur Milliardäre bewegen und dich jeder Abend, an dem du weggehst, 50.000 kostet? Das ist halt zu teuer. Mit solchen Leuten kann ich mich nicht messen. Und dasselbe gilt beim Pokern. Ich kann mich nicht an einen Tisch hocken, wo die Auflage 400, 500k ist und nach dem Motto „wenn es fort ist, ist es fort“ gespielt wird. Ich riskiere nicht in einer Nacht 500.000 – dazu habe ich zu hart für mein Geld gearbeitet.
Bis 30.000 okay, aber das ist meine Obergrenze. Und das ist genau der Punkt. Ich muss mir vorher überlegen, wo, wann, mit wem und um wie viel ich spielen will. Was entspricht meiner Bankroll, wie viel will ich mir leisten und wie viel bin ich bereit auszugeben – dann brauche ich auch keine Angst am Tisch zu haben.
Wenn du Angst hast am Tisch, dann hast du auch schon verloren. So gute Karten kannst du langfristig gar nicht bekommen, dass du dich da dann behaupten kannst. Sobald Angst im Spiel ist, triffst du nur mehr suboptimale Entscheidungen, spielst zu tight, kannst nicht mehr richtig bluffen, bluffst zu wenig, machst zu kleine Value-Bets und wirst automatisch zum Fisch.
Man muss nicht um jeden Preis und überall dabei sein. Und: Höheren Partien abzusagen – dazu gehören erst recht „Eier“.

»Mut ist, wenn man Todesangst hat, aber sich trotzdem in den Sattel schwingt.« JOHN WAYNE

Ich spiele nicht über meine Verhältnisse

Aber diese Unsitte, über seine Verhältnisse zu spielen, ist für mich nicht Angst. Richtige Angst hat man, wenn man um sein Leben bangt oder die Gefahr besteht, ernsthaft verletzt zu werden. Aber selbst daran gewöhnt man sich. Ich habe halt damit zu leben gelernt, immer in den Rückspiegel zu schauen, mich immer umzudrehen, nie aus dem Auto zu steigen, ohne zu checken, ob da nicht jemand ist.
Zu meiner Diskothekenzeit etwa hatte ich noch keine eigene Secu-

rity. Da war ich mit Anfang zwanzig selbst der Frontmann, der am Eingang stand oder im Lokal für Ruhe sorgte. Damals habe ich alle Gäste persönlich begrüßt und verabschiedet und natürlich auch entschieden, wer reinkommt. Wenn dann eine Gruppe, die auf Streit aus ist, vor der Tür steht und du denen sagst, dass sie hier nichts zu suchen haben, musst du dich schon auf die Füße stellen und darfst quasi alles tun, nur keine Angst zeigen. Dabei weißt du, die sind hier, um Ärger zu machen. Das war früher auf dem Land gang und gäbe, dass gewisse Gruppen in die umliegenden Tanzsäle zum Raufen gefahren sind und nach der Sperrstunde mit dem Vorsatz „So, jetzt geht es dort weiter“ zu uns in die Disco kamen.

Da musst du mal diese Angst, die du in diesem Moment hast, zumal du ja – oder ich zumindest, der nie ein Riegel war – auch körperlich unterlegen bist, überwinden. So tun, als ob es dir egal wäre, auch wenn du zuschlagen müsstest. Und zwar zuerst, beim Rädelsführer, und richtig. Und das, obwohl du natürlich die Hosen voll hast und weißt, dass da eventuell sechs, sieben Mann auf dich losgehen. Auch wenn ich für solche Stresssituationen Kickboxen und Taekwondo trainiert habe – die Angst und das Wissen, selbige überspielen zu müssen, bleibt. Wenn du

Glück hast, kannst du die Situation mit einem guten Spruch retten, der dir aber in einer solchen Situation erst mal einfallen muss. Aber auch an solche Situationen gewöhnt man sich, und diese Angst erscheint im Nachhinein als gar nicht mehr so groß, wenn man in die nächste Ebene der Angst vorgerückt ist. Die Ebene, wo es um das eigene Leben geht und nicht „nur" um körperliche Unversehrtheit. Diese habe ich kennengelernt, als ich die erste Morddrohung „von ganz oben" erhielt und dann monatelang nicht ohne Security vor die Tür gehen konnte oder beinahe täglich und unter höchsten Sicherheitsvorkehrungen meinen Aufenthaltsort wechseln musste.

»Ein großer Teil der Sorgen besteht aus unbegründeter Furcht.«
JEAN-PAUL SARTRE

Es geht um richtige Selbsteinschätzung

Heute glaube ich, dass Angst viel mit Erfahrung und richtiger Selbsteinschätzung zu tun hat. Wenn ich etwa weiß, welche Werte mir wichtig sind, und dass ich der Typ bin, der nicht aufgibt und immer wieder aufsteht, kann ich meine Ängste minimieren, Stresssituationen – und sind sie nur so nebensächliche, wie dass du rechtzeitig losfährst, wenn es dir wichtig ist, pünktlich zu sein – von vornherein vermeiden, Missstände, die ich selbst verschuldet habe, akzeptieren und Unvermeidbares annehmen und dementsprechend ruhig leben.

Aber das sind eben Erfahrungswerte. Auch ich war nicht nur einmal in der Situation, dass ich Angst hatte, ob ich meine Familie ernähren kann oder ob es beruflich noch weitergeht. Einmal bin ich sogar so gestrandet, dass ich wirklich alles verloren hatte – sogar mein Privatvermögen. Dadurch verstehe ich die Menschen, die Existenzängste haben, nur allzu gut. Die Jugend, die Angst hat, keinen Ausbildungsplatz zu bekommen, Menschen, die – die meiner Meinung nach berechtigte – Angst haben um ihre Rente, Angst vor einer Währungskrise, Angst vorm Altwerden, vor Krankheit, vorm Alleinsein und, und, und. Es gibt tausend Ängste, mit denen man sich auseinandersetzen kann.

Der Unterschied zu mir liegt wahrscheinlich lediglich darin, dass ich mittlerweile schon so viel erlebt habe und gelernt habe, auch mit Angst umzugehen. Dass ich weiß, dass mich Angst nicht lähmt, sondern mobilisiert, und dass Angst immer ein schlechter Ratgeber ist. Aber auch, dass ich ein Stehaufmännchen bin, das die Kraft und die Konsequenz hat, wenn es zehn Mal hinfällt, elf Mal aufzustehen. Das rührt auch daher, dass ich immer schon gearbeitet habe und immer tüchtig war, mir nicht den Luxus von Urlaub oder freien Wochenenden gegönnt habe. Du darfst dir halt für keine Arbeit zu schade sein. Selbst wenn ich heute alles verlieren würde, wäre es für mich kein Problem, wieder als Kellner zu arbeiten. Und da scheitert es bei vielen. Das Jammern auf hohem Niveau ist halt nach wie vor sehr in, wofür ich kein Verständnis habe.

Rückschläge gehören einfach zum Leben

Natürlich ist mit voller Hose leicht stinken. Aber darauf habe ich auch mein ganzes Leben lang hingearbeitet. Inklusive aller Rückschläge und Anfangsschwierigkeiten.
Ich werde nie vergessen, wie ich ein paar Tage vor der Eröffnung

meiner ersten Diskothek stand und mir jemand erklärte, die mühsam zusammengesparte Einrichtung sei lediglich eine billige Imitation einer Disco in der nächsten Stadt. Ich sofort nach Hause, umgezogen und zu besagter Disco nach Erlangen. Da bin ich dann aus allen Wolken geflogen – denn er hatte tatsächlich recht. Meine anscheinend so geniale Idee war nur ein billiger Abklatsch. Und das finanziert mit aufgenommenem Geld und Handwerkern, die ich mit Wechseln bedient hatte. Denn damals hatte ich ja nichts – außer dem Vertrauen der Leute in mich. Diese Angst damals, die Leute zu enttäuschen, nicht zahlen zu können und als der absolute Loser dazustehen, werde ich nie vergessen. Damals habe ich auch bitter gelernt, dass Ängste, mit denen man nicht umgehen kann, zu Krankheiten führen können. Bei mir war es ein Zwölffingerdarmgeschwürdurchbruch, mit dem ich „meine“ erste Eröffnung im Krankenhaus verbrachte. Und das, obwohl alles gut ging und wir trotz Billigversion – was ja auf dem Land bei uns überhaupt keinen interessiert hat – jeden Tag voll waren und der Betrieb ein toller Erfolg wurde.

Die Angst war also völlig unbegründet. Aber um das durchzustehen und zu lernen, braucht man halt ein starkes Herz – und, in meinem Fall, einen noch stärkeren Magen. So wie den eisernen Willen, mit der Situation richtig umzugehen und nicht zusätzliche Fehler zu machen. Wie etwa Alkohol oder Drogen zu konsumieren. Da passiert es dann ganz schnell, dass man das eine Übel zwar eventuell überstanden hat, aber man mit einem noch größeren konfrontiert wird. Diese Leute dürfen sich dann nicht wundern, wenn sie Depressionen, Phobien etc. bekommen und früher oder später beim Psychiater oder im Entzug landen.

Man muss die Dinge einfach regeln

Man muss den Umstand, dass „die Fantasie der Angst jener böse äffische Kobold“ ist, „der dem Menschen gerade dann noch auf den Rücken springt, wenn er schon am schwersten zu tragen hat“, wie es Nietzsche so schön ausgedrückt hat, halt akzeptieren und versuchen, dementsprechend Vorsicht walten zu lassen, um in die Situation zu kommen, in der man nicht mehr Angst haben muss, sondern die Dinge regelt.

Plaudereien und Gespräche

Gespräch? Das ist doch das, wenn ich spreche und alle anderen hören zu, nicht? Und wenn das ausnahmsweise nicht der Fall ist, handelt es sich um – zeitlich begrenzte – nonverbale Kommunikation hinter verschlossenen Türen ...

Nein, Spaß beiseite. Ich schätze natürlich gute Konversation. Wobei es mit Gesprächen wohl so ist wie mit vielen guten Dingen im Leben: Sie sind rar und man schätzt sie erst richtig, wenn man sie aus irgendeinem Grund nicht mehr hat. Zudem kommt es primär auf die – leider zum Großteil nicht gegebene – Qualität selbiger an. Sie werden natürlich von den individuellen Fähigkeiten bestimmt, bedürfen einer gewissen Kultur und sind abhängig vom jeweiligen Gegenüber.

»Pokerfirma-Open«
BERLIN, FEBRUAR 2012

Ich bin nicht der kommunikative Typ

Bezogen auf die Quantität gehöre ich zweifelsohne zu den Privilegierten. Egal ob im Geschäft oder bei diversen Veranstaltungen, die Leute suchen das Gespräch mit mir. Ob das immer ein Segen ist, wage ich zu bezweifeln. Vor allem dann, wenn es wirklich passiert, dass nur ich spreche und die anderen lediglich zuhören. Und auf das kann ich mittlerweile eigentlich verzichten. Denn – ehrlich gesagt – oft kann ich mein eigenes Gschmarre selbst nicht mehr hören. Aber bevor ich mir die Leute, die nur um des Redens willen sprechen, stundenlang anhöre, langweile ich mich lieber mit meinem eigenen Geschwafel. Auch wenn das vielleicht unglaubwürdig klingen mag: Ich bin nicht der kommunikative Typ. Wenn ich privat unterwegs bin, ist es für mich das Schönste, allein beim Heurigen zu sitzen, ohne dass mich jemand anspricht. Wenn dann noch gute Livemusik gespielt wird, ist es ein perfekter

Abend. Außerdem, Hand aufs Herz, wie viele Gespräche, bei denen man sich was mitnehmen kann, führt man trotz größten Bemühens wirklich? Sei es an Wissen oder an positivem Gefühl? Aber wie schon hundert Mal beschrieben, bin ich halt in den seltensten Fällen privat unterwegs, sondern beinahe immer für das Geschäft. Und da gehören Gespräche eben dazu. Sei es beim Golfen, beim Pokern oder im Pascha.

»Nette Gesprächsrunde vor dem allmonatlichen PLO-Abend im Casino Schloss Klessheim.« SALZBURG, SOMMER 2012

Pascha-Gespräche

Die Leute sind immer wieder verblüfft, wenn sie erfahren, wie viele Männer allein des Redens wegen ins Pascha kommen. Oder auch schlicht des Zuhörens wegen. Es ist ganz normal, dass unsere Damen auch gebucht werden, nur um jemandem ihre ganze Aufmerksamkeit zu schenken, um ein offenes Ohr für ihn zu haben. Eine traurige Entwicklung, zumal man eigentlich davon ausgehen können sollte, dass die Menschen, wenn schon nicht für andere schöne Dinge, zumindest fürs Reden und Zuhören jemanden haben.

Ich selbst kann mir natürlich nicht vorstellen, dass ich jemals das Verlangen verspüren könnte, mir freiwillig das Geplapper einer Frau oder mein eigenes Geschwafel anzuhören, ohne adäquates Feedback zu bekommen. Wenn ich dafür bezahle, dann eindeutig für „Gespräche" ohne Mitlaute – vereinzelte Aaaahs und Oooohs reichen mir vollkommen – am liebsten aber gleich nonverbale Kommunikation.

Natürlich, wenn es sich nicht vermeiden lässt, höre ich mir seichtes Gerede schon an, aber das geht – wie bei jedem uninteressanten Gespräch – bei einem Ohr rein und beim anderen wieder raus. Lernt man eine Frau kennen, ist es natürlich wichtig, schon mal ein bisserl durchzuhalten. Wobei sich meist in den ersten zehn Sätzen alles abzeichnet und Weiteres eigentlich vermieden werden kann. Bereits mein Großvater hat gesagt: „Beim ersten gemeinsamen Laib Brot muss alles geklärt sein.“ Und das sehe ich auch so. Denn wenn man(n) schlau ist, erklärt man hier zu Beginn seinen Standpunkt. Ohne groß was vorzumachen. Da begehen die meisten einen Fehler. Denn gebe ich mich hier, nur um sie eventuell rumzukriegen, als den großen, einfühlsamen Zuhörer, der für

alles Verständnis hat, muss ich mir ihr Geplapper gegebenenfalls monate-, wenn nicht jahrelang anhören. Da ist es doch einfacher, gleich zu sagen, was Sache ist, und dass ich nicht gewillt bin, meine Entscheidungen zu diskutieren, geschweige denn infrage stellen zu lassen. Dass mir die Rolle des Frauenverstehers so fremd ist wie ein Tag ohne Arbeit. Und dass ich für Gespräche genügend Freunde und Geschäftspartner habe.

Gesprächspoker

Auch beim Poker ist das Gespräch für mich extrem wichtig. Hier schätze ich sogar ein lustiges Geplänkel. Ich habe halt gern meine Gaudi. Und so kommt es nicht von ungefähr, dass ich mich beim Onlinepoker, wo du einsam vor deinem Computer hockst, oder bei einem Turnier, wo fast alle mit ihren Kopfhörern dort sitzen, nicht wohlfühle. Zudem dauern mir Turniere ohnehin zu lange, dafür bin ich zu ungeduldig. Geschäftlich bin ich absolut in der Lage, sowohl mittel- als auch langfristige Ziele geduldig zu verfolgen. Ungeduldig werde ich aber, wenn ich mich langweile, Dinge grundlos lange dauern oder für mich uninteressante Spieler am Tisch sitzen.

Auch beim Cashgame muss ich mich immer wieder sehr wundern und mich oft stark zusammenreißen. Wie zum Beispiel bei meinen monatlichen PLO-Runden im Montesino und im Casino Salzburg. Die sind ja auch personell gesehen ganz kleine, beinahe private Partien. Und dann kommen da Leute an den Tisch, sagen weder Muh noch Mäh, geschweige denn Grüß Gott und wer sie sind, sondern setzen sich einfach hin und spielen mit. Da fällt es mir dann wirklich schwer, die Leute nicht wie gewohnt darauf hinzuweisen, dass ich gewisse Umgangsformen von meinem Umkreis erwarte und meiner „öffentlichen Person" gerecht werde, indem ich gute Miene zu flegelhaftem Benehmen mache.

»Das kleine Benimm-Einmaleins sollte man schon kennen.«

Noch dazu, wo mir mangelnde Kinderstube wirklich total unverständlich ist. Es ist ja wohl das Normalste auf der Welt, dass ich, wenn ich an einen Tisch komme, grüße und sage, hallo, ich bin der Hermann. Diesen Leuten kannst du ja auch sonst nirgendwo mehr die Hand geben, wenn du sie wo sitzen siehst, ohne sie zu blamieren. Nämlich dahingehend, dass man sich sicher sein kann, dass sie nicht mal das kleine Benimm-Einmaleins beherrschen und mit Sicherheit sitzen bleiben würden, wenn du ihnen die Hand gibst. So was ist mir zugegebenermaßen zu hoch. Das begreife ich nicht. Denn egal, wo ich herkomme – Benehmen kann ich mir aneignen. Ab einem gewissen Alter gilt die Ausrede nicht mehr, halt auf kein gutes Elternhaus zurückblicken zu können. Da brauche ich nur mit offenen Augen durch die Welt zu gehen und mir was abzuschauen. Oder, was die Leute bei mir oft belächeln, einmal einen alten Film anschauen und zusehen, wie Hans Moser und Co. dort agieren. Ich muss ja nicht gleich „Küss die Hand, gnä-

»Man ist prinzipiell im Vorteil, wenn man redegewandt ist und ein gutes Gespräch führen kann.«

»Mit Markus Golser beim monatlichen Pascha-PLO-Abend im Casino Schloss Klessheim.«
SALZBURG, MÄRZ 2012

dige Frau“ sagen, aber ein Minimum an „Benimm“ kann ich mir bei jedem dieser Filme rausholen.

Wer fragt, ist ein Narr für fünf Minuten, wer nicht fragt, bleibt es für alle Zeit

Mit gutem Benehmen bin ich immer richtig dabei – egal, in welcher Gesellschaft ich mich bewege. Genauso ist man auch prinzipiell im Vorteil, wenn man redegewandt ist und ein gutes Gespräch führen kann. Sei dies geschäftlich, privat, beim Pokern oder natürlich bei Frauen. Da gilt es selbstverständlich gewisse Regeln zu befolgen und auch eine gewisse Allgemeinbildung und gutes Benehmen mitzubringen. Dabei muss man nicht mal studiert haben, um sich mit einem Akademiker zu unterhalten – auch wenn es die Sache vielleicht manchmal erleichtern würde. Ich finde, es ist keine Schande, wenn man das eine oder andere Fremdwort nicht versteht und sagt „Gib acht, ich hab nicht studiert, unterhalt dich mit mir in normalem Deutsch, ohne hochwichtige Vokabeln, damit ich dich verstehe“. Man kann schon offen seine Meinung sagen und zu dem stehen, wer, wie und was man ist. Man

braucht nicht so zu tun als ob. Wenn ich was nicht verstanden habe, frage ich nach. Es gibt ja wohl nichts Peinlicheres als die Leute, die so tun, als ob sie das Gesagte mitbekommen hätten und sich in der Folge um Kopf und Kragen reden, weil ganz klar rauskommt, dass sie lediglich Bahnhof verstanden haben. Sich fragen zu trauen erfordert natürlich eine gewisse Portion Selbstbewusstsein und Allgemeinbildung. Aber wie heißt es so schön: Wer fragt, ist ein Narr für fünf Minuten, wer nicht fragt, bleibt

es für alle Zeit. Eigentlich gilt es nur zu wissen, was ich fragen kann und wo ich mich besser zu Hause mit einem guten Buch schlau mache. Hinzu kommt, dass Fragen dem Gesprächspartner ja eigentlich signalisieren: Ich höre dir aufmerksam zu, nehme dich ernst und setze mich mit dem Gesagten auseinander. Also sollte man in den meisten Situationen wirklich keine Scheu davor haben und frei heraus Unklarheiten ausräumen. Ich war schon bei vielen Veranstaltungen, bei denen ich das kleinste Licht war. Sei es vom Intellekt her oder in Bezug auf Geld. Aber deswegen hatte ich trotzdem keine Scheu, mich dort zu bewegen und Fragen zu stellen. Im Gegenteil. Solche Gespräche sind höchst interessant, man lernt viel, selbst wenn man sich nicht aktiv beteiligt, sondern lediglich zuhört.

Vor Mikrofonen gehen mir die Pferde durch

Es gilt nicht nur zu sprechen, damit ich das Maul aufmache und die Luft verpeste, sondern halt auch das Hirn einzuschalten, bevor ich rede. Und das versuche ich schon. Immer vorausgesetzt, es ist kein Mikrofon in der Nähe. Da, muss ich zugeben, gehen mir leicht die Pferde durch. Wenn ich da nicht zufällig in das panisch verzerrte Gesicht eines Mitarbeiters von mir blicke, gibt es oft kein Halten. In Zeiten des Internets natürlich ein doppelter Wahnsinn. Denn hat man früher bei diesen im Prinzip ja nicht wichtigen Dingen noch gesagt, was interessiert mich mein Gschmarre von gestern, ist das jetzt im Internetzeitalter der Öffentlichkeit natürlich für ewig zugänglich. Und – beinahe noch schlimmer – einem selbst auch.

Informiert zu sein ist die beste Voraussetzung

Man muss sich für die Dinge interessieren, die gerade aktuell sind. Sich informieren, regelmäßig Nachrichten schauen oder Zeitung lesen. Man kann schon viel dazu beitragen, ein angenehmer Gesprächspartner zu werden. Wenn ich mich mit Freunden zum Pokern treffe, die alle Fußballfanatiker sind, wird sich das Gespräch bald totlaufen, wenn ich von der aktuellen Tabelle keine Ahnung habe. Wobei ich gestehen muss, dass bei mir keiner am Thema Pascha vorbeikommt. Die Runde gibt es nicht, in der das Gespräch nicht früher oder später darauf kommt, wenn ich dabei sitze. Aber das wissen die Leute und akzeptieren es auch. Zumal sie zudem wissen, dass ich ansonsten schnell wieder weg bin. Es ist halt mein Geschäft. Und über das Geschäft lässt es sich am besten reden.

»Über das Geschäft lässt es sich am besten reden.«

Der Ton macht nun mal die Musik

Beinahe so wichtig wie das Was ist auch das Wie. Ich muss mich den Menschen und ihrer Sprache anpassen können. Sei es der gepflegten Gesellschaft oder dem Milieu. Gerade bei Zweitem ist dies wichtig. Hier lässt sich – natürlich mit allem anderen als jugendfreien – Worten, verbalen Drohungen, der richtigen Gestik und unmissverständlicher Mimik oft einiges vermeiden. Es geht immer darum, zur richtigen Zeit in der jeweils angebrachten Sprache zu sprechen. Und auch darum, dabei glaubwürdig zu sein. Keine leeren Drohungen auszusprechen.

Frauen sind die besseren Dealer

Immer wieder werde ich mit dem Vorwurf konfrontiert, ich dulde keine Frauen am Pokertisch. Welch Blödsinn! Genau das Gegenteil ist der Fall. Aber, wie überall im Leben gilt natürlich auch hier: Frauen ja, aber am richtigen Platz. Und der ist beim Poker nun mal der hinter dem Dealerpult.

Für die Position als Kartendealer würde ich sogar so weit gehen, zu behaupten, sie sind besser als Männer. Vorausgesetzt natürlich, sie verstehen ihr Hand- und zügeln ihr Mundwerk. Vor die Wahl gestellt, werde ich mich immer für eine Frau als Dealer entscheiden. Nicht nur dass die Damen mir Glück bringen, sie lockern die Runde auch

ungemein auf. Im Pascha Salzburg haben wir, als noch regelmäßig Poker im Club gespielt wurde, sogar extra weibliche Dealer ausgebildet. Und, um gleich etwaigen Irrglauben auszuräumen: Nein, diese haben nicht oben ohne am Tisch gesessen. Vielmehr hatten sie Order, gleich professionell, wenn nicht noch besser, als ihr männliches Pendant aufzutreten. Die Idee, Frauen an den Tisch zu bringen, kam natürlich nicht von ungefähr. In meiner langjährigen Erfahrung in der Gastronomie konnte ich immer wieder feststellen, dass Frauen generell die besseren Dienstleister als Männer sind. Einzige Ausnahme: homosexuelle Männer. Das kommt wahrscheinlich auch daher, dass sich Frauen – ungerechtfertigterweise – auch bei gleicher Qualifikation mehr um einen Job bemühen müssen als Männer. Und in Männerdomänen, in die für mich auch der Beruf des Dealers gehört, noch einmal mehr.
Eine Frau am Tisch ist zudem immer ein Hingucker. Egal, wie sie aussieht. Ohne sexy gekleidet zu sein. Der männlichen Fantasie sei Dank – denn wir finden schon was, das uns gefällt. Und sei es nur der entzückende Ring am kleinen Finger, den man sicher auf hundert verschiedene Arten abstreifen kann ...
Übrigens: Beim Dealen ist es wie beim guten Service in der Gastronomie. Perfekt gearbeitet hast du, wenn sich der Gast nach seinem Besuch exakt an dich erinnern kann.

Die Moral, ein Pascha zu sein

Klar, es gibt sie. Jene Menschen, die sich, erfahren sie über meinen Bordellhintergrund, sofort naserümpfend von mir abwenden. Das muss ich akzeptieren. Auch wenn mich diese Voreingenommenheit ab und an schon nervt. Wobei es nicht darum geht, dass jemand nicht mit mir spricht. Im Gegenteil. Ich bin froh, wenn ich meine Ruhe habe und mit niemandem reden muss.

Es geht mir um diese Doppelmoral und den Umstand, dass nicht akzeptiert werden kann, dass man auch dieses Gewerbe ordentlich auszuüben imstande ist. Ohne Ausbeuter zu sein, ohne sich des Menschenhandels schuldig zu machen. Ohne zu betrügen. Zudem habe ich das, was so mancher Banker, der dann glaubt, mir gegenüber herablassend sein zu können, wahrscheinlich nicht hat. Nämlich die Gewissheit, dass ich jeden Tag mit ruhigem Gewissen in den Spiegel schauen kann. Ich habe in meinem Leben noch nie alte Leute betrogen, Aktien ausgegeben, von denen ich im Vorhinein wusste, dass sie nichts wert sind. Oder wie gewisse Ärzte jahrelang Abrechnungen gefälscht. Im Pascha arbeitet niemand zum Mindestlohn. Unsere Mitarbeiter werden ordentlich und fair bezahlt. Natürlich müssen sie dafür auch ihre Leistung bringen. Aber das wird von den Leuten, die teils so wenig verdienen, dass sie zwei Jobs annehmen müssen, um überhaupt über die Runden zu kommen, ja auch verlangt. Bei uns wollen die Leute dann von Moral reden, beziehungsweise vom Fehlen derselben. Wobei oft jene, die sich am lautesten über die Unmoral eines Puffs äußern, die besten Kunden bei uns sind. Mein Bruder hat zum Beispiel einmal Pascha-Golfbälle in seinem Golfclub verteilt und saß dann im Clubrestaurant. Plötzlich hörte er hinter sich, wie sich jemand aufs Höchste darüber mokierte, welch Frechheit es sei, dass so ein abartiges Gewerbe wie das horizontale in einem renommierten Golfclub werben dürfe. Als mein Bruder sich daraufhin umdrehte, um zu sehen, wer denn hier so „aufspricht“, konnte er seinen Augen kaum trauen. Vor ihm stand jener Pascha-Gast, der sich regelmäßig mit Vorliebe an der Leine und auf allen Vieren von unserer Domina vorführen ließ.

»Um als Prostituierte arbeiten zu können, gehört mehr dazu als die Beine zu spreizen.«

Ich kann es auch nicht leiden, wenn draußen über Prostituierte so abfällig gesprochen wird. Denn die Damen erbringen genauso eine Dienstleistung – und zwar in einem sehr schwierigen Berufsfeld. Es ist ein Irrglaube, wenn die Leute meinen, da gehört nicht mehr dazu, als die Beine breitzumachen. Denn heute ist es auch hier so: Nur wer bereit ist, überdurchschnittliche Leistung zu erbringen, wird überdurchschnittlich verdienen. Auch Schönheit allein reicht nicht. Gut, mit der machen manche ihr Geld, aber überdurchschnittlichen Verdienst bekommst du allein durch gutes Aussehen nicht. Das ist übrigens ein weit verbreiteter Irrtum, dass die hübschen Mädels mehr Riss haben. Sei es im Puff oder in der „normalen" Welt. Das war schon in meiner Diskothekenzeit immer lustig zu beobachten. Diese hübschen Mädels sind sitzen geblie-

CHAMPAGNE
Veuve Clicquot Ponsardin
REIMS
FRANCE

ben, die hat niemand zum Tanzen geholt. Da hat sich keiner hin getraut. Die wurden zwar von der Ferne bewundert, abgeschleppt wurden allerdings die anderen. Und im Bordell ist es das Gleiche: Da kommt dann doch die Unsicherheit hervor und der eine oder andere getraut sich nicht mit so einer Hübschen aufs Zimmer. Da nimmt er sich schon lieber eine, die ein paar Pölsterchen hat und der er sich ebenbürtig fühlt.
Mit den bürgerlichen Frauen ist das ohnehin so eine Sache. Die müssten doch eigentlich froh sein, wenn ihr Mann gelegentlich ins Puff geht. Sie selbst wollen eh maximal ein Mal am Sonntagabend ran und da lassen sie ihn vielleicht noch betteln. Vor diesem Hintergrund passiert es ihr, wenn ihr Mann ins Puff geht, seltener, dass sie wegen gutem Sex verlassen wird, als wenn der Ehemann im Männerurlaub einmal eine kennenlernt, die es ihm richtig besorgt. Männer, die Prostituierte aufsuchen, sind nun mal in sexueller Hinsicht auch andere Dinge gewöhnt und lassen sich dann nicht gleich scheiden, erwischen sie eine, die ihnen halt mal so richtig mit Herzenslust einen bläst und ihm dann eventuell noch erklärt, wie geil sie auf ihn und seinen Samen ist. Umgekehrt gilt übrigens dasselbe. Auch Frauen sind dagegen nicht gefeit, wegen ein bisserl gutem Sex alles liegen und stehen zu lassen. Und hat sie selbst einen erfahrenen Mann, überlegt sie sich das halt auch. Tatsache ist, Frauen sollten nicht Angst vor dem Bordell haben und dieses miesreden. Vielmehr gilt es mal die Augen zuzudrücken. Man muss nicht immer alles sehen.
Ich bin früher, und da war ich noch nicht in diesem Gewerbe tätig, sehr wohl mit meinen Söhnen ins Puff gefahren. So richtig schön der Klassiker. Zum 18. Geburtstag. Wie sagt man so schön: An diesem Geburtstag sollen als Geschenke nicht die Uhren ticken, sondern man mit seinen Söhnen die Huren ficken. Und die Damen habe ich ihnen persönlich ausgesucht… Wäre es mit 16 erlaubt, wäre es noch gescheiter. Dann würden die Jungs von Anfang an ins richtige Fahrwasser kommen, sich auskennen und nicht der ersten Landpomeranze, die vorbeikommt und halt ein wenig freizügiger ist, auf den Leim gehen.
Praktisch von Beginn an begreifen, was es heißt „Pascha sein ist fein“.

Kampf und Ausländern

„Andere Länder, andere Sitten", sagt man. Was natürlich vollkommen okay ist, solange es auch bei uns in Deutschland beziehungsweise in Österreich gilt. Nur dies scheinen viele zu vergessen. Man kann nun mal nicht Wasser predigen und Wein saufen. So erwarte ich mir, dass sich „Menschen mit Migrationshintergrund", wie man ja jetzt sagen muss, auch bei uns an die Regeln halten. An unsere, wohlgemerkt! Und ich erwarte, dass es mir vorbehalten ist zu bestimmen, wer in meinen Lokalen verkehren darf und wer nicht. Genauso wie es mir nie in den Sinn käme, Schutzgeld zu bezahlen. Erst recht nicht als Deutscher im eigenen Land, und dann vielleicht auch noch an Ausländer.

Wohlgemerkt: Ich habe nicht prinzipiell etwas gegen Ausländer. So sind auch ein paar meiner engsten Mitarbeiter keine Deutschen oder Österreicher. Aber diese Leute arbeiten, sprechen perfekt Deutsch und sind integriert. Nicht wie die Leute anderer Länder, die sich in unseren Großstädten niederlassen und ihren Lebensunterhalt bei uns mit Einbruch, Erpressung, Hehlerei, Zwangsprostitution oder Drogen bestreiten. Die gehören aus-

Krampf mit und Gesindel

gewiesen. Nicht einmal bei uns eingesperrt, denn das kostet viel zu viel Geld. Und zwar unser Geld. Aber so weit kommt es ohnehin kaum. Denn die Polizei überlegt lange, wo sie eingreift. Wenn sich da die Polizei auf der Nase rumtanzen lässt, okay. Aber ich als Unternehmer lasse mir nichts gefallen. So habe ich mir auch immer gewisse Rechte herausgenommen. Den daraus resultierenden Problemen zum Trotz. Auch schon in meiner Diskothekenzeit. Da wurde oft nicht verstanden, dass allein die Kombination ausländisches Publikum, Alkoholverkauf und Frauen eine hochexplosive Mischung sein kann und ich diese Situation in meinen Betrieben unter Kontrolle haben wollte. Speziell in den Stunden nach Mitternacht, wenn die Leute bereits unter erhöhtem Alkoholeinfluss standen. Da kam dann die unterschiedliche Mentalität der Gäste zum Vorschein und Ärger war programmiert. Sei dies, um nur zwei Beispiele zu nennen, wenn Italiener ihren Charme spielen ließen und die Damen um den Finger wickelten oder andere, Frauen nicht achtenden Kulturen Angehörende die anwesenden Ladies anpöbelten. In beiden Fällen fühlten sich die heimischen Jungs natürlich auf den Schlips getreten und die Streiterei ließ nicht lange auf sich warten. Da die Hemmschwelle der ausländischen Burschen meist niedriger ist als die der deutschen, artete dies dann rasch in eine handfeste Rauferei aus. Deswegen habe ich immer nur einen ganz bestimmten Prozentsatz anderer Nationalitäten reingelassen. Was natürlich auch zu Problemen führte. Noch dazu habe ich früher, wann immer es ging, „die Tür“ selbst gemacht. Also diesen Unmut gleich direkt zu spüren bekommen.

Auch amerikanische Soldaten kamen nicht rein

In Ansbach hatte ich achtzehn Jahre lang eine Diskothek. Sie war von drei amerikanischen Kasernen umgeben. Die dort stationierten Soldaten wollten natürlich auch zu uns rein. Ich habe mir da etwas erlaubt, was eigentlich nur dem General vorbehalten war: Nämlich groß „off limits“ an die Tür zu schreiben – also ihnen den Zutritt zu verweigern. Das hat natürlich Wellen geschlagen. Nicht nur dass wir deswegen Raufereien vor der Tür hatten, ich wurde in der Folge auch angezeigt. Und zwar vom Sohn des damaligen Generals in Ansbach. Dem Knaben hatte ich nämlich auch den Zutritt verwehrt. Und wie das bei den Söhnen großer Tiere so ist, ging die Sache gleich nach ganz oben. Das heißt, ich wurde direkt vom Polizeichef der Stadt vorgeladen. Als er mir die Bilder von verschiedenen Soldaten – ich würde ja sagen, Schwarze, aber das sagt man ja nicht – vorlegte und fragte, warum ich denn diese Leute nicht reinließe, erklärte ich zuerst, diese Personen seien aggressiv. Darauf der Polizeipräsident: „Verarschen Sie mich nicht, Herr Müller, Sie lassen die nicht rein, weil es Afroamerikaner sind! Und das ist gesetzlich nicht erlaubt. Das fällt unter strafbare Rassendiskriminierung.“

»Sie lassen die nicht rein, weil es Afroamerikaner sind! Das ist gesetzlich nicht erlaubt.«

Nach mehrstündiger Diskussion sah er zwar ein, dass ich diese Leute auf keinen Fall reinlassen würde, nur stand er vor dem nächsten, weit größeren Problem: Nämlich dies so dem amerikanischen General erklären zu müssen. Das hat ihm natürlich ganz und gar nicht gefallen. Also habe ich ihm vorgeschlagen, dass ich das selbst mache. Was ich in seiner Begleitung zwei Wochen später auch tat. In der Kaserne waren nicht nur der oberste General, sondern auch zahlreiche weitere Entscheidungsträger anwesend. Auf den Hinweis, dass auch in den anderen Diskotheken, in denen Soldaten verkehrten, Raufereien und MP-Einsätze an der Tagesordnung stünden und ich erst, wenn sie mir nur ein Lokal in Bayern zeigen könnten, in dem Soldaten verkehrten und dies nicht der Fall

sei, die Tür für die Soldaten öffnen würde und sie sich anderenfalls selbst mit ihren „eingerauchten“ Leuten rumärgern könnten, bin ich nach langem Gespräch wieder heim. Allerdings erst, nachdem ich das Thema Rassendiskriminierung elegant umging, indem ich meinte, die weiblichen Soldaten könnten sie mir ja alle schicken. Die Frauen dürften rein. Zudem hätte ich ja schließlich das Hausrecht und dürfte bestimmen, wer bei mir verkehren dürfe – ohne dafür einen Grund nennen zu müssen.
Was sie dann auch akzeptierten ... Aber den Ärger hatte ich trotzdem.
So war es überall. Niemand konnte akzeptieren, dass einzig und allein ich bestimme, wer bei mir als Gast im Lokal ist und wer nicht.
Diese rigorose Türpolitik brachte mir immer wieder riesigen Ärger ein. Denn damals stand ich – wie bereits erwähnt – noch selbst an der Tür. Und das mit der „Polizei, deinem Freund und Helfer“ galt damals genauso wenig für mich wie heute. Die Herren tauchen immer – wenn überhaupt – erst auf, wenn eh alles zu spät ist. Wie etwa beim Marco Polo in Dinkelsbühl. Wenn wir sie gebraucht hätten, waren sie prinzipiell „leider“ gerade woanders im Einsatz, aber als sie mir das Parkverbot vor dem Lokal auferlegten, wurde dies sehr wohl täglich kontrolliert und exekutiert. Natürlich sehr geschäftsfördernd, wenn um 10 Uhr die Streife vorm Lokal steht ...

„Ich fackle euch die Wohnwägen ab“

Heikel wurde es alljährlich, wenn sich „das fahrende Volk“, das aus rund 30 Männern mit Familien bestand, für die Winterpause in der Nähe von Dinkelsbühl niederließ. Keine Ahnung, woher diese genau kamen. Auf alle Fälle gab es dann immer Schlägereien, Erpressungsversuche im Ort standen an der Tagesordnung. Wie auch einmal im September. Ich war damals gerade für ein paar Tage in Heilsbronn zur Kirchweih und dem damit verbundenen traditionell am Montag stattfindenden Schafskopfen. Wie immer habe ich aber auch dort gleich erfahren, wenn es „zu Hause“ Ärger gab. So auch, als diese Jungs in jener Samstagnacht hereinkamen, ein paar Flaschen Asbach tranken, den Geschäftsführer bedrohten und dem Discjockey ein paar Ohrfeigen verpassten. Denn es sei klar, dass sie hier auf Haus trinken würden und der Laden sozusagen nun in ihren Händen sei. Also habe ich die Anweisung gegeben, meine Leute sollen ihnen ruhig die bestellten Getränke geben, wenn sie wieder kommen, mich aber sofort anrufen. Ich würde dann schon kommen und das klären. Natürlich kamen gleich am darauffolgenden Montag wieder zwei Mann und machten auf wichtig. Meine Leute riefen wie vereinbart an und ich machte mich sofort von der Kirchweih auf den Weg ins Lokal. Dort, freundlich bedient, saßen die Burschen bei meiner Ankunft bereits seit einer Stunde und glaubten, sie hätten den Laden voll im Griff. Nur hatten sie im wahrsten Sinne die Rechnung ohne den Wirt gemacht. Als ich reinkam, habe ich erst mal die Musik ausschalten lassen und ihnen die Barhocker umgedreht, sodass sie in meine Richtung schauten. „Jetzt horcht mal gut zu", meinte ich, „weil ich spreche nicht zwei Mal. Eurem René könnt ihr einen schönen Gruß sagen und sollte sich von euch Wichsern noch einmal wer bei mir hier blicken lassen, komme ich zu euch raus. Und dann schmeiße ich euch nicht nur eure Wohnwägen um, sondern zünde sie obendrein noch an. Jetzt steht ihr ohne einen Zucker auf und verschwindet, sonst habt ihr ein Loch im Kopf." Diese Sprache haben sie verstanden. Und auch, dass es mir ernst damit war und ich mein Wort halten würde. So haben sie sich auch geschlichen und sind nie wieder bei mir reingekommen.

Gescheiterter Erpressungsversuch

Ähnlich in meiner Diskothek in Roth. Ich stand gerade an der Kasse, als drei Jugoslawen (damals gab es Jugoslawien noch) reinkamen und in Hörweite zum Geschäftsführer meinten, sie wollten den Chef sprechen. Also habe ich mich gleich eingeblendet und gesagt, dass ich das sei. Da fragten sie mich, ob ich kurz mit ihnen vor die Tür kommen könnte, sie möchten etwas mit mir besprechen. Mir war allerdings schon klar, was sie wollten, und sagte ganz ruhig und freundlich: „Da brauchen wir nicht vor die Tür zu gehen. Ihr könnt auch reinkommen und wir gehen ins Restaurant." Den Vorteil gaben mir ja alle, dass sie mich, so wie ich angezogen war und auch nicht der große Muskelmann, unterschätzten und immer glaubten, sie hätten nicht nur die Lage, sondern auch mich im Griff. Also habe ich die drei mit ins Bistro genommen und Essen und Getränke servieren lassen. Und so zusammensitzend haben sie mir dann erklärt, dass sie nun alle Monate kommen würden, um eine gewisse Summe – an den genauen Betrag kann ich mich nicht mehr erinnern, aber ein paar Tausend DM halt – abzuholen und ich mir dann um meinen Schutz keine Sorgen mehr machen bräuchte. In der Diskothek nichts mehr passieren würde. „Nun, bei uns passiert ja so auch nichts“, habe ich nur gemeint und weiterhin auf kooperativ gespielt. „Das Depperle haben wir schön eingemacht“, werden die sich wohl gedacht haben. Sich in Sicherheit wiegend, haben sie dann irgendwann nicht mehr so achtgegeben. Und das war dann meine Chance. Denn zwei Sekunden später hatte er die Waffe am Kopf und ich meinte nur: „So, meine Herren, jetzt stehen wir hier schön ruhig auf und ihr lauft schön langsam vor mir her. Denn sonst hat nicht nur er ein Loch im Kopf, sondern ihr seid die Nächsten, die eines abbekommen.“ So habe ich sie bis zu ihrem Auto „begleitet“. Mit dem Hinweis, dass, sollte ich dieses Auto nochmals im näheren Umkreis sehen, ich sie verfolgen und mit einer Kugel in den Kopf versehen würde, habe ich sie dann verabschiedet. Auf nie mehr Wiedersehen. Die wollten kein Schutzgeld mehr von mir.

»Zwei Sekunden später hatte er bereits die Waffe am Kopf.«

Von fünf Jugoslawen überfallen

In Nürnberg wiederum wollte ich einmal mehr um zirka 4 Uhr die Diskothek verlassen. Dafür musste man mit einem Lastenaufzug hinunterfahren, weil die Disco im oberen Stock eines Einkaufszentrum war, in dem bis auf unser Lokal um diese Zeit natürlich alles geschlossen war. Der Aufzug war eigentlich ein wenig versteckt und die Disco nur so erreichbar, aber die Leute haben uns damals regelrecht gestürmt. Wir waren „angesagt“ und so jeden Tag bis 4 Uhr früh voll. Ich war allein auf dem Weg zu diesem Aufzug, als ich fünf Mann „mit Migrationshintergrund“ entdeckte. Es war ein

»Ein Mitarbeiter von uns in ›Der Clou‹ in Nürnberg.«

klarer Überfall. Aber ich war ja vorbereitet, weil ich immer schon damit gerechnet hatte: Ein Griff in meine Handtasche genügte und ich hatte die Waffe in der Hand. „Haha, das ist ja eine Gaspistole, oder?“, frotzelte mich daraufhin einer der Typen. „Ja, du Schlaumeier, wahrscheinlich. Aber du probierst das am besten jetzt gleich aus, ob es wirklich Gas ist oder doch eine scharfe“, meinte ich nur. Das war natürlich nicht ihre Kragenweite. In einen Pistolenlauf schauend sprangen auch sie wie die „Wiesele“. Noch dazu, wenn man den Eindruck vermittelt, dass man auch wirklich abdrückt. Klarmacht, dass „Lieber tot, als dass mir jemand die Eier einzwickt“ gelebtes Motto ist.

Erpressung und Morddrohung

In Augsburg habe ich einmal sogar die Polizei gerufen. Wegen Schutzgelderpressung und Morddrohung von einem Jugoslawen. Er hatte sich eigentlich geraume Zeit bei mir in der Diskothek immer für mich starkgemacht. Wie etwa, als zwei nicht unbescholtene Zuhälter im Lokal aneinandergeraten sind und ich dazwischengegangen bin. Da ist er plötzlich neben mir gestanden und hat auf diese Weise klargemacht, dass er mir helfen würde, sollte die Situation eskalieren. Ein andermal habe ich gesehen, wie er einen Türsteher von einer anderen Diskothek, einen zwei Meter großen, voll durchtrainierten Ochsen, mit einem Schlag niedergestreckt hat. Vorgebend mir zu helfen, dabei war in dieser Situation gar nichts, bei dem ich Beistand gebraucht hätte, weil die Jungs genug Respekt vor mir hatten und auf mich hörten. Aber das hat er wohl anders gesehen. Auch dass sein Beistand nach einiger Zeit monetär abzugelten wäre. Denn als ich ihm klarmachte, dass es das nicht spielen würde, kam die glatte Drohung, dass es „um mein Leben geht“.

Zu den beiden erschienenen Beamten habe ich gesagt: „Gebt Obacht, meine Herren. Entweder Sie garantieren mir, dass Sie den Mann jetzt mitnehmen und er bis morgen in Haft bleibt, damit ich mit dem Kripochef selbst reden kann, oder ihr geht gleich wieder nach Hause. Dann erledige ich das allein. Ich habe keine Lust, dass ihr ihn mitnehmt und in einer Stunde ist er wieder hier. Also, entweder ihr nehmt ihn mit und ich bin sicher, dass er weg ist, oder ich erledige das selbst. Aber dann ist er weg. Der Mann ist zu gefährlich, um ihn laufen zu lassen.“ Daraufhin haben sie ihn, mit der fixen Zusage, dass er bis mindestens 8 Uhr in Haft bleibt, mitgenommen. Nach einer Stunde war er aber wieder frei. Was ich jedoch erst am nächsten Morgen vom zuständigen Kripomann erfuhr. Der hat mir dann auch erklärt, dass er gegen besagten Mann bereits 30 Anzeigen auf dem Tisch liegen habe. Nur haben alle ihre Anzeigen wieder zurückgezogen. Es sei also absolut sinnlos, dass er den Typen „einkassiert“, wenn ich meine Anzeige ebenfalls widerrufen werde. „Ich ziehe prinzipiell nicht zurück“, habe ich ihm erklärt. Daraufhin hat er mich auf meine Familie und meinen Betrieb hingewiesen und gefragt, ob ich mir wirklich im Klaren sei, auf was ich mich da einlasse. „Mir kann der nicht drohen. Mich erpresst niemand“, habe ich ihm erklärt. Daraufhin hat er sofort eine Streife losgeschickt, die ihn, noch dazu, nachdem sie eine scharfe Waffe bei ihm gefunden hatte, verhaftet hat. Der Kripobeamte gab mir dann noch die Adressen von zwei Bekannten, die auch ihre Anzeige zurückgezogen hatten. Eine davon eine Wirtin. Diese hat der Typ eines Tages nach Geschäftsschluss, nachdem er sich bei ihr zum Stammgast entwickelt hatte, heimgefahren. Mit im Auto war sein Kampfhund. Während der Fahrt hat er ihr dann das mit dem Schutzgeld erklärt. Sie war groß am Jammern und meinte, dass sich das bei ihrem Umsatz nicht ausgehen würde. Angekommen, stieg er aus dem Auto, als ob er ihr die Tür öffnen wollte. Doch das Zuschlagen seiner Fahrertür war in Wirklichkeit für den Hund das Kommando „Angriff“. Die Wirtin kam mit schwersten Verletzungen und durch Biss entstelltem Gesicht ins Krankenhaus und hat Anzeige erstattet. Doch daraufhin wurde ihre Schwester bedroht, bis die Wirtin die Anzeige dann zurückgezogen hat. Ich konnte sie überzeugen, dies wieder rückgängig zu machen. Denn nur mit meiner Anzeige – es fehlte ja die Körperverletzung – wären wir nicht weit gekommen. So bekam er aber drei Jahre unbedingt und wurde danach – zu meiner Beruhigung, denn dass ich sein Feind Nummer eins war, ließ er mir des Öfteren von Häftlingen, die ihre Strafe abgesessen hatten, ausrichten – abgeschoben.

Drogenrazzia mit rund 300 Polizisten

In Augsburg wurde ich auch vom Ordnungsamt vorgeladen. Mit Androhung auf Sperrstundenverkürzung und Konzessionsverbot. Grund war wieder einmal meine nicht gerade ausländerfreundliche „Türpolitik“. Und auch diesem Chef habe ich erklärt, dass nicht er, sondern ich zwei Millionen DM in mein Lokal investiert habe und er mir mit seinen 35 Jahren sicher nicht vorschreibt, wie ich mein Geschäft zu führen habe. Zudem hatte ich mit anderen Problemen zu kämpfen. In der Zeit, als wir noch als Newcomer in Augsburg galten, aber nach den üblichen Anlaufschwierigkeiten der absolute Platzhirsch waren.

Während der Woche waren die anderen Lokale wie leergefegt – alle Leute waren bei uns. Es lief prächtig. Eines Abends, es war schon zu fortgeschrittener Stunde, stand ich im Aufgang, als ich plötzlich rund 50 Polizisten erblickte, die im Gleichschritt auf mich zu kamen. Eine Sekunde später hörte die Musik auf zu spielen und der Staatsanwalt meldete sich über Mikrofon zu Wort. Es gelte Ruhe zu bewahren und es handle sich um eine Razzia. Mein Geschäftsführer, Leo, der heute noch zu den Mitarbeitern zählt, wurde von einem der zig Zivilfahndern direkt verhaftet. Die anderen Gäste mussten einzeln hinaus zur Leibesvisitation. Gleichzeitig wurden zig Wohnungen und Autos durchsucht. Mich haben sie mal einfach so auf Verdacht mitgenommen. Wie sich im Nachhinein herausstellte, wollten sie bei uns Rauschgift finden. Gefunden wurde kein einziges Gramm – auch bei den Gästen nicht. Denn diese hätten es ja sicher einfach über die Bar geworfen. Aber der Laden war sauber. Und der angerichtete Schaden ordentlich. Denn am nächsten Morgen standen wir auf der Titelseite. „Großrazzia wegen Rauschgift mit 300 Polizisten" stand da groß zu lesen. Dass nichts gefunden wurde, kam allerdings erst im letzten Absatz vor. Und so weit haben nur die wenigsten gelesen. Da hatten wir von einem Tag auf den anderen einen Umsatzrückgang von mehr als 50 Prozent. Denn auch wenn nichts gefunden wurde – in den Köpfen der Leute war, dass die Polizei ja nicht unbegründet mit 300 Mann anrücken würde.

Trotzdem hatte ich, aber das wurde mir erst später bewusst, Glück im Unglück. Denn die Razzia kam ja nicht zufällig zustande, sondern weil ich mir den Unmut einer gewissen Gruppe zugezogen hatte. Und die haben die Geschichte bei der Polizei lanciert. Damit ich nicht vorgewarnt werden könnte, haben Staatsanwaltschaft und Polizei die ganze Aktion nicht am ursprünglich geplanten Datum durchgezogen, sondern kurzerhand eine Woche vorverlegt. Andernfalls hätten die Leute, die mich angeschwärzt hatten, mit Sicherheit dafür gesorgt, dass die Polizei nicht mit leeren Händen dasteht und mir auf alle Fälle irgendwo ein „Überraschungspaket" deponiert. Dann wäre die Disco mit Sicherheit geschlossen worden und ich für längere Zeit hinter Gitter gewandert.

Im Pascha Köln haben wir eine Etage – die berühmte 7. – auf der nur transsexuelle Prostituierte arbeiten. Transsexuelle sind genetisch Männer, die sich jedoch als Angehörige des weiblichen Geschlechts fühlen. Zu ihrem Penis haben sie – dank der modernen plastischen Chirurgie – perfekte Brüste und wahre Bläserlippen. Im bekleideten Zustand sind sie – bis auf den

Nur ein Mann weiß, was ein Mann will – die 7. Etage im P

Umstand, dass sie meist besser aussehen als „richtige" Frauen, weil sie ja wissen, worauf Männer stehen und sich dementsprechend operieren lassen – für den Laien von den anderen Damen nicht zu unterscheiden. Immer wieder werde ich gefragt, wie man denn in einem Puff einen eigenen Stock nur für Transsexuelle einrichten kann und wer denn überhaupt die Gäste dieser Damen seien.

»Ilayda arbeitet seit Jahren auf der 7. Etage.«
PASCHA KÖLN

cha Köln

Nun, auch im Pascha Köln kam diese eigene Etage für Transsexuelle natürlich nicht einfach von heute auf morgen. Zuerst hatten wir überhaupt nur zwei oder drei Transsexuelle im Haus. Erst später begannen wir, auf einem kleinen Flur, die Diven zu vereinen.

»Viele unwissende Freier kamen mit Transsexuellen nicht klar, kannten so etwas nicht.«

Wir hatten zu dieser Zeit zirka 120 Damen im Haus, aus aller Herren Länder. Von der süßen Mulattin über die feurige Spanierin, liebe Ungarin, dunkle Afrikanerin bis hin zur braven Japanerin, von Blond bis Dunkel, von Zart bis regelrecht Dick, vom braven Hausfrauentyp bis hin zur Domina: Alle Klischees wurden bedient. Darunter waren auch „umgebaute" Frauen, also einstige Männer, die sich einer kompletten Geschlechtsumwandlung unterzogen hatten. Und dann hatten wir eben noch zwei oder drei Transsexuelle.

Die Unterbringung der Transsexuellen auf den normalen Etagen führte allerdings immer wieder zu Problemen. Unter anderem, weil viele Freier so ihr ganz eigenes Aha-Erlebnis hatten ... Und extrem erschraken, als sie merkten, dass „da unten" etwas ist, worauf sie nicht nur nicht gefasst waren, sondern zum Teil nicht mal wussten, dass es so was überhaupt gibt. Da waren manche ganz schön geschockt. Unsere Diven schauen ja alle super aus, sind sexy gekleidet und auf den ersten Blick kommst du – ohne geschultes Auge – nie auf die Idee, dass die unter ihrem Kleidchen neben tollen Brüsten auch noch den gerühmten Zauberstab verstecken. Ein Umstand, den sich manche Burschenrunden natürlich auch zunutze machten, um sich mit einem Freund

einen Scherz zu erlauben, indem sie einen Kumpel da schon mal absichtlich auflaufen ließen...
Auf alle Fälle gab es immer wieder Beschwerden. Zwar nicht, was die Arbeitsweise anbelangte, sondern rein des Umstandes wegen, dass diese Damen halt untenrum mehr zu bieten hatten. So kamen wir auf die Idee, um die Gäste nicht zu verärgern, unsere Transsexuellen klar zu deklarieren und ein eigenes Stockwerk für sie einzurichten.
Heute arbeiten bereits neun Transsexuelle fix bei uns. Die Männer gehen gezielt auf diese Etage und sind nicht nur nicht enttäuscht, sondern im Gegenteil extrem zufrieden. Die 7. Etage läuft sehr gut und die dort arbeitenden „TS-Girls" verdienen gutes Geld. Denn die Nachfrage ist einfach da.
Man muss es so sehen: Wenn zum Beispiel ein Mann mittleren Alters, der eigentlich schon fast alles erlebt hat und die daraus resultierende Abgestumpftheit empfindet, in einem, sagen wir, mäßig angetrunkenen Zustand auf der 7. Etage landet und sich dort oral befriedigen lässt, ist er im Anschluss sicher davon überzeugt, dass er nie wieder eine „normale" Frau an sein bestes Stück ranlässt. Denn so blasen

»Top: Ilayda von der 7. Etage.«
PASCHA KÖLN

wie diese Transsexuellen kann so gut wie gar keine. Wie soll sie auch. Selbst von hundert „normalen“ Huren beherrschen es nicht einmal zehn perfekt. Und dieses „perfekt“ ist noch immer nicht vergleichbar mit dem, wie die Diven auf der 7. Etage zaubern.

Eigentlich eh traurig, aber unsere Hausdamen zeigen unseren Damen, wie es geht und welche Praktiken es gibt. Eine Hure sollte schon wissen, was sie zu tun hat, wenn der Gast zum Beispiel „Eier abbinden“ verlangt.

Ob diverse Praktiken dann auch angeboten werden, bleibt den Prostituierten überlassen. Nur, wenn ich einen Freier zum Verlängern „überreden“ will, muss ich halt schon mehr bieten als die Ehefrau daheim beim Blümchensex. Und genau das beherrschen die Diven auf der 7. perfekt. Die besorgen dir den gewissen Extrakick.

Der Spruch „Nur ein Mann weiß, was ein Mann will“ kommt eben nicht von ungefähr. Da musst du als Mann nicht schwul sein, dass dir das gefällt. Nicht einmal „bi“ angehaucht. Und als erfahrener Pascha weißt du ja ohnehin, wo du bei den Diven hinlangst und wo besser nicht.

Alles ist besser als Blümchensex

Das mit der Professionalität ist ohnehin so eine Sache. Früher, im Alter von 23 bis 30, war ich bestimmt ein gutaussehender Typ. Und ich verfügte nicht nur über das nötige Kleingeld, sondern habe auch über 30 gastronomische Betriebe gehabt. In jedem sind mindestens fünf Frauen gesessen, die auf mich gewartet haben und wollten, dass ich dann noch vorbeikomme. Klar hab ich ab und an eine mitgenommen. Oft konnte ich ja gar nicht anders. Die haben sich ja ordentlich ins Zeug gelegt. Und bis ich bei meinem Auto war, war es mir dann auch meist egal.

Als Junger bist du ja noch geil und kannst jeden Tag. So habe ich mir halt schnell wieder von irgendso einem Depperle einen blasen lassen. Was ich aber meistens bereut habe. Denn die wenigsten konnten das auch ordentlich. Irgendwann habe ich dann festgestellt, dass mir so eine „Kartoffelnummer“ die Zeit nicht wert ist. Dieses stümperhafte, ungeschickte Herumgetue der normalen Weiber hat mich einfach nicht mehr interessiert. Die hatten einfach keine Ahnung. Nicht einmal vom

Blasen. Wahrscheinlich bezog sich die Redewendung „von Tuten und Blasen keine Ahnung haben“ in Wirklichkeit gar nicht auf die mittelalterlichen Nachtwächter, sondern auf deren Frauen.

»Ich ging schon immer ins Bordell.«

Also bin ich schon damals, trotz Überangebots an willigen Frauen, ins Bordell gefahren. Und zwar in diese kleineren Clubs, die schon etwas exklusiver waren und wo du für einen 50er oder 100er extra auch deine Sonderwünsche erfüllt bekamst. In denen auch damals schon professionell gearbeitet wurde.
Wobei man natürlich eingestehen muss, dass auch viele Männer von Sex keine Ahnung haben. Die wissen ja oft gar nicht, was es so alles gibt. Und selbst wenn es einer weiß, zu Hause geboten bekommt er es auch nicht. Weil

»Auch Priscila arbeitet im Pascha Köln auf der 7. Etage.«

er sich ja gar nicht zu sagen getraut, wie er es eigentlich gerne hätte. Im besten Fall erwähnt er es einmal. Aber dann macht sie es nicht und die Sache ist wieder gegessen. Und der biedere Hausfrauensex steht wieder auf der Tagesordnung. So jemandem bleibt ja gar nichts anderes übrig, als ein Puff aufzusuchen oder fremdzugehen.

Mit 20, 30 ist man ja automatisch geil

Für einen jungen Burschen in den Zwanzigern, Dreißigern ist gehobener Sex ja nicht unbedingt wichtig. In dem Alter ist man ja automatisch geil. Da braucht es keine sonderliche Raffinesse, damit er spritzt, denn diese Jungs stehen noch voll im Saft. Wenn der zwei, drei Tage nicht randurfte, kommt der bei jeder binnen zwei Minuten. Ist doch klar. Wenn dann hinzukommt, dass die Partnerin auch noch unerfahren ist, wird dies schnell mal zur Gewohnheit und der rasche Sex für beide normal. Wie viele Frauen wissen denn schon aus eigener Erfahrung, was ein Orgasmus ist? Wenn er schon mal zu geil ist, um ein Vorspiel für sie zu machen, spritzt er halt gleich. Und einmal gekommen, interessiert es ihn auch nicht mehr, groß rumzumachen. So sind wir halt, wir Männer. Lässt sie ihn aber nicht gleich ran, bemüht er sich auch und macht schon mal ein Vorspiel und auch sie hat zumindest die Chance auf einen Orgasmus. Nur kapieren die meisten Frauen nicht, dass sie dies im wahrsten Sinne des Wortes selbst in der Hand haben. Die meisten trauen sich nicht einmal über ihre Unzufriedenheit beim Sex zu sprechen. Das ist heute nicht viel anders als in den letzten vierzig Jahren.

Das Rundherum-Blabla gibt es heute, ja, aber geht es um die persönliche Sache, fehlt nach wie vor die Selbstverständlichkeit. Umsonst sind Oswalt Kolle und Co. mit ihrer Sexliteratur nicht so erfolgreich. Wobei, mehr als nur das kleine Sex-Einmaleins beziehungsweise das übliche „Bravo-Gschmarre" haben die den Leuten ja auch nicht vermittelt. Auch wenn es zumindest ein Anfang war. Selbst heute ist es ja noch schwer, dass du außerhalb eines Puffs auf Frauen triffst, die ohne Gummi blasen und schlucken. Und noch schwieriger ist es, eine zu finden, der das auch noch gefällt. Wenn mir eine nicht zumin-

»Valeria von der 7. Etage.«

dest vermittelt, dass sie Spaß daran hat, kann ich auch darauf verzichten.
So ist es auch nicht verwunderlich, dass heutzutage nicht mehr nur ältere Männer ins Puff gehen, wie es früher der Fall war. Im Gegenteil: Der Hauptteil der Männer ist 20, 24. Die Jungen sind natürlich auch bei uns im Puff schnell wieder weg. Die können hier um Kleingeld spritzen. Für die ist die angebotene halbe Stunde ja eine Ewigkeit.
Komplizierter wird das bei älteren Gästen. Ab 40, 50 ist halt der sexuelle Trieb nicht mehr so da wie mit 25. Da ist dann schon ein wenig Fingerfertigkeit und Professionalität von den Damen gefragt. Wenn da eine dann nicht weiß, wie sie an die Eier hinlangt, damit er ihm steht, und welch sonstige Spiele es noch gibt, wird es gerade in unserem Gewerbe schwierig. Aber erfahrene Prostituierte oder eben die Transsexuellen wissen halt, wie man es anstellt, auch wie der Freier even-

tuell zwei Mal hintereinander kommen kann.

Hier hat sich unter anderem die konsequent geforderte Dienstleistungsphilosophie in den Pascha Betrieben bezahlt gemacht. Durch Schulungen des Personals und der bei uns arbeitenden Prostituierten konnten wir ein Niveau erreichen, das sich bei den Gästen herumgesprochen hat. Wir können auch die Freier befriedigen, die auf Konversation Wert legen, denen Sauberkeit wichtig ist, die Professionalität erkennen und eine angenehme Atmosphäre zu schätzen wissen.

»Heute gehen auch junge Männer ins Puff.«

Eben jene Männer, die erkannt haben, was es bedeutet „ein Pascha zu sein".

»Ebenfalls im Pascha Köln: Thalia (li.) und Alexia.«

Ich habe schon meine Schellen bekommen

Dass ich immer wieder Ärger mit Behörden habe, bin ich gewöhnt. Die brauchen mir mittlerweile auch nicht mehr blöd zu kommen. Denn nicht nur als Puffbesitzer, sondern auch als Betreiber von Diskotheken ist man nicht besonders angesehen. Ein Umstand, den man nicht nur in der Gesellschaft, sondern vor allem im Umgang mit Ämtern, Behörden und Banken zu spüren bekommt. Die glauben dann gleich, mit solchen Menschen könne man alles machen und diese müssten froh sein, überhaupt angehört zu werden.

Dieser Umstand war im Laufe meiner Berufsbahn nicht nur lästig, sondern das eine oder andere Mal sogar existenzbedrohend, oder – wie mit dem Denkmalamt in München – existenzvernichtend. Von den permanenten finanziellen Einbußen ganz zu schweigen.

»Nach mehr als 25 Jahren war plötzlich die Musik zu laut.«

Eine meiner großen „Schellen“ bekam ich mit einem Lokal direkt in Dinkelsbühl. Wir hatten das Objekt, das bereits seit 25 Jahren als Tanzlokal geführt worden war, übernommen, zu einer Diskothek umgebaut und als „Marco Polo“ eröffnet. Das Lokal lief super, und fünf Jahre lang war es eine wahre Goldgrube. Bis zu jenem Zeitpunkt, als wir Probleme mit einem Anrainer bekamen. Nicht mit einem alteingesessenen. Nein, ausgerechnet mit einem, der die Wohnung vom Sozialamt zur Verfügung gestellt bekommen hat, also nicht einmal die Miete selbst bezahlen musste. Er hatte die glorreiche Idee, es müsste viel leiser sein in einer Stadt wie Dinkelsbühl. Eine Disco hätte hier nichts zu suchen. Also hat er uns angezeigt. Die Stadt Dinkelsbühl war sogar auf unserer Seite, der Stadtrat hatte in der Folge einstimmig beschlossen, dass die Sperrstunde mit drei Uhr völlig gerechtfertigt sei und man froh sei, dass die Jugend nicht in der Nacht mit dem Auto kilometerweit zur nächsten Disco fahren müsse. So weit, so gut. Aber nicht für besagten Mann. Nichts Besseres zu tun, wurde die Verkürzung der Öffnungszeit unseres Lokals zu seinem Lebensinhalt. Es gelang ihm, zwei weitere Anrainer aufzuhetzen, und er ging mit diesen in die zweite Instanz vor das Landratsamt Ansbach. Dieses hat dann über die Köpfe des Stadtrats Dinkelsbühl hinweg beschlossen, dass nun um 1 Uhr Sperrstunde ist und zusätzlich ab 22 Uhr vor dem Haus ein Parkverbot eingeführt wird. Das hat uns nach vier Wochen das Genick gebrochen, sodass wird die Disco zusperren mussten. Kurz darauf haben wir das Lokal als „Jugendtreff“ mit Automaten und Billardtisch, das auch tagsüber geöffnet war, wieder eröffnet. Neu umgebaut wurde es von den Gästen gut angenommen. Wir lukrierten zwar nicht die Gewinne wie zuvor, konnten aber größere Einbußen abwenden. Es schien alles gut zu laufen und ich war wieder einmal voreilig zufrieden.

In München steht ein Hofbräuhaus …

Für das Lokal hatte ich nämlich mit dem Hofbräuhaus München, das dem Freistaat Bayern gehört, einen Fünfjahresvertrag mit Option auf Verlängerung. Die Eigentümer des Hauses, in dem wir in Miete waren, wollten jedoch das Haus verkaufen. Sie boten es zuerst auch mir an, nur hatte ich einen so günstigen Mietvertrag, dass dies für mich nicht interessant war. Womit die Sache für mich erst mal erledigt war.
Bis zu dem Zeitpunkt, als mich die Hausbesitzer zu sich bestellten, mir ihren Nachfolger, einen Schwaben, vorstellten und dieser mir mitteilte, ich hätte das Haus bis 31. Dezember zu räumen be-

ziehungsweise besenrein zu übergeben. „Da habt ihr aber Pech gehabt", meinte ich forsch, „denn ich habe meine Option wahrgenommen und den Pachtvertrag mit dem Hofbräuhaus bereits im Februar verlängert."

Zu dieser Zeit hatte ich, nachdem ich ja noch nie der Schreibtischmensch war, sehr wohl aber wusste, wie wichtig diese Dinge sind, wieder einmal einen grundsoliden Mann für mein „Backoffice" eingestellt. Wieder einmal, weil ich mich in meinem ersten Partner, der in meiner Anfangszeit für das geschäftliche Drumherum zuständig war, geirrt hatte und ich mich deswegen gerade von ihm getrennt und ihn ausbezahlt hatte. Und genau dieser neue Mitarbeiter schickte damals ein Einschreiben an das Hofbräuhaus München, in dem ich die Verlängerung des Pachtvertrags bestätigt hatte. Wäre ja auch in Ordnung gewesen. Nur, der gute Mann hob den Nachweis für diesen Einschreiber nicht auf!

Als ich dies erfuhr, war ich natürlich erst mal nicht mehr forsch, sondern konsultierte meinen Anwalt. Denn „wer schreibt, der bleibt" galt ohne Nachweis natürlich nichts. Und das wusste auch die Gegenpartei, die mich so auf Räumung klagte. Bei der nachfolgenden Gerichtsverhandlung stellte sich heraus, dass der Nachweis für dieses Einschreiben bei der gegnerischen Partei „leider" unauffindbar ist und ich deswegen den Prozess gegen den Freistaat Bayern verliere und der Räumungsklage stattgegeben wird.

Als ich das Urteil bekam, war es inzwischen bereits Januar oder Februar. Und ich natürlich noch immer im Haus.

Gegen das erste Urteil legte ich Berufung ein

Die Sache ließ mir keine Ruhe, und so ging ich in Berufung. Vor dieser zweiten Verhandlung habe ich versucht, nachdem ich erfahren hatte, dass das Hofbräuhaus ja als Staatsbetrieb ein Postbuch führen muss, mir einen Termin beim dortigen Direktor geben zu lassen, um dieses ausgehändigt zu bekommen. Denn dieses Postbuch wollte ich für die Verhandlung als Nachweis für meine fristgerechte Verlängerung vorlegen. Also bin ich nach München und nach mehrmaliger Urgenz – eigentlich schon handfesten Drohungen – auch zum Direktor vorgedrungen. Ich habe der Sekretärin damals nämlich erklärt, dass keiner heimgeht, bevor ich nicht mit dem Direktor gesprochen habe. Zu jenem Zeitpunkt war mir alles scheißegal. Was man mir wohl auch angesehen hatte, denn ich wurde letztendlich auch vorgelassen. Auf das Postbuch angesprochen, teilte der Direktor mir aber mit, dass es bei ihnen gebrannt habe und die Seiten vom relevanten Zeitraum vernichtet seien. Na toll, dachte ich, das kann es jetzt aber wirklich nicht sein. Und wie immer, wenn ich mich in etwas verbeiße, habe ich auch da noch nicht aufgegeben. Vielmehr bin ich zu dem für das Hofbräuhaus zuständige Postamt in München und habe den zuständigen Postbeamten gesucht. Diesen habe ich tatsächlich gefunden und bin – mit der schriftlichen Bestätigung, dass das Hofbräuhaus München am 22. Februar aus Heilsbronn ein Einschreiben erhalten hat – wohlgelaunt und bester Dinge zur nächsten Gerichtsverhandlung. Da war ich natürlich wieder mal der Oberchef. Habe in Gedanken schon die Gewinnentschädigung für die nächsten fünf Jahre ausgerechnet, auf die ich jetzt das Hofbräuhaus klagen würde. Denn es hatte sich zudem herausgestellt, dass das Hofbräuhaus mit dem ehemaligen Hausbesitzer einen 25-Jahr-Vertrag hatte. Es war früher so üblich, dass man so langfristige Verträge abgeschlossen hat. Doch gleichzeitig mit meiner Verlängerung ist deren Vertrag ausgelaufen. So konnten sie mir die weiteren fünf Jahre ja gar nicht mehr geben. Ein Fehler, der dem Hofbräuhaus unterlaufen war und für den ich büßen musste. Wobei der Grund, warum der Vertrag mit dem Hofbräuhaus vom Hausbesitzer nicht verlängert wurde, kurios anmutet: Die Brauerei hatte am letzten Weihnachtsfest vergessen, das alljährliche Weihnachtsbockbier vorbeizubringen!

»Zu diesem Zeitpunkt war mir bereits alles egal. Ich hätte die Leute als Geisel genommen.«

Meine Chancen zu gewinnen waren meiner Meinung nach also wieder von null auf hundert gestiegen. Siegesgewiss bin ich in die Verhandlung. Nur dass ich die Rechnung ohne das Oberlandesgericht gemacht hatte. Denn der zuständige Richter meinte nur: „Beweis zu spät erbracht." Das Gericht sei nur zuständig, die bisherigen Verhandlungen auf Richtigkeit der Entscheidungsfindung zu überprüfen. Weitere Beweise könnten zu dieser Zeit nicht mehr vorgelegt werden. Ich hatte es vielleicht satt und meinte zu dem Richter, er solle doch die Fenster aufmachen, damit die Gerechtigkeit hereinkommen könne. Das hat er natürlich nicht gemacht, dafür mir eine Ordnungsstrafe von 1000 DM verpasst...

»Machen Sie die Fenster auf, damit die Gerechtigkeit herein kann.«

Recht hat nichts mit Gerechtigkeit zu tun

Ja, recht zu haben und recht zu bekommen sind zweierlei Paar Schuhe. Den Prozess verloren, musste ich das Objekt räumen, Schadenersatz und beide Rechtsanwälte zahlen. Womit – zusätzlich zum Geschäftsentgang und den getätigten Investitionen – weitere 100.000 DM weg waren.

Einen kleinen Trost sollte ich dennoch bekommen. Denn den nächsten Fehler beging nicht ich, sondern der neue Hausbesitzer: Dieser verabsäumte es, mir ein sofortiges Betretungsverbot zu erteilen, sondern gab mir 24 Stunden Zeit bis zur Schlüsselübergabe. Zeit genug für mich, um die Einrichtung des Lokals komplett herauszureißen. Es war ja schließlich mein Eigentum. Selbst die Haustür habe ich wieder gegen die alte getauscht. Bei der Schlüsselübergabe hatten sie nicht mal mehr Licht. Denn auch die Leitungen wurden von mir neu gelegt. Dafür, dass es bei der Übergabe leider nicht besenrein war, habe ich mich dann aber schon beim schwäbischen Hausbesitzer entschuldigt... Der Schwabe ging ja davon aus, dass er mein ganzes Inventar als Zugabe bekommen würde. Als er dann nur mehr Schutt sah, ist er vom Kauf zurückgetreten. Die Leidtragenden waren leider die beiden alten Leute, denen das Haus gehörte.

Als sie in der Folge selbst gerichtlich gegen das Hofbräuhaus vorgehen wollten, hat das Hofbräuhaus „den Schwanz eingezogen" und das Haus gekauft. Wenigstens diesen Fehler hat es ausgemerzt. Gaststätte kam allerdings keine mehr hinein.

Mehr als ein Puff: Das Pascha Köln

Heute realisiert das Pascha Köln den Stand der Vision, die ich von Anfang an hatte. Nämlich dass sich ein Gast hier rund um die Uhr, also 24 Stunden am Tag, 365 Tage im Jahr, niveauvoll amüsieren kann und dabei wohlfühlt. Spaß hat, wann und wie er

Pascha
KÖLN
MÜNCHEN
SALZBURG
LINZ
Täglich 24 Std. geöffnet
Geld-zurück-Garantie
www.Pascha.de
Pascha
CLUB

lustig ist – sei es morgens um sechs, nachmittags um drei oder an einem normalen Samstagabend, mit Freunden oder allein. Ich getraue mich zu sagen, dass es weltweit nichts Vergleichbares gibt. Dafür haben wir hart gearbeitet und sind auch heute noch tagtäglich dabei, immer wieder Dinge zu verbessern sowie Bewährtes nicht in Vergessenheit geraten zu lassen. Das ist oft gar nicht so leicht und es gab und gibt immer wieder Zeiten, in denen ich das mehr als ordentlich überprüfe und alle im Haus in Hektik geraten, wenn ich mein Kommen ankündige. Das ist mir natürlich bewusst, aber auch, dass oft unbewusst ein gewisser Schlendrian eintreten kann, den die Mitarbeiter in der Hektik des Tagesgeschäfts einfach übersehen. Kleinigkeiten, die in Summe dann doch die Pascha-Philosophie, nämlich gute Dienstleistung sowohl unseren Damen als auch den Besuchern gegenüber zu bieten,

gefährden. Dass dies nicht mit Absicht passiert, sondern wir äußerst ambitionierte Mitarbeiter haben, die teils schon Jahrzehnte mit dabei sind, ist mir durchaus klar. Aber wie gesagt, man muss sich selbst und seine Mitarbeiter halt permanent am Riemen reißen, um nicht ins Mittelmaß abzurutschen.
Das Pascha Köln ist ja ein großer Betrieb mit 70 Fixangestellten. Die braucht es auch bei einem derart großen Haus, das einen Nightclub, das Laufhaus, den Club 11. Etage und ein hauseigenes Hotel samt Wellnessbereich in seinen elf Stockwerken beherbergt.
Steht man in der Hornstraße vor dem Pascha, gibt es zwei Haupteingänge. Der rechte führt in den Bordellbereich, der linke in den Nightclub. Natürlich stehen hier immer Securityleute, die schauen, wer aus und ein geht, sodass keine „falschen" Leute ins Haus kommen.

Pascha – das größte Laufhaus Europas

Um ins Pascha zu gelangen, muss der Gast erst Eintritt bezahlen. Im Laufhaus sind das fünf Euro. Für diese kann er sich nicht nur auf den sieben Etagen des Laufhauses bewegen, sondern hat auch antialkoholische Getränke in den auf die Stockwerke verteilten Bis-tros frei. Ohne Zwang, mehr als nur eine Cola oder dergleichen konsumieren zu müssen. So kann er zwischendurch gemütlich an einer der Bars sitzen, das Geschehen beobachten und später wieder weiter durch die Flure schlendern, auf denen dann in der Regel auch wieder andere Frauen zu sehen sind. Jene, die etwa am Zimmer gearbeitet haben oder gerade erst beginnen, ihre Dienste zur Verfügung zu stellen. Dadurch ist auch permanent Bewegung im Haus.
In einem Laufhaus sitzen die Damen vor ihren Zimmern. Im Pascha pro Stockwerk 24 Mädchen, die natürlich nicht immer zur selben Zeit anwesend sind. Schon ein toller Anblick, wenn man so durchschlendert und überall fesch hergerichtete und sexy gekleidete Damen sieht. Im Pascha wird darauf Wert gelegt, dass die Damen, wenn sie arbeiten, nicht wie in anderen Häusern gelangweilt, eventuell noch kaugummikauend, telefonierend und mürrisch herumstehen. Bei uns herrscht eine gute Stimmung im Haus und die Damen unterhalten sich auch mit den Gästen. Wir

Pascha
Europas größtes Laufhaus
Pascha
EUROPAS GRÖSSTES
Pascha
LAUFHAUS
Auch im Internet unter www.pascha.de
Über 120 Frauen auf 7 Etagen

achten darauf, dass bei uns ein gewisses Niveau herrscht. Auch bei den Zimmern, die unter anderem mit Teppichböden und verspiegelten Fenstern versehen sind und die sich die Mieterinnen individuell gestalten können. Dabei zeigen manche, vor allem jene, die als Fixmieterinnen über längere Zeit das Zimmer bewohnen, wirklich eine tolle Fantasie. Ein Besuch bei uns im Laufhaus gilt schon als Erlebnis – auch bei Gästen, die sich das lediglich einmal ansehen wollen und gar nicht vorhaben, auf ein Zimmer zu gehen.

»Nightclub-Boss Srecko mit seiner Feuershow.«

Von jenen haben wir durch den hohen Bekanntheitsgrad des Hauses auch sehr viele. Das ist für unsere Damen zwar nicht immer einfach – denn in diesen Massen, wie die Gäste da oft durchmarschieren, wundere sogar ich mich oft über nicht enden wollende Freundlichkeit, die auch gegenüber jenen Leute gezeigt wird, bei denen man sieht, sie wollen nur schauen – aber sie nehmen das toll in Kauf. An Spitzentagen laufen nun mal an die 1500 Männer am Tag durchs Pascha.

Ob ein Zimmer besetzt ist, erkennt der Gast anhand eines Hockers. Steht kein Stuhl vor der Tür, bedeutet dies, die Mieterin arbeitet zurzeit nicht – schläft oder ist außer Haus. Steht der Hocker da, ist aber leer, heißt dies, die Dame ist im Dienst und entweder in ihrem Zimmer oder sie kommt gleich wieder. Liegt obendrein ein Handtuch auf dem Stuhl, zeigt dies an, dass die Dame gerade mit einem Gast am Zimmer ist.

Der Gast kann von einem Flur in den nächsten wandeln, mit den Damen plaudern und sehen, welche ihm gefällt. Hat er seine Wahl getroffen, verhandelt er direkt

»Der Pascha Nightclub im Pascha Köln.«

mit der Auserwählten über das Entgelt und die damit verbundenen Konditionen. Im Laufhaus nehmen wir keinen Einfluss darauf, was die Damen verlangen und welche Dienste sie anbieten. Einzig und allein bestehen wir darauf, dass, wer im Pascha arbeiten will, sich an die wie auch immer mit dem Gast getroffenen Vereinbarungen hält. Denn hierfür stehen wir mit unserer Geld-zurück-Garantie gerade.

Geld-zurück-Garantie

Ich werde immer wieder gefragt, wie das denn möglich sei und ob wir da nicht laufend Geld ausbezahlen müssten. Nun, in der Regel kommt es kaum vor, dass jemand sein Geld zurückhaben will. Reklamiert aber ein Gast, wird der Sachverhalt gemeinsam mit der betreffenden Dame geklärt und er bekommt gegebenenfalls sein Geld erstattet. Prinzipiell bedeutet die Pascha-Geld-zurück-Garantie, dass der Gast nur für jene Leistungen bezahlt, mit denen er auch zufrieden ist und die laut den Vereinbarungen auch erbracht wurden. Geld zurück würde es zum Beispiel geben, wenn eine bestimmte Sexualpraktik ausgemacht wird, diese von der Dame aber am Zimmer nicht erbracht wird. Wenn sie daraufhin vom Gast auf die Vereinbarung hingewiesen wird

»Bereits seit dem Jahr 2000 im Pascha und beliebte ›Anlaufstation‹: Unser Figaro Anderson mit dem Friseursalon auf der 3. Etage.«

»Tabledance im
Pascha Nightclub.«

»Die Tänzerinnen im Pascha Nightclub in Köln verwöhnen die Männer und haben ihre eigenen Techniken, sich die Pascha-Euros zu holen.«

und sich nichts ändert, der Gast den Besuch beendet, um zum Manager zu gehen und ihm den Vorfall schildert. In so einem Fall bekommt man dann selbstverständlich sein Geld zurück.

Wir sind die klare Nummer eins

Unser Laufhaus in Köln ist das einzige „gehende" Laufhaus. Nirgendwo sonst werden Mieten wie bei uns erzielt. Immerhin bezahlt eine Dame bei uns am Tag 160 Euro für ihr Zimmer und zusätzliche 15 Euro ans Finanzamt. Das heißt, sie hat 175 Euro „auf der Uhr", die erst einmal verdient werden wollen, um den Break-even-Point zu erreichen. Erst dann kommt sie in die „Gewinnzone", hat aber ihre Ausgaben für Essen und ein paar Extras wie Friseurbesuch oder Kosmetika. Fügt man diesen Betrag auch noch hinzu, muss sie schon ihre 200 Euro einrechnen, die sie braucht, um ins Geld zu kommen. Früher keine große Geschichte, aber heutzutage sind auch im Bordellgewerbe die erzielbaren Gewinne nicht mehr das, was sie einmal waren. Weder für die Prostituierten noch für die Leute im Dunstkreis des „Geschäfts mit der käuflichen Liebe". So ist die vorherrschende Preispolitik, dass „Mann" bereits ab 30 Euro zu einem Quickie kommt. Da ist natürlich dann der Geschäftssinn der Damen gefragt, damit sie den potenziellen Kunden „hochkobert" und so eventuell auf eine

»Auf der Dachterrasse des Clubs 11. Etage.«

halbe Stunde kommt oder diverse Extras anbietet, womit sie im Durchschnitt 80 bis 100 Euro verdient. Das heißt, sie braucht schon mal zwei bis drei Kunden am Tag, um in die Gewinnzone zu gelangen. Natürlich ist nicht jeder Tag gleich, am Wochenende verdienen die Damen meist mehr als an einem Montag, wenn sie eventuell froh sein können, lediglich die Miete eingenommen zu haben. Aber, wie in der übrigen Geschäftswelt, gilt auch hier: Abgerechnet wird am Schluss und das Jahr hat nun mal zwölf Monate, durch die man es dividieren muss. Nimmt man eine durchschnittliche Rumänin im Laufhaus, kommt diese so ungefähr auf einen Gewinn von 7500 Euro pro Monat. Nicht nur hierzulande viel Geld, in Rumänien ein wahrer Spitzenverdienst. Jenen Frauen, die nicht so fit im Geschäft sind, bleiben immerhin auch mindestens 3500 Euro pro Monat. Die wahren Profis unter den Damen gehen hingegen mit 12.000 bis 15.000 Euro pro Monat heim.

Dafür muss auch das Haus einiges bieten. So verfügt das Pascha für den Gast neben den diversen Bistros auch über einen Geldautomaten. In der Branche keine Selbstverständlichkeit. Noch dazu verrechnet dieser Bankomat über eine neutrale Standortnummer, wodurch nirgendwo auf den Belegen „Pascha" steht.

Dies und die zahlreichen weiteren „Kleinigkeiten", die das Pascha bietet, führen dazu, dass der Anteil an Stammgästen sehr groß ist. Es ist permanent Bewegung im Haus. Am Abend kommen noch zahlreiche Besucher hinzu, die im Pascha Nightclub feiern und sich natürlich nicht entgehen lassen, sich auch das Laufhaus, dessen Eintritt im Besuch des Nightclubs inkludiert ist, anzusehen.

Für die Damen hat das Pascha neben den Bistros, die natürlich auch von ihnen frequentiert werden, einen Friseur, eine Kosmetikerin, Masseuse, Sonnenbänke, ein Fitnessstudio, eine Boutique und ein Restaurant mit 80 Sitzplätzen. Das Restaurant hat 24 Stunden am Tag geöffnet und man kann rund um die Uhr gegen einen Unkostenbeitrag (zum Beispiel drei Euro für ein Frühstück) etwas zu essen bekommen. Am Restaurant wird nichts verdient – im Gegenteil: Da muss das Pascha dazuzahlen. Aber das ist einfach eine Dienstleistung, die den Mitarbeitern und den Mieterinnen gegenüber erbracht wird.

Das Hotel Pascha

Die gesamte neunte Etage ist mit Hotelzimmern ausgestattet. Hier wird nach dem All-inclusive-Prinzip gearbeitet. Die Hotelgäste haben alle Eintritte im Haus inkludiert, können rund um die Uhr im Restaurant essen und trinken, den Fitnessbereich nutzen und haben auch in den Clubs alle Getränke, außer Champagner, frei. Die Gäste können selbstverständlich rund um die Uhr ein- oder auschecken. Den Hotelbereich gibt es im Pascha noch nicht so lange, er erfreut sich aber immer größerer Bekannt- und Beliebtheit.

Der Club 11. Etage

Der Club 11. Etage im Pascha Köln ist ein eigener Bereich, erreichbar wahlweise durch den Haupteingang oder einen separaten Eingang, vor dem die Gäste direkt parken können. Er verfügt im Erdgeschoß über einen eigenen Empfang, von dem die Herren dann mit dem Lift in den elften Stock hochfahren, wo sie – bereits vom Empfang angekündigt – von einer Dame begrüßt werden. Der Club 11. Etage nimmt nicht nur den elften Stock ein, sondern bietet auch zusätzliche Zimmer eine Etage darunter und eine herrliche, sich

über 600 Quadratmeter erstreckende Dachterrasse mit Blick auf die Skyline von Köln. Die Dachterrasse wird im Sommer auch für Grillabende für unsere Damen genutzt. Der breiten Masse ist sie vor allem durch diverse Gangbang-Partys bekannt. Sehr beliebt ist auch das Whirlpoolzimmer, von dem man einen hervorragenden Blick auf den Kölner Dom hat.

Gearbeitet wird auf der elften Etage nach demselben Prinzip wie in den Paschas München, Salzburg und Linz. Auch größenmäßig und was die Anzahl der hier tätigen Damen betrifft, ist er ziemlich identisch. So arbeiten hier 60 Frauen – die allerdings nicht alle zur gleichen Zeit anwesend sind. Eine Hälfte hat immer frei. Die Damen bezahlen eine Tagesmiete von 45 Euro am Tag, die Schlafen, Essen und Trinken inkludiert, plus die 15 Euro ans Finanzamt. Dafür erhalten sie für jede halbe Stunde 60 Euro. Die Differenz zu den vom Gast zu bezahlenden 80 Euro gehen ans Haus für die Wäsche, Reinigung, Räumlichkeiten, die Hausdamen und Getränke. Die hier arbeitenden Damen haben bereits mit dem ersten Gast ihre Unkosten gedeckt. Durch den vorgegebenen Fixpreis von eben 80 Euro für die halbe Stunde zahlen

»Zum zehnjährigen Jubiläum des Pascha Nightclubs im Mai 2013 gastierte u. a. Jazz-Legende und vierfacher Grammy-Gewinner Randy Brecker im Rahmen des vierten ›Jazz goes Pascha‹-Konzerts bei uns im Nightclub.«

die im Club arbeitenden Damen als Ausgleich eine geringere Tagesmiete als die Frauen im Laufhaus. Hinzu kommt die Champagnerprovision, durch die sie im Schnitt nochmals 50 bis 80 Euro pro Tag dazuverdienen.

Der Nightclub

Einen weiteren großen Bereich im Pascha Köln nimmt der Pascha Nightclub ein. Auch dieser ist täglich geöffnet. Von 21 bis 5 Uhr werden hier toller Tabledance und grandiose Bühnenshows geboten. Für 20 Euro unter der Woche, am Wochenende 35 (Stand Oktober 2013), in denen die Konsumation aller Getränke bereits inkludiert ist, kann man hier wirklich tolle Stunden um relativ wenig Geld erleben. Dazu kommt, dass man auch ins Laufhaus hinübergehen oder im Nightclub selbst einen Lapdance bereits um zehn Euro genießen kann.

Das Showprogramm des Pascha Nightclubs ist allein eine Klasse für sich. Unter den jeweils rund 30 anwesenden Tänzerinnen befinden sich ehemalige Balletttänzerinnen und wahre Akrobatinnen. Jemand hat einmal zu mir gesagt: „Wahnsinn, hätten diese Damen nur ein bisschen mehr an, würden sie in jedem Zirkus oder jeder großen Tanzshow mitwirken können." Womit er schon recht hatte. Was Nightclubchef Srecko da mit den

Damen auf die Beine stellt, ist wirklich bemerkenswert. Um Vergleichbares sehen zu können, muss man schon nach Las Vegas oder Paris fahren.
Für die Damen vom Laufhaus gibt es im Nightclub eine extra Bar, an der sie sich – klar deklariert – präsentieren und den Gästen auf Anfrage ihre Visitenkarte mit der Zimmernummer geben können. So kommt es zu keinen Verwechslungen, denn die Tänzerinnen vom Tabledance sind „nur" zum Tanzen vor Ort und dürfen auch nicht angefasst werden. Dies wissen die Gäste auch, da langt keiner mal hin. Sie wissen auch, dass sie sich mit den Tänzerinnen nicht verabreden können, weil dies untersagt ist. Und da riskiert keine ihren Job. Denn im Nightclub tanzen zu dürfen ist eine lukrative Angelegenheit. Für dies berappen sie auch 60 Euro pro Abend, um arbeiten zu können. Allein an einem normalen Tabledance verdienen sie zehn Euro, an einem „mit Sahne" – und zwar im wahrsten Sinne des Wortes, denn hier wird mit Sprühsahne gearbeitet und das Pascha braucht so sicher mehr Sprühsahne im Monat als jede Großkonditorei in Köln – 20 Euro. Bühnenshows werden vom Pascha extra entlohnt. So kommen Tänzerinnen, die sich gut zu vermarkten wissen und auch eine Show anbieten, schon auf bis zu 1000 Euro an einem starken Tag, wie etwa einem Samstag.
Kein Wunder also, dass keine ihren Job leicht aufs Spiel setzt. Da muss schon ein millionenschwerer Rennfahrer wie einst Mika Häkkinen kommen, der seine Marketa auch bei uns im Pascha Nightclub kennenlernte, als sie bei uns Tänzerin war. Ein paar vergleichbare Liebschaften mit Prominenten gab es schon noch, aber das ist die einzige, die in die Medien kam, weswegen die anderen auch hier unerwähnt bleiben sollen.
Das Pascha wird immer wieder als Location für Filmaufnahmen von Krimis und anderen Fernsehproduktionen, Reportagen über das Pascha, für Videoclips oder diverse Veranstaltungen gemietet. So gab es unter anderem auch eine VIP-Party mit 50 Cent im Nightclub. Der Rapper hat sich bei uns so wohlgefühlt, dass er kurzerhand beschloss, auch alle vereinbarten Interviews nur bei uns im Haus zu geben.
Das Pascha ist zwar nicht bekannter als der Kölner Dom, wie einmal befürchtet, zählt aber bei Männern schon zu jenen „Sehenswürdigkeiten", die es bei einem Köln-Besuch zu besuchen gilt.

»Showact im Pascha Nightclub.«

Der Reinerlös dieses Buches geht
an den Verein

Pascha
für Menschen in Not e.V.